Der abtrünnige Drache

IRENE RADFORD

DER ABTRÜNNIGE DRACHE

ROMAN

Aus dem Amerikanischen
von Edda Petri

Weltbild

Die amerikanische Originalausgabe erschien 1999 unter dem Titel
The Renegade Dragon.

Besuchen Sie uns im Internet:
www.weltbild.de

Genehmigte Lizenzausgabe für Verlagsgruppe Weltbild GmbH,
Steinerne Furt, 86167 Augsburg

Übersetzung: Edda Petri
Umschlaggestaltung: Johannes Frick, Augsburg.
Umschlagmotiv: © CIRUELO / Bildagentur Schlück
Gesamtherstellung: CPI Moravia Books, s.r.o., Pohorelice
Printed in the EU
ISBN 978-3-8289-8926-9

2012 2011 2010 2009
Die letzte Jahreszahl gibt die aktuelle Lizenzausgabe an.

Dieses Buch ist der Erinnerung an Cindy Carver, Susan Holzworth, Jo Clayton und Barbara Martin gewidmet; lieben Freunden, die diese Existenzebene viel zu früh verlassen haben. Doch sie haben mir ein wunderbares Erbe vermacht, denn durch sie habe ich gelernt, an mich selbst zu glauben. Jetzt hoffe ich nur, dass ich mich ihrer Erwartungen als würdig erweise.

Prolog

Vormittag des Saawheen, des Heiligen Totengedenktags; Spätherbst des zweiten Regierungsjahrs von Quinnault Darville de Draconis, des von den Drachen gesegneten Königs von Coronnan. Eine Wiese westlich der Hauptstadt.

Shayla breitete ihre Schwingen aus und legte sich in eine Luftströmung. Sie flog über dem Wasserlauf entlang, den die Menschen den Coronnan-Fluss nannten. Ihre zwölf Drachenjungen hatten soeben einen Behemot-Fisch gefressen, einen der großen Raubfische, die in den Tiefen der Großen Bucht lebten. Obwohl ihre Kleinen jetzt mit vollem Magen schlummerten, wusste sie, dass sie bald wieder aufwachen und nach mehr frischem Fleisch jammern würden, um ihre heranwachsenden Körper zu nähren. Doch unterdessen nutzte sie ihre seltene freie Zeit, um ein paar Momente des Friedens und der Freiheit zu genießen, und ließ sich auf der ständigen Ausschau nach Nahrung von den Luftströmungen dahintragen.

Auf der Suche nach geeigneter Beute musterte sie den Boden. Die Kühe und Schafe, die von den Menschen als Tribut an die Drachen ausgesetzt worden waren, sahen zu mager aus, um ihre hungrigen Jungen zu sättigen.

Der Drachennimbus hatte sich darauf geeinigt, die Herden heranwachsen zu lassen, ehe sie begannen, die Tiere zu erlegen. Generationen von Krieg und Entbehrung hatten ihren Zoll von Drachen und Menschen gefordert. Sie würden alle besser gedeihen, wenn die Drachen noch ein paar Jahre lang Wild jagten.

Shayla, oh Shayla, ich brauche deine Hilfe. Ein menschlicher Geist rief die Drachin an. *Komm rasch, Shayla. Ich brauche dich.*

Shayla horchte dem Ruf aufmerksam nach. Das war die Bitte einer Frau, die ein großes Problem hatte; ein Problem, das die Drachen nicht ignorieren konnten.

Sie kannte diesen Geist, der sie von ihrem Spazierflug über der Großen Bucht wegrief. Das Weibchen namens Maarie Kaathliin, das von seinen Freunden Katie genannt wurde, hatte sich zur gleichen Zeit mit dem von den Drachen gesegneten König Quinnault gepaart, als Shayla ihren Hochzeitsflug mit fünf männlichen Drachen unternommen hatte. Königin Katie hatte sich als außergewöhnliche Persönlichkeit erwiesen, die es beinahe würdig gewesen wäre, einen Drachennimbus zu führen.

(Wie kann ich helfen?) Shayla legte ihre Schwingen schräg und kreiste, bis sie Katie entdeckte. Die Königin stand am Rande eines großen Feldes und hielt ihr Kind in den Armen. Shayla erkannte die anderen Menschen, die in ihrer Nähe nach einer Mahlzeit ausruhten. König Quinnaults Geist entnahm sie die Bedeutung des Worts »Picknick«. Trotzdem begriff sie nicht, was für einen Unterschied es machen sollte, ob man in seinem Nest oder im Freien aß. Drachen taten beides und hatten keine unterschiedlichen Begriffe dafür.

Sie schränkte ihre telepathische Kommunikation so ein, dass nur die Königin sie hören konnte. König Quinnault und seine Schwester waren offen und empfänglich für Drachengedanken. Powwell, der junge Magier, der mit Myrilandels Tochter spielte, konnte sie nicht so gut hören. Yaala, eine Nachfahrin des Drachenrenegaten – möge er in alle Ewigkeit namenlos bleiben –, hätte viel zu viel wahrnehmen können, wenn sie nur ihren Geist für ihr Erbe geöffnet hätte.

Shayla erlaubte sich einen Moment der Trauer, weil Nimbulan, Myrilandels Ehemann, seine Magie und damit seine Fähigkeit, mit Drachen zu kommunizieren, verloren hatte. Während des vergangenen Jahrs hatte dieser Verlust seiner Magie ihn altern lassen und in tiefe Betrübnis gestürzt. Shayla hatte seine Logik und seinen Humor geschätzt, der oft nahe an Weisheit heranreichte.

Shayla, ich habe diesen Menschen seit vielen Monaten alles erklärt und sie angefleht, mir Gehör zu schenken. Aber sie wollen die Gefahr, die uns allen droht, einfach nicht erkennen. Kannst du ihnen nicht einen Drachentraum schicken, der sie überzeugt?, fragte Katie.

(Drachenträume sind gefährlich, für dich selbst und für diejenigen, die dir lieb sind.) Verblüfft über ihre Bitte, ruderte Shayla mit den Schwingen und verhielt im Flug.

Das weiß ich, Shayla. Ich bitte auch nicht um einen Traum, der sie in die Irre führen soll. Er soll ihnen nur eine wertvolle Lektion erteilen.

(Und was sollte das sein?)

Nimm eine meiner Erinnerungen und stelle sie den Menschen in meiner Umgebung so dar, als wäre sie Realität.

Shayla sah die schrecklichen Bilder in Katies Geist und wäre beinahe in die Leere zwischen den Existenzebenen geflüchtet. *(Warum willst du diese Erinnerung teilen? Du solltest vor ihr fliehen, so wie du von deiner Heimatwelt geflohen bist.)*

Dieselbe Gefahr, die ich damals hinter mir gelassen habe, ist auf dem Weg zu diesem Planeten, wenn wir ihr nicht jetzt Einhalt gebieten. Wir dürfen diese Welt mit Namen Kardia Hodos nicht genauso vernichten, wie mein Volk Terra zerstört hat.

(Nun gut.) Shayla kämpfte gegen ihr Zögern, die ungeheuer plastische Erinnerung noch einmal zu durchleben. Doch die törichten Menschen mussten diese Lektion lernen – jetzt, ehe sie schwere Fehler begingen.

(Der Drachengeist in Myrilandel macht sie immun gegen Drachenträume.) Shayla versuchte, Zeit zu schinden. *(Sie hat Einfluss bei vielen, die deine Belehrung erreichen muss. Das weibliche Kind, Yaala, hat es nötiger als die meisten, diese Lektion zu erleben, doch ihre Abstammung von Drachen macht sie ebenfalls unempfänglich. Sie lebt isoliert von eurer Gesellschaft und weiß den Menschennimbus nicht zu würdigen.)*

Myri kann die Erinnerung an diesen Drachentraum aus Nimbulans Geist ziehen, entgegnete Katie. Ihre Gedanken klangen jetzt beinahe panisch. *Powwell, der Magiergeselle, wird sein Wissen mit Yaala teilen, so wie er alles andere mit ihr teilt. Die beiden sind Freunde, obwohl sie sich sonst von allen absondert. Wenn Nimbulan, Quinnault und der Geselle erleben, was mein Volk in Angst und Schrecken versetzt, werden sie handeln.*

(Für einen so aufwühlenden Drachentraum muss ich landen.) Sollte dieser Drachentraum auf Kardia Hodos Wirklichkeit werden, dann sorgte Shayla sich sehr um die Zukunft ihrer Menschen. Während sie kreiste und sich auf die Landung vorbereitete, richtete sie sich so aus, dass sich das Sonnenlicht auf ihren Schwingen in Regenbogenprismen brach.

Die kleinen Drachen würden noch ein Weilchen schlummern. Und wenn sie hungrig erwachten und wieder nach Futter verlangten, dann sollten sie eben warten. Sie musste diesen Drachentraum bald wirken, sonst war es zu spät.

Die anderen Menschen sprangen auf und zeigten auf sie. Von Freude erfüllt liefen sie herbei, um die Drachin zu begrüßen. Amaranth, Myrilandels Tochter, klatschte in die Hände und krabbelte auf das hübsche, vielfarbige Licht zu, das von den Drachenflügeln reflektierte.

»Shayla, ich möchte dir Marilell vorstellen, meine Tochter.« König Quinnault verneigte sich tief und wies auf das Baby in Katies Armen. »Katie und ich bitten dich um deinen Drachensegen für unser Erstgeborenes.« Er legte einen Arm um seine Gefährtin und das weibliche Kind und zog sie an sich. Mit der freien Hand streichelte er Shaylas Schnauze.

Die Drachin ließ genüsslich die Augenlider sinken, während sie sich in die Liebkosung des Königs schmiegte. Sie kostete seine Zuneigung aus, denn sie wusste, dass der Drachentraum, den sie ihm gleich schicken musste, ihn womöglich so schrecken würde, dass er nie wieder den Wunsch verspüren würde, mit Drachen zu kommunizieren.

Myrilandel setzte Amaranth auf Shaylas ausgestreckte Vorderklaue. Seit Shaylas Tochter ein Kind ausgetragen und ihr Bedürfnis, mit den Drachen zu fliegen, vergessen hatte, war die körperliche Ähnlichkeit zwischen Myrilandel und Quinnault größer geworden. Ihr silberblondes Haar hatte einen Goldton angenommen, und ihre zunehmende Reife und die Schwangerschaft hatten ihre schmalen, spitzen Gesichtszüge weicher werden lassen. Doch Shayla wusste, dass im Körper der Schwester des Königs noch immer der Geist eines Drachen mit purpurnen Flügelspitzen wohnte; ein Geist, der immer nach Freiheit verlangen würde. *Eine* solche, fast abgeschlossene Verwandlung hatte sie nur dank der Liebe zu ihrem Gefährten überlebt.

Auch Yaala würde möglicherweise einmal das Bedürfnis verspüren, sich in einen Purpurdrachen zu verwandeln, obwohl in ihrem Fall ihr Drachenerbe ein Dutzend oder mehr Generationen zurücklag. Warum blieb die junge Frau zurück und weigerte sich, in die Nähe eines anderen Drachen zu kommen?

Shayla betrachtete das Kind, das Königin Katie hielt. Die junge Mutter biss sich auf die Lippen.

»Du wirst dich an die Drachen gewöhnen, Liebes. Ihre Größe ist Furcht erregend, aber sie haben ein reines Herz«, meinte Quinnault schmunzelnd.

(Meine Tochter nennt dich ihre Freundin. Der König, den mein Nimbus als einen der unsrigen angenommen hat, nennt dich seine Liebste. Du kannst mir deine Tochter anvertrauen), beruhigte Shayla die Königin.

Der junge Magier trat vorsichtig näher. Shayla spürte, wie der halbwüchsige Jüngling die magische Energie, die sie aussandte, aufsog. Sie wollte, dass er noch näher kam.

Yaala verweilte bei dem Baum, der in einiger Entfernung stand. Nun gut. Sie würde die Vision des Drachentraums ohnehin nicht erleben, ganz gleich, ob sie sich nah oder fern von ihr aufhielt.

(Das Kind Marilell ist seiner Eltern würdig. Sie wird eine starke Anführerin eures Nimbus sein), verkündete Shayla allen, die sie hören konnten. Sie behielt Powwell im Auge, denn sie wünschte sich, dass er näher trat, während sie mit Quinnault und Katie plauderte.

Bei diesen Worten Shaylas zog Quinnault eine Augenbraue hoch; und genauso reagierte Nimbulan, als er ihm die Botschaft der Drachin in Worten weitergab. Shayla war belustigt. Eines Tages würden die Menschen schon lernen, dass Weibchen ganz ausgezeichnet in der Lage waren, über ungebärdige Männchen zu herrschen.

Endlich kam Powwell so weit heran, dass er nur noch ein Dutzend Klauenlängen von den anderen entfernt war. Das war nahe genug.

Wieder griff Shayla in Katies Geist und entriss ihr die furchtbare Erinnerung.

Augenblicklich fanden sich die Menschen in eine andere Welt versetzt wieder; eine erstickende Welt, deren abgestandene Luft von künstlichen Materialien und Chemikalien verschmutzt war. Ein schmutziger Dunst verwehrte den Blick auf den Himmel. Eine Art unnatürlicher Barriere trennte sie von dem Nebel. Aber die Barriere hielt auch die saubere Luft fest, die schal roch, obwohl mechanische Tiere sie säuberten und umwälzten, um den Wind nachzuahmen.

In einem misstönenden Gewirr von Geräuschen grunzten und jaulten weitere mechanische Tiere. Menschen gingen vorsichtig umher und sahen sich in jedem Winkel nach Gefahren um. Sie trugen seltsame Kleider in schlammigen Farben, die wie künstliche Haut anlagen und wenig schmeichelhaft unvorteilhafte Körperpartien betonten. Über ihren Schnauzen trugen sie Schutzmasken in den gleichen unscheinbaren Farben, die auch ihre Kleider aufwiesen. Jeder ihrer Schritte wirkte teilnahmslos und zögerlich. Ihre Arme lagen dicht am Körper an, statt kräftig auszuschwingen wie bei großen, selbstbewussten

Schritten. Wenn sie sich Gebäuden oder anderen Menschen näherten, fuhren sie zurück, als fürchteten sie jede Berührung.

Die Beobachter aus Coronnan wandten ihre Blicke von den farblosen Menschen ab und starrten verblüfft zu den glitzernden Gebäuden auf, die aus Metall und Glas errichtet waren. So viel kostbares Glas! Jedes einzelne Fenster war so viel wert wie das ganze Vermögen eines coronnitischen Lords. Doch der Eindruck, den dieses Wunder auf die Besucher machte, ließ bald nach, und sie rümpften in der eigenartig riechenden Luft die Nasen. Verwirrt betrachteten sie die verängstigten Bewohner dieser Welt.

Eine alte Frau ging langsamen, unsicheren Schrittes zwischen den wundersamen Bauwerken hindurch. Ihre faltige Haut wirkte wachsbleich; offenbar belastete sie nicht nur ihr Alter. Sie blieb häufig stehen und schwankte vor Schwäche und Unentschlossenheit. Ihre Hände und Füße waren angeschwollen und erschwerten ihr das Gehen. Ein großer Mann, der noch eine gewisse Lebhaftigkeit ausstrahlte, schlug einen scharfen Haken, um ihr aus dem Weg zu gehen. Er beschleunigte seine Schritte und sah sich noch wachsamer um als zuvor.

Ein anderer Mann eilte, seinen kleinen Sohn auf den Armen, durch die Menge. Obwohl er offensichtlich in großer Hast war, schlurfte er, als hätte er nicht die Kraft, die Füße vom Boden zu heben. »Helft mir, einen Arzt zu finden«, rief er, an alle und jeden gerichtet. »Mein Sohn ist krank. Bitte, jemand muss mir helfen, einen Doktor zu finden.« Der kleine Junge atmete schwer. Seine Gliedmaßen waren beinah abgeschwollen und enthüllten, wie hager und verfallen sein Körper eigentlich war. Seine Haut lag straff über den Gesichtsknochen und hatte einen wächsernen, bläulichen Ton angenommen. Vergeblich rannte der Vater von einem Menschen zum anderen.

Ein älterer Mann, dessen breite Schultern noch verrieten, dass sein verbrauchter Körper einmal athletisch gebaut gewesen war, riss sich schreiend die Maske herunter und rang nach Luft. Er brauchte mehr Luft; nie bekam man hier genug Luft. Seine Augen quollen hervor; Blut rann ihm aus Mund, Nase und Ohren. Seine Gliedmaßen zuckten krampfartig, und er schlug auf jeden ein, der in seine Nähe kam. Der Puls an seinem Hals raste und ermattete dann plötzlich.

Alle, sogar die schwankende Frau und der Mann mit dem kranken Kind, flohen vor dem entsetzlichen Anblick, den der Sterbende bot.

Katie weinte und hatte den Kopf an der Schulter ihres Mannes vergraben.

In dem Bedürfnis, dem Kranken zu helfen, streckte Nimbulan die Hand nach ihm aus, um ihm so viel Heilkraft und Trost zu spenden, wie er konnte. Doch er würde den Mann, der nur noch als Phantom in Katies Erinnerung existierte, nie erreichen. Nimbulan sah Myrilandel an, damit sie ihm ihre Heilermagie lieh. Doch sie konnte ihm nicht in die Drachenvision folgen und nahm den Tod, der sie überall umgab, gar nicht wahr.

Dankbar bemerkte Shayla, dass Myrilandels Tochter Amaranth offensichtlich auch immun gegenüber dem Drachentraum war.

Nimbulan trommelte frustriert mit den Fäusten auf den Boden, ohne zu erkennen, dass er das saubere Gras und die Erde von Kardia Hodos berührte und nicht die glatte Oberfläche aus gegossenem Stein aus der seltsamen und gefährlichen Welt des Drachentraums.

Quinnault zog Katie aus der Vision zurück. Er musste sie vor diesen unbekannten Gefahren schützen. Ihre Tochter schlief, von ihren eigenen Träumen umfangen. Sie war noch zu jung, um die Bilder zu erkennen.

Der junge Magier war entsetzt vor der Illusion des Sterbenden zurückgewichen, doch er konnte dem Drachentraum nicht entkommen. Er rannte vor den Bildern davon. Sein Instinkt führte ihn zu Yaala, obwohl er sie in seinem Traum nicht sehen konnte. Shayla drückte den Traum tiefer in seinen Geist hinein, damit er ihn nie vergaß und genau wusste, warum dieser Mann starb. Sie musste seinem Gedächtnis jede Einzelheit einprägen, damit er alles exakt an Yaala weitergeben konnte, die wie benommen neben ihm stand und seine Hand umklammerte.

Als der Sterbende endlich zu zucken aufhörte, tauchte aus einem gläsernen Portal eine Maschine auf, die wie eine kräftige Riesenspinne wirkte und mehrere Klauenlängen über dem Boden schwebte. Summend schwenkte sie Lichter in verschiedenen Farben über dem Opfer. Ein schmaler Arm, der Klauen wie die Riesenzangen einer Krabbe besaß, stieß den Mann an.

Der Tote reagierte nicht. Zwei metallene Arme glitten aus dem Bauch der Maschine und hoben ihn auf. Dann schwebte die Apparatur mit unbekanntem Ziel davon. Eine zweite Maschine, die der ersten ähnelte, aber kleiner war, besprühte den Boden, auf dem der tote Mann gelegen hatte, mit einer übelriechenden Flüssigkeit.

Einige der todbringenden Keime, die den Mann umgebracht hatten, wurden durch die widerwärtige Substanz abgetötet. Die meisten, aber nicht alle. Shayla und Katie wussten beide, dass nichts, nicht einmal alles Elixier, das sie aus Tambootie-Bäumen destillierten, die Seuche *vollständig* abtöten konnte.

»Jemand hat die Saat dieser Seuche nach Coronnan gebracht«, verkündete Katie.

Da wusste Shayla, dass sie und die anderen Drachen ein jahrhundertealtes Tabu brechen mussten, um die Verbreitung der Seuche zu verhindern. Ein Mitglied des Drachennimbus würde sich nach Hanassa begeben müssen, der Heimat des Drachenrenegaten, wo die Keime der Seuche schlummerten und nur auf einen Katalysator warteten, der sie zum Leben erwecken würde.

1. Kapitel

Früher Nachmittag des Saawheen-Tages, vor dem Sitzungssaal des Rats der Provinzen, Reveta Tristile-Palast, Hauptstadt Coronnan

Vor der Tür zu dem Raum, in dem der Rat der Provinzen zu einer Dringlichkeitssitzung zusammengetreten war, kam Magiergeselle Bessel, der den ganzen Weg gerannt war, zum Halten. Er nahm sich einen Moment Zeit, um zu Atem zu kommen und sein eilig übergeworfenes blaues Magiergewand glattzustreichen. Mitten auf seiner Brust prangte ein Soßenfleck und wollte sich partout nicht in den Falten der Robe verstecken lassen. Bessel hatte das Gewand seit Monaten nicht getragen. Meister Narbengesicht, der Vorsteher der Kommune der Magier, ließ seinen ältesten Gesellen für gewöhnlich zu keiner Versammlung zu.

»*S'murghit!* Dabei habe ich das Recht, hinter Meistermagier Narbengesichts linker Schulter zu stehen, alles zu beobachten und Ratschläge zu geben«, murrte er verdrossen. Meister Nimbulan hatte seine Assistenten und Schüler nie behandelt, als existierten sie nicht.

Dann reckte Bessel die Schultern. »Ich muss heute einen guten Eindruck auf den Meister machen. Ich darf ihm keinen Grund geben, mich noch länger von allem fernzuhalten«, erklärte er bestimmt, während er die Falten noch einmal anders arrangierte und versuchte, den Fleck zu verdecken. Doch dieser widersetzte sich.

Er setzte seinen Stab auf den Boden, um ihn zu erden, und leitete einen kurzen Hauch von Magie hindurch zu dem Fleck.

Sein Blick verschwamm, als er die fettigen Moleküle fand und aus dem Stoff löste. Sekunden später rieselten bräunliche Flocken auf den Steinboden.

»Wenn ich einmal dabei bin, kann ich ebenso gut die Knitter beseitigen.« Noch ein wenig mehr Magie, und die Falten wirkten wie frisch gestärkt, und die Robe fiel besser. Aber er hatte keine Zeit, Stofffasern an den Schulternähten und am Halsausschnitt zuzufügen, um zu verdecken, dass er molliger geworden war, seit er die Robe zuletzt getragen hatte. Immerhin sah er jetzt so ordentlich aus, wie es ihm in so kurzer Zeit möglich gewesen war.

Bessel tat noch einen letzten tiefen Atemzug, der mehr wie ein Seufzer klang, und öffnete leise die Tür zu dem großen Raum, in dem alle zwölf Lords, ihre magischen Ratgeber, König Quinnault und Königin Maarie Kaathliin sowie Narbengesicht als deren Ratgeber um den runden Tisch in der Mitte des Saals saßen.

Der junge Geselle betrachtete den Wald aus Magierstäben, die sich in regelmäßigen Abständen überall im Raum erhoben. *Mein Stab wird niemals diese unverkennbaren Windungen und Knoten in der Maserung des Holzes aufweisen,* klagte er bei sich. *Wie soll ich mich jemals einfügen und wirklich hierher gehören, wenn ich nicht einmal meinen eigenen Stab dazu bringe, mir zu gehorchen? Vielleicht finde ich ja, wenn ich die Bibliothek noch einmal durchstöbere, einen Kniff, durch den ich ihn zwingen kann, sich zu verdrehen.* Er seufzte sehnsüchtig, als er die komplexen Windungen an Narbengesichts Stab betrachtete.

Nimbulan und Myrilandel standen zusammen mit Powwell, ihrem Ziehsohn, an der Wand neben der Tür. Die drei wirkten finster, beinahe verängstigt, genau wie der König und die Königin. Myrilandel, die Botschafterin des Drachennimbus, hätte eigentlich neben ihrem Bruder, König Quinnault, sitzen und nicht an der Wand stehen sollen, als gehöre sie gar nicht hierher.

Aber sie war die einzige anwesende Botschafterin. Was immer der Grund für diese Dringlichkeitssitzung war, er war innenpolitischer Natur.

Alle Personen, die im Königreich etwas zu sagen hatten, waren zur selben Zeit im selben Raum versammelt. Das kam nicht oft vor. Bessel konnte sich nicht erinnern, dass es so etwas seit König Quinnaults Krönung vor fast zwei Jahren gegeben hatte; nicht einmal zu seiner Hochzeit vor etwas über einem Jahr waren sämtliche Lords und Magier in die Hauptstadt gekommen. Und bei beiden Ereignissen waren alle Botschafter anwesend gewesen. Heute war nur Myrilandel hier. Warum?

Durch die kostbaren, seltenen Glasfenster strömte nachmittäglicher Sonnenschein in den Saal. In ein paar Stunden, wenn an diesem hellen Herbsttag des Saawheen die Sonne unterging, würde der Heilige Totengedenktag beginnen. All diese Menschen sollten eigentlich zu Hause bei ihren Familien sein oder sich auf feierliche religiöse Rituale vorbereiten. Doch stattdessen drängten sie sich in diesem Raum und flüsterten miteinander.

Bessel strengte seine magischen Sinne an, um bei den Gesprächen mitzuhören, doch solange er den Geist der Sprecher nicht berührte, schnappte er nur hier und da ein Wort auf. Da wartete er lieber auf die offiziellen Erklärungen, als die Privatsphäre anderer zu verletzen.

Er tat einen Schritt nach rechts, auf Meister Narbengesicht zu; doch Powwell zupfte ihn am Ärmel und schüttelte leicht den Kopf. So unmerklich in der Tat, dass Bessel bezweifelte, ob jemand anderer im Raum es bemerkt hatte.

Bessel warf einen einzigen Blick auf die finstere Miene des Obersten Magiers und beschloss, neben Powwell stehen zu bleiben, in sicherer Entfernung von Narbengesicht. Der Oberste Magier wirkte schon wütend, bevor er nur mitbekam, dass Bessel zu spät gekommen war. Die Narbe, der er seinen

Beinamen verdankte und die quer über den Nasenrücken von einer Schläfe zur anderen verlief, wirkte weiß; ein sicheres Anzeichen dafür, dass er entweder tief konzentriert oder besorgt war. Er hielt die Augen halb geschlossen, als leide er große Schmerzen.

Wenn ich ein Versteck wüsste, an dem ER mich nicht finden könnte, dann wäre ich jetzt dort, meinte Bessel zu Powwell. Er bediente sich einer schmalen magischen Frequenz, damit keiner der Magier im Saal seine Bemerkung hörte – ganz besonders nicht Narbengesicht.

Wünschen wir uns das nicht alle? Ich frage mich nur, wer von uns sich zwei Monate Küchendienst einhandeln wird, ehe das hier vorüber ist, gab Powwell auf dieselbe Weise zurück. Sein Blick wirkte noch gehetzter als sonst, und durch die Anspannung hatten seine schmalen Wangen ein beinahe ausgehöhltes Aussehen angenommen. Er trug seinen igelgestaltigen magischen Gefährten auf der Hand statt in seiner Tasche verborgen, was immer ein Zeichen von Besorgnis war. Seit er im vergangenen Jahr seine Schwester Kalen in Hanassa hatte zurücklassen müssen, schien sein Gefährte das einzige Wesen zu sein, das Powwell trösten konnte. Selbst seine Freundschaft zu Yaala half da nicht immer.

Bessel hatte Verständnis dafür, wie leer sich Powwell nach dem Verlust seiner einzigen Verwandten fühlte.

Lieber Küchendienst, als hinausgeworfen zu werden, ohne zu wissen, wo wir bleiben können. Und kein anderer Magier dürfte uns als Lehrlinge annehmen, antwortete Bessel und betete, dass er Narbengesichts Zorn nicht zum Opfer fallen würde. Im letzten Monat hatten zwei der älteren Lehrlinge wegen offenbar geringfügiger Verstöße ihren Platz an der Magieruniversität verloren. Sie waren schon fast so lange an der Universität gewesen wie Bessel und hatten ihr Studium noch unter Nimbulan begonnen.

Wo ist Yaala?, fragte er, als er das Fehlen von Powwells bester

Freundin, der exilierten Prinzessin von Hanassa, bemerkte. Normalerweise hätte sie neben Königin Maarie Kaathliin gesessen. Das königliche Paar hatte Yaala praktisch als Pflegeschwester adoptiert und zeigte sich bei allen offiziellen Gelegenheiten mit ihr.

Powwell zuckte die Achseln, um ihm zu bedeuten, dass er keine Ahnung hatte; doch er schloss die Faust um seinen Igel, sodass die scharfen Stacheln seine Haut ritzten, bis ein Tropfen hellroten Bluts durch seine Finger rann.

Worauf warten die bloß alle? Bessel versuchte es mit einem anderen Thema. Er zählte die Köpfe der Anwesenden.

»Entschuldigt meine Verspätung, wichtige Gespräche haben mich aufgehalten«, erklärte König Kinnsell, der Vater der Königin. Er stand hochaufgerichtet in der Tür, damit jeder im Saal ihn ansah.

Er brauchte nicht lange zu warten. Der Anführer aus dem geheimnisvollen Land Terrania beherrschte jeden Raum, den er mit seiner Anwesenheit beehrte. Seine Aura schimmerte in präzise kontrollierten Farbschichten, die einen Regenbogen nachahmten. Niemand sonst besaß in seiner Aura dieses leuchtende Farbspektrum mit den genau voneinander getrennten Teilen. Normalerweise jedenfalls nicht. Kinnsell setzte seine Aura ein, um einen Eindruck von Autorität zu erwecken, wo er realistisch gesehen keine besaß. Selbst der helle Sonnenschein schien sich auf ihn zu konzentrieren und brachte seine teure Tunika aus Goldbrokat zum Leuchten.

Was will denn der hier?, wollte Bessel von Powwell wissen.

Erneut zuckte der jüngere Magier die Achseln.

Kinnsell trat um den gewaltigen Tisch herum, sodass er zwischen König Quinnault und Narbengesicht stand. Seine Haltung strahlte Selbstvertrauen und Autorität aus. Er hielt die rechte Hand so neben dem Körper, als bögen sich seine Finger um den Knauf eines kurzen Spazierstocks. Als er sich jetzt im Saal umsah und mehrere Personen mit einem Nicken begrüßte, zog er die Hand leicht zurück, als verändere er den Winkel des imaginären Stocks.

Bessel schüttelte den Kopf angesichts der merkwürdigen Geste. Er war es bei Magiern gewöhnt, Ausschau nach einer typischen Geste zu halten, die darauf hinwies, dass sie entweder tief in Gedanken versunken waren oder Informationen sammelten. Aber diese Handstellung war ihm neu.

Narbengesicht beugte sich zu König Quinnault hinunter, um ihm etwas zuzuflüstern. Dazu musste er sich in unbequemer Haltung an König Kinnsell vorbeidrücken. Die Miene des Obersten Magiers wurde immer finsterer.

»Nun, da alle versammelt sind, habe ich beunruhigende Neuigkeiten zu verkünden«, erklärte König Quinnault von seinem Thronsessel aus.

Königin Maarie Kaathliin berührte die Hand ihres Gatten, als wolle sie ihn lautlos an etwas erinnern. Beide sahen sich im Raum um, bis ihr Blick schließlich auf Nimbulan und Myrilandel fiel.

»Wo ist Yaala?«, verlangte Quinnault zu wissen. »Dies hier geht sie ebenfalls an.«

»Ich habe die Frau hinausgeschickt«, erklärte Narbengesicht kurz angebunden. »Ihre Informationen sind reines Hörensagen und daher bedeutungslos. Das Gleiche gilt für Botschafterin Myrilandel.«

»Meine Schwester ist die Botschafterin der Drachen. Ihre Anwesenheit ist erforderlich!«, gab Quinnault ärgerlich zurück.

Myrilandel und Nimbulan schwiegen und wichen den Blicken der Lords und Magier aus, welche die junge Frau anstarrten. Vielleicht sahen sie deswegen Quinnaults Geste nicht, mit der er sie einlud, an seiner Seite Platz zu nehmen.

Die Königin öffnete den Mund, um etwas zu sagen; doch bevor sie auch nur einen Laut von sich geben konnte, hatte König Kinnsell erneut das Wort ergriffen. »Wir haben genug

Zeugen, um fortzufahren.« Er lächelte, und seine Finger zuckten, als bewege er seinen imaginären Stock.

Wer leitete eigentlich diese Versammlung? Bessel gab sich große Mühe, eine ausdruckslose, unbeeindruckte Miene zu wahren. Mittels seiner magischen Fernsicht überzeugte er sich davon, dass Kinnsell kein unsichtbares magisches Werkzeug in der Hand hielt. Nichts.

»Zeugen, Euer Gnaden?«, fragte Lord Hanic an Kinnsell, nicht an seinen König gerichtet. Seine Aura zeigte ein herausforderndes Flackern.

Bessel hätte nichts anderes von dem Lord einer Grenzprovinz erwartet, der grundsätzlich alles in Frage stellte und im Rat immer erst abstimmte, wenn er wusste, welche Seite gewinnen würde. In den meisten Fällen tat er sich mit Lord Balthazaan gegen den König zusammen. Hanics Magier, der auf den Beinamen »Rotkäfer« hörte – seine roten Augenbrauen bildeten ein ununterbrochenes »V«, das der Zeichnung des gleichnamigen Käfers glich –, flüsterte seinem Lord eine aufmunternde Bemerkung zu.

»Die Drachen haben uns einen Drachentraum von großer Bedeutung geschickt«, gab Quinnault zurück und stellte klar, wer in diesem Saal das Sagen hatte.

Ein Drachentraum! Bessel reckte sich ein wenig und schärfte seine magischen Sinne.

Überall im Saal brach Geflüster aus. Nur wenige Menschen erlebten je einen Drachentraum. Und noch weniger verstanden, was es mit den Visionen auf sich hatte, die so real wirkten, dass ihr Empfänger glaubte, die Ereignisse, deren Ursprung der Geist eines Drachen war, wirklich zu erleben.

»Wir haben auf Grundlage dieses Drachentraums Entscheidungen zu fällen.« Quinnault erhob die Stimme, um das Volksgemurmel zu übertönen. Die Anwesenden wandten ihm erneut ihre Aufmerksamkeit zu, und es wurde wieder still.

Dann erzählte der König bedächtig und in einfachen Worten, wie er und die Königin mit ihren Freunden außerhalb der Stadt gepicknickt hatten. Quinnault gab den Traum packend und in allen Einzelheiten wieder. Die Geräusche der Maschinen, die den Schmutz ausspien, der wiederum eine Brutstätte für die Seuche war, beherrschten seine Geschichte. Entsetzen huschte über die Mienen von Lords und Magiern. Bessel spürte, wie sich seine Brust zuschnürte und ein Klumpen in seiner Kehle saß.

Was sollte werden, wenn diese furchtbare Seuche nach Coronnan kam?

»Er hat den Geruch vergessen«, flüsterte Powwell. Der Igel zuckte in einer beinahe kreisförmigen Bewegung mit der Nase, um zu betonen, wie unangenehm der Geruch gewesen war. Zum ersten Mal fiel Bessel auf, dass die Spitzen seiner Stacheln einen Rostton aufwiesen, fast wie getrocknetes Blut. Er fragte sich, ob das eine natürliche Färbung war oder das Ergebnis davon, dass Powwell es gewohnt war, seinen magischen Gefährten so fest zu drücken, dass die Stacheln seine Haut ritzten.

»Was für ein Geruch?«, erkundigte er sich und atmete tief durch, um die Angst vor der Seuche und den Geruch von Powwells Blut auf den Stacheln des Igels abzuschütteln. Er war Magiergeselle; er hätte eigentlich wissen sollen, ob die Seuche nach Coronnan gekommen war. Er hatte Zugang zu Informationen, von denen die meisten Nicht-Magier kaum zu träumen wagten, aber dies war das Erste, was er über den Ausbruch einer Krankheit hörte.

»Der Geruch der Seuche«, antwortete Powwell, immer noch im Flüsterton. »Metallisch, säuerlich und zugleich übersüß wie Sirup. Nichts, was ich auf dieser Welt kenne, riecht so.« Der Igel krümmte sich und stellte seine Stacheln auf.

»Ihr habt Glas erwähnt, Glasfenster, die ein Vermögen wert sind«, meldete sich Lord Balthazaan zu Wort. Er war halb aufgestanden und beugte sich zu seinem König hinüber. »Wenn

Terrania so reich und mächtig ist, dass es derart verschwenderisch mit Glas umgehen kann, warum haben wir dann noch nicht die Verbindungen der Königin genutzt, um Anteil an diesem Reichtum zu haben?« Um seine Rede zu unterstreichen, schlug er mit seinem schweren Siegelring auf den Tisch.

Balthazaans magischer Ratgeber, der »Bucklige«, wedelte mit seinem Stab, als könne er auf diese Weise Verbindung zu seinem Lord aufnehmen. Dann beugte er sich zu Rotkäfer hinüber, und die beiden beratschlagten sich verstohlen.

Bessel wünschte, er hätte die beiden belauschen können.

Kinnsell, der hinter dem König stand, lächelte zufrieden und blies seine breite Brust auf wie ein balzender Lumvogel. Bessel vergaß beinahe, wie klein der Mann im Vergleich zu den meisten Lords und Magiern wirklich war. Alle im Saal, Lords wie Magier, sahen immer wieder zu König Kinnsell, als bedürfe jede Aussage seiner Bestätigung. Er hatte sich so hinter dem königlichen Paar aufgebaut, dass er zwischen ihnen und ihrem obersten Ratgeber stand, und auf diese Weise dafür gesorgt, dass er sich im Mittelpunkt befand und sich alle Blicke auf ihn richteten. Bessel hätte Kinnsell diese Projektion von politischer Macht und Bedeutung für das ganze Königreich beinahe abgenommen.

Dann fiel ihm Königin Katies großzügige Mitgift wieder ein. König Kinnsell hatte im vergangenen Jahr ein Wunder vollbracht und auf den vier Inseln in der Großen Bucht in einer einzigen Nacht eine Hafenstadt erbaut; außerdem hatte er Coronnan eine Maschine überlassen, welche die Navigation durch das Watt, das zwischen der Hauptstadt und dem Hafen lag, erleichterte. Seitdem hatte sich der Umfang des Seehandels vervierfacht. Welchen Nutzen Terrania von diesem Geschenk gehabt hatte, nämlich das Tambootie zur Behandlung der Seuche, blieb ein sorgfältig gehütetes Geheimnis.

Würde dieses Geheimnis bewahrt werden, wenn man diese einzige kostbare Maschine aus Coronnan entfernte?

Lenkt die Diskussion zurück auf die Seuche. Das ist wichtiger als

Terrania oder irgendwelches Glas, übermittelte Bessel telepathisch an Narbengesicht.

Erstaunt warf der Oberste Magier den Kopf zurück und starrte Bessel wütend an. *Woher kommst du denn jetzt?* Sein verblüffter Gedanke drang direkt in Bessels Geist. Dann faltete der Oberste Magier gelassen die Hände, die vor ihm, auf dem großen Tisch lagen. *Du brauchst mich nicht an unsere Prioritäten zu erinnern, junger Mann. Ich bin der Oberste Magier und du nur mein Assistent.*

Narbengesicht räusperte sich laut, ließ den Blick durch den Saal wandern, um sich zu vergewissern, dass er jedermanns Aufmerksamkeit genoss, und ergriff schließlich das Wort. »Glas und Reichtum bedeuten nichts, wenn wir alle an dieser geheimnisvollen Krankheit sterben.«

Kinnsell bewegte die Hand nach vorn und schob seinen imaginären Stock in einen neuen Winkel. Ärgerlich über die Unterbrechung starrte er Narbengesicht an.

»Wohl wahr«, meinte Quinnault mit einem Seufzer der Erleichterung. »Wir müssen Botschaften in alle Teile von Coronnan schicken und Informationen einholen. Jede ungewöhnliche Krankheit muss gemeldet werden.«

»Und auch die Existenz sämtlicher Maschinen muss uns angezeigt werden«, warf Königin Maarie Kaathliin ein. »Maschinen scheinen das Leben zu erleichtern. Aber eine Maschine führt zur anderen, und so geht es weiter, bis wir ihre Sklaven sind und die Verschmutzung, die sie hervorbringen, unser ganzes Leben belastet. Die Seuchenkeime leben von diesem Schmutz, und wenn ihnen die verdorbene Luft ausgeht, befallen sie die Menschen. Wir haben doch loyale Magier, die uns besser dienen können als jede Maschine. Wir brauchen keine Technologie, um uns ein gutes Leben, eine stabile Wirtschaft und eine gesunde Bevölkerung aufzubauen.«

Und solange die Magier in Coronnan eine Existenzberechtigung hatten, würde auch Bessel die Kommune haben und Zugang zu ihrer Bibliothek. Er mochte gar nicht an eine Welt denken, in der unpersönliche Maschinen den Platz eines menschlichen Magiers einnahmen.

»Übertreibst du jetzt nicht ein wenig, Tochter?« Kinnsell legte der Königin väterlich die Hand auf die Schulter. Die andere setzte ihre eigenartige Bewegung fort. Der Tadel in seiner Stimme war unverkennbar.

Bessel musste unbedingt wissen, woher Kinnsells Handbewegung stammte. Wie wollte er diesen Mann und seine Motive einschätzen, wenn er nicht wusste, warum er seine Hand in dieser speziellen Stellung hielt?

»Nein«, entgegnete Königin Katie. »Unser Volk lebt schon so lange mit der Seuche, dass wir die Warnzeichen nicht mehr erkennen. Terrania ist so abhängig von der Technologie geworden, dass die Menschen gar nicht mehr ohne sie existieren können oder wollen; obwohl die durch die Maschinen verursachte Verschmutzung viele, viele Leben kostet.«

Lange starrten die beiden einander aufgebracht an.

Bessel wäre am liebsten unter den Tisch gekrochen, um diesem peinlichen Familienstreit zu entrinnen. Davon hatte er zu Hause genug erlebt – einem Ort, den er aufrichtig zu vergessen wünschte. Seine Heimat war jetzt die Kommune.

»Ich wünschte, Ihr hättet den Drachentraum alle selbst erleben können«, schaltete sich König Quinnault ein. »Aber da Shayla diese Vision einer möglichen Katastrophe nur einigen wenigen von uns geschenkt hat, müsst Ihr mein Wort darauf nehmen, dass wir gefahrvollen Zeiten entgegengehen, Mylords. Sehr gefahrvoll. Und nun, da Ihr angemessen vorgewarnt und mit Wissen gewappnet seid, geht bitte an Eure religiösen und familiären Pflichten.«

Warte draußen auf mich, ich habe eine Aufgabe für dich, befahl Narbengesicht Bessel telepathisch.

Bessel nickte zustimmend. Neben ihm tat Powwell es ihm nach.

Hinter Quinnault schaute König Kinnsell missmutig drein. Etliche Male bewegte er den Kopf, um mehreren Personen im Raum kurz zuzunicken; doch es ging so schnell, dass Bessel nicht erkennen konnte, wer darauf reagierte und wer nicht.

Er spürte Spannung und Auflehnung in der Luft liegen und konnte sie beinahe schmecken, so wie Powwell in dem Drachentraum den Geruch der Seuche wahrgenommen hatte.

2. Kapitel

Zwei Stunden vor Sonnenuntergang am Heiligen Totengedenktag, vor dem Sitzungssaal des Rates der Provinzen, Reveta-Tristile-Palast, Hauptstadt Coronnan

Powwell folgte Narbengesicht aus dem Ratssaal. Seine Neugier war geweckt. Während des letzten Jahres, seit er zusammen mit Narbengesicht und den anderen aus der geächteten Stadt Hanassa geflüchtet war, hatte der Oberste Magier Powwell – und alle anderen Studenten, die noch zu Nimbulans Zeit an die Universität gekommen waren – nach Kräften ignoriert. Er erlaubte ihnen nicht einmal, Rollett zu erwähnen, den Magiergesellen, dem es nicht gelungen war, aus der Stadt der Gesetzlosen zu entkommen, und erst recht nicht, über einen Versuch zu seiner Rettung zu diskutieren.

Powwell fürchtete, dass seine eigene Suche nach seiner verschollenen Schwester Kalen ihn ebenfalls nach Hanassa zurückführen würde. Die Stadt hatte ihn damals beinahe umgebracht. Wenn er jemals das Innere des zusammengesackten Vulkans wiedersehen musste, dann war er beinahe froh über den Gedanken, dass Rollett dort sein und ihm helfen würde. Falls Rollett noch lebte.

»Du verbringst viel zu viel Zeit in der Bibliothek, Powwell. Ich will, dass du und Bessel zusammen auf eine Mission auszieht«, erklärte Narbengesicht. Er mied Powwells erstaunten Blick. »Um diese Mission durchführen zu können, musst du dich aber von der Abhängigkeit von einem magischen Gefährten lösen. Sieh zu, dass du das ekelhafte kleine Biest loswirst.«

Powwell steckte Thorny in die Tasche seiner Tunika und biss die Zähne zusammen, um eine zornige Widerrede zu unterdrücken. Narbengesicht hatte weder die Geduld noch das Verständnis, um die einzigartige Beziehung zwischen einem Magier und seinem Gefährten zu ergründen. Wenn Powwell hätte wählen müssen, ob er mit seinem Stab oder seinem Gefährten arbeiten wollte, hätte er sich für Thorny entschieden.

»Ich bin erst seit ein paar Wochen Geselle, Herr«, antwortete er, als er seine Worte wieder unter Kontrolle hatte. »Die Kommune kann mich nicht auf eine solche Reise schicken, deren Ziel die Erlangung des Meistergrades ist.« Er hatte noch zu viel in der Bibliothek zu lernen, ehe er sich auf seine eigene Suche machen würde – ein Unterfangen, das nichts mit Narbengesicht oder dem Wohlergehen der Kommune zu tun hatte.

»Um was für eine Art von Mission geht es, Herr?«, fragte Bessel.

Narbengesicht wandte seine Aufmerksamkeit dem älteren der Gesellen zu. »Gilby wird seit sechs Monaten vermisst. Er befand sich seinerseits auf der Suche nach Jaanus, einem weiteren Magiergesellen, von dem man seit über einem Jahr nichts gehört hat. Ich möchte, dass ihr die beiden findet und zurückholt. Coronnan kann es sich nicht erlauben, weitere Magier zu verlieren, insbesondere, wenn uns eine Seuche bedroht.«

»Klingt vernünftig, Aaddler«, ließ sich Nimbulan hinter ihm vernehmen. »Aber ich glaube, es wäre aussichtsreicher, wenn man versuchte, Rollett aus Hanassa herauszuholen.« Sein Tonfall machte auf Powwell den Eindruck, als hätte er noch mehr zu diesem Thema zu sagen. Nimbulan hob die linke Hand, richtete die Handfläche nach vorn und krümmte leicht die Finger – seine alte magische Geste, die er wie einen zusätzlichen Sinn eingesetzt hatte, um Informationen aufzuspüren oder seine Gedanken zu sammeln.

Powwells Anspannung löste sich, als er die Stimme seines Ziehvaters vernahm. Nimbulan würde darauf achten, seine

Interessen zu vertreten, selbst wenn Narbengesicht das vergessen hatte.

Wenn der alte Mann ihn nur in die Leere bringen könnte, damit er dort nach Kalen suchen konnte ...

»Wir alle kennen die Besessenheit, mit der du deine alten Studenten um dich scharst, obwohl du sie nichts mehr lehren kannst«, knurrte Narbengesicht verächtlich. »Womit hältst du sonst noch hinter dem Berg?«

»Bessel ist dein Geselle. Er trägt hier Verantwortung«, antwortete Nimbulan.

»Ich habe Lehrlinge, die seine Pflichten übernehmen können.«

»Lehrlinge schon, Herr, aber keine Gesellen«, wandte Bessel ein, obwohl seine Stimme und seine Körpersprache zaghaft wirkten. »Lehrlinge haben noch nicht die Ausbildung, um Euch bei den jüngeren Studenten zu unterstützen, Eure Tränke für spezielle Zauber zuzubereiten, Euer Glas zu überwachen, um festzustellen, ob wichtige Rufe eingegangen sind, oder für Euch neue Zaubersprüche zu erforschen. Sie sind nicht reif genug, um still in Ratsversammlungen zu sitzen und die Reaktionen und das Geflüster der Lords und Botschafter zu beobachten.«

Powwell hätte Bessel beinahe Beifall dafür geklatscht, dass er für sich selbst eintrat; etwas, das bei dem Gesellen selten vorkam, falls man ihn überhaupt außerhalb der Bibliothek antraf. Bessel verbrachte sogar mehr Zeit in dieser Schatzhöhle des Wissens als Powwell selbst.

Nimbulan nickte, um Bessel zum Weitersprechen zu ermutigen.

»Ich wäre gern bereit, das Studium und die praktische Ausbildung einiger älterer Lehrlinge zu beschleunigen, Herr, damit sie aufrücken können, wenn ich bereit bin, die Mission, auf der ich meinen Meistergrad erlangen werde, anzutreten.«

Dieses Mal waren Bessels Ton und Haltung so demütig gewesen, dass Powwell beinahe verächtlich geschnaubt hätte. Wie immer schien Bessel mehr darauf aus zu sein, einen Kompromiss zu schließen, damit er nur ja seinen Platz in der Universität behielt, statt für das zu kämpfen, was er für richtig hielt.

»Es steht euch beiden nicht zu, meine Anordnungen zu hinterfragen.« Narbengesicht presste die Lippen zusammen, bis sie so weiß wie seine Narbe waren. Der Zorn, der beständig in ihm kochte, schien kurz davor, sich Bahn zu brechen.

»Aber es steht ihnen, als den einzigen beiden Gesellen, die wir haben, durchaus zu, Anmerkungen zu machen, die dir bei deinen Entscheidungen behilflich sein könnten«, erklärte Nimbulan. »Ich habe sie dazu ausgebildet, selbst zu denken und nicht nur blindlings Befehle zu befolgen.« Seine Züge arbeiteten, als müsse er ein breites Lächeln unterdrücken.

Auch Powwell hätte am liebsten gegrinst. Narbengesicht hatte während des letzten Jahres außerordentliche administrative Talente bei der Leitung der Kommune an den Tag gelegt. Er hatte die Lücke ausgefüllt, die gerissen worden war, als Nimbulan seine Magie und beinahe auch sein Leben verloren hatte. Doch mit seiner übellaunigen Art hatte er sich wenig Freunde gemacht.

»Ich nehme Euren Auftrag nicht an, Herr«, sagte Powwell. Er starrte direkt in Narbengesichts schwerlidrige Augen, damit dieser erkannte, wie entschlossen er war. Thorny zappelte in seiner Tasche; Powwells plötzliche Kühnheit bereitete ihm Unbehagen. »Ich habe nie ein Geheimnis daraus gemacht, dass ich fortgehen und meine Schwester retten werde, sobald ich weiß, wo sie ist. Sollte es keine andere Methode geben, sie aufzuspüren, muss ich mich darauf einrichten, in die Leere zu gehen und dort nach ihrer Lebenskraft zu suchen.«

Powwell würde ihre orange-braunen Signaturfarben in jeder Gestalt erkennen. Er war jetzt so nahe daran, einen Weg zu seiner Schwester zu finden, dass er nicht zulassen würde, dass Narbengesicht ihn zwang, seine Suche abzubrechen.

»Die Leere ist viel zu gefährlich, Powwell!«, protestierte Bessel. Vor Angst war er fast so blass geworden wie Narbengesicht vor Zorn. »Der Eid, den wir der Kommune geleistet haben, verbietet dir, diese Kräfte einzusetzen.«

»Du hast mir Gehorsam geschworen, junger Mann. Damit stehst du in meiner und der Kommune Schuld.«

»Nein, Herr. Ich habe geschworen, der Kommune, Coronnan und meinem König loyal zu sein. Diesen Eid kann ich am besten erfüllen, indem ich Kalen zu den Menschen zurückbringe, die sie lieben und für sie sorgen. Sie besitzt eine wertvolle Gabe. Wenn nötig, werde ich bis nach Hanassa gehen, um sie zu finden. Während ich dort bin, kann ich Nachforschungen über Rolletts Verbleib anstellen, der ein stärkerer und erfahrenerer Magier ist als Gilby oder Jaanus.«

»Ich glaube nicht, dass du auf einer so unsinnigen Suche irgendjemandem außer dir selbst helfen kannst. Selbst wenn deine Schwester lebt, basiert ihre Gabe auf Außenseitermagie, und sie muss in der Verbannung außerhalb von Coronnan bleiben. Aber deine Schwester ist tot. Wir haben beide gesehen, wie sie zusammen mit Yaassima, der Kaalipha von Hanassa, in die Grube mit kochender Lava gestürzt ist.«

»Aber Yaassima ist in der Leere zwischen den Existenzebenen herausgekommen, nicht in der Grube, und die Drachen haben sie erneut in unserer Gegenwart ausgespien. Yaassima wurde vor Kalen in die Grube gestoßen, daher muss ich annehmen, dass meine Schwester lebt.«

»Du bewegst dich auf dünnem Eis, Powwell. Wenn du damit liebäugelst, individuelle Magie einzusetzen, um in die Leere einzudringen, dann ist das Verrat an der Kommune und an mir, deinem Meister.«

»Mein Meister ist Nimbulan und kein anderer.«

Narbengesicht hob die Faust, als wolle er Powwell schlagen.

Powwell wirkte einen Zauber und hielt Narbengesichts Faust mitten in der Luft an.

Thorny sträubte sich und stach Powwell durch mehrere Kleidungsschichten hindurch in die Haut. Er sog den Schmerz auf, damit er seiner Magie Kraft verlieh.

»Du hast bis auf weiteres Stubenarrest und darfst dein Zimmer außer zum Küchendienst nicht verlassen. Ich muss mir die richtige Strafe für eine solche Dreistigkeit einfallen lassen«, stieß Narbengesicht hervor, der seine Hand immer noch nicht bewegen konnte. Doch der Oberste Magier dachte gar nicht daran, seine Hand herunterzunehmen, sondern versuchte nur, mit Gewalt Powwells Barrieren zu durchbrechen.

Powwell wandte dem Obersten Magier den Rücken und ging davon, ohne dessen Faust loszulassen. Wenn Narbengesicht klargeworden war, dass Powwell – über Thorny – illegale Kräfte eingesetzt hatte, dann würde die Strafe schnell und furchtbar ausfallen.

Ich vermute, mit diesem kleinen Akt des Widerstands habe ich soeben all meine Bande zu Coronnan und der Kommune durchtrennt. Und er hatte den Zugang zur Bibliothek verloren und den Informationen darin, die ihn vielleicht zu Kalen geführt hätten.

*

Sitzungssaal des Rats der Provinzen

Geh mit mir spazieren, Katie, bat Quinnault telepathisch, während er sich vom Ratstisch erhob. *Ich muss mir die Beine vertreten, damit mein Kopf zur Ruhe kommt und ich dieses Durcheinander in Ordnung bringen kann.*

Rasch ließ Katie den Blick durch den Saal schweifen, um festzustellen, ob einer der anwesenden Magier gelauscht hatte. Doch selbst wenn, waren sie bei ihrer Ehre verpflichtet, die Privatsphäre des königlichen Paares zu achten, und würden nicht erkennen lassen, dass sie das Gespräch mitbekommen hatten.

Ja, Vogelscheuche, antwortete Katie. Sie nahm seine Hand und war erstaunt darüber, wie kalt seine Finger waren. *Wir brauchen beide frische Luft und Ruhe.*

Ruhe ist wohl etwas, das wir nie haben werden, solange wir im Reveta-Tristile-Palast leben. In Quinnaults Worten schwang ein Schmunzeln mit. Überall um sich herum hörten sie Hämmern und das Schaben von Stein auf Stein. Am Palast und in der Stadt wurde fast ständig gebaut, denn die neue Hauptstadt wuchs täglich.

»Wo sollen wir spazieren gehen?«, fragte Quinnault kaum vernehmbar.

»Irgendwo, wo uns nicht ein Dutzend Wachposten, Höflinge, Magier und Botschafter umschwirren«, antwortete sie ebenso leise.

»Nicht in dieser Existenz. Wir herrschen, und daher gehört unser Leben dem Volk und nicht uns.« Der König seufzte.

»Ich weiß. In meiner Heimat ist es genauso. Ich wünschte nur, wir könnten manchmal ein paar Minuten lang die Politik hinter uns lassen.«

Katie spürte, wie ihr Mann sich bei ihren Worten verkrampfte.

»Aber ich bin nicht zum Politiker geboren, Katie. Ich kann einfach nicht die Unwahrheit sagen und bin jedes Mal erstaunt und verletzt, wenn andere mich anlügen. Es gibt kein Buch, das mich lehren könnte, die Wahrheit zu beugen wie ein Politiker.« Ein verwirrter Ausdruck huschte über seine Miene.

»Aha, du musst also passende Stuten aussuchen, die Buan decken kann«, sagte Katie laut und zu niemand im Besonderen.

Quinnaults Blick hellte sich auf. *Eine gute Idee. Natürlich werden uns die anderen folgen; aber damit hast du diesen kleinen Ausflug aus dem Bereich der Politik herausgelöst.*

Nicht ganz. Der Botschafter von SeLenicca hat eine Stute, die er von deinem Hengst decken lassen will, und Jorghe-Rosse aus Rossemeyer ebenfalls.

»Buan besitzt genug Standvermögen, um beide zufriedenzustellen und noch mehr.« Wieder schmunzelte Quinnault. Er ging schneller, als könne er den stickigen Ratssaal nicht rasch genug verlassen. Katie musste fast rennen, um mit ihm Schritt zu halten, doch sie wollte seine Hand nicht loslassen, zumal sie spürte, wie sie jetzt zwischen ihren Fingern warm wurde.

Auf jeder der Inseln, auf denen die Hauptstadt Coronnan lag, schienen neue Gebäude, von denen viele noch eingerüstet waren, wie Pilze aus dem Boden zu schießen.

Vor zwei Jahren noch, ehe Katie als seine Braut nach Coronnan kam, war Quinnault der Lord dieser Inseln gewesen. Seine alte Trutzburg war inzwischen zu einem weitläufigen Palast und Verwaltungszentrum ausgebaut worden. Einfache Bauernkaten und Gemüsefelder waren fast über Nacht Wohnhäusern und Werkstätten gewichen, eleganten Stadthäusern für Politiker und Tempeln – Dutzenden und Aberdutzenden kleiner Tempel für die wachsende Bevölkerung der neuen Hauptstadt von Coronnan.

Diese Stadt symbolisierte den Traum ihres Mannes, Coronnan Frieden zu bringen, und war ein wichtiger Hafen, über den dieses Land Anteil am Welthandel hatte.

Aber er hatte nie vorgehabt, König zu werden. Sie selbst dagegen war großgezogen worden, um eine Rolle in einer königlichen Familie zu spielen, die seit Generationen über ein galaktisches Imperium regierte.

Quinnault nickte den Stadtbewohnern, denen sie auf dem Weg zur nächstgelegenen Brücke begegneten, beiläufig zu. »Es gab einmal eine Zeit, da kannte ich alle, einschließlich ihrer Kinder, beim Namen. Jetzt kenne ich nur noch einen von zehn persönlich«, murrte er.

Katie drückte ihm begütigend die Hand. »Du kennst mehr von deinen Bürgern mit Namen als mein Großvater die seinen. Ich glaube, er weiß nicht einmal alle Namen derer, die zu seinem Haushalt gehören. Es ist wichtig, dass wir den Kontakt zu dem Volk, über das wir herrschen, bewahren.«

Quinnault schenkte ihr dieses spezielle Lächeln, das nur die Hälfte seines Mundes bewegte, und ihr Puls schlug schneller, als sie verwundert und ehrfürchtig erkannte, wie sehr sie ihn liebte.

Sie überquerten die Brücke, die auf den Marktplatz führte. Verkäufer, die dabei waren, ihre Stände zu schließen, bevor der Feiertag begann, und einige späte Kunden blieben stehen, um sich vor dem Königspaar zu verneigen oder zu knicksen. Kinder rannten umher und gaben nichts um die Würde ihres Gefolges, das dem König und der Königin in diskretem Abstand folgte.

Eine Bewegung am Rand von Katies Gesichtsfeld zog ihre Aufmerksamkeit auf sich. Da war ein einfacher Passant, der sich an eine Hausecke lehnte. Nur dass dies kein normaler Passant war. Sie nickte ihm unmerklich zu und unterdrückte ein weiteres Mal ein Lächeln. Liam Francis, ihr jüngerer Bruder, wollte nach ihr sehen – obwohl sie beide wussten, dass er sich eigentlich gar nicht auf diesem Planeten aufhalten dürfte.

Ihr Vater hätte ebenfalls nicht hier sein sollen, aber er hatte sich schon immer seine eigenen Gesetze gemacht.

Katie fühlte, dass ihr Heimweh ein wenig gelindert war. Ihre Familie fehlte ihr wirklich. Beinahe hätte sie Liam Francis zu ihnen gewinkt, doch im letzten Moment ließ sie die Hand sinken Er blies ihr einen Luftkuss zu und verschmolz mit der Menge; nur ein schlanker junger Mann unter vielen anderen, obwohl er fast einen Kopf kleiner war als die meisten hier.

Eine der Hofdamen stürzte an die Seite der Königin und verscheuchte die Kinder.

»Lasst sie doch spielen«, sagte Katie und hielt ein Kleinkind fest, das auf unsicheren Beinen versuchte, seinen älteren Geschwistern nachzulaufen. Sie drückte das Kind kurz an sich. »Wir hätten Marilell mitnehmen sollen. Sie muss öfter aus dem Palast herauskommen und frische Luft schnappen.«

»Wir haben sie doch mit zum Picknick genommen. Für

heute hat sie genug frische Luft bekommen und braucht ein Schläfchen.« Mit seinen langen Fingern strich Quinnault ihr eine Haarsträhne, die sich gelöst hatte, aus dem Gesicht. »Du kannst nicht ständig in deiner Mutterrolle aufgehen. Wir brauchen Zeit für uns, ehe unser nächstes Kind kommt. Irgendein Anzeichen dafür, dass ich wieder Vater werde?«

Bedauernd schüttelte Katie den Kopf.

Die Höflinge traten einen Schritt zurück und schenkten ihnen eine flüchtige Illusion von Privatsphäre. Auch die Wachen, die sich am Rand der Gruppe hielten, blieben stehen und musterten den Marktplatz unablässig und argwöhnisch.

Liam Francis tauchte noch einmal auf der anderen Seite der Durchgangsstraße auf und verschwand dann. Mit einem Ruck, der ihr beinahe Übelkeit verursachte, kehrte Katies Heimweh zurück.

Dieses Mal drückte Quinnault ihr die Hand, als spüre er, dass sie sich mitten unter dieser geschäftigen Menschenmenge einsam fühlte.

Sie seufzte. Solange sie ihren Mann und ihre Tochter hatte, hatte sie eine Familie. Aber Quinnault und sie waren nur im Bett wirklich einmal allein. Und auch da war sie sich nicht sicher, ob die Dienstboten nicht lauschten.

Ach, wie gern hätte sie sich Liam Francis einfach geschnappt, sich mit ihm auf einen Becher heißen Gewürzwein an den Kamin gesetzt und sich den neuesten Klatsch aus der Heimat erzählen lassen!

Ihr Gefolge im Schlepptau, überquerten Quinnault und Katie die etwa ein Dutzend Brücken, die zwischen dem Palast und dem Festland lagen. Als sie die letzte der Brücken betraten, blieb Katie einen Moment stehen und schaute zurück. Ihr Gefolge war um etliche Schaulustige angewachsen. Ein paar knabberten an einem Imbiss oder tranken Ale, das sie an den zahlreichen Ständen an der Straße gekauft hatten. Musikanten spielten lebhafte Melodien, die den Rhythmus ihrer Schritte aufnahmen – oder hatten die Menschen begonnen, im Takt zur Musik zu marschieren? Ein paar legten einen improvisierten Tanz hin, andere sangen ein Lied.

»Ich habe noch nie ein Volk kennengelernt, das so leicht aus jeder Gelegenheit ein Fest macht.« Katie sah die Menge staunend an. Ihr Fuß wippte im Rhythmus des Tanzes. War das etwa ihr Bruder, der sich da am Rand der Menge mit einer hiesigen Frau drehte?

»Die einfachen Leute haben in drei Generationen des Bürgerkriegs gelernt, sich ihr Vergnügen zu holen, wo immer sie können, trotz der Fehden und der Machtkämpfe bei Hof«, antwortete Quinnault. »Ich möchte meinem Volk Grund geben, jeden Tag zu feiern. Die Leute haben es verdient.«

»Meinst du, es wäre unter unserer königlichen Würde, wenn wir ebenfalls tanzen?« Sie hätte große Lust gehabt, sich Liam Francis auf diese Weise zu nähern und ein paar Worte mit ihm zu wechseln. Vielleicht könnten sie ja auch ein paar Tanzschritte zusammen machen, so wie auf den Partys zu Hause.

»Wenn ich bedenke, dass ich dir auf die Füße treten und wahrscheinlich ausgleiten und auf meinen Allerwertesten fallen würde ... ja, dann ist dieses allgemeine Gehüpfe allerdings unter meiner Würde.« Quinnault lachte freimütig.

Die tägliche Anspannung des Herrschens war größtenteils von ihm abgefallen, und die Sorgenfalten auf seinem Gesicht waren jugendlichem Humor gewichen.

Katie verbarg ihr Lachen hinter vorgehaltener Hand. Das Bild von ihrem hochgewachsenen Mann, wie er der Länge nach im Straßenschlamm lag, die langen Beine im Saum ihres Kleids verheddert, bildete ganz entschieden einen Gegensatz zu seinem sonst würdevollen öffentlichen Auftreten.

Ihr lautloses Gelächter erfüllte Quinnaults Geist. Auch ihn erheiterte die Erinnerung an den schlaksigen Jugendlichen, der auf den Spitznamen »Vogelscheuche« gehört hatte. Im Grunde fühlte er sich immer noch wie dieser unbeholfene junge Mann, den man aus seinem beschaulichen, dem Studium gewidmeten Klosterleben gerissen hatte, damit er die Herrschaft über die Ländereien seiner Familie antrat, und der sich angesichts dieser ungeheuren Aufgabe am falschen Ort und verwirrt gefühlt hatte.

»Du bist nie so ganz in deine Stiefel hineingewachsen, oder?«, fragte sie leise.

»Diesen Ausdruck kenne ich nicht«, gestand er, während er fortfuhr zu lächeln und im Takt der Musik mit dem Kopf zu nicken.

»Kinder und Hunde haben oft im Vergleich zum Körper überproportional große Füße. Sie sind ungeschickt, bis der Körper so weit wächst, dass er die Füße einholt. Wenn die Proportionen dann zusammenpassen, können sich körperliche und geistige Harmonie entwickeln.«

»Ja, so ist es wohl. Ehrlich, Katie, in meine Stiefel passe ich wohl hinein.« Er schaute auf seine gewaltigen Stiefel an seinen Füßen hinunter. »Aber ich glaube, meiner Rolle als König bin ich noch nicht gewachsen.«

»Doch, das bist du, mein Lieber. Dein Volk liebt dich.«

»Mein völlig unbedeutendes magisches Talent als Empath hat mich für das Leben als Priester qualifiziert, das ich mir ausgesucht hatte. Ich kann mich in die Leiden des Volkes einfühlen, und manchmal kann ich den Menschen helfen. Aber die Politiker, welche die tägliche Regierungsarbeit tun, reden, bis mir schwindlig wird. Sie lügen und verstecken die Wahrheit hinter Wortgebirgen. Ich verliere mich in den Wörtern, die zu viel zur gleichen Zeit bedeuten.«

»Die meisten Menschen stehen ratlos vor solch leerem Geschwätz.« Liebevoll sah Katie ihm in die Augen und fragte sich, ob sie ihm mit ihrer auf einem anderen Planeten genossenen Ausbildung vielleicht helfen könnte, sich gegen solche berufsmäßigen Phrasendrescher zu wehren.

Inmitten der Menge war großes Geschrei aufgekommen

und riss sie aus ihren Überlegungen. Um einen Kern von jüngeren Männern herum griff ein Disput um sich. Rasch vergewisserte sie sich, dass ihr Bruder nicht zu ihnen gehörte. Zu Hause wäre er der Erste gewesen, der sich Hals über Kopf ins Getümmel gestürzt hätte. Er liebte es, einen Streit zu beenden, indem er selbst kräftig austeilte. Doch Liam Francis war wieder verschwunden; und auch von Sean Michael oder Jamie Patrick war nichts zu sehen.

Einer der Streitenden, der ein grelloranges Hemd mit violetten Schnüren trug, warf eine überreife Birne nach seinem Nachbarn. Die Frucht zerplatzte auf dem Hemd eines dunkelhaarigen Mannes, der nüchterner in ungebleichtes Leinen gekleidet und ein wenig größer als die meisten Umstehenden war. Er reagierte, indem er dem Mann in dem orangefarbenen Hemd den Rest seines Ales ins Gesicht kippte.

Die beiden gingen mit Fäusten aufeinander los, und ihre Nachbarn schlossen sich der um sich greifenden Prügelei an.

»Wachen, macht dem ein Ende. Zerstreut die Menge, ehe das noch ausufert«, befahl Quinnault.

Die Hälfte ihrer bewaffneten Eskorte verschwand in der Menge.

Ängstlich umklammerte Katie den Arm ihres Mannes, als sich das Scharmützel bis in die Nähe der Brücke ausbreitete. Zornige Gedanken durchschlugen ihre geistige Abschirmung. Die Emotionen, die hinter diesem Kampf wogten, jagten ihr kalte Schauer über den Rücken.

Dieses Gefühl hatte sie zuvor nur einmal empfunden: als sich in der Nacht vor ihrer Hochzeit ein Attentäter in ihr Gemach geschlichen hatte. Er hatte Magie gebraucht, um ihr Angst einzuflößen, eine so entsetzliche Furcht, dass sie reglos und unfähig, sich gegen seinen Angriff zu wehren, dagelegen hatte.

»Kommt, Euer Gnaden«, bat der Sergeant. »Ich bringe Euch zu den königlichen Reitställen. Dort seid Ihr sicher.«

»Führt die Königin lieber über Seitenstraßen in den Palast zurück«, gab Quinnault zurück. Er tätschelte Katies Hand. »Ich komme mit den Übrigen auf einem anderen Weg nach. In kleineren Gruppen ziehen wir weniger Aufmerksamkeit auf uns.«

»Nein, Quinnault«, widersprach Katie leise, aber entschlossen. »Wir müssen beide bleiben. Da verstärkt jemand auf magische Weise die Emotionen der Menge, um seine eigenen politischen Ziele zu unterstützen. Hör zu, was sie rufen, hör genau zu. Wir müssen dieser Sache hier und jetzt Einhalt gebieten!«

»Dreckiger Ausländer!«, brüllte der Mann in dem orangefarbenen Hemd. »Wie kannst du es wagen, auch nur daran zu denken, dass deine Tochter meinen Sohn heiraten soll? Ich habe nicht vor, unsere Familie mit Rover-Blut zu beschmutzen!«

Merkwürdigerweise wirkte der Mann in dem bunten Hemd weit mehr wie ein Rover als der Mann, den er bezichtigte, einer zu sein.

»Rover stehlen unsere Kinder und unsere schwer verdienten Draginen.« Diese Stimme kam aus einer ganz anderen Richtung. Wie von Meisterhand manipuliert wallten die zornigen Emotionen auf.

Der Attentäter, der Katies eigene Emotionen gegen sie eingesetzt hatte, war ein Rover gewesen.

Sie war verwirrt. Wer mochte hinter dieser Sache stecken?

»Rover überwältigen und kontrollieren euren Geist, und ihre Magie ist schlimmer als sämtliche Magie der Kommune.« Diese Stimme kam von einer ganz gewöhnlich aussehenden Frau mit schmutzig-blondem Haar, an deren Hautfarbe oder Kleidern nichts darauf hinwies, dass sie eine Rover gewesen wäre.

»Schlimm genug, dass wir uns mit einer ausländischen Königin abfinden müssen, und mit ihrem Vater, der herumstolziert wie ein Lumvogel. Wir brauchen keine Rover und Wüstenhändler, damit sie sich an unserem Reichtum bedienen. Wir brauchen keine ausländische Königin, die unseren König beherrscht«, brüllte der Mann im orangefarbenen Hemd, an niemand im Besonderen gerichtet, in die Menge hinein.

Katie war außer sich vor Zorn. Neben ihr biss Quinnault die Zähne zusammen. Ein Muskel an seiner Wange zuckte, und der Puls an seinem Hals schlug viel zu schnell.

Die wenigen Höflinge, die sich noch bei ihrer Gruppe befanden, staunten mit offenem Mund über die Kühnheit, mit der die Menge vor dem königlichen Paar diese Gefühle zum Ausdruck brachte. Die meisten Würdenträger hatten sich ohnehin beim ersten Anzeichen von Problemen zerstreut.

»Wir brauchen einen neuen König«, schrie der Mann im orangefarbenen Hemd über das Stimmengemurmel der Menge hinweg. »Wir brauchen einen König, der sich nicht vor ausländischen Interessen beugt!«

»Tötet alle Fremden!«

3. Kapitel

Später Nachmittag des Saawheen-Tages, auf der Langen Brücke zum Festland, Hauptstadt Coronnan

»Sprich zu ihnen, Quinnault. Beende es, bevor sich die Gewalt ausbreitet!« Katie zupfte am Arm ihres Gatten. Vor Angst stand ihr eiskalter Schweiß auf Stirn und Rücken.

Die Wachen umringten sie mit gezückten Schwertern. Vor Anspannung zuckten ihre Arme.

Wenn einer von ihnen auch nur einen Tropfen Blut vergoss, wäre jede Hoffnung verloren, hier Ruhe zu schaffen.

Quinnault sah Katie an und sammelte seine Gedanken. Dann nickte er und holte tief Luft.

»Mein Volk.« Quinnault hob die Arme über den Kopf. Er hatte so laut gesprochen, dass seine Stimme bis ans andere Ende der Menge trug.

Ein paar Menschen schenkten ihm Beachtung und hörten auf zu plappern.

»Steig höher auf die Brücke hinauf, damit mehr Menschen dich sehen können«, drängte ihn Katie. Hoffnung keimte in ihrer Brust, als sie sah, dass die Menge auf ihn zu reagieren begann.

Rückwärts trat er zwei Schritte auf die Mitte der Brücke zu. Durch seinen erhöhten Standpunkt und seine Körpergröße überragte er alle. »Mein Volk … hört mich an!«, befahl er erneut mit einer Lautstärke, als rufe er über ein Schlachtfeld – oder von einer Kanzel herunter.

Katie fühlte sich gleich ruhiger und zuversichtlicher. Dem

Mob erging es scheinbar nicht anders. Langsam breitete sich Ruhe aus.

Das also war Quinnaults Gabe. Nichts so Offensichtliches, dass man ihn einen Magier hätte nennen können, doch es reichte aus – und war vielleicht das beste Talent für einen Mann, der Priester werden oder eine bunt gemischte Bevölkerung durch eine schwere Zeit führen wollte.

»Hört mich bitte an. Ihr müsst von der Gewalt ablassen!«

Katie sah, wie drei Männer, die schon die Hand zum Schlag erhoben hatten, innehielten.

»Ich habe Verständnis für eure Ängste«, erklärte Quinnault. »Ich habe die Kriege miterlebt; ich habe an eurer Seite gekämpft, als rivalisierende Lords diese Inseln bedrohten. Und als der Friede nahe war, habt ihr mich zu eurem König ausgerufen. Ihr, das Volk, habt entschieden, dass ich an eurer Spitze stehen sollte, weil ihr wusstet, dass ich die Kriegsparteien zu einem Kompromiss zusammenführen konnte.« Quinnault hielt einen Moment inne, damit seine Worte ihre Wirkung entfalten konnten.

»Jetzt müssen wir alle zusammenarbeiten, um diesen Frieden zu erhalten. Wir müssen gegen alle kämpfen, die diesen Frieden von *innen* und von außen zerstören wollen.«

Ungläubig starrten Männer und Frauen auf die Wurfgeschosse – Esswaren und Steine – und die Werkzeuge und Keulen, die sie in den Händen hielten. Eine Frau im Vordergrund der Menge legte langsam den faustgroßen Stein weg, mit dem sie gerade auf den Mann, der neben ihr stand, hatte losgehen wollen. Ihr Nachbar steckte den Hammer ein, den er schon zu seiner Verteidigung erhoben hatte.

Quinnault atmete tief durch.

Dann hast du also bemerkt, dass jemand die Emotionen der Menschen per Magie manipuliert hat, meinte Katie auf einer sehr schmalen geistigen Frequenz. Es war besser, der Magier, der sich in der Menge befand, hörte sie nicht.

Magie? Quinnault zog eine Augenbraue hoch und schaute sie fragend an. Seine leicht benommene Miene konnte sein Unbehagen nicht vor ihr verbergen.

Katie musterte die Menge auf der Suche nach dem Mann mit dem grellen orangefarbenen Hemd mit den violetten Besätzen. Eigentlich hätte sie ihn unter den nüchterner gekleideten Stadtbewohnern sofort entdecken müssen.

Ich spüre Magie und Verschwörung hinter diesem Aufruhr. Jemand hat diesen Menschen bewusst Angst eingeflößt.

»Und jetzt zerstreut euch und geht nach Hause, um Saawheen zu feiern, unseren heiligen Totengedenktag«, befahl Quinnault. »Ihr seid gute Menschen. Nicht nötig, dass ihr auf andere hört, die euch ausnutzen wollen, um ihre eigene Angst zu besiegen. Ihr braucht nur friedlich euer Leben zu leben, in einem Frieden, für den wir gekämpft haben. Aber jetzt muss die Gewalt ein Ende haben.«

»Was ist mit den Ausländern? Und mit ...«

Katie suchte in der Menge nach dem Sprecher. Die Stimme klang nach dem Mann mit dem bunten Hemd, aber sicher war sie sich nicht. Sie schien von überall und nirgendwo zu kommen und ein unbehagliches Wogen hinter sich herzuziehen. Sie erblickte Liam Francis, der sich energisch durch die Menge drängte. Sean Michael und Jamie Patrick näherten sich aus anderen Richtungen. Ihr rotes Haar hob sich wie ein Leuchtfeuer aus der Menge ab. Sie hoffte, dass sie den aufrührerischen Magier einkreisen würden.

»Wenn ihr Menschen aus anderen Ländern in unserer Stadt seht, seid versichert, dass sie Handel und Freundschaft bringen. Ich arbeite mit ihren Anführern zusammen, um einen neuen Krieg zu verhindern. Wir alle wirken für Frieden und Wohlstand«, erklärte Quinnault.

Auf seine Worte hin breitete sich Ruhe aus, die stärker war als die anonymen Worte.

Katie biss sich verwirrt auf die Lippen. War es richtig, dass ihr

Mann Magie einsetzte, um die Menge zu besänftigen, genau wie ein anderer sich magischer Mittel bedient hatte, um sie aufzustacheln?

(Manchmal, Katie, muss man Feuer mit Feuer und Magie mit Magie bekämpfen), rief ihr eine Drachenstimme ins Gedächtnis.

»Was sollen wir jetzt anfangen, Quinnault?«, fragte sie. Ihre Brüder waren wieder verschwunden, aufgesogen von der Menschenmenge. Sie hatte keine Ahnung, ob sie den feindlichen Magier gefunden hatten.

»Wir müssen wissen, wer das ausgelöst hat und warum«, gab Quinnault zurück. »Meine Ermittler müssen Fragen stellen und Augen und Ohren nach weiteren Anzeichen für Probleme offenhalten. Ich bin mir sicher, dass das noch nicht alles gewesen ist.«

*

Sonnenuntergang, ein kleiner Tempel drei Inseln westlich des Reveta-Tristile-Palastes, Hauptstadt Coronnan

Katie kniete auf dem kalten Steinboden des kleinen Tempels. Die letzten Sonnenstrahlen fielen durch die hohen, schmalen Fenster und ließen die ikonenhaften Wandbehänge an der Rückwand des Altarraums, auf denen die drei Sternengötter abgebildet waren, wie sie auf einer silbrigen Flammenwolke vom Himmel herabstiegen, aufleuchten. Neben ihr beugte Quinnault das Haupt und murmelte die Gebete für die Toten. Nimbulan, Myri und Yaala knieten unmittelbar hinter dem königlichen Paar. Um sie herum – in einem kleinen achtungsvollen Abstand von Quinnault und Katie – sprach die gesamte Gemeinde die gleichen Worte.

Ein Priester in einer roten Robe gesellte sich zu Katie. Sie warf ihm einen kurzen Seitenblick zu. Er hatte die Kapuze seiner Robe über den Kopf gezogen, sodass sein Gesicht nicht zu erkennen war. Es war ungewöhnlich, dass ein Mitglied des königlichen Gefolges sich ihr so weit näherte.

Der Priester stieß leicht gegen ihren Ellbogen, als er ein äußert terranisches Kreuzzeichen vollführte, indem er Kopf, Herz und beide Schultern berührte. Sie hatte sich daran gewöhnt, dass die hiesige Bevölkerung fast das gleiche Zeichen schlug, allerdings von einem anderen Gebet begleitet als dem, das sie als Kind in ihrer Heimat gelernt hatte.

»Fast wie zu Hause«, murmelte der Priester mit terranischem Akzent.

»Ich hätte mir denken können, dass du irgendwann auftauchst, Sean Michael«, antwortete sie ihrem älteren Bruder – dem mittleren ihrer drei Geschwister – im Flüsterton. »Du solltest überhaupt nicht hier sein. Kein Familienkontakt, da waren wir uns doch einig. Wir dürfen kein Risiko eingehen, diese Kultur weiter zu kontaminieren.«

»Muss doch nachschauen, wie es meiner kleinen Schwester geht.« Er neigte den Kopf, um Quinnaults forschendem Blick auszuweichen.

»Das hat Liam Francis schon getan.«

»Ja, aber unser jüngster Bruder hat sich noch nicht bei uns zurückgemeldet. Ich vermute, er hat eine Taverne gefunden und eine Dame, mit der er den Abend verbringen will. So eine wie die dunkeläugige Schönheit da drüben.« Mit einer Kopfbewegung wies er auf eine dunkelhaarige Frau in der bunten Kleidung der Rover, die mit Münzketten behängt war und direkt hinter Nimbulan kniete.

»Oder Liam Francis hat sich auf die Suche nach einem aufrührerischen Magier gemacht. Ich dachte, ich hätte dich und Jamie Patrick gesehen, wie ihr der gleichen telepathischen Fährte gefolgt seid.«

Sean Michael zog eine rothaarige Augenbraue hoch. »Wir haben nichts gefunden.«

»Könntet ihr es noch einmal versuchen?«

Er nickte. »Und wann darf ich meine Lieblingsnichte sehen, Prinzessin Marilell?«

»Morgen früh.« Katie stieß ihn scharf mit dem Ellbogen an, eine vertraute Geste, mit der sie ihn schon früher in der Kirche stets zum Schweigen gebracht hatte.

»Kinnsell ist ebenfalls nicht aufs Mutterschiff zurückgekehrt. Eigentlich bin ich gekommen, um ihn nach Hause zu schleifen, doch ich konnte der Versuchung nicht widerstehen, dich zu sehen, kleine Schwester.« Sanft strich er über ihre Fingerspitzen.

Die kurze Liebkosung erfüllte sie mit Wärme, und sie hätte ihn gern umarmt.

Kurz darauf huschte er davon. Außer ihr hatte ihn kaum jemand bemerkt. Beinahe körperlich empfand sie eine große Leere.

Jemand, den ich kennen sollte?, fragte Quinnault sie telepathisch und legte die Hand auf ihre. Durch den direkten Kontakt empfand sie seine Liebe ganz unmittelbar.

Einer meiner Brüder, antwortete sie. Früher hatte sie geglaubt, es sei einfach, mit ihren Brüdern in Gedanken zu kommunizieren. Aber im Vergleich zu dem intimen Kontakt zu ihrem Mann kam ihr die Familientelepathie mühsam vor. Kein Wunder, dass ihr Bruder geflüstert hatte.

Deine Familienangehörigen dürften gar nicht hier sein, meinte Quinnault.

Mein Vater ebenfalls nicht. Sean Michael ist gekommen, um Kinnsell nach Hause zu holen.

Merkwürdiger Ort, um nach deinem Vater zu suchen. Mir ist noch nie aufgefallen, dass er das geringste Interesse an unseren Sitten und Gebräuchen gezeigt hätte.

Kinnsell interessiert sich nur für sich selbst.

Und macht Probleme.

Pssst, Lieber. Wir sind gleich an der Reihe. Katie ergriff einen

Strauß bunter Blumen, den sie zuvor neben sich auf dem Boden abgelegt hatte. Als der Priester sie nach vorn winkte, stand sie auf und legte das kleine Herbstblumen-Bouquet auf den einfachen Steinaltar. »Zum Gedenken an meine Mutter, die vor fünf Jahren diese Existenzebene verlassen hat. Möge sie jenseits der Leere Frieden finden«, sprach sie die rituellen Worte.

Jetzt trat Quinnault vor und rezitierte Fürbitten für eine lange Reihe verblichener Verwandter.

Gemeinsam verneigten sie sich vor dem Altar und kehrten dann auf ihre Plätze zurück.

Anschließend taten Nimbulan, Myri und der Rest der Gemeinde es ihnen nach.

»Wer ist diese Frau?«, fragte Katie und wies mit einem Kopfnicken auf die extravagant gekleidete Frau mit der dunklen Haarmähne und der reinen, elfenbeinfarbenen Haut, die ihrem Bruder aufgefallen war. Die zwei Männer, die unmittelbar nach ihr Blumen auf den Altar legten, konnten nur Liam Francis und Sean Michael sein. Wo steckte nur Jamie Patrick? Und Kinnsell? Es verblüffte sie, dass ihr Vater diese Frau von exotischer Schönheit noch nicht entdeckt hatte.

»Ihr Name ist Maia. Sie ist im vergangenen Jahr zusammen mit Nimbulan aus Hanassa geflüchtet«, antwortete Quinnault leise. »Er ist ihr aus irgendeinem Grund verpflichtet. Wir halten sie in diesem Heiligtum versteckt und schützen sie mit magischen Barrieren, denn sonst sind andere ihrer Art in der Lage, uns ohne ihr Wissen und Wollen über sie auszuforschen.«

»Sie wirkt nicht glücklich. Was ist, wenn sie beschließt, dass sie fortgehen will?«

»Ich weiß es nicht; aber ich hoffe nur, dass sie dann zu ihrem Clan zurückkehrt und nicht hierbleibt, damit die Rover, die uns übelwollen, sie manipulieren können.«

Eine Flut verzerrter Bilder überschwemmte Katie. Sie vermochte Gegenwart und Vergangenheit, oben und unten, real und unwirklich nicht mehr zu unterscheiden; all das umwirbelte sie in einem Strudel von Farben und Bildfetzen. Ihr Vater, Maia, ein Shuttle vom Mutterschiff und Drachen, überall Drachen. Und dann verschlang eine purpurne Wolke, so dunkel, dass sie beinahe schwarz war, sie alle.

Ihr war schwindlig, und sie schwankte.

»Katie!« Quinnault schlang beide Arme um sie und hielt sie aufrecht.

»Vogelscheuche, ich sehe Probleme. Ich habe noch nie eine Vorausschau gehabt, aber ich sehe Probleme, die mit dieser Frau zu tun haben. Katastrophale Ereignisse überschatten ihre Aura, und irgendwie steht meine Familie in ihrem Mittelpunkt.«

*

Saawheen-Abend, im Haus von Myrilandel, Botschafterin des Drachennimbus in Coronnan, Hauptstadt Coronnan

Powwell sah Yaala in die Augen und hoffte dort Unterstützung oder Mitgefühl zu finden; alles wäre ihm recht gewesen, nur nicht die Angst, die darin stand.

»Dies ist sehr gefährlich, Powwell«, sagte Bessel leise von dem Schreibtisch in Nimbulans Arbeitszimmer aus. »Keiner von uns hat viel Erfahrung mit der Leere. Der Zauber ist illegal. Ich habe keine Lust, alles zu opfern, um dir bei der Suche nach deiner Schwester zu helfen.«

»Du brauchst den Zauber nicht zu wirken; du sollst mich nur überwachen und zurückholen, falls ich Schwierigkeiten bekomme. Du bist der einzige Magier, dem ich vertraue, Bessel.«

»Ich kann dich überwachen, Powwell«, warf Yaala, die auf der gepolsterten Fensterbank saß, leise ein. Die untergehende

Herbstsonne fiel von hinten über ihr fast farbloses Haar und ihre helle Haut und ließ sie ätherisch und zerbrechlich erscheinen. Ihr schweres Brokatkleid erdrückte ihre zarte Figur beinahe. Es entsprach der aktuellen Mode, die gedämpfte Erdtöne vorschrieb. Das Goldgewebe war bronzefarben und grün getüpfelt. Königin Katie mit ihrem roten Haar und den grünen Augen standen diese Farben wunderbar, daher trugen sie alle Frauen bei Hof.

Doch Yaala hätten eher helle Blau- und Rosatöne geschmeichelt. Und sie brauchte ein wärmeres Klima. Sie war in der Wüste geboren und aufgewachsen und zitterte auf dem zugigen Fenstersitz vor Kälte. Und dennoch zog es sie unwiderstehlich zu dem Licht, das durch die Fenster aus geöltem Pergament eindrang.

Powwell gelobte sich, sie nach Hause zu bringen. Sobald er Kalen gefunden hatte. Yaala hatte das Beste verdient; mehr als er ihr geben konnte.

»Du besitzt nicht die Magie, um mich aus der Leere zu ziehen, Yaala«, gab Powwell zurück. Beruhigend drückte er ihr die Hand. »Ich komme schon zurecht. Ich habe umfangreiche Forschungen dazu angestellt.«

»Sollten wir nicht warten, bis Meister Nimbulan aus dem Tempel zurückkehrt?« Bessel hantierte mit einem der Schreibstifte des Meisters. »Er könnte dich überwachen, und er weiß, gegen welche Kräfte du anstehst.«

»Aber er besitzt ebenfalls keine Magie.«

»Was ist, wenn Narbengesicht herausbekommt, was wir tun? Dieser Zauber erfordert Außenseitermagie. Das Ganze ist illegal.« Bessel begann mit dem Stift auf Nimbulans Schreibtisch zu klopfen.

»Deswegen machen wir es ja in Myrilandels Haus. Sie ist die Botschafterin der Drachen, und dieses Haus, die Botschaft, ist ausländisches Territorium. Wir befinden uns nicht in Coronnan, daher ist dieser Zauber hier nicht illegal.«

Weder Bessel noch Yaala sahen aus, als beruhige sie dieses Argument.

»Ich brauche dich, Bessel. Und mir läuft die Zeit davon. Ich habe Monate um Monate damit vergeudet, herauszufinden, wo ich nach Kalen suchen soll, ohne in die Leere zu gehen, und versucht, die Regeln der Kommune zu befolgen. Doch jetzt hat Narbengesicht mich aus der Kommune geworfen. Er hat mir den Zutritt zur Bibliothek und zur ganzen Universität untersagt. Damit bin ich ein Magier außerhalb der Kommune; entweder ich entschuldige mich bei ihm, oder ich muss Coronnan bis Mitternacht verlassen. Deswegen muss ich hier und jetzt die Leere durchsuchen. Entweder hilfst du mir, Bessel, oder ich tue es allein, nur mit Thorny als Führer.« Er tätschelte den kleinen Igel, der in der Tasche seiner Tunika saß.

»Bring dich in Trance, Powwell. Besser, wir bringen es hinter uns, ehe ich den Mut verliere.«

Powwell nahm mit gekreuzten Beinen auf dem Boden Platz und setzte Thorny auf seinen rechten Oberschenkel, wo er ihn leicht erreichen konnte. Im Notfall konnte Thorny die Stacheln aufstellen, ihn stechen und Powwell durch den Schmerz zurück in seinen Körper und die Realität holen. Er atmete tief ein, zählte bis drei und machte seinen Geist frei von diesem Raum, von seinen Gefährten und jedem zufälligen Gedanken bis auf den an sein Ziel. Er ließ die Drachenmagie ausströmen, die er noch in seinem Körper beherbergte, und fand eine silbrig-blaue Kraftlinie tief im Inneren des Planeten, die ihn mit magischer Energie versorgte. Ruhe durchrann ihn wie warmer Honig. Er holte noch einmal Luft, zählte bis drei und atmete dann aus, während er wieder bis drei zählte. Am Rande seines Blickfelds befand sich die flackernde, schwarze Leere. Er widerstand dem Drang, sich in dieses Vakuum zwischen den Existenzebenen zu stürzen. Ein dritter Atemzug vertiefte seine Trance. Yaala und Bessel wurden in seiner Wahrnehmung zu geisterhaften Illusionen. An dem Ort, an dem er sich befand, existierte nur noch Thorny als feste, vertraute Präsenz.

Die Leere lockte ihn mit sanfter Sphärenmusik. Er hatte den Eindruck, die Melodie zu erkennen, wollte mehr hören, um die verlockenden Teile zusammenzusetzen.

Ich werde deine Lebenskraft benutzen, um dich wie mit einer Nabelschnur in dieser Existenz zu verankern, sagte Bessel direkt in seine Gedanken hinein.

Powwell verschmolz mit dem schwarzen Nichts der Leere. Jedes Gefühl für seinen Körper, für seine Position im Raum oder seine Orientierung am Planeten verschwand. Nur noch sein Geist existierte.

Er kämpfte einen kurzen Moment der Panik nieder, in dem er fürchtete, er könne sich verirren und nie wieder den Rückweg in seinen Körper oder wenigstens den Pfad in seine nächste Existenz finden. Doch dann beruhigte ihn Thornys geistige Berührung.

Nachdem die Panik verflogen war, nahm er mit einem Mal Dutzende leuchtender Nabelschnüre wahr; die Lebenskräfte aller Wesen, denen er je begegnet war. Nimbulans blaue Signatur war leicht zu erkennen. Obwohl seine Lebenskraft schwächer geworden war, seit Powwell sie zuletzt zusammen mit seinem Meister gesehen hatte, dominierte immer noch das Blau. Myrilandels kristallklares und silbernes Licht schlang sich um Nimbulans Blau, sodass die beiden praktisch zu einem Wesen verschmolzen.

Bessels Lichtstrang aus leuchtendem Blau und Rot glitt seitlich aus seinem Blickfeld; eine Leiter, an der er in seinen Körper zurückklettern konnte, wenn er Hilfe brauchte.

Er hielt Ausschau nach Kalen und rechnete damit, ihre Lebenskraft mit seiner eigenen verschlungen zu sehen. Doch um Powwell wand sich eine lavendelfarben angehauchte Silberschnur von unbestimmter Farbe, die keine Spur von dem Orange und Braun seiner Schwester aufwies. Yaala? Er betrachtete das stumpfe Silber seiner eigenen Lebenskraft genauer und suchte nach einer Spur von Farbe. Magier waren selten in der Lage, ihre eigenen Signaturfarben zu erkennen.

Ein strahlenderer, kristallklarer Funke tanzte um Powwells Lebenskraft herum, gerade außerhalb seiner Reichweite. Nur Shayla, die fast unsichtbare Drachin, strahlte ein so klares kristallenes Licht aus. Sie beeinflusste alles Leben in Coronnan, ohne ein Teil davon zu sein.

Powwell entspannte sich und nahm Shayla als Führerin und Mentorin auf dieser Reise an.

(Wonach suchst du?)

Ich suche meine verschollene Schwester, antwortete Powwell der Stimme, die von überall und nirgendwo zu kommen schien und sowohl die Leere als auch seinen Geist erfüllte. Seine Gedanken drohten in müßige Spekulation abzugleiten. Die Leere verleitete ihn, jeder neuen Idee nachzugehen. Thorny versetzte ihm einen geistigen Stoß wie mit einem Stachel, der in seine Haut stach. Powwell wandte seine Gedanken wieder seiner Mission zu.

(Ist sie wirklich verschollen, oder weißt du nur nicht, wo du suchen sollst?) Eine typische, kryptische Drachenfrage.

Kalen wurde in die kochende Lava unterhalb von Hanassa gestürzt, als sich das Drachentor geöffnet, aber noch nicht ganz herausgebildet hatte. Die andere Frau ging in die Leere. Diese haben die Drachen wieder ausgespien. Daher nehme ich an, dass meine Schwester allein in der Leere schwebt.

Als Powwell Hanassa erwähnte, die Stadt der Verbannten, und das Drachentor, jenes magische Portal, das einen Reisenden von Hanassa zu jedem beliebigen Ort transportieren konnte, spürte er Erschrecken und Argwohn bei der kristallinen Lebenskraft.

(Wenn die, die du suchst, von Hanassa aus in die Leere gegangen ist, dann muss sie, wenn sie den Weg ohne Hilfe findet, auch nach Hanassa zurückkehren. Gib deine Suche auf. Wahrscheinlich will sie nicht gefunden werden.)

Ich muss sie finden. Ohne sie bin ich nicht vollständig. Sie ist meine einzige Verwandte.

(Möglicherweise ist sie das nicht mehr. Suche andere Menschen, die dich erfüllen. Suche in deinem Herzen nach der Quelle der Leere, die du empfindest.)

Das geht nicht. Ich muss Kalen finden. Ich habe es ihr versprochen.

(Erforsche dich selbst, bevor du in das Reich des Drachenrenegaten ausziehst.)

Und dann stürzte Powwell mit einem schwindelerregenden Ruck in seinen eigenen Körper zurück.

Während Bessel und Yaala vor ihm feste Gestalt annahmen, verharrte kurz ein roter, von schwarzen Funken gesprenkelter Nebel in seinem Blickfeld.

Powwell schüttelte den Kopf, um seinen Blick zu klären. Tief im Inneren des Nebels verweilte ein verhangener Tropfen in Orange und Braun, der sich zu einem tiefen Purpurton wandelte und dann zu Schwarz verdunkelte. Einen Sekundenbruchteil später schrumpfte er zusammen und verschwand. Der Nebel zog sich von den anderen zurück und bildete um ihn und Thorny herum so etwas wie eine Aura.

Thorny hieß ihn summend willkommen und entspannte seine aufgestellten Stacheln.

»Wach auf, Powwell. Komm zurück!« Bessel ohrfeigte ihn, um ihn zu wecken. »Lass die Leere hinter dir.«

»Ist meine magische Signatur rot mit schwarzen Funken?«, fragte Powwell. Die Worte gingen ihm schleppend über die Lippen. Er war so erschöpft und benommen, dass er sich wie betrunken fühlte. In dem Bedürfnis, einen festen Halt zu finden, streckte er die Hand nach Yaala aus.

»Du hast deine eigenen Farben gesehen?«

»Ja, im letzten Moment, bevor ich in meinen Körper zurückgekehrt bin. Deine sind ein verschlungenes Rot und Blau.«

»Das hat man mir auch gesagt«, pflichtete Bessel ihm bei. »Ich wünschte, ich könnte sie sehen.«

»Ich habe unser aller Farben gesehen, aber ich konnte Kalen in der Leere nicht finden. Doch als ich zurückgekehrt bin, habe ich ihre orangefarbene und braune Lebenskraft erblickt, stark geschrumpft und in Purpur gehüllt, ein so dunkles Purpur, dass es beinahe schwarz war.«

»Hanassa«, hauchte Yaala erschrocken.

»Shayla hat mir gesagt, ich solle mich vor dem Drachenrenegaten hüten. Nur über Hanassa könne ich meine Schwester finden. Meinte sie die Stadt oder den einzigen Drachen, der je aus dem Nimbus verbannt wurde?«

»Beide«, erklärte Yaala. »Aber zuerst musst du einen Weg finden, in die Stadt zu gelangen. Der Zugang über Land wurde von dem Erdbeben zerstört, als wir die Stadt verlassen haben. Das Drachentor hat entweder seine Portale verschoben oder ist vernichtet worden.«

»Narbengesicht lässt alle bekannten Portale in Coronnan rund um die Uhr bewachen«, erinnerte ihn Bessel. »Seit mehr als einem Jahr hat sich keines von ihnen geöffnet. Falls das Drachentor noch existiert, musst du ein neues Portal finden, um in die Stadt zu gelangen.«

»Das werde ich, irgendwie. Ich hoffe, Rollett ist noch dort, um mir zu helfen.«

»Hoffe lieber, dass er überhaupt noch lebt. Hanassa tötet Außenseiter«, rief Yaala ihm ins Gedächtnis.

»Der Drachenrenegat oder die Stadt?«

»Beide.«

4. KAPITEL

Sonnenaufgang, Tag nach Saawheen, Magieruniversität, Wohnflügel, Hauptstadt Coronnan

Powwell schlich sich aus seiner Zelle in der den Gesellen vorbehaltenen Abteilung der Universität. Zum Glück war an diesem Ende nur eine weitere Zelle bewohnt. Fünf würden leer bleiben, bis weitere Lehrlinge in den Status eines Gesellen aufrückten. Bessels leises Schnarchen drang aus dem letzten Raum in diesem Korridor, neben der Treppe, die nach oben zu den Wohnungen der Meister und hinab in den Küchentrakt und zum Refektorium führte. Die fünfzehn Lehrlingszellen, die hinter Powwell lagen, waren viel enger; oft nächtigten vier oder fünf junge Männer in einer mit Etagenbetten möblierten Zelle, die kleiner als Powwells Zimmer war. Der Gedanke gefiel ihm nicht, Bessel hier allein zu lassen, wo er der einzige Geselle in dem gesamten Komplex und der einzige Puffer zwischen Narbengesichts Launen und den wehrlosen Lehrlingen sein würde.

Doch seine Mission konnte nicht warten, und er würde sich nicht bei Narbengesicht für seinen Ungehorsam entschuldigen.

Die Morgenluft roch sauber und feucht, als wache sie gerade auf, um auf neue Abenteuer auszuziehen. Powwell gähnte kurz und reckte sich. Sehnsüchtig sah er auf sein zerwühltes Bett hinunter. Nein. Dazu war er zu weit gekommen. Seinen Entschluss hatte er schon vor Monaten gefasst, als er seine Schwester in Hanassa zurückgelassen hatte.

Resolut schulterte er sein Bündel und zog Thorny aus der Tasche seiner Tunika. Der kleine Igel versuchte sich zu einer festen Kugel zusammenzurollen. Normalerweise war er nachtaktiv und die Morgendämmerung seine liebste Schlafenszeit. Powwell weckte ihn mit einem Gedanken, und Thorny entrollte sich zögernd und zuckte mit dem Näschen. Der Duft nach frisch gebackenem Brot, der durch Thornys scharfen Geruchssinn noch verstärkt wurde, ließ Powwells Magen knurren.

Guillia, die Köchin, Hauswirtschafterin und Ersatzmutter für alle an der Universität – und außerdem Kalens, aber nicht Powwells leibliche Mutter –, war wahrscheinlich schon seit Stunden auf den Beinen, um das herzhafte Frühstück zuzubereiten, das Magier benötigten, die gewaltige Mengen an Energie verbrannten, während sie ihre Gaben zum Nutzen des Königreichs einsetzten.

Leise schlich Powwell die Treppe hinunter. Unten angekommen, wandte er sich nach links in den jetzt überbauten Gang, dann gleich wieder links und trat dann über drei unebene Stufen in die Küche. Als Nimbulan damals in dem verlassenen Kloster seine Universität begründet hatte, war die Küche der Raum gewesen, in dem sich Powwell und zwei weitere Lehrlinge zusammen mit den Gesellen Bessel und Rollett und Meister Nimbulan versammelt hatten. Auch Jaanus und Gilby, die verschollenen Gesellen, waren dabei gewesen und der alte Lyman, der Bibliothekar. Das Kochfeuer hatte sie während des ersten langen Winters in dem zugigen alten Kloster gewärmt.

Lächelnd erinnerte sich Powwell an die Bande der Freundschaft und Loyalität, die damals zwischen ihnen allen gewachsen waren, und ihm lief das Wasser im Mund zusammen, als er an den Geschmack des Tambootie-Aromas in seinem Tee zurückdachte. Heutzutage würde die Universität nie wieder Essen oder Trinken mit Tambootie versetzen.

Er fiel ihm schwer, Bessel und Lyman mit Narbengesicht allein zu lassen. Aus den Tagen, in denen Nimbulan in seiner strengen, aber väterlichen Art die Universität geleitet hatte, waren nur noch diese beiden übrig. Unter ihm war die Universität so etwas wie eine Familie gewesen. Erst Narbengesicht hatte sie in eine lieblose, unerbittliche Institution verwandelt.

»Eines Tages, Narbengesicht, wirst du lernen, dass die stärkste Familie eine ist, die durch die Seidenbänder der Liebe verbunden wird. Einige Mitglieder gehen vielleicht fort, aber sie kommen zurück, wenn sie gebraucht werden. Du ziehst es vor, deine Leute in die Eisenketten der Kontrolle zu legen, damit sie dir nachfolgen. Aber wenn wir dir einmal entkommen sind, kehren wir nie wieder«, murmelte er vor sich hin, während er auf dem Weg in die neue Küche, die durch einen kurzen Durchgang vom Refektorium abgetrennt war, an den langen Esstischen vorbeiging.

Aus langer Gewohnheit blieb er stehen und schickte seine Magie voraus, bevor er die Küche betrat. Seine Jugendjahre, in denen ständig Krieg geherrscht hatte, hatten ihn vorsichtig gemacht. Die Zeit als Sklave in Hanassa hatte ihn Argwohn gelehrt. Die Härchen in seinem Nacken sträubten sich, als er eine eigenartige Leere hinter der Tür wahrnahm. Thorny machte einen Buckel und stellte seine Stacheln auf.

Jemand hatte eine magische Schutzblase errichtet, um ein Gespräch sehr privat zu halten.

Powwell hatte so etwas noch nie aufgehalten. Er hatte den Krieg, die Sklaverei, Hanassa und Narbengesicht überlebt, indem er gelernt hatte, Gespräche zu belauschen. Natürlich könnte ein Schutzwall, den zwei Magier mittels Drachenmagie errichtet hatten, schwerer zu durchdringen sein als der eines allein arbeitenden Magiers. Dann musste er halt tiefer bohren.

Powwell schob die Küchentür auf, wobei er sich vergewisserte, dass seine Magie die Angeln lautlos schwingen ließ und verhinderte, dass ein kalter Luftzug sein Eindringen ankündigte. Tief sog er den köstlichen Duft nach frischem Brot, Schinken und Trockenobst, das in Wein und Gewürzen köchelte, ein.

Er sah sich in dem von Herdfeuern erhellten Raum nach Verzerrungen in der Luft um. Dort, in der Ecke links vom Kamin, waren die Schatten tiefer, als sie hätten sein dürfen. Nur eine leichte Schutzbarriere umgab die Magier, denn die einzige andere Person im Raum war Guillia, von der man allgemein annahm, dass sie – bis auf ihren sicheren Instinkt dafür, herrliche Mahlzeiten genau dann aufzutischen, wenn die leeren Mägen der Männer sie gebrauchen konnten – keinerlei Magie besaß.

Ein kurzer, rotschwarzer Lichtstrahl zuckte kurz auf, der nun, da er sie zu erkennen wusste, sehr schön Powwells einzigartige Signatur zeigte, und dann duckte er sich in den Gang zurück und ließ die Tür einen Spaltbreit offen.

»Bessel war im Recht, als er diese Mission abgelehnt hat! Narbengesicht braucht seine Hilfe bei all den neuen Lehrlingen, die er schlittenweise anbringt«, zischte Rotkäfer.

Powwell hörte das Geräusch, mit dem der Mann mittleren Alters beim Reden seine Fingergelenke knacken ließ. Es klang ziemlich genau wie der Käfer, nach dem er benannt war.

Kurz fragte sich Powwell, ob er wohl eines dieser stinkenden Insekten als magischen Gefährten in seiner Tasche trug. Da würde sich Narbengesicht schön ärgern! Er würde einen seiner treuesten Unterstützer verbannen müssen.

»Bessel hat so große Angst davor, aus der Universität geworfen zu werden, dass Narbengesicht ihn in kürzester Zeit vollkommen beherrschen wird«, schloss Rotkäfer.

»Und ich sage, dass wir uns keine Außenseiter in der Universität und in Coronnan leisten können. Wir müssen Säuberungen unter unseren Mitgliedern vornehmen.« Ein dumpfer Aufschlag folgte den Worten des Buckligen. Powwell konnte beinahe sehen, wie der bucklige Magier, der Lord Balthazaan beriet, bei jedem Wort seinen Stab auf den Boden stieß. Durch seine gekrümmte Körperhaltung musste er sein wichtigstes magisches Werkzeug nicht nur gebrauchen, um seine Zaubersprüche hindurchzulenken, sondern auch als Gehstock.

»Wenigstens brauchen wir uns um Powwell keine Gedanken mehr zu machen. Er ist ein stärkerer Magier als Bessel, und er denkt unabhängiger«, meinte Rotkäfer.

»Und ist viel zu kreativ bei seinen Sprüchen. Powwell muss immer alles anders machen als alle anderen.« Der Bucklige stieß seinen Stock auf die Bodenfliesen.

»Nun ja, Narbengesicht hat ihn offiziell von der Universität verwiesen. Jetzt muss er Coronnan innerhalb von drei Tagen verlassen, sonst wird ihm der Prozess gemacht, und ihn erwarten Haft oder sogar die Hinrichtung. Ein gutes Gesetz; keine Magie oder Magier ohne die Genehmigung der Kommune«, gab Rotkäfer zurück.

Dann war es also tatsächlich eine Verschwörung, dass jeder, der bei Nimbulan studiert oder mit ihm zusammengearbeitet hatte, von der Universität entfernt wurde, und lag nicht daran, dass Narbengesicht einfach auf jeden losging, den er nicht vollständig beherrschen konnte. So etwas hatte Powwell schon seit Monaten vermutet.

»Sobald wir alle Mitglieder der Kommune vollständig unter Kontrolle haben, wird der Rest von Coronnan einfach in unsere Hände fallen. Dann haben dieser schwache König und der Rat der Provinzen ausgedient. Endlich wird Ordnung herrschen, gelenkt durch Drachenmagie«, versetzte der Bucklige entschieden.

Vollständige Kontrolle über das Königreich? Das war nicht der Sinn und Zweck der Kommune. Sie sollte dem König und seinen Lords *neutrale* Ratgeber stellen.

Was konnte Powwell tun, um sie aufzuhalten?

Nichts.

Gut, dass er unterwegs nach Hanassa war, jedenfalls sobald er einen Eingang in die geschlossene Stadt fand, die tief in einem uralten Vulkankegel lag. Wenn Rollett noch lebte, konnte Powwell ihn heimschicken, damit er Nimbulan und Lyman – und auch Bessel – half, diese Verschwörung zu bekämpfen.

Sollte er Bessel warnen?

Wenn Bessel jetzt noch nichts von der Verschwörung ahnte, würde er auch Powwells Warnung nicht beherzigen.

»Tut mir leid, Bessel. Ich kann nicht bleiben, um dir zu helfen. Aber du wirst auf deinen Füßen landen. Das tust du doch immer, auch wenn du vielleicht selbst nicht daran glaubst. Ich schicke dir Rollett«, flüsterte er seinem Freund zu, obwohl dieser ihn nicht hören konnte, »denn ich muss Kalen finden, und dies ist die einzige Möglichkeit dazu.«

Er lauschte noch ein wenig dem Gespräch der Magier, die jetzt planten, ihre Lords so zu beraten, dass es Narbengesichts Politik diente. So war das System allerdings nicht gedacht. Die Magier, die als Ratgeber dienten, sollten als neutrale Beobachter fungieren. Politik sollte die Kommune und die Universität nicht belasten. Doch in Wahrheit verhielt es sich anders.

Dann verließen die beiden Meistermagier die Küche, ohne Powwell zu sehen. Beide kauten dicke, reichlich mit Brombeermarmelade bestrichene Brotschnitten.

Als er ihre Schritte auf den Fliesen des Durchgangs nicht mehr hören konnte, glitt Powwell in die Küche.

»Ich habe dir Proviant gepackt«, erklärte Guillia ohne Vorrede. »Du wirst mein Mädchen finden.«

»Ich werde es versuchen«, gab Powwell zurück und quittierte die Beobachtungsgabe der Köchin mit hochgezogenen Augenbrauen. Er hievte das Proviantbündel, das fast so groß und schwer war wie das Bündel mit seinen Büchern, Kleidern und Werkzeugen, auf den Küchentisch. Woher hatte sie gewusst, dass er Vorräte für eine lange, einsame Reise brauchen würde?

»Sie lebt; das spüre ich.« Guillia zog eine große Pfanne mit knusprigem Frühstücksspeck von dem gemauerten Herd.

»Besitzt du etwa doch magische Kräfte, Guillia?«, fragte Powwell und mauste sich eine Scheibe Speck. Sie verbrannte ihm die Finger, und er jonglierte das heiße Fleisch zwischen den Handflächen hin und her, bis er es essen konnte.

»Nur Mutterinstinkt.« Mit einer langstieligen Gabel beförderte sie den restlichen Speck auf eine Servierplatte.

Powwell stibitzte sich noch eine Hand voll.

»Wenn Yaala fragt, sag ihr, dass ich sie im Frühling auf der Lichtung treffe. Sag ihr ...«

»Ich weiß, was ich ihr zu sagen habe, Junge. Und nun mach dich lieber auf den Weg, bevor *die*...« – sie wies mit einer Kopfbewegung in die Richtung, in die Rotkäfer und der Bucklige verschwunden waren – »zurückkommen und dich noch hier antreffen.«

»Hast du gehört, was sie geredet haben, Guillia?«, fragte Powwell und küsste sie zum Dank auf die Wange.

»Natürlich. Ihre lächerliche Schutzbarriere würde keine Maus täuschen, und erst recht keine Frau, die wissen muss, was in dieser Universität vor sich geht. Sie können Frauen nicht leiden, daher tun sie einfach so, als wäre ich nicht da. Obwohl sie natürlich laut genug schreien, wenn ich ihr Essen nur zwei Herzschläge zu spät auftrage. Und jetzt lauf zu. Finde einfach mein Mädchen und sorge dafür, dass es ihr gut geht.«

»Das werde ich, Guillia. Für dich, für uns beide. Ich werde Kalen finden, und Rollett auch. Dann kommen wir zurück und kümmern uns um Narbengesicht.«

»Sieh einfach zu, dass du Kalen findest. Ich will nicht, dass mein kleines Mädchen allein ist, ganz ohne Familie und Freunde.«

»Niemand verdient es, ohne seine Familie zu sein. Ich hoffe nur, dass Bessel so viel Glück hat wie ich und beides findet, sollte man ihn zwingen, von hier fortzugehen.«

»Ich passe auf ihn auf, Junge. Obwohl ich vermute, dass er auch bald fort sein wird. Alle Jungen hier sind wie Söhne für mich. Solange Narbengesicht mich lässt, werde ich über sie wachen.«

*

Beginn des Frühjahrs, ein Bergwerksdorf in Balthazaan, südlich der Hauptstadt Coronnan

Bessel stapfte den Hügel hinauf, auf dem die Bergwerkssiedlung und sein Elternhaus lagen. Er wollte nicht hier sein. Aber Narbengesicht hatte darauf bestanden, dass er reiste. Die Nachricht, die ihn nach Hause gerufen hatte, war dringend gewesen.

Bessel starrte seinen Vater an, der in der offenen Tür seines Elternhauses stand. Alte Erinnerungen an Schmerz und Einsamkeit mischten sich in seine Wahrnehmung des Hier und Jetzt.

Die Frühlingssonne wärmte ihm den Rücken, aber vor ihm hätte ebenso gut der winterliche Blizzard herrschen können, der das Dorf unter Schnee begraben hatte, als er zum letzten Mal hier gewesen war. Damals hatte der Schnee den schwarzen Staub bedeckt, der Meilen im Umkreis alles durchdrang. Doch er hatte das Dunkel im Herzen seines Vaters nicht verbergen können.

Bessel würde ihn in seinen Gedanken nie wieder Vater nennen.

»Du bist also zurück«, versetzte Maydon knapp. Der stämmig gebaute Mann, den Bessel einmal »Da« gerufen hatte, versperrte die Tür. Seine Haltung wirkte nicht so, als wolle er Bessel einlassen, obwohl er gebeten hatte, er möge rasch kommen.

Maydon verteilte sein Gewicht auf einem Bein und seinen Krücken. Vor Jahren hatte er das andere Bein vom Knie abwärts verloren. Momentan wirkte er, als wolle er die Krücken lieber als Waffen gebrauchen denn als Gehhilfe.

»Man hat mir gesagt, ich solle herkommen.« Bessel warf einen Blick auf den Pfad, über den er gekommen war, und wünschte, er könnte den Rückweg antreten. Frische Blumen und Gräser sprossen durch den allgegenwärtigen Staub. Bald würden sie auch von dem scheußlichen Zeug überzogen sein.

Allein bei dem Gedanken an den Staub war Bessel nach Husten zumute.

»Und ich nehme an, du befolgst deine Befehle immer«, höhnte Maydon.

»Du hast mich vor acht Jahren aus dem Haus gewiesen. Ich habe dir damals gehorcht. Heute gehorche ich dem Obersten Magier der Magierkommune. Er hat mir befohlen, meine Mutter an ihrem Totenbett zu besuchen.« Bessels Eid, mit dem er sich zu Loyalität und Gehorsam verpflichtet hatte, bedeutete ihm viel.

Er war nahe daran gewesen, ungehorsam zu sein, als er Powwell letzten Winter geholfen hatte, in die Leere zu gehen. Seitdem, seit ganzen fünf Monaten, hatte niemand mehr etwas von Powwell gehört. Inzwischen folgte Bessel seinen Befehlen lieber ohne Widerrede, statt es zu riskieren, aus der Gemeinschaft der Magier verbannt zu werden.

Er war einfach nicht in der Lage, so wie Powwell das Heim und die Familie zurückzulassen, die die Kommune für ihn bedeuteten.

»Warum hast du dann verlangt, dass die Kommune mich für diesen Besuch von meinen wichtigen Studien entbindet?«, fragte Bessel, nachdem einen Moment lang feindseliges Schweigen zwischen ihnen geherrscht hatte.

»Büchergelehrsamkeit hat noch nie jemandem genützt außer gierigen Magiern. Außerdem hat sie nach dir verlangt.«

»Dann sollte ich lieber zu ihr hineingehen.«

Keiner der beiden Männer rührte sich.

»Willst du nicht deine *s'murghin'* Magie benutzen, um mich aus dem Weg zu schieben?«, verlangte der Einbeinige herausfordernd von seinem Sohn zu wissen. Immer noch zeigten seine Stimme und seine Haltung nichts als Verachtung.

»Nein.«

»Warum nicht?« Vor Überraschung lockerte Maydon den Griff um seine Krücken.

»Ich möchte weder meinen Geist noch meine Ehre beschmutzen, indem ich deine hässlichen Gedanken berühre«, gab Bessel zurück. Er hätte gern geglaubt, dass seine Familienmitglieder so negativ über sein magisches Talent dachten, weil sie es nicht verstanden. Die einzigen Magier, die sie kannten, waren die Schlachtenmagier der Armeen, die in regelmäßigen Abständen die Minen und das Dorf plünderten.

»Hüte deine Zunge, Junge. Ich bin dein Da, deine Familie.«

»Du hast aufgehört, mein Vater zu sein, als du mich mitten in einer Winternacht, während eines Schneesturms, hinausgeworfen hast, allein und auf mich gestellt.« Zum ersten Mal fiel Bessel auf, dass sein Vater, der früher eher massig gewesen war, bis auf Haut und Knochen abgemagert war. Seine Augen glänzten zu stark, und seine Wangen und seine Stirn waren unnatürlich rot. Die Hände, mit denen er die Krücken umklammerte, waren geschwollen.

Das einst massive Steinhaus wirkte ebenso altersschwach und heruntergekommen wie sein Besitzer. Maydon hatte seine Stelle als Buchhalter beim Bergwerk immer als schlechten Ersatz für die Arbeit in der Mine selbst betrachtet, obwohl diese Arbeit ihm viel mehr Geld einbrachte – genug, um dieses Haus für seine Familie zu bauen.

»Wusstest du, dass ich von Gesetzlosen gefangen worden bin?«, fuhr Bessel fort. Er erstickte fast an seiner Verbitterung.

»Bei ihnen war eine Art Magier, der mich so verhext hat, dass ich meine Kräfte nicht einsetzen konnte, um zu fliehen. Wusstest du, dass diese Geächteten mich zwei Wochen lang als Spielzeug benutzt haben, ehe sie mich auf dem Sklavenmarkt verkauft haben?« Er klammerte sich an die Erinnerung daran, wie Nimbulan in das Lager der Gesetzlosen marschiert war und alle anderen Käufer überboten hatte.

Damit hatte er das Recht erworben, Bessels Gabe auszubeuten, ihn zu versklaven und zu missbrauchen. Doch Nimbulan hatte nichts davon getan. Stattdessen hatte er Bessel Liebe und Verständnis geschenkt und ihn so in die Lage versetzt, seine Gabe weise einzusetzen. Nimbulan war ihm ein besserer Vater geworden, als Maydon es je gewesen war.

»Du hast nur bekommen, was du verdienst, Magier.« Maydon spie die Anrede geradezu hervor. Die Lippen so fest zusammengepresst, dass sie jede Farbe verloren, starrte er Bessel an.

»Komm schnell, Maydon«, rief eine Frau von drinnen. »Sie braucht dich.«

Bessel erkannte die Stimme seiner Tante. Baarben lebte schon bei der Familie ihres Bruders, solange er denken konnte. Er unterdrückte einen Begrüßungsruf an die Frau, die ihm wie eine zweite Mutter gewesen war.

Maydon trat ins Haus zurück. Die heftige Ablehnung gegenüber seinem Sohn, die in seinem Gesicht gestanden hatte, wich Besorgnis.

Bessel folgte seinem Vater, wobei er achtgab, ihn nicht zu berühren. Sie hatten einander nicht mehr berührt, seit Bessel seine Magie eingesetzt hatte, um seinen Vater nach einem Unglück in der Mine zu befreien. Die schweren Felsbrocken und Balken, die auf Maydon herabgestürzt waren, hatten ihn sein Bein gekostet. Aber Bessel hatte ihm das Leben gerettet.

Maydon hatte erklärt, ohne sein Bein sei sein Leben keines

mehr; und er hatte Bessel und der verfluchten magischen Gabe des Jungen die Rettung seines Lebens verübelt.

Jedes Mal, wenn Bessel sich daran erinnerte, was die Geächteten ihm angetan hatten, wünschte er sich, er hätte die Felsen und Balken nicht per Levitation vom Bein seines Vaters gehoben, damit die anderen Bergleute ihn retten konnten.

In dem Moment, als Bessel die Türschwelle überschritt, ließ ihn ein eigenartiger Geruch erstarren. Er hatte das Gefühl, ihn erkennen zu müssen. Was war das? Die Erinnerung entzog sich ihm, huschte in seinen Geist hinein und wieder hinaus wie ein Drache am Himmel. Einmal war sie da, fast zum Greifen nahe, und dann war es, als falle das Licht aus einem anderen Winkel ein, und sie war verschwunden.

Lieber hätte er das Haus nicht betreten, ohne zu wissen, was das für ein Geruch war. Etwas sagte ihm, dass er Gefahr bedeutete.

Dann bewog ihn das laute Weinen seiner Tante, doch einzutreten.

Der Geruch wurde stärker, je weiter er sich dem Wohnraum näherte. Seine Mutter lag auf einem niedrigen Bett neben dem Kamin. Sie zitterte vor Kälte, obwohl der Raum überhitzt war. Ihre Haut glühte vor Fieber.

Baarben warf eine Hand voll Kräuter in das offene Feuer. Duftender Rauch stieg auf und erfüllte den Raum. Bessel erkannte vier verschiedene Kräuter, die dazu dienten, Fieber zu senken und Gelenkschmerzen zu lindern. Baarben hatte der Mischung kein Tambootie hinzugefügt. Für jeden, der auch nur eine Spur von magischem Talent besaß, waren seine Heilkräfte einzigartig, doch für Nicht-Magier war es giftig. Sollte er ihr vorschlagen, etwas hineinzutun? In dieser Familie musste wenigstens etwas Magie fließen, sonst hätte er sie nicht erben können.

Maydon schien durch die adstringierenden ätherischen Öle besser Luft zu bekommen, doch auf die sterbende Frau am Kamin hatten sie keine Wirkung.

»Ist er gekommen, Maydon? Ist mein Kleiner gekommen?«, flüsterte Bessels Mutter. Mit einer abgemagerten, klauenartigen Hand fasste sie nach der Tunika ihres Mannes.

»Ich bin zu Hause, M'ma.« Bessel kniete neben ihr nieder. Ihm wurde klar, dass er nicht einmal ihren Vornamen wusste. Für ihn war sie immer »M'ma« oder »Mer Maydon« gewesen.

»Bessel, mein Kleiner.« Ihre Stimme verklang, und ein leises Lächeln trat auf ihre Lippen. Dann schüttelte sie ein Hustenanfall, bis sie bewusstlos wurde.

»Jetzt wird sie glücklich sterben. Du kannst wieder gehen«, sagte Maydon. Er starrte ins Feuer, um seinen Sohn nicht ansehen zu müssen.

»Sie bräuchte einen richtigen Heiler! Warum hast du keine Nachricht an Lord Balthazaan geschickt?« Jeder Lord verfügte für seine Provinz über einen Magier als Ratgeber, einen als Heiler und einen als Priester. Selbst wenn Balthazaan und der Bucklige sich nicht in der Provinz aufhielten, müssten der Heiler und der Priester verfügbar sein.

»Es sterben zu viele Menschen an dieser merkwürdigen Krankheit.« Mitfühlend berührte Tante Baarben Bessels Ärmel. »Sogar die Familie des Lords und sein Haushalt sind betroffen. Die Krankheit befällt die Alten, die Jungen und die schwangeren Frauen zuerst. Aber niemand ist immun dagegen.«

»Ich besitze kein Heilertalent, aber ich werde sehen, was ich tun kann.« Forschend strich Bessel mit den Fingern über das Gesicht seiner Mutter. Er war kein starker Magier. Was konnte er für seine Mutter tun, außer ihr ein wenig Kraft zu schenken, solange er keine illegale Kraftlinie anzapfte? Selbst wenn er eine volle Dosis Drachenmagie gesammelt hatte, fiel es ihm schwer, sich mit den anderen Magiern zusammenzuschließen, wenn es darum ging, durch ihre gemeinsame Kraftanstrengung die Macht eines Zaubers zu verstärken. In letzter Zeit hatte er überhaupt Probleme damit, Drachenmagie zu sammeln, als wäre nicht genug davon da.

Er würde M'ma so viel Kraft geben, wie er konnte. Das musste ausreichen, bis er einen Heiler holen konnte. Sie durfte nicht sterben, noch nicht. Nicht, ehe er Frieden mit ihr geschlossen hatte und ihr klargemacht hatte, dass er nur seinem Vater die Schuld an ihrer Entfremdung gab.

»Nimm deine dreckige Magie von ihr weg!«, brüllte Maydon und schlug Bessels Hand zur Seite. »Lass sie in Frieden sterben und in ihre nächste Existenz übergehen, ohne dich einzumischen.«

Einen Moment lang starrte Bessel auf seine linke Hand, die sein Vater weggeschlagen hatte. Dass er Linkshänder war, hatte von frühester Kindheit an auf sein magisches Potenzial hingewiesen. Bewusst ballte er die anstößige Hand zur Faust und versetzte Maydon damit einen Kinnhaken.

Maydon taumelte zurück. Seine Krücken polterten auf den Schieferboden. Ungeschickt schlug er um sich und stürzte dann ebenfalls.

»Weniger als die Hälfte aller Linkshänder sind Magier, und weniger als die Hälfte aller Magier sind Linkshänder. Du hast mich schon als Magier verurteilt, bevor du überhaupt einen Beweis dafür hattest«, erklärte Bessel ruhig. »Und ich werde meiner Mutter helfen, wenn ich kann.«

»Dein Vater ist ein Krüppel, Bessel, und wehrlos. Er kann nicht mehr in der Mine arbeiten. Du solltest Mitleid mit ihm haben.« Baarben eilte zu ihrem Bruder, um ihm aufzuhelfen.

»Ja, er ist so verkrüppelt, dass er nach dem Unfall ein Vermögen damit verdient hat, die Bücher der Mine zu führen. Er ist so verkrüppelt, dass er danach meine Mutter noch fünfmal geschwängert hat; und jedes Kind hat ihr ein wenig mehr von ihrer Kraft geraubt und sie anfällig gegenüber dieser scheußlichen Krankheit gemacht. Schau sie dir doch an! Sie ist schon wieder schwanger! Deswegen hat sie keine Kraft, dagegen anzukämpfen.« Bessel wandte seine Aufmerksamkeit dem wenigen zu, das er über die Heilkunst wusste.

Wenn er nur ein paar Tambootie-Blätter in seinem Beutel hätte ... Er hatte Gerüchte darüber gehört, dass Königin Maarie Kaathliins Vater das Tambootie brauchte, um eine Seuche in seiner Heimat zu bekämpfen.

Ob es sich um die gleiche Krankheit handelte? Die Seuche, die durch Maschinen verursacht wurde? Er hoffte nicht, aber er erinnerte sich, dass es in der Nähe einen Hain mit Tambootie-Bäumen gab. Als Kind, vor der Verbannung durch seinen Vater, hatte er manchmal ein paar Blätter gestohlen und damit experimentiert. Sobald er das Fieber gesenkt und seine Mutter ein wenig gekräftigt hatte, würde er die Blätter des magischen Baums holen gehen.

Wenn er eine Kraftlinie anzapfte, konnte er einiges an ihrem Körper reparieren und sich so etwas Zeit erkaufen.

Nein. Die Kommune hatte gute Gründe, individuelle Magie per Gesetz zu verbieten.

Er zählte bis drei, während er einatmete, hielt bis »drei« die Luft an und atmete dann im gleichen Rhythmus aus. Sein Körper entspannte sich. Er wiederholte die Übung, und sein Geist löste sich von seinem irdischen Körper. Ein dritter Atemzug brachte ihn in greifbare Nähe der Leere zwischen den Existenzebenen.

(Die Leere kann dich viele Lektionen lehren. Betritt sie nicht, ehe du bereit bist, die Wahrheit ans Licht zu bringen), flüsterte eine Stimme im Hintergrund seines Geistes.

Während er noch zögerte, in die lockende Leere einzutreten, nahm er eine Kraftlinie voll magischer Energie wahr, die nahe dem Zentrum des Dorfes im Boden pulsierte.

Er streckte seinen Geist nach der Linie aus, um sie anzuzapfen und die Kraft in sich aufzunehmen.

Doch statt magischer Energie erfüllte ihn Abscheu. NEIN! Er durfte keine Kraftlinien anzapfen, und er durfte nicht in die

Leere gehen. Powwell hatte die schützende Kommune verlassen müssen, weil er vorhatte, bei seiner Suche nach Kalen individuelle Magie einzusetzen. Aber Bessel konnte seine Mitgliedschaft in der Kommune nicht riskieren.

Drachenmagie hatte ihre Grenzen, insbesondere, wenn ein Magier allein arbeitete. Doch wenn die ganze Kommune zusammenwirkte, konnten ihre verstärkten Zauber jeden allein arbeitenden Magier überwinden. Die Kommune war in der Lage, Regeln, Bestimmungen und einen Ethik- und Moralkodex aufzustellen, die für alle Magier galten. Allein arbeitende Magier hatten in ihrer Machtgier drei Generationen lang den Bürgerkrieg in Coronnan nicht zur Ruhe kommen lassen, bis Nimbulan die Drachenmagie entdeckt und mit König Quinnaults Hilfe einen dauerhaften Frieden geschaffen hatte.

Bessel riskierte den Zorn der Kommune und der Drachen, wenn er ihr heiligstes Gesetz übertrat. Er konnte seiner Mutter nur mit legalen Mitteln helfen, ganz gleich, wie begrenzt die Macht dieser Magie war.

Einatmen, eins, zwei, drei. Halten, eins, zwei, drei. Ausatmen, eins, zwei, drei. Dieses Mal konzentrierte er sich darauf, mit dem Fluss der Drachenenergie in seinem Körper in Kontakt zu bleiben. Die Macht kribbelte in seinen Fingerspitzen. Er fuhr mit der Hand an dem ausgezehrten Körper seiner Mutter entlang, wobei er eine dünne Schicht Magie zwischen seiner Hand und ihrer Haut aufrechterhielt. Die Hitze ihres Fiebers, die Auflösungserscheinungen und die Blutungen in ihrer Lunge und ihr unregelmäßiger Herzrhythmus pulsierten unter seiner sensibilisierten Hand.

Er spürte, wie tief in ihrem Körper Blutgefäße rissen, und mit seinem geistigen Auge sah er ihre inneren Organe zusammenbrechen.

Kein Teil ihres Körpers war frei von der Krankheit.

»Oh, M'ma«, schluchzte er. »Ich kann dir nicht helfen.« Wäre er nur früher gekommen! Ach, könnte er nur eine Kraftlinie anzapfen, die ihm die magische Energie schenken würde, zumindest einige ihrer lebenswichtigen Organe zu heilen … Doch das war ihm nicht möglich. Er würde keine Außenseitermagie nach Coronnan bringen – nicht einmal, um seine Mutter zu retten.

5. Kapitel

Frühlingsanfang, auf der Straße unterhalb von Myrilandels Lichtung, die von Coronnan über den Pass nach Rossemeyer führt, südöstliche Ecke Coronnans

In gespannter Erwartung umklammerte Yaala Powwells Hand. Seine Handfläche war ebenso heiß und feucht wie ihre.

Der lange Winter, währenddessen sie darauf gewartet hatte, dass der Pass wieder frei sein würde, war vorüber. Vor ein paar Tagen war auch an diesem entlegenen Bergpass mit Macht der Frühling eingezogen. Die Zeit war gekommen, den nächsten großen Schritt zu tun, um ihr Erbe einzufordern.

Endlich würde sie nach Hause zurückkehren, nach Hanassa, dem einzigen Ort, an den sie gehörte. Sie hing Tagträumen darüber nach, wie sie die Stadt von Söldnern, Geächteten, Dieben und Mördern säubern und sie von einem Rückzugsort für Gesetzlose, die für Krieg und Armut verantwortlich waren, zu einem Zufluchtsort für die Unschuldigen machen würde, die vor Krieg und Armut flohen. Mit Hilfe der Maschinen, die tief in den Lavakanälen des alten Vulkankegels verborgen waren, konnte sie Hanassa in eine wohlhabende Industriestadt verwandeln, in der es ehrliche Arbeit für alle gab. Das Volk von Hanassa würde ihre Familie sein.

Quinnault und Katie hatten sie gelehrt, dass solche Ideale existierten – das war mehr, als ihre Mutter, die verstorbene und unbetrauerte Kaalipha von Hanassa, sie in ihrem ganzen Leben gelehrt hatte.

»Warte«, zischte Powwell. »Spürst du den heißen Wind? Es

öffnet sich! Ich habe ein neues Portal zum Drachentor gefunden!«

»Erstaunlich«, gab Yaala zurück. Ohne zu blinzeln und mit leicht offen stehendem Mund starrte sie die schimmernde Luftverzerrung im Inneren eines bogenförmigen Schattens an.

»Jetzt können wir nach Hanassa gehen. All die Monate der Suche sind vorüber.« Powwell stieß einen tiefen Seufzer der Erleichterung aus. »Nun braucht Kalen nicht mehr lange auf ihre Rettung zu warten.«

Er umarmte Yaala heftig. Es irritierte Yaala, wie begierig er war, sein Leben für die Rettung seiner Halbschwester aufs Spiel zu setzen. Sie war noch nie so geliebt worden oder hatte auf diese Weise für einen anderen empfunden.

»Ich kann meine Maschinen wieder in Gang setzen und Hanassa unter meine Kontrolle bringen«, sagte sie und dachte an das Einzige, auf das es für sie ankam – abgesehen von der Freundschaft mit Powwell. »Wir mussten so lange warten; ich konnte kaum noch glauben, dass dieser Moment wirklich kommen würde.« Sie weigerte sich, an Powwells Geschichte von dem schrecklichen Drachentraum zu glauben, den Shayla ihm im letzten Herbst geschickt hatte. Yaalas Maschinen wurden mit vulkanischer Hitze betrieben und erzeugten Dampf; sie benutzten keine fossilen Brennstoffe. Daher brachten ihre Maschinen auch nicht die Art von Schmutz hervor, von der sich die Seuchenkeime ernährten. Sie war der Ingenieur und musste es schließlich wissen.

Und außerdem, warum sollte sie einem Drachen trauen? Shayla und Hanassa, der Renegat, waren in denselben Nimbus geboren worden, gehörten vielleicht sogar zum selben Wurf. Doch der Nimbus hatte Hanassa verbannt – den einzigen Drachen in ihrer langen Geschichte, der sich jemals eine solche Strafe zugezogen hatte. Einst ein Drache mit purpurnen Flügelspitzen, hatte er menschliche Gestalt angenommen und eine Stadt für andere Renegaten gegründet. Die Übeltaten Hanassas und seiner Gefolgsleute hatten den Rest von Kardia Hodos jahrhundertelang geplagt.

Sie würde ihre Tyrannei des Schreckens ein für alle Mal beenden.

Yaala löste ihren Rücken von dem Felsvorsprung. Der zerklüftete Stein schmiegte sich an ihre Wirbelfortsätze, wie auf Maß gehauen. In ihrem ganzen einundzwanzigjährigen Leben war sie noch nie in der Lage gewesen, sich mit dem Rücken gegen irgendeine Oberfläche zu lehnen. Ihre Spinalfortsätze, Überreste ihres Drachenerbes, sorgten dafür, dass sie sich stets kerzengerade hielt, und unterschieden sie schon in ihrer Körperhaltung von allen anderen Menschen. Yaassima, ihre Mutter, hatte diese kleine Deformität wie ein Ehrenmal betrachtet. Aber andererseits hatte die einstige Kaalipha von Hanassa sich mehr als Drachin denn als Mensch gesehen.

Doch am Ende hatten sowohl Drachen als auch Menschen nichts von ihr wissen wollen.

Yaala wollte nicht so sterben wie ihre Mutter, einsam und allein und von allen verhasst. Sie klammerte sich an Powwells Arm, während die beiden zusahen, wie das magische Portal Gestalt annahm.

»Nach den Erdbeben und den Teilöffnungen, die ich in den letzten fünf Monaten gefunden habe, hatte ich schon befürchtet, wir würden nie in der Lage sein, über das Drachentor nach Hanassa zurückzukehren.« Powwell grinste ihr zu, was selten vorkam. Vor Freude leuchtete sein ganzes Gesicht geradezu auf. »Endlich tragen all diese Stunden Früchte, die ich damit verbracht habe, Karten mit Nadeln zu markieren und Berechnungen anzustellen.«

Yaala erwiderte sein Lächeln. »Und ich kehre nach Hause zurück. Ich kann die Alte Bertha starten und die Trizität wieder in Gang bringen. Ich weiß einfach, dass ich dazu in der Lage bin.«

»Das solltest du nicht tun, Yaala. Denk an den Drachentraum.«

Yaala ignorierte ihn. Seit er zu ihr auf Myrilandels Lichtung gekommen war, wo sie auf ihn gewartet hatte, hatten sie endlos über dieses Thema debattiert. Sie *würde* so viele Maschinen in Gang bringen, wie sie nur reparieren konnte.

In dem bogenförmigen Schatten, den ein Felsüberhang und die breite Krone einer dicht mit Misteln überwachsenen Eiche warfen, schimmerte es. Heiße Luft aus dem Zentrum eines Vulkans schoss aus der Mitte des Schattens hervor und vertrieb an diesem hellen Tag die letzten Reste winterlicher Kälte. Farbwirbel erschienen im Dunkel des Schattens. Rot, Grün, Blau, Schwarz, Gelb. Dann noch mehr Rot und Schwarz.

Innerhalb eines Lidschlags flossen die Farben im Inneren des Schattens zu einem festen Bild zusammen: Rote Sandsteinklippen umgaben einen trüben See, dessen Wasser durch eine seltsame Substanz, die auf seiner Oberfläche schwamm, schwarz wirkte. In der Ferne stieß ein Vulkan eine heiße Aschensäule aus, die bis hoch in den Himmel reichte.

»Das ist nicht Hanassa!«, schrie Yaala und riss Powwell zurück, ehe er durch das Bild in die unbekannte Landschaft treten konnte. »Wir können nicht dorthin gehen, Powwell!«

»Natürlich ist das Hanassa. Das Tor führt immer zurück nach Hanassa und an keinen anderen Ort. Sieh doch den Pfad, der über die Klippe auf die Hochebene führt. Das ist Hanassa. Ich muss Kalen retten. Wir gehen!« Der fünfzehnjährige Magiergeselle packte ihren Arm und zog sie vorwärts, bis sie durch den Farbwirbel auf die fremdartige Landschaft zustolperte.

»Aber der Pfad befindet sich außerhalb von Hanassa. Das Drachentor soll uns doch in den Berg hineinbringen!« Der heiße Wind verwehte ihre Worte.

Ein Energiestrudel erfasste Yaala. Er bewegte sich auf und ab, nach rechts und links, in die Vergangenheit und die Gegenwart, verzerrte sich, floss zu einer Einheit zusammen und veränderte seine Position. Durch die Desorientierung tat ihr Magen einen Satz, dann fühlte sich ihr Nacken taub an. Sie spürte das Bedürfnis, sich wie ein Fötus zusammenzukrümmen, fand jedoch ihre Füße nicht.

Noch mehr heiße Luft schlug ihr ins Gesicht. Sie zwinkerte die feine Vulkanasche weg, die ihre Sicht verschwimmen ließ. Dann saß sie neben dem seltsamen schwarzen See auf dem heißen roten Sand.

»Das ist nicht Hanassa. Wir müssen zurück.« Yaala robbte auf das Tor zu, das jetzt rasch verblasste. Ihre Knie versanken in dem losen Sand. Sie konnte weder aufstehen noch schnell genug kriechen. Das kühle Grün und Braun der waldgesäumten Straße in Coronnan, die sich auf der anderen Seite des Drachentors befand, zerflossen zu einem Kaleidoskop von Farben. Dann kam die Luft zur Ruhe, und um sie herum stieg die Temperatur an.

Der Schwefelgestank wurde stärker; der Geruch von Hanassa. Aber dies war nicht die Stadt der Geächteten, die ihre Mutter mit eiserner Faust beherrscht hatte.

Yaala brach der Schweiß auf der Stirn und auf dem Rücken aus; fast so, als befände sie sich noch in der verborgenen Stadt der Gesetzlosen.

Ihre Generatoren und Transformatoren standen in der Grube. Sie musste zurück zu ihnen und sie wieder in Gang setzen, damit sie Anspruch auf ihr Erbe erheben konnte.

»Wo sind wir nur, Powwell?« Sie hauchte die Worte vorsichtig, um den Staub, der überall in der Luft schwebte, nicht einzuatmen. Unter ihrem hellen Haar begann ihre blasse Kopfhaut zu spannen, und sie wusste, dass sie trotz des dicken Aschennebels einen Sonnenbrand und Austrocknung riskierte.

»Ich ... ich bin mir nicht sicher, wo wir sind.« Der junge Magier drehte sich einmal um seine Achse. Unentschlossen kaute er auf seiner Unterlippe herum und fuhr sich mit der

Hand durch sein dichtes, dunkles Haar. Seine grauen Augen wirkten umwölkt wie der Himmel. Eine Bewegung in der Tasche seiner Tunika verriet Yaala, dass seinem magischen Gefährten dieser Ort nicht besser gefiel als ihr.

Sie hoffte nur, dass Thorny ihn mit seinen scharfen Stacheln ordentlich piekte.

»Warum haben wir dieses Portal benutzt? Ich habe dir doch gesagt, damit stimmt etwas nicht.« Auch Yaala musterte den rotschwarzen Horizont nach etwas, das einer vertrauten Landschaft ähnelte. In der Ferne, in der Nähe des Rauch und Asche speienden Vulkans zog ein dunkler Punkt über den Himmel. Ein Drache? Ihre Wirbelfortsätze prickelten, so wie sich einem Hund angesichts einer unbekannten Gefahr das Nackenfell sträubt.

Sie sah nichts außer Meilen auf Meilen vom Wind geformte Dünen und kleine Berge, die bis zum fernen Horizont reichten, wo der aktive Vulkan erneut einen Funkenschauer und schwarze Asche ausspuckte. Der Drache verschwand in der dunklen Wolke. Instinktiv duckte sich Yaala, obwohl der heiße Wind die gefährlichen Dämpfe von ihnen wegblies.

»Das Drachentor funktioniert auf dieser Seite nur in eine Richtung«, überlegte Powwell. »Von Hanassa aus kann man fast an jeden Ort reisen, wenn man darauf wartet, dass es sich am richtigen Platz öffnet. Aber alle Portale führen zurück nach Hanassa und nirgendwo anders hin. Wir müssten eigentlich in dem Tunnel über dem Lavakern sein.«

»Nun ja, wir haben einen aktiven Vulkan entdeckt. Das ist aber auch die einzige Ähnlichkeit mit Hanassa, dessen Vulkan schon vor Äonen explodiert und zu einem Kessel zusammengesackt ist.«

»Ach, Kalen, und wieder habe ich versagt und dich nicht gefunden.« Powwell schlug mit den Fäusten und der Stirn in den Sand. »Wie viel länger kann sie noch in der Grube aushalten oder in der Leere oder wo immer sie sich versteckt?«

»Die Frage ist eher, wie lange wir hier aushalten können, mit dem wenigen Reiseproviant, den wir bei uns haben.« Yaala rückte unbehaglich herum. Asche stand vor der Sonne wie ein dichter Nebel, hielt die Hitze aber nicht sonderlich gut ab. Und sie spendete auch keine Feuchtigkeit. Ihre unbedeckten Hände und ihr Gesicht trockneten unter der glühenden Sonne aus. Sie fragte sich, ob der Sand so heiß war, dass er sich durch ihre Stiefel und Hosen brennen würde.

»Wenigstens wissen wir, dass das Tor nach dem Erdbeben nicht ganz verschwunden ist.« Behutsam berührte Yaala Powwells glatten Rücken.

Die beiden hatten in den letzten eineinhalb Jahren allerhand zusammen durchgestanden. Er hatte ebenso unter der Grausamkeit ihrer Mutter gelitten wie Yaala in der Sklavengrube unterhalb von Hanassa.

Thorny steckte die Nase aus der Tasche von Powwells Tunika. Powwell streichelte die entspannten Stacheln des Igels und murmelte dem Wesen beruhigende Worte zu.

Einen Moment lang fühlte Yaala sich schmerzlich allein. Sie würde nie einen magischen Gefährten haben. Doch durch ihre Adern floss keine Magie, ganz gleich, wie viele Generationen von Drachen ihren Stammbaum zierten. Sie hatte keine Familie mehr. Die Maschinen in der Vulkangrube unterhalb der Stadt Hanassa waren freundlicher, berechenbarer und loyaler gewesen als ihre Mutter. Lieber studierte sie die faszinierenden Innereien der Maschinen und die Trizität, die sie erzeugten, als sich auf ein Haustier als Gefährten zu verlassen.

Powwell liebte den komischen kleinen Igel so sehr, dass er sogar Thornys abgeworfene Stacheln sammelte. Selbst auf dieser langen Reise trug Powwell die getrockneten Stacheln in einem Seidenbeutelchen im Inneren seiner Gürteltasche.

Sie schüttelte den Kopf, um nicht mehr über die rätselhafte Beziehung zwischen Magiern und ihren tierischen Gefährten nachgrübeln zu müssen. Sie musste klar und positiv denken.

»Gib noch nicht auf, Powwell. Das Drachentor könnte sich in wenigen Augenblicken wieder öffnen. Wir wissen nicht, welchen Schaden es bei dem Erdbeben genommen hat, kurz bevor wir Hanassa verlassen haben.«

»Und was, wenn es Wochen dauert, bis sich das Drachentor wieder öffnet? Ich war mir sicher, dass meine Berechnungen korrekt waren. Das Portal habe ich gefunden, aber es müsste sich in Hanassa öffnen und nirgendwo sonst. Wo sind wir also?«

Yaala ließ erneut den Blick über die Landschaft wandern. Etwas daran, wie die sandbedeckte Hochebene zu einer steilen Klippe abfiel, und auch das schmale Tal dahinter kamen ihr vertraut, aber irgendwie verzerrt vor. Sie saßen auf einem kleinen Berg. Das Wasser des schwarzen Sees kräuselte sich. Einen Moment später verschob sich das Erdreich unter ihnen und bebte. Die Oberfläche des Sees hob sich um ein paar Zoll, und Wasser schwappte über. Dampf stieg aus seinen Tiefen auf. Etwas …

»Vielleicht sind wir ja in Hanassa. Aber in einem Hanassa aus einer längst vergangenen Zeit, als der Vulkan sich bildete. Dieser See könnte oberhalb des Lavakerns in den Tiefen des Berges liegen.«

»Aber Shayla sagte, dass man über das Drachentor nur durch den Raum reist und nicht durch die Zeit. Und sie muss es wissen. Sie ist eine Drachin.« Thorny steckte die Nase aus Powwells Tasche und zappelte zustimmend.

»Drachen wissen auch nicht alles.« Yaala starrte Powwell wütend an. »Und sie sagen nicht immer die Wahrheit.« Ihre Mutter hatte nicht zwischen der Wahrheit und ihren Wünschen unterscheiden können. Ihr Vorfahre, Hanassa, hatte die blutige Tradition der Schreckensherrschaft in der Stadt begründet.

»Drachen wissen viel mehr, als sie sagen.«

»Drachen und Magier sind etwas anderes als meine Maschinen.« Maschinen konnten nicht so böse sein, wie Shayla und Königin Maarie Kaathliin in diesem scheußlichen Drachentraum behauptet hatten. Bitter stieg Groll gegen Powwell in ihr auf, weil er bei ihrer Flucht aus Hanassa zwei Magierstäbe in den Bauch ihres geliebten Generators gerammt hatte, um ihre Verfolger abzulenken. Sie hatte gedacht, sie hätte ihm verziehen und begriffen, dass seine Tat notwendig gewesen war. Aber jetzt ... jetzt hätte sie ihn am liebsten erwürgt. Und danach mit ihrer Liebe wieder zum Leben erweckt.

Was empfand sie wirklich? Es kam nicht darauf an. Sie konnte Gefühlen nicht trauen. Vor allem nicht ihren eigenen. Maschinen hatten keine Gefühle.

»Ich habe die Maschinen mit profanen Mitteln zerstört. Dazu habe ich nicht einmal Magie benutzt«, antwortete Powwell und ließ den heißen Sand durch seine Finger rinnen. »Und ich bin froh darüber, dass ich es getan habe. Maschinen erzeugen Schmutz, der die Seuchenkeime nährt. Und wenn sie keinen Schmutz mehr finden, gehen sie auf Menschen über und fressen sie von innen heraus auf.«

»Das ist ein Mythos, den sich die Königin ausgedacht hat, um die Technologie von Coronnan fernzuhalten. Eine Technologie, welche die Magier ersetzen und jedem Nicht-Magier Macht verleihen würde. Außerdem besitzt Coronnan keine Maschinen, die Verschmutzung erzeugen könnten, also kann die Seuche dort nicht gedeihen.«

Powwell starrte sie aufgebracht an, doch dann ließ er wieder Sand durch seine Finger laufen. »Vielleicht verrät dieser Sand mir etwas. Er liegt schon sehr lange hier. Vielleicht hat sich ja eine Erinnerung an eine Zeitverschiebung in die Sandkörner eingeprägt.« Er atmete drei Mal tief ein und aus und versetzte sich in eine magische Trance. Der Sand rann weiter durch seine Finger.

Seine Augen verdrehten sich, und sein Gesicht nahm die typische Ausdruckslosigkeit einer tiefen Trance an. »Feuer.

Feuer, das tief in der Erde brennt. Feuer, das nach oben steigt und den Fels schmilzt. Eisige Luft wird zerrissen. Feuer. Eis. Zeit. Zeit ...«, intonierte er mit einer Stimme, die viel tiefer klang als seine eigene.

Trotz der Hitze lief es ihr bei seinen Worten kalt über den Rücken. Sie entschied, seine Trance zu unterbrechen. »Wir müssen Rollett finden und zurückschicken, um Narbengesicht zu helfen. Vergiss Kalen nicht. Du bist gekommen, um deine Schwester und Rollett zu retten.« Die Sorge um den Helden seiner Kindheit und seine Halbschwester sollten ihn aus seiner Versunkenheit reißen.

Powwell gab keine Antwort. Erschauernd kehrte er ins Bewusstsein zurück. Er riss die Hand aus dem Sand, als hätte er ihm die Haut verbrannt.

»Rollett kann auf sich selbst aufpassen. Kalen ist viel verletzlicher, so jung und nicht ausgebildet ...«

Immer war Kalen das Wichtigste für ihn gewesen. Und doch ...

Spürte er nicht die Trizität durch seine Adern jagen, so wie sie, wenn sie sich auch nur beiläufig berührten?

»Wir gehen sowieso nirgendwo hin, ehe sich das Drachentor wieder öffnet.« Yaala verzog das Gesicht, als sich der Boden unter ihren Füßen erneut bewegte. Wenn sie nicht bald hier fortkamen, würde der Vulkan womöglich ausbrechen, und sie steckten mitten in der Explosion.

»Das Tor kann sich erst wieder öffnen, wenn sich die Asche verzieht und durch die Sonne ein bogenförmiger Schatten geschaffen wird, damit sich das Tor bilden kann«, erinnerte Powwell sie. »Der Bogen ist entscheidend.«

»Das könnte aber ziemlich lange dauern«, gab sie zurück.

6. Kapitel

Alte Hochebene von Hanassa, Zeit: unbekannt

Ehe er einen weiteren Felsbrocken hochhievte, hielt Powwell inne und musterte noch einmal die wüstenartige Landschaft der Hochebene. In der Ferne zog ein geflügeltes Wesen, das auf einer aufsteigenden Luftströmung dahinsegelte, seine Aufmerksamkeit auf sich. Ein Drache?

Hilf mir!, rief er und versuchte verzweifelt, das Wesen über seinen Geist zu erreichen.

Doch er fing keine Gedanken von außen auf. Entweder war das kein Drache, oder die Drachen hier hatten kein Bedürfnis, Kontakt zu Menschen zu pflegen.

Als er die Sandkörner durch die Finger hatte gleiten lassen, hatten sie ihm nur von heftigen Eruptionen und Wirbelstürmen erzählt, die lange, lange getobt hatten. Yaala hatte ihn unterbrochen, ehe er Zeit gehabt hatte, die Bilder zu sortieren und festzustellen, ob das hier einmal Hanassa gewesen war oder irgendwann in der Zukunft sein würde. Sein Bauchgefühl sagte ihm, dass das Drachentor ihn zurück nach Hanassa gebracht hatte; doch als er durch das Portal gegangen war, hatte er seine Orientierung am Planeten eingebüßt – oder die Zeitverschiebung war daran schuld. Er hatte nicht die geringste Ahnung, wo die magnetischen Pole lagen, welchem er am nächsten war, in welche Mondphase sie gerade eintraten oder in welcher Jahreszeit sie sich befanden.

Er kehrte an seine selbst auferlegte Arbeit zurück und ließ dort, wo seiner Meinung nach das Drachentor gewesen war, einen schweren schwarzen Felsbrocken auf den roten Sandstein fallen. Dann setzte er einen zweiten und dritten auf den wachsenden Haufen, der damit fast so hoch war wie der andere, den er zwei große Schritte zur Linken errichtet hatte. Wenn die Haufen hoch genug waren, konnte er vielleicht etwas Ähnliches wie eine Bogenform schaffen, in der sich das Drachentor bilden konnte.

Sicher war er sich nicht, aber er war der Ansicht, dass sich das Portal jedes Mal an exakt denselben Koordinaten öffnen und schließen musste. Aber möglicherweise reichte auch eine Stelle in der Nähe des ursprünglichen Platzes aus.

Wenn die naturgegebenen Schatten keinen Bogen bildeten, würde er eben einen bauen, ganz gleich, wie lange es dauerte. Der Lauf der Sonne verriet ihm, dass Yaala und er sich seit weniger als einem Tag in dieser Landschaft befanden. Seine magischen Sinne allerdings behaupteten, dass sie seit einer Woche oder länger hier waren. Magnetische Impulse zerrten ihn in alle Richtungen.

Um sein Zeitempfinden zu überprüfen, hatte er rund um die Felsstapel eine Art Sonnenuhr errichtet. Die Sonne bewegte sich viel zu langsam.

Yaala und er saßen hier in dieser fremdartigen Landschaft fest, nur mit dem Essen und Wasser aus ihrem dürftigen Reiseproviant und ohne Schutz vor der gnadenlosen Sonne.

Wenn er nur in seiner Zeit als Sklave in Hanassa mehr Zeit gehabt hätte, das Drachentor zu studieren! Hätte er nur besser auf Kalen aufgepasst und sie daran gehindert, Wiggles, ihrem frettchengestaltigen magischen Gefährten, nachzulaufen, als er und Yaala und die anderen vor über einem Jahr durch das Drachentor aus Hanassa geflohen waren. Wenn er . . .

Doch Schuldgefühle, »wenn« und »hätte« änderten nichts daran, dass er eine schwere Fehleinschätzung begangen hatte, als er dieses Mal durch das Drachentor getreten war. Aber das Tor hatte immer auf die gleiche Weise funktioniert . . .

(Nein, hat es nicht. Die Zielpunkte haben sich verändert, und die Häufigkeit, mit der es sich geöffnet hat, ebenfalls), rief ihm eine Stimme im Hintergrund seines Bewusstseins in Erinnerung – ein Drache, oder nur sein Gewissen? Er schaute sich nach ihrem Ursprung um. Vielleicht hatte der weit entfernte Drache seinen Hilferuf doch gehört.

Das einzige lebende Wesen, das er sah, war Yaala. Zusammengekauert saß sie in dem kleinen Stück Schatten, das ein Felsbrocken warf, und sah ihm bei der Arbeit zu. Selbst die wenigen größeren Felsen auf diesem Plateau boten ihr nur wenig Schutz vor dem Sonnenlicht, das diffus durch den Aschedunst drang.

Powwell mit seiner dunkleren Haut erging es ein wenig besser als Yaala. Doch auch seine Handrücken hatten begonnen, sich dunkelrot zu färben. Bald würden sie beide schmerzhafte Blasen entwickeln.

Yaala hatte sich ein Tuch um den Kopf geschlungen und auf Rover-Art über dem linken Ohr verknotet. Die gleiche Kopfbedeckung hatte sie auch in der Grube getragen, um sich vor der durchdringenden Hitze des Lavakerns zu schützen. Jetzt diente sie ihr als Schutz vor den auf sie eindringenden Sonnenstrahlen. Aber das Tuch schützte weder ihre Augen noch ihr Gesicht.

Powwell hasste die Vorstellung, sie könne sich wieder in das schmutzige, dürre Wesen verwandeln, das damals in der Grube seine Freundschaft gesucht hatte. In der Hauptstadt Coronnan hatte sie zu allen Menschen außer ihm Distanz gewahrt. Ihre Mutter hatte sie geächtet und in die Grube verbannt. Yaala hatte nichts und niemanden außerhalb von Hanassa. Und nun war er schuld daran, dass sie immer noch nicht zurück nach Hanassa und ihren geliebten Maschinen konnte. Würde sie jemals wirklich irgendwohin gehören?

Was das nicht die exakte Beschreibung für einen Renegaten?

Der Boden unter Powwells Füßen bewegte sich. Nicht stark, nur cin Vorgeschmack auf das Hauptbeben. Er stemmte die Füße in den Boden, um seinen Halt zu wahren; so wie an Deck eines Schiffes im Sturm. Aber dieses Mal war es nur ein kleines Beben, und in dem trockenen Erdreich rissen keine neuen Spalten auf. Trotzdem reichte die Erdbewegung aus, um ihn aus der Balance zu bringen, und er setzte sich schwer auf den Boden. Instinktiv griff er mit seiner Magie nach dem nächstgelegenen Pol, um seinen Gleichgewichtssinn wieder herzustellen. Nichts. Auch den Mond oder die Jahreszeiten konnte er nicht spüren.

Da war nur die gnadenlose Sonne. Sie mussten bald fort von hier.

Er spürte seinen Durst wie einen säuerlichen Geschmack im Hals und trank ein wenig von seinem rasch schwindenden Wasservorrat. Sie führten jeder einen Lederbehälter mit Wasser und ein Paket mit Reiseproviant mit sich, die in Coronnan ausgereicht hätten, um von einem Dorf zum nächsten zu wandern.

Sein Wasserschlauch kam ihm viel zu leicht vor. Das reichte nicht, um diese glühende Hitze auszuhalten. Dabei hatte er geglaubt, sein Wasser umsichtig rationiert zu haben, und zu jeder Stunde, die seine Sonnenuhr anzeigte, nur ein paar kleine Schlucke genommen.

»Ich sehe Schatten, Powwell!«, rief Yaala, die immer noch neben dem Felsbrocken kauerte, und richtete sich auf.

»Schatten? Wo?« Er sah die wenigen Felsen an und wünschte sich, ihr Schatten wäre größer.

Heißer Wind trieb ihm Sand ins Gesicht. Die Sonne schien noch heller. Weniger Asche verdunkelte den Horizont. Der Wind wurde stärker und noch heißer. Er entsprang zu seiner Linken, jenseits der Steinhaufen, die er errichtet hatte.

Er drehte sich um seine Achse und spannte alle Sinne an, um nach Anzeichen einer Veränderung zu forschen. In dem winzigen Stück Schatten, das der nächste Felsen zwischen ihm und Yaala warf, schimmerte die Luft verzerrt, wie ein Trugbild in einem fernen Hitzeschleier.

»Das Tor öffnet sich!« Yaala stürzte durch das sich bildende Tor hindurch auf ihn zu und verschwand in den Lichtstrudeln darin. Genau wie Kalen, als sie in den Lavakern gestürzt war, bevor das Drachentor sich vollständig herausgebildet hatte …

»Yaala!«, schrie er und sprang ihr nach. Er konnte sie nicht in dem instabilen Tor sterben lassen. Nur die Sternengötter wussten, wo sie herauskommen würde. Nein, sie mussten diese Reise gemeinsam machen.

Einsamkeit und Verzweiflung überwältigten ihn. Er wollte keinen weiteren geliebten Menschen verlieren.

*

Bergwerksdorf in der Provinz Balthazaan, südlich der Hauptstadt Coronnan

Bessel spürte den Kummer seiner versammelten Geschwister. Mit ihm zusammen waren sie zu neunt. Sie standen in einem Kreis, in dem sie sich nach ihrem Alter vom Ältesten bis zum Jüngsten aneinanderreihten, um das Bett ihrer Mutter und hielten die traditionelle Totenwache.

Er sah den Gram auf den Gesichtern seines ältesten Bruders und seiner beiden älteren Schwestern, die er noch aus seiner Kindheit kannte. Sie unterdrückten ihr Schluchzen und schlossen die Augen, um die Tränen niederzukämpfen. Ihm erging es nicht anders; er trauerte ebenso um den Verlust seiner Familie wie um den Tod ihrer Mutter. Die vierte junge Erwachsene in dem Kreis, eine weitere Schwester, die ein Jahr jünger war als er, war ein kleines Kind gewesen, als er die Bergwerkssiedlung verlassen hatte, und er konnte sich kaum an sie erinnern.

Die fünf Geschwister, die nach dem Unfall seines Vaters in der Mine geboren waren, weinten offen und warfen ihrem Vater ängstliche Blicke zu. Maydon hatte schon immer mit eiserner Faust und heftigem Temperament über die Familie regiert.

Zorn verdrängte Bessels Kummer; Zorn darüber, dass diese Kinder hier stehen und M'ma beim Sterben zusehen mussten. Sie hatten während ihrer letzten wachen Augenblicke Abschied von ihr genommen. Welchen Sinn hatte es, dass sie sich jetzt der Tradition beugten und zusahen, wie M'ma das Blut aus dem Mund und den Ohren sickerte, und dabei genau wussten, dass sie ihr nicht helfen konnten? Warum konnte Maydon sie nicht gehen lassen, damit sie allein und ungestört trauern konnten, bis alles vorüber war?

M'ma begann erneut schwach zu husten. Baarben stürzte zu ihrer Schwägerin und half ihr, sich aufzurichten. Die Kinder öffneten ihren Kreis, um ihr Platz zu machen. Niemand von ihnen wusste, wie sie die hartnäckige Blockade in den Lungen ihrer Mutter lindern sollten. In dieser Bergwerkssiedlung erwarb niemand mehr Wissen, als er für seinen vorbestimmten Platz im Leben brauchte. Von unverheirateten Tanten erwartete man, dass sie kranke Familienmitglieder pflegten. Also war Tante Baarben diejenige, die M'ma beim Aufsetzen helfen musste, nicht die Kinder, die näher bei ihr standen.

Aber für M'ma kam jede Hilfe zu spät. Sie öffnete den Mund zu einem letzten Atemzug. Blut floss ihr über die Lippen. Blicklos riss sie die Augen auf. Dann sackte sie zusammen, und ihr Geist verließ den Körper.

»Hol sie zurück. Du musst sie wieder zum Leben erwecken!« Maydon trommelte auf Bessels Schulter. »Du bist ein Magier, also erwecke sie wieder zum Leben.«

Bessels Geschwister sahen ihn an. In ihren tränenerfüllten Augen leuchtete Hoffnung auf.

»Das kann ich nicht.« Bessel senkte den Kopf. »Und selbst wenn ich dazu in der Lage wäre, verbieten die Sternengötter, Tote ins Leben zurückzuholen, ganz gleich aus welchem Grund.«

»Ich hole Lord Balthazaans Magier, und die werden dich dazu zwingen. Mach deine Mutter wieder lebendig!« Maydon ließ seine Krücken zu Boden fallen, packte Bessels Schultern und schüttelte ihn heftig. Einen Moment lang war er vollkommen abhängig von seinem verlorenen Sohn.

Bessel unterdrückte ein triumphierendes Lächeln. Seit seinen traumatischen Erlebnissen im Lager der Geächteten hatte kein Magier ihn mehr zu etwas zwingen können, das er nicht tun wollte.

»Es gibt keinen Zauber, der Tote zum Leben erweckt. In deiner Unwissenheit schreibst du mir mehr Macht und weniger Moral zu, als jeder echte Magier besitzt.« Sanft löste Bessel die Hände seines Vaters von seinen Schultern und hob dann dessen Krücken auf. »Wenn ich ihr hätte helfen können, dann hätte ich es schon vor Stunden getan, als sie noch lebte.« Aber er hätte etwas tun können, wenn er den Mut aufgebracht hätte, eine Kraftlinie anzuzapfen und in die Leere zu gehen.

Wenn Bessel darum gebeten hätte, wäre der Heiler aus Lord Balthazaans Burg gekommen. Er wäre einem anderen Magier zu Hilfe geeilt. Aber Bessel war noch kein richtiger Magier und hatte seinen Meistergrad noch nicht erlangt.

Immer noch war er ein Außenseiter, ein Zuschauer; und nirgendwo mehr als in dieser großen Familie, die blutsverwandt mit ihm war, aber weder seine Gabe noch seine Erfahrungen teilte.

»Kannst du nicht, oder willst du nicht?«, verlangte Maydon höhnisch von ihm zu wissen. »Du kannst mit mir tun, was du willst, schließlich bin ich es, der dich und deine verfluchte Gabe den Wölfen vorgeworfen hat. Töte mich, wenn es sein muss, aber hilf deiner Mutter und hole sie zurück!«

»Das kann ich nicht. Anders als du vielleicht glaubst, bin ich nicht allmächtig. Und ich werde keine heiligen Gesetze brechen.«

Und dann verließ Bessel das Haus seines Vaters und blickte nicht einmal zurück. Bitterkeit und Reue waren seine einzigen Gefährten.

S'murghit! Die Sternengötter hatten die ersten Magier gelehrt, wie man eine Seuche bekämpft. Wo war dieses Wissen, nun, da er es brauchte?

Im Dorf hatte jedenfalls niemand eine Ahnung von wirklicher Heilkunst. Die Hebammen und unverheirateten Tanten kannten sich mit der Anwendung von ein paar Kräutern und Breiumschlägen aus. Sie konnten Wunden verbinden und Knochenbrüche einrichten. Doch keine von ihnen konnte lesen, um sich weiteres Wissen anzueignen. Maydon hatte seinen Kindern ein paar Buchstaben und Zahlen beigebracht, die ausreichten, um die private Buchführung der Familie zu bestreiten, nichts weiter. Die Tradition schrieb vor, dass sie nicht mehr brauchten. Keines von ihnen hatte je einem Traum Ausdruck verliehen, mehr zu erreichen als ihr Vater oder als Lord Balthazaan von ihnen erwartete.

Und jetzt war eine Seuche über sie gekommen, und ihr Unwissen brachte sie um.

Wieder überfiel ihn der seltsame Geruch, der ihm schon im Haus seines Vaters aufgefallen war, stärker, durchdringender dieses Mal. Er erfüllte die gesamte Siedlung genauso wie der schwarze Kohlenstaub aus der Mine. Gehörte der Staub zu der Art von Verschmutzung, von der sich die Seuche nährte?

Er blieb mitten auf dem Weg stehen, der zwischen den Häusern hindurchführte, und drehte sich einmal um seine Achse. Tief in seinem Inneren schlug seine magische Gabe Alarm.

Der Tod ging in dieser Siedlung um; genau wie unter den Fremden in dem Drachentraum, den Shayla Powwell, Meister

Nimbulan und dem König und der Königin geschickt hatte. Jeder in der Kommune hatte in allen Einzelheiten von diesem Traum gehört. Powwell hatte vor allem den Geruch der Seuche betont und ihn seinen Klassenkameraden auf direktem telepathischem Weg übermittelt. *Das* war der vertraute Geruch.

Königin Maarie Kaathliins Seuche war nach Coronnan gekommen, und niemand wusste ein Heilmittel dagegen.

7. Kapitel

Mitternacht, bewaldete Anhöhe außerhalb der Hauptstadt Coronnan

Kinnsell O'Hara sah sich unsicher in der bewaldeten Landschaft um. Warum bestanden diese primitiven Hinterwäldler immer auf heimlichen Treffen inmitten all dieser Bäume? Und immer zu dieser mitternächtlichen Stunde. Zivilisierte Menschen sollten delikate Verhandlungen bei einem feinen Portwein in einer gemütlichen, mit breiten und gut gepolsterten Lehnstühlen eingerichteten Umgebung führen, statt hier draußen zu stehen und sich im kalten Wind empfindliche Körperteile abzufrieren.

Ohne die schützenden Wände eines Gebäudes, ohne sein Shuttle oder die Atmosphärenkuppeln, die zu Hause die Städte überspannten, fühlte er sich nackt. Doch er war hier nicht zu Hause. Dies war eine primitive Welt, deren Eingeborene an Magie glaubten und Drachen für real hielten.

Sogar ihr König wurde mit »Euer Gnaden« angesprochen, weil er von Gnaden der Drachen regierte. Könige sollten aber auch Majestät besitzen, nicht nur Gnade.

In der kalten Nachtluft erschauerte er. Er konnte es kaum erwarten, Coronnan und den Planeten Kardia Hodos so schnell wie möglich zu verlassen. Sobald er vollendet hatte, wozu er hergekommen war, würde er all diese offenen Landschaften und diese ganze nicht in Behältnissen aufbewahrte Luft hinter sich lassen und sich schleunigst zurück in die Zivilisation begeben.

Aber seine Mission würde sicherstellen, dass er der nächste

Imperator des Terranischen Galaktischen Imperiums wurde. Keiner der anderen Kandidaten – jeder seiner drei Geschwister sowie deren Kinder konnten zum Imperator gewählt werden – hatte eine Ahnung davon, wie man ein so zersplittertes Reich zusammenhielt; und keiner von ihnen wusste frische Nahrung, die auf Planeten wie diesem erzeugt wurde, zu schätzen. Sie alle glaubten, in Tanks erzeugte Nahrung reiche aus, um das Leben zu erhalten. Keiner von ihnen begriff, dass wirklicher Lebensgenuss einzigartige Geschmackserlebnisse und einzigartige Erfahrungen bedeutete und die Hoffnung, dass eines Tages jeder Bürger in der Lage sein würde, sie zu genießen. Wenn diese Hoffnung – so fern sie auch sein mochte – endgültig starb, hatten die Bürger die Macht, die Zentralregierung abzusetzen. Dann würde das Imperium in Dutzende verstreuter, autonomer und einander bekriegender Welten zerfallen.

Dann hätten sie keine Kontrolle mehr. Kurz schob er die rechte Hand nach vorn, als läge sie beim Anflug durch die Atmosphäre auf dem Steuerknüppel seines Shuttles. Indem er die Nase des Beibootes ein wenig herunterdrückte, konnte er die Herrschaft über das Fahrzeug zurückgewinnen. Dann zog er die Hand zurück und hatte alles wieder unter Kontrolle.

Kinnsell hatte vor, die Kontrolle zu behalten, angefangen bei den Hinterwäldler-Lords und seiner viel zu eigenständigen Tochter.

Zu seiner Linken raschelte es im Unterholz; da näherte sich jemand – oder etwas, jedenfalls ein großes, unbeholfenes Wesen. Das Herz schlug ihm bis zum Halse, und mit einem Mal kamen ihm alle Geschichten der Eingeborenen über menschenfressende Graubären, getüpfelte Säbelzahnraubkatzen und sogar ... Drachen gar nicht mehr so weit hergeholt vor.

Dieser Ort hatte etwas Unheimliches, das seine Fantasie anheizte und die Erinnerung an kindliche Horrorgeschichten über Monster unter dem Bett in ihm aufsteigen ließ.

Obwohl er mehrere Lagen schwerer Schutzkleidung trug, spürte er die kalte Nachtbrise auf der Haut. Er rang seine Ängste nieder und überprüfte seinen Scanner. Die Werte zeigten einen Menschen an, der ein Reittier am Zügel führte. Auf Terra gab es, naturhistorische Museen ausgenommen, schon seit vielen Generationen keine Pferde mehr.

Kinnsell entspannte sich. Wieder einmal hatte ihm seine überreizte Fantasie einen Streich gespielt. Seine Tochter Katie besaß die gleiche Neigung. Nun, da sie Königin dieses rückständigen Orts im Nirgendwo war, konnte sie ihrer Neigung zum Geschichtenerzählen freien Lauf lassen, ohne dass zivilisierte Konventionen sie daran gehindert hätten.

Sie war noch keinen Tag auf diesem Planeten gewesen, als sie ihm schon mit Geschichten über Drachen in den Ohren gelegen hatte.

Man stelle sich vor, das Mädchen behauptete tatsächlich, sie habe einen Drachen gesehen und berührt! Ein gewaltiges Tier mit kristallfarbenem Fell und telepathischen Fähigkeiten hatte angeblich ihre Heirat mit Quinnault »gesegnet«. Wusste sie denn nicht, dass Drachen – gleich, ob gut oder böse – in sämtlichen Mythen und Legenden mit edelsteinfarbener Schuppenhaut dargestellt wurden?

Sogar seine pragmatischen und gehorsamen Söhne hatten nach einem Besuch bei ihrer Schwester mit Geschichten über magische Wesen und Zauberinnen um sich geworfen. Kinnsell hatte den dreien befohlen, an Bord des Mutterschiffs zu bleiben. Er hoffte nur, dass Katies egalitäre Ideen sie nicht angesteckt hatten. Andernfalls würden sie womöglich mit ihm um die Krone des Imperators wetteifern, sobald Kinnsells Vater endlich das Zeitliche segnete. Der alte Mann ließ sich ohnehin viel zu viel Zeit damit. Das Terranische Galaktische Imperium wurde mit jedem Jahr instabiler. Es brauchte Kinnsells feste Hand am Steuerknüppel, der es wieder zu Wohlstand führen würde.

»Meister Varn?«, fragte er näher kommende Mensch zuversichtlich, als könne er im Dunkeln sehen. Vielleicht konnte er es. Diese Eingeborenen überraschten ihn immer wieder mit ihren unheimlichen Fähigkeiten.

Rasch setzte Kinnsell den dicht verschleierten Kopfputz auf, der verbarg, dass er einfach ein Mensch von einem anderen Planeten war. Er hasste dieses Kostüm, das aus zahllosen Lagen dünnen Chiffons bestand. Doch die Familie beharrte darauf. Diese Welt durfte nicht durch das Wissen über ihre terranische Vergangenheit oder durch Technologie und Umweltverschmutzung belastet werden. Doch dieses Versteckspiel würde er bald beenden. Aber nicht heute Nacht. Diesem großmannssüchtigen Hinterwäldler-Lord würde er weder sich selbst noch seine Mission enthüllen. Das würde erst geschehen, wenn er die Lage unter Kontrolle hatte.

»Ich bin es, der Anführer der Varn«, antwortete Kinnsell in dem feierlichen Tonfall, der ihm für ein Ehrfurcht einflößendes Wesen von geheimnisvoller Herkunft und Gestalt angemessen erschien.

»Besitzt Ihr genug Reichtümer, um mich zu bestechen, damit ich Euch meine gesamte Tambootie-Pflanzung überlasse?« Obwohl er mit einem Vertreter des legendären Handelsvolks der Varn sprach, schwang in der Stimme des Mannes keine Spur von Unterwürfigkeit oder Verehrung.

Kinnsell fühlte sich leicht verärgert. Seine Vorfahren hatten hier den Kult der Sternengötter begründet. Da sollten seine Leute diesen Primitiven als Götter erscheinen! Aber nein, ein völlig überholter Vertrag zwang ihn, sich als Gespenst zu verkleiden.

Aber er brauchte das Tambootie, und zwar viel mehr davon, als König Quinnault und seine eigene Tochter ihm zu überlassen bereit waren.

Im Terranischen Imperium tobte die Seuche; und Tambootie war das einzige bekannte Heilmittel dagegen. Wenn er genug von den Blättern in die Hände bekam, konnte er die Seuche für immer ausmerzen – etwas, das längst überfällig war, seit Genetiker erkannt hatten, dass ihre experimentelle Mikrobe nicht nur Giftmüll und Luftverschmutzung angriff, sondern auch die Toxine im menschlichen Körper, in dem sich seit Generationen unkontrolliert Industriegifte angereichert hatten. Und anschließend zerfraßen sie ihre menschlichen Wirte.

»Ich habe Saatgut, das Eure Getreideernte verdreifachen wird«, intonierte Kinnsell. »Vorausgesetzt, es ist Tambootie aus der Frühjahrsernte und kein abgefallenes Laub aus dem letzten Herbst.«

»Von Saatgut habe ich nicht viel. Der Großteil meiner Ländereien besteht aus Felsklippen und Schluchten.« Der Hinterwäldler-Lord spuckte auf den Waldboden.

»Ich kann Euch Schafembryos geben. Wenn die Tiere ausgewachsen sind, erzeugen sie Wolle mit so langen Fäden, dass man sie fast so fein wie Seide spinnen kann.«

»Embryos? Was ist das?«

»Befruchtete Eier, die man in die Gebärmutter eines weiblichen Schafs einpflanzt.«

»Dämonenbrut!« Der Mann erschauderte und vollführte eine merkwürdige Geste, indem er die Handgelenke überkreuzte und mit den Händen schlug. Sein schwerer Siegelring schimmerte im Mondschein.

Dann wurde Kinnsell klar, dass in den Ring des Mannes kein übliches Siegel eingelassen war. Stattdessen stellte die feine Silberarbeit einen komplizierten, vielfach verschlungenen Knoten dar, der an seine keltischen Vorfahren auf Terra erinnerte. Mit einem Mal gelüstete es ihn nach dem Ring. Er beschloss, dass er ihn am Finger tragen würde, ehe er diesen rückständigen Planeten verließ und nach Hause flog. Seine Hand schob sich nach vorn. Er musste die Kontrolle wiedererlangen.

»Ich werde keine Dämonengeister auf meine Schafe übertragen«, fuhr der Lord fort. »Lieber verfüttere ich mein Tambootie weiter an die *s'murghin* Drachen, als dass ich mich mit Dämonen einlasse.«

»Könnt Ihr auf Eurem Land Bodenschätze fördern?« Kinnsell gingen die Optionen aus. Seine Hand verharrte immer noch in der Vorwärtsbewegung, in dem Versuch, die Situation unter Kontrolle zu bringen. Auf seinem Mutterschiff gab es nicht mehr allzu viel, mit dem er diesen Menschen helfen ... oder sie bestechen konnte.

»Meine Bergwerke sind seit Generationen erschöpft. Es ist nicht mehr so viel Eisen und Kupfer da, als dass es sich lohnen würde, die Schlacke an die Oberfläche zu holen.« Der Blick des Mannes glitt nach links, ein sicheres Anzeichen dafür, dass er log.

Er hatte Kohle. Kohle, mit der man Industrieanlagen betreiben konnte – hier oder anderswo. Kinnsell hatte den Staub gerochen, als er Balthazaan das letzte Mal besucht hatte.

Lächelnd wischte er die letzten Reste der Treue zu dem anachronistischen Familienvertrag beiseite. Seine Hand nahm die gleiche Stellung ein wie bei einem problemlosen Flug. »Ich kann Euch Werkzeuge geben, mit denen man durch massiven Fels bis zu verborgenen Erzadern schneiden kann.«

Gierig riss der Lord die Augen auf; dann verengten sie sich kalkulierend. »Was nützen mir diese Werkzeuge, wenn meine Bergleute nicht wissen, wo die Adern liegen?« Er drehte seinen Ring. Ein Zeichen von Aufregung oder Gier?

»Ich besitze ein zweites Werkzeug, das wertvolle Metalle und auch Eisen und Kohle aufspüren kann.« Kinnsell frohlockte bei dem Gedanken an schimmernden Stahl, eine Ware, die immer seltener wurde, seit die größten eisenproduzierenden Kolonien ihre Minen geschlossen und ihre Städte mit Kuppeln überdacht hatten, um die volle Mitgliedschaft im Imperium zu erlangen. Er hatte ohnehin schon gegen den Familienvertrag verstoßen; da konnte er es ebenso gut gründlich tun. »Aber im

Austausch für diese Werkzeuge brauche ich mehr als nur die Tambootie-Pflanzung.«

»Viel mehr habe ich nicht. Die Kriege haben mir alles genommen. Ich besitze nur noch ein paar Morgen wertloses Land und eine Schar Töchter.«

»Dann sollt Ihr mit den ersten Gewinnen aus den Erzadern, die *meine* Werkzeuge für Euch finden werden, jede Tonne Getreide aufkaufen, die Ihr auftreiben könnt.« Nahrungsmittel brauchte das Imperium noch dringender als zusätzlichen Nachschub an Stahl.

»Wir müssen alle Getreideüberschüsse an den König abführen, als Reserve für den Fall einer Dürre, wie er behauptet.« Die Antwort des Mannes hatte einen ärgerlichen Unterton. Er hörte auf, seinen Ring zu drehen, ballte die Faust und schüttelte sie zornig.

Kinnsell konnte den Ring jetzt genauer erkennen, und er gefiel ihm noch besser. Er wusste, dass er den Verdruss des Lords ausnutzen konnte. König Quinnaults Voraussicht, mit der er Vorkehrungen für eine Dürre traf, die – wenn der normale Wetterzyklus weiterging – in fünf Jahren eintreten würde, wurde von seinen kurzsichtigen Adligen belächelt. Sie wollten Geld verdienen, und zwar sofort.

»Mein Volk leidet gerade jetzt unter einer Dürre«, sagte Kinnsell. Nun gut, der Mangel an Rohstoffen war nicht durch das Wetter, sondern selbst verursacht. Er konnte eine Situation nicht verändern, deren Ursprünge tausend Jahre in der Vergangenheit lagen, aber er konnte die erklärte Politik seiner Gesellschaft ausnutzen, Planeten auszusaugen und dann weiterzuziehen. »Wir brauchen das Korn jetzt. Euer König benötigt die Vorräte erst, wenn eine neue Dürre eintritt. Trockenperioden sind eine Laune der Sternengötter. Vielleicht kommt die nächste ja nie, oder viel später als gedacht.«

»Oder gleich morgen. Ich bin mir nicht sicher, ob ich für ein paar Schlitten voller Erz den Zorn meines Königs auf mich ziehen will, weil ich so viel Tambootie abgebe und überzähliges Getreide verkaufe.«

»Kein Sterblicher kann sagen, wann eine Dürre eintreten wird.« Kinnsell musste sich Mühe geben, damit seine Stimme nicht verriet, wie verzweifelt er war. Diese Hinterwäldler waren nicht leicht zu korrumpieren. Besser gesagt, sie waren bereits so korrupt, dass er ihre Laster nicht zu seinem Vorteil ausnutzen konnte. Zum Vorteil des Imperiums, verbesserte er sich. »Ihr habt früher Eure Überschüsse auch nicht gehortet, und Euer Volk hat immer überlebt. Da kann es doch nicht schaden, wenn Ihr die neuen Gesetze des Königs erst ein Jahr später anwendet.«

»Gebt mir ruhig ein paar gute Gründe, diese neuen Gesetze nicht zu befolgen. In den alten Zeiten habe ich meine eigenen Gesetze gemacht und meine Ländereien allein regiert, ohne dass ein König sich eingemischt hätte, und allen ging es ganz ausgezeichnet.«

Kinnsell verbiss sich die scharfe Erwiderung, dass es dem Lord oder seinem Volk während des generationenlangen Krieges mit Sicherheit nicht »ausgezeichnet« gegangen war. »König Quinnault ist wie ein fanatischer Priester«, sagte er stattdessen. »Er will, dass jeder glaubt, was er glaubt, ohne Abweichungen und ohne eine logische Erklärung zu verlangen. Quinnault hat nicht das Wohl des Landes im Sinn, er will Euer Leben, Eure Rohstoffe und Euren Geist kontrollieren.« Kinnsell hielt einen Moment inne, damit der andere darüber nachdenken konnte. »Je eher Quinnault gestürzt wird, umso schneller könnt Ihr wieder Geld verdienen, wie Ihr es für richtig haltet.«

»Die anderen Lords und ich haben uns schriftlich verpflichtet, ihn zu unterstützen. Das Volk liebt ihn. Es wäre riskant, ihn abzusetzen.« Der Hinterwäldler-Lord drehte wieder an seinem Ring.

»Das Volk liebt ihn jetzt, weil es ihn nicht wirklich kennt. Er verbirgt die Wahrheit vor ihnen, und die ist, dass er das ganze Leben auf Kardia Hodos kontrollieren will – sogar ihre Gedanken. Was glaubt Ihr, wie er den Aufruhr im letzten Herbst beigelegt hat, wenn nicht durch Gedankenkontrolle? Ihr müsst den Menschen die Wahrheit aufzeigen. Dann werdet Ihr frei sein, Eure Rohstoffe mit Gewinn zu verkaufen, statt sinnlos Abgaben an den König zu entrichten.«

»Und Ihr werdet mir die Werkzeuge geben, mit denen man Fels schneiden und Erz aufspüren kann?« Der Hinterwäldler-Lord tippte sich mit dem Zeigefinger an die Lippe, als wäge er die Möglichkeiten ab.

Kinnsell wünschte aufrichtig, er könnte die Gedanken des Mannes lesen. Doch diejenigen Eingeborenen, die wie dieser Lord dunkles Haar und olivfarbene Haut besaßen und den Bewohnern des terranischen Mittelmeerraums ähnelten, waren vollständig immun gegenüber der Familiengabe. Die anderen mit hellerer Haut- und Haarfarbe waren viel verwundbarer gegenüber telepathischen Kräften – außer sie besaßen ebenfalls Psi-Kräfte, mit deren Hilfe sie sich als Magier ausgaben. Er hatte bis jetzt noch niemanden mit asiatischen oder afrikanischen Zügen getroffen und nicht feststellen können, wie verbreitet diese natürlichen Barrieren gegen Telepathie waren. Hier bewohnte jede Rasse einen anderen Kontinent; alle bis auf das Volk dieses Lords, das wie die irdischen Zigeuner über den gesamten Planeten wanderte.

»Ihr Varn handelt doch immer mit Diamanten. Wenn ich Diamanten hätte, könnte ich morgen die überschüssigen Vorräte meines Nachbarn aufkaufen«, schlug der Hinterwäldler-Lord vor. »Dann bräuchtet Ihr nicht zu warten, bis ich die Mine wieder öffne, ein profitables Erzlager entdecke, anschließend einen Markt dafür finde und es verkaufe.«

»Wenn mit einem Mal so viele Diamanten auftauchen, weiß ganz Kardia Hodos, dass Ihr Geschäfte mit Varn gemacht habt. König Quinnault wird sich Eure Tambootie-Pflanzungen genau ansehen, um festzustellen, ob Ihr Euren Pakt mit den Drachen verletzt habt.«

Der Adlige bekreuzigte sich und murmelte ein Gebet. Dann überkreuzte er wieder die Handgelenke und schlug mit den Händen.

Kinnsell wünschte, er hätte den Ursprung der bizarren Geste gekannt.

»Drachen und Magier haben noch nie etwas für mich getan; da sehe ich nicht ein, warum ich einen Teil meines Landes für den Anbau der magischen Bäume opfern und von meinen wenigen Schafen einen Tribut an die Drachen entrichten soll.«

»Ihr solltet gar nichts für Scharlatane, die sich als Magier ausgeben, und Drachen, die nicht existieren, opfern müssen.« Kinnsell versuchte den Mann zu einer Entscheidung zu drängen. »Meine Werkzeuge sind zuverlässiger als Magie.«

Die Augen des Mannes leuchteten vor Gier.

»Ihr bekommt das Tambootie und das Getreide, wenn ich die erste Ladung Erz verkaufe.«

»Ich brauche das Tambootie aber jetzt.«

»Und ich benötige Startkapital.«

»Gold. Ich werde Euch Gold geben.«

»Wie viel?«

»Einhundert Münzen von der Größe Eures Daumennagels.«

»Woher stammen die Münzen? Kaufleute nehmen nicht alle Währungen.«

»Die Münzen der Gewürzhändler aus Varnicia werden überall akzeptiert.« Diese konnte Kinnsell fälschen.

»Und weisen auf die Varn hin, genau wie Diamanten.«

»Dann die Münzen der Jihab, der Edelsteinhändler.«

»Haben einen schlechten Ruf, weil man sie in Verbindung mit den Auftragsmördern von Maffisto bringt. Und Ihr garantiert, dass Eure Werkzeuge bessere Ergebnisse liefern als die Magier?«

»Meine Werkzeuge werden Magier überflüssig machen. Ihr und Eure Art wäret sie für alle Zeiten los.« *Und mit einer verbesserten Technologie habe ich einen Planeten, der genug Nahrung produ-*

ziert, um drei zivilisierte Welten zu ernähren. Kohle und Eisen exportieren wir auf Industrieplaneten und stellen mehr Leute dafür ab, das Land zu bearbeiten.

»Goldbarren sind in Ordnung. Die kann ich überall verkaufen.«

»Abgemacht. Als Sicherheit nehme ich Euren Siegelring ...«

»Ich habe Nachbarn, die bereit wären, Getreide und Tambootie einzutauschen, um die Magier loszuwerden.« Der Lord ignorierte Kinnsells letzte Forderung vollständig. »Sie vertrauen mir und haben mir aufgetragen, in ihrem Namen zu verhandeln.« Der Hinterwäldler zog eine lange Pergamentrolle aus seiner Tunika. Eine wirklich sehr lange Rolle. »Ich habe jemanden gefunden, der sie für mich geschrieben hat; einen Mann, der als Magierlehrling versagt hat. Er ist immerhin lange genug an der verfluchten Universität geblieben, um lesen und schreiben zu lernen, wenn auch nicht viel anderes.«

Kinnsell leckte sich begierig über die Lippen. Innerhalb eines Jahrzehnts würde er diesen Planeten mechanisiert haben und gewaltige Überschüsse exportieren. Aber er gedachte nicht, die Eingeborenen über ihr Recht zu informieren, ihre Städte mit Kuppeln zu überdachen und dem Imperium als vollgültige Bürger beizutreten. Terra brauchte Nahrungsmittel, nicht noch mehr Bürger. Und er brauchte die Krone, die er durch die Nahrungsmittel dieser Welt erlangen würde. Seine Hand fuhr rückwärts und zog das imaginäre Shuttle hoch.

Kurz fragte er sich, ob er das Verbot gegen das Lesen und Schreiben auf dieser Welt aufheben sollte. Nein, noch nicht. Am Ende lernten die Eingeborenen noch zu viel und zu schnell.

*

Bibliothek der Magier-Universität, Hauptstadt Coronnan

Bessel starrte auf den seltsamen Abschnitt in dem alten Text. Er war dabei gewesen, in Meister Lymans Auftrag Bücher wegzuräumen, als seine magische Gabe ihn gedrängt hatte, dieses Buch aufzuschlagen und zu lesen. Es war wie von selbst auf dieser Seite auseinandergefallen, auf der er jetzt denselben Abschnitt wieder und wieder las.

JEMAND, DER HEILERTALENT BESITZT, KANN DIE AUSWIRKUNGEN DER KRANKHEIT LINDERN, INDEM ER SYMBOLISCH BLUT MIT DEM PATIENTEN AUSTAUSCHT.

Was? Wie? Er musste weiterlesen. Die anderen drei Bücher, die er auf den Armen trug, fielen mit einem dumpfen Knall zu Boden, der durch die sonst stille Bibliothek hallte. Mehrere Lehrlinge blickten von ihren Studien auf. Bessel war es gleichgültig, wie viel Aufmerksamkeit er erregte oder ob die anderen Studenten ihn auslachten.

Er wusste, dass seine dicklichen Hände ungeschickt waren; doch darauf kam es nicht an. Dieses Buch enthielt einen Hinweis darauf, wie man die Seuche besiegen konnte. Wenn er herausfand, wie das funktionierte, bekam er vielleicht die Erlaubnis, in Lord Balthazaans von der Seuche befallene Provinz zurückzukehren. Seine Mutter konnte er nicht mehr retten, aber vielleicht einige andere Menschen, bevor sich die Seuche weiter ausbreitete. Und er bräuchte dazu weder eine Kraftlinie anzuzapfen noch in die Leere zu gehen.

Er packte das Buch mit beiden Händen und stolperte über die heruntergefallenen Bücher zum nächsten Lesepult. Noch bevor er sich auf den Stuhl fallen ließ, begann er zu lesen.

ZUERST MUSS DER HEILER EINE TRANCE VON MITTLERER TIEFE ERZEUGEN, WOBEI ER DARAUF ACHTEN SOLLTE, SICH NICHT ZU SEHR VON DER LEERE FASZINIEREN ZU LASSEN. WÄHREND ER NOCH IN KONTAKT ZU SEINEM KÖRPER UND SEINEM GEIST STEHT, NIMMT DER HEILER SEINEN RITUELLEN DOLCH IN DIE LINKE UND SCHNEIDET SORGFÄLTIG ÜBER DIE RECHTE HANDFLÄCHE DES PATIENTEN. DANN RITZT ER SICH SELBST IN DIE LINKE HANDFLÄCHE. DER RITUALDOLCH DARF JETZT BIS ZU SEINER SPÄTEREN REINIGUNG AUF EINEM SEIDENSCHAL ABGELEGT WERDEN. DER HEILER MUSS DIE LINKE HANDFLÄCHE AUF DIE RECHTE DES PATIENTEN LEGEN, WOBEI DARAUF ZU ACHTEN IST, DASS DIE SCHNITTE EINANDER BERÜHREN. MIT DER FREIEN HAND MUSS DER HEILER DIE HÄNDE MIT EINEM BLÜTENWEISSEN BAND ZUSAMMENBINDEN, DAS EBENFALLS AUS SEIDE BESTEHT.

WENN DER HEILER RICHTIG AUSGEBILDET IST UND DIE PRÜFUNG DURCH DEN TAMBOOTIE-RAUCH ERFOLGREICH BESTANDEN HAT, BESTEHT KEINE ANSTECKUNGSGEFAHR FÜR IHN SELBST, OBWOHL SICH NICHT-MAGIER, DIE SICH IM RAUM AUFHALTEN, INFIZIEREN WERDEN.

Auf der Suche nach den rituellen Worten, die diesen Heilzauber vervollständigten, schlug Bessel die Seite um. Doch die nächsten drei Seiten waren aus dem Einband gerissen.

Er blätterte in dem Buch hin und her, um die fehlenden Seiten zu finden. An mehreren Stellen bewiesen ausgerissene Stellen, dass noch andere Seiten entfernt worden waren. Wer immer das Buch verstümmelt hatte, war eilig vorgegangen und hatte sich nicht die Zeit genommen, die Seiten ordentlich auszuschneiden.

Aber wer? Wer würde ein wertvolles Buch beschädigen?

»Meister Lyman?«, fragte er leise. Der Meisterbibliothekar

befand sich bestimmt in der Nähe. Er entfernte sich nur selten von seinen geliebten Büchern. Bessel fragte sich oft, ob der alte Mann auch in der Bibliothek aß und schlief.

Die Gesellen flüsterten staunenden Lehrlingen Legenden über den alten Lyman ins Ohr, nach denen er sich nur von Wissen ernährte und niemals schlief.

»Ja?« Meister Lyman sah Bessel durch eine Lücke in einer Bücherreihe an. Offenbar hatte er ein paar Bücher herausgenommen, statt ein paar Schritte um das Regal herumzugehen.

»Habt Ihr dieses Buch gelesen, Meister Lyman?«

»Titel und Autor?« Nachdenklich zog Lyman sein faltiges Gesicht zusammen.

»*Zeremonien symbolischer Magie* von einem gewissen Kimmer, einem Schreiber aus dem Süden. Ich glaube, es handelt sich um eine Abschrift des ursprünglichen Textes.« Bessel starrte auf die feine Punzarbeit auf dem ledernen Einband. An den uralten hineingestanzten Buchstaben hingen noch Reste von Blattgold.

»Kimmer? Ach ja, Kimmer aus dem Süden. Ein ausgezeichneter Gelehrter und einer unserer produktivsten Autoren. Leider hatte ich noch keine Zeit, diesen Text zu lesen.« Lyman begann die Bücher wieder an ihren Platz zu stellen und zog sich von Bessel zurück.

»Ähm, Meister Lyman?«

»Hast du noch eine Frage?« Lyman steckte erneut den Kopf durch die Lücke im Regal. »Zwei Fragen hintereinander von demselben Studenten? Kann es sein, dass einer von euch so viel zu denken beginnt, dass er Fragen stellt?«

»Meister Lyman, jemand hat einige Seiten aus diesem Buch gerissen. Wer würde so etwas tun?« Vor Empörung klang Bessels Stimme laut und schrill. Sofort dämpfte er sie zu einem angemessenen Flüsterton. »Ich glaube, ich habe einen Hinweis auf frühe Blutmagie gefunden. Sie wurde zum Heilen benutzt, nicht um magische Energie zu erzeugen! Das ist wichtig.«

»Pst, Junge. So etwas darfst du niemals laut sagen! Das Gleiche habe ich Powwell gesagt, als er aus diesem Text vorgelesen hat. Außerdem habe ich ihn angewiesen, das Buch zu verstecken.« Lyman kam um das Regal gehuscht und riss Bessel das Buch aus den Händen. Mit seiner merkwürdigen, altmodischen Tunika, die ihm bis auf die Knie herabhing und um die er den Gürtel, der seine Hosen hielt, herumgeschlungen hatte, wirkte er mehr wie ein harmloser Gnom und nicht wie ein mächtiger und weiser Magier.

Hatte Powwell die Seiten, auf die es ankam, aus dem Buch gerissen? Und warum? Er brauchte doch wohl keine Blutmagie, um seine Schwester zu retten … Aber in Hanassa mochte sie ihm dienlich sein.

Der Haupteingang der Bibliothek wurde aufgerissen. Meister Narbengesicht stand zwischen den gewaltigen Türflügeln. Die Narbe, die ihm seinen Beinamen eingetragen hatte, verlief leuchtend rot über die Nasenwurzel und verband beide Schläfen.

»Hinaus!«, befahl er. Seine Narbe war mit einem Mal weiß geworden, ein eindeutiges Zeichen dafür, dass er unter großer Anspannung stand, die er sorgfältig beherrschte. »Alle Studenten verlassen sofort die Bibliothek. Die Meister haben etwas Wichtiges zu erledigen und dürfen nicht gestört werden.«

Ein Dutzend Lehrlinge sammelten ihre Bücher, Schriftrollen und Schreibwerkzeuge auf, um zu gehen.

»Nehmt nichts mit. Lasst die Bücher hier. Verschwindet einfach. Sofort.«

Solange ich noch den Mut habe, dies zu tun. Ein verirrter Gedanke von Narbengesicht drang in Bessels Geist. Was hatte der Oberste Magier vor?

»Rasch, Junge, versteck das Buch und schleich dich durch die Hintertür hinaus.« Lyman drückte ihm das Buch wieder in die Hände und schob ihn in die hinterste Ecke des drei Stockwerke hohen Raums, der den gesamten Zentralflügel des u-förmigen Universitätsgebäudes einnahm. »Versteck dich gut, aber wende keinen Zauber an. Sonst wittert er deine Magie.«

»Zeig dich, Lyman«, befahl Narbengesicht, während er in die Bibliothek marschierte. Drei Meistermagier, die alle ihr Amt angetreten hatten, seit Narbengesicht vor einem Jahr die Führung der Kommune übernommen hatte, folgten ihm auf dem Fuß. Alle Meistermagier schienen lieber Narbengesicht zu folgen, als selbst Entscheidungen zu treffen. So war er der Oberste Magier geworden. Niemand anderer wollte diese Stellung.

»Ja, Meister Aaddler?« Lyman schob sich vor Bessel und gab dem Gesellen Deckung für seinen schnellen Rückzug.

Bessel hielt die Ohren offen und die magischen Sinne geschärft, während er sich eine dunkle Ecke für sich selbst und sein Buch suchte. Er wusste, dass er die Wahrheit hinter den gesprochenen Worten hören musste.

Der Oberste Magier zuckte zusammen, als Lyman seinen richtigen Namen gebrauchte. Seit er die Führung übernommen hatte, waren alle Meister dazu übergegangen, Beinamen anzunehmen, und sie behielten ihre wirklichen Namen nur den feierlichsten Gelegenheiten vor.

»Die Bücher müssen nach Kategorien aufgeteilt werden«, erklärte Narbengesicht und sah direkt in Lymans Augen statt auf die Bücher. Sein durchdringender Blick deutete darauf hin, dass er versuchte, Lyman per Magie zu beeinflussen.

»Sie sind bereits katalogisiert und in Kategorien aufgeteilt.« Lyman wich weder zurück, noch unterlag er der geistigen Manipulation.

»Für die Sicherheit der Kommune und derer, die hier nach Wissen suchen, ist eine weitere Aufteilung erforderlich. Der Drachentraum der Königin hat Gefahr durch das Wissen vorhergesagt, das in diesen Büchern enthalten ist.«

Seine Magier-Trabanten flankierten Narbengesicht und bildeten eine undurchdringliche, entschlossene Wand.

»Ich habe die Angelegenheit studiert. Wir dürfen es nicht länger hinausschieben, gefährliche Informationen aus der Reichweite leicht beeinflussbarer Lehrlinge zu entfernen.«

»Inwiefern gefährlich?« Lyman hielt seine Stellung und vertrat den anderen Magiern den Weg.

»Alle Hinweise auf Außenseitermagie müssen dorthin gebracht werden, wo nur Meistermagier Zugang zu ihnen haben. Sämtliche Erwähnungen von Maschinen, die Magie nachahmen können, müssen für eine spätere Auslese aussortiert werden«, verkündete Narbengesicht. »Keiner meiner Studenten braucht dieses verbotene Wissen.«

»Ihr wollt die Bücher zensieren?«, fragte Lyman. Zum ersten Mal erlebte Bessel, wie der alte Mann vergeblich nach einer schlagfertigen Antwort suchte. Lyman stand verblüfft blinzelnd und mit offenem Mund da. Emotionaler Schmerz strahlte von ihm aus.

»Wir müssen die gefährlichen Bücher entfernen, damit sie nicht leicht beeinflussbaren Kindern oder Menschen, die das verbotene Wissen darin missbrauchen würden, in die Hände fallen.«

8. Kapitel

Die Leere zwischen den Existenzebenen

Pulsierende Energie durchströmte Yaala, die einzige Empfindung in der alle Sinne betäubenden Dunkelheit, die sie umgab. Sie besaß keinen Körper, keine Wahrnehmung mehr, nur ihre Gedanken und die wellenförmig verlaufenden Strömungen, von denen ihr Geist prickelte; etwas ganz Ähnliches wie die Trizität, die ihre geliebten Maschinen unterhalb von Hanassa erzeugt hatten, und doch anders, unnatürlich.

(Nein, deine Trizität ist unnatürlich. Wir gehören hierher), sagte eine Stimme in ihrem Geist.

Wo bin ich?, fragte sie. Eigentlich hatte sie sprechen wollen, doch sie besaß keinen Mund, um Worte zu bilden. Nur ihr Geist existierte. Ihr Geist und die Stimme.

Sie hatte eine kurze Erinnerung daran, wie sie gesehen hatte, dass das Drachentor sich bildete, und zu Powwell gelaufen war. Dann, ehe sie ihn erreichen konnte, war sie ins … ins Nichts gestürzt. Hier war nichts außer diesen Energiestößen.

Ihre Gedanken drehten sich und versuchten Ordnung zu schaffen, wo es keine gab.

(Du hast einen Ort gefunden, an den du nicht hingehörst und wo du nicht bleiben kannst.)

Ich habe nie irgendwo hingehört, nur zu meinen Maschinen. Wie kann ich zu ihnen zurückkehren?

(Ist das wirklich dein Wunsch?)

Eine andere Wahl habe ich nicht.

(Es gibt immer eine Alternative.)

Dann entscheide ich mich dafür, nach Hanassa zurückzukehren. Zusammen mit Powwell. Langsam bildete sich in ihrer Erinnerung das Bild unterirdischer Höhlen, in denen gewaltige Generatoren und Transformatoren standen. Nach und nach vervollständigte sie ihre geistige Darstellung mit allen Farben und den Schwefelgerüchen, mit denen sie so lange gelebt hatte; und gab dann die Erinnerung an Powwell hinzu, wie er ihr mit Werkzeugen und Öllappen folgte.

(Dies ist der einzige Ort, an den ich dich nicht schicken kann. Drachen begeben sich nicht in das Reich des Renegaten.)

Mit einem Mal war die Stimme verschwunden, und Yaala blieb im Nichts zurück, allein mit ihrem Geist und ihren Erinnerungen. Und der pulsierenden Energie.

Jede Energie floss in eine bestimmte Richtung. So viel wusste sie, nachdem sie die Maschinen studiert hatte. Selbst wenn die Trizität anscheinend beliebig herumsprang, folgte sie einem bestimmten Muster und benutzte, wenn es keine Drähte gab, die Luft als leitendes Medium.

Daher musste auch diese seltsame Energie einen Anfang und ein Ende haben. Sie brauchte ihr nur zu folgen.

Sie nahm sich einen Moment Zeit – falls die Zeit hier noch existierte, was sie bezweifelte –, um die Muster der Energie zu untersuchen. Zuerst wirkten sie beliebig und richtungslos. Doch nach und nach stimmte sie ihren Geist auf die Frequenz des Energieflusses ein. Endlich entdeckte sie einen Rhythmus, der in ihrem Geist fast wie Musik klang, melancholisch und faszinierend.

(Folge mir!), schien er zu sagen. *(Ich bringe dich nach Hause.)*

Ihr Geist verschmolz mit der Pseudo-Trizität und vereinte sich mit dem pulsierenden Tanz, den sie aus dem Nichts heraus schuf. Eine Art Freude erfüllte sie. Hätte sie einen Körper gehabt, dann hätte sie gelacht.

Lachen. Eines der vielen Dinge, die in ihrem Leben fehlten. Yaassima hatte gelacht, aber nur aus Grausamkeit. Yaala hatte in Hanassa nie etwas gefunden, über das sie hätte lachen können, selbst als kleines Kind nicht. Angst hatte über jedem Moment ihrer Versuche gelegen, die seltsamen Launen der Kaalipha und ihre Blutgier zu überleben.

Doch jetzt lachte Yaala und begriff, dass ihr Leben niemals vollständig sein würde, solange sie ihre Ängste nicht überwand. Yaassima war tot. Yaalas Mutter konnte sie nicht länger terrorisieren. *Ich bin frei von ihr!* Sie lachte laut heraus und spürte das Bedürfnis, andere an ihrer Freude teilhaben zu lassen. Aber wen?

Powwell, ihr einziger Freund, befand sich in irgendeiner fernen Zeit, auf diesem verlassenen Wüstenplateau. Nimbulan und Myrilandel waren in der Hauptstadt. Und sie schwebte verloren in der Leere.

Ich will nicht allein sein.

Die Energie floss zu einem kräftigeren Strudel zusammen, aus dem um sie herum Farben hervorbrachen. Ihre Gliedmaßen prickelten wie vorhin, als sie durch das Drachentor gestolpert war.

Übergangslos fand sie sich neben einem großen Baum sitzend wieder. Ein Felsüberhang schützte sie vor einem heftigen Frühlingsregen.

Jedes Gelenk in ihrem jetzt wieder existierenden Körper schmerzte und kribbelte von der Restenergie; vor allem ihr Steißbein, mit dem sie offenbar auf dem harten Waldboden gelandet war.

»War ich wirklich in der Leere, von der die Magier sprechen?«, fragte sie jeden, der sie vielleicht hörte.

Die Baumäste flüsterten untereinander, während der Wind auffrischte und der Regen stärker wurde. Doch für ihre nichtmagischen Sinne bedeutete das Gespräch ihr nichts.

Sie richtete sich in eine kniende Haltung auf und untersuchte ihre Umgebung nach Hinweisen darauf, wo sie sich befand. Vor allem musste sie trinken. Die Stunden auf dem

Wüstenplateau hatten ihren Körper aller Flüssigkeitsvorräte beraubt.

Sie wusste, wie man überlebte. Und überleben musste sie. Das hatte Yaassima sie gelehrt; die einzige wertvolle Lektion, die ihre Mutter ihr hatte erteilen können.

Sie konnte allein überleben.

Der Felsbrocken wirkte vielversprechend. Der Regen floss in dicken Rinnsalen über den Stein. Sie fing sie mit der Zunge auf und erfrischte ihre zu Pergament ausgetrocknete Kehle.

Mit dem Wasser kehrte ein wenig Kraft in ihren Körper zurück. Sie trank mehr und füllte ihren Wasserschlauch.

Yaala kroch tiefer unter den Felsen, bis ein breiter Sims ihren Rücken vor dem strömenden Regen und dem schneidenden Wind schützte. Ihre Wirbelfortsätze passten wie angegossen in die Felsspalten, als wären sie ihrer einzigartigen Körperform angepasst.

»Ich bin also genau da, wo ich hergekommen bin. Nur dass dieses Mal Powwell nicht bei mir ist.« Ein tiefer Schmerz tat sich in ihr auf, der nichts mit den körperlichen Anstrengungen ihres Abenteuers zu tun hatte.

»Powwell!«, schrie sie. Sie fühlte sich einsamer als je zuvor. Einsamer als damals, als Yaassima, ihre eigene Mutter, Yaalas Vater hingerichtet und die Hände in sein noch warmes Blut getaucht hatte.

»Ach, Powwell, finde mich bitte. Ich möchte nicht allein sein.«

*

Hanassa, Heimat von Renegaten, Drachen, Magiern und Nicht-Magiern

In dem höllischen Vulkankrater von Hanassa, der Söldnern, politisch Verfolgten, Dieben, Mördern und verbannten individuellen Magiern eine Heimat bot, rumpelte und bebte der Boden unter Rolletts Füßen.

Sternengötter! Nicht schon wieder!

»Hinaus! Verlasst sofort den Tunnel!«, brüllte er und stürzte voran. Zwei Dutzend Männer rannten auf der Suche nach dem Ausgang hinter ihm her. Einige von ihnen zeigten Anzeichen von Panik. Rollett legte jedem der Männer begütigend die Hand auf die Schulter; sie beruhigten sich und räumten den Tunnel geordnet.

Dadurch, dass sie sich in einem eng umschlossenen Raum befanden, wirkte das Beben noch stärker. Erdreich rieselte durch Risse in der Decke des Ganges, eines ehemaligen Lavatunnels. Sofort überprüfte Rollett mit allen Sinnen, die ihm zur Verfügung standen, den teilweise von Schutt blockierten Tunnel.

Er und seine Leute hatten fast die Sektion erreicht, wo, als zum letzten Mal der einzige bekannte Ausgang aus Hanassa über ihnen zusammengebrochen war, drei Männer gestorben waren.

»Ich werde keine Männer mehr Piedros blutrünstigem Gott Simurgh opfern«, verkündete er allen, die ihn hören konnten. »Ich lasse mich nicht länger in dieser verfluchten Stadt festhalten.«

Bei seinen letzten Worten schlug er mit der Hand gegen den instabilsten der Risse. Ehe er Zeit gehabt hatte, zwei tiefe Atemzüge zu tun, brandete schon Magie durch seine Finger und in den instabilen Tunnel hinein. Beim dritten Atemzug kam die durch eine leichte Trance ausgelöste Ruhe in Wellen über seine Muskeln. Sein Geist schwebte, losgelöst von den Beschränkungen seines Körpers, und folgte seiner Magie in die Wände des uralten Vulkans.

Er fand die Stelle, an der die Schichten erstarrter Lava und der Staub aus Äonen aus dem Gleichgewicht geraten waren. Ein Stoß hier, etwas Hebelkraft dort, und dann stabilisierte sich der Tunnel in demselben Moment, als die Erde zu beben aufhörte.

Zögernd kehrte Rollett in seinen schweißüberströmten, erschöpften Körper zurück.

»Ist es jetzt sicher, Rollett?«, flüsterte einer der Steinhauer vom Tunneleingang aus. Rollett kannte den Mann schon fast seit er begonnen hatte, den ersten Tunnel zu graben. In seiner Gruppe war er von einem Gefangenen, der als Sklave gehalten wurde, zu einem geachteten Handwerker aufgestiegen.

»Ich glaube schon. Wartet einen Moment.« Tief sog er die heiße, trockene Luft ein, denn er brauchte den Sauerstoff, um seinen unterernährten Körper zu stärken und seine Kraftreserven aufzufüllen. In diesem Höllenloch hatte er bis jetzt keine Kraftlinien gefunden, aus denen er neue Magie hätte ziehen können. Die Drachen mieden diesen Teil der Welt schon seit Jahrhunderten und hatten die magische Energie mitgenommen. Er konnte seine Gabe nur aus sich selbst speisen.

Er trank reichlich aus dem Schlauch, der an seinem Gürtel hing. Das mit Schwefel gesättigte Wasser schmeckte beinahe gut. Er trank wieder, bis er von dem ranzigen Beigeschmack beinahe würgen musste, und wusste, dass er genug hatte. Schon in seiner ersten Woche in Hanassa hatte er gelernt, um jeden Preis zu vermeiden, dass sein Körper austrocknete. Wasser war dieser Tage kostbarer als Nahrung.

Doch beides war knapp.

Ohne Nahrung und frisches Wasser konnte er nicht genug leisten, so schnell verschliss Hanassa seine Kraft. Dieser Tunnel war ihre einzige Hoffnung darauf, Nachschub von außerhalb in die Stadt zu bringen.

»Warum klettert ihr nicht einfach die Kraterwände hinauf und schlüpft durch die Löcher im Zaun?«, fragte der Steinhauer. Immer wieder huschte sein Blick zu dem Erd- und Schutthaufen hinter Rollett. Der Steinhauer bekreuzigte sich und zog sich ins Tageslicht zurück.

Als vor sechs Monaten der Tunnel das letzte Mal eingestürzt war, hatten drei Männer ihr Leben verloren. Rollett war nicht nahe genug gewesen, um den Erdrutsch durch Magie aufzuhalten. Durch ein Erdbeben von ein paar Herzschlägen Dauer hatten seine Leute die Arbeit von fast einem Jahr verloren.

»Ihr braucht die Geister dieser Männer nicht zu fürchten. Sie sind einen ehrenhaften Tod gestorben.« Rollett stand auf und reckte die Schultern. *Aber sie sollen die Letzten gewesen sein.*

»Du besitzt doch die Kraft und den Mut, den Krater zu erklettern«, ermunterte ihn der Steinhauer und sprach damit einmal mehr das Thema an, das Rollett weder sich selbst und erst recht keinem der Männer aus seiner Gruppe erklären konnte.

»Auch du hast die Kraft, um zu entkommen, mein Freund. Aber ich habe einige Versprechen geleistet, die mich dazu bewegen, hierzubleiben, denn ich habe vor, sie einzuhalten.«

»Niemand sonst in dieser verfluchten Stadt glaubt an Versprechen.«

»Aber diese Menschen haben auch ihren Glauben an sich selbst verloren und keine Kontrolle mehr über ihr Leben. Bis ich mit dem fertig bin, was ich mir vorgenommen habe, müssen wir mit dem wenigen an Nachschub auskommen, das einige unserer Kameraden uns durch die Lücken in dem Stacheldrahtzaun schicken. Es ist nicht genug, um davon in Saus und Braus zu leben, doch es reicht aus, um Hanassa Hoffnung zu geben, dass wir uns hier herausgraben können.«

Er erinnerte sich daran, wie er vor eineinhalb Jahren zum ersten Mal auf den Zaun gestoßen war. Der Aufstieg über den Außenhang des Berges hatte ihn und Nimbulan in der Hitze der Wüste und ohne ausreichend Wasser und Nahrung fast umgebracht. In ihrer Enttäuschung über den Anblick des lückenlosen Stacheldrahtzauns hatten sie ihre Mission fast abgebrochen, ehe sie richtig begonnen hatte. Er und sein Meister hatten damals versucht, nach Hanassa einzudringen, um Nimbulans Frau zu retten. Und heute trotzten Männer dem Krater und dem Zaun, um aus Hanassa auszubrechen.

»Ich hoffe, du hast Erfolg gehabt, alter Mann«, flüsterte er dem Nimbulan aus seiner Erinnerung zu. »Ich hoffe, du hast einen Weg zurück nach Coronnan gefunden, damit du die Kommune in dem Kampf für Gerechtigkeit und Frieden führen kannst. Ich kann nicht glauben, dass du in unserem letzten gemeinsamen Kampf in der Halle der Gerechtigkeit umgekommen bist. Dann hätten wir dich bei den Leichen finden müssen, die wir hinausgetragen und verbrannt haben, doch das haben wir nicht. Obwohl ich mir nicht vorstellen kann, wie dir die Flucht gelungen sein soll.«

Auch Narbengesicht, der Schlachtenmagier, der unter die Söldner gegangen war, war in jener Nacht verschwunden. Rollett hatte dem Mann nie getraut, Nimbulan jedoch schon. Etwas daran, wie der Mann die Kameradschaft seiner Gefährten manipuliert hatte ...

Wenn du verantwortlich dafür bist, dass sie mich zurückgelassen haben, Narbengesicht, dann werde ich dafür sorgen, dass du noch in deinen nächsten Existenzen dafür bezahlst ...

Dann distanzierte Rollett sich bewusst von seinem Groll und Argwohn aus der Vergangenheit. Er brauchte hier und jetzt seine ganze Konzentration.

Mit seinen magischen Sinnen überprüfte er den Tunnel noch einmal. »Ihr könnt ihn jetzt ungefährdet betreten, aber ihr solltet hier ... und hier die Wände abstützen.« Er zeigte dem Steinhauer, der in seiner Nähe stand, die schwächste Stelle.

»Ich habe beschlossen, dass Mauerwerk und Mörtel zu viel kostbares Wasser erfordern«, ließ sich eine neue Stimme vom Tunneleingang her vernehmen.

»Willst du lieber zusehen, wie deine Stadt verhungert, Kaaliph Piedro?«, fragte Rollett den Rover, der nach dem Ende der alten Kaalipha, die den vorherigen Anführer der Rover und ihren Blutmagier mit in den Tod genommen hatte, die Macht an sich gerissen hatte.

Piedro zog in kaum verhohlener Feindseligkeit die dunklen Augen zusammen. Sein geschmeidiger Körper, der mehr als bereit wirkte, sich wie eine der legendären getüpfelten Säbelzahnkatzen auf Rollett zu stürzen, verriet ihn. Dann wandte er den Kopf, als lausche er einer leisen Melodie, welche der Wind herantrug. Er schüttelte sich ein wenig und nahm wieder die nüchterne Miene und Haltung an, die er wie eine Maske trug.

»Ich gebe der Stadt zu essen. Meine Leute arbeiten hart daran, eine Treppe in die Kraterwand bis hinauf zum Zaun zu schlagen. Sobald ich es für sicher halte, werden wir wieder Zugang zur Außenwelt haben«, gab Piedro zurück. »Meine Rover-Magie sagt mir jedoch, dass es momentan draußen nicht sicher ist.«

Weder mit noch ohne Magie vermochte Rollett die Emotionen des Mannes zu ergründen. Rover besaßen seltsame Kräfte, die nur wenige Außenseiter begriffen oder an denen sie teilhaben konnten. Man musste Rover-Blut besitzen, um Rover-Zauber zu wirken.

»Sicher für dich oder sicher für die ehrlichen Arbeiter, die man gegen ihren Willen als Sklaven hierher verschleppt hat?«, fragte Rollett und zwang sich zu einem unschuldigen Tonfall. »Du gibst der Stadt nicht zu essen, Piedro. Du gibst uns Hungerrationen, damit du so tun kannst, als hättest du diesen Pöbel unter Kontrolle. Aber du siehst immer noch gesund und kräftig aus. Woher bekommst du deinen Nachschub, wenn alle Ausgänge versperrt sind?«

Er beherrschte den Zorn, der in ihm tobte, denn er hatte nicht die Kraft, Piedro offen zu trotzen. Und gerade eben hatte er sich verausgabt, indem er während des Erdbebens den Tunnel zusammengehalten hatte.

Was versteckst du in dem Labyrinth unter dem Palast, Piedro? Er und der Rover-Kaaliph starrten einander lange in stummer Herausforderung an. Jeder versuchte den anderen einzuschätzen.

»Misch den Mörtel«, befahl Rollett dem Steinmetz. Der breite Mann huschte aus dem Tunnel. Rollett konnte die Furcht des Mannes beinahe in der Luft schmecken.

Piedro leckte sich über die Lippen. Er spürte das ebenfalls und genoss es.

»Schrecken zu verbreiten schenkt nur eine Illusion von Herrschaft«, sagte Rollett sowohl zu sich selbst als auch zu dem Kaaliphen, der zu seiner Stellung gekommen war wie die Jungfrau zum Kinde. »Du besitzt weder Yaassimas Gewitztheit noch ihre Magie.« Die verblichene Kaalipha hatte mit blutiger Faust regiert. Verstöße gegen ihre wenigen Regeln waren schnell und tödlich geahndet worden. Aber sie hatte Regeln gehabt. Wer sie brach, hatte die Folgen gekannt.

Piedro machte seine eigenen Gesetze und brach sie nach Belieben. Niemand wusste genau, was erlaubt und was verboten war. Dieser Tunnel war ein Beispiel dafür. Gestern noch hatte Piedro ihre Bemühungen gelobt, sich nach draußen zu graben. Er hatte Rollett offen erklärt, die Grabungsarbeiten würden Störenfriede beschäftigt halten, sodass sie zu müde wären, um in der Stadt Unruhe zu stiften – oder eine offene Rebellion anzuzetteln.

Rollett fragte sich, warum Piedro ihn noch nicht hatte ermorden lassen. In den vergangenen eineinhalb Jahren hatte er ausreichend Gelegenheit dazu gehabt. Vielleicht fürchtete der Kaaliph, Rolletts Männer, die als feste Gruppe arbeiteten und einander beschützten, könnten beim Verlust ihres Anführers rebellieren. Oder er verfolgte geheime Pläne, diese Gruppe für etwas anderes einzusetzen. Möglich auch, dass ...

Mit einem Mal stellten sich Rolletts Nackenhaare in atavistischer Furcht auf. Zuerst sah er sich nach Anzeichen für die

Anwesenheit eines Geists um. Doch am verschütteten Ende des Tunnels war alles ruhig.

Langsam wandte er sich wieder dem Tunneleingang zu, denn er wusste, was er dort sehen würde. Eine kleine Gestalt, deren Kopf kaum bis zur Schulter des Rovers reichte, stand neben Piedro. Ein schwarzer Spitzenschleier bedeckte sie von Kopf bis Fuß. Das komplizierte Muster aus transparenterem und dichterem Stoff verschob sich mit jeder Bewegung und ließ auf faszinierende Weise eine weibliche Figur erahnen, die ein elegant geschnittenes schwarzes Kleid trug. Ein blasser Fleck wies darauf hin, wo sich ihr Gesicht befand, aber ansonsten war durch den Schleier nichts zu erkennen, weder ihre Haar- und Augenfarbe noch ihre Züge oder ihr Alter.

Sie hielt ihre Emotionen und ihre Aura fester unter Kontrolle als irgendein anderer aus der Truppe von Rovern, die Piedro überallhin begleiteten. Selbst wenn Rollett die Kraft übrig gehabt hätte, einen geistigen Fühler nach ihr auszustrecken, wusste er aus Erfahrung, dass er nichts finden würde. Seine Magie würde glatt durch sie hindurchgleiten.

Rover-Magie war geheimnisvoll, doch die Magie dieser Frau war unergründlich.

Sie stellte sich auf die Zehenspitzen und flüsterte Piedro etwas ins Ohr. In den eineinhalb Jahren, seit der Rover an die Macht gekommen war, hatte niemand außer Piedro jemals ihre Stimme gehört. Man wusste nur über sie, dass Piedro ohne sie niemals irgendwo hinging – außer wenn er die Bordelle aufsuchte.

»Ich komme gleich zu dir, meine Liebe.« Piedro tätschelte ihr zärtlich die Hand. Sie zog sich zurück, als schwebe sie in ihrem nebelartigen Schleier.

»Gib diese Grabungsarbeiten auf, Rollett«, befahl Piedro. »Der große geflügelte Gott Simurgh ist hungrig. Sein Tempel – der einzige seiner Tempel, den es noch auf ganz Kardia Hodos gibt – in meinem Palast ist leer. Liefere mir keinen Vorwand, den Gott mit deinem Blut zu füttern. Sosehr ich deinen Trotz genossen habe, ich werde deiner doch langsam überdrüssig.«

»Wer hat befohlen, dieses Unternehmen zu beenden; du oder deine Gefährtin?«

»Ich regiere Hanassa, niemand sonst!«, brüllte Piedro mit fast hysterischer Stimme.

Rollett zog nur fragend eine Augenbraue hoch.

»Wache, postiert hier fünf Männer rund um die Uhr. Die Arbeiten werden sofort abgebrochen.« Piedro drehte sich auf dem Absatz um und marschierte hinaus. Im Zorn liefen kleine Wellen durch seine Aura, die wie die verzerrte Luft um eine Kerzenflamme wirkten.

»Kippt die nächste Ladung Abraum in die Latrinengrube«, befahl Rollett seiner Mannschaft.

Die Wachen schauten auf ihre Hände hinunter. Zwei Steinhauer schoben sie beiseite. Sie waren mit Eimern frischen Mörtels beladen. Ein weiterer Mann folgte mit Schaufeln und Hacken, bereit, die Blockade wegzuräumen.

Die Rover-Wachen verzogen sich nach draußen und nahmen die ihnen angewiesenen Posten ein, doch sie versuchten nicht, die Arbeiten abzubrechen.

»Gerüchte wollen wissen, dass Piedro eine neue Lieferung Getreide und Trockenfrüchte hat. Vielleicht auch eine Ladung ganzer Schinken«, flüsterte ein Arbeiter Rollett im Vorbeigehen zu.

Rollett nickte leicht. Immer bei Neumond hörte er das gleiche Gerücht. Immer in der dunkelsten Nacht des Mondzyklus.

»Heute Nacht«, wisperte er dem nächsten Mann zu, der an ihm vorbeiging.

»Drei Stunden nach Mitternacht«, sagte der Mann tonlos, damit keiner von Piedros Spionen ihn hörte.

Mit seinen magischen Sinnen spürte er ein Prickeln: Jemand stand hinter ihm. Er griff über die Schulter, packte den Spitzel am Ohr und nahm ihn in einen Schwitzkasten.

»Sternengötter, wie machst du das?«, keuchte sein Gefangener, als er in dem festen Griff seinen Widerstand aufgab.

»Schleich dich nie an einen Magier heran«, warnte ihn Rollett. »Das nächste Mal töte ich dich vielleicht mit einem Gedanken, bevor ich nachsehe, ob du Freund oder Feind bist.« Rollett grinste und verringerte den Druck auf die Luftröhre des Mannes, bis er Luft bekam. Aber nicht so weit, dass er ihn losgelassen hätte.

»Ja. Na ja, du solltest heute Nacht vielleicht doppelt vorsichtig sein«, meinte der Spitzel und rieb sich die Kehle. »Ich habe auch gehört, dass Piedro die Gerüchte über neuen Nachschub in Umlauf gesetzt hat, um dir eine Falle zu stellen. Er hat Angst davor, dich zu verhaften und hinzurichten, aber wenn du ihn bestiehlst und in einem ehrlichen Kampf stirbst ...«

»Ich werde daran denken.« Rollett ließ den Mann los. Dann erschauerte er innerlich, doch er achtete darauf, dass sein Widerwille sich nicht auf seinem Gesicht abzeichnete. Er hatte zu viele Jahre an Nimbulans Seite verbracht und gelernt, dass Frieden, Ehre und Gerechtigkeit eine Gesellschaft zusammenhielten. Heutzutage fiel es ihm viel zu leicht, Gewalt auszuüben.

»Du wärest ein guter Kaaliph, Rollett«, meinte der Steinhauer leise. »Aber du bist nicht rücksichtslos genug, um diese Stellung zu halten. Du würdest die Gefährtin brauchen, damit sie dir hilft.«

»Würdest du darauf wetten?« Rollett schleuderte den Mann gegen den steinernen Pfeiler, packte ihn dann an der Kehle und ließ ihn mit nur einer Hand einen Fuß über dem Boden baumeln.

Das Gesicht des Steinhauers begann dunkelrot anzulaufen.

Rollett ließ ihn gerade so weit herunter, dass seine Füße den Boden berührten.

»Keine Wette, Rollett«, keuchte der Steinhauer.

»Denk daran, was Leuten passiert, die sich mir widersetzen. Und jetzt mach dich wieder an die Arbeit.«

Angeekelt von sich selbst und dem Leben in Hanassa marschierte er aus dem Tunnel.

9. Kapitel

Vormittag, Reveta-Tristile-Palast, Hauptstadt Coronnan

»Sei vorsichtig, mein Liebster«, flüsterte Königin Maarie Kaathliin und beugte sich aus dem Fenster des Kinderzimmers. Sie presste die Fingerspitzen an die Lippen und blies ihm einen sanften Kuss zu.

Unten im Hof sah Quinnault zu ihr hoch und lächelte. Er packte in die Luft und tat, als fange er den Kuss auf. Dann legte er die flache Hand an die Wange und setzte den Kuss an die Stelle, wo er hingehörte. Mit einem munteren Lächeln bestieg er Buan, seinen Lieblingshengst, und ritt durch das Portal des Schlosshofs.

Die wartende Kompanie königlicher Soldaten sprang in den Sattel und folgt ihm im Kanter. Sie würden eine Schlittenkarawane eskortieren, die Nahrungsmittel und Feuerholz in die gebeutelte Provinz Lord Balthazaans brachte. Zuvor war der dringend benötigte Nachschub schon von gut organisierten Gesetzlosen geraubt worden und nie wieder aufgetaucht. Das letzte Mal war es erst vor wenigen Tagen erneut geschehen. Die Räuber waren zu gierig.

Aber Katie wusste, dass ihr Mann auf eine Chance brannte, gegen diese Diebe anzutreten und sie zu bestrafen.

Quinnault mochte vielleicht hilflos gegenüber phrasendreschenden Politikern sein, aber wenn Taten erforderlich waren, reagierte er sofort und entwickelte einen guten Plan.

Sie wusste, wenn sie nur die Quelle für die Unruhe finden könnten, die in der Hauptstadt herrschte, dann würde er ebenfalls einen guten Plan entwickeln und ihn umsetzen. Doch so rissen Vandalen die Gerüste von neuen Gebäuden, malten Parolen gegen Ausländer auf die Wände oder setzten in den Türen ausländischer Kaufleute stinkenden Abfall in Brand, um davonzurennen und keine Spur zu hinterlassen, die ihre Identität verraten hätte.

Und mit jedem dieser Sabotageakte zerfiel Quinnaults Traum von Gerechtigkeit und Frieden in Coronnan ein wenig weiter.

Gerüchte schrieben den Aufrührern ein Dutzend verschiedener Identitäten und Motive zu. Niemand lieferte einen brauchbaren Beweis.

Die meisten Gerüchte behaupteten, diese Vandalen und auch die Gesetzlosen, die Karawanen überfielen, seien Rover, die Rache gegen Quinnault und die Kommune üben wollten, weil sie zusammen mit allen Magiern, die keine Drachenmagie sammeln konnten oder wollten, aus Coronnan verbannt worden waren.

Andere Gerüchte sprachen von fremden Armeen. Wieder andere Leute flüsterten, dass die Drachen die Nahrungsmittel stahlen. Letztere Erzählungen wurden stets von dieser seltsamen flatternden Handbewegung, die gegen das Böse schützen sollte, und ein paar Kreuzzeichen für die Sternengötter begleitet.

»Keines dieser Gerüchte kann stimmen«, sagte Katie in den Raum hinein und schlug mit der Faust gegen den Fensterrahmen. »Eine magische Grenze schützt ganz Coronnan vor ausländischen Truppen und Rovern. Und die Drachen hätten keinen Bedarf an Getreide, Obst oder eingelegtem Fleisch. Oder, Shayla?« Die letzte Frage stellte sie sowohl laut als auch telepathisch.

Aber die Drachen schwiegen. Viele Wochen lang waren sie schon zu beschäftigt, um Katie oder Quinnault zu antworten. Sie hatte gehört, wie Magier darüber klagten, dass sie nicht mehr genug Drachenmagie sammeln konnten. Ohne Drachenmagie, mit der sie die Magier zu Moral und Ehre verpflichten konnten, konnte Coronnan durchaus wieder in einen verheerenden Bürgerkrieg abgleiten. Was geschah da?

Katie trat an die Wiege ihrer Tochter. »Ich vermisse unser wunderbar chaotisches Familienleben.« Sie seufzte tief. Jeder ihrer Brüder hatte sie im letzten Winter dreimal heimlich besucht. Jedes Mal hatte sie ihre Geschwister fest umarmt und sie nicht gehen lassen wollen, obwohl sie wusste, dass es sein musste. Sie hatten zu Hause Verantwortung zu tragen.

Jetzt hatte sie ihre Brüder seit zwei Monaten nicht mehr gesehen. Vielleicht waren sie nach Hause geflogen – und hatten ihren Vater mitgenommen. Aber es war unwahrscheinlich, dass Liam Francis nicht versuchen würde, sich von ihr zu verabschieden.

Sie hatte dieses Leben mit Quinnault – ihrer geliebten »Vogelscheuche« – auf diesem ländlichen Planeten mit sauberer Luft und frischen Nahrungsmitteln gewählt, im Austausch für das kostbare Tambootie, mit dem sie eine Seuche heilen konnten. Aber trotzdem fehlten ihr ihre übermütigen Brüder und ihre gemeinsamen Abenteuer. Bis sie hierhergekommen war, hatte sie niemals Freunde oder Liebhaber gebraucht. Ihre Familie hatte ihr alle emotionalen Bedürfnisse erfüllt.

Nun durfte sie ihre Brüder nie wiedersehen und auch keine Verbindung zu ihnen pflegen. Das untersagte der Familienvertrag. Kardia Hodos durfte nicht durch die Technologie und die Seuche besudelt werden.

Trotzdem verletzten ihre Brüder den Vertrag, um nach ihr zu sehen. Familienbande reichten eben tiefer als Pflichtgefühl.

Liebevoll betrachtete sie ihre Tochter, ein wahrhaftiges Wunder des Lebens. Dieses acht Monate alte hungrige Energiebündel symbolisierte die Zukunft dieses Landes und ihrer Familie.

Zumindest für kurze Zeit schlief Prinzessin Marilell friedlich und saugte an ihrer Faust. Sogar im Schlaf war sie hungrig.

»Vielleicht bekommst du ja bald einen kleinen Bruder«, flüsterte Katie ihrer Tochter zu.

Sie sendete eine weitere Frage an die Drachen, auf die sie wieder keine Antwort erhielt. In der Nacht, als Marilell gezeugt worden war, hatten sich auch die Drachen auf einen Hochzeitsflug begeben. Shayla hatte Katie am nächsten Morgen verraten, dass sie beide erfolgreich Nachwuchs gezeugt hatten.

Es würde noch mindestens ein Jahr dauern, bis Shayla sich erneut paarte. Katie hoffte nur, dass sie nicht so lange auf ihre nächste Schwangerschaft warten musste.

»Vielleicht ist es ja ein Segen, dass ich nicht genug Milch habe, um dich zu stillen, Marilell. Dann werde ich möglicherweise rasch wieder schwanger. Zu Hause nehmen sich die Frauen nicht die Zeit, ihre eigenen Kinder zu säugen; daher müssen sie zu Medikamenten oder irgendwelchen Vorrichtungen greifen, damit sie nicht zu schnell zu viele Kinder bekommen. Aber hier sind Kinder ein Segen und kein notwendiges Übel, um den Fortbestand der Menschheit zu sichern.«

Oder eine schreckliche Erfahrung, falls die Mutter der Seuche ausgesetzt wurde. Alte und sehr junge Menschen sowie schwangere Frauen steckten sich immer zuerst mit der Krankheit an.

Niemand wusste genau, welcher Teil des Immunsystems versagte, damit eine Seuchenspore wieder zum Leben erwachte. Ursprünglich hatten die durch Gentechnik erzeugten Mikroben nur Giftmüll fressen sollen; anschließend sollten sie übereinander herfallen, bis nur noch eine einzige übrig war, die dann verhungerte. Aber die Mikroben waren mutiert. Einige hatten sich in Sporen verwandelt, die ruhten, bis sie neue Gifte fanden, die sie fressen konnten; andere ernährten sich mit Vorliebe von den Bakterien und Giftstoffen, die sich in menschlichen Körpern anreicherten.

Berichte über die Krankheit, die – ausgehend von den Kohlenbergwerken und ihrer starken Konzentration von mineralischem Staub – Lord Balthazaans Provinz verheerte, kamen jetzt auch aus anderen städtischen wie ländlichen Regionen. Wenn Mangelernährung der Grund war, würde die Karawane mit Nahrungsmitteln, die Quinnault leitete, Hilfe bringen. Außerdem brauchten sie die Augenzeugenberichte der vertrauenswürdigen Offiziere, die mit der Karawane ritten, um sich nicht auf Gerüchte verlassen zu müssen.

Katie las jeden Bericht und lauschte jedem Gerücht, um etwaige Ähnlichkeiten zwischen der gegenwärtigen Krankheit und der terranischen Seuche festzustellen. Sie hoffte, die Symptome würden sich so stark unterscheiden, dass man die Seuche ausschließen konnte. Die Coronniten starben an einem Husten, der sie ersticken ließ. Bei der terranischen Seuche kam es zu inneren Blutungen. Der Patient verblutete schließlich oder ertrank an dem Blut, mit dem sich seine Lungen füllten.

Die Soldaten hatten Befehl, unterwegs abgebrochene Äste und Zweige zu sammeln, zusätzlich zu dem Feuerholz, das sie mit sich führten. Nimbulan hatte darum gebeten, Tambootie in die großen Feuer zu geben, die man auf den Marktplätzen von befallenen Dörfern oder vor Gutshäusern anzünden wollte. Doch Narbengesicht hatte widersprochen: Tambootie-Rauch sei für Nicht-Magier giftig, und in diesem Fall sei das Heilmittel schlimmer als die Krankheit.

Nimbulan hatte eingewandt, dass nur der Verzehr roher Tambootie-Blätter erwiesenermaßen tödlich für Nicht-Magier sei. Das Einatmen des Rauchs war ein Ritual, das ausschließlich Magiern vorbehalten war, sodass es keinerlei Erfahrungen damit gab, wie Nicht-Magier auf den Rauch reagierten. Wenn destilliertes Tambootie für Nicht-Magier ungefährlich sei, dann müsse das auf den Rauch ebenfalls zutreffen.

Wer mochte Recht haben? Katie hätte Nimbulan gern Glauben geschenkt, weil sie mit ihm befreundet war und er im vergangenen Jahr so oft seine Weisheit bewiesen hatte. Andererseits klangen Narbengesichts Argumente so logisch ...

Wenn sie nur sicher sein könnten, dass der Rauch der Seuche vorbeugte, ohne Schaden anzurichten ...

Die Königin strich mit der Fingerspitze über die Wange des Säuglings. So weich war die Haut, so warm und rosig! Sie gelobte sich, dass ihre Heimat die Seuche niemals kennenlernen würde; dass die Menschen nie in der Angst davor leben sollten, Kinder zu zeugen, damit die Krankheit nicht Mutter und Kind befiel, wenn sie am verletzlichsten waren.

Leise trat Katie von dem Kinderbettchen weg und ging zu einer verborgenen Nische, die sich in der Ecke der Außenwand des Raumes befand. Sie drückte auf eine anscheinend beschädigte Stelle in den steinernen Ornamenten und drehte sie dann. Auf gut geölten Angeln öffnete sich der falsche Stein und enthüllte eine Öffnung, die etwa zwanzig Zentimeter im Quadrat maß. Frühere Königinnen von Coronnan hatten hier Schmuck und wertvolle Dokumente verwahrt. Katie benutzte das Versteck für etwas Wichtigeres.

Sie nahm eine kleine Computerbox, ein Glas mit Teststäbchen und eine Lanzette heraus. *Muss ich das wirklich jeden Tag tun?*, fragte sie sich. Immer häufiger fürchtete sie die schmerzhaften Stiche mit der Lanzette. Vielleicht würde sie heute die Ausrüstung einfach in ihr Versteck zurücklegen. Doch die besorgte Mutter in ihr bestand darauf, dass sie fortfuhr.

Sobald das Virus einmal aus seinem Ruhezustand erwacht war, verbreitete es sich durch den flüchtigsten menschlichen Kontakt und konnte innerhalb von Wochen ganze Völker auslöschen. Bei jedem Träger mutierte das Virus und wurde resistent gegenüber der vorhergehenden Generation von Antibiotika. Die terranischen Wissenschaftler kämpften inzwischen seit siebenhundert Jahren gegen die Seuche und hatten festgestellt, dass nur die ätherischen Öle des Tambootie-Baums sie heilen konnte.

In all diesen Generationen hatte Katies Familie nicht ein einziges Mitglied an die Seuche verloren. Die O'Haras und einige wenige andere Familien schienen eigenartigerweise immun gegen die Seuche zu sein. Aber die Mikrobe mutierte so rasch, dass Katie das Risiko nicht einzugehen wagte, dass das nächste Virus sie tötete und ihre neue Heimat verheerte.

Sie hatte schon drei Jahre lang auf unerschlossenen Welten gelebt, ehe man sie auf den fernen Planeten, der unter dem Namen Kardia Hodos bekannt war, versetzt hatte. Auf dem Raumtransport hierher hatte sie in einer speziellen Isolationskammer gelebt, deren Luftversorgung vom Rest des Schiffs abgetrennt war. Aber war das lange genug, um sich ganz sicher zu sein, dass sie frei von der Krankheit war?

Nein. Dazu musste sie noch etwa zehn Jahre lang jeden Tag diesen kleinen Test durchführen. Mindestens vier weitere Jahre, in denen sie sich täglich die schmerzhaften Stiche mit der kleinen Nadel zufügen musste.

Katie wusch sich die Hände mit der harten Laugenseife, die von der einfachen Bevölkerung benutzt wurde. Sie zog ihre reinigenden Eigenschaften denen der weicheren, parfümierten Seife vor, die beim Adel beliebt war. Als sie sich mit der Lanzette in den Finger stach, zuckte sie zusammen. Ein leuchtend roter Blutstropfen quoll aus der winzigen Wunde und hing an ihrem Finger. Sie berührte die Oberfläche des Teststreifens mit dem Blut und steckte den chemisch behandelten Objektträger in das Messgerät.

Der Miniaturcomputer summte und brummte vor sich hin, während er eine Vielzahl von Tests an ihrem Blut vornahm: Eisen, Schilddrüsenhormon, Cholesterin, Blutzucker, Schwangerschaftshormone ... In weniger als einer Standardminute piepte das Maschinchen und vermeldete, dass Katies Blut frei von der Seuche war, ihre roten und weißen Blutkörperchen normal waren und ihr Hormonspiegel zufriedenstellend war. Sie war nicht schwanger.

Dieses winzige Gerät sollte die einzige Maschine bleiben, die jemals nach Kardia Hodos gelangte. Und sie würde sie vernichten, wenn sie nicht länger gebraucht wurde.

Nur dass ihr Vater der Gilde der Lotsen in der Bucht ein Echolot überlassen hatte. Sie wünschte, sie könnte das Gerät sabotieren. Es begann immer damit, dass man ein wenig Technologie einführte und dann eines zum anderen kam, bis die ganze Gesellschaft voller Maschinen, synthetischer Stoffe und Umweltgifte war.

Ein Klopfen an der Tür riss sie aus ihren Überlegungen.

»Herein«, rief sie. Es war ein langer Kampf gegen große Widerstände gewesen, bis die Dienstboten ihre Privatsphäre respektiert hatten, doch inzwischen klopften sie wenigstens und kündigten sich an, bevor sie eintraten. Sie wieder zum Gehen zu bewegen war allerdings immer noch ein Problem.

»Euer Gnaden.« Kaariin, die Zofe der Königin, machte einen kurzen Knicks. »Euer Vater, König Kinnsell, bittet um eine Audienz.« In ihren weit aufgerissenen Augen standen Ehrfurcht und ein wenig Angst.

Kinnsell übte diese Wirkung auf Menschen aus. Auf die meisten jedenfalls. Katie hatte ihm nicht mehr erlaubt, sie einzuschüchtern, seit sie zwölf gewesen war und entdeckt hatte, dass sie das gleiche Recht wie ihr Vater hatte, nach dem Tod ihres Großvaters an die Spitze des Imperiums gewählt zu werden.

»Was hast du hier zu suchen, Kinnsell?«, verlangte sie von der schattenhaften Gestalt, die auf dem Gang stand, zu wissen. »Ihr seid im Herbst nach Terra abgeflogen, gleich nach dem Drachentraum.« Zumindest hatte er diese Absicht kundgetan; doch seitdem hatte sie Sean Michael und Jamie Patrick zwei Mal und Liam Francis drei Mal gesehen. Jamie Patrick, der Älteste, hatte ihr verraten, ihr Großvater habe um die Tagundnachtgleiche herum einen dritten Herzanfall erlitten, und es sei möglich, dass sie heimreisen müssten, ohne sie zu benachrichtigen, um sich um ihn zu kümmern.

Mit einem Nicken bedeutete Kinnsell der Dienerin, sie allein zu lassen.

Katie hätte Kaariin fast gebeten zu bleiben, allein um ihren Vater zu ärgern. »Ich werde in meinem Wohnzimmer mit König Kinnsell sprechen«, erklärte sie stattdessen.

»Du wirst mich hier empfangen, Katie«, donnerte Kinnsell, schob sich an der Zofe vorbei ins Kinderzimmer und knallte Kaariin die Tür vor der Nase zu. Statt der Schleier und des Kopfputzes, die ihn als Varn auswiesen, trug er nach hiesiger Mode eine üppig mit Brokat verzierte Tunika und dazu schlichte dunkle Hosen und Stiefel. Ihm war daran gelegen, als König von Terrania aufzutreten.

Marilell, die sich gestört fühlte, wimmerte.

»Pssst!«, befahl Katie ihrem Vater. »Du wirst noch das Baby aufwecken.«

»Gut. Allerhöchste Zeit, dass ich einmal meine Enkelin auf dem Arm halte.« Ehe Katie einschreiten konnte, hatte er das Baby schon aus seinem Bettchen geholt und an seine Schulter gelegt. »Wenn du mir gestatten würdest, dir einen Monitor mitzubringen, bräuchtest du nicht so viel Zeit mit Babysitting zu vergeuden. Dann würdest du einmal aus diesem eiskalten Palast herauskommen, an der Regierung teilnehmen und hättest wieder ein Leben.«

»Mein Kind ist mein Leben!«

»Ach, Katie, deine ganze Ausbildung ist an diesem primitiven Planeten verschwendet. Diese Leute haben ja noch nicht einmal das Rad erfunden, Herrgott!«

»Denk daran, dass dieser Planet in regelmäßigen Abständen genug Lebensmittel erzeugt, um eine zivilisierte Welt fünf Jahre lang zu ernähren. Und vergiss nie, dass diese primitive Welt durch den Familienvertrag geschützt wird. Wenn du diesen Pakt verletzt, kann ich dafür sorgen, dass Gramps und Onkel Ryan dich verhaften lassen.«

»Mit einer netten kleinen Solarheizung wäre diese zugige

alte Scheune gemütlicher. Mir gefällt die Vorstellung nicht, dass meine Enkelin ständig dieser Kälte ausgesetzt ist.«

Katie seufzte. Ihr Vater hörte einfach nur das, was er hören wollte.

»Jedes Volk gedeiht in dem Klima, das die Natur vorsieht. Die Stärksten überleben und entwickeln Antikörper gegen *natürliche* Krankheiten. Außerdem verbietet der Familienvertrag ausdrücklich, Maschinen auf diesen Planeten zu bringen. Wir hatten diese Diskussion doch schon, Kinnsell. Warum bist du hier?«

»Ich wollte meine Enkelin sehen.«

»Warum bist du nicht auf Terra und kümmerst dich nach Gramps' Herzanfall um ihn? Du solltest auch eine Ladung dringend benötigtes Tambootie ausliefern, aus dem so viel Medizin destilliert werden kann, um eine Million Menschen oder mehr von der Seuche zu heilen.« Sie holte tief Luft und versuchte ihren Zorn zu beherrschen. Lieber flüchtete sie sich in Sarkasmus; sonst würde sie noch versuchen, ihn mit einer Ohrfeige zur Vernunft zu bringen. »Wenn du dein Gesicht nicht wenigstens einmal pro Jahrzehnt auf unserem Heimatplaneten zeigst, wirst du nie zum Imperator gewählt. Niemand wird sich an deine Rolle als Retter der Menschheit erinnern, wenn du nicht dafür sorgst, dass du mit der Heilung in Verbindung gebracht wirst.«

»Pop hat sich auch ohne mich sehr gut von seiner Herzoperation erholt. Das Tambootie liefern Liam Francis und Sean Michael stellvertretend für mich aus. Höchste Zeit, dass sie sich auch einmal nützlich machen.«

»Freut mich zu hören, dass es Gramps gut geht.« Das meinte Katie ehrlich. Unter ihrer gesamten Großfamilie war ihr Gramps der liebste und derjenige, dessen Vorstellungen über den Schutz von Kardia Hodos am ehesten mit ihren eigenen übereinstimmten. Was ihre Brüder anging, so wäre jeder der drei in der Lage gewesen, sich beim Parlament als Erfinder eines Heilmittels gegen die Seuche hervorzutun – am ehesten Jamie Patrick, der allerdings noch nicht nach Hause geschickt worden war. Jedes einzelne Mitglied der Familie vertrat gemäßigtere Ansichten über die Expansion des Imperiums und die Ausbeutung fremder Welten; wenngleich Katie und Gramps in dieser Hinsicht am konservativsten dachten.

»Das Parlament wird mich mit Sicherheit zum Imperator wählen, wenn ich Kardia Hodos in den Schoß des Imperiums zurückführe. Die Wiederentdecker verlorener terranischer Kolonien genießen großes Ansehen.« Kinnsell warf sich in die Brust und hielt dabei das Kind von seinem Körper weg.

»Nein!« Katie wurde schwindlig. »Diese Welt wird durch den Familienvertrag geschützt. Wir haben ihre Existenz seit siebenhundert Jahren geheim gehalten, um sie vor Einflüssen von außen zu schützen.«

»Und ich habe vor, einer anderen Familientradition zu folgen, die verlorene Buschwelten zurück ins Imperium führt. Wir brauchen so viel Landwirtschaft, wie wir bekommen können, um die zivilisierten, die wirklich wichtigen Welten zu ernähren. Außerdem braucht das Imperium das Tambootie, das nur hier wächst, um die Seuche ein für alle Mal auszumerzen ... Ich glaube, sie ist nass«, setzte er hinzu und legte Mariell wieder in ihr Bettchen.

»Du wirst diesen Planeten aussaugen, so wie du es schon mit anderen getan hast. Du bist erst zufrieden, wenn jeder bekannte Planet eine Wüste ist.« Die Kleine konnte ruhig noch einen Moment warten; sie jammerte nicht.

»Das sind keine Wüsten, sondern Städte unter Kuppeln, die sie vor Klimaschäden und Naturkatastrophen schützen.«

»Und die nicht in der Lage sind, Nahrungsmittel zu produzieren, sondern sie nur konsumieren. Jede Kuppel ist ein potenzieller Nährboden für die Seuche.«

»Nicht, wenn ich das Tambootie ernte.« Seine rechte Hand verharrte bequem und entspannt neben ihm.

Katie wusste, dass sie ihn nicht überzeugen konnte, solange er das Gefühl hatte, die Lage zu kontrollieren. Doch sie musste es zumindest versuchen.

»Durch synthetische Luft und ebensolche Nahrung entstehen neue Mutationen des Virus. Das weißt du. Es gibt gar nicht genug Tambootie, um jede neue Mutation zu behandeln. Und du wirst dir alles holen. Ich kenne dich, Kinnsell. Du wirst das ganze Tambootie nehmen und bis auf die Wurzeln ausreißen. Ohne Tambootie in ihrer Nahrung werden die Drachen aussterben. Und ohne Drachen gibt es keine Magie mehr. Ohne Magie jedoch wird Coronnan untergehen.«

»Es gibt keine Magie, nur Psi-Kräfte.« Seine Hand schob sich ein wenig nach vorn. Hatte sie seine festgefahrenen Ansichten wenigstens ein bisschen erschüttert?

»Du hast ja keine Ahnung, Kinnsell. Du hast nicht die geringste Vorstellung davon, welche Wunder dieser Planet beherbergt. Ich verbiete dir, irgendetwas von hier fortzubringen. Nicht einmal ein Staubkorn. Die Kommune wird sich hinter mich stellen und dich zwingen, ihr zu gehorchen. Und jetzt verschwinde. Flieg nach Hause. Und wage es nie wieder, über meine Türschwelle zu treten.«

»Das werde ich tun, aber zu einem Zeitpunkt, den ich wähle. Wenn ich beendet habe, wozu ich hergekommen bin.«

»Nur über meine Leiche, Kinnsell!«

»Wenn es sein muss.«

*

Bibliothek der Magieruniversität, Hauptstadt Coronnan

»Räumt auf der Galerie einen Platz für die fragwürdigen Bücher frei, Lyman«, befahl Narbengesicht.

Bessel überlegte, ob er durch die Hintertür schlüpfen sollte.

Doch das Knarren des alten Holzes und das Quietschen rostiger Angeln würde Narbengesicht nur auf ihn aufmerksam machen. Der Oberste Magier würde zu dem Schluss kommen, dass er hier gewesen war, und versuchen, ihm das Buch abzunehmen. Nur die Sternengötter wussten, was er mit Bessel anstellen würde, wenn er ihn mit einem Buch erwischte, das jetzt verboten war.

»Wir können die Türen absperren, sodass niemand hereinkommen kann, und ich werde ein magisches Siegel setzen, damit ich allein in der Lage bin, sie zu öffnen.« Narbengesicht wandte dem alten Bibliothekar den Rücken zu und wies in die abgelegensten Winkel der Bibliothek.

»Nein«, gab Lyman gelassen zurück. »Da werde ich nicht mitmachen. Ich bin allein nicht stark genug, um Euch Widerstand zu leisten, aber ich möchte keinen Anteil an dieser Sache haben.«

Bessel suchte nach einem Versteck, irgendeinem.

Was fiel Narbengesicht ein, dass er Bücher verbieten wollte? Nimbulan hatte die Bibliothek zum Dreh- und Angelpunkt der ganzen Universität gemacht. Wissen war kostbar, jede Art von Wissen in jeder Form. Früher hatten Magier Geheimnisse für sich behalten, was während des drei Generationen dauernden Bürgerkriegs zu heftigen Rivalitäten und vielen Schlachten geführt hatte.

Heute waren die Magier dafür verantwortlich, ganz Coronnan durch ihre Zusammenarbeit und das Teilen von Wissen ein Vorbild zu sein. Das vermochten sie nur, wenn sie die gebildetsten Menschen der Welt waren; und zwar auf allen Gebieten des Lebens. Wie sollten sie gegen die gefährlichen Maschinen kämpfen, wenn sie ihre Funktion und ihren Aufbau nicht kannten? Wie sollten sie gegen einen Außenseiter-Magier kämpfen, wenn sie nicht wussten, von welcher Art seine Zauber waren?

Außerdem war sich Bessel sicher, dass sich in einem dieser

alten Bücher Informationen über die Seuche fanden, die seine Mutter getötet hatte.

Seiner Mutter konnte er nicht mehr helfen. Tränen schnürten ihm die Kehle zu. Auf ihre eigene, zerstreute Weise hatte sie ihn geliebt. Die Vorurteile seines Vaters hatten Bessel von seiner Familie entzweit, nicht seine Mutter. Die Voreingenommenheit und die *Unwissenheit* seines Vaters.

Bessel fiel etwas ein, das Myrilandel ihm aus der Zeit erzählt hatte, als sie vor unwissenden Menschen auf der Flucht gewesen war, die sie für all ihre Probleme verantwortlich gemacht hatten: Zu einem Flüchtling sahen die Menschen selten auf. Sie schauten entweder auf ihn herunter oder wähnten sich auf Augenhöhe mit ihm.

Er kletterte an den Bücherregalen hinauf; massiven Konstruktionen, die drei Meter hoch waren und auf praktische Weise einen Schritt voneinander entfernt standen.

Oben angekommen, legte er sich so leise wie möglich flach hin, sodass nur noch wenige Zoll Luft zwischen seinem Körper und dem Boden der ersten Galerie frei war, die um die gesamte Bibliothek herum verlief.

»Wenn Ihr nicht helfen wollt, dann geht beiseite, alter Mann.« Mit einer Handbewegung scheuchte Narbengesicht Lyman aus dem Weg. »Ich hätte auch nicht gedacht, dass einer von Nimbulans Gefolgsleuten mir zustimmen würde. Zum Glück sind nur noch wenige von Euch übrig, die mich mit ihren sonderbaren Vorstellungen belästigen. Mit dem Segen der Drachenmagie werde ich die Kontrolle über Coronnan ausüben.«

Wie bitte? Coronnan unter Narbengesichts Kontrolle? Er hatte nicht von *Kommune* gesprochen, sondern *Coronnan* gesagt. Alarmiert stellten sich die Härchen auf Bessels Rückgrat auf.

Lyman zögerte gerade so lange, dass die Narbe des Obersten Magiers sich wieder weiß verfärbte. Doch schließlich beugte Lyman unterwürfig das Haupt und trat beiseite.

»Wir müssen beginnen, die verbotenen Bücher direkt unter die Galerie zu stellen, wo sie kaum zu erkennen sind«, überlegte Narbengesicht und betrachtete die oberen Regaletagen. »Wenn nötig, können wir auch die Galerien benutzen.«

Er winkte seine drei Trabanten heran, damit sie im vorderen Teil des drei Stockwerke hohen Raums mit der Arbeit begannen. Sie gingen getrennt vor und begannen sofort, Bücher aus den Regalen zu ziehen. Sie arbeiteten schnell und zogen mehr Bücher heraus, als sie in den Regalen stehen ließen. Vielleicht hatte Narbengesicht schon entschieden, welche Bücher er aussondern würde, ehe sie angefangen hatten.

Bessel kroch tiefer in die Schatten zwischen der Wand und der Decke hinein. Seine stämmige Gestalt passte kaum oben auf das Regal.

Narbengesicht ließ eine Kugel Hexenlicht in seiner Handfläche erscheinen und hob den Arm, um tiefer in die Schatten hineinzuleuchten.

»Du da!«, schrie Narbengesicht und wies direkt auf Bessel. »Was hast du da zu suchen?«

»Ähm ... ähm ... ich habe Staub gewischt und bin stecken geblieben.« Die ungeschickte Lüge trieb Bessel das Blut ins Gesicht.

Narbengesicht zog die Brauen hoch, und seine Narbe erbleichte erneut, ein unmissverständliches Zeichen dafür, dass er sich zügeln musste, um seinen Zorn zu beherrschen.

»Wohl kaum. Wahrscheinlich hast du eher nach einem Versteck gesucht, um heimlich ein Schläfchen zu halten. Wusste ich doch, dass du ein Faulpelz bist. Komm sofort herunter.«

Bessel schaute zu Lyman, als könne dieser ihm einen Hinweis geben.

»Lass den alten Mann zufrieden. Er kann dir nicht sagen, was du zu tun hast. Ich bin der Oberste Magier. Du bist durch einen Eid verpflichtet, mir ohne Widerrede zu gehorchen.«

Bessel trat die schwierige Kletterpartie nach unten an. Während er die Beine nach außen schob, sodass sie über den Rand des Regalbretts hingen, steckte er das kostbare Buch tief in seinen Hosenbund und zog die Tunika darüber. Mit aller Macht wünschte er sich, es wäre unsichtbar, und in der Tat schien es zu schrumpfen und flacher zu werden, während er an den Regalbrettern hinunterkletterte. Selbst mit seiner magischen Fernsicht würde Narbengesicht es nicht entdecken können.

10. Kapitel

Eine Anhöhe südlich der Hauptstadt mit Blick auf Coronnan

Kinnsell stand auf einer kleinen Anhöhe am Südufer des Festlands, von der aus man über die auf einer Inselkette liegende Hauptstadt hinaussah. Der Coronnan-Fluss bildete eine natürliche Wasserbarriere. Doch Feinde besaßen auch Schiffe, und die Einwohner brauchten die Brücken, welche die Inseln untereinander und mit dem Festland verbanden. Die Stadt war verwundbar.

Und er hatte auch vor, sie einzunehmen, wenn Katie und ihr Mann ihm weiter trotzten. »Der verfluchte Familienvertrag ist überholt, nichts mehr wert. Das Imperium braucht diesen Planeten, und es braucht mich an seiner Spitze. Dieser Planet wird mir die Krone verschaffen. Meine widerspenstige Tochter wird mich nicht daran hindern.« Er spie auf den Boden. Ein neues Gefühl von Freiheit nahm ihm eine Last von den Schultern. Seine Hand hing entspannt an seiner Seite.

Die Entfernungen, die zu überwinden waren, um Nahrungsmittel zu den zivilisierten Planeten zu transportieren, waren schon seit Jahrhunderten völlig unpraktikabel geworden. Künstliche Nahrung fütterte das Imperium, aber seine Bürger sehnten sich nach echten Lebensmitteln und waren bereit, enorme Summen für einen winzigen Brocken davon zu zahlen.

Kardia Hodos war die private Schatzkammer des Imperators.

»Was seht Ihr dort unten, was unsere besten Generäle und Schlachtenmagier nicht sehen?«, fragte sein Begleiter. Der

Hinterwäldler-Lord drehte weiter nervös an seinem schweren Ring. Er hatte sich schon bei mehreren Gelegenheiten geweigert, sich davon zu trennen, ganz gleich, wie hoch die gebotene Bestechungssumme war.

»Ich sehe einen Weg, wie die Gilde der Lotsen Truppen bis mitten in die Stadt transportieren kann.«

»Das haben wir schon versucht. Die Lotsen sind unbestechlich.«

»Aber sie sind mir zu großem Dank verpflichtet, weil ich ihnen die Maschine zur Auslotung der Untiefen überlassen habe.« Kinnsell hatte sein Varn-Kostüm abgelegt. Nun, da er offen daranging, sich eine Machtbasis zu schaffen, mussten seine Anhänger wissen, wer er war; angefangen mit Lord Balthazaan, der einen tiefen Groll gegen Quinnault und seinen Freund und Guru Nimbulan hegte.

»Und ich bin Euch für die Maschinen, die Erz finden, und die Felsschneider verpflichtet. Womit habt Ihr die anderen in Eure Schuld gebracht?«

»Fünf Lords aus Eurer Rebellen-Liga werden feststellen, dass jedes einzelne ihrer Mutterschafe Zwillinge oder Drillinge werfen wird, die größer und gesünder sind und längere Wolle tragen werden als jedes Tier, das sie je zuvor gesehen haben.«

»Ja, diejenigen, die Ihr überreden konntet, Eure Dämonenmagie zu akzeptieren. Aber wenn es sich herumspricht, warum diese Lords so viele Schafe besitzen, wird ihnen niemand die Tiere abkaufen. Und dann vergeht noch ein ganzes Jahr, bis die versprochene Wolle geschoren werden kann.«

»Der Hybrid-Weizen wird bereits im Hochsommer Gewinn bringen.« Kinnsell unterdrückte ein Husten. Vom Reden bekam er einen trockenen Hals. Er war nicht an diese Massen von kalter, frischer Luft gewöhnt. Seine Hand rückte ein Stück nach vorn.

»Wenn sich das Wetter hält, wird die Weizenernte möglicherweise besser als durchschnittlich ausfallen. Wenn der Boden nicht ausgelaugt ist. Wenn die Drachen unsere Felder nicht zu Asche verbrennen, weil wir Euch mehr von dem Tambootie gegeben haben, als König Quinnault erlaubt hat.«

»Erzählt mir nicht, dass Ihr so töricht seid, an diese Drachenmythen zu glauben!«, schrie Kinnsell und schob seine Hand weiter vor. »Was ist nur an diesem Planeten, dass Ihr alle glaubt, einfache Psi-Kräfte seien Magie und Drachen gäbe es wirklich? Jede einzelne Kontaktperson, die wir nach Coronnan eingeschleust haben, hat sich von unserer Zivilisation abgewandt und auf die Seite der Eingeborenen geschlagen, sogar meine Tochter, trotz ihrer angeblichen Bildung.«

»Ihr habt offenbar noch nie einem Drachen oder einem der Magier, die sie kontrollieren, gegenübergestanden.« Wieder vollführte der Hinterwäldler-Lord die Geste mit den flatternden Händen und sah zum Himmel auf. Hielt er tatsächlich Ausschau nach Drachen?

»Keiner Eurer Magier wird meine geistigen Barrieren überwinden und mir die Illusion eines Drachen aufzwingen. Ich werde beweisen, dass Eure Magier Betrüger sind. Dann braucht Ihr Euch nicht länger mit ihnen herumzuschlagen, sondern könnt Euch auf Eure eigene Intelligenz und meine Maschinen verlassen.« Kinnsells Hand hing wieder ruhig an seiner Seite.

»Wenn es Euch gelingt, die Tyrannei der Magier und Drachen zu stürzen, werden die Lords Euch folgen. Wir lieben sie auch nicht mehr als Ihr. Doch die Lords, für die ich spreche, brauchen einen Beweis für Eure Macht, ehe sie sich Eurer Sache anschließen.«

Vor Zorn liefen Kinnsells Wangen und Stirn rot an. So langsam wurde er es ziemlich überdrüssig, dass diese Hinterwäldler-Lords ständig Forderungen an *ihn* stellten.

»Ich habe einen Eurer Agenten so instruiert, dass er den Aufruhr begonnen hat, der beinahe alle Verträge mit ausländischen Mächten zunichtegemacht hätte. Ich habe Euch Zeiten, Orte und Pläne für die Überfälle auf die Hilfsgüter, die in die

Provinzen gehen, gegeben. Ihr habt dafür die Lebensmittel mit gewaltigem Gewinn auf dem Schwarzmarkt verkauft. Ich nehme an, die Lieferung der letzten Woche befindet sich ebenfalls schon auf dem Weg zu einem Ort Eurer Wahl. Wir können auch nicht zulassen, dass es Quinnault gelingt, die neue Karawane an ihr Ziel zu bringen. Die einfachen Leute in diesem Höllenloch beginnen an Quinnaults Fähigkeiten als Herrscher zu zweifeln. Unterstützung genießt er nur noch unter der Stadtbevölkerung.«

»Er begleitet die neue Lieferung selbst und hat so viele Wachen eingesetzt, dass meine Soldaten nicht mehr mit ihnen fertig werden. Man wird ihn als den großen Wohltäter begrüßen.«

»Nicht, wenn ich Euch einen Grund liefere, ihn und die Hälfte seiner Männer zurückzurufen, ehe er sich nur eine halbe Tagesreise von der Hauptstadt entfernt hat. Der König wird bei dieser Mission scheitern, genau wie bei jeder anderen.«

»Und was sollte das für ein Grund sein? Er muss schon sehr zwingend sein, damit der König zurückkehrt.«

»Ich werde mir etwas einfallen lassen.« Zum Beispiel, Prinzessin Marilell zu entführen. Als Großvater des Babys hatte er nach terranischem Gesetz das Recht, sie an jedem zweiten Wochenende zu sich zu nehmen. Aber er würde sich nicht die Mühe machen, Katie über seine Pläne zu unterrichten.

»Die Lords wollen jetzt Taten sehen. Sie brauchen einen Beweis für Eure Macht und Eure Aufrichtigkeit, damit sie noch mit Quinnaults Sturz warten.«

»Und was zum Beispiel?« Kinnsell wappnete sich für die nächste Forderung nach Werkzeugen und Technologie. Wenn er so weitermachte, würde auf seinem Schiff nicht mehr genug übrig sein, um zurück in die Zivilisation zu fliegen – was er lieber heute als morgen getan hätte. Er hatte gehofft, einen Butangasbrenner noch zurückhalten zu können, der genug Hitze erzeugte, um die Unreinheiten aus dem hiesigen Sand herauszubrennen, damit diese Leute anständiges Glas herstellen konnten. Alles andere hatte er bereits weggegeben. War das der Zeitpunkt, um den Brenner ins Spiel zu bringen?

Wieder fiel einer dieser scheußlichen Nieselregen vom Himmel.

Wenn er nur schon wieder in der Zivilisation wäre, wo es warm und trocken war! Vielleicht würde er dann nicht mehr frieren, und sein Husten würde nachlassen.

»Die Magier halten in ihrer Universität eine Rover-Frau gefangen.« Der Hinterwäldler-Lord betrachtete Kinnsell unter dichten schwarzen Augenbrauen. Diese Augen steckten voller Verschwörungen. Kinnsell wünschte, er hätte darin lesen können.

»Befreit die Rover-Frau, dann glauben wir, dass Eure Technologie mächtiger ist als Magie.« *Mit dieser Technologie können wir nicht nur die Magier beherrschen, sondern auch dich.*

Diesen Gedanken hatte er Kinnsell unüberhörbar entgegengeschleudert. Er lächelte. Es geschah nicht oft, dass diese Eingeborenen ihre natürlichen Barrieren herunterließen. Aber wenn, dann erfuhr er immer eine Menge.

Am besten ließ er sie nicht wissen, dass er selbst über große Psi-Kräfte verfügte, die immer stärker wurden.

Etwas an diesem Planeten ...

»Nun gut. Ich werde mir ein Bild von der Lage machen und die Frau morgen aus der Universität holen. Und dann zeige ich Euren Handwerkern, wie man ein Spinnrad baut, damit Ihr mit der vielen Wolle fertig werdet, die Eure neuen Schafe im nächsten Frühjahr erzeugen werden.«

»Ein Rad!« Der Lord berührte Kopf, Herz und beide Schultern und schlug das Kreuz der Sternengötter.

Zumindest hatten Kinnsells Vorfahren etwas richtig gemacht und diese Bauerntölpel das Schutz- und Gebetszeichen gelehrt.

Dann überkreuzte der Lord seine Handgelenke, wobei er

das linke über das rechte legte, und schlug mit den Händen; ein weiteres Schutzzeichen gegen das Böse.

»Die Sternengötter haben das Rad verboten und zugleich verfügt, dass niemand außer den Magiern das Lesen und Schreiben und die höhere Mathematik erlernen darf. Diese beiden Dinge sind der Schlüssel zu allem Übel.« Der Lord wich vor Kinnsell zurück und wiederholte das Händeflattern. Als er zehn Meter von ihm entfernt war, drehte er sich um und rannte in die dichten Wälder, so schnell es ihm seine fetten Beine und seine lange Robe erlaubten.

»Verdammt!« Kinnsell schlug mit der Faust gegen einen Baum. »Jetzt kann ich wieder von vorn anfangen. Außer ...«

*

Uralte Hochebene von Hanassa, Zeit: unbekannt

Powwell rannte in das Drachentor hinein und stieß sich den Kopf an einer unsichtbaren Wand an, so hart, dass er Sterne sah. Die verführerischen Klänge, die das Tor aussandte, klangen ihm unharmonisch in den Ohren und stießen ihn eher ab, als ihn hineinzuziehen.

Yaala hatte sich ihm gegenüber, auf der anderen Seite des Tors befunden, als sie in den Wirbel aus Zeit und Raum getreten war. Ihr Durchgang musste etwas ausgelöst, vielleicht den Winkel verschoben haben.

Er huschte um die Schatten herum und näherte sich dem Strudel von der anderen Seite. Seine Augen versuchten die sich ständig verändernde Landschaft im Inneren des Tores zu erkennen. Er vermochte das Bild nicht festzuhalten, und sein Kopf drehte sich. Dann bebte die Erde unter seinen Füßen ein weiteres Mal, und er fiel der Länge nach in die pulsierende Spirale aus Blutrot, Feuergrün und Mitternachtsschwarz.

In Powwells Tasche machte Thorny einen Buckel. Die Stacheln des Igels stachen durch Powwells Hemd. Nach den Stichen spürte er die Verwirrung des Tierchens. Zuerst waren sie aus der vertrauten Landschaft in diese schreckliche Wüste gestürzt. Kein Wasser. Zu viel Licht. Unsicherheit. Angst. Und jetzt wieder diese furchtbare pulsierende Energie.

Thorny war nicht glücklich.

Auch Powwell war nicht zufrieden. Er musste Yaala finden. Alles andere in seinem Leben hatte an Bedeutung verloren. Er musste mit Yaala zusammenbleiben.

Nur dieses geöffnete Drachentor konnte ihn zu Yaala oder Kalen führen. Er wusste nicht, wie er Kalen ohne Yaala finden sollte. Er konnte nur bis zu Yaala denken.

Er betete zu den Sternengöttern und allen anderen Mächten, die ihn hören mochten, dass sie das Tor nicht zu früh ausgelöst hatte und ohne einen Anker, der sie an diese Existenz band, in der Leere gelandet war.

Die Farben wurden intensiver und stachen ihm in die Augen. Powwell presste sie zusammen, und der Schmerz ließ ein wenig nach. Er konzentrierte sich darauf, seine Orientierung am Planeten wiederzufinden, und hoffte, dass er verstehen würde, wie das Drachentor funktionierte. Oder wohin es ihn brachte.

Um ihn herum pulsierte Energie. Sie schleuderte ihn herum, sodass er jeden Sinn für oben und unten oder rechts und links verlor. Zeit und Entfernung verloren ihre Bedeutung. Er hatte keine Ahnung, wohin oder in welche Zeit er reiste, er spürte nur, dass er eine große Entfernung zurücklegte.

Sein Geist fühlte sich taub an.

War er für einen Moment eingeschlafen?

Dann wurde er sich seines Körpers wieder bewusst. Er stürzte nicht länger. Energie floss um ihn herum und durch seinen Körper hindurch, Hitze und Licht linderten den Schmerz in seinen Gelenken. Und dann...

Und dann sah er Grün. Überall Grün. Er lag darin, atmete seine Feuchtigkeit ein, schwelgte in dem köstlichen Gefühl, zu Hause zu sein.

Zu Hause! Ja, er war daheim in Coronnan. Der Südpol zog an seinen Füßen, blasser Sonnenschein brach durch die Wolkendecke. Bis Sonnenuntergang waren es noch einige Stunden.

Aber wo war Yaala?

Er sah sich genau um, wobei er sich so wenig wie möglich bewegte. Der Felsüberhang sah genauso aus, wie sie ihn vor ein paar Stunden verlassen hatten. Sie standen zu Beginn des Frühlings. Heute Nacht war Neumond. Jetzt war es kurz vor Mittag. Der Regenschauer hörte rasch auf, als die Sonne herauskam. Als sie bei Sonnenaufgang zum ersten Mal in das Drachentor getreten waren, hatte er gerade eingesetzt.

Wo also war Yaala?

Durchdringende Stimmen drangen an seine Ohren. Zornige Männer, irgendwo links von ihm.

Wahrscheinlich waren sie auf der Straße unterwegs, die von Myrilandels Dorf über den Pass in die Südlichen Berge verlief. Sie führte nahe an Hanassa vorbei und weiter in das Wüstenreich Rossemeyer.

Powwell lauschte aufmerksam.

Die Männer brüllten sich in einer Sprache an, die er zuletzt vor seiner Flucht in Hanassa gehört hatte. Rover! Sternengötter, er musste von hier verschwinden.

Er hörte, wie ein schwerer Schlitten über den festgetretenen Erdboden der Straße schleifte.

Powwell verstärkte seine Sinne mit Magie und versuchte dahinterzukommen, was da los war. Er hoffte nur, dass nicht Yaala im Mittelpunkt dieses Streits stand. Es klang, als würden die Männer jeden Moment mit Fäusten aufeinander losgehen.

»Du *s'murghin* vierbeiniger Idiot. Komm her!«, schrie ein Mann.

Ein Pferd wieherte und stampfte auf den Boden.

Powwell hörte, wie die eisernen Hufeisen auf die Steine des Straßenbelags klirrten. Das war kein Rover-Pferd. Rover beschlugen ihre Tiere nicht.

Eine Peitsche knallte, und das Pferd wieherte vor Schmerz auf. Powwell spürte die Pein des nervösen Tieres. Leder riss, und Hufe schlugen auf die Straße und entfernten sich in die entgegengesetzte Richtung.

»Piedro wird uns umbringen. Er wollte dieses Pferd unbedingt haben«, meinte ein zweiter Mann.

»Der Kaaliph will einfach nicht glauben, dass Pferde zu klug sind, um durch das Drachentor zu gehen«, murrte der erste.

Blitzartig ging Powwell auf, was diese Worte bedeuteten. Piedro musste sich zum Kaaliphen gemacht haben, nachdem alle anderen Kandidaten tot gewesen waren.

Der kurze Triumph, den Powwell empfunden hatte, als er zusah, wie Yaassima und ihr Blutmagier einander umgebracht hatten, wich tiefem Abscheu. Also hatte Hanassa nur einen skrupellosen Herrscher gegen einen anderen eingetauscht.

Jetzt regierte Piedro die Stadt; der grausame Piedro, der seine Freude daran gehabt hatte, Powwell in den Bauch zu schlagen, als er ihn vor eineinhalb Jahren zusammen mit Kalen und Myrilandel entführt hatte.

»Wir müssen diese Vorräte noch heute hindurchbringen. Das Tor öffnet sich erst in einem Monat wieder richtig«, meinte der erste Mann mit einem unzufriedenen Grunzen. »Lass uns die Schlitten in Bewegung bringen. Lord Balthazaan wird uns im Nacken sitzen, sobald er entdeckt, wie viel wir ihm gestohlen haben. Als er uns angeheuert hat, da hat er uns angewiesen, ihm das meiste übrig zu lassen, damit er es auf dem Schwarzmarkt verkaufen kann.«

»Wir haben dem Lord doch zusätzliche Edelsteine aus Piedros Schatzkammer hinterlassen. Der Lord kann vom König noch mehr Vorräte bekommen. Aber wir kriegen nur das, was wir durch das Drachentor tragen können, jedenfalls bis Rollett mit diesem Tunnel durchbricht«, brummte der zweite Mann, der klang, als trage er etwas Schweres.

»Dann hoffe lieber, dass Magier Rollett den Tunnel niemals öffnen wird, sonst haben wir keine Arbeit mehr.«

»Wenn Piedro den Tunnel geschlossen halten will, um den gütigen Herrscher zu spielen, indem er Hungerrationen austeilt, warum lässt er Rollett dann nicht einfach als Unruhestifter hinrichten?«

»Weil seine Gefährtin Rollett noch nicht tot sehen will. Und Piedro befiehlt, was die Gefährtin wünscht. Und jetzt setz dich in Bewegung. Das Drachentor öffnet sich in ungefähr zweihundert Herzschlägen.«

Powwell musste sich verstecken. Er durfte sich von diesen Rovern nicht am Eingang des Drachentors fangen lassen. Aber wenn er sich zu weit entfernte, hatte er erst im nächsten Monat eine Chance, nach Hanassa zu gelangen.

Aber wo steckte Yaala? Ohne sie konnte er nicht nach Hanassa gehen.

Jemand berührte ihn leicht an der Schulter und riss ihn aus seinen sich ergebnislos im Kreis drehenden Gedanken. Yaala stand über ihm und legte einen Finger auf die Lippen, um ihm Schweigen zu gebieten. Sie bedeutete ihm, ihr zu folgen.

Powwell rappelte sich auf die Füße und widerstand dem Drang, sie zu umarmen. Sie hatten keine Zeit für Gefühlsausbrüche. Er folgte Yaala hinter den Felsbrocken, an dem sie so gern saß. In diesem Moment traten die Rover in die Öffnung zwischen den Bäumen.

Wir müssen ihnen folgen, sprach Powwell seine Gefährtin telepathisch an.

Yaala schüttelte den Kopf. Sie war nicht magisch begabt, daher konnte sie nicht direkt zu seinem Geist sprechen.

Doch. Das Tor wird sich erst in einem Monat wieder öffnen.

»Zu gefährlich«, gab sie ihm tonlos zu verstehen. »Rover.«

Ich weiß. Aber wenn wir sehr leise sind und hinter ihnen durch das Tor treten, werden sie nicht zurückschauen. Das tun sie nie. Sobald wir auf der anderen Seite sind, können wir uns in den Tunneln verstecken.

Wieder schüttelte Yaala den Kopf. Tränen der Enttäuschung standen in ihren Augenwinkeln. Sie wischte sie weg und straffte dann entschlossen die Schultern. Kurz reckte sie das Kinn und bedeutete Powwell, dass sie bereit war, ihm zu folgen.

Wir machen das gemeinsam.

»Nein, du gehst mit mir!«, sagte der erste Rover und packte Powwell am Kragen. »Hast du vergessen, dass alle Rover Magie besitzen, Junge? Ich habe jedes Wort verstanden, das du gedacht hast. Piedro wird das Geschenk gefallen, das wir ihm mitbringen. Neue Opfer, die seine Gefährtin hinrichten kann. Diese Lady kriegt nie genug Blut. Sie ist noch schlimmer als Yaassima.«

11. Kapitel

In der Nähe des südlichen Passes zwischen Coronnan und Rossemeyer

»Ich werde nie wieder ein Sklave der Rover sein!«, brüllte Powwell.

Dieses Mal würde er aus freiem Willen und als Herr seiner Entscheidungen nach Hanassa gehen, nicht von anderen verschleppt. Er würde Kalen retten oder bei dem Versuch sterben. Aber er würde nie wieder ein Sklave sein.

Er stieß dem Mann, der anscheinend der Anführer dieser Räuberbande war, seinen Magierstab in den Leib.

Der Rover konterte, indem er den knorrigen Stab mit beiden Händen packte.

Powwell riss ihm den Stab weg. Dadurch taumelte er nach hinten und stolperte über Yaala, doch sie drückte beide Hände in seinen Rücken, sodass er wieder sicher zu stehen kam. Er fasste den Stab an einem Ende, holte aus und traf den zweiten Rover am Kinn.

Verängstigt durch Powwells gewalttätige Reaktion schnatterte Thorny in seiner Tasche vor Angst. Powwell sog den Schmerz auf, den Thornys scharfe Stacheln verursachten, die durch sein Hemd in seine Haut drangen, und schwang seinen Stab weiter im Kreis. Thorny wollte hier fort. Powwell ebenfalls, wenngleich aus anderen Gründen.

Powwell manövrierte seinen Gegner so, dass der Rover dem Felsbrocken den Rücken zuwandte und er selbst frei stand. Die Stelle, an der sich das Drachentor öffnen würde, konnte nicht weiter als zwei Schritte entfernt liegen.

Thorny gefiel diese Vorstellung gar nicht, und er machte einen Buckel. Seine Stacheln zogen sich zurück und drangen dann noch tiefer in Powwells Haut. Mit geschärften Sinnen und frischer Kraft attackierte Powwell den Rover erneut.

Ein dritter und ein vierter Mann tauchten, von der Straße kommend, in der Lücke zwischen den Bäumen auf.

Yaala warf ihnen Erde in die Augen. Dann schwang sie weit ausholend ihr Bündel und traf den einen an der Schläfe. Er torkelte gegen den Mann, der hinter ihm stand, und beide stürzten.

Der Anführer der Rover bedrohte Powwell immer noch mit einem Messer. Powwell ließ seinen Stab ein weiteres Mal kreisen und ihn über dem Handgelenk des Mannes herabfahren. Ein Krachen von Holz, und der Knochen brach. Der Mann heulte vor Schmerz auf und ließ die Waffe fallen.

»Beeil dich, Powwell, das Drachentor öffnet sich.« Yaala wich einem der Männer, an dessen Schläfe jetzt ein leuchtend roter Striemen prangte, aus. Sie glitt hinter dem Felsbrocken hervor und in den bogenförmigen Schatten.

»Welches Bild siehst du?« Powwell ließ die Rover nicht aus den Augen. Zwei der Neuankömmlinge rappelten sich auf und machten sich mit Keulen und Messern bewaffnet angriffsbereit.

»Die richtige Szene, die richtige Zeit«, rief Yaala zurück.

Powwell sprang hinter ihr her in den Kraftwirbel, der Entfernungen in einem Lidschlag überwinden konnte. Er musste darauf vertrauen, dass Yaala dieses Mal Recht hatte, obwohl ihm all seine Instinkte zuschrien, er solle warten und sich selbst davon überzeugen, was auf der anderen Seite des Portals lag.

Es gefiel ihm gar nicht, jemand anderem als sich selbst und Thorny zu vertrauen, doch ihm blieb keine andere Wahl.

*

Yaala traf auf einst vertrauten Boden auf und rannte sofort los. In der plötzlichen Schwärze des Lavatunnels verlor sie das Gleichgewicht. Ein Schwall heißer Luft aus dem Lavakern schlug ihr entgegen und versengte ihr fast die Lungen. Sie bekam kaum Luft. Von allen Seiten drangen Wände auf sie ein; alles wirkte viel kleiner als in ihrer Erinnerung. Am liebsten hätte sie sich an den zerklüfteten Tunnelwänden abgestützt, doch das wagte sie nicht. Powwell brauchte Platz, wenn er gleich hinter ihr das Tor passierte. Ob er die Rover mit seiner Magie daran hindern konnte, ihnen zu folgen?

Was konnte sie tun, um ihrem Freund zu helfen? Mit leeren Händen nicht viel.

Hinter sich vernahm sie eilige Schritte: Powwell. *Sternengötter, bitte macht, dass es Powwell ist!*

Der Tunnel hatte seit dem Erdbeben seine Form verändert. Als sie das letzte Mal hier gewesen war, hatte man sich in dem schmalen Gang noch umdrehen können. Jetzt schienen die Wände auf sie zuzurücken und sich ihr bei jedem Schritt in den Weg zu stellen. Powwell würde hier schwer Luft bekommen; noch schwerer, als ihm das für gewöhnlich unter der Erde fiel.

»Duck dich!«, schrie sie über die Schulter und hoffte, ihr Freund werde sich nicht an einem der vorstehenden Felsen selbst bewusstlos schlagen. Wenigstens war der Gang nur etwa zehn Schritte lang. Früher waren es dreißig gewesen. Oder befanden sie sich in einem ganz anderen Tunnel? Wenn das Drachentor sich jetzt an einer anderen Stelle öffnete, würde das auch das unterschiedliche Zeitmuster erklären.

Eine etwas hellere Schattierung von Schwarz zeigte ihr, wo der Tunnel in eine gewaltige Höhle mündete.

Ab und zu flackerte gelbes Licht auf und verriet ihr, dass

wenigstens einer der Generatoren noch Energie in das Beleuchtungssystem speiste.

Die Alte Bertha, die größte der Trizität erzeugenden Maschinen, stand gewaltig und still in der weitläufigen Höhle. Im Halbdunkel wirkte sie noch massiger als früher, ohne erkennbare Konturen. Der Generator mit seinem geschwärzten Metall und den zerbrochenen Leitungen füllte die Höhle fast vollkommen aus. Das Rohr, das die Maschine mit einem unterirdischen See verbunden hatte, lag in drei Teile gebrochen da. Aus dem ersten offenen Ende, von dem aus das Rohr über den Lavakern des Vulkans verlief, stieg Dampf auf, der auf die verhältnismäßig kühlere Luft des Labyrinths traf, sich ausbreitete und zu Wasser kondensierte. Unter dem Rohr hatte sich ein kleiner See gebildet, in dem die anderen Teile verrosteten. Wasser tropfte von jeder Oberfläche und trug zu dem Rost bei, den die Alte Bertha ohnehin angesammelt hatte.

Nach eineinhalb Jahren sah es nicht so aus, als könne dieser Schaden je wieder repariert werden.

Doch sie hatte keine Zeit, die Maschine zu betrauern. Sie brauchte ein Werkzeug, eine Waffe. Powwell hatte damals, bei ihrer Flucht, zwei Magierstäbe in das Innere der Alten Bertha gerammt, um ihre Verfolger abzulenken. Die Maschine war jetzt zerstört, und die Stäbe dienten jetzt keinem Zweck mehr. Sie packte das hervorstehende Ende des einen, der Nimbulan gehört hatte, denn instinktiv vertraute sie dem Werkzeug, das der ehrenwerte alte Mann geformt hatte, mehr als dem Stab, den Narbengesicht getragen hatte.

Der sieben Fuß lange Schaft widersetzte sich ihren Versuchen. Rund um die Öffnung, in der er steckte, lösten sich Rostklumpen. Sie zog noch einmal, dieses Mal nach unten, und drehte den Stab dabei. Das Holz brach. Sie stürzte rückwärts in eine Pfütze warmen Wassers, als vier Fuß Holz von dem Stab, der in der Maschine feststeckte, abbrachen.

Kurz schnürte ihr Bedauern darüber, dass sie Nimbulans

Stab zerstört hatte, ihr die Kehle zu; doch dann fiel ihr ein, dass er ihn nie wieder brauchen würde. Er hatte bei der Verteidigung Coronnans seine Magie verloren. Aber sie benötigte eine Waffe. Sie rappelte sich auf die Füße und hielt den Stab waagerecht vor ihren Körper.

Mit einem Mal tauchte Powwell in der Tunnelöffnung auf und fuhr herum, um sich jemandem zu stellen, der ihm folgte.

Ein Rover kam, vor Wut brüllend, durch den engen Tunnel gerannt. Er hielt seine Keule fest an die Brust gedrückt. Die eng zusammenstehenden Wände und die niedrige Decke behinderten ihn in seinen Bewegungen.

Powwell stieß mit dem Stab nach den Augen des Mannes, doch dieser duckte sich darunter hinweg und fuhr mit gezückter Keule wieder hoch. Powwell sprang beiseite. Der Rover rannte weiter.

Yaala brachte ihn mit dem gebrochenen Stab zu Fall. Er landete mit dem Gesicht voran in dem sich ausbreitenden heißen See unter dem geborstenen Rohr, der viel heißer war als die Pfütze, in die Yaala eben gefallen war. Er schrie auf, wälzte sich zur Seite und versuchte, nicht mit dem Gesicht in die dampfende Flüssigkeit zu geraten.

Nebel bildete sich dort, wo das Wasser hingespritzt war. Kalter Nebel. Alles andere in der Grube strahlte Hitze aus, eine erstickende Glut.

Der Nebel breitete sich aus und nahm eine beinahe feste, menschliche Form an; eine verschwommene Gestalt allerdings ohne erkennbare Züge.

»Das Spukwesen!«, sagte Yaala laut. Schauer liefen ihr über den Rücken. In atavistischer Furcht stellten sich die Härchen auf ihren Armen und in ihrem Nacken auf.

»Mit Kopf und Herz und mit der Kraft meiner Schultern entsage ich diesem Bösen.« Wiederholt bekreuzigte sich der Rover und wich vor der Erscheinung zurück.

Ein geisterhaft weißer Arm streckte sich nach Powwell aus. Flehend. Einsam. Verzweifelt auf der Suche nach … etwas.

Der Rover reagierte als Erster und rannte in den Tunnel zurück.

Er sprang durch das Drachentor, als das einladende Grün Coronnans gerade zu der wilden Spirale verwirbelte, die das Schließen des Portals ankündigte. Dann war das Tor verschwunden.

Powwell und Yaala folgten ihrem Gegner und kamen dann abrupt auf einem abbröckelnden Felssims zum Halten, das über die glühende, kochende Lava der Grube hinausragte. Sie warfen einen Blick über die Schulter.

Das Gespenst glitt langsam heran und streckte immer noch ein skelettartiges Ärmchen aus. Der geisterhafte Nebel füllte den schmalen Tunnel aus. Ihr einziger Fluchtweg endete tausend Fuß tiefer in der brodelnden Lava.

12. Kapitel

Die »Grube« unterhalb der Stadt Hanassa

Die kochende Lava und die aufschießenden Flammensäulen versetzten Powwell in eine Art Trance. Er brauchte nur über den Rand des Simses zu treten, ein Schritt, und er würde ... Er schob die Verlockung bewusst von sich.

(Folge mir. Finde dein Schicksal in mir.) Die Lava sang ihm zu wie die unheimliche Versuchung, die von der Leere ausging.

Er schloss die Augen und wandte sich ab.

Das nebelumflossene Gespensterwesen hielt an, sobald er sich zu ihm umwandte. Immer noch streckte es bittend einen geisterhaften Arm aus.

Der Dunst waberte in kleinen Wellen und Strömungen um eine beinahe menschliche Gestalt in seinem Inneren. Die Nebeltentakeln zogen sich zur Andeutung eines langen Schwanzes zusammen, der um die »Füße« des Geistes lag. Andere, dunklere Dunstfetzen ließen an Schwingen und Wirbelfortsätze denken. Es fehlte nur das unverkennbare einzelne Horn, das bei Shayla und den anderen Drachen ihres Nimbus aus der Stirn entsprang.

Powwell versuchte, die drachenähnlichen Züge zu ignorieren, und konzentrierte sich auf den menschlichen Körper dahinter. Yaassima hatte nach Drachenzügen gestrebt. Yaala hatte ein paar geerbt, darunter die auffälligen Wirbelfortsätze und ein zweites Augenlid. Bei Myrilandel, Shaylas Tochter, die menschliche Gestalt angenommen hatte, waren Haut, Haar und Augen beinahe farblos wie bei einem Drachen. Doch keine dieser Frauen besaß die ehrfurchteinflößende Größe und Macht eines echten Drachen, ebenso wenig wie dieser Geist.

Yaala rückte von dem geisterhaften Wesen weg und näher an ihn heran. Er schlang den Arm um sie und hielt sie fest an sich gedrückt. Was immer dieses Wesen ihnen antun würde, sie würden sich ihm gemeinsam stellen.

Er tat einen Schritt nach vorn. Ihr einziger Ausweg lag in dieser Richtung. Der Geist zog sich genau einen Schritt zurück.

Powwell schob Yaala hinter sich, ließ ihre Hand jedoch nicht los. Der Tunnel war nicht breit genug, um nebeneinander zu gehen. Sie erwiderte seinen Händedruck, eine stille Aufmunterung. Er machte einen Schritt und dann noch einen.

Das Wesen wich im selben Tempo zurück. Die Ränder des Nebels nahmen einen dunkleren Ton an. Sah er da eine Andeutung von rosigem Purpur? Powwell spürte, dass die Unruhe der bizarren Gestalt wuchs.

Als sie die große Höhle erreichten, die von der verwahrlosten Maschine beherrscht wurde wie von einer Riesenspinne, die in ihrem Netz von Tunneln saß, atmete er ein wenig auf. Noch hatte das Gespenst ihm nichts getan. Es schien sich beinahe vor ihm zu fürchten. Oder fürchtete es *um* ihn?

Aus weiter Ferne spürte er mehr, als er es hörte, dass eine einzige kleine Maschine noch in Betrieb war. Das erklärte das schwache Licht. Dieser spezielle Rhythmus gehörte zu der kleinen Liise, einem lammfrommen Generator, der selten Probleme bereitete. Liise lieferte ausschließlich Energie für die Lichter unten in der Grube. Der Rest von Hanassa würde, abgesehen von natürlichen Lichtquellen wie Fackeln, Kerzen und Öllampen, im Dunkeln liegen. Piedro, der Kaaliph von Hanassa, verfügte nicht über genug Trizität, um Magie nachzuahmen, wie Yaassima das getan hatte.

»Was willst du von uns?«, fragte er das Spukwesen leise. Seine Worte hallten in der stillen Höhle wider. Ohne das unablässige

Jeek, Kusch, Jeek, Kusch der Maschinen wirkte die unterirdische Welt seltsam leer.

Das Wesen drehte sich um sich selbst und hob die dünnen Ärmchen. Seine unscharfen Konturen ließen vermuten, dass es bittend die Handflächen nach oben hielt. Die Illusion von Schwingen und Schwanz schrumpfte. Wand sich das Gespenst vor Schmerz? Nein, es strahlte eher Unentschlossenheit und Frustration aus.

»Brauchst du unsere Hilfe?«, fragte Yaala und schob sich neben Powwell. Sie hielt immer noch seine Hand, und ihre feuchte Handfläche verriet ihm, wie nervös sie war. Eigentlich hätte sie sich in diesem Tunnellabyrinth wohlfühlen sollen, denn es war die einzige Heimat, die sie je gekannt hatte.

Das Gespenst schlug die geisterhaften Hände vor das Gesicht und zerfloss dann wie Nebel in der Sonne.

»Was glaubst du, was sie wollte?« Powwell stieß einen Seufzer der Erleichterung aus.

»Sie?«

»Das vermute ich. Hinter all diesem Dunst hatte ich den Eindruck eines weiblichen Wesens. Ich weiß nicht, warum.« Er zuckte ratlos die Achseln, denn er hätte seinen Eindruck nicht begründen können, dass das Flehen des Geists irgendwie feminin gewirkt hatte. Die Drachenillusion erwähnte er nicht. Höchstwahrscheinlich war sie nichts weiter als genau das, eine Illusion, die beim Betrachter unwillkürlich Respekt und Ehrfurcht auslösen sollte.

»Lass uns von hier verschwinden.« Yaala zog an seiner Hand.

Langsam folgte Powwell ihr. Es fiel ihm seltsam schwer, das Spukwesen, das ihm einst solche Angst eingejagt hatte, hinter sich zu lassen. Nie hätte er gedacht, dass er einmal zögern würde, die tiefsten Räume der Grube zu verlassen, in denen er als Sklave gelebt hatte. Mit einem Mal wurde ihm bewusst, dass über ihm Abertausende Tonnen Erde lasteten und ihn niederdrückten.

Sein Atem ging plötzlich flach und mühsam. Er brauchte Luft und Sonne. Er musste hier HERAUS! *Sternengötter, ich hoffe nur, dass das Tor zum Palast offen und unbewacht ist!*

Ein ironisches Lachen klang in seinem Geist auf. Am Rande seines Blickfelds nahm er ein weißes Huschen wahr. Verspottete ihn das Gespenst, indem es ihm mitteilte, dass es keinen Weg nach draußen gab?

*

Nachmittag, die Wohnräume der Königin, Reveta-Tristile-Palast, Hauptstadt Coronnan

»Diese wahllosen Paarungen beim Frühlingsfest, nur um Kinder zu zeugen, darf es in Zukunft nicht mehr geben«, erklärte Katie den fünf Ladys, die sich in ihrem privaten Wohnzimmer versammelt hatten, in bestimmtem Ton.

»Aber Euer Gnaden, das Frühlingsfest ist immer die Zeit gewesen, zu der sich die jungen Leute einander angelobt haben. Wie sollen sie denn den richtigen Partner finden, wenn nicht bei den von den Sternengöttern begründeten Ritualen?« Lady Balthazaan war bleich vor Entsetzen geworden.

Katie bezweifelte, dass ihre terranischen Vorfahren sich diesen rituellen Tanz um einen Maibaum – der hier Wendeturm des Äquinoktiums genannt wurde – ausgedacht hatten, bei dem die Männer in die eine Richtung tanzten und die Frauen in die andere und nach den Tanzfiguren, die von den Dorfältesten beliebig ausgerufen wurden, die Partner wechselten. Derjenige, mit dem man den Tanz beendete, war zugleich der Partner für diese Nacht. Wenn aus dieser Begegnung ein Kind hervorging, betrachtete man die Verbindung als von den Sternengöttern gesegnet, und das Paar heiratete noch vor der Sommersonnenwende oder an diesem Tag selbst. Wurde kein Kind gezeugt, gingen die jungen Leute auseinander und versuchten es im nächsten Jahr noch einmal.

Einige ihrer Vorfahren hatten wahrscheinlich diesen Tanz gebilligt, vielleicht sogar daran teilgenommen. Doch nur wenige von ihnen hätten wohl die Fantasie besessen, sich so etwas auszudenken.

»Die Auswahl eines Partners fürs Leben ist zu wichtig, um sie jungen Leuten zu überlassen«, setzte Lady Hanic hinzu. Genau wie ihr Mann wartete sie immer ab, um festzustellen, was die anderen meinten, und passte ihre Ansicht dann stets der stärksten Fraktion an. »Solche Entscheidungen überlässt man am besten den Sternengöttern.«

Die übrigen drei Damen stimmten ihr energisch nickend zu.

»Habt Ihr schon einmal an einem solchen Tanz teilgenommen?«, fragte Katie, an alle Frauen gerichtet.

»Selbstverständlich nicht!«, keuchte Lady Balthazaan. Empört hob sie die Hand an die Kehle. »Meine Heirat war eine politische Verbindung. Die Verhandlungen zwischen unseren Vätern haben vier Jahre gedauert.«

»Ich würde meinen, dass man eine so bedeutsame Verbindung ebenfalls den Sternengöttern überlassen sollte«, meinte Katie leise, mit gesenktem Kopf.

Einen Moment lang beschäftigte sie sich mit ihrer Handarbeit, um die Hände in Bewegung zu halten. Doch in Wahrheit spielte sie nur mit ihrer Näharbeit und tat so als ob. Sie hatte diese Fertigkeit nicht erlernt, ehe sie nach Coronnan gekommen war. Doch ihre nachmittäglichen Zusammenkünfte mit den Hofdamen schienen zu erfordern, dass sie sich mit ihnen in dieser Kunst übte.

Schweigen hatte sich über den Raum gesenkt. Katie spähte verstohlen umher und sah, dass die fünf Frauen entsetzte Blicke austauschten, die Köpfe schüttelten und sich auf die Lippen bissen.

»Das Frühlingsfest ist natürlich eine gute Zeit, um Verlobungen zu schließen.« Katie beschloss, den Damen teilweise Recht zu geben. »Und der Tanz ist sogar eine schöne Art, die jungen Leute einander vorzustellen und fröhlich den Frühling zu begrüßen. Aber Kinder verdienen eine stabile, liebevolle Familie, in der die Eltern sich bewusst füreinander entschieden haben und nicht aufs Geratewohl zusammengekommen sind. Ich möchte nicht, dass das Fest in der Hauptstadt zu einer Orgie verkommt.«

»Da werden unsere Gefolgsleute aber sehr enttäuscht sein, Euer Gnaden«, warf Lady Nunio ein.

»Ich bin mir sicher, dass junge Männer und Frauen, die sexuelle Erfahrungen sammeln wollen, auch einen Weg finden werden, das zu tun. Aber bitte diskret und im privaten Rahmen.«

»Und was ist mit jungen Männern, die in den Krieg ziehen? Viele von ihnen kehren nicht zurück. Das Fest ist ihre einzige Chance, ein Kind zu zeugen«, beharrte Lady Hanic.

Eigenartig, dass sie als Einzige ein Gegenargument vorbrachte. Genau wie ihr Gatte hielt sie sich für gewöhnlich zurück und unterstützte die Seite eines Streitgesprächs, die sich durchzusetzen schien.

»Wir haben Frieden, Lady Hanic. Mit etwas Glück und Diplomatie werden die Männer so bald nicht wieder in den Krieg ziehen müssen.« Oder wusste Lady Hanic etwas, das Katie nicht wusste?

»Einer der Gründe, aus dem wir so lange an dem Fest festgehalten haben, war, während des Generationen währenden Bürgerkriegs die Bevölkerungszahl zu stabilisieren«, versetzte Lady Nunio milde. »Jetzt haben wir wohl Frieden, aber dafür tobt bei uns eine Krankheit, die ebenso viele Menschen tötet wie eine größere Schlacht und nicht nur Männer in der Blüte ihrer Jahre fällt, sondern auch Frauen und Kinder. Wir brauchen ein gutes Frühlingsfest, damit die Menschen wieder Hoffnung schöpfen.«

Katie erstarrte vor Entsetzen. Sie hatte Berichte über einige isolierte Fälle gelesen, in denen eine Krankheit in einem einzigen Dorf zahlreiche Opfer gefordert hatte. Aber sie hatte nicht von einer grassierenden Seuche gehört. Wer hatte ihr diese Information vorenthalten, und warum? War das *die* Seuche?

»Euer Gnaden!« Kaariin kam aus der Kinderstube ins Wohnzimmer gerannt. Ängstlich knetete sie ihre Hände, und sie sah totenbleich aus. »Kommt schnell, Euer Gnaden, das Kind ist krank.«

Katie ließ ihre hoffnungslose Stickarbeit fallen und stand auf. »Was genau hat sie?«, fragte sie, während sie in das nach innen gelegene Zimmer gingen.

»Sie hustet, bis ihre Haut ganz wachsbleich ist und blau anläuft, Euer Gnaden. Ich habe gut auf sie aufgepasst; ich habe keine Schuld ...«, plapperte das Mädchen.

»Schick König Quinnault eine Nachricht. Er soll sofort zurückkommen.« Katie drückte sich an ihrer Zofe vorbei und eilte an das Bettchen ihrer Tochter.

In der Tat, die kleine Marilell hustete wieder heftig und wimmerte vor Schmerz und Verwunderung. Katie nahm sie hoch und tätschelte ihr mit beruhigenden, kreisförmigen Bewegungen den Rücken. Marilell war zu müde und zu schwach, ihr Köpfchen zu halten. Sie legte es an die Schulter ihrer Mutter und hustete weiter.

13. Kapitel

Nachmittag, königliche Kinderstube, Reveta-Tristile-Palast, Hauptstadt Coronnan

Katie betrachtete das Baby forschend und suchte nach der Ursache für die Krankheit. »Schick sofort nach dem König, Kaariin«, befahl Katie. Die Dienstmagd knickste und rannte den Gang entlang.

Marilell hustete weiter, doch sie wurde schwächer und rang zwischen den Krampfanfällen nach Luft.

»Darf ich, kleine Schwester?«, fragte Jamie Patrick, der aus dem Schatten hinter der Tür aufgetaucht war. »Ich glaube, ich weiß, was das Kind hat. Mein Kevin hat so etwas auch schon angestellt.« Er streckte die Arme nach dem Baby aus.

Zögernd überließ Katie ihm ihr Kind. Nur die tiefe Liebe und das große Vertrauen, die sie mit ihrem Bruder verband, konnten sie dazu bewegen, sich von dem kranken Säugling zu trennen. Doch er hatte ein wenig mehr Erfahrung, denn er hatte zu Hause selbst zwei Kinder mit seiner Frau, die selten in Erscheinung trat und von ihrem Vater kaum zur Kenntnis genommen wurde.

»Den Sternengöttern sei Dank, dass du hier bist. Ist … ist es die Seuche?«, fragte sie ängstlich, als könne ihre größte Angst Wirklichkeit werden, wenn sie sie in Worte fasste.

»Nein, nichts so Ausgefallenes«, gab ihr ältester Bruder zurück. Er setzte sich auf einen Schemel in der Nähe und legte die kleine Prinzessin bäuchlings über seine Knie.

Marilell schrie ihre Bestürzung heraus.

»Sie bekommt jedenfalls genug Luft, um sich über das, was sie plagt, zu beschweren«, meinte Nimbulan von der Tür aus. Er hielt seine Tochter Amaranth locker in der rechten Armbeuge, während er die linke Handfläche mit leicht gebogenen Fingern nach vorn richtete, als könne er mit dieser Geste immer noch auf magische Weise Informationen sammeln.

Neben ihm stand Myrilandel. »Wir waren zufällig im Palast und sind Kaariin begegnet.« Sie trat zu Jamie Patrick und dem Baby.

Jamie Patrick klopfte dem Kind mit der flachen Hand geschickt den Rücken ab. Marilell keuchte und röchelte und spie ein wenig Flüssigkeit aus. Mit dem nächsten Schlag kam zusammen mit einem Luftschwall ein kleiner Metallgegenstand aus dem Mund des Kindes geschossen und landete zu Katies Füßen.

»Was für ein Glück für uns alle, dass Kaariin ihr Unwohlsein so rasch bemerkt hat. Nicht viel länger, und der Ring wäre in ihrem Hals hinuntergerutscht und hätte das zarte Gewebe zerreißen oder sie ganz ersticken können«, bemerkte Myrilandel und quittierte die Art, wie Jamie Patrick den Rücken des Babys rieb, mit einem beifälligen Nicken.

Katie bückte sich und hob den Männerring auf, der vor ihren Füßen lag. Das Muster aus kompliziert verschlungenen Silbersträngen unterschied ihn von den Siegelringen, wie sie die Männer bei Hof bevorzugten.

»Ich weiß noch, wie Amaranth in diesem Alter einmal versucht hat, ein großes Stück roher Yampion-Wurzel herunterzuschlucken«, sagte Myrilandel und nahm Jamie Patrick seine schluchzende Last ab. Sie legte das Kind an ihre Schulter und sprach beruhigend auf die kleine Prinzessin ein, bevor sie sie ihrer Mutter reichte.

»Den Sternengöttern sei Dank, dass du wusstest, was zu tun war, Jamie Patrick.« Katie nahm das kostbare, weinende Bündel entgegen und drückte ihre Tochter fest an ihre Schulter. Dann stellte sie ihre Freunde und ihren Bruder vor.

»Tut mir leid, aber ich kann nicht bleiben. Kinnsell weiß nicht, dass ich hier bin, und will nicht, dass ich Kontakt zu dir aufnehme, aber ich musste doch wenigstens noch einmal Hallo sagen, bevor wir aufbrechen.« Jamie Patrick beugte sich ein wenig vor, um sie auf die Stirn zu küssen. Wie die meisten Terraner war er nur einen halben Kopf größer als Katie und viel kleiner als der durchschnittliche Bewohner dieses Planeten.

»Sei vorsichtig, Jamie Patrick. Kinnsell führt etwas im Schilde.« Katie strich über seine bärtige Wange. Er trug ein adrettes Bärtchen, seitdem er in der Lage dazu war, und war überzeugt davon, dass sein schmales Gesicht dadurch an Reife und Faszination gewann. Sein Haar war eher blond als rot, und er pflegte zu behaupten, dass er sich im Vergleich zum Rest der Familie wie ausgebleicht fühle.

»Wir bleiben in Verbindung, Katie. Ich wünschte, wir könnten Kinnsell mit Gewalt von hier wegschleppen, aber unsere Mission ist noch nicht abgeschlossen.«

»Was für eine Mission?«

Aber er war ebenso schnell, wie er gekommen war, schon wieder verschwunden.

»Und was haben wir hier?« Nimbulan nahm Katie den mit Sabber beschmierten Ring aus der Hand. »Ungewöhnlicher Entwurf. Ich habe so etwas schon gesehen.« Seine grauen Augenbrauen zogen sich konzentriert zusammen.

Myrilandel betrachtete die verschlungenen Stränge nachdenklich.

»Sieht nach einer Rover-Arbeit aus«, meinte sie. »Was denkst du, Lan? Du hast einen ganzen Sommer bei Televarns Stamm gelebt.«

»Gut möglich. Ihre Arbeiten sind ziemlich unverkennbar. Aber die Erinnerung, die mir keine Ruhe lässt, geht weiter zurück, viel weiter.« Heftig schüttelte er den Kopf. »Es wird mir im unwahrscheinlichsten Moment einfallen. Sinnlos, die Erinnerung jetzt erzwingen zu wollen.«

»Rover?« Katie schluckte. »Ich habe gehört, dass die Rover manchmal Kinder stehlen. Der ... Entführer könnte gestört worden sein und den Ring fallengelassen haben.« Zu Hause erzählte man sich, Zigeuner und anderes fahrendes Volk würden Kinder stehlen – für gewöhnlich ein mehr aus Angst vor dem Fremden geborener Mythos als auf der Realität beruhend. Waren die hiesigen umherziehenden Wanderer eines scheußlichen Verbrechens schuldig oder ebenfalls Opfer bösen Klatsches? Sie wusste es nicht.

Zu Beginn des Aufruhrs im letzten Herbst hatte der Mann in dem orangefarbenen Hemd seinem Nachbarn vorgeworfen, Rover-Blut in sich zu tragen. Doch seine eigene grellbunte Kleidung hatte viel mehr dem Geschmack der Rover entsprochen als die nüchternen Brauntöne seines Opfers.

Was ging hier vor? Gab es eine Verbindung zwischen dem Aufruhr und der Tatsache, dass ein Fremder einen möglicherweise tödlichen Gegenstand in Marilells Bettchen gelegt hatte; ein kleines Schmuckstück, das ein zahnendes Baby wahrscheinlich hinunterschlucken und an dem es ersticken würde?

»In mein Kinderzimmer kommen keine schmutzigen Rover hinein!«, protestierte Kaariin von der Tür aus und rang die Hände. »Ich lasse meine Prinzessin nie so lange allein, dass sich hier jemand hineinschleichen könnte.« Hochaufgerichtet, mit stolz geballten Fäusten, stand sie da.

»Niemand wirft dir Nachlässigkeit vor, Kind«, sagte Nimbulan begütigend. »Ein echter Rover braucht nur einen Herzschlag lang Zeit, um Unheil anzurichten.«

»Wer würde so etwas tun, Nimbulan? Wer sollte sich an so vielen Wachen und Dienstboten vorbeischleichen und versuchen, mein Kind zu stehlen?« Katie drückte ihre Tochter so fest an sich, dass Marilell quietschend protestierte.

»Jemand, der Euch und Quinnault sehr wehtun will. Jemand, der versucht, die Kontrolle über Coronnan zu erlangen, indem er Euch kontrolliert.«

»Kinnsell sammelt ungewöhnliche Schmuckstücke. Genau so ein Stück könnte ihm gefallen. Und außerdem ist er der Einzige, dcn kein Diener oder Wachposten in der Nähe der königlichen Gemächer aufhalten würde.«

Sie musste Jamie Patrick warnen. Er musste ihren Vater jetzt wegbringen, nicht irgendwann später, wenn ihre geheimnisvolle Mission abgeschlossen war. Sofort.

*

Später Nachmittag, königliches Ausflugsboot in der Mitte der Großen Bucht

Vom Festland aus wehte eine duftende Frühlingsbrise auf das Passagierboot zu, das die Große Bucht überquerte. Tief sog Magiergeselle Bessel die saubere, nach Salz und Lilien riechende Luft ein. Zusammen mit fünf Botschaftern und ihren Gattinnen stand er auf dem Oberdeck. Auf dem Vorder- und Unterdeck ruderten ein Dutzend Männer den Kahn mit purer Kraft auf das Ufer zu. Die Ebbe näherte sich ihrem tiefsten Punkt und unterstützte sie nur wenig.

Meister Narbengesicht hatte Bessel versichert, die Todesfälle im Dorf seiner Eltern seien ein Einzelfall gewesen. In seiner Gier und Misswirtschaft hatte Lord Balthazaan seine Bergleute schlecht ernährt. Die Stürme und Entbehrungen des vergangenen Winters hatten die einfachen Leute geschwächt, sodass sie sich leicht alle möglichen Krankheiten zuzogen. Es war keineswegs so, als würde eine richtige Seuche Coronnan verheeren. Und nun, da alle Bücher weggesperrt waren, in denen etwas über Technologie stand, würde es auch nicht so weit kommen.

Die Kommune – also Narbengesicht – hatte alles unter Kontrolle.

Die Krankheit, die seine Mutter getötet hatte, konnte nicht die Seuche gewesen sein. Er betete darum, dass es so war.

Die mit Blumenduft geschwängerte Luft verdrängte die Erinnerung an den Gestank der Krankheit aus Bessels Gedanken.

Doch der Geruch – in Powwells telepathischem Bericht über den Drachentraum nur andeutungsweise wahrzunehmen – war an M'mas Totenbett überwältigend stark gewesen und ließ ihn einfach nicht los.

Jedes Mal, wenn Bessel einem Zweifel Ausdruck verlieh, erinnerte Narbengesicht ihn daran, dass er sich nicht mit Seuchen oder solchen Dingen zu befassen brauchte. Seine Pflicht gegenüber der Kommune gebot, dass er seine Ausbildung auf dem Gebiet der Diplomatie abschloss. Aus diesem Grund befand er sich auf dem Boot.

Aber er hatte immer noch nicht das Versteck des kleinen Buchs enthüllt, das er gelesen hatte, kurz bevor Narbengesicht in die Bibliothek gekommen war. Inzwischen standen die jetzt verbotenen Bücher hinter einem neuen Eisentor, zu dem es nur einen Schlüssel gab und dessen magisches Siegel nur Narbengesicht öffnen konnte. Doch das Buch mit seinen faszinierenden Verweisen auf Blutmagie lag in Bessels Zimmer, verborgen unter einer losen Bodenfliese.

Nach dem Vorfall in der Bibliothek hatte Narbengesicht sich Bessel gegenüber sehr großmütig gezeigt und ihn beruhigt. Bessel hatte damit gerechnet, bestraft zu werden, doch stattdessen hatte Narbengesicht ihn auf dieses Luxusboot beordert. Wie befohlen belauschte und beobachtete Bessel die fünf Diplomaten und ihre Frauen, während sie am Rande des tiefen Teils der Bucht ihre Rundfahrt durch die neue Hafenstadt absolvierten. Den ganzen Tag über hatte Bessel eine leichte Trance aufrechterhalten, damit sein Geist die in fünf verschiedenen Sprachen geführten Unterhaltungen aufnehmen konnte, obwohl er die Worte selbst nicht verstand.

Vor Müdigkeit hingen ihm die Schultern fast bis auf die Ellbogen hinunter, und die Augen wollten ihm zufallen. Sein Magen knurrte immer wieder. Bald würde er wieder in der Universität sein, wo er schlafen und essen konnte. Anschließend würde er Narbengesicht Bericht über alles erstatten, was sich heute begeben hatte.

Die Tiefenmesser-Maschine, die in der Mitte des Kahns eingebaut war, piepte leise. Ein kurzer Ton alle zehn Herzschläge. Bessel verbannte die warme Brise aus seinen Gedanken und untersuchte die Maschine mit allen magischen und profanen Sinnen. Das gleichmäßige Piepen teilte ihm mit, dass keine Hindernisse oder plötzliche Verschiebungen der Fahrrinnen das Boot bedrohten. Doch welche anderen Bedrohungen mochten von der Maschine ausgehen? Wie konnte die Kommune sich so sicher sein, dass von ihr nicht unsichtbare Seuchen ausgingen, so wie Drachen unsichtbare Magie ausstrahlten?

Er wünschte, die Gilde der Lotsen wäre nicht von dieser Maschine abhängig, um das Watt zwischen den Hafeninseln und der Hauptstadt zu befahren.

Aber als König Kinnsell von Terrania als Teil der Mitgift der Königin auf magische Weise auf den vier natürlichen Inseln, die Coronnan vorgelagert waren, die Hafenstadt erbaut hatte, da hatte er Kais errichtet, durch die sich das Muster des in ständiger Veränderung befindlichen Netzes der Fahrrinnen im Watt, das den inneren Teil der Bucht bildete, verändert hatte. Durch den Bau des Hafens blieben nun Frachtschiffe, Passagierschiffe und auch Invasionsflotten auf sicherem Abstand im tiefen Wasser des äußeren Teils der Bucht. Die Gilde der Lotsen war verantwortlich dafür, die zuvor kontrollierten Waren und Passagiere in die Hauptstadt überzusetzen. Doch sie hatten den veränderten Verlauf der Fahrrinnen nicht schnell genug erlernen können und konnten ihre Aufgabe nur noch mit dem Tiefenmesser erfüllen.

Königin Maarie Kaathliin würde schon dafür sorgen, dass ihr Vater keine weiteren Maschinen auf diesen Planeten brachte. Aber was war mit dieser?

Vielleicht hatte Narbengesicht ja Recht, wenn er gewisse Bücher verbot. Wenn jemand genau begriff, wie der Tiefenmesser funktionierte, konnte er die Maschine möglicherweise nachbauen und anderen Zwecken zuführen ...

Bessel nahm sich ein paar Augenblicke Zeit, um sich von dem Sonnenschein, der auf seinen Rücken fiel, aufwärmen zu lassen. Gleich, wenn er seines schlingernden Magens Herr geworden war, würde er auf das glitzernde, in ständiger Bewegung befindliche Wasser hinausschauen, statt sich Gedanken über die geheimnisvolle Maschine zu machen. Der schlammige Grund des Watts lag hier nur ein paar Faden unter der Wasseroberfläche, doch die unablässigen Wogen ließen nicht erkennen, wie tief. Bessel hatte auf der Bucht keinen Fokus, auf den sich sein Magen oder sein Stab hätten konzentrieren können. Und ohne einen solchen Fokus war der Stab, den er in der Hand hielt, nutzlos.

Er verdrängte seine Übelkeit und lauschte dem müßigen Geplauder der Botschafter und ihrer Frauen, mit denen er das Boot teilte. Das wäre so viel einfacher gewesen, wenn er einfach nur ihre Gedanken gelesen hätte. Aber Nimbulan hatte ihm die Achtung vor der Privatsphäre anderer eingeschärft.

Bessel war nicht einmal in den Geist seiner Mutter eingedrungen, um ihre letzten Wünsche zu erfahren. Jetzt wünschte er, er hätte es getan. Viele Jahre lang hatte er ihre Liebe nicht gespürt, und sie fehlte ihm mehr, als er für möglich gehalten hatte.

Wieder tat sein Magen einen Satz, als die Strömungen den Kahn schwanken ließen. Unter den Wogen brodelte die Kraft der Erde und flehte ihn an, sie aufzusaugen und seine Eingeweide zu beruhigen. Diese Energie konnte ihm auch offenbaren, wie der Tiefenmesser funktionierte. Doch er weigerte sich und mochte sich nicht auf die verlockende Außenseiter-Magie einlassen.

Wenn er darauf verzichtet hatte, verbotene Kräfte anzuzapfen, um seiner Mutter zu helfen, dann würde er jetzt bestimmt nicht damit anfangen, um seine Übelkeit zu vertreiben.

Am Gesichtsausdruck des neuen Botschafters aus Jihab las er ab, dass er das Auf und Ab des Decks bei jeder neuen Welle ebenso wenig schätzte wie Bessel. Der beleibte Mann, der, ehe er in die Politik gegangen war, als Juwelenhändler mehrmals ein Vermögen gemacht und wieder verloren hatte, erbleichte und biss die Zähne zusammen. Sein normalerweise gerötetes Gesicht hatte den scheußlichen, blassen Grünton angenommen, der dem lichtscheuer Pilze, die tief in Meereshöhlen wuchsen, ähnelte.

Bessel mochte den freundlichen Juwelenhändler. Die anderen vier Botschafter, ihre Damen und ihr Gefolge waren viel zu sehr von sich selbst und ihrer Wichtigkeit eingenommen, um ihm irgendwelche Beachtung zu schenken. Doch Heinriiche Smeetsch hatte Bessel höflich gegrüßt und schien sich aufrichtig für sein Studium zum Meistermagier zu interessieren. Bessel hatte ihm sogar seinen geheimen Wunsch anvertraut, Meister Lymans Nachfolge als Bibliothekar anzutreten.

Er konnte sich nichts Besseres vorstellen, um die verbotenen Bücher und das Wissen, das sie enthielten, zu beschützen. *S'murghit,* wie konnte sich Narbengesicht so sicher sein, dass die Krankheit, die in Lord Balthazaans Provinz wütete, keine Seuche war, die zu heilen es mehr als ein paar frische Lebensmittel brauchte?

Das Piepsignal des schwarzen Kästchens, das exakt in der Mitte des Kahns neben dem Platz des Lotsen angebracht war, ging immer lauter und schneller. Bessel nahm keine Veränderung des Wattbodens wahr. Aber andererseits beruhte Drachenmagie auf dem Element Luft und war für Zauber im Wasser weniger geeignet. Die auf dem Erdelement basierende

Außenseiter-Magie dagegen wäre in der Lage gewesen, die Bucht auszuloten.

Erde und Wasser gehörten ebenso zusammen wie Luft und Feuer.

Raanald, der Vertreter der Lotsengilde, trat gegen seine arkane Apparatur. »*S'murghit,* ich kenne doch diese Gewässer! Noch gestern gab es nichts in dieser Gegend, das uns an der Durchfahrt hätte hindern können. Wir müssten die Sandbank längst hinter uns gelassen haben. Zwei Grad steuerbord«, rief er seinem Steuermann zu. »*S'murghin* Maschine. Warum sagt sie mir, dass ich eine Fahrrinne, die offensichtlich frei ist, meiden soll?«

Raanald strich die Falten seines geschmacklosen, rotbraun und golden gemusterten Uniformärmels glatt. Er war sich seiner Elitestellung bewusst: Er kannte diese Gewässer besser als die Maschine.

Zumindest deutete seine Haltung das an. Andererseits, wenn er sich in der Bucht besser auskannte als die Maschine, warum ging er überhaupt das Risiko ein, sich auf die Apparatur zu verlassen?

»Was hat eigentlich das Piepen zu bedeuten?«, erkundigte sich Bessel.

»Die Maschine geht Euch nichts an, Magier.« Das letzte Wort hatte Raanald ausgespien wie etwas übel Schmeckendes.

Bessel hatte das Gefühl, dem Mann und seiner Maschine nicht trauen zu können. Vielleicht lag es nur an seinem Magen, der gegen das ständige, ungleichmäßige Schaukeln des Kahns protestierte.

Eine Woge hob das flache Boot mehrere Fuß hoch und ließ es dann ins Wellental fallen. Botschafter Smeetsch fuhr herum und erbrach sein Mittagessen über die Reling.

Botschafter Jorghe-Rosse aus Rossemeyer klopfte seinem Kollegen aus Jihab herzhaft auf den Rücken und amüsierte sich über dessen Zimperlichkeit.

Bessel hätte vielleicht gelacht, wenn er das Gefühl gehabt hätte, sein eigenes Essen sei fester in seinem Magen verankert. Oder wenn die Tiefenmesser-Maschine zu piepen aufgehört hätte. Doch das Signal ging immer lauter und schneller und warnte sie vor unsichtbaren Hindernissen unter der Wasseroberfläche. Die Sandbank, die parallel zur Küste verlief, veränderte jeden Frühling, wenn der Coronnan-Fluss Tonnen von Schlamm in die Bucht trug, ihre Form, und bei jedem Sturm ebenfalls. Wieso war Raanald sich so sicher, dass sie die Sandbank bereits hinter sich gelassen hatten?

Er schob sich näher an das schwarze Kästchen heran, denn er spürte das Bedürfnis, seine arkanen Symbole zu lesen und zu erfahren, welche Gefahren es unterhalb des Kahns sah.

Am liebsten hätte er eine Kraftlinie angezapft und seine magischen Sinne damit gesättigt. Dann hätte er genau gewusst, was da los war.

Nein!, erinnerte Bessel sich streng. Damit würde er sich zum Außenseiter, zum Geächteten machen, und er wäre allein. Wenn er den Verlockungen der individuellen Magie erlag, würde er mehr verlieren als seine Mutter.

»Drei Grad steuerbord«, rief Raanald dem Steuermann wieder zu. Ratlos runzelte er die Stirn und blickte verwirrt drein.

Eine weitere große Welle traf auf das Ausflugsboot. Der Kahn war dazu gebaut, bei ruhigem Wetter über sehr flaches Wasser zu fahren und besaß nicht genug Tiefgang, um bei rauer See stabil zu bleiben.

»Dass die *s'murghin* Magier aber auch das Wetter nicht in Ruhe lassen können!« Raanald starrte Bessel durchdringend an und versetzte dem schwarzen Gehäuse der Maschine einen Tritt.

Der Magiergeselle spürte das Bedürfnis, die Kommune der Magier laut und heftig zu verteidigen. Die Kommune mischte sich nicht in das Wetter ein. Ihre Magier wussten, dass es besser war, nicht in das Gleichgewicht der Natur einzugreifen. Der

Lotse war ebenso unwissend und voreingenommen wie Bessels Vater.

»Gibt es ein Problem, Meister Lotse?«, fragte Botschafter Jorghe-Rosse. Unter den Passagieren, die auf dem Luxusboot herumliefen, befand er sich am nächsten bei dem Lotsen.

»Ein Sturm kommt auf, von dem wir vorher nichts wussten.« Der unwirsche Lotse warf Bessel erneut einen beleidigten Blick zu. »Dadurch können wir uns nicht mehr auf die Flut und die Windvorhersage verlassen.« Es war eine der Pflichten der Kommune, den Bootsführern in der Bucht exakte Wettervorhersagen zu liefern.

»Plötzlich aufkommende Stürme sind im Frühling und Herbst nicht selten«, erklärte Bessel. »Niemand kann sie vorhersagen. Sie dauern nicht lange und neigen dazu, sich auf ein kleines Gebiet zu beschränken, während ein paar Meilen weiter an der Küste trockenes, klares Wetter herrscht.« War es möglich, dass der aufkommende Sturm etwas im Wasser verändert hatte, das die Maschine durcheinanderbrachte?

»Werden wir den Hafen erreichen, bevor der Sturm losbricht?«, fragte der Vertreter aus Jihab. Er warf einen Blick über die Bordwand, als wolle sich das Wenige, das er noch im Magen hatte, zu seinem Mittagessen gesellen.

»Ich habe schon viele dieser magi ... ähm ... Frühlingsstürme erlebt«, dozierte Raanald und begleitete seinen Versprecher mit so heftigen Gesten, dass er ihn erst recht betonte. »Vor allem während der Kriege.« Er starrte Bessel an, als wäre er persönlich für Generationen des Bürgerkriegs sowie jeden einzelnen Sturm verantwortlich. »Ziemlich tückisch. Sie können vorüberziehen, ohne mehr anzurichten, als das Wasser ein wenig aufzuwirbeln, so wie jetzt.« Wieder versetzte er dem hüfthohen schwarzen Zylinder, in den der Tiefenmesser eingelassen war, einen Tritt.

Die Maschine gab erneut ihr gewöhntes ruhiges Piepen von sich; alle zehn Herzschläge eines.

Bessel sah zum Himmel auf und suchte nach Anzeichen für einen bevorstehenden Sturm. Es war merklich dunkler geworden, und die lückenlose Wolkendecke wurde jeden Moment dichter.

Wenn er darauf achtete, fiel es ihm leicht, mittels Drachenmagie die Wettermuster zu erkennen. Unmittelbar westlich von ihnen fiel der Luftdruck. Er nahm einen raschen Temperaturwechsei wahr. Der Wind frischte auf und drückte die Sturmzelle auf das Land zu. Das Boot befand sich genau dazwischen.

»Die Herrschaften sollten lieber im Pavillon Platz nehmen.« Raanald sog die Luft ein und riss erschrocken die Augen auf. Die Maschine begann erneut unregelmäßig zu piepen.

Bessel spähte dem Mann über die Schulter. Er brannte darauf, sich selbst davon zu überzeugen, welche Gefahren auf sie lauerten.

»Geh mir aus dem Weg, *s'murghit!* Müsst ihr euch immer in alles einmischen? Ich hätte keine Sorgen, wenn ihr eure Wetterzauber für euch behalten würdet.«

»Ich habe überhaupt nichts getan«, sagte Bessel schließlich zu seiner Verteidigung. Er war es leid, immer den Mund zu halten, obwohl er wusste, dass genau das in seiner Rolle als diplomatischer Beobachter von ihm erwartet wurde.

»Du vielleicht nicht, aber deine Leute spielen ständig mit dem Wetter herum. Vor allem dieser narbengesichtige Bastard.« Der Lotse spuckte Bessel vor die Füße. »Die Lotsengilde der Bucht kann es nicht gebrauchen, dass ihr unsere Fahrrinnen verstopft und Ebbe und Flut verändert. Wir haben Maschinen, die auf uns aufpassen. Königliche Maschinen. Fünf Grad backbord«, befahl er, womit er seine Kursänderungen korrigierte und erneut ihren alten Kurs einschlug.

Wenn die Maschine so wichtig ist, warum traust du ihr dann nicht? Aber Bessel behielt seinen Gedanken lieber für sich.

Die Botschafter und ihre Frauen setzten sich auf die Bänke, die auf dem Deck festgeschraubt und mit einem Sonnensegel überdacht waren. Das Tuch knatterte im aufkommenden Sturm. Bessel war hinter Raanalds Schulter stehen geblieben und beobachtete die blinkenden roten Lichter, die über die Glasblase auf der Oberseite der Schachtel liefen. Zunächst ergaben die ständig wechselnden Anzeigen keinen Sinn für ihn. Doch dann erkannte er stilisierte Zahlen in Rot, die vor einem schwarzen Hintergrund neben exakt geschriebenen Wörtern in Weiß standen. Die Wörter bedeuteten ihm nichts. Noch nicht.

Die Zahlen wurden auf der linken Seite kleiner und auf der rechten in besorgniserregendem Tempo größer.

»Setzen, sagte ich, Magier«, brüllte Raanald und bleckte böse die Zähne. Doch die Furcht, die in seinem Blick stand, als er wieder auf die piepende schwarze Schachtel sah, ließ Bessel nicht weichen. »Hart backbord!«, schrie Raanald.

Die Männer, die im hinteren Teil des Kahns Ruder und Staken führten, kämpften mit ihren Gerätschaften.

Eine Woge krachte von der Seite auf sie herunter. Das Deck neigte sich scharf nach links. Bessel packte nach dem Gehäuse der Maschine, um sich festzuhalten. Sein Stab verfing sich zwischen seinen Füßen. Er überkreuzte die Knöchel, um sein wichtigstes Werkzeug in Reichweite zu behalten.

Die Würdenträger rutschten von ihren Bänken und schlitterten in die dünne Reling des Luxuskahns. Hartholz krachte und splitterte. Feine Seidenkleider und -roben flatterten im immer stärker werdenden Wind. Gliedmaßen verhakten sich; Frauen schrien und Männer keuchten.

»*Hart* backbord, sagte ich«, brüllte Raanald.

Der Mann am Steuerruder schlug seine Ruderpinne hart ein. Holz knirschte, als das Ruder auf die Sandbank traf. Der Griff schwang frei umher, abgebrochen vom Ruder.

Das Boot drehte sich und legte sich auf die Seite. Das Sonnensegel wurde von seinen Pfosten gerissen und flatterte im Wind, der immer kräftiger wehte, auf die Küste zu. Eine weitere

Woge krachte über das Deck und durchnässte die ineinander verhedderten Passagiere. Wieder kam lautes Geschrei auf. Botschafter Jorghe-Rosse murmelte einen Fluch in der Sprache seiner Wüstenkrieger.

Bessel brauchte die Worte nicht zu verstehen, um zu ahnen, was sie bedeuteten. Er schloss die Augen, konzentrierte sich und atmete tief. Beim ersten Anzeichen von Trance schickte er seine Magie in das beschädigte Steuerruder. Der hölzerne Mechanismus widersetzte sich seinen Versuchen, ihn zu beherrschen. Er konzentrierte sich stärker. Sein Magen knurrte vor Hunger. Seine Beine und sein Rücken schmerzten von der Anspannung. Schweiß trat ihm auf die Stirn und wurde von der Gischt der nächsten gewaltigen Woge weggespült, die vom offenen Meer her auf die Küste zudonnerte.

Wenn er nur eine Kraftlinie anzapfen könnte, um Energie für seine Magie zu gewinnen, dann könnte er mit dem Sturm fertig werden, das Ruder wieder zusammenfügen und die Passagiere retten. Doch das konnte und wollte er nicht. Er musste sich mit der schwächeren Drachenmagie behelfen.

Hilfe!, sandte er einen telepathischen Schrei an jeden Magier aus, der ihn vielleicht hörte. *Ich brauche Hilfe, um diese Menschen zu retten.*

Lange geschah nichts. Schweiß strömte ihm über die Stirn und den Rücken, während er mit mehreren Möglichkeiten rang, von denen keine akzeptabel war. Er wünschte sich schmerzlich, er möge die Erlaubnis erhalten, die Kräfte anzuzapfen, die ihm helfen konnten. Doch er wusste, dass er sie nie bekommen würde.

Was immer geschieht, du darfst auf keinen Fall zulassen, dass Jorghe-Rosse etwas zustößt, ließ sich Meister Narbengesicht in Bessels Geist vernehmen, als er schon dachte, die Leere in seinen Gedanken würde für immer andauern. *Der Frieden hängt von Rossemeyers gutem Willen ab. Sie suchen nach einem Vorwand, uns erneut zu überrennen. Du musst um jeden Preis den Botschafter retten!*

Die gebieterische geistige Stimme seines Herrn beruhigte Bessel ein wenig, und das Konzentrieren fiel ihm leichter. Er musste den rückwärtigen Teil des Boots unter Kontrolle bekommen und in die tiefere Fahrrinne schieben.

»Haltet euch von der Sandbank fern. Hart backbord, ihr *s'murghin* Matrosen. Ich sagte HART!« Raanald verließ seinen Posten an der kostbaren Maschine und rannte zum Ruder. »Wusste ich doch, dass hier eine Sandbank liegt; aber die Maschine hat behauptet, sie befände sich zehn Ellen weiter backbord!«

Ein unheilverkündendes Rütteln durchlief das Boot, dann kam es abrupt zum Halten. Das Deck neigte sich scharf nach links und die bereits desorientierten und verstimmten Würdenträger purzelten erneut durcheinander. Sie landeten in einem Knäuel an der beschädigten Reling. Die meisten der schlanken Holzstäbe, aus denen das in erster Linie dekorative Geländer bestand, brachen. Etliche Holzstücke fielen in die brodelnde Bucht, wirbelten ein wenig in den Strudeln am Rand der Sandbank herum und gingen dann unter.

Botschafter Jorghe-Rosse beugte sich über seine Frau, um sie mit seinem Körper zu schützen. Doch die nächste Welle ließ ihn durch das dünne Holz krachen und riss ihn in die tobenden Wogen.

14. Kapitel

Früher Abend, auf dem königlichen Ausflugsboot in der Großen Bucht

Bessel warf seine offizielle Magierrobe und die schweren Stiefel ab und sprang dem Botschafter hinterher. Seinen Stab hielt er vor sich ausgestreckt und leitete seine Sinne hindurch, um seine Wahrnehmung zu verbessern.

Alle seine Instinkte drängten ihn, an Bord zu bleiben und das Problem mittels Drachenmagie zu lösen. Nimbulan hatte ihn gelehrt, wie man mit Problemen fertig wurde. Aber er wusste, dass er nicht genug kommunale Magie auf sich ziehen konnte, um das Hindernis, welches das Boot festhielt, zu beseitigen, die Wogen zu glätten und den Botschafter zu retten.

Zuerst würde er ihn auf ganz und gar nicht magische Weise aus dem Wasser ziehen. Dann würde er sich Gedanken über die anderen Bedrohungen machen. Den Sternengöttern sei Dank, dass er schwimmen konnte.

Kaltes Wasser umgab ihn, betäubte seine Gedanken und sorgte dafür, dass seine Gliedmaßen sich wie Pudding anfühlten. In dem aufgewühlten Wasser suchte er nach einer Spur der schwarzen Robe des Botschafters.

Nichts.

Mit seinen vielen Kleidungsschichten und den darin verborgenen Waffen, wie sie bei den wüstenbewohnenden Söldnern von Rossemeyer üblich waren, konnte Jorghe-Rosse leicht auf den Grund des Wattbodens gezogen werden und dort feststecken.

Bessel tauchte tief hinunter. Das Salz brannte in seinen

Augen, doch er zwang sich, sie offen zu halten. Schlammiges Wasser versperrte ihm die Sicht. Gegenströmungen zerrten an seinen bereits schweren Gliedern. Er legte seine ganze Konzentration in kräftige Schwimmstöße, die ihn auf das Hindernis zutrugen. Mit einem Mal meldete sich seine planetarische Orientierung, und er wusste, wo die Ansammlung von Schlamm, Sand und Treibgut das Boot blockierte und den Botschafter festhielt.

Vor eineinhalb Jahren hatten Nimbulan und König Quinnault eine Invasionsflotte aus Rossemeyer zurückgeschlagen, indem sie den inneren Teil der Bucht mit gefällten Bäumen und anderen Hindernissen gespickt hatten. Jetzt hing der Botschafter in den verrottenden Überresten dieser Verteidigungsanlagen fest. Das Boot war auf der Sandbank, die neben der Blockade lag, auf Grund gelaufen.

Bessels Lungen brannten und schrien nach Luft. Er befand sich schon zu lange unter Wasser.

Mit seinem Stab stocherte er in den Ästen und im Schlamm herum. Mit einem Mal tauchte ein langer weißer Arm in seinem rot umnebelten Blickfeld auf. Die Strömung drückte Jorghe-Rosse mit großer Kraft gegen das Hindernis und hielt ihn so fest, als hätte ein Felsbrocken auf ihm gelegen. Mit Händen und Magie griff Bessel nach ihm. Mit einer Hand konnte er kalte Finger und ein Handgelenk ergreifen, wobei er darauf achtete, oberhalb des Botschafters und der überwältigenden Strömung zu bleiben, und versuchte, an die Oberfläche zu kommen. Den Stab musste er loslassen, doch er wusste, dass er ihm irgendwann von allein folgen würde.

Der Druck in seiner Brust wurde stärker. Seine Beine hatten keine Kraft mehr. Die schlaffe Hand war aus seinem Griff gerutscht.

Er hatte weder genug Kraft noch Luft, um noch einmal nach unten zu gehen. Endlich durchbrach sein Kopf die Wasseroberfläche. Eisiger Regen stach ihn ins Gesicht. Er schloss die

Augen, um den Schmerz zu vertreiben, und holte tief Luft. Dann noch einmal, und ein weiteres Mal.

Ohne nachzudenken, löste er eine Trance aus und erblickte die Kraftlinien, die vor seinem inneren Auge schimmerten. Keine Drachenmagie war zu spüren, die an die Stelle dieser lockenden Energie hätte treten können.

Du musst um jeden Preis den Botschafter retten! Meister Narbengesichts Worte hämmerten wieder in seinem Kopf.

Verdammt sollen die Regeln sein. Der Frieden in Coronnan hängt davon ab, ob dieser Mann in Sicherheit ist. Ich muss ihn retten, ganz gleich mit welchen Mitteln.

Bessel fasste nach der Kraft und ließ sie seine Lungen und seinen Herzschlag kräftigen. Dann tauchte er erneut. Das schlammige Wasser, das von dem Sturm und seinen eigenen Bewegungen aufgewirbelt wurde, klärte sich vor ihm. Er erkannte das Muster der Strömung, die den Körper des Botschafters einklemmte. Sein Stab steckte nicht weit entfernt in der Sandbank.

Bessel packte den Stab und trieb ihn zwischen Jorghe-Rosse und den Baumstamm. Exakt in dem Moment, als die Strömung etwas nachließ, legte er sein ganzes Gewicht auf den Stab und schuf eine Lücke zwischen dem Körper und dem Hindernis.

Mit neuerwachter Kraft und Wendigkeit, und einem Hauch Levitation, bekam Bessel Jorghe-Rosse frei.

Doch mit einem Mal spürte der Magier in ihm, wie der Ertrinkende einen Teil seines Bewusstseins zurückerlangte. Wie jeder Ertrinkende kämpfte Jorghe-Rosse gegen das Wasser, gegen seinen Retter und das drohende Verlöschen seines Bewusstseins. Mit gewaltigem Schwung schlug er um sich und versuchte alles zu treffen, was ihn unter Wasser festhielt. Seine Linke landete auf Bessels Kinn.

Sterne explodierten vor den Augen des Magiers. Das Handgelenk des Botschafters entglitt ihm. Sein Kontakt zu der Kraftlinie und ihrer Magie wurde schwächer. Er schwebte in dem schlammigen, kalten Wasser und wusste nicht mehr, wo oben und unten war.

Jorghe-Rosse riss den Mund auf und rang nach Luft. Doch es war keine da.

Bessel sah nur noch Schwärze. Die Kälte ließ seinen Körper ertauben. Ein letztes Mal packte er verzweifelt nach dem Mann, den er retten musste, und seine Finger verwickelten sich in Stoff.

Genug! Sämtliche Gelenke schmerzten ihn, und er war geschwächt durch den Schlag aufs Kinn und den Verlust seiner magischen Kraft. Mühsam kämpfte er sich nach oben.

Schließlich, nach einer Zeit, die ihm wie eine Ewigkeit vorkam, durchbrach er die Wasseroberfläche. Einige Augenblicke verschwendete er, indem er einfach atmete. Seine Lungen brannten immer noch und protestierten bei jeder Bewegung.

Dann kämpfte er sich auf das immer noch festsitzende Boot zu und zog Jorghe-Rosse hinter sich her.

Hände streckten sich ihm entgegen, um ihm den Botschafter abzunehmen, und zogen Bessel dann an Bord.

»Zu spät, *Magier*«, höhnte Raanald. »Du hast den Botschafter ertrinken lassen. Jetzt gibt es Krieg mit Rossemeyer, und du bist daran schuld.«

*

Hanassa, kurz vor Mitternacht bei Neumond

Rollett blieb im Schatten eines der Felsbrocken stehen, die aus dem Boden des uralten Vulkankegels ragten. Jede dieser Ansammlungen vulkanischen Steins war von Hütten und Tavernen umgeben. Von hier aus konnte er das Tor des Palasts erkennen. Fünfzehn lange Schritte trennten ihn von dem bogenförmigen Eingang in den Klippenwänden, die sich aus der eigentlichen Stadt erhoben. Der erste Kaaliph hatte diesen Palast auf einem bereits existierenden Höhlensystem errichtet. Dadurch, dass er sich im kühlen Inneren der Nordwand ausbreitete, war er der angenehmste Aufenthaltsort innerhalb der natürlichen Schutzwälle der Stadt. Auch andere wichtige Persönlichkeiten lebten in solchen Höhlenwohnungen, zum Beispiel in der Rover-Enklave. Die meisten anderen allerdings mussten sich mit provisorischen Behausungen bescheiden, die sich an die gewaltigen Felsbrocken anlehnten.

Schwärze, finsterer als die dunkle Nacht, stand im Palasteingang. Yaassima hatte nie erlaubt, dass irgendwo in der Nähe eines angreifbaren Eingangs Dunkelheit herrschte. Sie hatte befohlen, den Standort von Fackeln alle paar Minuten zu verändern, um verschiedene Sektoren zu beleuchten, und ihre Wachposten hatten zu jeder Zeit an den Durchgängen gestanden. In der alten Zeit hatte ein Mörder oder Dieb hier kein Versteck gefunden und keine Lücken, durch die er hätte eindringen können.

Bei Piedro hingen die Fackeln fest an ihrem Platz, doch dafür bewegten sich seine Wachposten. Der Rover war ebenso erbarmungslos wie Yaassima, besaß aber nicht ihre Schläue. In den letzten eineinhalb Jahren hatte Rollett festgestellt, dass die meisten Rover selten über das Heute hinausdachten. Sie liebten die Freiheit der Straße, begrüßten jeden neuen Tag voller Freude, am Leben zu sein, und befassten sich mit einer Krise, wenn sie da war. Pläne für ein Morgen zu machen war sinnlos, denn wer konnte schon wissen, ob er morgen noch leben würde.

Die Rover, die in Hanassa festsaßen, frönten gewalttätigen Streitereien und brachten sich oft selbst Verletzungen bei. Die offene Landstraße und ihr Nomadenleben fehlten ihnen, und das belastete ihre geistige Gesundheit.

Piedro bewies die typische Kurzsichtigkeit seines Volks. Seine Launenhaftigkeit und Grausamkeit mochten durchaus ein Zeichen dafür sein, dass er zunehmend den Verstand verlor.

Rollett beobachtete die scheinbar willkürlichen Bewegungen der Wachen, bis er ein Muster erkannte. Menschen fanden stets Trost in Routine. Hartgesottene Attentäter, Diebe oder Terroristen schufen Chaos, funktionierten aber selbst am besten, wenn sie selbst engumschriebenen, geordneten Regeln folgten. Innerhalb weniger Augenblicke wusste Rollett, wann und wie er durch das Vordertor des Palastes marschieren konnte, ohne aufgehalten zu werden.

»Auf mein Kommando huscht ihr durch die Tür, immer nur einzeln. Lauft so schnell und so leise ihr könnt bis zur Halle der Gerechtigkeit. Wartet nicht auf die anderen, bis ihr dort seid«, befahl er den Männern, die sich hinter ihm an die Felswand drückten. »Jetzt!« Er stieß den Ersten voran.

Einer nach dem anderen schlichen sich Rolletts Räuber in den Palast. Rollett fürchtete, die Aussicht auf frische Nahrungsmittel könnte sie leichtsinnig machen. Doch zum Glück trug die Vorsicht, die sie Jahre des Lebens als Geächtete gelehrt hatten, die Oberhand davon. Kurz darauf war Rollett der Einzige, der noch nicht in den Palast gelaufen war.

Er wartete noch ein paar Herzschläge, um sich zu vergewissern, dass die Bewegungsmuster der Wachen sich nicht verändert hatten. Doch der Mann auf der linken Seite, derjenige, der mit einem Speer bewaffnet war, hielt sich nicht daran.

Rollett verhielt mitten im Schritt und verlor fast die Balance. So leise er konnte, setzte er beide Füße auf den Boden und gewann, kurz bevor er flach aufs Gesicht gefallen wäre, sein Gleichgewicht wieder.

Der Wachposten kratzte sich am Gemächt, rülpste und ging weiter.

Aber jetzt hatte der Wachmann auf der rechten Seite sich umgedreht und stand dem Eingang gegenüber.

Rollett hielt den Atem an und wartete darauf, dass die Wachleute ihren normalen Rhythmus wieder aufnahmen. Zwei Mal hin und her, und erneut tauchte eine Lücke in der Überwachung auf. Rollett hüllte sich in einen Schatten und schlüpfte durch den Eingang. Es hatte nur eines kleinen magischen Tricks bedurft, um die Wachen zu täuschen.

Das ging zu einfach. Er hatte schon elf Einbrüche in die Lagerräume des Palasts unternommen, und immer hatte er um jeden Brocken Nahrung, den er dabei eroberte, kämpfen müssen.

Seine Nackenhaare stellten sich auf. Alle Sinne, die er besaß, waren in Alarmbereitschaft versetzt. An der ersten Nische hinter dem Tor blieb er stehen und lauschte.

Nichts. Bis jetzt folgte ihm niemand. Er lief weiter zum Treffpunkt und hielt Ausschau nach dem Aufblitzen einer Fackel, die ihm verraten würde, dass dies eine Falle war.

Als er die Halle der Gerechtigkeit erreichte, waren all seine Sinne zum Zerreißen angespannt. Hier stimmte etwas nicht. Das war zu einfach.

Er blieb vor dem breiten Torbogen stehen, der in den größten Raum innerhalb des Palastkomplexes führte, den Tempel des geflügelten Dämons Simurgh – dem einzigen, den es noch auf Kardia Hodos gab. Die Stadtbewohner nannten ihn heute die Halle der Gerechtigkeit, doch Rollett hatte noch nicht erlebt, dass hier viel Gerechtigkeit waltete – der Tempel war nur ein Ort grausamer Bestrafungen durch Yaassima und jetzt ihre Nachfolger.

Mit Ohren und Geist hörte er sich um und erkannte am Niesen, Füßescharren oder einer gemurmelten Frage, wo genau sich jeder seiner Männer aufhielt. Keiner von Piedros Wachen befand sich in der weitläufigen Halle. Wo steckten sie bloß? Für gewöhnlich musste er bis hierher an einem Dutzend Wachposten vorüber.

Langsam schob er sich durch den Torbogen und hüllte sich dabei weiter fest in seinen magischen Schattenumhang. Später würde er mit Hunger und Erschöpfung für diesen Trick bezahlen. Doch besser müde und hungrig als tot.

Sternengötter! Er wollte nach Hause. Es war leichter gewesen, die Großen Kriege der Spaltung zu beenden und die Kommune der Magier zu begründen, als in Hanassa zu überleben. Die Sehnsucht nach Nimbulan und seinen Freunden in der Kommune schnürte ihm die Kehle zu und drohte ihn zu ersticken.

Er schluckte das Gefühl hinunter. Jede Emotion konnte ihm jetzt gefährlich werden. Wenn er diese Nacht überleben wollte, musste er sich vollständig unter Kontrolle haben.

Im Inneren der Halle angekommen, hielt er sich dicht an der Wand. Nur seine Augen bewegten sich und musterten jeden Spalt, jeden Winkel und jeden Schatten.

Der abscheuliche Steinaltar mit seinen Hand- und Fußfesseln an jeder Ecke befand sich jetzt auf einer Ebene mit dem Boden. Piedro wusste nicht, wie er ihn aufsteigen lassen konnte. Dieses Geheimnis war mit Yaassima dahingegangen. Der neue Kaaliph richtete immer noch Menschen hin; doch ohne den Altar fehlte dem Blutvergießen der Beiklang eines religiösen Rituals.

Wenn Piedro in naher Zukunft ein unrühmliches Ende fand, würde der Simurgh-Kult wahrscheinlich mit ihm sterben.

Der Gobelin hinter der Bühne, die sich links von Rollett befand, hing schlaff und zerfetzt herunter. Von der friedlichen Bergwiese mit dem Wasserfall, die darauf abgebildet war, war nicht genug übrig, um einen bewaffneten Wachposten zu verbergen.

Niemand außer Rolletts Räubern schien sich in dem Raum aufzuhalten.

Er trat aus dem Schatten und bedeutete den sieben Männern, ruhig zu sein. Mit dem Rücken zur Wand umkreiste er die Halle, bis er an die gegenüberliegende Seite gelangte, wo hinter einem weiteren Wandbehang – dieses Mal mit der detaillierten, obszönen Darstellung einer Orgie – eine kleinere Tür verborgen lag.

Die Männer warteten darauf, dass er voranging. Rollett hielt inne und lauschte wieder. Der nach innen führende Gang lag still und leer da. Er erforschte ihn mit allen profanen und magischen Sinnen, die ihm zur Verfügung standen. Doch heute Nacht traute er diesen Sinnen nicht. Inzwischen müssten sie mindestens zehn Wachposten aufgescheucht haben. Doch keiner von ihnen ging seine übliche Patrouille oder schlief in seinem gewohnten Versteck.

Piedro hatte ihnen eine Falle gestellt. Die Frage war nur, wo.

Wenn seine Männer nicht so dringend frische Nahrung gebraucht hätten, hätte er diesen Überfall gleich hier und jetzt abgebrochen. Aber morgen Nacht würde sich die neue Lieferung bereits an einem sichereren Ort irgendwo tief in diesem Höhlenlabyrinth befinden, und diesen Platz hatte Rollett bis jetzt noch nicht entdeckt. Sie mussten die Lebensmittel heute stehlen oder ganz darauf verzichten.

Rollett wies auf seine Augen und Ohren, um den Männern zu bedeuten, dass sie besonders wachsam sein sollten. Dann winkte er ihnen, damit sie ihm lautlos folgten.

Der Gang führte leicht abwärts und bog dann nach rechts ab. Nach links zweigten drei schmalere Korridore ab, und weiter vorn erreichten sie eine größere Gabelung. Der Gang zur Rechten führte abwärts; der linke führte breit und horizontal geradeaus. Aus Erfahrung wussten die Männer, dass der leichtere Weg in einer Sackgasse endete. Diesen Gang hatte Rollett noch nie erforscht. Die Erinnerung an den Geruch frischer Nahrungsmittel trieb ihn in den abfallenden Gang, der in die Mitte des Höhlensystems führte.

Rollett begann das Wasser im Mund zusammenzulaufen. Am liebsten wäre er vorausgerannt und hätte eine Hand voll Obst und Nüsse an sich gerafft. Er hätte einen ganzen Schinken allein verschlingen können. Doch die Vorsicht bewog ihn, langsam zu gehen.

Als er sich der letzten Biegung des Gangs näherte, hob er die Hand, damit die Männer stehen blieben. Erneut horchte er mit allen Sinnen. Alles war ruhig, zu ruhig.

Er wartete hundert Herzschläge lang. Wieder nichts. Noch einmal hundert Herzschläge.

Dieses Mal hörte er das, was ihm bis jetzt im ganzen Palastkomplex gefehlt hatte, nämlich unregelmäßige Atemgeräusche. Hinter der offenen Tür des Lagerraums warteten mehrere Männer.

Rollett hielt den Atem an. Sollte er es wagen, den Überfall trotzdem durchzuführen? Sein Magen knurrte. Er brauchte die Nahrung, die hier gelagert wurde.

Aber hier stimmte noch etwas anderes nicht, abgesehen von den Wachposten, die ihnen auflauerten. Der Lagerraum roch nicht richtig. Es gab hier keine Lebensmittel.

Der Mann, der hinter ihm stand, verlagerte sein Gewicht nach vorn. Rollett streckte die Hand aus, um ihn zurückzuhalten, doch es war zu spät.

»Essen!« Die drei Männer hinter ihm stürmten schreiend und mit erhobenen Keulen voran.

»Wartet«, befahl Rollett. Doch sie ignorierten ihn.

Er hatte keine andere Wahl. Er musste ihnen in die Falle folgen und sie so gut er konnte verteidigen. Mit erhobenem Stab und bis aufs Äußerste geschärften Sinnen rannte er ihnen nach. Die anderen Männer seiner Bande zogen Dolche und Stiefelmesser und stürzten sich ebenfalls ins Scharmützel.

Im Lagerraum flammte helles Licht auf und blendete die Räuber. Rollett widerstand dem Drang, seine Augen mit den Händen zu bedecken. Er verfügte noch über andere Sinne, um die Desorientierung durch das grelle Licht auszugleichen, doch seine Männer hatten diesen Vorteil nicht.

Noch bevor er wieder sehen konnte, war Rollett klar, dass der Kampf verloren war. Er hörte die Schreie sterbender Männer und parierte mit seinem Stab einen Schwerthieb. Das Metall prallte von dem harten, knorrigen Holz ab.

Vor Rolletts Augen nahmen Schatten Gestalt an. Er drehte den Stab, sodass er das eine Ende umfasste, und schlug dem angreifenden Wachposten das andere unters Kinn. Der große Mann taumelte zurück und wedelte mit den Armen.

Rolletts Leuten erging es nicht so gut wie ihm. Er zählte zwei, die stark blutend am Boden lagen. Die anderen waren in großer Bedrängnis und zahlenmäßig zwei zu eins unterlegen.

»Rückzug!«, brüllte er, während er einem der Palastwachen seinen Stab in den Leib rammte. »Wir ziehen uns zurück!«

Er folgte seinem eigenen Befehl und zog sich aus dem Lagerraum zurück. Zwei Wachen folgten ihm dichtauf.

Rollett fuhr herum und rannte den gewundenen Gang entlang. Es gefiel ihm nicht, seine Männer zurückzulassen, damit sie allein weiterkämpften. Doch so waren nun einmal die Regeln in Hanassa.

Der Boden war mit losem Sand bedeckt, der unter seinen eiligen Schritten wegrutschte. Er schlitterte auf die Gabelung hinaus. Eine Barriere aus weiteren Wachposten versperrte den Hauptkorridor, der zurück in die Halle der Gerechtigkeit führte. Dort würde er nie durchkommen. Selbst mit Magie konnte er es nicht mit allen auf einmal aufnehmen.

Außerdem hatte er keine Magie mehr zur Verfügung. Seine begrenzten Reserven hatte er für die Schatten- und Tarnzauber aufgewendet, durch die sie in den Palast gelangt waren.

Er rannte schneller, obwohl er dadurch stärker rutschte, und bog scharf in den abwärts führenden Tunnel ein, den er noch nie erkundet hatte.

Sternengötter! Ich hoffe nur, das ist keine weitere Sackgasse.

Schweiß lief Rollett über den Rücken. Seine Beine fühlten sich schwer an. Kaum vermochten seine Lungen die heiße Luft einzusaugen, und das Herz hämmerte ihm laut in den Ohren; fast so laut wie die schweren Schritte, die hinter ihm über den Boden aus gestampfter Erde donnerten.

Der Boden wurde steiler; die Wände waren hier rauer, eher wie die einer natürlichen Höhle, und offensichtlich nicht von Menschenhand geglättet oder erweitert.

Auf der Schicht aus feinem Sand, die den Boden bedeckte, fand er nur schwer Halt; doch das galt auch für die Wachen, die sich hinter ihm befanden. Vor ihm tauchte eine scharfe Biegung auf. Er versuchte, sein Tempo zu vermindern, krachte jedoch gegen die Wand. Auf dem losen Sand verlor er das Gleichgewicht, und er polterte weiter. Er stürzte in die neue Richtung und versuchte, seinen Schwung zu kontrollieren. Seine Füße rutschten in verschiedene Richtungen davon, und er stürzte schwer auf die Seite.

Der Länge nach rutschte er den Gang entlang und schlug mit dem Kopf gegen das Eisengitter eines verschlossenen Tores.

15. Kapitel

Die Grube unterhalb der Stadt Hanassa, Zeit: unbekannt

»Alle Gänge führen zurück zur Alten Bertha«, meinte Powwell und trat eines der verrosteten Rohre beiseite, mit denen die gewaltige Höhle übersät war. Sie wanderten schon seit Stunden umher. Oder waren es Tage? Er wusste es nicht mehr. Die Durchgänge durch das Drachentor hatten seine Zeitwahrnehmung zerstört. Er musste essen und schlafen, bevor seine Sinne wieder richtig funktionierten.

»Die Gänge haben schon immer hierher geführt«, gab Yaala zurück. Ihr Blick wirkte glasig und verzückt. Sie hob ein Rohrstück auf und begann mit dem Messer, das sie am Gürtel trug, liebevoll den Rost abzukratzen. Die Klinge wurde schnell stumpf, doch sie gab nichts darauf, so vertieft war sie in ihre Tätigkeit und in die Not ihrer Maschinen.

»Nein, Yaala. Die Tunnel und Höhlen haben alle an den Rand der Grube geführt. Diese Höhle besitzt nur einen oder zwei Ausgänge, die über dem Lavakern liegen. Es gibt aber noch Dutzende anderer. Wie gelangen wir dorthin?« Powwell überprüfte den Tunnelausgang, der zum Drachentor führte. Bis jetzt waren die Farbwirbel noch nicht wieder aufgetaucht. Etwas stimmte hier ganz und gar nicht. Das Tor hatte sich immer willkürlich geöffnet und geschlossen, aber selten hatten dazwischen mehr als hundert bis tausend Herzschläge gelegen.

»Nun ja, wir haben die Wohnhöhle gefunden. Sie ist menschenleer, aber voll mit Lebensmitteln. Im Moment kommen wir zurecht.« Yaala fuhr fort, das zerbrochene Rohr zu reinigen, wobei sie häufig das offene Ende mit den anderen Stücken verglich.

»Wach auf, Yaala. Denk nach. Wir müssen von hier verschwinden.« Er packte sie bei den Schultern und schüttelte sie. Sie ließ die Rohrstücke fallen, und heißes Wasser spritzte auf die beiden.

»Ohne die Maschinen können wir nichts ausrichten. Die Alte Bertha braucht mich«, protestierte sie, als er aufhörte, sie zu schütteln.

»Hanassa braucht dich, Yaala. Die Stadt braucht eine starke Führung. Die Maschinen sind nichts. Sie bedeuten keine Macht; sie sind nur Werkzeuge.«

Sie starrte ihn an, als wäre er das dümmste Wesen auf ganz Kardia Hodos.

»Ich brauche dich, Yaala. Ich brauche deine Hilfe, um meine kleine Schwester zu finden. Du musst mir von deiner Kraft abgeben, damit ich nicht Amok laufe und jeden in dieser Stadt umbringe, bis ich Kalen finde. *Wir beide* müssen Rollett finden und ihn nach Hause schicken, um Nimbulan zu unterstützen. Jetzt hör schon auf, so viel Aufhebens um die Alte Bertha zu machen, und hilf mir, einen Weg nach draußen zu finden.«

Sie drehte den Kopf weg und gab keine Antwort.

Wieder sah Powwell in den Tunnel, um festzustellen, ob das Drachentor sich öffnete. Doch er ließ Yaalas Schultern nicht los. Er brauchte den körperlichen Kontakt, um sich zu versichern, dass sie beide lebten und noch etwas zu erledigen hatten.

»Da. Diese Stücke passen zusammen. Ich wette, ich kann das ganze Rohr wieder zusammensetzen. Anschließend werde ich die Leitungsschächte vom Schutt befreien und die Leitungen wiederherstellen, die zu Liise führen. Viel Trizität erzeugt sie nicht, aber ich müsste ihr genug entlocken können, um einige der Fernbies zu kontrollieren«, erklärte Yaala. »Vielleicht können wir mit Liise ja die Alte Bertha starten.«

»Was nützen uns Trizität und Fernbies, die Magie vortäuschen, solange wir nicht aus der Grube hinauskommen, um sie zu benutzen? Was nützen sie mir, um Kalen zu finden? Vor allem, wenn sie wirklich den Keim der Seuche in sich tragen. Es wird keine Stadt mehr geben, auf die du Anspruch erheben kannst, wenn deine verfluchten Maschinen eine Seuche ausbrüten, die jeden umbringt, uns eingeschlossen.«

»*Meine* Maschinen würden nie jemandem etwas tun.« Yaala machte sich von ihm los und begann wieder an dem verrosteten Rohr zu arbeiten. »Ich muss mehr über die Trizität und Yaassimas Spielzeuge wissen, bevor ich mein Erbe einfordern kann.«

Mit einem Mal fand er Kalen mit ihrem verstockten Schweigen und ihrem egoistischen Bedürfnis, die Menschen um sie herum zu kontrollieren, anziehender als Yaala, die besessen von ihren Generatoren und Transformatoren war.

Er sehnte sich danach, seiner Schwester alles zu erzählen, was er seit ihrer Trennung erlebt hatte. Sie unterstützte seine Gedankengänge mit unerwarteten Einfällen. Immer wieder stellte sie die Frage nach dem »was wäre, wenn« und verschaffte ihm einen neuen Blick auf Probleme, ja auf das ganze Leben.

Ob sie im vergangenen Jahr gewachsen war? Hatte sie wohl noch Wiggles, das Frettchen, das ihr magischer Gefährte war?

»Natürlich musst du Kalen suchen«, sagte Yaala, nachdem sie eine Weile geschwiegen hatte. »Sonst wirst du nicht glücklich. Und anschließend kommst du zurück und hilfst mir bei den Maschinen.«

»Nein, Yaala. Sobald Kalen frei ist, komme ich nie wieder hierher.«

Sie schien ihn nicht zu hören. Die Maschinen nahmen ihre ganze Aufmerksamkeit gefangen, fast als hätten sie einen Zauber über sie geworfen.

Er begriff, dass ihr Streben, Kaalipha zu werden und über Hanassa zu herrschen, nur ein Vorwand war, um ihren Maschinen nahe zu sein. Er hätte wissen müssen, dass es so weit kommen würde. Die Maschinen waren ihre Familie; sie war zu ihnen heimgekehrt. Würde Powwell jemals in die Kommune zurückkehren? Nicht ohne seine Schwester.

»Warum haben sich denn nun die Höhlen verändert? Es braucht mehr als ein Erdbeben, um ein so ausgedehntes Labyrinth zu verschieben.«

»Einige der Tunnel sind zusammengebrochen. Vielleicht haben wir uns verlaufen, weil der Hauptausgang aus der Wohnhöhle mit Schutt blockiert ist.« Yaalas Blick wirkte ein wenig heller, als ihre Gedanken sich mit etwas anderem als ihren zerstörten Maschinen beschäftigten.

»Oder das Geistwesen verbirgt den Ausgang vor uns, damit wir nicht hinauskönnen«, überlegte Powwell, als er erneut einen Blick auf einen weißen Rauchfetzen am Rand seines Sichtfelds erhaschte. Er drehte sich, um einen direkten Blick auf die Stelle zu werfen, wo der Geist gewesen war, aber er – sie? – war wieder verschwunden.

»Geh du nachsehen, Powwell. Ich möchte hier noch etwas überprüfen ...«

»Wir machen das gemeinsam, Yaala. Komm. Sofort. Du kannst dich mit deinem Spielzeug beschäftigen, nachdem wir einen Weg nach draußen gefunden haben.« Er fasste ihre Hand und zog sie hinter sich her in die Höhle, in der die Nahrungsmittel gelagert waren. Einst hatte sie mehrere hundert Sklaven beherbergt, darunter Yaala und ihn selbst. Sie alle hatten zu Yaala als ihrer Anführerin aufgesehen. War sie damals schon so besessen gewesen?

An der ersten Tunnelgabelung blieb Powwell stehen. Er sah nach links. Wenn sein Gedächtnis ihn nicht trog, wurde dieser Tunnel schmaler und endete in einer Sackgasse. Dann schaute er nach rechts, und vor atavistischer Furcht stellten sich seine

Nackenhaare auf. Thorny sträubte sich, stach Powwell und drängte ihn, nach links zu gehen – nur weg vor der primitiven Angst, die von dem Tunnel zur Rechten ausstrahlte. Dort erwartete sie etwas Schreckliches. Sie mussten umkehren, eine andere Richtung einschlagen. Der Igel zwitscherte panisch vor sich hin. Doch Powwell bog trotzdem in diesen Tunnel ein. Er war hier schon drei Mal auf Erkundung gegangen und hatte dabei die Tunnel gemieden, in denen er sich zu stark bewusst wurde, dass über ihm viele tausend Tonnen Erde auf das schwache Tunnelsystem drückten; wo er ein zu starkes Gefühl für die begrenzten Luftvorräte und für seine eigene Sterblichkeit empfand.

Jetzt setzte Powwell sich über seine Ängste hinweg und strebte weiter. Immer wieder sagte er sich, dass dieses weibliche Spukwesen ihn zum Bleiben bewegen wollte. Deswegen flößte sie ihm und Thorny Furcht vor Dingen ein, die nicht wirklich existierten.

Sie durchquerten die Wohnhöhle, hielten aber nicht an, um aus dem ekelhaft stinkenden Wasserlauf zu trinken. Vor einem Jahr hatte er viel zu viel von dem mit Schwefel versetzten Wasser getrunken, weil es nichts anderes gegeben hatte und er verhindern musste, dass sein Körper in der enormen Hitze, die in den Tunneln herrschte, zu Staub verglühte. Nicht einmal Thorny bat darum, getränkt zu werden.

Endlich begannen die Tunnel anzusteigen. Die Luft war frischer, und die Temperatur fiel. »Ich glaube, wir haben es gefunden, Yaala.« Er zupfte an ihrer Hand, um sie zur Eile anzutreiben, denn er konnte es gar nicht erwarten, die Höhlen zu verlassen.

Auf dem letzten Anstieg, der zum Tor führte, wurden sie langsamer. Instinktiv hielten sie sich im Schatten der Tunnelwände. Liises gelbes Deckenlicht reichte nicht bis hierher, daher mussten sie auf dem unebenen Grund vorsichtig ihren Weg suchen. Durch das Licht, das hinter ihnen einfiel, konnten sie in dem Dunkel, das vor ihnen lag, nichts erkennen.

Powwell schloss die Augen und schickte seine magischen Sinne voraus. Das Problem war, dass er nicht mehr viel Drachenmagie gespeichert hatte. In diesem Moment war Thornys Geruchssinn wahrscheinlich zuverlässiger als Powwells magische Fernsicht.

»Thorny riecht da vorn einen Menschen«, flüsterte er und hielt inne, um den Sinneseindruck mit seinem Gefährten auszutauschen. »Blut, Schweiß und Angst.«

»Wer?«, fragte Yaala und spähte ins Dunkel.

»Es gibt nur eine Möglichkeit, das herauszufinden. Sei ganz leise.« Langsam schlichen sie voran und hielten sich dabei fest an den Händen. Powwell hielt die freie Hand vor sich ausgestreckt.

Endlich traf er auf eine der metallenen Gitterstangen, aus denen das Tor bestand. Aus dem höheren Teil des Tunnels drang ein Lichtschimmer, in dem er das Gittermuster erkannte. Er fand auch die quadratische Platte, die das Schloss beherbergte. Auf der anderen Seite lag eine reglose Gestalt, die mehr aus Lumpen als aus allem anderen zu bestehen schien.

Sanft drückte er mit der Hand gegen die Region, die den Kopf des Haufens bildete.

»Huh?« Ein Mann schüttelte den Kopf und sah aus trüben Augen zu ihnen auf.

»Rollett?«, fragte Powwell. »Diese blonden Strähnen in deinem schwarzen Bart würde ich überall erkennen. Was machst du hier, Rollett?«

»Ich hätte mit den anderen sterben sollen«, murmelte Rollett.

*

Kurz vor Mitternacht an dem Tor zwischen der Grube und dem Palast des Kaaliphen von Hanassa

Yaala bückte sich, um das sprechende Lumpenbündel genauer anzusehen. In der Tat, in dem Lichtschimmer, der aus den unteren Regionen der Höhlen heraufdrang, erkannte sie hellere Strähnen in dem Haar und Bart des Mannes. Im selben Licht sah sie, dass seine Augen feucht waren.

»Ich muss zurück. Dort oben sterben meine Männer.« Rollett regte sich, als wolle er aufstehen, und sackte dann wieder an den Eisenstangen des Tors zusammen.

»Wo bist du verletzt?«, fragte sie.

»Ich ... keine Ahnung. Mir tut alles weh. Aber Verletzungen?« Er klopfte seine Mitte ab, doch seine Hände blieben trocken. »Kein Blut«, meinte er achselzuckend. Dann zuckte er zusammen, als schmerze ihm von der Bewegung schon der Kopf.

»Leuchte mir, Powwell«, befahl sie.

»Ihr müsst mir helfen, von hier zu fliehen«, flüsterte Rollett ängstlich. »Die Wachen sind direkt hinter mir, und sie wollen Blut. Mein Blut. Sie haben bereits drei meiner Männer getötet.«

»Der Gang ist aber leer«, erklärte Powwell. Er öffnete die Faust; auf seiner Handfläche lag eine Kugel Hexenlicht.

»Was?« Rollett hievte sich auf einen Ellbogen hoch. Seine Schmerzen und Beschwerden waren vergessen, als er den aufwärtsführenden Weg zum Palast entlangsah.

»Thorny riecht niemanden außer uns, und meine Magie regt sich nicht – zumindest vermeldet sie mir niemanden außer dem kleinen Spukwesen«, erklärte Powwell. Der kleine Igel steckte das Köpfchen aus Powwells Tasche und zuckte mit der Nase. Auch dass er draußen blieb und nicht wieder in seine Deckung huschte, war ein eindeutiges Zeichen dafür, dass niemand in der Nähe war.

»Bist du dir ganz sicher? Sie waren mir direkt auf den Fersen und brüllten, dass sie mich umbringen würden. Piedro hatte mir und meinen Männern eine Falle gestellt. Meine Leute ...« Er stöhnte und legte sich wieder hin. »Ich habe sie im Stich gelassen und vor mir selbst versagt.«

»Derselbe Piedro, der versucht hat, die Königin am Vorabend ihrer Hochzeit zu ermorden?«, fragte Yaala. Ein nagender Verdacht wuchs in ihr. Piedro wusste, wie das Drachentor funktionierte, und er hatte einen Verbündeten in König Quinnaults Palast, der ihm geholfen hatte, aus einem magisch versiegelten Kerker zu entkommen.

»Was für eine Königin?« Rollett richtete seinen durchdringenden Blick auf sie.

»Natürlich, du weißt ja gar nicht, dass König Quinnault die Prinzessin von Terrania geheiratet hat«, gab Powwell zurück. »Wir haben auch erst bei unserer Rückkehr nach Coronnan davon erfahren.«

»Ihr seid zurückgekehrt? Wie? Wann?« Rollett stützte sich an den Gitterstäben ab und zog sich in eine kniende Stellung hoch.

Im letzten Schimmer des Hexenlichts sah Yaala, dass sich von der Schläfe ausgehend eine dicke Beule auf der linken Seite von Rolletts Gesicht zu bilden begann. Sicher hatte er Schmerzen, die bei jeder Bewegung schlimmer werden mussten.

Sie konnte nicht umhin, seine feingeschnittenen Züge mit den hohen Wangenknochen und der geraden Nase zu bemerken, die über dem ordentlich geschnittenen Bart lagen. Ein aristokratisches Gesicht, obwohl sein Akzent auf eine bäuerliche Herkunft schließen ließ. Er mochte nur Lumpen zum Anziehen haben, doch er wirkte sauber und gepflegt. Eine bewundernswerte Leistung in der stinkenden Stadt über ihnen.

»Wie seid ihr entkommen?«, verlangte Rollett zu wissen. »Ihr müsst mich hier herausholen. Ich kann hier nicht länger bleiben. Ich muss fort! Und ich muss eine Möglichkeit finden, meine Männer zu befreien.« Mit aller Kraft rüttelte er an dem Tor, doch das Metall blieb fest verschlossen. »Ich habe es versprochen …« Seine leisen Worte gingen in einem erstickten Laut unter, der fast wie ein Schluchzen klang.

Powwell starrte seinen Magierkollegen an und gab keine Antwort. Rollett hatte nicht von Kalen gesprochen, nur von seinen Männern. Das Schweigen zwischen ihnen dauerte lange.

»Es gibt einen Ausgang in der Nähe des Lavakerns«, sagte Yaala schließlich. »Er ist magisch. Ab und zu verwandelt sich die Mündung eines der kleinen Tunnel in ein Tor, das in einen anderen Teil der Welt führt. Innerhalb weniger Herzschläge kann man Tausende von Meilen fort sein. Von diesem Ende an gelangt man zu unendlich vielen Zielpunkten, doch umgekehrt führen alle diese Portale wieder nach Hanassa zurück. Wenn das Drachentor allerdings nicht offen ist, stürzt man in die brodelnde Lava.«

Zum Zeichen, dass er begriffen hatte, nickte Rollett. Mit aufgerissenen Augen zog er seine Schlussfolgerungen aus dem Gehörten. »So sind also Nimbulan und Myri letztes Jahr geflohen. Yaassima muss es benutzt haben, um ihre Meuchelmörder und Räuber in die ganze Welt auszuschicken. Und Piedro kann auf diese Weise Nahrungsmittel und Nachschub herbringen, ohne sie durch die Stadt zu transportieren. Das Drachentor muss der Grund dafür sein, dass er wiederholt unsere Versuche unterbunden hat, Ausgänge an der Oberfläche zu bauen. *Er* braucht sie ja nicht, also sollen wir sie auch nicht haben. Aber er gewährt uns auch keinen Zugang zum Drachentor.«

»Nach dem großen Erdbeben im letzten Jahr hat sich das Drachentor verändert«, setzte Powwell hinzu. »Es wird sich erst wieder beim nächsten Neumond öffnen.«

»Neiiin!«, heulte Rollett. »Sagt mir nicht, dass ihr ohne Nahrungsmittel durch das Tor gekommen seid. Ohne dieses Essen können wir nicht weiterexistieren.«

»Hier unten sind Nahrungsmittel gelagert. Wir haben nur bis auf die Reiserationen in unseren Bündeln nichts davon mitgebracht.« Yaala dachte an die schweren Schlitten, welche die Rover durch das Tor zu bringen versucht hatten. Lebensmittel für eine Stadt, die Hunger litt. Ihre Stadt, wenn es ihr gelang, ihren Anspruch durchzusetzen. Ob Rollett ihr dabei helfen oder sich ihr in den Weg stellen würde?

Wahrscheinlich war er in dieser Stadt inzwischen heimischer als sie. Er hatte eineinhalb Jahre lang unter ihren Bewohnern gelebt und gearbeitet. Sie hatten ihm geholfen, gegen den neuen Kaaliphen zu rebellieren und erkannten ihn als ihren Anführer an.

Alles, worauf sie sich berufen konnte, waren ein paar halb zerstörte Maschinen. *Habe ich mein und Powwells Leben riskiert, um mir Hanassa zurückzuholen, oder nur, um bei meinen Maschinen zu sein?*, fragte sie sich zum ersten Mal. Darüber musste sie eine Weile nachdenken.

Wer war ihr wichtiger, wer ersetzte ihr am ehesten eine Familie: Powwell oder die Alte Bertha? Der große Generator war zerstört und würde sich nie wieder zum Leben erwecken lassen.

War von ihrer Stadt noch etwas übrig, das sie einfordern konnte?

Im Moment wusste sie nur, dass Rollett sie dazu brachte, alles zu hinterfragen, wovon sie bis jetzt überzeugt gewesen war.

Rolletts Blick hellte sich ein wenig auf, und seine Miene glättete sich. »Was für Nahrungsmittel?«

»Die Wohnhöhle ist voll mit Mehl und ungemahlenem Getreide, Fässern mit gesalzenem und eingelegtem Fleisch, Trockenfrüchten, Wurzelgemüse und ein wenig Wein«, antwortete sie.

Die Erde bebte unter ihnen, und Powwell musterte nervös die Tunneldecke. Er hielt sich an der nächstbesten Wand fest, schloss die Augen und atmete tief.

Sternengötter! Wie mochte es in der Stadt aussehen, wenn es ständig Erdbeben gab und Piedro den Menschen das Notwendige an Nahrung vorenthielt?

Der Boden hörte auf zu zittern.

»Hier versteckt also Piedro seine normalen Vorräte. Alles ist alt, und vieles von Maden befallen.« Rollett schloss die Augen, und seine Schultern sackten nach vorn. »Es ist besser als nichts, aber nie genug. Piedro teilt die Nahrungsmittel in Hungerrationen aus.« Das Erdbeben schien er kaum bemerkt zu haben.

»Hier unten gibt es auch Wasser«, erinnerte ihn Yaala. Sie wusste, wie knapp das Wasser in den Brunnen der Stadt werden konnte, wenn in den umgebenden Bergen der Winter trocken gewesen war. Wenn man sein Leben lang nichts anderes getrunken hatte als das stark mit Mineralien versetzte und schwefelhaltige Wasser von Hanassa, kam einem das Süßwasser von Coronnan geschmacklos vor.

»Macht das Tor auf. Ich muss nachsehen, was hier gelagert ist und was wir oben am dringendsten benötigen.« Rollett leckte sich die Lippen und starrte über Yaalas Schulter sehnsüchtig in die tiefer liegenden Höhlen hinein.

»Ich kann dieses Tor nicht öffnen«, gab Powwell zurück. »Yaassima hat es mit Trizität betrieben, und es ist mit einem normalen Schlüssel nicht zu bedienen.«

»Als Nimbulan mit Myri und den anderen geflohen ist, hat er es aufgebrochen und wieder verschlossen«, rief Yaala ihm ins Gedächtnis. »Piedro benutzt es seit über einem Jahr.«

»Wenn ich nur genug Kraft hätte, um meine Magie einzusetzen, könnte ich es sprengen.« Wieder rüttelte Rollett an dem Tor.

Das Murmeln des Wasserlaufs wurde lauter. Nein, das war nicht der Bach. Stimmen drangen aus dem oberen Gang zu ihnen.

»Die Wachen kommen!« Rollett fuhr herum und presste sich mit dem Rücken gegen das Tor. »Ich sitze in der Falle. Dieses Mal lässt Piedro mich bestimmt hinrichten. Seine Gemahlin hat seit fast einer Woche kein Blut mehr gekostet.«

16. Kapitel

Kurz vor Mitternacht, Große Halle des Reveta-Tristile-Palasts, Hauptstadt Coronnan

Bessel schleppte sich in die Große Halle von König Quinnaults Palast. Eisiges Wasser aus der Bucht tropfte aus seinen Hosen, und seine Stiefel quietschten bei jedem Schritt. Er hatte sich die offizielle Robe wieder über seine Alltagskleidung geworfen, aber inzwischen war sie fast so durchgeweicht wie alles andere an ihm. Er hatte zwar seine Stiefel ausgeschüttet und seine Socken ausgewrungen, doch davon wurden sie nicht trocken.

Seit er Botschafter Jorghe-Rosse aus Rossemeyer aus der Bucht gezogen hatte, waren Stunden vergangen, in denen sie auf Hilfe gewartet hatten und er verhört worden war.

Sein Elend verfolgte ihn bei jedem Schritt, genau wie der zottelige weiße Straßenköter mit dem langen, lockigen Fell, der ihm schon seit der Anlegestelle nachlief und sich immer wieder an ihn schmiegte. Am liebsten hätte Bessel ihn mit einem Tritt aus dem Weg befördert, doch das Tier sah ebenso niedergedrückt und einsam aus, wie er sich fühlte, daher ließ er zu, dass es neben ihm herlief, als er den anderen Schiffbrüchigen von dem Ausflugsboot folgte.

Bewaffnete Wachen aus König Quinnaults Leibgarde sowie aus Rossemeyer hatten sie beim Anlegen erwartet.

Vier Krieger aus Rossemeyer mit strengen Mienen hatten sie vom Hafen in den Palast geführt. Ihren toten Botschafter hatten sie auf einer Bahre getragen. Zu ihrem Schutz hatten vier weitere Krieger sie flankiert. Hinter ihnen kamen die anderen

Würdenträger und ihre Frauen, die immer noch nass und durchgefroren waren. Die Palastwachen hatten sie mit warmen Decken und Umhängen versorgt. Um Bessel hatte sich niemand gekümmert.

Bis auf den Hund. Wenn er sich an Bessel rieb, wurde ihm ein wenig wärmer.

Jorghe-Rosses Frau stand ein wenig beiseite. Ihre Augen waren trocken, und sie reckte entschlossen das Kinn. Falls sie trauerte, zeigte ihre Haltung jedenfalls nichts davon.

Bessel, der Lotse und die Ruderer bildeten zusammen mit dem schmutzigen Hund die Nachhut. Bessel brauchte die Gedanken der Seeleute nicht zu lesen, um ihre Furcht wahrzunehmen. Niemand wusste genau, wie die frischgebackene Witwe den Tod ihres Mannes rächen würde. Sicher war nur, *dass* sie auf Rache sann.

An beiden Enden der gewaltigen Halle brannten große Kaminfeuer. Die Würdenträger strömten zu den Feuerstellen, wo es trotz der späten Stunde hell und warm war. Wandteppiche und Blumensträuße verliehen dem Raum eine gemütliche, einladende Atmosphäre. König Quinnault und Königin Maarie Kaathliin hatten ihren großen Empfangssaal in ein Heim verwandelt, in dem sich Bittsteller bei Hof willkommen fühlten, statt sie in einem kalten, abweisenden Raum vor der Gerechtigkeit zittern zu lassen.

Bessel glaubte nicht, dass es Gerechtigkeit geben würde, solange Rossemeyer damit zu tun hatte. Diese Nation von Söldnern schuf sich ihre eigenen Gesetze, die nichts mit dem Rest der Zivilisation zu tun hatten.

Durch eine kleine Tür im Hintergrund traten der König und die Königin in den Saal. Der König trug noch einen ledernen Reitanzug, der mit Pferdeschaum befleckt war, als hätte er sein Reittier gnadenlos angetrieben, um herzukommen. Königin Maarie Kaathliin drückte ihr Kind an sich, während die beiden zu den Zwillingsthronen auf dem niedrigen Podium schritten, und sah sich immer wieder nervös um. Für gewöhnlich ließ sie das Kind bei den Dienstboten, wenn sie ihren Gatten in offizieller Mission begleitete. Doch heute wies sie die Kinderfrau zurück, die immer wieder versuchte, ihr das Baby abzunehmen.

Meister Narbengesicht und einige andere Meistermagier betraten den Saal und schoben die Menge der Höflinge beiseite. Narbengesicht bezog seine Stellung zwischen den Thronsesseln; die anderen Meistermagier flankierten das königliche Podium. Bessel versuchte, Narbengesichts Blick aufzufangen. Doch der Oberste Magier sah in jede Ecke des Raums, nur nicht dorthin, wo Bessel stand.

Bessel schickte seinem Meister eine vorsichtige mentale Frage. Narbengesicht behielt seine gleichmütige Haltung bei und reagierte nicht.

Windhauch, der gleich rechts vom Thron der Königin stand – ein Mann, den Bessel kaum kannte, der aber in den letzten Wochen ein enges Verhältnis zu Narbengesicht entwickelt hatte –, schickte einen forschenden Energiestrahl in Bessels Geist. Bessel nahm ihn als glühenden gelben Pfeil wahr, der auf sein rechtes Auge zuschoss. Doch eine Haaresbreite, bevor es ihn berührte, hielt das Energiebündel inne, kehrte um und raste mit doppelter Geschwindigkeit auf seinen Urheber zu. Der Magier fuhr zurück und schlug vor Schmerzen die Hände vor die Augen.

Erschrocken riss Narbengesicht die Augen auf, und seine Miene wurde noch finsterer.

Bessel zuckte die Achseln. Der Magier hatte nicht um Erlaubnis gebeten. Seit seinen Kindheitserlebnissen bei den Geächteten war kein Magier mehr in der Lage gewesen, Bessels Gedanken ohne seine Zustimmung zu lesen.

Nun würden sie ihn bestimmt ins Exil schicken, und er wäre allein, ohne die Familie der Kommune.

Der Hund ließ sich auf seinen Fuß plumpsen. Na schön, vielleicht nicht ganz allein. Aber ein Hund war kein Ersatz für eine Familie.

Dürfte ich um deine Version der Ereignisse ersuchen? Bitte?, fragte Windhauch auf telepathischem Weg verbindlich. Seine rote, mit Grau gesprenkelte Mähne, die er normalerweise aus dem Gesicht gekämmt trug, umstand seinen Kopf und knisterte noch von der Energie, mit der der Rückschlag seines Machtstrahls hineingefahren war.

Da Ihr höflich darum gebeten habt... Bessel öffnete seinen Geist und ließ die Erinnerung an die Ereignisse des Nachmittags hinausströmen.

Narbengesicht wirkte immer noch zornig und verwirrt. Leitete Windhauch die geistigen Bilder seinem Vorgesetzten weiter oder nicht? Windhauch war nicht bei Narbengesicht gewesen, als dieser in der Bibliothek die Bücher aussortiert hatte. Vielleicht – aber nur vielleicht – konnte man ihm trauen.

»Mein Beileid, Madame«, sagte König Quinnault und fuhr von seinem Thron hoch, um beide Hände von Lady Jorghe-Rosse zu ergreifen. Er strahlte Mitgefühl aus. »Auch ich habe schon viele geliebte Menschen verloren. Was können wir tun, um Euch und Eurem Gatten die Ehre und den Respekt zu erweisen, der ihm zukommt?« Seine Empathie erstreckte sich auch auf Bessel und die anderen.

»Mein Gatte hat sich als General auf dem Schlachtfeld Ehre erworben, so wie es die Pflicht eines jeden Mannes aus Rossemeyer ist«, gab Lady Jorghe-Rosse zurück. »Er ist nicht in der Schlacht gefallen, wie es sein Recht war.« Ein fanatisches Glühen stand in dem Blick, mit dem die Lady Bessel unumwunden anstarrte.

In seiner Magengrube begann sich eine Kälte auszubreiten, die eisiger war als die Wasser der Bucht, die seinen Körper hatten erstarren lassen. In den Augen von Obermagier Narbengesicht stand die gleiche Bösartigkeit wie in denen der Dame.

»Ein Leben für ein Leben«, forderte Lady Jorghe-Rosse.

Die Königin keuchte und umschlang ihr Baby fester. Alle anderen in der Großen Halle standen in verblüfftem Schweigen da. Alle bis auf die Magier, die zustimmend nickten.

»Das kann ich nicht tun, Madame«, erklärte Quinnault und hielt dem Blick der Lady unerschütterlich stand.

»Dann muss ich mir selbst nehmen, was mir zusteht.« Die Frau riss einen Dolch aus den tiefen Falten ihres schwarzen Umhangs. Die geriffelte Klinge war so lang wie ihr Unterarm. Der Tod durch diese Hände würde weder sauber noch schnell sein. Bedrohlich hob sie das Messer gegen den König.

Die Krieger legten die Leiche auf dem Boden ab und zogen ihre rasiermesserscharfen Klingen.

Bessel brach auf Stirn und Rücken der kalte Schweiß aus.

Er wollte nicht sterben.

Der Hund bezog schützend Stellung vor ihm und bleckte die Zähne. Ein Knurren stieg aus seiner Kehle auf, das viel tiefer und lauter klang, als man es von einem Straßenköter dieser Größe hätte erwarten können. Bessel bückte sich und berührte die verfilzten Zotteln, hinter denen sich die Augen des Tieres verbargen, und das Knurren verwandelte sich in ein genüssliches Winseln.

Wenn du bei mir bleiben willst, werde ich dir als Erstes ein Bad verabreichen, sprach er den Hund mental an.

Dieser ließ sich zu Boden fallen und schlug die schlammbedeckten Pfoten über den Kopf, so als hätte Bessel laut gesprochen, und er hätte das Wort »Bad« verstanden.

»Es darf keine weiteren Toten mehr geben!«, keuchte Königin Maarie Kaathliin. Nicht größer als ein junges Mädchen, trat sie neben ihren hochgewachsenen Mann und sah Lady Jorghe-Rosse bestimmt entgegen. Auch jetzt gab sie das Kind noch nicht an die Magd ab, die ihr auf Schritt und Tritt folgte.

Die Frau des Botschafters steckte die Klinge nicht weg. Sie sah auf die rothaarige Königin hinunter wie eine hohe, dunkle Lilie, die verächtlich eine kleine Wildrose mustert.

»Ich werde das Beweismaterial würdigen, Lady.« Quinnault umschloss Lady Jorghe-Rosses Handgelenk mit seinen langen Fingern und drückte, bis sie den Dolch fallen ließ. Mit einem lauten Klappern, das durch die verblüffte Stille hallte, landete die Waffe zwischen den Binsen, mit denen der Boden ausgestreut war. »Ich werde die Todesursache feststellen. Wenn es Mord war, dann wird der Gerechtigkeit Genüge getan werden. Wenn es ein Unfall war, wie man mir berichtet hat, werden wir nichts weiter unternehmen.«

»Das nenne ich nicht Gerechtigkeit, sondern Feigheit«, schrie Lady Jorghe-Rosse und zappelte, um ihr Handgelenk aus dem Griff des Königs zu befreien.

»Das tut mir leid, Lady. Aber so ist das Gesetz.«

»Ein Gesetz, das von Feiglingen für andere Feiglinge gemacht worden ist. Mein König wird in den Krieg ziehen, um meinem Gatten Ehre widerfahren zu lassen! Ich fordere das Leben des Mannes, der meinen Gatten ermordet hat!«

Und wir werden ebenfalls Gerechtigkeit üben, rief Narbengesicht Bessel ins Gedächtnis. *Du hast dich illegaler Kräfte bedient. Dem Gesetz wird Genüge getan werden.* Die Magier der Kommune stimmten in seine Gedanken ein.

*

Die Grube unterhalb von Hanassa, Zeit: unbekannt

Scharf wandte Powwell den Kopf und versuchte zum wiederholten Mal das kleine Spukwesen zu erkennen, das den Tunnel entlangsauste, immer gerade außerhalb seiner Sicht- und Reichweite.

Allerdings nicht außer Hörweite.

Sie wird dich verlassen, flüsterte die Erscheinung in Powwells Geist hinein. *Schau doch, wie sie sich bei diesem anderen Mann ver-*

hält. Ihr Blick ruht zu lange auf seinem Gesicht, seinem Körper. Ihre Hände berühren ihn durch das Gitter hindurch viel zu freundlich. Dich hat sie noch nie so berührt.

»Genug!«, brüllte Powwell und schüttelte die heimtückische Stimme ab, die ihm zusetzte, seit sie in die Nähe des Tors gekommen waren. Sein Schrei hallte durch die Höhlen, und Yaala und Rollett starrten ihn erstaunt an. Die Stimmen und Schritte, die von oben kamen, verhielten kurz und polterten dann wieder vorwärts.

Powwell kniff die Augen zusammen und sammelte seine ganze Energie. Dann schickte er einen Machtstrahl ins Innere des Schlosses und verschob die winzigen Metallteile. Mit einem hörbaren Klicken öffnete es sich.

Rollett fiel beinahe durch das plötzlich aufschwingende Tor. Zugleich huschte ein nebelhafter Umriss durch die Öffnung zwischen den Gitterstäben.

Danke, kicherte das Geistwesen und flog davon. *Ich war viel zu lange hinter Eisen eingesperrt. Jetzt kann ich mich auf die Suche nach meinem Körper machen.*

Rollett hatte sich erholt und rannte herbei, um das Tor wieder zu schließen, ehe die Wachen des Kaaliphs sie erreichten. Mit leicht offen stehendem Mund starrte er der sich entfernenden weißen Nebelgestalt nach.

Zusammen mit dem Spukwesen verschwanden das Gefühl der Bedrohung, das Powwell im Nacken gesessen hatte, und sein Drang, sich tief in den Höhlen zu verstecken. Auch sein Argwohn gegenüber Yaala verflog. Sie hatte sich nur um das Wohlergehen des anderen Magiers gesorgt, so wie sie Powwell während seiner ersten Stunden in der Grube geholfen hatte.

Dafür kehrte Powwells instinktive Angst, die er unter der Erde immer empfand, mit Macht zurück. Es kostete ihn seine ganze Konzentration, nicht einfach dem Geistwesen nachzurennen, ohne einen Gedanken an die Wachen oder die Sicherheit seiner Gefährten zu verschwenden.

Thorny sträubte seine Stacheln und zappelte in Powwells Tasche unbehaglich.

Er unterdrückte seine Ängste und dankte seinem magischen Gefährten für die Erinnerung. Er hatte schon hier unten gelebt, und er würde wieder überleben, wenn er seine blinde Panik unter Kontrolle behielt.

»Eine Zeitlang sind wir hier unten sicher. Wir können uns verstecken«, flüsterte Powwell und bedeutete Yaala und Rollett, ihm zu folgen.

»Wir müssen noch das Tor abschließen«, protestierte Rollett. Er bewegte die Finger und versuchte, mit seinen geschwächten magischen Kräften den Mechanismus im Inneren zu bewegen.

»Solange es geschlossen ist, überschreiten die Wachen diese Grenze nicht«, gab Yaala zurück. »Sie fürchten diesen Ort mehr als den Kaaliphen. Jetzt kommt, ich weiß ein Versteck für uns.«

»Ich will alles hören, was zu Hause geschehen ist, während ich fort war.«

»Du musst so bald wie möglich zurückkehren, Rollett. Du musst Nimbulan helfen und Narbengesicht davon abhalten, die Kommune zu ruinieren«, setzte Powwell hinzu. »Ich selbst kann erst gehen, wenn ich Kalen gefunden habe.«

Gemeinsam rannten sie zurück in die Wohnhöhle. Yaala schaute kurz nach rechts und links, um sich in dem schwachen Licht zu orientieren. Powwell hielt einen Teil seiner Sinne auf die fluchenden und stolpernden Wachen gerichtet, die ihnen folgten.

Genau wie Yaala vorausgesagt hatte, hielten die sechs Männer aus vollem Lauf an, ehe sie mit dem Tor zusammenstießen. Ängstlich rissen sie die Augen auf, kauten auf ihren Lippen und wagten einander nicht anzusehen.

»Das Gespenst hat Rollett geholt. Den bekommen wir nicht wieder«, murrte einer der Wachposten.

»Und was sollen wir Piedro sagen?«

Sagt ihm die Wahrheit, flüsterte Powwell in ihren Geist hinein und versuchte, wie das Spukwesen zu klingen. *Sagt ihm, dass sein Opfer in der Grube verloren gegangen ist. Das Drachentor hat Rollett verschlungen, genau wie die Lebensmittel.*

Langsam, den Blick auf das Tor gerichtet, wichen die Wachen zurück.

Thorny zappelte in Powwells Tasche. Gemeinsam konnten sie vielleicht die Energie für einen letzten Trick aufbringen. Langsam und unter unheimlichem Quietschen schwang das Tor auf.

Die Wachen drehten sich um und rannten auf demselben Weg, den sie gekommen waren, davon.

»Die sehen wir so bald nicht wieder. Jetzt haben wir Zeit, um auszuruhen, zu essen und Pläne zu schmieden«, meinte Powwell.

»Was für Pläne denn? Die Stadt steht kurz vor einer Hungersnot. Meine Männer brauchen noch einmal drei Monate, um den zusammengesackten Tunnel freizuräumen – wenn sie mir überhaupt noch folgen, nachdem ich bei diesem Raubzug versagt habe. Piedro hat angeblich vor, eine Treppe in die Kraterwand einhauen zu lassen, verhindert derweil aber alle Versuche, die Wand zu erklettern, und dieses geheimnisvolle Drachentor wird sich erst in einem Monat wieder öffnen.« Rollett ließ sich zwischen den Fässern mit Salzfleisch zu Boden plumpsen.

»Ich habe nicht vor, Piedro meine Stadt zu überlassen«, erklärte Yaala, die breitbeinig, die Hände in die Hüften gestemmt, dastand. »Ich werde alles tun, um die Herrschaft über meine Stadt zurückzuerlangen.« In einer Bewegung, die stark an ihre Mutter, die letzte Kaalipha von Hanassa erinnerte, reckte sie das Kinn. Kein einziges Mal schweifte ihr Blick zu den tiefergelegenen Höhlen und ihren Maschinen.

»Würdest du wirklich *alles* tun, um dir deine Stadt zurückzuholen, Yaala?«, frage Powwell, der plötzlich um sie fürchtete. »Würdest du morden und andere Menschen ausbeuten, nur um des Gefühls willen, Macht über andere zu haben? Wirst du am Ende genauso blutrünstig werden wie deine Mutter?«

Kalte Schauer liefen ihm über den Rücken. Das gespenstische Wesen hatte ihm nicht so viel Angst eingejagt wie die Vorstellung von Yaala, wie sie ein Henkersschwert führte.

17. Kapitel

Kurz vor Mitternacht, Reveta-Tristile-Palast, Hauptstadt Coronnan

Bessel hielt einen Moment lang den Atem an und blendete die Böswilligkeit aus, die er hinter Narbengesichts telepathischer Ankündigung spürte. Erneut hob sich seine lange Narbe, die von einer Schläfe zur anderen reichte, weiß von seiner geröteten Haut ab. Mehr brauchte Bessel nicht zu sehen, um zu erkennen, dass der Oberste Magier fest entschlossen war, mit allen Mitteln, die ihm zur Verfügung standen, jede individuelle Magie auszurotten.

Mit der Bibliothek hatte Narbengesicht bereits begonnen. Wahrscheinlich hatte er den Drachentraum der Königin von den Maschinen als Vorwand benutzt, um die Bücher zu vernichten, die er schon zuvor als gefährlich ausgesondert hatte.

Nach den Gesetzen des Landes und der Kommune blieb der Kommune nichts anderes übrig, als Bessel wegen des Einsatzes von individueller Magie entweder mit dem Tode zu bestrafen oder zu verbannen. Und Narbengesicht würde dafür sorgen, dass der König und die Kommune keine Gnade walten ließen.

Dann hätte er die Kommune vollständig unter Kontrolle, ohne dass sich jemand, der noch unter Nimbulans wohlwollender Leitung an die Universität gekommen war, in seine Handlungen einmischte. Was würde als Nächstes kommen? Würde er versuchen, ganz Coronnan zu beherrschen?

Vor dem Magiergesellen tat sich eine abgrundtiefe Leere auf. Nie wieder würde er die tiefe Befriedigung spüren, die es ihm schenkte, seine Magie mit der Kommune zu teilen. Nie mehr würden die Männer ihm ihr Leben und ihre Seelen öffnen und ihn in den magischen Kreis ziehen. Der Tod wäre ihm beinahe lieber gewesen als ein Leben ohne diese tiefe magische Verbindung.

Der Hund setzte sich und leckte Bessels schlaff herabhängenden Finger. Automatisch kratzte er ihn hinter den Ohren. Als er das Tier berührte, fühlte er sich schon zuversichtlicher bezüglich seiner Zukunft. *Willst du mein magischer Gefährte sein?*, fragte er den kleinen Hund.

Der Hund reagierte, indem er Bessel begeistert die Hand leckte. Zusammen traten der Magier und sein Gefährte einen Schritt zurück, weg von Narbengesicht. Doch die symbolische Distanz, die sie zwischen sich und den Obersten Magier legten, war weit größer.

Er konnte nicht zulassen, dass Narbengesicht mit seiner Verschwörung durchkam, deren Ziel es war, jeden in Coronnan – ob Magier oder Nicht-Magier – zu vertreiben, der sich ihm in den Weg stellte.

Windhauch lächelte verhalten. Wie viel wusste der Mann? Bessel wagte nicht, seine Gedanken zu lesen.

Eine Woge von gespannter Erwartung und Furcht lief durch die Menge, während König Quinnault und Lady Jorghe-Rosse einander in entschlossenem Schweigen gegenüberstanden. Die Wüstenkrieger, die die Lady begleiteten, warteten mit gezückten Schwertern geduldig auf ein Zeichen von ihr, das ihnen befehlen würde, zu kämpfen oder sich zurückzuziehen.

»Verzeiht bitte«, ließ sich ein hochgewachsener älterer Mann aus den hinteren Reihen vernehmen.

Nimbulan! Wenn irgendjemand diese vertrackte Lage entwirren konnte, dann der ehemalige Oberste Magier.

In den eineinhalb Jahren seit dem Verlust seiner Magie war er stark gealtert. Seine Haut wirkte blass, und die Runzeln, die seine Augen umgaben, waren tiefer geworden. Aber er hatte sich seine gerade Haltung bewahrt, und seine Schritte hallten fest von den mit Binsen bestreuten steinernen Bodenplatten wider. Sein einst dunkelbraunes Haar war fast vollständig ergraut. Seine Augen schauten zufrieden drein. Er genoss seine neue Rolle als Ehemann und Vater sehr. Bessel wartete fast darauf, Nimbulans Tochter Amaranth hinter ihm hertappen zu sehen oder sie unter seinen Arm geklemmt zu erblicken. Zumindest seine Frau konnte nicht weit sein. Diese drei waren unzertrennlich.

Aber er konnte weder Myrilandel noch das Kind der beiden in der Menge entdecken. Wo steckten sie?

Narbengesicht verneigte sich leicht und erwies Nimbulan nur das strikt Notwendige an Respekt. Windhauch tauschte ein kurzes Nicken mit dem einstigen Magier aus. Quinnault ließ die Hände der Witwe los und wandte seine Aufmerksamkeit ebenfalls dem Neuankömmling zu. Der König und der Magier waren während der langen Zeit, in der sie daran gearbeitet hatten, Coronnan Frieden und Stabilität zu bringen, enge Freunde geworden.

Waren diese beiden starken Männer mächtig und weise genug, um Narbengesicht unter Kontrolle zu halten?

Die Krieger aus Rossemeyer lockerten ihre Verteidigungshaltung ein wenig, als Nimbulan an ihnen vorbeischritt. Dann, als sie sahen, dass die Lady ebenso starr dastand wie zuvor, nahmen sie ihre feindselige Position wieder ein. Nimbulan hatte ihnen als Schlachtenmagier gegenübergestanden, als Rossemeyer das letzte Mal versucht hatte, sich der reichen Rohstoffe von Coronnan zu bemächtigen.

»Mein Beileid, Lady Rosselaara.« Nimbulan verneigte sich achtungsvoll vor der Witwe. Er war der Erste, der sie nicht als nur Frau des Botschafters, sondern mit ihrem persönlichen Namen ansprach.

Da ihr Name mit einem »Rosse« begann, musste sie ein Mitglied der Herrscherfamilie sein, die Schwester oder Tochter eines Königs, und war es gewöhnt, jede ihrer Launen durchzusetzen. Wahrscheinlich verfügte sie auch über Einfluss bei ihrer Regierung. Ihre Familie würde zu ihrer Unterstützung herbeieilen.

Würde die Kommune Bessel ebenso standhaft den Rücken stärken?

Nein. Nicht solange Narbengesicht an ihrer Spitze stand.

Lady Rosselaara quittierte Nimbulans Gruß mit einem leichten Kopfnicken; das erste Anzeichen dafür, dass sie keine Zeltstange im Rücken trug.

Nimbulan trat vor, ohne die Witwe aus den Augen zu lassen. »So wie ich es verstanden habe, Lady, ist Euer Gatte im Kampf gegen einen Sturm in der Bucht gestorben; ein würdiger Gegner für jeden Krieger und ein Feind, der mehr gute Männer gefällt hat, als mir lieb ist. Er ist also nicht ehrlos gefallen.«

»Ich will, dass sein Mörder mit seinem Leben büßt. Aber wie soll man einen Sturm töten?« Lady Jorghe-Rosse zog eine Augenbraue hoch und sah Nimbulan an.

Der alternde Magier erwiderte die Geste. »Magie kann einen Sturm an einen anderen Ort lenken. Nichts und niemand kann ihn ganz zum Erliegen bringen. Aber die Magier von Coronnan mischen sich heute nicht mehr in das Gleichgewicht der Natur ein. Wir sind nur bemüht, Stürme vorherzusagen und uns darauf vorzubereiten.«

»Dieser Magier hat den Sturm heraufbeschworen!« Der Lotse wies mit dem Finger auf Bessel. »Das weiß ich ganz genau. Ich habe gesehen, wie er seinen Stab auf das Deck gestellt und in Trance die Augen verdreht hat. Dann habe ich gespürt, wie sich der Boden unter der Bucht bewegt und Hindernisse umhergeschoben hat, die am Tag zuvor noch nicht da waren. Er hat Dämonenworte gesprochen, den Sturm herbeigerufen und *mein* Boot auf eine von ihm selbst geschaffene Barriere auflaufen lassen.«

»Ist das wahr, Junge?« Narbengesicht verflocht seine Finger zu einem komplizierten Muster, seiner gewohnten Geste, wenn er Informationen einholte oder nach der Wahrheit suchte.

»Nein, das stimmt nicht. Ich habe mich in eine leichte Trance versetzt, damit ich die Gespräche, die in fünf verschiedenen Sprachen geführt wurden, verfolgen konnte. Ich würde nie einen Sturm rufen oder ein Hindernis aus Treibgut aufrichten. Raanald hat versucht, um die Sandbank herumzumanövrieren, aber das Ruder hat sich in den Baumästen unter der Wasseroberfläche verfangen und ist gebrochen. Dann hat uns eine Welle von der Seite überspült und den Botschafter über Bord gerissen. Als ich ihn fand, hatte die Strömung ihn gegen eine der alten Baumfallen aus der letzten Seeschlacht gedrückt.«

»Warum hat dann mein Tiefenmesser mich nicht vor dem Hindernis gewarnt?« Vor Zorn zitterte der Lotse am ganzen Körper.

»Das hat er. Ihr habt aufs Geratewohl den Kurs gewechselt, weil Ihr ihm nicht getraut habt.«

Verblüfftes Schweigen senkte sich über den Saal.

Bessel schaute zwischen Narbengesicht und Nimbulan hin und her, dann wieder zu dem Lotsen und versuchte, eine Reaktion zu erkennen, irgendeine.

»Wenn Ihr der Maschine nicht vertraut, warum sollten wir sie überhaupt benutzen?«, fragte König Quinnault. »Ist die Maschine fehlerhaft?« Er sah seine Königin an.

Sie zuckte die Achseln. Die Maschine stammte von ihrem Volk, aus dem fernen und geheimnisumwobenen Terrania.

Der Lotse starrte Bessel wütend an und presste die Lippen fest zusammen.

»Dann ist möglicherweise der Lotse derjenige, den wir für den Tod meines Mannes zur Verantwortung ziehen müssen«, erklärte Lady Rosselaara. »Er wird bereitwillig reden, wenn ich ihm mit meiner Klinge Teile seiner Anatomie abschlage.«

Der Lotse reckte die Schultern und erwiderte ihren Blick mit der ganzen Arroganz eines Mannes, der wusste, dass seine Gilde hinter ihm stand. Er wusste, dass er zu wertvoll für Coronnan war, als dass König Quinnault ihn einer ausländischen Justiz überantwortet hätte.

»Wir werden Antworten finden, Lady«, schaltete sich Nimbulan ein. »Aber mit unseren Methoden. Wenn wir feststellen, dass jemand in dieser Sache nachlässig war, wird Gerechtigkeit geübt werden.«

»Gerechtigkeit ist mir gleichgültig, Magier. Ich will nur Rache.«

»Wird der Tod eines Unschuldigen Euren Mann wieder zum Leben erwecken?«

»Der Tod des Schuldigen wird mir die Ehre meines Mannes zurückbringen.«

»Dann werden wir Euch, falls wir jemanden für schuldig befinden, über sein Schicksal informieren.« Nimbulan erwiderte ihren entschlossenen Blick. »Reist jetzt heim, Lady Rosselaara. Geht nach Hause und trauert. Bereitet Euren Gatten auf die Begräbniszeremonie vor.«

»Ihr habt einen Tag Zeit, den Schuldigen an meiner Tür auszuliefern, damit er unter meinem Gatten begraben wird. Wenn er morgen um diese Zeit nicht tot ist, werde ich ihn töten.« Lady Rosselaara drehte sich auf dem Absatz um und marschierte aus dem Saal. Die Bahrenträger folgten ihr mit dem toten Botschafter. Lady Jorghe-Rosses Ehrengarde steckte die Schwerter weg, drehte sich um wie ein Mann und folgte ihr.

Niemand brauchte das *sonst* ... hinzuzufügen, das nach ihren letzten Worten unausgesprochen in der Luft hing.

»Was nun?«, fragte Quinnault in die Runde. »Wir haben widersprüchliche Zeugenaussagen. Dann ist da noch das Problem des offenbar unzuverlässigen Tiefenmessers. Ich bin für jeden Vorschlag offen, Herrschaften.«

»Ich habe noch nie viel davon gehalten, mich auf eine

Maschine zu verlassen«, meinte Königin Maarie Kaathliin. Sie legte das Kind an ihre Schulter. Nachdem die ausländische Delegation gegangen war, wirkte sie entspannter. »Wir sollten lernen, auf andere Weise im Watt zu navigieren.«

»Und wie?«, ließ sich Narbengesicht vernehmen, trat vor und stellte sich neben den König, an seinen rechtmäßigen Platz als Oberster Magier, den Nimbulan gerade eben mit Leichtigkeit okkupiert hatte. Windhauch hing zurück.

»Wo bleibt Eure berühmte Magie, Meister Narbengesicht?« Die Königin wandte ihren Blick dem hässlichen Mann zu, der ein Leben als Schlachtenmagier und dann als Söldner aufgegeben hatte, um der Kommune beizutreten. »Warum können Eure Magier nicht die Tiefen der Bucht ausloten und Karten für die Fährboote zeichnen?«

»Wir haben es versucht, Madame.« Narbengesicht wirkte eher zornig als bedauernd. Er sah Bessel weiter anklagend an.

Der junge Magier wünschte, er hätte verschwinden können. Er versuchte, mit dem Hintergrund zu verschmelzen; ein Trick, den Nimbulan oft benutzte. Aber er konnte nicht entscheiden, ob er funktioniert hatte.

»Wir haben es immer und immer wieder versucht«, fuhr Narbengesicht fort, wandte endlich den Blick von Bessel ab und sah die Königin an. »Aber Drachenmagie – die einzig legale Magie – ist mehr auf die Elemente Luft und Feuer eingestimmt als auf Wasser und Erde. Wenn wir so tief in das Wasser und die Erde eintauchen wollen, dass wir die Fahrrinnen vermessen können, müssen wir Außenseiter-Magie anwenden. Doch wir können bei der Strafe von Tod oder Exil unseren Pakt mit Coronnan nicht verletzen. Nur Drachenmagie kann von vielen Magiern, die zusammenarbeiten, zusammengeschlossen und verstärkt werden. Nur Drachenmagie kann durch Moral und Ehre kontrolliert werden.« Der Oberste Magier wiederholte die erste Regel der Kommune und starrte Bessel herausfordernd an, damit er zugab, illegale Magie gebraucht zu haben.

Bessel erinnerte sich an den Tag, an dem er seinen Eid auf den König und die Kommune abgelegt hatte. Damals hatte er sich aufrichtig verpflichtet, die Gesetze Coronnans und der Kommune einzuhalten. Doch heute hatte er das grundlegendste dieser Gesetze verletzt. Er hatte eine Kraftlinie angezapft und seinen Eid gebrochen.

Würde er ihn noch einmal brechen, um Narbengesichts irrsinniges Unterfangen, ganz Coronnan unter seine Kontrolle zu bringen, aufzuhalten? Wenn er nicht in der Kommune blieb, würde er niemandem eine große Hilfe sein.

Wenn er nicht einmal eine Kraftlinie angezapft hatte, um seine Mutter zu retten, würde er es auch nicht wieder tun. Niemals! Konnte die Kommune ihm nicht eine Art Bewährungszeit gewähren, statt ihn zum Tod oder zum Exil zu verurteilen?

»Meister Narbengesicht, lasst bitte einen Eurer Magier die Aussagen der Ruderer und von Geselle Bessel aufnehmen«, befahl König Quinnault. »Ich möchte wissen, wer in dieser Angelegenheit um die Stürme und die Maschine die Wahrheit sagt. Anschließend möchte ich Euch in einer Stunde in meinem Arbeitszimmer sehen, um über diesen diplomatischen Zwischenfall zu beraten, den der Tod von Botschafter Jorghe-Rosse ausgelöst hat.«

»Sehr wohl, Euer Gnaden.« Narbengesicht verbeugte sich, wie alle anderen im Saal, respektvoll, als der König mit seiner Frau hinausging. Auch die nicht magischen Höflinge und Dienstboten verließen den Raum.

»Ich werde mit Myrilandel, der Botschafterin der Drachen, über diese Angelegenheit diskutieren«, erklärte Nimbulan. Ein verhaltenes Lächeln erhellte sein Gesicht. Natürlich würde er mit Myrilandel, seiner Frau, darüber sprechen. »Es muss doch eine Möglichkeit geben, diese Bucht per Magie zu erkunden, genau wie wir …« Ein trauriger, beinahe schmerzhafter Ausdruck huschte über sein Gesicht. »Genau wie die *Kommune* magische Sinne einsetzt, um Erzadern aufzuspüren und die Fruchtbarkeit des Bodens zu prüfen.« Er hatte seine normale, würdevolle Haltung zurückgewonnen.

»Da ist noch eine andere Angelegenheit, die wir unter uns, unter den Magiern, diskutieren müssen.« Narbengesicht bedeutete seinem Gesellen, ihm zurück in die Universität zu folgen. Dort würde die Kommune über ihn zu Gericht sitzen.

Bessel vermochte sich nicht zu rühren. Er war vollkommen durchgefroren.

»Der Lotse hat gespürt, dass du Außenseiter-Magie angewendet hast, Bessel«, erinnerte Narbengesicht nicht nur ihn, sondern alle Zuhörer. »Du kennst die Strafe für diesen Verstoß gegen das Gesetz.«

»Du willst das Wort eines voreingenommenen Zeugen, eines Nicht-Magiers, für die Wahrheit nehmen und gibst dem Jungen nicht einmal Gelegenheit, sich zu verteidigen?«, fragte Nimbulan und trat neben Bessel.

Auch der Hund bezog wieder Wachposten vor seinem Herrn.

Der Geselle wusste die demonstrative Unterstützung zu schätzen, aber er wusste, dass sein Fall hoffnungslos war. Nur der Hund glaubte ihm.

»Ich habe ebenfalls gespürt, wie sich die Erde bewegte, als Bessel die Energie einer Kraftlinie angezapft hat«, erklärte Narbengesicht. »Da kann er sich nicht herausreden.«

18. Kapitel

Nach Mitternacht, auf der Straße zwischen dem Reveta-Tristile-Palast und der Magieruniversität, Hauptstadt Coronnan

Auf der Brücke zur Universitätsinsel schlappte Bessel in seinen nassen Schuhen hinter Nimbulan her. Der dreckverkrustete Straßenhund klebte bei jedem Schritt an seinen Fersen. Vor den anderen Magiern zuckte das Tier zurück, als rechne es damit, getreten oder geschlagen zu werden. Bessel hielt sich dicht an Nimbulan, seinen alten Meister, denn in der Nähe von dessen starker Persönlichkeit fühlte er sich kurzzeitig ein wenig sicherer. Aber nichts konnte die Furcht lindern, die ihn innerlich aushöhlte. Sehr bald würde er die Kommune für immer verlieren. Und alles nur deshalb, weil er bei einem gescheiterten Versuch, einem anderen Menschen das Leben zu retten, illegale Magie angezapft hatte.

Wenn er Erfolg gehabt hätte, wäre Meister Narbengesicht dann nachsichtiger gewesen?

Bessel bezweifelte das. Der Oberste Magier der Kommune war in seinen Ansichten ebenso starr wie Lady Rosselaara aus Rossemeyer.

Wollte er wirklich in der Kommune bleiben, wenn Narbengesicht an ihrer Spitze stand?

Aber er konnte nirgendwo anders hingehen. Er brauchte die Kommune mehr, als diese auf ihn angewiesen war.

Jemand musste Narbengesicht aufhalten.

Während sie sich der Universität näherten, schlossen sich weitere Magier dem aus dem Palast kommenden Zug an. Sie rückten rund um Bessel zusammen und drängten den zottigen Straßenköter ab, als fürchteten sie, er werde Bessel helfen, sich der Gerechtigkeit zu entziehen. Jaulend versuchte der Hund immer wieder, in ihren Kreis einzudringen.

Bessel vermisste das Tier schon jetzt.

»Narbengesicht wird Probleme damit haben, überhaupt genug Drachenmagie für irgendeine Bestrafung zu sammeln«, murrte Windhauch irgendwo hinter Bessel.

»Seit Tagen hat niemand mehr einen Drachen gesehen. Nicht, seit Narbengesicht die meisten Bücher aus der Bibliothek entfernt hat«, ließ sich Meister Weißhand, der Oberste Heiler, vernehmen. »Ich habe einen Lehrling auf den Turm gesetzt und ihm befohlen, den Himmel zu beobachten. Er besitzt eine wirklich große Fernsicht-Gabe. Seine Berichte über Drachenaktivitäten sind bestürzend. Man hat sie nicht mehr bei der Jagd auf Behemot-Fische über der Bucht gesehen. Das ist ihre liebste Nahrung und begrenzt die Zahl dieser Ungeheuer auf ein erträgliches Maß. Wenn die Drachen nicht bald wieder jagen, stecken unsere Fischer in Schwierigkeiten.«

»Ohne Drachenmagie, die wir sammeln können, haben wir noch größere Probleme«, erinnerte ihn Windhauch.

Bessel wollte sich umdrehen, um eine Frage zu stellen, doch die beiden Meister hatten sich aus seiner Nähe zurückgezogen. Er spürte, dass die beiden potenzielle Verbündete gegen Narbengesicht waren. Ob es noch mehr von ihnen gab?

»Habt Ihr das gehört?«, flüsterte er Nimbulan zu, während sie durch die Universität gingen. Das Stampfen vieler Stiefel auf dem mit Platten belegten Weg übertönte seine Worte beinahe. Das zornige Kläffen des Straßenhundes allerdings war immer noch zu hören.

Nimbulan nickte nur und hielt einen Finger an die Lippen, um ihm zu bedeuten, dass er über dieses Thema schweigen solle.

Einer nach dem anderen stiegen sie die Wendeltreppe hoch

in das Turmzimmer, das oberhalb der Unterrichtsräume lag. Bessel fürchtete, von Nimbulan getrennt zu werden. Hinter sich hörte er das Bellen des Hundes, der ihrer Gruppe folgte. Die Treppe wurde bei jedem ihrer Schritte schmaler und steiler. Drei Stockwerke stiegen sie so nach oben. Bessels Herz schlug schneller, und seine Beine fühlten sich immer schwerer an. Seine Kleider, die jetzt trockneten, wurden steif und lagen schwer auf seiner klammen Haut. In diesem engen Treppenhaus schien es nicht genug Luft für ihn zu geben.

Schließlich strich Meister Narbengesicht mit der linken Hand über das Schloss des Turmzimmers, und das Portal sprang auf. Nur der Oberste Magier konnte diesen Zauber allein wirken. Die anderen Meistermagier vermochten das Schloss nur zu dritt zu öffnen, indem sie ihre magischen Signaturen zusammentaten.

Einer nach dem anderen traten sie in den Arbeitsraum, der fast vollständig von einem runden Tisch aus schwarzem Glas eingenommen wurde. Bessel war nur ein Mal in dieser privaten Enklave der Meister gewesen; an dem Tag, an dem das Dach fertig gebaut worden war. Drachen hatten den einzigartigen und unglaublich wertvollen Tisch aus schwarzem Glas auf die Decke des Stockwerks darunter hieven müssen, und dann hatte man den Raum um das Möbel herum gebaut. Jetzt hätte man den Turm abreißen müssen, um den Tisch zu bewegen.

Niemand sonst auf ganz Kardia Hodos besaß ein Artefakt aus einer so großen Menge Glas. Nur Drachenfeuer war heiß genug, um die Unreinheiten aus dem Sand herauszubrennen und ihn in echtes Glas zu verwandeln, das nicht so empfindlich und voller Einschlüsse war, dass es bei der leisesten Berührung zersprang. Drachen hatten diesen Tisch für die Kommune hergestellt. Sie hatten ihn Nimbulan gerade noch rechtzeitig übergeben, damit der ehemalige Magier seinen letzten und größten Zauber wirken konnte – die Errichtung einer magischen Grenze, die Coronnan schützte.

Aber Nimbulan war gezwungen gewesen, seine Magie in das schwarze Glas eingebettet zurückzulassen. Er hatte die Wahl getroffen, lieber das Leben seiner Frau Myrilandel zu retten als seine Gabe.

Seine Magie glühte jetzt unter der Oberfläche des Tisches und ließ blaue Funken in dem schwarzen Glas aufblitzen.

Ehrfürchtig berührte Nimbulan die Tischplatte mit den Fingern, und ein Ausdruck von schmerzhafter Einsamkeit huschte über sein Gesicht. Doch dann steckte er die Hände in die Ärmel seiner Tunika und hob den Kopf. Von seiner Miene und aus seiner Aura waren keinerlei Gefühle mehr abzulesen.

Bessel wurde noch kälter, als er versuchte, sich ein Leben ohne Magie vorzustellen. Wahrscheinlich würde er bald erfahren, wie sich das anfühlte. Ohne die Kommune und die Drachenmagie hatte er nichts mehr, war ein Niemand.

Draußen jaulte der Hund, kratzte an der Tür und erinnerte ihn daran, dass er wenigstens einen Freund besaß. Bessel verschloss die Ohren vor dem Betteln des Tiers. Noch wagte er nicht, der angebotenen Treue und Kameradschaft zu trauen. Wenn Narbengesicht ihm seine Magie nahm, würde auch der Hund ihn verlassen.

Unter den zwanzig Magiermeistern, die gekommen waren, um ihr Urteil über Bessel zu sprechen, fehlte nur Meister Lyman. Kurz fragte er sich, ob die Meistermagier, die alle seit Nimbulans Ausscheiden neu in die Universität eingetreten waren, den alten Bibliothekar schnitten, weil er nicht beim Aussondern der Bücher mitgewirkt hatte. Bessel hoffte, dass dem nicht so war. Die Kommune brauchte Lymans Wissen, seine Weisheit und seine sanfte Diplomatie.

Ein gewisses Maß an Entschlossenheit mischte sich in Bessels Niedergeschlagenheit. Er musste einen Weg finden, in der Kommune zu bleiben. Coronnan brauchte ihn in einer Stellung, in der er Narbengesicht Paroli bieten konnte. Als Verbannter oder gar Toter konnte er das nicht.

Jeder der Meistermagier nahm auf einem ihm vorbehaltenen Stuhl an dem gewaltigen Tisch Platz. Die Stühle waren mit farbenprächtigen Stickereien in den jeweiligen Signaturfarben der Magier bezogen. Jedes Stück Gobelin-Stoff war so einzigartig wie der Magier, der auf diesem Stuhl saß. Wenn sie sich verbanden, indem sie sich um den Glastisch setzten und an den Händen fassten, verschmolzen ihre Magie und ihre Seelen miteinander, wurden eins und konnten mit vervielfachter Macht wahre Wunder vollbringen.

Ich werde wieder ein Teil dieses Wunders sein. Irgendwie muss es möglich sein, dass ich in der Kommune bleibe.

»Es ist nicht unsere Art, willkürliche Strafen auszuteilen, Bessel«, begann Narbengesicht beinahe freundlich. »Hast du eine Erklärung für deine abscheulichen Taten?«

Ein Hoffnungsschimmer begann in Bessels Herz zu glimmen. »Ihr habt mir befohlen, um jeden Preis das Leben des Botschafters zu retten. Ich hatte nur eine Aussicht, das zu schaffen, indem ich die Strömung sichtbar machte, die ihn festhielt, und ihn losriss, als sie einen Moment lang nachließ. Ich hatte weder die Zeit noch die Kraft, das mit profanen Mitteln zuwege zu bringen. Und die Drachenmagie hat unter der Oberfläche der Bucht nicht auf mich reagiert. Ich habe genutzt, was mir zur Verfügung stand.«

»Und dennoch hast du versagt.«

»Wenn ich die Kraftlinie angezapft hätte, als ich zum ersten Mal das Gefühl hatte, etwas sei nicht in Ordnung, dann wäre ich vielleicht noch rechtzeitig gekommen. Ich habe versagt, weil ich gezögert habe, individuelle Magie einzusetzen.«

»Und das war ja auch richtig so. Jeder Einsatz von Außenseiter-Magie öffnet dem Chaos Tür und Tor. Nur Drachenmagie erlaubt es vielen Magiern, ihre Kräfte zusammenzuführen und von *allen* Magiern Moral, Ehre und Gerechtigkeit einzufordern.«

»Ich weiß, Meister. Und mein Verstoß tut mir leid. Ich werde es nicht wieder tun.« Bessel beugte das Haupt und hoffte, Narbengesicht werde sich von dieser Demutsgeste beeindrucken lassen.

»Sobald du einmal Außenseiter-Kräfte angezapft hast, gibt es kein Zurück. Du wirst wieder und wieder in Versuchung geraten. Andere werden Vorwände finden, um es dir nachzutun. Wir müssen an dir ein Exempel statuieren.« Narbengesichts Stimme wurde lauter, und seine Narbe erbleichte erneut.

Windhauch legte dem Obersten Magier besänftigend die Hand auf den Arm.

Narbengesichts Kiefer verkrampfte sich und mahlte, als beiße er in einer gewaltigen Anstrengung, um seinen Zorn zu beherrschen, die Zähne zusammen.

»Entschuldige, Meister Aaddler«, unterbrach Nimbulan. Er gebrauchte den wirklichen Namen des Obersten Magiers, was darauf hinwies, dass er etwas Wichtiges zu sagen hatte. »Wir haben größere Probleme als Bessel, der bei dem verzweifelten Versuch, ein Leben zu retten, eine Kraftlinie angezapft hat.«

»Was kann es denn Wichtigeres geben als eine Verletzung unseres heiligsten Gesetzes?« Narbengesicht starrte seinen einstigen Kollegen wütend an. Damals, bei ihrer Flucht aus Hanassa, waren sie Freunde gewesen. Doch heute behandelte Narbengesicht Nimbulan wie einen Feind und brachte ihm großen Argwohn entgegen.

»Zunächst ist da die Angelegenheit des Lotsen, der dem Tiefenmesser misstraut hat. Mir scheint, dass er hier derjenige ist, der sich falsch verhalten hat. Hätte er die Warnung der Maschine beherzigt und sofort Vorsichtsmaßnahmen getroffen, könnte Botschafter Jorghe-Rosse noch leben, und Coronnan stünde nicht möglicherweise vor einem Krieg mit Rossemeyer.«

»Darüber haben die Politiker zu entscheiden.«

»Aber wir von der Kommune sind die obersten Ratgeber der Politiker. *Neutrale* Ratgeber. Wir ... ihr müsst Entscheidungen treffen, die Maschine untersuchen und Nachforschungen bei der Gilde anstellen; und dann alle Informationen an den König und den Rat der Provinzen weiterleiten.«

»Nachdem wir über den Regelverstoß eines der unsrigen befunden haben. Wir müssen unsere Mitglieder überwachen, damit das nicht hysterische und uninformierte Nicht-Magier zu tun brauchen.«

»Dann musst du zuerst dich selbst in die Verbannung schicken, Meister Aaddler!«

»Was!« Mehrere der Meister waren aufgesprungen und schlugen mit der Faust auf den Tisch. Ihre Auren, die sie sonst so gut kontrollierten, sprühten vor Empörung.

Doch Windhauch blieb gelassen. Wer war dieser Mann? Und noch wichtiger, wo lag seine Loyalität wirklich?

Vor der Tür kläffte der Hund. Sein Bellen klang merkwürdig triumphierend.

Hoffnung und Verwunderung zugleich stiegen in Bessel auf. Dankbar dafür, dass Nimbulan sein Freund war, richtete er sich ein wenig gerader auf.

Der einstige Magier gebot der Versammlung mit einer Handbewegung Ruhe. Die Meister gehorchten, womit sie Nimbulan eine Achtung erwiesen, die Narbengesicht sich erst noch verdienen musste.

»Fahr bitte mit deiner Erklärung fort, Nimbulan«, befahl Narbengesicht und verweigerte ihm damit bewusst die Anrede mit seinem Titel oder einem Beinamen.

»Damit du die Verschiebung im Erdboden spüren konntest, die entstand, als Bessel die Kraftlinie anzapfte, musst du ebenfalls individuelle Magie angewendet haben. Damit gebührt dir ebenfalls der Tod oder das Exil, genau wie dem Jungen, den du so forsch anklagst.«

*

Nach Mitternacht, außerhalb der Magier-Universität, Hauptstadt Coronnan

Hinter einem Strebepfeiler an einer Außenwand verborgen, sah Kinnsell zu, wie die Magier – wahrscheinlich alle Betrüger – die Treppe zu ihrer privaten Enklave erklommen; eine gute Gelegenheit, die Rover-Frau zu retten. Der gesamte Komplex lag dunkel da. Eine bessere Möglichkeit, eine Entdeckung durch die Magier zu vermeiden, würde er nicht bekommen.

Er musste irgendwann einmal nahe genug an diese Mitglieder der Kommune herankommen, um zu testen, ob ihre Psi-Kräfte real waren. Bis dahin musste er annehmen, dass sie Taschenspielertricks und andere Spiegelfechtereien gebrauchten, um eine leichtgläubige Bevölkerung zu überzeugen. Aber trotzdem verfügten sie auf diesem Planeten immer noch über großen politischen und wirtschaftlichen Einfluss.

Lautlos schlich er durch die langen Korridore der alten Gebäude. Der älteste Teil schien einmal ein eingeschossiger Bau gewesen zu sein, der in einem einfachen »U« um einen zentralen Hof errichtet war. Der Gang, der an der Innenseite des U entlanglief und zu den privaten Wohnräumen führte, schien kürzlich abgesperrt worden zu sein. Er hätte damit gerechnet, gewundene Gänge und verborgene Treppen anzutreffen. Aber jeder der rechteckigen Räume folgte ordentlich auf den nächsten, ohne dass unerklärlich dicke Wände Geheimnisse hätten bergen können. Vier Treppenhäuser führten zu den kürzlich angebauten zweiten und dritten Etagen; jeweils eines am Ende der Seitenflügel und eines an jedem Ende des zentralen und längsten Balkens des U. Alles schien in geraden Linien aus behauenen Steinen errichtet zu sein, die man fast quadratisch geformt hatte, um sie zusammenzufügen. Die Nebengebäude, die alle ebenfalls sehr nüchtern und eckig wirkten, würde er sich später ansehen. Vermutlich beherbergten sie Vorräte und Kochstellen und nichts weiter.

Im Inneren der dicken Steinwände fühlte er sich sicher, fast so, als wäre er zurück in der Zivilisation. Beinahe. Diese Hinterwäldler, Adel wie Bauern, hatten noch nicht entdeckt, wie man das Klima kontrolliert; nicht einmal innerhalb der Gebäude. In ein paar Zimmern gab es ziemlich wirkungslose Kamine oder sogar offene Feuerstellen in der Mitte des Raums, die mehr Wärme vergeudeten, als sie spendeten. Kein Wunder, dass die Menschen hier so viele Kleider trugen. Zwischen ihm und der Welt draußen lag fast ein Meter Stein und sorgte ein wenig für Isolierung. Aber er bezweifelte, dass ihm auf Kardia Hodos je wieder richtig warm werden würde, nicht einmal im Hochsommer.

An die primitiven – also nicht existierenden – sanitären Einrichtungen mochte er gar nicht denken. Bis jetzt war es ihm immer gelungen, in regelmäßigen Abständen zu seinem Shuttle zurückzukehren, um sich seiner persönliche Hygiene zu widmen; obwohl er das Raumfahrzeug lieber weiter von der Stadt entfernt geparkt hätte, wo es weniger leicht entdeckt werden würde.

Jeder Raum, den er in den Wohn- und Unterrichtsflügeln der Universität betrat, schien nur einem erklärten Zweck zu dienen und sonst keinem anderen. Nur in der Bibliothek – die den zentralen Teil des Gebäudes einnahm – konnte es Räume geben, in denen man einen Gefangenen verbergen konnte.

Wo würden diese Leute die Frau verstecken, auf deren Rettung der Hinterwäldler-Lord bestand, um den Beweis dafür zu haben, dass Kinnsells Technologie stärker als die Zauberkräfte der Magier war?

Den ganzen Tag über hatte er das Kommen und Gehen in dem Gebäudekomplex beobachtet. Abgesehen von der Köchin schien es in der Universität keine Frauen zu geben. Keine Dienstmägde, keine Mätressen oder Ehefrauen. Und ganz bestimmt keine Prostituierten. Wo also?

In seiner Verzweiflung schlich er in die Bibliothek, in der zu dieser späten Stunde keine Studenten mehr saßen, obwohl noch ein paar Lichter brannten. Alle Meister hatten sich in das Turmzimmer im dritten Stock des Flügels mit den Unterrichtsräumen zurückgezogen. Die Lehrlinge schliefen wahrscheinlich. Daher dürfte eigentlich niemand dort sein, der ihn bei seiner Suche behindern konnte.

Dieses Labyrinth altmodischer Bücher faszinierte ihn. Der moderige Geruch der Gelehrsamkeit stieg ihm in die Nase und breitete sich durch seine Adern aus wie warmes Isoliergel. Bücher waren als Medium zur Speicherung zur Verbreitung von Wissen seit fast tausend terranischen Jahren überholt. Trotzdem waren Bücher für einen großen Teil der Bevölkerung immer noch eine bevorzugte Freizeitbeschäftigung und ein Statussymbol. Es war etwas Sinnliches daran, ein Buch in den Händen zu halten, den Einband zu liebkosen und die *Dauerhaftigkeit* von gedruckten Wörtern auf Papier zu empfinden – synthetischem Papier natürlich, da es auf Terra keine Bäume mehr gab, seit es unter Kuppeln lag.

Diese Bücher sahen echt aus. Einige davon waren auf richtiges Papier gedruckt, andere auf Pergament. Die Einbände bestanden aus geprägtem Leder, geschnitztem Holz oder gestochenem Kupfer; Letzteres prachtvoll mit Edelsteinen eingelegt und graviert.

Kinnsell konnte nicht anders, er musste diese unglaublichen Artefakte einer vergangenen Ära berühren. Er musste eines der Bücher aufschlagen, darin lesen, es liebevoll berühren. Vielleicht konnte er eines stehlen und mit nach Hause nehmen. So etwas könnte man für den Preis eines Hinterwäldler-Planeten verkaufen, doch er würde es behalten, es in Ehren halten, jeden Tag darin lesen. Und wenn er Imperator war, würde er in diese Bibliothek zurückkehren und so viele Bücher beschlagnahmen, wie er wollte.

Seine Hand hing entspannt an seiner Seite, denn er hatte

das Gefühl, diese Situation und sein Leben unter Kontrolle zu haben.

»Kann ich Euch helfen, König Kinnsell?« In der Lücke im Regal, die entstanden war, als Kinnsell das Buch herausgenommen hatte, war das faltige Gesicht eines alten Mannes aufgetaucht. Kinnsell drückte den Band schützend an die Brust.

»Wer seid Ihr?«, fragte Kinnsell, verblüfft darüber, in dieser Schatzkammer jemanden anzutreffen. Seine rechte Hand rückte ein wenig nach vorn, um wieder die Kontrolle zu übernehmen. »Und woher wisst Ihr meinen Namen?«

Rasch überprüfte er seine mentalen Barrieren, um sicherzugehen, dass niemand ohne sein Wissen in seinen Geist eindringen konnte. Alles schien intakt zu sein. Aber wer wusste schon, was auf diesem bizarren Planeten, auf dem man Bücher über alles schätzte, aber nichts von Klimakontrolle und ordentlichen sanitären Anlagen hielt, alles passieren konnte?

»Jedermann kennt den Vater der Königin«, antwortete der Alte.

»Aber nicht jeder kennt Euch. Wer seid Ihr?« Kinnsell hasste es, sich wiederholen zu müssen. Eigentlich sollte er in der Lage sein, mühelos die gesamte Lebensgeschichte des Mannes aus seinem Geist zu ziehen.

Doch stattdessen stieß er dort nur auf Bilder, die ihm Kardia Hodos aus großer Höhe zeigten. Der Urheber der Vision segelte auf starken Schwingen dahin. Einen Moment lang genoss er das Gefühl und erinnerte sich an ekstatische Augenblicke, die er erlebt hatte, wenn er sein Shuttle durch die Atmosphäre der vielen Planeten, die er schon besucht hatte, lenkte. Es gab Cyber-Kontrollen, die auf den leisesten Gedanken reagierten, aber er zog das Gefühl der Kontrolle vor, das ein echter Steuerknüppel ihm schenkte. So oder so, sein Shuttle gab ihm die Illusion, wie ein Vogel – oder ein Drache – fliegen zu können.

Dann beherrschte der Hunger nach Fleisch die Erinnerungen des alten Mannes.

Kinnsell hätte sich schütteln mögen. Kein zivilisierter Mensch ernährte sich heute noch von Fleischkost.

Er schüttelte das Gefühl ab, von den Perversionen des Alten beschmutzt worden zu sein.

»Seid Ihr nun klüger, da Ihr in meine Erinnerungen geschaut habt?«, fragte der alte Mann. Er rückte ein paar Bücher auf seiner Seite des Regals beiseite, sodass Kinnsell sein Gesicht und seine Gestalt besser erkennen konnte. Schmal, gebeugt vom Alter und – danach zu urteilen, wie er Kinnsell ansah – kurzsichtig.

»Dürfte ich bitte Euren Namen erfahren?«, fragte Kinnsell mit zusammengebissenen Zähnen. Er hatte weder Zeit noch Geduld für Wortklaubereien.

»Ah, das kleine Zauberwort. *Bitte.* Ja, Ihr dürft meinen Namen erfahren. Ich heiße Lyman und bin in dieser Existenz Meisterbibliothekar.«

»In dieser Existenz?« Noch so ein merkwürdiger Aberglaube, dem diese Leute anhingen. Auch auf Terra hatte es Kulturen gegeben, die an vielfache Wiedergeburten glaubten. Hinterwäldler-Planeten waren voller seltsamer Kulte. Kinnsell allerdings bevorzugte die Familientradition, nach der es einen einzigen Gott gab, nur ein Leben und dann ein Leben nach dem Tode im Himmel. Diese Philosophie wurde vom Großteil der zivilisierten Welten akzeptiert; außerdem war diese verbreitete Religion geeignet, eine Hierarchie von Priestern hervorzubringen, die sich wiederum gut kontrollieren ließen.

»Ihr seid nicht hergekommen, um über Religion und den Sinn des Lebens zu diskutieren.« Lyman tat das Thema mit einem Wedeln seiner knorrigen Hand ab. »Was also sucht Ihr? Ich kenne alle Bücher, die hier aufbewahrt werden, und kann Euch helfen, fast jedes zu finden.«

»Ich stöberte nur ein wenig herum.«

»Oder Ihr sucht nach etwas, das man normalerweise nicht in der Bibliothek findet.«

»Das geht Euch nichts an, Lyman. Lasst mich einfach in Frieden.«

»Frieden ... ob Ihr den wohl jemals findet?«

»Wenn Ihr mich nicht in Ruhe lasst, bestimmt nicht.«

»Solange Ihr in dieser Bibliothek nach Antworten auf Eure Fragen sucht, sind Eure Angelegenheiten auch die meinen.«

Kinnsell hätte am liebsten vor Frustration laut aufgeschrien. Stattdessen wandte er sich abrupt ab und marschierte durch das Labyrinth von Bücherregalen davon. Seine rechte Hand fuhr zuerst nach vorn und dann nach rechts. Doch er war kaum zwei Gänge weit gekommen, als der kleine Mann vor ihm auftauchte und ihm den Weg vertrat.

Kinnsell betrachtete den Alten, den er jetzt zum ersten Mal vollständig erblickte. Ihm gefiel das feine blaue Tuch der altmodischen blauen Tunika, die ihm fast bis auf die Knie hing und mit einer Seidenschärpe gegürtet war. Die meisten Männer in Coronnan trugen kürzere Tuniken und darunter einen Ledergürtel, der ihre Hosen hielt.

»Ohne mich werdet Ihr nicht finden, was Ihr sucht«, erklärte Lyman.

»Oh doch, ich werde sie finden, und wenn ich dieses Gebäude Stein für Stein abtragen muss.« Aber er würde dabei keine einzige Seite der kostbaren Bücher beschädigen.

»Sie? Also, die einzige Frau, die Ihr suchen könnt, ist Maia, die Rover-Frau.«

Einen Moment lang hielt Kinnsell den Atem an. War ihm diese wichtige Information tatsächlich entschlüpft? Er musste besser achtgeben.

»Ich fürchte, wir können nicht erlauben, dass Ihr sie mitnehmt«, fuhr Lyman fort. »Das steht vollkommen außer Frage.«

»Ich hätte auch nicht erwartet, dass Ihr mir Eure Gefangene aufdrängen würdet.«

»Sie ist keine Gefangene. Maia hat sich freiwillig in unseren Schutz begeben.«

»Das Argument kommt mir bekannt vor.«

»Ihr versteht nicht. Sie hegt den aufrichtigen Wunsch, in unserer Obhut zu bleiben. Ein seltsames Volk, diese Rover. Alle Mitglieder eines Clans sind geistig verbunden. Keiner von ihnen kann denken oder handeln, ohne dass alle anderen davon erfahren. Der Anführer des Clans – für gewöhnlich ein starker Magier – lenkt ihre gesamten Gedanken und Handlungen – wie ein politischer Diktator, nur wirkungsvoller durch den Einsatz von Magie. Die Rover kennen keine persönliche Freiheit, wie wir sie verstehen. Es ist uns gelungen, Maia vor den Manipulationen ihrer nomadisierenden Verwandten abzuschirmen. Solange sie hier bleibt, ist sie frei von ihnen.«

»Dieser ganze Planet steckt voller bizarrer Glaubensvorstellungen. Aber das ist die abwegigste, die mir je begegnet ist.«

»Ach, tatsächlich? Warum sonst sollte einer ihrer Verwandten Euch zu einem unmöglichen Rettungsversuch genötigt haben? Die Rover brauchen Maia nicht. Sie fürchten sie, solange sie hier ist, weil sie weder sie selbst noch ihre Handlungen lenken können. Sie weigert sich, bei uns für ihren Clan zu spionieren. Daher muss sie ihrer Ansicht nach entweder zu ihnen zurückgebracht oder getötet werden. Und Ihr, König Kinnsell, seid ihr Werkzeug, um das zu erreichen.«

»Ich diene niemandem außer mir selbst.«

»Das glaubt Ihr. Wenn Ihr mich jetzt entschuldigen wollt ... Ich muss mich mit der Kommune über Eure ungebetenen Streifzüge beraten.« Der Alte grinste, schlenderte zwischen seinen geliebten Büchern davon und war Kinnsells Blicken bald entschwunden.

19. Kapitel

Nach Mitternacht, in dem den Meistermagiern vorbehaltenen Turmzimmer der Magieruniversität, Hauptstadt Coronnan

»Unmöglich!«, schrie Narbengesicht. Er war halb von seinem thronähnlichen Lehnstuhl hochgefahren. »Niemals würde ich meinen Eid gegenüber der Kommune brechen und Außenseiter-Magie einsetzen. Ich bin der Oberste Magier und habe mich selbst und diese Kommune jederzeit unter Kontrolle.« Er ließ sich wieder auf seinen Stuhl sinken und versuchte, seine Gesichtszüge zu beherrschen.

Aber Bessel nahm die Anspannung in seinen Schultern wahr; und seine hässliche Narbe war erneut erbleicht.

»Auf andere Weise hättest du die Verschiebung in den Erdenergien, als Bessel eine Kraftlinie anzapfte, gar nicht spüren können. Du musst zur selben Zeit individuelle Magie ausgeübt haben«, gab Nimbulan mit ausdrucksloser Stimme zurück. Ein Funkeln stand in den Augen des alten Mannes, und er saugte die Wangen ein, als müsse er gegen ein Lachen kämpfen. Offenbar unterhielt er sich gut.

Bessel dagegen wagte sich nicht zu entspannen. Immer noch standen sein Leben und seine Laufbahn auf dem Spiel.

»Erläutere deinen ungeheuerlichen Vorwurf, Nimbulan.« Narbengesicht starrte den einstigen Obersten Magier an.

Alle anderen Meistermagier verhielten sich vollkommen still. Nur ihre Blicke huschten von Narbengesicht zu Nimbulan, dann zu Bessel und wieder zurück.

»Du hast diese Theorie selbst vergangenes Jahr in einem

sehr gelehrten Aufsatz vorgebracht«, fuhr Nimbulan fort. »Die Magie der Kommune ist auf Luft und Feuer eingestimmt; so wie man eine Harfe und eine Flöte so stimmen kann, dass ihre Musik harmonisiert. Erde und Wasser gehören ebenfalls zusammen – aber sie bilden eine andere Harmonie, die nicht gut zu Luft und Feuer passt. Um die Verschiebungen in der Erdenergie zu spüren, musst du auf sie eingestimmt gewesen sein. Wo warst du, als der Sturm aufkam? Als Bessel, deinem Befehl folgend, in dem verzweifelten Versuch, Botschafter Jorghe-Rosse zu retten, nach der einzig verfügbaren magischen Energie griff?«

Bessel sah, wie Nimbulan fragend eine Augenbraue hochzog. Dann hob der ehemalige Magier die linke Hand und richtete die Handfläche mit leicht gekrümmten Fingern nach vorn.

»Ich war ... ich war ...«, stammelte Narbengesicht. Er sah alle Magier, die um den Tisch saßen, an, als suche er bei ihnen nach einer Inspiration. Endlich schaute er Nimbulan direkt in die Augen und sprach weiter. »Nicht ich stehe hier vor Gericht, Nimbulan, sondern Geselle Bessel. Falls ich auf die Erdenergien eingestimmt war, dann war ich mir dessen nicht bewusst. Bessel dagegen wusste genau, was er tat und warum.«

Der Mann log; das wusste Bessel tief in seinem Inneren mit ebensolcher Gewissheit, wie er wusste, dass der Hund draußen vor der Tür auf ihn wartete.

»Das Warum ist ebenfalls von Bedeutung«, erinnerte Nimbulan die Versammelten. »Du hast ihm befohlen, alles Notwendige zu tun, um den Botschafter zu retten.«

»Und er hat versagt«, schloss Narbengesicht.

»Wenigstens habe ich es versucht«, rief Bessel anklagend. »Und bin dabei fast selbst ertrunken. Keiner von Euch hat mir Hilfe oder Beistand geleistet. Wolltet Ihr, dass der Botschafter stirbt, damit Ihr in einem neuen Krieg Eure Überlegenheit beweisen könnt?«

Die Kälte, die von seinen nassen Kleidern ausging, war ihm schon vor Stunden bis in die Knochen gedrungen. Keiner der Meister, die hier Gericht über ihn hielten, war auf die Idee gekommen, ihm ein Handtuch, einen Sitzplatz oder ein heißes Getränk anzubieten, obwohl sie selbst dick und bequem, warm und trocken dasaßen.

»Wäret Ihr in eine sturmdurchtoste Bucht gesprungen, um einen ausländischen Botschafter zu retten?«, verlangte Nimbulan von jedem der Anwesenden zu wissen.

»Ich kann nicht schwimmen«, flüsterte Narbengesicht.

»Und wie hättest du dann deinen eigenen Befehl ausgeführt, den Botschafter um jeden Preis zu retten?«

Beredtes Schweigen herrschte im Raum.

»Ihr müsst kommen, Meister. Es gibt einen Zwischenfall«, ließ sich Lyman von der Tür her vernehmen. Er atmete schwer, als wäre er die drei Treppen, die zu diesem Arbeitszimmer führten, hinaufgerannt. Ein Blitzen in seinen Augen verriet, dass er vieles ungesagt gelassen hatte und sich darüber amüsierte.

Der Hund stürzte an Lymans Beinen vorbei und sprang an Bessel hoch. Jaulend und kläffend verlangte er nach Beachtung, bis Bessel das stinkende Fellbündel hochnahm. Sofort strömte Wärme in seinen Körper.

»Was ist, Lyman?«, fragte Narbengesicht. Jeder Muskel an seinem Körper strahlte Zorn und Frustration aus.

»Ich bin einem Versuch auf die Spur gekommen, Maia aus unserer Obhut zu befreien. Die Rover haben jemanden für ihre schmutzige Arbeit angeheuert.«

»Rover in der Hauptstadt? Wir dürfen nicht zulassen, dass Rover in Maias Nähe kommen«, rief Narbengesicht.

Wie ein Mann erhoben sich die Magier und eilten zur Tür. Sie schienen es eilig zu haben, von all den unbequemen Fragen und Vorwürfen wegzukommen.

Narbengesicht ergriff Nimbulan und Bessel am Arm, um sie zurückzuhalten.

»Diese Sache ist nicht beendet. Für den Moment steht Bessel unter deiner Aufsicht, Nimbulan. Sieh zu, dass er keine weiteren Gesetze bricht. Und halte ihn mir aus dem Weg!«

»Und was ist mir dir selbst, Aaddler?«, gab Nimbulan zurück und zog erneut fragend die linke Augenbraue hoch. »Welche Gesetze wirst du noch brechen, ehe diese Sache vorüber ist?«

Bessel wünschte, er hätte so viel Selbstvertrauen, um den Obersten Magier mit seinem richtigen Namen anzusprechen. Aber Nimbulan hatte auch wenig zu verlieren. Seine Magie hatte er bereits eingebüßt.

Bessel konnte immer noch alles verlieren. Der Hund leckte ihm das Gesicht.

Vielleicht würde es ja nicht so schlimm kommen.

*

Die Grube unterhalb der Stadt Hanassa, Zeit: unbekannt

Das stampfende Geräusch dröhnte Rollett in den Ohren, während er Yaala und Powwell tief in das Höhlenlabyrinth folgte. Er fand Yaala faszinierend und ärgerlich zugleich. Etwas an ihr sorgte dafür, dass sich ihm die Haare auf seinen Armen und im Nacken sträubten. Er hatte im letzten Jahr viel Übles gesehen, das ihn nicht so argwöhnisch gemacht hatte wie ihre Person.

Er nahm sich einen Moment Zeit, um Yaala, die die Führung übernommen hatte, eingehend zu betrachten. Sie besaß das gleiche schmale Gesicht, die gerade Nase und die weit auseinanderstehenden Augen wie Yaassima und Myrilandel. Auf der anderen Seite sprachen ihre kleine Statur und ihr goldblondes Haar nicht für eine Verwandtschaft mit der verstorbenen Kaalipha von Hanassa. Er hatte so viel über Yaassimas Blutrünstigkeit gehört, dass er nur hoffte, die junge Frau möge diesen Zug nicht von ihrer Mutter geerbt haben. Schließlich hatte sie überlebt, obwohl jedermann geglaubt hatte, sie sei hingerichtet worden.

Wie hatte sie das nur fertiggebracht?

Indem sie hier bei den Maschinen Zuflucht gesucht hatte. Sie bewegte sich mit traumwandlerischer Sicherheit durch das Höhlenlabyrinth. Jeder Schritt führte die drei tiefer in die Höhlen hinein, auf die Quelle dieses aufreizenden *Jeek, kusch, jeek, kusch* zu. Je weiter sie sich diesem Geräusch näherten, umso entspannter wirkten Yaalas Haltung und Gang.

Er fühlte sich daran erinnert, wie er während der Kriege eine Art Zuflucht bei Nimbulan gesucht hatte, der damals Schlachtenmagier gewesen war. Nachdem er bei den Magiern relative Sicherheit, Kameradschaft und Trost gefunden hatte, hatte er keinerlei Bedürfnis mehr verspürt, sich in die reale Welt hinauszuwagen. Viele Jahre lang war es ihm sogar schwergefallen, allein zum Einkaufen auf den Markt zu gehen.

Dann, eines Tages vor eineinhalb Jahren, hatte Nimbulan die lange Reise nach Hanassa angetreten, um nach seiner entführten Frau Myrilandel und ihren beiden Ziehkindern Powwell und Kalen zu suchen. Rollett hatte ihn nicht allein ziehen lassen wollen. Es ging nicht an, dass seine Ängste ihn in den sicheren Mauern der Universität festhielten, obwohl Nimbulan ihn brauchte. Dann war Narbengesicht aufgetaucht und hatte Nimbulan gezwungen oder überredet, Rollett in Hanassa zurückzulassen.

Powwell und Myrilandel waren zusammen mit Nimbulan und Narbengesicht entkommen, aber Rollett war zurückgeblieben. Und Kalen wahrscheinlich auch.

Powwell hatte ihm über Nimbulans Rücktritt von seinem Amt und von Narbengesichts Beförderung zum Obersten Magier erzählt und seinen Verdacht bestätigt. Narbengesicht, der ehemalige Schlachtenmagier und Söldner, würde nicht ruhen, ehe er alles und jeden um sich herum unter Kontrolle hatte.

Rollett musste nach Hause, am besten sofort. Aber er war

auch seinen Männern hier in Hanassa verpflichtet. Sie verließen sich auf ihn und vertrauten ihm mit ihrem Leben.

»Zeig mir die Maschinen«, verlangte Rollett finster.

»Warum?«, fragte Yaala. Misstrauen verdunkelte ihre blassblauen Augen. Sie waren nicht so farblos, wie Yaassimas Augen gewesen waren, und viel ausdrucksvoller. Sollte er wagen, ihre Gedanken zu lesen?

Nein, er konnte es sich nicht erlauben, seine Magie zu vergeuden. Er würde warten, bis sie etwas Bedrohliches tat; dann würde er in ihren Geist eindringen und jedes bisschen Wissen aus ihr herauspressen, das er brauchte, um ein für alle Mal aus Hanassa zu fliehen. Zusammen mit seinen Männern.

»Zeig mir die Maschinen, und erkläre mir, wie sie funktionieren. Wenn ich Piedro überwältigen und uns alle hier fortbringen soll, muss ich alles über sie wissen. Die Stadt überlebt keinen weiteren Monat mehr, bis sich euer Drachentor öffnet und Nahrungsmittel gebracht werden«, sagte Rollett schließlich.

»Ich werde erst gehen, wenn ich Kalen gefunden habe.« Powwell stemmte die Hände in die Hüften und reckte das Kinn. Rollett hatte den Jungen noch nie so entschlossen gesehen.

»Sie ist nicht in der Stadt, Powwell. Wenn sie bei eurer Flucht zurückgeblieben wäre, wüsste ich das.«

»Du wusstest aber auch nichts von der Grube und dem Drachentor, und du kennst den Palast nicht«, entgegnete Powwell. »Ich spüre genau, dass sie hier irgendwo ist.« Er hob die Nase, als nehme er ihren speziellen Duft wahr, und der Igel steckte den Kopf aus Powwells Tasche und tat es ihm nach.

Merkwürdig, für Rollett war immer ausgemacht gewesen, dass magische Gefährten Teil einer weiblichen Magie waren. Er hatte in der Zusammenarbeit mit den Männern der Kommune so viel Zufriedenheit gefunden, dass er bis auf seinen Stab keinen Gefährten gebraucht hatte. Er konnte sich nicht erinnern, ob Powwell eine besondere Begabung für Drachenmagie gezeigt hatte. Der Junge – inzwischen fast ein Mann – hatte so wenig Zeit in der Universität bei den anderen Lehrlingen und den Gesellen verbracht, dass Rollett keine Zeit gehabt hatte, ihn richtig kennenzulernen. Er wusste über Powwell nur, dass er ein ungewöhnlich enges Verhältnis zu Kalen, seiner Halbschwester, gehabt hatte.

»Ich zeige dir, was ich kann«, erklärte Yaala, nachdem sie die Maschinen lange zärtlich gemustert und dann wieder zu dem Gang, der in die Stadt führte, geblickt hatte.

Was war ihr wichtiger, die Maschinen oder die Macht einer Kaalipha? Er wünschte, er könnte ihr vertrauen. Oder wenigstens begreifen, was sie antrieb. Später. Doch ehe er den nächsten Schritt in seinem Plan tat, musste er alles über sie wissen.

Aufmerksam lauschte Rollett ihren detaillierten Erklärungen über Generatoren, Transformatoren, Widerstände und Strom. Wenn sie sprach, erhellte ein besonderes Leuchten ihr sonst unscheinbares Gesicht – fast wie bei einer stolzen Mutter, die ihre zahlreiche Kinderschar herzeigt.

Ein Teil von ihm wünschte sich, ihr die Hand entgegenzustrecken und sie wieder Vertrauen zu lehren. Aber er wagte ja nicht einmal selbst, ihr zu trauen, warum also sollte sie ihm gegenüber offen sein.

Er schüttelte die Empfindung ab und konzentrierte sich erneut auf ihren Vortrag.

Generatoren erzeugten aus Dampf die geheimnisvolle Trizität. Transformatoren verwandelten die ungezähmte Energie in eine brauchbare Form, so wie ein Magier Drachenmagie umwandelte. Der Strom floss durch die Drähte wie Magie durch das Blut eines Menschen.

»Ich habe schon Energie aus Kraftlinien und auch Drachenmagie benutzt, um Energie für meine Gabe zu gewinnen, und ich finde, diese Trizität unterscheidet sich nicht sehr davon«, meinte er.

»Das dachte ich auch«, pflichtete Powwell ihm bei. »Aber ich bin schon in Berührung mit dieser Energie gekommen, und ich glaube nicht, dass es für Menschen sicher ist, damit zu arbeiten.«

»Yaassimas Tricks mit dem Licht, das Verschwindenlassen des Altarsteins und ihr plötzliches Auftauchen auf der Bühne waren also sämtlich Illusionen, die durch diese Trizität betrieben wurden«, schloss Rollett aus Yaalas Lektion.

»Ja.« Yaala nickte langsam. Sie wandte den Blick nicht von Rollett und schaute ihm forschend ins Gesicht.

»Dann brauchen wir keine Magie, sondern Trizität, um Piedro zu stürzen und die Stadt zu übernehmen.« Rollett wog die Möglichkeiten ab, die ihnen das bot. Magie und Trizität. Trizität und Magie. Wo endete das eine und begann das andere?

Ideen begannen in ihm aufzusteigen, und mit ihnen wuchsen Pläne und Hoffnungen. Aber zuerst brauchte er mehr Informationen.

»Ich frage mich, ob wir die Fernbies benutzen können, um das Drachentor zu stabilisieren«, murmelte er.

Powwell riss die Augen auf, als ihm klar wurde, was das vielleicht bedeutete. »Das Tor hat oft und gut funktioniert, während die Generatoren reibungslos liefen. Jetzt hat sich das Drachentor verschoben und arbeitet kaum noch. Vielleicht hat es nicht mehr genug Energie, um sich öfter zu öffnen oder sich in einer einzigen Zeitebene zu halten.«

Yaala schüttelte ablehnend den Kopf. »Yaassima hatte Fernbies – eine Art Auslöser – überall im Palast versteckt; einige davon in ihrem Schmuck«, erklärte sie weiter. »Die Trizität selbst hat ihren Körper nie berührt, nur die Fernbies. Sie hat sie gebraucht, um die Trizität bestimmte Aufgaben verrichten zu lassen. Die hohlen Stäbe, mit denen das Tor verschlossen wurde und die von den Wachen benutzt wurden, um die Menschen an den Eingängen zu lähmen, waren auch so eine Art Fernbies.«

Rollett hatte diese hohlen Stäbe schon in Aktion erlebt. Die Wachen schlugen mit dem Stab an einen speziellen Felsbrocken, damit er einen ohrenbetäubenden Laut ausstieß, bei dem Nicht-Magier für einige Zeit erstarrten, der aber bei Magiern nur ein leichtes Unbehagen hervorrief. Diese Zeit hatten die Wachen genutzt, um Verdächtige und jeden, der die Stadt betreten wollte, zu durchsuchen. Sie hatten die Stäbe auch benutzt, um metallene Waffen aufzuspüren. Ein sehr wirkungsvolles Instrument zur Sicherung der Stadt.

Yaassimas Wachen mussten irgendeinen Schutz gegen dieses Geräusch besessen haben. Rollett fragte sich, ob er das auch für seine Männer bewerkstelligen konnte.

»Keiner dieser Tricks wird uns helfen, Hanassa zu verlassen«, seufzte er resigniert. Es musste eine andere Möglichkeit geben; aber die Trizität war der Schlüssel dazu. »Wir können keinen Stab gegen den Felsen schlagen, um die Wachen zu lähmen. Die Hälfte von ihnen sind Rover und immun dagegen.« Durch die direkte geistige Verbindung, die zwischen ihnen bestand, konnten alle Rover Magie ausüben, selbst wenn der Einzelne die Gabe nicht besaß. »Wir bräuchten einen Drachen, der uns hier ausgräbt oder über den Kraterrand fliegt.«

»Kein Drache wäre bereit, sich Hanassa zu nähern«, erinnerte Powwell ihn.

»Ja, ich weiß. Sie behaupten, hier herrsche immer noch Hanassa, der Renegat unter den Drachen«, gab Rollett zurück.

»Wie sollte das möglich sein?« Yaala sah die beiden aus staunend aufgerissenen Augen an. Aber ihr spitzes Kinn zitterte in einem Anflug von Furcht. »Mein Vorfahr hat vor siebenhundert Jahren menschliche Gestalt angenommen und diese Stadt begründet. Da er einen menschlichen Körper bewohnte, musste er am Ende der normalen Lebensspanne eines Menschen sterben.«

»Drachen sind sehr langlebig. Lyman hat mir einmal erzählt, dass sie über tausend Jahre alt werden.« Rollett begann herumzugehen, umkreiste den Generator, den Yaala Liise nannte, und berührte ihn gelegentlich. Er dachte über alles nach, was er über Hanassa, den Drachenrenegaten gehört hatte. Hanassa hatte den Sterngöttern diese Maschinen gestohlen und sie benutzt, um die Magie der drei göttlichen Brüder nachzuahmen.

»In ihrer natürlichen Gestalt können Drachen lange leben«, verbesserte Powwell ihn. »Doch wenn sie einen menschlichen Körper annehmen, so wie Myrilandel, sind sie auf die Lebensspanne dieses Körpers beschränkt.«

»Aber Myrilandel hat nur einen menschlichen Körper entliehen, der bereits existierte. Sie hat keinen Gestaltwandel vorgenommen«, wandte Rollett ein. »Wenn ihr Körper stirbt, könnte sie in einen neuen übergehen, wenn sie will.«

Verblüfftes Schweigen folgte auf diese Aussage.

»Das stimmt doch, oder?«, hakte Rollett nach.

»Ja«, flüsterte Yaala. »Doch ich glaube nicht, dass sie das wollen würde, denn sie hat die Beschränkungen des Menschseins angenommen.«

»Aber was ist, wenn Hanassa seinen menschlichen Körper nur als Wirt betrachtet hat, der ihn eine Zeitlang beherbergte?« Bizarre Gedanken stiegen, schneller, als er sie verarbeiten konnte, in Rollett auf. »Was, wenn Hanassas Geist sich in diesen Höhlen verbirgt und auf einen geeigneten Körper wartet, den er dann benutzt, bis er ihn nicht mehr braucht oder der Körper stirbt?«

»Das Spukwesen«, sagten Powwell und Yaala wie aus einem Munde.

20. Kapitel

Vor Sonnenaufgang, Bibliothek der Magier-Universität, Hauptstadt Coronnan

Kinnsell begab sich in den hinteren Teil der Bibliothek. Mit langen Schritten hatte er die fünfundzwanzig Meter rasch zurückgelegt. Unterwegs ignorierte er die faszinierenden Bücherregale. Er hatte keine Zeit, zu verweilen und Titel zu lesen, Einbände zu streicheln oder diese einzigartige Geruchsmischung aus altem Papier, Tinte und Leder zu genießen.

Eisenstangen versperrten ihm den Weg. Hinter dem Gittertor befand sich eine weitere Bibliothek, ebenso groß oder noch größer als der vordere Teil. Die Treppe, die zur Galerie und zu weiteren Büchern hinaufführte, lag ebenfalls hinter der Absperrung. Tiefe Schatten verbargen diese Bücher vor einem zufälligen Betrachter. Kinnsell hätte viel mehr Licht benötigt, um auch nur die Titel der ihm am nächsten stehenden Bände zu entziffern.

»Bergt ihr noch mehr Geheimnisse?«, fragte er die Bücher. Sie gaben keine Antwort; nicht, dass er damit gerechnet hätte. Er schüttelte den Kopf. Natürlich mussten die Magier den größten Teil ihres Wissens verschließen. Sie konnten die einfache Bevölkerung nur beherrschen, indem sie sie in Unwissenheit hielten.

»Bildung wird das Erste sein, das ich hier einführe, sobald ich die Kontrolle habe. Und dann das Rad. Anschließend wird der Fortschritt ohne Grenzen weitergehen. Irgendwann werden sie mir dafür danken.«

Er zog ein kleines, mit einem Reißverschluss versehenes Etui aus der Innentasche seiner Tunika und strich mit den Fingerspitzen über ein Dutzend winziger, aus einer edlen Legierung hergestellter Werkzeuge. Eine kleine Sonde mit einem Haken, die ungefähr so groß wie ein Zahnstocher war, schien ihm geeignet, um das Schloss aufzubrechen. Er hätte auch seine telekinetischen Kräfte einsetzen können, aber diese flogen ihm nicht so leicht zu wie die Telepathie, und vielleicht würde er sie später noch brauchen, um die Frau zu befreien.

Die Härchen auf seinem Handgelenk sträubten sich, als er die Sonde einschob. Was war das? Vorsichtig schickte er ein wenig von seiner Psi-Kraft an der Sonde entlang und traf auf eine Mauer des Widerstands.

»Aha!« Er lächelte. Die Meistermagier hatten das Schloss mit telekinetischen Kräften versiegelt. Nur stärkere Kräfte würden es öffnen können. Angenommen natürlich, der Eindringling setzte statt eines Schlüssels seinen Geist ein.

Kinnsell wehrte die atavistische Furcht ab, die an der Sonde entlang seinen Arm hinaufschoss. Reine Suggestion. Seine Technologie musste stärker sein als die Psi-Kräfte der Magier. Dies war nur die erste Prüfung für seine Fähigkeiten.

Ein paar kleine Manipulationen, und die Zuhaltungen des Schlosses gaben der Sonde nach. Auf gut geölten Angeln schwang das Tor auf. Kinnsell schlüpfte hindurch und schloss mit Hilfe seines Werkzeugs wieder hinter sich ab. Er schüttelte die Hand aus, um das unangenehme Gefühl, das er immer noch an den Fingerspitzen hatte, zu vertreiben. Der Nächste, der hier einbrach, würde feststellen, dass das Schloss viel leichter zu manipulieren war.

Zwischen ihm und dem Ausgang, den er zu finden hoffte, standen Tausende von Büchern. Gern wäre er geblieben und hätte aus ihnen gelernt. Doch heute hatte er nicht genug Zeit dazu.

»Ich komme wieder«, gelobte er sich. »Bevor ich mit diesem

Planeten fertig bin, werdet ihr mir alle gehören. Dann werde ich auch erfahren, warum die Magier euch verstecken. Wenn ich Imperator bin, sollen Bücher wieder eine größere Rolle spielen. E-Lesegeräte mögen ja praktisch sein, aber Bücher sind das Leben.« Er liebkoste noch einen Buchrücken und ging weiter.

Die Hälfte der Kaufleute, Adligen und Finanziers des Imperiums waren Büchersammler. Er brauchte nur diese Absicht kundzutun, und sie würden sich für seine Wahl einsetzen.

Wie er vermutet hatte, befand sich eine kleine Hintertür in einer dunklen Ecke, wo sie durch die Schatten, die zwischen den hohen Regalen lagen, fast verborgen wurde. Er hatte gemeint, die Tür bei seinem Erkundungsgang auf dem Außengelände der Universität erspäht zu haben. Er bückte sich, um den altmodischen Riegel zu heben, doch die kleine Tür wollte sich nicht bewegen lassen.

»Es braucht schon mehr als ein Schloss, um mich aufzuhalten.« Aber der Mechanismus widersetzte sich seinen Werkzeugen. Er wandte seine Aufmerksamkeit dem Schloss zu. Dies war ein kleiner Trick, von dem seine Familie nichts ahnte. Seit der ersten Mary Kathleen vor siebenhundert Jahren hatte kein Mitglied der O'Hara Familie mehr über telekinetische Kräfte verfügt. Kinnsell schon. Er hatte seine Gabe sein ganzes Leben lang verheimlicht und sie eingesetzt, um sich gleichsam einen Wettbewerbsvorteil gegenüber seinen Konkurrenten um den Thron des Imperiums zu verschaffen.

Nach wenigen Augenblicken der Konzentration gab das Schloss unter seiner mentalen Berührung nach. Eigentlich hätte er jetzt keuchen und vor Erschöpfung schwitzen müssen. Stattdessen hatte er nur das Gefühl, als hätte er das Schloss auf rein mechanische Weise geöffnet.

Merkwürdig. Was war nur mit diesem Planeten? Die Gedanken von Nicht-Magiern konnte er fast mühelos lesen – abgesehen von dem Hinterwäldler-Lord. Aber Magier, also Männer, die nichts weiter als starke Psi-Gaben besaßen, konnten seinen stärksten Bemühungen, ihre Gedanken zu erfassen, widerstehen.

So langsam bekam er eine Ahnung davon, warum die Mitglieder seiner Familie auf Kardia Hodos so leicht auf die Seite der Eingeborenen übergingen. Würde diese Verstärkung seiner Kräfte auch anhalten, wenn er nach Terra zurückkehrte? Wenn, dann konnte sich niemand seiner Wahl zum Imperator in den Weg stellen. Und wenn er auf Opposition stieß, würde er einfach die Gedanken dieser Leute manipulieren.

Er schlüpfte durch die Tür, die so niedrig und schmal war, dass selbst er sich ducken musste, obwohl er etliche Zoll kleiner war als die Eingeborenen. Als er sich aufrichtete und tief durchatmete, erblickte er die Köchin, die aus dem Küchengebäude hinter dem Wohnflügel zu seiner Rechten gelaufen kam. Sie war die einzige Frau, die auf der Universitätsinsel zugelassen war, und jetzt rannte sie mitten in der Nacht davon. Eigentlich sollte sie damit beschäftigt sein, die nächste Mahlzeit für die hundert oder mehr Magier und Lehrlinge zuzubereiten. Seltsam.

Nun ja, er suchte nach einer Frau, die angeblich in der Universität versteckt war. Warum nicht der einzigen Frau folgen, die offiziell hier lebte?

Guillia. Es fiel leicht, aus ihren Gedanken ihren Namen zu erfahren. Sie war also nicht magisch begabt. Ihre Gedanken waren chaotischer als die der meisten Frauen während ihres prämenstruellen Syndroms. Etwas über eine Verschwörung ...

Noch merkwürdiger. Eine Verschwörung innerhalb der Kommune könnte ihm gelegen kommen. *Teile und herrsche* ...

Er folgte der Frau über einen komplizierten Weg, der sie über mehrere Brücken und durch Straßen führte, die kaum breit genug waren, um als Gassen bezeichnet zu werden. Über Tag waren sie dicht genug bevölkert, um als größere Durchgangsstraßen zu gelten.

Selbst zu dieser frühen Stunde waren viele Menschen unterwegs. Sie beendeten letzte Geschäftsverhandlungen in Tavernen, kamen von Zusammenkünften und Festen in den Häusern der Reichen oder bereiteten sich auf die morgendliche Öffnung ihrer Läden vor. Zum ersten Mal, seit er auf diesen abscheulichen Planeten gekommen war, fühlte Kinnsell sich wohl. Sein flottes Tempo brachte sein Blut in Wallung, bis ihm ziemlich warm war. Menschenmengen brandeten gegen ihn an. Genau das fehlte ihm auf primitiven Planeten. Zivilisierte Welten waren dicht bevölkert. In einer Kuppelstadt war man nie wirklich allein. Doch jetzt konnte er tausend Herzen im Stakkato-Rhythmus des Lebens pochen hören und seufzte vor Erleichterung.

In den Schatten der Fackeln und Kerzenlaternen wäre Guillia ihm fast entwischt. Aber er hatte ihre Gedanken berührt, daher konnte sie sich nicht lange vor ihm verbergen. Da war sie, zwei Ecken weiter, und betrat ein sauberes kleines Steingebäude mit einem Turm, der sich dem Himmel entgegenreckte.

Eine Kirche? Ach ja, seine hochgeschätzten Vorfahren hatten hier den Kult der Sternengötter etabliert. Sie hatten ihre eigene Religion zum Vorbild genommen und einfach die Heilige Dreieinigkeit aus Vater, Sohn und Heiligem Geist durch die drei O'Hara-Brüder ersetzt. Ganz klar, dass die Tempel Kirchtürme besaßen und die Eingeborenen als Schutzzeichen gegen das Böse das Kreuz schlugen.

Kinnsell trat in den Tempel und verhielt einen Moment, während er darauf wartete, dass seine Augen sich an das Halbdunkel anpassten und er wieder zu Atem kam. Eines von vielen Dingen, die er auf diesem Planeten ändern würde, waren die winzigen Kirchenfenster. Sie hatten hohe Buntglasscheiben verdient. Das entschied alles: Er würde seinem Hinterwäldler-Lord den Butangasbrenner überlassen. Der Mann würde ein Vermögen damit verdienen, Sand zu edlem Glas zu schmelzen. Und da der Treibstoffvorrat im Tank begrenzt war, würde er

Kinnsell in seiner Gier nur allzu gern wieder dienlich sein, damit er ihn nachfüllte.

Kinnsell trat aus dem düsteren Portal in das Schiff des Tempels, wo hundert Kerzen den Innenraum beleuchteten. Aus langer Gewohnheit berührte Kinnsell Kopf, Herz und beide Schultern und beugte das Knie vor dem Altar. Was machte es schon, wenn er an einen anderen Gott glaubte als den, der hier verehrt wurde? Die Absicht dahinter war dieselbe.

Er hielt in dem leeren Raum Ausschau nach Guillia. Falls die Eingeborenen Kirchenbänke benutzten, dann räumten sie sie nach dem letzten Gottesdienst weg. In dem eckigen Raum sah er keinen Winkel, in dem sich jemand hätte verstecken können. Nicht einmal Säulen stützten das Dach.

Seine Haut kribbelte, als schaue ihm jemand über die Schulter. Er sah sich überall um. Jetzt bemerkte er auch, dass mehr als nur Bänke fehlten: nirgendwo ein Kreuz. Kein Kruzifix hing über dem Altar, und vom Hauptschiff gingen keine Seitenschiffe ab, die dem Grundriss die Form eines Kreuzes verliehen hätten. Auch auf den religiösen Darstellungen an den Wänden fehlten Kreuze. Wie konnten diese Menschen an ein Leben nach dem Tod glauben – was sie, wie er wusste, taten –, ohne dieses Symbol des Glaubens zu verehren?

Andererseits gehörte es nicht zu ihrer religiösen Überzeugung, dass ihr Gott für sie gestorben und zu einem neuen Leben auferstanden war. Sie wussten nur, dass ihre Sternengötter eine Seuche bekämpft und einigen wenigen unter ihnen Psi-Kräfte verliehen hatten – das, was sie Magie nannten.

Er erschauerte und bekreuzigte sich immer wieder, um das Fehlen religiöser Symbole und die Blasphemie seiner Vorfahren wettzumachen.

Das Gefühl, beobachtet zu werden, verstärkte sich. Er musste von hier verschwinden.

»Sucht Ihr jemanden?«, fragte eine leise Frauenstimme hinter ihm.

Kinnsell fuhr zu ihr herum. Eine kleine Frau sah aus schimmernden schwarzen Augen zu ihm auf. Ihr dichtes schwarzes Haar war im Nacken zu einem festen Knoten geschlungen. Ein niedlicher kleiner Leberfleck lag gleich rechts von ihrem Mundwinkel und lud ihn ein, sie zu küssen.

Sie wirkte so klein und verlassen, dass er sie unbedingt in die Arme schließen, sie beschützen und sie lieben musste ...

Kinnsell gebot seiner lüsternen Reaktion auf sie Einhalt. Er war schon Frauen wie ihr begegnet. Sie benutzten ihre geringe Psi-Gabe, um Männer zu verführen und ihrem Willen zu unterwerfen. Sobald er einmal auf diese mentale Falle aufmerksam geworden war, konnte er sich dagegen schützen.

Dann bemerkte er den Olivton ihrer Haut und die kräftigen, kontrastierenden Farben ihrer Kleidung, Rot, Violett und Schwarz. Sie trug große Kreolen-Ohrringe und an jedem Arm ein Dutzend Armreifen, ganz wie die Zigeunerinnen auf Terra.

»Seid Ihr Maia?« Er sprach ebenso leise wie sie. Vor Erregung schlug sein Herz doppelt so schnell wie sonst. Er hatte die Frau nicht einmal aus dem Schlaf reißen müssen. Der Hinterwäldler-Lord würde seine Gefangene bekommen; und Kinnsell stand anschließend der ganze Planet offen.

Er musste husten und rang nach Luft.

»Wer seid Ihr?« Sie wich zurück und sah sich um; entweder auf der Suche nach einem Fluchtweg oder um sich zu vergewissern, dass er ohne Begleitung war. Dabei wirkte sie wie ein verängstigtes Reh. Diese Tiere hatte er auf Bildern aus Alt-Terra schon gesehen. Noch eine List.

»Ich werde Euch nichts tun, Maia. Ich bin hier, um Euch zu helfen. Wenn Ihr wollt, bringe ich Euch nach Hause.« Er streckte ihr die Hand entgegen, um ihr Vertrauen zu gewinnen, und setzte seine eigene Gabe ein, um sie zu überzeugen.

»Wer seid Ihr?«, fragte sie noch einmal. Ihre Schultern entspannten sich ein wenig, doch sie nahm seine Hand nicht.

Kinnsell versuchte, einen leichten mentalen Fühler nach ihr

auszustrecken. Ihre Barrieren waren ebenso undurchdringlich wie die des Hinterwäldler-Lords. Kein Wunder, dass sie nicht darauf hereinfiel, wenn er ihre eigenen Tricks gegen sie wandte.

»Ich bin ein Abgesandter der Sternengötter und gekommen, um Euch zu retten.« Die Lüge ging ihm so leicht über die Lippen wie jede andere, die er schon innerhalb und außerhalb einer Kirche ausgesprochen hatte.

*

Vor Sonnenaufgang, Turmzimmer der Meistermagier, Magier-Universität, Hauptstadt Coronnan

Bessel drückte den nassen Hund an seine Brust, beinahe wie einen Talisman. Nimbulan ging voran, und gemeinsam stiegen sie die drei Treppen bis zum Hof der Universität hinunter.

»Was geschieht jetzt mit mir, Meister Nimbulan?«, fragte er, während die anderen Meistermagier in Richtung Bibliothek abdrehten.

»Nichts, hoffe ich«, antwortete Nimbulan, trat ins Freie und schickte sich an, den Hof zu überqueren. Seine Schritte wirkten ein wenig kürzer als sonst, und er zog die Füße leicht nach. Waren seine Finger nicht auch etwas angeschwollen?

Bessel kannte den einstigen Magier schon fast sein ganzes Leben lang. Gemeinsam hatten sie unter härtesten Umständen die Großen Kriege der Spaltung überstanden. Gewaltige Armeen hatten sie damals geschützt, aber nur weil Nimbulan der stärkste und listenreichste Schlachtenmagier seiner Generation gewesen war. Immer wieder hatte die gewaltige Anstrengung, die es bedeutete, große Schlachtenzauber zu wirken, an seinen Energien und seiner Lebenskraft gezehrt.

Er hatte sich seinen Ruhestand redlich verdient. Doch

konnte Coronnan es sich erlauben, ihn aufs Altenteil ziehen zu lassen, solange Narbengesicht die Kommune leitete?

Der frische Wind wehte ein paar Wolken davon. Ansonsten war keine Spur des Sturms mehr zu erkennen.

Der Hund leckte über sein Gesicht und tat zappelnd seinen Wunsch kund, auf den Boden gesetzt zu werden. Zögernd setzte Bessel ihn auf die feuchten Steinplatten. Die Wärme des Tieres fehlte ihm schon jetzt.

»Meister Narbengesicht hat mich in Eure Obhut überstellt, bis die Sache beigelegt ist«, erinnerte Bessel den Älteren. Er streichelte den Hund und versuchte, sowohl die Trennung von dem Tier als auch eine Entscheidung hinauszuschieben.

»Dann solltest du deine Studien lieber bei mir zu Hause fortsetzen statt an der Universität. In diesem Riesenkasten von einem Haus, das Myrilandel von den Drachen bekommen hat, haben wir jede Menge Platz; erst recht, seit Powwell fortgegangen ist.« Nimbulan hielt inne, betrachtete die Promenadenmischung und rümpfte die Nase, als der typische Geruch nach nassem Hund zu ihm aufstieg. »Ich hoffe, du hast nicht vor, *das da* mitzunehmen.« Vorwurfsvoll wies er auf den Hund.

»Ich weiß nicht. Er ist mir nachgelaufen, seit wir im Hafen angelegt haben.« Bessel hörte auf, den Hund zu tätscheln. Es kam ihm vor, als gehörten sie beide zusammen. Der schmutzige Straßenköter sah anbetungsvoll zu ihm auf und leckte ihm die Hand.

»Myri wird ihn nicht ins Haus lassen, ehe er nicht gebadet ist. Und ich bin mir nicht so sicher, ob ich ihn in meiner Nähe haben will. Mit magischen Gefährten habe ich noch nie etwas anfangen können. Mir war immer mein Stab genug ...« Er sah zum Himmel auf und schluckte gegen seine Emotionen an.

Mein magischer Gefährte. Mit einem Mal war Bessel klar, dass er das Tier tatsächlich angenommen hatte, indem er diese Verbindung zwischen ihm und dem Hund kundtat. Sie gehörten zusammen; wie eine Familie, die er nie wirklich gehabt hatte.

Nicht einmal die Kommune hatte ihm so viel Vertrauen und Kameradschaft geschenkt wie dieser schmuddlige Straßenköter.

Er sah den Hund jetzt in einem neuen Licht. »Ich frage mich, warum er bis heute gewartet hat, um mich zu adoptieren. Es gibt nicht mehr viele Magier, die einen solchen Gefährten haben.« Vielleicht hatte der Hund seine Magie erst gespürt, als er die Kraftlinie angezapft hatte. Möglich, dass diese Beziehung zwischen Magier und magischem Gefährten auf individueller Magie beruhte.

»Diese Frage können wir später klären, zusammen mit anderen Angelegenheiten. Pack deine Sachen zusammen, und komm morgen früh zu mir nach Hause, nachdem du dich und den Hund gesäubert hast. Ich frage mich, ob wohl die Drachen den Platz der magischen Gefährten eingenommen haben ...« Nimbulan wandte sich ab und wanderte davon, in Richtung Stadt. Die linke Hand hielt er erhoben und nach außen gekehrt, während er die bedeutenden Gedanken wälzte, die ihm zweifellos durch den Kopf gingen.

So verbraucht Nimbulans Körper auch sein mochte, sein Geist war offenbar immer noch so agil und aufmerksam wie immer.

»Komm mit, Hund. Hast du auch einen Namen? Ich kann dich nicht immer nur *Hund* rufen.« Bessel bedeutete dem Tier, ihm zu folgen.

Moppelwogger. Der Name stand ganz deutlich vor Bessels Geist.

»Das ist aber ein komischer Name. Moppelwogger. Was er wohl bedeuten mag?«

Bilder von einem langbeinigen, geschmeidigen Lotsenhund, der im Bug eines Fischerboots stand, stiegen vor seinem inneren Auge auf.

»Tut mir leid, Hund, aber so ganz passt das Bild nicht auf dich.«

Der Hund setzte sich unvermittelt hin und wirkte so deprimiert, als hätte er irgendwo unter den verfilzten, schlammigen Zotteln tatsächlich ein Gesicht besessen.

Das mentale Bild, das der Hund Bessel schickte, veränderte sich abrupt und zeigte einen noch größeren Hund, der aus dem Boot sprang und dem Fischer im Kampf gegen einen Behemot-Fisch zu Hilfe eilte, einen der gefräßigen Riesen, die in dem tiefen äußeren Teil der Bucht wohnten.

»Wenn du meinst, Moppelwogger«, schmunzelte er. »So siehst du dich also selbst. Vielleicht bist du ja ebenso tapfer und treu wie diese Hunde, auch wenn du weniger als halb so groß bist und all das nasse Fell dich im Wasser nach unten ziehen würde. Komm, wir brauchen beide ein Bad, eine Mütze voll Schlaf und etwas zu essen, bevor wir uns bei Meister Nimbulan und Botschafterin Myrilandel einstellen. Sie redet mit Drachen. Vielleicht kann sie mir ja auch einige Fragen beantworten.«

21. Kapitel

Vor Sonnenaufgang, Tempel in dem an die Magier-Universität angrenzenden Viertel, Hauptstadt Coronnan

»Nach Hause? Ihr bringt mich zurück zu Televarn?« Maia stürzte sich in Kinnsells Arme.

»Was immer Ihr wünscht, meine Teure.« *Wer dieser Televarn auch sein mag, er ist ein glücklicher Mann.* Einen Moment lang hielt er die junge Frau an seine Brust gedrückt und sog ihren köstlichen weiblichen Duft ein. Es war schon eine Weile her, dass er eine Frau gehabt hatte. In Anbetracht des Reichtums und Prestiges, das er nach Terra heimbrachte, würde ihm seine jetzige Ehefrau sicher einen einzigen Seitensprung verzeihen. Es war ja nicht so, als würde er sie durch eine jüngere Frau mit einer größeren Mitgift und besseren politischen Kontakten ersetzen.

Das hatte er schon drei Mal getan und war dieses Spiels überdrüssig. Seine gegenwärtige Frau passte zu ihm und würde eine elegante Imperatorin abgeben.

Und dann traf ihn die Bedeutung des Namens, mit dem Maia den Mann, der zu Hause auf sie wartete, bezeichnet hatte, wie ein Schlag. *Televarn*: der mit den Varn spricht. Vor etwa zehn Jahren war er auf einer Mission nach Kardia Hodos auf einen Mann dieses Namens mit schwarzem Haar und olivfarbener Haut getroffen. Dieser Bursche war unfähig gewesen, die Wahrheit zu sagen, hätte für die richtige Münze jeden verraten und war ein harter Verhandlungspartner, härter als jeder andere, dem Kinnsell in der ganzen Galaxis begegnet war.

Außerdem war er einer der attraktivsten Männer, die Kinnsell in seinem Leben gesehen hatte. Kein Wunder, dass Maia zu ihm zurückwollte.

Kinnsell hatte nicht vor, diese wunderschöne Frau irgendwo in Televarns Nähe zu bringen, ehe er mit ihr fertig war.

»Habt Ihr Besitztümer zu packen? Wir müssen sofort aufbrechen.« Er würde sie zu seinem Schiff bringen, das gleich außerhalb der Stadt stand. Dann hatten sie Zeit für sich; und anschließend würde er das kleine Shuttle so lange herumfliegen, dass sie den Eindruck hatte, sie reisten dorthin, wo sie wollte. Doch er würde sie nur bis zu dem Hinterwäldler-Lord bringen, der fast so hart verhandelte wie Televarn damals.

»Besitztümer?« Maia lachte. Sie schüttelte den Kopf, dass ihre Kreolen nur so flogen. Ihr schwarzes Mieder spannte über ihren Brüsten.

Am liebsten hätte Kinnsell den störenden Stoff weggerissen und ihre vollen, reifen Brüste befreit. Sie würden genau in seine Hände passen.

Er ballte sie zu Fäusten und presste die Arme fest an die Seiten. Sie musste zusätzlich zu ihren körperlichen Reizen über starke Psi-Kräfte verfügen. Er schwor sich, ihr nicht zum Opfer zu fallen. Stattdessen würde er sie genauso gebrauchen, wie sie ihn auszunutzen gedachte.

»Ich bin eine Rover«, verkündete Maia stolz. »Rover tragen ihren Reichtum am Körper. Es gibt nichts Wertvolleres als meine Freiheit. Ah, wieder über die Straßen der Welt zu wandern ... Televarn wird sich auch wünschen, wieder auf Wanderschaft zu gehen, nachdem er so viele Jahre in Hanassa gelebt hat. Eigentlich ist er nicht wirklich dazu geschaffen, als Kaaliph in der Stadt der Geächteten zu leben. Ich werde ihn daran erinnern, wie wunderbar das Leben auf der Straße ist ...« Sie schloss die Augen und lächelte träumerisch.

»Dann werden wir jetzt gehen.« Kinnsell fasste nach Maias Hand und fuhr mit dem Daumen über ihre Handfläche. Er zog ihre Finger an seine Lippen, sog ihren üppigen Duft und Geschmack ein. Genau das erwartete sie doch, dachte er. Warum also nicht diesen Flirt mit ihr genießen? Wieder fiel ihm das Atmen schwer, und er musste husten, um Luft zu bekommen.

Schließlich legte er die Linke in ihren Rücken, hielt mit der Rechten ihre Hand fest und führte sie aus der Kirche.

»Wir können nicht dort entlanggehen.« Maia hielt ihn zurück und zog an seiner Hand, ließ sie aber nicht los. »*Sie* beobachten mich. Wir müssen einen anderen Ausgang nehmen und dann einen Ort finden, wo wir uns bis morgen bei Sonnenuntergang verstecken können. Die Sonne geht bald auf, und das Licht verstärkt ihre Kräfte.« Vor Angst hatte sie die Augen weit aufgerissen.

»Wer will Euch daran hindern, die Kirche zu verlassen?«

»Die Magier. Sie behaupten, mich vor meinem eigenen Volk zu beschützen, und beobachten jede meiner Bewegungen. Sie verletzen meine Privatsphäre schlimmer, als Televarn es je getan hat, indem er ständig in meinem Geist war. Die Magier hassen Frauen und werden mich töten, wenn sie mich außerhalb des Tempels finden.« Sie zischte, als wären ihre Worte voller Gift, genau wie die Magier.

»Gibt es einen anderen Weg aus dem Tempel?« Kinnsell vertraute nicht darauf, dass seine geistigen Schilde sie vor einem wirklich starken Magier schützen würden. Eigentlich hätte er es bemerken müssen, wenn ein Spion mit Psi-Kräften um die Kirche gestrichen wäre. Er musste den Trick lernen, magische Unsichtbarkeit auf eine andere Person auszudehnen; etwas, das die Magier ständig taten, um ihren König zu schützen – diesen peinlichen Weichling, den Katie geheiratet hatte.

»Natürlich gibt es einen anderen Ausgang. Die Priester und Magier halten ihn für geheim, aber ich habe ihn gefunden.« Sie schien Priester zu derselben Kategorie zu zählen wie Magier, sowohl bedrohlich als auch schmutzig.

»Warum seid Ihr dann nicht längst geflohen? Ihr habt doch Freunde und Verbündete, die auf Euch warten.«

»Aus dem Tempel zu gelangen ist eine Sache. Eine andere ist es, mich versteckt zu halten, während ich aus der Stadt fliehe. Aber Ihr werdet mich beschützen.« Sie liebkoste seine Wange und schürzte die Lippen, als wolle sie geküsst werden.

Mehr als willig, ihr den Gefallen zu tun, beugte Kinnsell sich zu ihr hinunter. Sie lächelte so süß, verhieß ihm so viel...

Er schüttelte sich, um ihren Bann zu vertreiben.

»Wir müssen leise sein.« Maia legte einen Finger an ihre vollen Lippen. Ihre Augen blitzten schelmisch. »Der Priester tröstet gerade die Köchin aus der Universität. Sie kommt oft her; angeblich, um mich zu überprüfen, aber größtenteils, um bei dem sehr attraktiven Priester zu beichten. Ich würde auch bei ihm beichten, aber er zieht blonde, unterwürfige Frauen vor. Vielleicht können wir etwas erfahren, was die Magier vor der Welt verbergen möchten.« Auf Zehenspitzen ging sie auf den Altar und eine kleine Hintertür zu.

»Bei einer Beichte lauschen?« Kinnsell schluckte seine unguten Gefühle hinunter. Immer wieder musste er sich ins Gedächtnis rufen, dass diese Menschen nicht demselben Glauben anhingen, der seine Familie seit mehr Generationen, als jemand zählen konnte, begleitet hatte.

»Wissen ist Macht, und Macht ist kostbarer als aller Reichtum«, erinnerte ihn Maia.

»Das ist einen Vorstellung, die ich verstehen kann.« Und eine, die seine Söhne nie begreifen würden. Er hatte gehofft, Katie würde es lernen. Aber auch sie hatte sich dafür entschieden, sich lieber auf dieser primitiven Welt zu vergraben, statt nach politischer Macht zu streben, echter Macht.

Glücklicherweise hatte seine gegenwärtige Ehefrau Verständnis für so etwas. Sie würde ihm diesen Seitensprung verzeihen, weil er ihn beging, um Wissen und Macht zu erlangen.

Gemeinsam traten Maia und er auf den Altar zu. Gleich hinter dem blauen Marmorblock hing ein großer Wandteppich, der die drei Sternengötter-Brüder zeigte, wie sie auf einer silbernen Flamme nach Kardia Hodos herunterstiegen. Die kalten Flammen auf dem gewebten Bild sahen erstaunlich genau aus wie ein antikes Shuttle. Leise Stimmen drangen durch die herrliche Handarbeit. Kinnsell sah näher hin und entdeckte, dass der Teppich den großen Gebetsraum von einem anderen abtrennte.

Die weibliche Stimme brach in Schluchzen aus. Der Mann flüsterte ihr beruhigend zu.

Kinnsell und Maia hörten genauer hin.

»Narbengesicht hat mich hinausgeworfen! Ich darf nie wieder auf seine Insel zurückkehren, nicht einmal, um meinen Ehemann zu besuchen«, jammerte die Frau.

»Er muss doch einen Grund gehabt haben. Hast du vielleicht deine Pflichten als Köchin vernachlässigt?« Der Priester klang neutral.

»Ich sorge gut für meine Jungs an der Universität. Und für die Meister koche ich sogar noch besser. Aber weiß er meine Bemühungen, meine Talente zu schätzen? Nein. Er sagt, dass Frauen die Magier von ihrer wahren Berufung ablenken. Narbengesicht behauptet, Frauen stünden für die alte Magie, und die müsse mit Stumpf und Stiel ausgerottet werden. Er hat mir befohlen, vor Sonnenaufgang fortzugehen.«

»Das klingt aber ziemlich anders, als ich es damals in meiner Magierausbildung gehört habe, bevor ich mich entschied, Priester zu werden.«

Kinnsell fiel wieder ein, dass auf dieser Welt alle Priester und Heiler zuerst zum Magier ausgebildet wurden. So galt ihre oberste Loyalität immer der Kommune. Diese Frau, Guillia, hatte vielleicht einen Fehler begangen, indem sie mit ihrem Problem zu einem Priester gegangen war.

»Ich darf nicht auf die Insel zurückkehren, nicht einmal um

meine Sachen zu holen oder meinem Mann einen Abschiedskuss zu geben. Ich habe drei Jahre dort gelebt. Die Universität ist meine Heimat! Und meine Kinder, die keine magische Begabung besitzen, müssen ebenfalls gehen. Nimbulan hat ihnen versprochen, sie würden eine Ausbildung erhalten. Aber Lesen und Schreiben kann man doch nur an der Universität lernen. Was soll jetzt aus uns werden? Wir können nirgendwo hin!«

»Nur Magier dürfen lesen lernen, Guillia. Das ist das Gesetz der Sternengötter. Narbengesicht handelt richtig, wenn er deine Söhne von der Schule verweist. Aber dein Mann wird dich doch sicher unterstützen, oder er kann dir und deinen Kindern ein Haus auf einer anderen Insel kaufen. Dort könnte er leben und in der Universität arbeiten.«

»Da kennt Ihr Stuuvart aber schlecht.« Die Frau schnaubte empört. »Er interessiert sich mehr dafür, seine Kisten und Fässer in der Vorratskammer zu zählen, als für das Wohlergehen seiner Familie.«

Kinnsell hatte genug gehört. Der Oberste Magier versuchte seine Macht zu festigen, indem er alle Frauen aus der Universität warf; und das mit der Begründung, alle Spuren der alten Magie zu entfernen – was immer das sein mochte. Er hatte einen Magiergesellen verurteilt, weil er diese alte Magie eingesetzt hatte, um einen Ertrinkenden zu retten. Was würde er als Nächstes tun, um alles in diesem elenden Land zu kontrollieren?

Die Bibliothek. Die Summe allen Wissens, das zusammengetragen worden war, seit die Sternengötter vor siebenhundert Jahren die Büchersammlung hier zurückgelassen hatten. Über die Hälfte der Bibliothek war bereits weggeschlossen. Wie lange würde es dauern, bis die Existenz dieser Bücher – sogar hinter Eisengittern und telekinetischen Schlössern – ihm zu gefährlich erschien und Narbengesicht diesen wunderbaren Bücherschatz vernichtete?

Kinnsell musste zurück in die Universität und all diese wunderbaren Bücher retten. *Seine Bücher!* Aber zuerst musste er Maia von hier fortbringen, um sich der Unterstützung der Lords zu versichern. Wie viel Zeit hatte er?

*

Kurz vor dem Morgen in der Neumondnacht, die Grube unterhalb der Stadt Hanassa

»Hanassas Geist hat sich des Körpers meiner Mutter bedient!«, rief Yaala aus. Das erklärte, warum Yaassima ihren Mann ohne jeden Grund hingerichtet und ihre eigene Tochter verbannt hatte – ihr einziges Kind und ihre Erbin. In Wahrheit beherrschte Hanassa die Stadt und dürstete nur nach Blut und immer mehr Blut. Hanassa brauchte keinen Erben; er würde einfach in den nächstbesten Körper fahren.

Wurde der Geist, den Hanassa aus seinem Wirtskörper vertrieb, dann das nächste Gespenst, das in der Grube umging?

Vor Erleichterung wurden Yaala die Knie weich, und ihr Kopf drehte sich. Dann brauchte sie nicht zu fürchten, ebenso unbarmherzig wie ihre Mutter zu werden; denn die Yaassima, die sie gekannt hatte, war nicht wirklich ihre Mutter gewesen.

»Aber das Spukwesen war schon hier in der Grube, bevor Yaassima gestorben ist«, wandte Powwell ein.

»Das Gespenst, das wir kannten, war der Geist meiner Mutter. Und jetzt ist es der Geist von jemand anderem.« Yaala starrte Powwell an, als wolle sie ihn anflehen, er möge nicht den kurzen Moment zerstören, in dem sie mit etwas, das sich so ähnlich wie Zuversicht und Hoffnung anfühlte, in die Zukunft blickte.

»Und wer ist jetzt das Geistwesen? Das müssen wir wissen, damit wir mit Hanassa im Körper dieser Person umgehen können«, rief Rollett ihnen ins Gedächtnis. »Weder das Spukwesen noch Piedro werden uns gestatten, die Stadt so einfach zu verlassen.«

Powwells Miene wirkte ausdruckslos und leer. Thorny zog sich tief in seine Tasche zurück. Beides war ein unverkennbarer Hinweis darauf, dass er mehr wusste, als er sagte. Doch Yaala wusste aus Erfahrung, dass er erst reden würde, wenn er bereit dazu war.

»Das ist alles sehr interessant. Aber ich brauche etwas zu essen und Schlaf, bevor ich weiterdenken kann.« Rollett gähnte.

Yaala hörte, wie sein Kiefer knackte, als er noch einmal gähnte und seine Augen zusammenkniff. Zögernd öffnete er sie wieder.

Mit einem Mal wirkte er sehr jung und verletzlich. Das letzte Jahr in Hanassa hatte ihn altern lassen, sodass er älter wirkte als seine vielleicht zwanzig Jahre. Auf den ersten Blick hatte sie ihn für fast dreißig gehalten. Aber so alt konnte er nicht sein, sonst wäre er kein Geselle mehr gewesen. Gesellen rückten entweder zum Meister auf oder verließen die Universität, solange sie noch ziemlich jung waren.

»Nimm dir aus der Wohnhöhle, was du brauchst. Dort stehen auch Pritschen. Vergiss nicht zu trinken«, erinnerte sie Rollett. Sie fiel wieder in ihre alte gebieterische Haltung zurück. Jahrelang hatten die Bewohner der Grube ihr ohne Widerstand gehorcht. Die Wachen ihrer Mutter hatten sie respektiert und sich vor den Unfällen gefürchtet, die sie für diejenigen, welche ihr trotzten, arrangiert hatte. Yaala schob den Gedanken beiseite, dass sie so rücksichtslos handeln könnte wie die letzte Kaalipha von Hanassa.

»Ich brauche dich gesund und stark, wenn wir nach oben gehen«, setzte sie ihren Befehlen an Rollett noch hinzu. »Sobald wir Piedro gestürzt haben, werde ich tun, was ich kann, damit du nach Coronnan zurückkehren kannst. Hanassa braucht Coronnans Stärke und seine Rohstoffe, um wieder wahrhaft unabhängig zu werden.«

»Bemühe dich, diese verfluchten Maschinen in Gang zu bringen, Yaala«, sagte Rollett über die Schulter, während er schon auf die große Wohnhöhle zustolperte. »Ich glaube, ich weiß jetzt, wie wir sie einsetzen können. Ich brauche deine Maschinen, um die Tyrannei von Piedro und seiner Gefährtin zu beenden. Wahrscheinlich haben die beiden den Tunnel jedes Mal sabotiert, wenn wir kurz vor dem Durchbruch standen.«

»Ja.« Wärme begann sich in Yaalas Magengrube auszubreiten. Wenn die Maschinen wieder liefen, konnte sie alles vollbringen. Sie konnte ihr Leben wieder in die Hand nehmen, solange sie ihre Maschinen hatte.

Sie wandte sich zu Powwell um und wollte ihn ansprechen, doch die Worte blieben ihr im Hals stecken, als das Geistwesen in die Höhle geflogen kam und die beiden wieder und wieder umkreiste.

Ich will meinen Körper zurück! Ich will ihn sofort wiederhaben! Er bekommt ihn nicht. Er gehört mir! Das hysterische Plappern des Spukwesens drang in Yaalas Kopf und verdrängte jeden zusammenhängenden Gedanken.

22. Kapitel

Tempel in der Nähe des Reveta-Tristile-Palasts, Hauptstadt Coronnan

Wie versprochen führte Maia Kinnsell zu einem kleinen Lüftungsschacht an einer Außenmauer der Kirche. Sie zerrte an dem Metallgitter, das sich leicht lösen ließ.

Die junge Frau schlängelte sich mühelos durch die kleine Öffnung. Der Anblick ihres sich windenden reizenden Hinterteils trieb das Blut rascher durch seine Adern, doch er kämpfte seine Erregung nieder und konzentrierte sich darauf, ihr zu folgen.

Es fiel ihm schwer, seine breiten Schultern aus dem metallenen Rahmen zu ziehen. Der schmale Durchschlupf drückte auf seinen Rücken und seine Brust. Endlich konnte er sich losmachen. Ein Hustenanfall ließ ihn taumeln, bis der Schmerz verging.

Seine elegante Brokat-Tunika hatte fast so sehr gelitten wie seine Atmung. Er würde sie nicht mehr brauchen, sobald er zurück auf seinem Schiff war und sein schweres Varn-Kostüm wieder anlegte. Die vielen Lagen dünner Schleier hielten wärmer als das Pelzfutter seiner Eingeborenen-Kleidung.

»Wo ist Televarn jetzt?«, fragte Maia leise.

»Ich bin mir nicht sicher. Er reist viel herum.« Kinnsell wusste wenig über den Mann und verdrehte deswegen die Wahrheit. Warum war es ihm unangenehm, diese Frau anzulügen? Früher hatte es ihm nie etwas ausgemacht, die Tatsachen so zurechtzurücken, dass sie seinen Bedürfnissen dienten. »Wir müssen zu meinem Schiff gehen und von dort aus Verbindung zu ihm aufnehmen.« Die Schatten wurden länger. Er hatte keine Taschenlampe, mit der er ihnen auf dem Weg zu seinem Versteck hätte leuchten können. Wenn Maia nicht im Dunkeln sehen konnte wie der Hinterwäldler-Lord und die Hälfte der Bevölkerung auf diesem verfluchten Planeten, würden sie heute Nacht irgendwo unterkriechen müssen.

Wo immer sie den Rest der Nacht verbringen würden, Kinnsell hatte vor, es in Maias Armen zu tun. Ihre Haltung, ihre Bewegungen, ihr ganzes Wesen verhießen ihm exotische Genüsse; Dinge, die seine Frau vor dem Traualtar augenblicklich vergessen hatte.

»Ihr wollt auf Eurem Schiff einen Rufzauber wirken?« Maia riss die Augen auf. »Dann seid Ihr auch ein Meistermagier!«

»J ... ja. Was meint Ihr mit *auch*? Wie viele Magier kennt Ihr denn sonst noch?«

»Nun ja, Televarn natürlich.« Sie kaute auf ihren Wangen und wich seinem Blick aus.

Sie log. Jemand, der ihr sehr nahestand, war ein Magier.

Kinnsell schlich ihr auf Zehenspitzen nach, bis sie mehrere Straßen und Gassen von der Kirche entfernt waren. Mit jedem Schritt wuchs sein Gefühl, beobachtet zu werden. Er überprüfte seine Umgebung mit Augen, Ohren und seiner übersinnlichen Wahrnehmung. Nichts. Er konnte nicht feststellen, dass jemand sie beobachtete, nicht einmal die wenigen Menschen, die in dieser stillen, kalten Stunde vor der Morgendämmerung auf den Straßen unterwegs waren.

Er musste sich stark konzentrieren, um zu sehen, wohin er die Füße setzte. Maia tauchte in seinem Blickfeld auf und glitt wieder hinaus und huschte von Schatten zu Schatten, wie ein Magier ... ein Illusionist. Er musste sich immer wieder ins Gedächtnis rufen, dass die Magier hier, genau wie die Zauberkünstler zu Hause, nichts als Schauspieler waren, die sich darauf spezialisierten, ihre Zuschauer zu täuschen.

Sein Atem ging leichter, als er die Kirche und ihren hohen Turm hinter dem Wirrwarr von Hausdächern nicht mehr sehen konnte. Aber dieses kalte Unbehagen wollte einfach nicht weichen. Immer noch hatte er den Eindruck, bei jeder Bewegung beobachtet zu werden. Ein weniger entschlossener Mensch wäre vielleicht zur Kirche zurückgegangen, um das unangenehme Gefühl loszuwerden.

Er beglückwünschte sich zu seiner Willensstärke und ging weiter.

Kinnsell stolperte über einen schiefen Pflasterstein. Maia dagegen ging zuversichtlich einher, trittsicher und rasch.

Es wurde immer dunkler. In primitiver Furcht stellten sich Kinnsells Nackenhaare auf. Wenn sie nicht bald einen Unterschlupf fanden, würde er noch anfangen, von Drachen zu faseln wie Katie.

Als sie die letzte Brücke erreichten, die von der Stadt auf das Festland im Süden führte, atmete Kinnsell schwer. Schweiß lief ihm über den Rücken und unter den Armen hinunter, aber warm war ihm trotzdem nicht. Mit jedem Schritt fühlte sich sein Brustkorb enger an. Bald würde er husten müssen. Aber das Geräusch würde laut durch die leeren Straßen hallen und einem Beobachter verraten, wo sie sich befanden. Wenn er nur aushalten könnte, bis sie die Brücke überquert hatten ...

Die nächtliche Brise frischte auf. Kinnsell begann zu zittern. Er betete, dass sie bald ein Dach über dem Kopf haben würden.

Draußen über der Bucht zogen neue Sturmwolken auf. Die Lufttemperatur schien dramatisch zu fallen. Er schaffte es nicht über den Scheitelpunkt der Brücke; ein gewaltiges Bellen stieg aus der Tiefe seiner Lungen auf. Immer wieder versuchte er, den sich ständig neu bildenden Schleim auszuhusten. Er bekam nicht genug Luft. Schwach klammerte er sich am Brückengeländer fest. Seine Knie zitterten, und ihm wurde schwindlig.

Zum Glück war das nicht die Seuche. Seine Familie war über unzählige Mutationen des Virus hinweg immun geblieben; genau wie mehrere andere Clans. Doch die Wissenschaftler hatten den genetischen Code noch nicht entdeckt, durch den sie die gefürchtete Krankheit hätten bekämpfen können.

Dies musste irgendein ärgerliches Leiden sein, das ausgelöst wurde, weil er sich den Elementen aussetzte. Er hoffte, dass die Antibiotika an Bord des Shuttles es beseitigen würden.

»Seid Ihr krank, Meister Kinnsell?« Maia stand neben ihm und legte eine Hand auf seine Schulter.

Wärme schien aus ihrer Hand in seinen Körper zu fließen, und der Husten ließ so weit nach, dass er wieder atmen konnte.

»Jetzt geht es mir wieder gut. Ich bin nicht an die Luft hier gewöhnt.«

»Ja, die Stadt ist schmutzig. Lieber auf der Landstraße unterwegs sein, wo man frei atmen kann.« Sie zupfte an seinem Ärmel. »Doch die Straße muss bis morgen oder übermorgen warten. Sie wird dann immer noch da sein, wir müssen ihr nur folgen. Aber für heute Nacht kenne ich ein Gasthaus.«

Langsam folgte Kinnsell ihr die letzten paar Schritte von der Brücke hinunter und an Land. Vor ihnen funkelten Talglichter in der zunehmenden Dunkelheit. Der kalte, feuchte Dunst, der vom Fluss aufstieg, hatte sie noch nicht erreicht.

Er hielt inne, um zu den Sternen aufzusehen, die so hell wie Fackeln leuchteten. Auf Terra konnten die Menschen seit vielen Jahrhunderten keine Sterne mehr sehen. Schon lange bevor die ersten Kuppeln erbaut worden waren, hatte die Luftverschmutzung den Nachthimmel verdunkelt. Er wünschte, er könnte von hier aus die Sonne von Terra erkennen; dann hätte er das Gefühl gehabt, immer noch ein Teil des Imperiums und der Zivilisation zu sein.

»Was werden uns ein Zimmer und eine warme Mahlzeit in dem Gasthaus kosten?«, fragte er, als er ein Reetdach erblickte, das sich schwarz vor dem dunklen Himmel abhob. Er betastete die hiesigen Münzen, die er bei sich trug, aber er hatte keine Ahnung, was jede davon in Waren oder Dienstleistungen wert sein mochte.

»Er wird nichts von Euch verlangen.« Maia hüpfte leichtfüßig dahin und schwenkte ihr Hinterteil, dass ihre Unterröcke schwangen.

Kinnsell beobachtete sie mit wachsendem Interesse. Sie hatte nichts gegen seinen Vorschlag eingewandt, ein Zimmer für sie beide zu nehmen. Vielleicht war sie ebenso auf ein Abenteuer aus wie er.

Hundert lange und ermüdende Schritte später schob Maia das Tor auf, das in den Hof des Gasthauses führte. Zu müde, um das schwere Holztor selbst aufzustemmen, folgte Kinnsell ihr. Ein gemaltes Schild, das eine grünhaarige und mit Seetang bekleidete Wasserhexe zeigte, schaukelte im Wind und knarrte auf rostigen Aufhängungen.

»Das Gasthaus zur Hexe der Bucht«, erklärte Maia und wies auf das Schild.

Kinnsell sah genauer hin, um zu erkennen, ob auf der knarrenden Holzplatte, die in der Brise vor Sonnenaufgang schaukelte, Worte standen, doch nur das Bild erwiderte seinen Blick. Auf dieser Welt waren nur Magier so gebildet, dass sie lesen konnten.

Ein paar teilnahmslose Stallburschen striegelten schäbige, x-beinige Pferde. Aus der Küche schrie die Köchin etwas über Hexenkatzen, die hier nichts zu suchen hätten. Sie hatte einen so starken bäuerlichen Akzent, dass Kinnsell nicht alle Worte verstand. In der Schenke grölten ein paar Gäste unter völliger Missachtung von Melodie, Tonart – oder der Nachtstunde – ein Sauflied.

Der Gestank ungewaschener Körper, zu dicht zusammengepferchter Pferde und abgestandener Nachttöpfe reizte Kinnsell zu einem neuen Hustenanfall. Er beugte sich vor und umklammerte seine Knie, um auf den Beinen zu bleiben.

»Ihr müsst damit aufhören, Meister.« Maia rieb ihm besorgt den Rücken. »Der Wirt wird Euch nicht bleiben lassen, wenn er glaubt, dass Ihr von der Seuche befallen seid, die in den inneren Provinzen tobt.«

»Ich habe diese verdammte Seuche nicht, Maia. Glaubt mir. Das wüsste ich.« Ein leiser Zweifel versuchte sich in ihm einzunisten, doch er schob ihn beiseite. Bei diesem allgegenwärtigen Schmutz mussten alle möglichen Krankheiten umgehen. Aber was immer die Menschen hier ausbrüteten, sie konnten unmöglich unter der gleichen Seuche leiden, von der die zivilisierten Planeten dezimiert wurden. Unter den hiesigen Bedingungen konnten die Seuchenkeime nicht existieren. Und alles andere konnte er mit ein paar Antibiotika beheben, sobald sie sein Schiff erreichten. Morgen. Gleich morgen früh würden sie aufbrechen.

»Morgen mieten wir Pferde, die uns zu Eurem Schiff bringen«, fuhr Maia fort. »Viel schneller, als zu Fuß zu gehen.«

»Ich will verdammt sein, wenn ich mir auf dem Rücken eines dieser Tiere einen wunden Hintern hole!« Kinnsell richtete sich aus der kauernden Haltung auf, die er während seines Hustenanfalls eingenommen hatte.

»Das Reden übernehme ich, Meister Kinnsell. Mich wird der Wirt nicht wegschicken.« Maia trat vor ihn, als ein dickbäuchiger Mann mittleren Alters, der eine fleckige Schürze trug, sich ihnen näherte. Er stank nach Fleisch und schalem Ale.

Kinnsell hätte beinahe gewürgt. Mühsam rief er sich ins Gedächtnis, dass die Menschen auf primitiven Planeten Fleisch essen mussten, um zu überleben. Nur Kulturen auf zivilisierten Planeten konnten es sich leisten, den Fleischverzehr abzulehnen.

Maia schob sich an den Herbergswirt heran. Sie umfasste seine Schulter, wobei sie ihm sehr nahe kam, und strich ihm mit zarten Fingerspitzen über die Wange.

»Ein Privatzimmer und eine Mahlzeit für den edlen Herrn?«

Der Wirt warf Kinnsell einen kurzen Blick zu und konzentrierte sich dann wieder auf Maias Lippen, die den seinen viel zu nahe waren. »Und für Euch, meine Dame, gibt es saubere Laken und heißen Gewürzwein in meinem Bett.« Er fasste die Rover-Frau um die Taille, zog sie an sich und küsste sie gründlich.

»Aber ... aber ...«, keuchte Kinnsell. Wie konnte sie es wagen, für ihrer beider Unterkunft und Essen zu bezahlen, indem sie ... Sie war ihm, Kinnsell, etwas schuldig. Er hatte sie gerettet. Sie hatte kein Recht, ihren Körper an diesen schmutzigen Kerl zu verkaufen.

Kinnsell zog die Augen zusammen und dachte über eine passende Rache nach. Seine rechte Hand fuhr nach vorn, während er versuchte, die Lage und seine Gefühle unter Kontrolle zu bekommen.

»Keine Sorge, Meister Kinnsell. Ich komme später zu Euch. Wenn Ihr Euch ausgeruht habt.« Maia lächelte ihm zu.

Kinnsell entspannte seine Haltung. Sollten sie doch denken, dass er sich damit abspeisen ließ.

Maia und der Wirt schlenderten in vertrauter Umarmung davon. Sie erforschten bereits gegenseitig mit den Händen ihre Körper.

»Aber ... aber ...« Doch eigentlich protestierte Kinnsell nur noch, damit die beiden es hörten. Ehrlich gesagt war er erleichtert, dass er sich nicht sofort als Mann beweisen musste. Durch seinen hartnäckigen Husten fühlte er sich erschöpft und unsicher auf den Beinen.

Eine sehr junge blonde Magd nahm seine Hand und führte ihn über eine wacklige Treppe in das Gästezimmer, das unter den steilen Dachbalken lag.

»Ich bleibe bei Euch, Herr«, erbot sie sich und sah ihn aus großen blauen Augen an.

Sie konnte nicht älter als vierzehn sein, ein Kind noch. Diese Barbaren!

Seine Hand fuhr nach vorn, doch ausnahmsweise half ihm die Bewegung nicht, sich zu beruhigen.

Kinnsell knallte dem Mädchen die Tür vor der Nase zu. Die Wände wackelten, und das winzige, mit Holzläden geschlossene Fenster klapperte, als er gegen die Türbretter schlug. Aus dem Dachmaterial fielen ihm loses Stroh sowie eine Maus auf den Kopf. Der Staub, der ihm in die Nase und den Mund stieg, reizte ihn erneut zum Husten.

*

Mittag, Magier-Universität, Hauptstadt Coronnan

Bessel und Moppelwogger schliefen bis Mittag. Dann schnappten sie sich in der Küche eine Hand voll Schinken und Brot und huschten aus der Hintertür. Ungehindert durchquerten sie auf dem Weg zu ihrem neuen Zuhause die geschäftige Stadt, bis sie die Botschaft von Rossemeyer passierten. Alle Türen waren bereits mit blutroten Trauerkränzen geschmückt. Aus jedem Fenster hingen Banner in dem gleichen Blutrot. Krieger aus Rossemeyer rechneten damit, in der Schlacht zu sterben, daher stand bei ihnen die Farbe frisch vergossenen Blutes symbolisch für den Tod.

Der Hund flitzte eilig an dem Gebäude vorbei, und Bessel folgte ihm ebenso schnell. Furcht strahlte von Moppelwogger aus und griff auf Bessel über. In diesem Moment trat ein Mann in der weiten schwarzen Robe und dem hohen Turban, wie sie in Rossemeyer getragen wurde, auf die Vordertreppe. Der lange Streifen aus schwarzem Tuch, den er normalerweise am Turban befestigt vor dem Gesicht trug, hing ihm schlaff auf die Schulter. Der Mann blickte finster drein und hatte den Mund zu einer bösartigen Grimasse verzogen. Berechnend, aus zusammengezogenen Augen, beobachtete er Bessel und seinen Gefährten. Dann zog er sein gezacktes Kurzschwert aus den Tiefen seiner Robe.

Bessel hätte sich am liebsten unsichtbar gemacht.

Du bist tot, erklärte der Krieger lautlos, indem er nur die Lippen bewegte, und trat auf die Straße hinunter, wobei er Bessel nicht aus den Augen ließ.

Moppelwogger sauste, den buschigen Schwanz eingekniffen, jaulend davon.

Bessel rannte ihm nach.

Der Krieger folgte ihnen nicht. Lady Jorghe-Rosse hatte König Quinnault einen Tag Zeit gegeben, ihr ein passendes Opfer für ihre grausame Bestrafung zuzuführen. Bessel hatte bis Mitternacht Zeit – falls diese Wüstensöldner die Zeit genauso maßen wie der Rest der Welt. Doch irgendwie wusste Bessel, dass sie die Zeit so berechneten, wie es ihnen genehm war. Sie würden das Ergebnis von König Quinnaults Untersuchung nur abwarten, wenn es ihnen passte.

Immer noch über die Schulter blickend, huschte Bessel um ein beeindruckendes Stadthaus herum, das eine halbe Insel entfernt lag, und klopfte heftiger, als das unbedingt nötig war, an Myrilandels und Nimbulans Küchenfenster. Er hatte das Bedürfnis, sich im Inneren eines Hauses zu befinden, außer Sichtweite möglicher Killer. Da er sich nicht auf magische Weise in Luft auflösen konnte, würde er sich eben hinter profanen Mauern verstecken.

Die meisten Häuser auf dieser Insel gehörten ausländischen Botschaftern. Ein paar fremdländische Kaufleute, die reich genug waren, um eines dieser hohen, schmalen Gebäude zu erwerben, hatten sich in der Nähe ihrer Botschafter niedergelassen. Für Myrilandel, die Botschafterin der Drachen, hatte man mit Drachengold eines der Häuser mit den Schieferfronten erworben.

Nimbulan, Myrilandel und ihre Tochter Amaranth lebten um einiges bescheidener als ihre Nachbarn. Sie hielten sich, wenn überhaupt, wenige Dienstboten und gaben selten prächtige Gesellschaften oder hielten Hof für ihre Klienten. Drachen hatten es nicht nötig, die Gunst politisch einflussreicher Menschen zu suchen. Im Gegenteil, die Menschen mussten dafür sorgen, dass die Drachen glücklich waren.

Doch seit etlichen Tagen hatte niemand mehr einen Drachen gesichtet. Bedeutete das, dass die Drachen momentan nicht zufrieden mit den Menschen waren?

Endlich öffnete Myrilandel auf Bessels hektisches Klopfen die Küchentür. Die Botschafterin der Drachen hielt einen Besen in der Hand und trug ein einfaches Bauernkleid und Kopftuch, das ihr weißblondes Haar verbarg. Nimbulan war nirgendwo zu sehen. Bessel huschte in den warmen Raum und stolperte dabei fast über den Hund.

»Ich erlaube nicht, dass dieser Hund meine saubere Küche beschmutzt«, verkündete sie und scheuchte Moppelwogger mit dem Besen zurück zur Tür. Doch der wieselte um ihren Besen herum und versteckte sich unter dem langen Küchentisch.

»Das ist nicht nur ein Hund!«, verteidigte Bessel seinen neuen Freund. »Er ist mein magischer Gefährte.«

»Nun, das ist natürlich etwas anderes.« Myrilandel musterte den Hund aus zusammengezogenen Augen, als schätzte sie ihn mit Hilfe ihrer Magie ein. »Ich habe meinen Amaranth vor über einem Jahr verloren, und ich vermisse ihn immer noch. Ich habe zwar meine kleine Tochter nach meinem magischen Gefährten benannt, doch selbst das füllt die Lücke nicht aus, die sein Tod gerissen hat. Wie heißt er?«

»Er nennt sich selbst Moppelwogger.«

»Was in dieser Existenz ist ein Moppelwogger?«, fragte Nimbulan, der mit seiner Tochter auf dem Arm in die Küche trat. Das kleine Mädchen kicherte und nuckelte an seinem feuchten Daumen.

»Eine Art Lotsenhund«, antwortete Bessel.

»Sieht eher aus wie ein Mopp mit einer Nase und einem

Schwanz daran«, meinte Myrilandel kopfschüttelnd. »Wie wäre es mit *Mopsie?*«

Als der Hund diese Abkürzung seines Namens vernahm, schaute er auf und wedelte nicht nur mit dem Schwanz, sondern mit dem ganzen Körper.

»Such dir ein Zimmer für dich und Mopsie aus.« Nimbulan wies zur Treppe. »Anschließend kommst du zu mir ins Arbeitszimmer. Ich möchte mir ein Bild von deinen Fortschritten machen, bevor wir einen Lernplan für dich aufstellen.«

»Denk an den Hund und suche dir ein Zimmer in der Nähe einer Tür aus«, setzte Myrilandel hinzu. »Du musst ihn öfters nach draußen lassen, und da wirst du es rasch überdrüssig werden, mitten in der Nacht die Treppe hinunter- und wieder hinaufzugehen. Glaub mir, ich weiß, wie es ist, wenn ein magischer Gefährte sich einen Menschen hält.«

»Ähm, Meister, ich glaube, ich sollte etwas über Selbstverteidigung und Tarnung lernen.« Bessel hielt auf seinem Weg zur Hintertreppe, die in jedem anderen Haushalt der Dienstbotenaufgang gewesen wäre, inne. Wenn Myrilandel – abgesehen von einer Kinderfrau, die sie gelegentlich in Anspruch nahm – Personal hatte, dann war das Bessel noch nie aufgefallen.

»Warum?« Nimbulan ließ den Arm sinken, mit dem er eben nach oben gezeigt hatte. »Hat jemand von der Universität dich bedroht?«

»Nein, Meister. Ich musste auf dem Weg hierher an der Botschaft von Rossemeyer vorbei. Einer ihrer Krieger ist nach draußen getreten und hat mich sehr eindringlich angesehen. Er hat sein Schwert gezogen und etwas gesagt, aber ich konnte seine Worte nicht verstehen.«

Warum gab er nicht zu, dass er wusste, was der Mann gesagt hatte? Vielleicht hatte er die Worte ja nicht ausgesprochen, sondern nur gedacht.

»Hast du in seinen Gedanken gelesen, was seine Absichten waren?«

»Nein, Meister. Ich belausche niemandes Gedanken, ohne dazu aufgefordert worden zu sein.« Vor Verlegenheit lief Bessels Gesicht rot an.

»Nicht einmal, um dein Leben zu retten?« Fragend zog Nimbulan eine Augenbraue hoch.

»Ich ... ich weiß es nicht. In so einer verzweifelten Lage war ich noch nie.«

»Denk darüber nach, während du dich einrichtest. Und auch über Unsichtbarkeitszauber. Ich habe mich früher sehr gut darauf verstanden, mich direkt vor der Nase von Menschen, vor denen ich auf der Flucht war, zu verstecken. Manchmal habe ich nicht einmal Magie dazu gebraucht.« Der ältere Mann lachte leise und setzte seine Tochter auf den Boden. Er kniete sich vor sie hin und zauste ihr das Haar. »Aber vor dir werde ich nie weglaufen, Ammie.«

Das kleine Mädchen lachte ausgelassen.

Bessel fragte sich, wie viel Nimbulan ihn würde lehren können, nachdem er seine Magie verloren hatte und nun sein Leben mit seiner geliebten Familie teilte. Sein alter Lehrer stand auf und streckte langsam die Gliedmaßen. Dann hustete er und verzog schmerzhaft das Gesicht.

23. Kapitel

Nachmittag, die Grube unterhalb der Stadt Hanassa

»Bist du dir sicher, dass dieses Ding funktioniert?«, fragte Powwell und beäugte argwöhnisch das kleine schwarze Kästchen, das Yaala Fernbie nannte. Er hielt es so, dass die kleine Spukgestalt es ebenfalls sehen konnte. Seit die nebelhafte Erscheinung zurückgekehrt war, hatte sie ihn kaum ein paar Sekunden allein gelassen, nicht einmal, wenn sie schliefen oder aßen. Das Eisentor war offen geblieben, nachdem die Wachen geflüchtet waren, sodass sie nach Belieben kommen und gehen konnte. Warum also ging sie nicht?

Wenigstens hatte sie ihr Wehklagen eingestellt.

»Ich bin mir über gar nichts mehr sicher«, gab Yaala zurück. Wiederholt berührte sie verschiedene Teile der Kleinen Liise, des Generators, der munter vor sich hintuckerte und Dampf in Trizität verwandelte. Meist werkte Yaala an einer Kontrolltafel herum, die sie an einem Ende der Maschine aufgeklappt hatte. »Drück auf den linken Knopf und schau, was passiert.«

Powwell hielt den Finger über den Knopf, den sie ihm beschrieben hatte. Irgendwann in der Vergangenheit war er rot gewesen. Generationenlanger Gebrauch hatte die Farbe abgetragen, sodass nur noch ein paar Farbtupfer auf seinen Zweck hinwiesen. Er schloss die Augen und drückte fest auf den Knopf.

»Nichts geschieht.« Rollett musterte die Höhlen und streckte prüfend seinen Stab aus. Das Spukwesen, das direkt vor ihm schwebte, schien er nicht zu bemerken.

»Warte einen Moment«, riet Yaala, während sie sich mit den Knöpfen und Schaltern des nahegelegenen Transformators beschäftigte. »Drück noch einmal.«

Powwell drückte den Knopf.

Immer noch nichts.

»Richte das Fernbie auf die Kontrolltafel für das Licht, die sich an der Wand befindet.« Yaala stieß einen resignierten Seufzer aus. »Ich dachte, du wüsstest, dass man mit einem Fernbie ein Ziel anvisieren und direkten Sichtkontakt haben muss.«

»Jetzt wissen wir es«, meinte Rollett grinsend. »Genau wie die magische Fernsicht. Damit sieht man auch weiter als nur mit den Augen, aber man muss eine Sichtverbindung haben.«

Powwell und Rollett schauten einander an und zuckten die Achseln. Diese Trizität klang mehr und mehr wie Magie. Aber Powwell wusste, dass sie keine war. Es war gefährlich, diese Energie zu berühren, gefährlich für alle bis auf den erfahrensten Ingenieur – Yaala.

Außerdem würden die Maschinen die Seuche nach Coronnan bringen. Das hatte er in dem Moment gewusst, als sie durch das Drachentor getreten waren und er hinter dem allgegenwärtigen Schwefelgestank den metallisch-chemischen Geruch der Luft wahrgenommen hatte. Nie würde er den Geruch der Seuche aus seinem Drachentraum vergessen.

Das Geistwesen ahmte seine Miene nach und rümpfte den Teil seines Gesichts, wo eine Nase gesessen hätte.

Powwell versuchte die Spukgestalt zu ignorieren und drückte den Knopf noch einmal. Das Licht verglomm zu einem schwachen Schein. Die Dunkelheit schien auf ihn zuzukriechen. Seine Sinne spürten jedes Sandkorn und jeden Felsen in dem Berg, der auf ihm lastete.

Das Geistwesen flüsterte sanft und tröstlich in seine Gedanken hinein, wie Kalen es immer getan hatte.

»Und nun drück den grünen Knopf auf der rechten Seite«, wies Yaala ihn an, bevor er in Panik verfallen konnte.

Sie sah glücklich aus, daher vermutete Powwell, dass das Fernbie und die Maschinen sich so benahmen, wie sie es erwartete. Er befolgte ihren Befehl und vergaß auch nicht, das Fernbie auf die Kontrolltafel zu richten. Langsam wurden die Lichter heller. Er drückte weiter, und zusätzliche Lampen flammten auf.

Zum ersten Mal spürte Powwell, wie sich die Last auf seiner Brust hob, die daher rührte, dass er sich in den düsteren Höhlen unter der Oberfläche befand. Gegen diese Ängste hatte ihn das Geistwesen nicht so unterstützt wie Kalen.

»Macht dieses Fernbie noch etwas anderes?«, fragte Rollett.

»Was soll es denn deiner Meinung nach tun?« Die Hände in die Hüften gestemmt, drehte sich Yaala um und sah ihn an.

Powwell fragte sich, warum sie so gereizt wirkte und ständig die Konfrontation mit Rollett suchte. Sonst liebte sie es, über die Trizität und ihre Maschinen zu reden. Aber sie schien beinahe Angst zu haben, Rollett mehr Informationen zu geben, als sie unbedingt musste.

Fürchtete sie sich vor Rollett? Aber sie standen doch auf derselben Seite, oder?

»Kann es den Altarstein in der Halle der Gerechtigkeit aus dem Boden aufsteigen lassen?

»Vielleicht.«

»Könnte ich damit wie aus dem Nichts auf dem Podium erscheinen?«

»Nein. Aber ich glaube, es ist auf eine Lichterbatterie in der Decke eingestimmt, die einen hellen Lichtblitz vor dem Podium erzeugt, sodass man den Wandteppich mit dem Wasserfall durchschreiten kann, ehe sich die geblendeten Zuschauer wieder erholt haben.« Yaala nahm Powwell das Fernbie wieder ab und manipulierte daran herum. »Yaassima hatte es gern, wenn all ihre Fernbies auf die gleiche Frequenz eingestellt waren, damit sie jedes beliebige benutzen konnte. Daher müsste dieses hier bei allen ihren Tricks funktionieren.«

»Dann lass uns nach oben gehen«, sagte Powwell und schritt bei seinen letzten Worten schon zum Ausgang. Er konnte die Grube gar nicht schnell genug hinter sich lassen. Das Spukwesen schwebte dicht neben ihm her.

Jetzt musst du mir helfen, meinen Körper, den Hanassa mir gestohlen hat, zurückzubekommen! Er soll ihn nicht haben.

Ich werde mein Bestes tun.

Yaalas Fernbies würden ihm nicht dabei helfen, Hanassa aus Kalens Körper zu vertreiben. Nur Magie konnte Kalen retten und sie alle hier herausbringen. Er würde dafür sorgen, dass Yaala zusammen mit ihm und Rollett nach Coronnan zurückkehrte. Sie gehörte nicht wirklich nach Hanassa. Kein ehrlicher Mensch tat das.

Die nächsten paar Stunden konnten sehr, sehr unangenehm werden. Wahrscheinlich würde auch Blut fließen.

*

Nachmittag, die Grube unterhalb der Stadt Hanassa

»Dies ist nur eine Erkundungsmission«, erklärte Rollett bestimmt. »Wir gehen kein Risiko ein und halten uns so weit wie möglich versteckt.« Er bedachte Powwell und Yaala mit strengen Blicken. Die Männer von Hanassa zuckten normalerweise ängstlich zusammen, wenn er das tat.

Doch Powwell und Yaala erwiderten seinen Blick fest. Beide nickten kurz und entschieden. Dieses Mal würden sie ihm gehorchen, weil seine Pläne sich mit ihren deckten.

»Beim ersten Anzeichen von Problemen oder wenn euch jemand erkennt, kehrt ihr sofort hierher zurück. Wartet nicht ab. Versucht nicht, etwas zu unternehmen. Kommt einfach hierher zurück, wo ihr in Sicherheit seid.«

»Das wissen wir, Rollett. Du hast es schon ein Dutzend Mal

gesagt«, gab Powwell ungeduldig zurück. »Es hilft mir auch nicht, Kalen zu finden, wenn du es ständig wiederholst.«

Rollett hätte Powwell fast am Kragen gepackt und durchgeschüttelt, bis er ihm Respekt erwies.

Dann hasste er sich selbst, weil er instinktiv auf Gewalt hatte zurückgreifen wollen. Wie sollte er zu Hause Gutes bewirken, wenn sich die Gewalt, die in Hanassa so allgegenwärtig war, in sein Wesen eingeprägt hatte?

»Lasst uns gehen. Sinnlos, noch länger Zeit auf alte Anweisungen und noch ältere Argumente zu vergeuden.« Yaala trat zwischen die beiden und legte jedem begütigend die Hand auf die Brust.

Rollett rang seine heftige Reaktion nieder. Erneut flößte diese Frau ihm Respekt ein, was dazu beitrug, dass er sich weiter beruhigte. In jedem zivilisierten Land würde sie eine wunderbare Anführerin abgeben. Aber hier, unter den Gesetzlosen, brauchte sie Hilfe. Sollte er doch bleiben?

Er nahm sich die Freiheit, Yaalas Gesicht genauer zu betrachten. Sie hatte einen Teil des Reiseschmutzes abgewaschen und ihr blondes Haar gekämmt. Es fiel jetzt weich um ihre Schultern; nicht länger versteckt unter dem hässlichen Tuch, das sie nach Rover-Art über einem Ohr geknotet hatte. Mit ihrem schmalen Gesicht und ihrer blassen Haut war sie eher auffallend als schön. Er freute sich schon darauf, sie einmal als Frau gekleidet zu sehen statt als geschlechtslosen Bengel. Und er hoffte, dass sein Begehren verfliegen würde, wenn er feststellte, dass sie nur wenig oder keine Kurven besaß, die einen Mann anzogen.

Rollett konnte es sich nicht leisten, Zeit oder Kraft auf eine Frau zu verschwenden.

Und er wusste nicht, wie lange er die Stadt – oder das, was die Stadt im vergangenen Jahr aus ihm gemacht hatte – noch ertragen konnte.

»Unsere erste Aufgabe ist, das Fernbie am Tor auszuprobieren.« Rollett ging vor und hielt das Kästchen in der Hand. »Gibt es eine Möglichkeit, Piedro daran zu hindern, das Tor durch Magie oder mit einem Schlüssel zu öffnen, Yaala? Wenn er nicht an die Nahrungsmittel herankommt, steckt er in der Stadt in großen Schwierigkeiten. Das wird das Gleichgewicht der Macht verschieben. Nahrung und Flucht sind die einzigen Währungen, die in Hanassa gelten.« Unterwegs zielte er mit dem Fernbie auf verschiedene Kontrolltafeln. Lichter flammten auf oder verloschen, je nachdem, wie er die Knöpfe drückte.

»Mich würde interessieren, auf welche Seite seine verschleierte Gefährtin sich dann schlägt«, überlegte Powwell. Immer wieder schaute er über die Schulter, als sähe er etwas, das die beiden anderen nicht wahrnahmen.

»Mich auch«, fiel Yaala ein. »Wie du sagst, Rollett, ist sie diejenige, die Piedro jeden Schritt diktiert. Er kommt mir wie ein Mann vor, der ehrgeizig ist, aber nicht allzu viel Weitblick an den Tag legt. Wenn wir die Gefährtin ausschalten, wird er unentschlossen sein.«

»Ich habe vor, bei diesem Ausflug die Gefährtin besonders genau zu beobachten. Denkt daran, dass wir dieses Mal nur zuschauen und lernen wollen.« Langsam näherte Rollett sich dem Tor. Mit allen Sinnen lauschte er auf irgendein Zeichen von Piedros Rover-Wachen.

Er hörte eine Maus durch den Staub huschen. Eine Schlange folgte ihr. Abgesehen von diesen leisen Geräuschen war es still in dem Gang. Er überprüfte das Licht auf Anzeichen für Körperwärme oder Auren – obwohl Rover in der Lage waren, die sichtbare Ausstrahlung von Hitze und Energie aus ihren Körpern zu unterdrücken. Und schließlich öffnete er seinen Geist, um verirrte Gedanken aufzufangen. Wenn Rover an Orte reisten, an denen sie eine verfolgte Minderheit waren, schützten sie ihren Geist mit starken Barrieren, aber hier in Hanassa, wo einer der ihren herrschte, war der Stamm nachlässig geworden.

Alles war still bis auf das leise Rascheln von Wesen, die hierher gehörten, und die subtilen Verschiebungen von Fels und Sand.

Seine Nackenhaare stellten sich auf, und sein Magen tat einen ängstlichen Satz. »Ein Erdbeben«, warnte er die anderen und hielt sich an einer Wand in sicherer Entfernung vom Tor fest.

Powwell und Yaala drückten sich neben ihm an eine massive Felswand. Interessanterweise wandte Yaala dem Fels das Gesicht zu, während er und Powwell instinktiv nach außen schauten, damit sie herabstürzende Steinbrocken sahen und ihnen, falls nötig, ausweichen konnten. Er schob sich näher an Yaala heran, um sie notfalls aus der Gefahrenzone stoßen zu können.

Der Boden unter seinen Füßen begann zu schwanken. Die Wand, die ihnen gegenüberlag, bewegte sich. Dann wurde es still. Er wartete auf das Krachen, das ihm verraten würde, dass ein Gang zusammengestürzt war. Doch nur ein paar Steine rollten umher, nichts weiter.

»Woher hast du das gewusst?«, fragte Powwell und stieß sich von der Wand ab. Leicht berührte er Yaala an der Schulter, um ihr mitzuteilen, dass alles in Ordnung war.

»Ich hatte meine Sinne nach den Wachen ausgestreckt; da habe ich die Verschiebung in den Erdschichten wahrgenommen«, antwortete Rollett, der immer noch auf Anzeichen eines Nachbebens lauschte.

»Wenn wir eine leichte Trance aufrechterhalten würden, könnten wir alle Beben vorhersagen und die Menschen so beeindrucken, dass sie lieber uns gehorchen als Piedro.« Powwell biss sich auf die Unterlippe und fuhr sich nachdenklich mit der Hand durchs Haar.

»Ohne Drachenmagie oder Kraftlinien kostet das zu viel Kraft. Ich habe es versucht«, wehrte Rollett ab. »Kommt weiter. Wir haben genug Zeit verschwendet. Gehen wir nachsehen, was Piedro so treibt.«

Als sie das Tor durchschritten und wieder hinter sich geschlossen hatten, zog Yaala ein weiteres Fernbie aus der Innentasche ihrer Tunika. Wie viele davon hatte sie bloß? »Wenn ihr Magie benutzt, um ein Schloss zu öffnen, dann bewegt ihr nur die Innenteile so, bis sie sich zu einem Muster zusammenfügen, das es öffnet. Richtig?«

Rollett warf Powwell einen verblüfften Blick zu. Woher wusste sie so viel über Magie? Er hatte gedacht, solche Dinge würden vor Nicht-Magiern geheim gehalten. Powwell zuckte die Achseln und verzog das Gesicht.

»Korrekt«, antwortete Rollett und sah über Yaalas Schulter, während sie das schwarze Kästchen mit einem Werkzeug, das sie in einer Gürteltasche trug, öffnete.

»Auf diese Weise öffnet ein Schlüssel ein Schloss. Aber bei einem Fernbie funktioniert das anders.« Yaala stellte etwas im Inneren des Kästchens an. »Wir müssen also dafür sorgen, dass sich das Tor nicht wie gewohnt öffnen lässt.«

»Rover verstehen sich gut auf Rätsel und werden dieses lösen. Sie denken nicht geradlinig«, meinte Rollett und beobachtete sie genau.

»Wenn ich die Polarität umkehre und die Resonanz anders einstelle ...«

Rollett fühlte mehr, als er hörte, wie in seinem Hinterkopf ein hohes Summen erklang. Er versuchte es in seiner Kehle nachzuahmen. Zu tief. Er ließ den Ton höher in seinen Nebenhöhlen vibrieren. Das klang schon ähnlicher.

»So. Jetzt können wir das Tor mit dem Fernbie öffnen, und zwar nur mit diesem, aber Piedro kann es mit Magie versuchen, so lange er will, es wird ihm nicht gelingen. Und ein mechanisches Schlüsselloch gibt es nicht.«

»Werden die Stäbe der Wachen hier funktionieren?« Powwell strich mit den Fingerspitzen über die Metallplatte, hinter der das Schloss lag. Eine schwache rote Aura folgte seiner Hand.

»Nicht mehr. Sie sind anders eingestellt.« Yaala steckte das Fernbie in die Tasche und marschierte raschen, entschlossenen Schrittes den Gang entlang.

Rollett musste schneller gehen, um sie einzuholen. Er hatte keine Zeit, sich die genaue Höhe des Summens einzuprägen.

An der Gabelung hielt Rollett inne. Am liebsten wäre er in die Halle der Gerechtigkeit gestürmt und hätte Piedro gestellt. Aber er wusste, dass er sich damit nur mehr Schwierigkeiten einhandelte, als er lösen konnte.

»Zuerst in den Lagerraum«, erklärte er tonlos. Seine beiden Begleiter folgten ihm den ansteigenden Gang entlang, der zum Ort des gestrigen Hinterhalts führte.

Der Raum strahlte Leere aus. Wenn dort Nahrungsmittel gelagert worden waren, dann waren sie jetzt fort. Jemand hatte sogar die Spuren von Auren, die hier verblieben waren, gelöscht, sodass man nicht mehr feststellen konnte, wer hier gewesen war und wer nicht.

Rasch zog er seine magischen Sinne zurück. Er musste unbedingt seine Energie bewahren.

Schweigend bedeutete er den anderen, ihm zu folgen. Als sie wieder an die Gabelung kamen, trat Yaala in den Tunnel, der in einer Sackgasse endete. »Sackgasse«, flüsterte Rollett und winkte sie zurück in den Hauptgang.

»Versteckte Treppe hinter einer Tür. Ich kann die Tür mit deinem Fernbie öffnen«, gab sie zurück.

»Beim nächsten Besuch. Ich muss zuerst feststellen, was bei den Wachen los ist.« Rollett bezähmte seine Neugierde. Alles von Bedeutung geschah in der Halle der Gerechtigkeit. Jeder Bewohner der Stadt betrat sie fast täglich irgendwann.

»Ich finde, ihr solltet sehen, was da oben ist«, antwortete Yaala und trat entschlossen in den Gang.

»Warte, Yaala«, rief Powwell und rannte ihr nach. Seine Aura schien sich von ihm zu lösen und folgte ihm wie ein Geist. Das Spukwesen?

Sternengötter! Versuchte das Gespenst etwa, Powwells Körper zu stehlen?

Dann hielt Rollett inne und lächelte, als ihm schlagartig klar wurde, dass das Geistwesen Kalen war, Powwells Schwester und beinahe sein Alter Ego. Das bedeutete, dass Hanassa sich im Körper von Kalen befand, die wiederum Piedros Gefährtin war. Er hatte der verschleierten Frau nie getraut und gewusst, dass hinter seinem Gefühl mehr steckte, als offensichtlich war. Kalen war unreif, egozentrisch, manipulativ und raffiniert; also die ideale Kandidatin für den Drachenrenegaten.

»Wir wollten doch zusammenbleiben!« Rollett lief, um mit den anderen Schritt zu halten.

»Dann komm mit. Ich weiß, was ich tue.« Die letzten Worte hatte Yaala herausfordernd über die Schulter zurückgerufen.

Rollett biss die Zähne zusammen und marschierte die letzten zwei Dutzend Schritte bis zum Ende der Sackgasse hinter ihr her. Mit allen Sinnen suchte er die anscheinend glatte Wand ab, fand jedoch nichts. Powwell zuckte, an ihn gerichtet, verwirrt die Achseln. Wahrscheinlich konnte er ebenfalls nichts entdecken.

Yaala grinste ihm sarkastisch und triumphierend zu, hielt ein Fernbie hoch und richtete es auf die obere rechte Ecke der Wand, die das Ende des Tunnels bildete.

Langsam begannen die Felsen hinter ihm widerstrebend zu knirschen. Das Geräusch wurde lauter, als Rost und langer Stillstand gegen den überwältigend starken Befehl des Fernbies ankämpften.

Rollett widerstand dem Drang, sich zu bekreuzigen. Hinter dieser Steinplatte hätte Yaassima jede Menge Leichen verstecken können.

Doch stattdessen enthüllte das schwache Licht, das aus dem Gang hinter ihnen einfiel, eine schmale Wendeltreppe, die aufwärtsführte. »Wie weit nach oben reicht die Treppe?«, fragte er, als er sich so weit gefasst hatte, dass er wieder sprechen konnte. Ein Teil des Argwohns, den er gegen sie hegte, wich einem Gefühl von Respekt.

»Fast bis zum Kraterrand hinauf«, antwortete Yaala und setzte den Fuß auf die erste Stufe.

»Ich habe dort oben kleine Öffnungen gesehen, aber ich dachte, das wären Fenster, die zu Teilen des Palasts gehörten.« Rollett folgte ihr so dichtauf wie möglich, ohne direkt auf sie zu treten.

»Fenster liegen dort schon. Aber dies ist der einzige Zugang zu diesem Teil des Palasts. Meines Wissens hatte Yaassima keine Ahnung von dem Schatz, der dort oben verborgen liegt.«

»Ein Schatz? Lass das weder Piedro noch seine Leute hören, sonst sind wir sofort tot.« Dieses Mal bekreuzigte sich Rollett. Piedros Machtgier würde noch die ganze Stadt umbringen. In der Kultur der Rover stellten Geld und Juwelen eine Form von Macht dar, die man horten konnte.

»Es ist nicht diese Art von Schatz.«

Auf dem ersten Treppenabsatz, fünfzehn Stufen über dem Gang, hielt Yaala inne, um Luft zu holen. Beim nächsten Absatz, der zwanzig Stufen über dem ersten lag, wurde die Passage schmaler. Rollett musste die Stufen seitwärts hinaufgehen. Auf dem vierten Treppenabsatz krümmten sie sich alle und rangen in der dünnen Luft nach Atem.

Und dann, endlich, fiel nach dem sechsten Absatz von oben Sonnenlicht ein.

Rollett zwängte sich an Yaala vorbei, dem herrlichen morgendlichen Licht entgegen. Zuerst blendete ihn nach der dunklen Treppe das helle Licht, und er konnte nichts erkennen bis auf die fünf schmalen Fenster, die in die Steinwände eingehauen waren. Seine Magie spürte offenen Raum um ihn herum. Er schloss die Augen und ließ sich einen Moment lang von Licht überströmen. Dann öffnete er sie langsam wieder und konnte seine Umgebung jetzt besser sehen.

»Bücher!«, keuchte Powwell hinter ihm.

»Fast so viele Bücher wie in der Bibliothek der Universität«, erklärte Yaala. »Dies ist Hanassas wahres Erbe.«

24. Kapitel

Früher Morgen des nächsten Tages, Wohnräume der Königin, Reveta-Tristile-Palast, Hauptstadt Coronnan

»Nimbulan, Narbengesicht ... Ihr müsst mir Bessel überlassen, damit er mich auf eine Mission ins Landesinnere begleitet«, sagte Königin Maarie Kaathliin zu ihrem guten Freund und dem Obersten Magier. Sie hatte die beiden in aller Frühe in ihre Privatgemächer gerufen. Jetzt stand die Sonne seit kaum einer Stunde am Horizont. Sie konnte nicht länger warten; sie musste gegen die Ränkespiele ihres Vaters vorgehen. An die Entdeckung des Rings, an dem Marilell fast erstickt wäre, hatte sich unmittelbar die diplomatische Krise um den Tod von Botschafter Jorghe-Rosse angeschlossen. Den ganzen nächsten Tag über hatte Katie mit Quinnault und seinem Rat zusammengesessen und den Zwischenfall untersucht. Sie waren zu dem Schluss gelangt, dass der Sturm die Ursache für den Unfall und seinen Tod gewesen war.

Doch jetzt musste sie zur Tat schreiten und Kinnsells Intrigen, die mit Sicherheit nur ihm selbst dienten, ein Ende setzen. Sie hegte keinen Zweifel daran, dass die versuchte Entführung mit dem Bestreben ihres Vaters zu tun hatte, der nächste Imperator des Terranischen Galaktischen Imperiums zu werden.

Der Rover-Ring, der Marilell fast umgebracht hatte, konnte ihm von der Hand gerutscht sein, oder er hatte ihn absichtlich in ihr Bett gelegt. Kinnsell liebte exotischen Schmuck und brachte von jeder seiner Reisen neue Stücke mit. Und er war durchaus in der Lage, seine eigene Enkelin zu entführen und sie als Geisel zu benutzen, wenn das seinen Ambitionen diente.

»Bessel darf Myrilandels Haus nicht verlassen«, gab Narbengesicht zurück. Er sah sie nicht an, sondern hielt den Blick fest auf die Wand hinter Katies rechter Schulter gerichtet.

»Schaut mich an und sagt mir das noch einmal«, befahl Katie. Es gefiel ihr nicht, ihren Freunden gegenüber wie eine gestrenge Monarchin aufzutreten, aber Narbengesicht hatte schon vor Monaten aufgehört, sich wie ein Freund zu verhalten.

Der Oberste Magier sah ihr kurz ins Gesicht und dann wieder an die Wand. »Bessel wird mehrerer Verbrechen verdächtigt. Er darf Myrilandels Haus nicht verlassen, bevor meine Untersuchung abgeschlossen ist, Euer Gnaden.«

»Dann stellt ihn unter meine Aufsicht.« Sie konnte niemand anderen als Bessel gebrauchen. Er war inzwischen der einzige junge Magier, der seine Ausbildung noch unter Nimbulan begonnen hatte; der einzige Magier, bei dem sie sich sicher war, dass er nicht von Narbengesichts schroffer Haltung angesteckt war. Narbengesicht war ihrem Vater sehr ähnlich: Er hatte das Bedürfnis, alles und jeden um ihn herum zu kontrollieren.

Nimbulan hatte sie hergebeten, damit er Druck auf Narbengesicht ausübte. Er musste Bessel erlauben, sie zu begleiten. Nimbulan schien der Einzige zu sein, der noch Einfluss auf Narbengesicht hatte. Wenn es einen Weg gab, auf dem der König und der Rat der Provinzen den Obersten Magier absetzen konnten, dann hatte Katie ihn bisher in den geschriebenen Gesetzen des Landes nicht finden können. Die Kommune war unabhängig von der Regierung. Sie mussten mit Narbengesicht zusammenarbeiten, ganz gleich, wie schlimm es mit seinem Starrsinn und seiner Voreingenommenheit noch werden würde.

»Unmöglich. Ich werde den Hausarrest gegen Bessel nicht aufheben, ehe diese Angelegenheit geregelt ist«, erwiderte Narbengesicht ebenso gebieterisch wie sie. Und ebenso unbeugsam.

»Nichts ist unmöglich. Ich brauche diesen Gesellen und keinen anderen.« Sie wollte verdammt sein, wenn sie dem Obersten Magier ihre Beweggründe erläuterte. In letzter Zeit zeigte sich der Mann, der ein so gutmütiger Organisator und Anführer gewesen war, griesgrämig und anmaßend. Was stimmte nicht mit ihm? Ob er wohl in der Kommune und der Universität schon auf Widerstand gegen seine kontrollierende Art traf?

Hmmm. Vielleicht. Darüber musste sie nachdenken. Später.

»Bessel ist nur noch am Leben und in Coronnan, weil *ich* ihm Bewährung zugestanden habe, bis meine Untersuchung abgeschlossen ist«, fuhr Narbengesicht fort. »Er wirkt Außenseiter-Magie. Laut Gesetz darf er seinen Aufenthaltsort nicht verlassen, bis das Urteil gefällt ist.«

Katie sah Nimbulan fragend an. Er nickte. Sein Nachfolger war im Recht. Narbengesicht wirkte nur noch säuerlicher und entschlossener, ihr zu trotzen. Nun gut, dann würde sie eben um den Obersten Magier und seine verflixte Kommune herummanövrieren.

»Bessel besitzt Wissen, das ich benötige. Ich werde ein Gespräch mit ihm führen.« Und dann Quinnault davon überzeugen, dass er ihn wenn nötig begnadigte, damit er sie auf ihrer Mission begleiten konnte. Powwell wäre eine bessere Wahl gewesen, denn er hatte den Drachentraum unmittelbar mit ihnen erlebt. Doch er war am Tag nach dem Traum verschwunden. Yaala hatte den Winter auf Myris Lichtung verbracht und war danach nicht wieder an den Hof zurückgekehrt. Wahrscheinlich war sie Powwell nach Hanassa gefolgt oder sogar zusammen mit ihm gereist.

Katie fühlte sich frustriert. So wie sie ihren Vater kannte, blieb ihr nicht viel Zeit, um seine Pläne zu vereiteln. Solange sie hier am Hof eingesperrt war, konnte sie nichts unternehmen. Und sie wagte es nicht, ohne die Begleitung wenigstens eines Magiers auszuziehen. Ob der schwächliche alte Lyman wohl rüstig genug war, um mit ihr zu reiten?

»Ich fürchte, Euer Gnaden, Euer Gespräch wird ebenfalls warten müssen, bis ich meine Untersuchung abgeschlossen habe«, erwiderte Narbengesicht. Er sah aus, als würde er im nächsten Moment aus den königlichen Privatgemächern marschieren, ohne ihre Erlaubnis abzuwarten.

»Dann solltet Ihr Eure Untersuchung lieber beschleunigen. Ich habe vor, in einer Stunde aufzubrechen, und ich möchte Bessel an meiner Seite haben.«

»Das wäre sehr gefährlich für Euch, Madame.« Narbengesicht ließ sich dazu herab, sie kurz anzusehen, und richtete den Blick dann erneut auf die Wand hinter ihrer linken Schulter.

Katie neigte fragend den Kopf, aber er erläuterte seine Bemerkung nicht weiter.

Narbengesicht seufzte. »Bessel ist außer Kontrolle«, erklärte er dann.

»Ich fand, dass er sich ganz bewundernswert kontrolliert«, bemerkte Katie. »Seine Aussage vor dem Rat gestern war äußerst präzise und logisch.« Sie musste Narbengesicht aus der Reserve locken; ihn dazu bringen, etwas zu sagen, irgendetwas, das ihr einen Hinweis darauf gab, warum er in letzter Zeit so unbeugsam war. Dann konnte sie an seine Einsicht appellieren, damit er den Magiergesellen ziehen ließ.

»Ihr wisst nicht, Euer Gnaden, wie böse die Macht ist, die ihn versucht.«

»Dann erklärt es mir doch.«

Narbengesicht erschauerte heftig. In der Hoffnung auf einen Aufschub huschte sein Blick zuerst zur Tür und dann zu Nimbulan. Resigniert wandte er sich dann wieder Katie zu.

»Stellt Euch vor, wenn Ihr das vermögt, man würde Euch zwingen zuzusehen, wie aufständische Soldaten Eure engsten Familienmitglieder foltern, um ihnen Informationen zu entreißen, die sie nicht haben. Stellt Euch vor, Ihr seid gefesselt und geknebelt durch eine Magie, die so stark ist, dass ihr nicht einmal die Augen schließen könnt, um sie von diesem Massaker, das im Namen der Gerechtigkeit verübt wird, abzuwenden. Dann stellt Euch das höhnische Entzücken auf den Gesichtern dieser Magier vor, die sich am Schmerz ihrer Opfer ergötzen und Energie aus ihren Todesschreien ziehen. Und nichts hätte sie aufhalten können außer einem Magier, der stärker war als sie. Diese Männer haben mich gezwungen, Schlachtenmagier zu werden. Sobald ich genug Macht hatte, um ihnen zu entfliehen, bin ich nach Hanassa geflüchtet, um lieber als Söldner zu leben, als in ihrem Dienst weiter Unheil zu stiften. Nichts konnte das Entsetzen kontrollieren, das diese Männer über Kardia Hodos gebracht haben, bis die Drachen uns mit ihrer Magie gesegnet haben. Drachenmagie erlaubt – nein, sie verlangt –, dass viele Magier von ehrenhafter Seele ihre Kraft zusammentun und sie über alles hinaus vergrößern, was sich die mächtigsten individuellen Magier erträumen können, und sie kontrollieren. Und ich muss Bessel kontrollieren. Ich muss alle individuell arbeitenden Magier beherrschen, die versuchen, die Kommune zu stürzen.«

»Meint Ihr nicht eher, dass die Kommune gegen diejenigen vorgehen muss, die versuchen, ihr zu schaden?« Katie zog die Augenbrauen hoch, starrte Narbengesicht an und wartete, ob er wagen würde, ihr zu widersprechen.

Als er dieses Mal sprach, sah Narbengesicht nicht weg. »Ich stehe an der Spitze der Kommune und bin verantwortlich für ihre Fehler wie ihre Erfolge.«

»Bessel respektiert dich und die Kommune wie niemand sonst«, protestierte Nimbulan. »Er würde nie ...«

»Er hat einmal Außenseiter-Magie benutzt, und er wird es

wieder tun. Die Verlockung der Kraftlinien wird zur Sucht. Er wird lernen, die Kommune zu fürchten, weil wir ihn daran hindern müssen, illegale Energiequellen anzuzapfen. Und mit der Angst kommen der Hass und die Zerstörungswut. Ich habe das schon miterlebt.« Narbengesicht seufzte schwer, als wäre Bessels Handlung eine persönliche Beleidigung gegen ihn gewesen.

»Die Kommune kann Bessel kontrollieren. Als Verbündeter ist er wertvoller denn als Feind«, wandte Nimbulan ein.

»Ich habe keine andere Wahl. Der junge Mann bleibt entweder unter Hausarrest, oder er wird zum Flüchtling vor der Justiz erklärt, und jeder, der ihn antrifft, darf ihn ohne weiteres töten.«

»Ich habe als Teil dieser Untersuchung um ein Gespräch mit Bessel gebeten, Meister Aaddler. Ich bin Eure Königin. Ihr dürft diese Bitte als Befehl betrachten.« Katie hoffte ihn zu einer Antwort zu zwingen, indem sie seinen richtigen Namen gebrauchte. Sie hätte jeden Trick, den sie kannte, angewendet, um Bessel als Begleiter zu bekommen, doch sie würde nicht so weit gehen, Narbengesichts Gedanken zu lesen, selbst wenn sie in der Lage gewesen wäre, seine persönliche Abschirmung zu durchbrechen – was sie sehr stark bezweifelte.

Doch Narbengesicht starrte nur an die Wand und ließ sich nicht im mindesten von ihr einschüchtern.

Nimbulan sah Narbengesicht an. Sein Mund stand leicht offen, und er schloss ihn mit einem hörbaren Klacken. Das angespannte Schweigen zwischen ihnen wuchs beinahe wie ein lebendes Wesen, das die Luft aus dem Raum verdrängte.

»Ich werde Euch Bessel bringen, Euer Gnaden«, erklärte Nimbulan herausfordernd.

»Für eine solche Verletzung des Gesetzes der Kommune könnte ich dich in die Verbannung schicken«, knurrte Narbengesicht.

»Nein, das kannst du nicht. Ich bin kein Magier mehr.«

Zum ersten Mal, seit er seine Kräfte verloren hatte, schreckte Nimbulan nicht davor zurück, das einzugestehen. Katie hätte ihm am liebsten Beifall geklatscht.

»Du hast Eide geschworen, die dich verpflichten. Sei gewarnt, Nimbulan, du bist in der Kommune nicht mehr geschätzt. Ihr solltet gut auf euch aufpassen, Bessel und du.« Narbengesicht marschierte hinaus, ohne sich auch nur vor seiner Königin zu verneigen. »Ich verweigere Bessel die Erlaubnis, das Haus zu verlassen. Wenn er vor mir flieht, gesteht er damit öffentlich seine Schuld am Tod von Botschafter Jorghe-Rosse ein. Tut er einen Schritt aus Myrilandels Haus, ist er vogelfrei«, setzte er hinzu, während er durch die Tür verschwand.

»Kann ich den Mann irgendwie zum Küchenjungen degradieren?«, fragte Katie.

»Nicht, ohne einen ziemlichen Aufstand in der Kommune hervorzurufen«, antwortete Nimbulan mit einem Lächeln, das eher einer Grimasse glich. Seine Haut wirkte sehr blass, beinahe klamm. Doch sie wusste aus Erfahrung, dass er nie zugeben würde, Schmerzen zu haben.

»Ich habe keine Ahnung, was in Narbengesicht gefahren ist. Früher war es so angenehm, mit ihm zusammenzuarbeiten«, meinte sie, um nicht darüber nachdenken zu müssen, dass der sonst so robuste Nimbulan gebrechlich wirkte.

»Die Verantwortung lastet schwer auf Narbengesichts Schultern. Und ich vermute, er wird von Schuldgefühlen gequält. Seine Vergangenheit ist sehr widersprüchlich.«

»Genug über diesen Mann geredet, Nimbulan. Ich brauche bei dieser Mission Euren Gesellen.«

»Hat dies etwas mit dem Drachentraum zu tun, den Shayla uns im letzten Herbst geschickt hat?«

»Ja.« Wie viel mehr sollte sie ihm sagen? Ihm von den Plänen ihres Vaters zu erzählen, Kardia Hodos in das Terranische Imperium zu holen, kam ihr wie Verrat an ihrer Familie vor.

Andererseits würde ihre Familie als Ganzes Kinnsells Handlungen nicht gutheißen. Ihre Brüder durchschauten doch sicherlich die Pläne ihres Vaters und würden einschreiten, oder?

Und dann? Obwohl sie sich schmerzlich danach sehnte, Liam Francis, Sean Michael und Jamie Patrick noch einmal in den Armen zu halten, wusste sie, dass sie ihre Brüder aufgeben musste.

Sie war nach Kardia Hodos gekommen, weil sie hoffte, hier sicher vor der Seuche zu sein. Und sie hatte mehr gefunden, als sie sich je erhofft hatte; Liebe und Freundschaft.

Unwillkürlich lächelte sie, als sie daran dachte, wie ihre Liebe zu Quinnault mit jedem Tag wuchs, etwas, das sie sich in ihren schönsten Träumen nie hätte vorstellen können.

»Narbengesicht hat alle Magier, die als meine Freunde zur Kommune gekommen sind, in den Ruhestand geschickt. Meine Gesellen und Lehrlinge hat er auf bedeutungslose Missionen entsandt, von denen sie nie zurückgekehrt sind. Und nun verurteilt er Bessel ohne einen Prozess für ein Vergehen, dessen Narbengesicht selbst schuldig ist.« Betrübt ließ Nimbulan den Kopf hängen.

»Wie denn das?«

»Es ist so.« Nimbulan nickte. »Ich weiß nicht, wie oder warum, aber Narbengesicht war zurzeit des Sturms tief mit Außenseiter-Magie verbunden. Ansonsten hätte er gar nicht spüren können, wie Bessel eine Kraftlinie angezapft hat. Und dieser Sturm hatte etwas Seltsames ...«

»Könnte Narbengesicht den Sturm aus Gründen, die wir nicht kennen, gelenkt haben?«

»Wahrscheinlich. Er will Bessel ohne Prozess verbannen oder hinrichten lassen, aber wenn man die Geschichte bedenkt, die er uns eben erzählt hat, passt das einfach nicht zu ihm. Etwas Merkwürdiges geht hier vor. Wir müssen ihn genau beobachten.« Nimbulan hielt inne und sah aus dem Fenster.

»Ich nehme an, Ihr benötigt für Eure Mission einen Magier als Leibwächter?«

»Ja.«

»Bessel ist sowohl durch die Kommune als auch Rossemeyer in Gefahr. Ich werde Narbengesicht trotzen und Euch den Jungen schicken. Aber er ist kein starker Magier. Ihr werdet noch jemand anderen brauchen.«

»Jemand, dem ich vertraue; und ich traue niemandem mehr, der unter Narbengesichts Einfluss steht.«

»Myrilandel setzt ihre Magie nicht oft ein, doch wenn es sein muss, ist sie stark. Durch die diplomatische Immunität, die Ihr ihr verliehen habt, kann sie ihre individuelle Magie gebrauchen, um Euch zu beschützen.«

»Aber ich kann sie Euch doch nicht wegnehmen, Nimbulan.«

»Dann muss ich eben auch mit Euch gehen. Amaranth ist so alt, dass wir sie bei Freunden, denen wir vertrauen, lassen können. Die Käsemacherin auf unserem Marktplatz hat selbst viele Kinder, und Amaranth ist in ihrem Haushalt immer willkommen. Wie lange werden wir fort sein?«

»Ich weiß es nicht. Ein paar Stunden, vielleicht auch einen oder zwei Tage.« Ihr Vater hatte sein Shuttle bestimmt nicht weit von der Hauptstadt entfernt geparkt. Er ging nicht gern zu Fuß und hasste das Reiten.

»Ist denn Euer Gatte mit Eurem Plan einverstanden? Und was ist mit Eurer kleinen Tochter, Königin Maarie Kaathliin?«

»Wenn mein Mann hört, dass Ihr uns begleitet, wird er nichts einzuwenden haben. Ich wünschte nur, er könnte ebenfalls mitkommen. Manchmal gehen meine Emotionen mit mir durch, und dann brauche ich seine Kraft und Klarsichtigkeit.« Einer von ihnen musste bei Marilell zurückbleiben, um sie vor Kinnsell – oder wer sonst hinter dieser Bedrohung steckte – zu beschützen.

»Es wäre nicht gut, wenn Quinnault ausgerechnet jetzt nicht in der Stadt ist«, meinte Nimbulan. »Überlasst die Expedition nur mir. Ich werde die Vorbereitungen treffen und dafür sorgen, dass Narbengesicht Bessel erlaubt, die Stadt zu verlassen. Wisst Ihr schon, in welche Richtung wir reisen werden?«

»Nach Süden, glaube ich.«

»Und wonach genau suchen wir?«

»Einmal, vor vielen Generationen, kamen drei O'Hara-Brüder nach Kardia Hodos und haben eine schlimme Krankheit geheilt. Ich hoffe nur, dass meine Brüder rechtzeitig kommen, um die nächste Seuche zu verhindern. Ich suche ihr Schiff.«

*

Früher Morgen, die verborgene Bibliothek im Palast von Hanassa

»Bücher ... das Wissen ganzer Zeitalter«, flüsterte Rollett. Er fühlte sich zu sehr von Ehrfurcht überwältigt, um laut zu sprechen. Vorsichtig streckte er die Hand aus und strich über den Rücken eines Bandes.

Ein schwacher Nachhall von Magie ließ seine Fingerspitzen prickeln.

»Bücher«, wiederholte Powwell. Er stürzte in den Raum hinein und begann, Titel zu entziffern. Einen Band nach dem anderen zog er aus den Regalen. Dicke Staubsäulen stiegen auf wie Rauch.

Rollett unterdrückte ein Husten. Powwell allerdings bellte aus tiefster Lunge und wirbelte den Staub noch weiter auf.

»Hast du diese Bücher gelesen?«, wollte Rollett von Yaala wissen.

»Ich ... äh ... ich kann nicht lesen. Yaassima hielt das nicht für eine Fähigkeit, die mir zustattenkommen würde. Aber der letzte Ingenieur hat mich gelehrt, Diagramme zu entziffern.

Und jeder Ingenieur hat das Wissen um diese Bibliothek an seinen Nachfolger weitergegeben.« Sie zog ein abgegriffenes Buch aus dem Regal gleich rechts neben der Eingangstür – leicht zu erreichen für jemanden, der nur einen kurzen, verstohlenen Moment Zeit hatte, den Raum zu betreten und wieder zu verlassen. In gewissen Abständen waren wichtige Stellen durch Markierungen und Kreuze gekennzeichnet. Yaala zog das Muster mit dem Finger nach.

»Dies hier stellt eine Leiterplatte aus einem der Fernbies dar.«

Rollett starrte sie verständnislos an.

»Die Linien sind Drähte. Das hier ist ein Widerstand, und hier ist ein Schalter«, erklärte sie und wies auf die Symbole. »Dieses Diagramm ist stark vergrößert, damit ich mir das Muster genau einprägen und defekte Stellen in dem Fernbie entdecken kann.«

»Schau doch, Rollett, hier ist ein Buch über Kräuterheilkunde, das von Kimmer zusammengestellt ist – er ist der Schreiber, der so viele der Bücher in der Bibliothek der Universität verfasst hat.« Rasch blätterte Rollett den kleinen Band durch. »Und das hier ist ... Sternengötter! Das ist das Tagebuch eines der Sternengötter, in seiner eigenen Handschrift! Hast du eine Ahnung, wie kostbar diese Informationen sind? Wir müssen diese Bücher in die Universität bringen.«

»Nein!«, widersprach Yaala viel zu laut. »Diese Bücher gehören *mir*. Hanassa hat sie den Sternengöttern zusammen mit den Maschinen gestohlen und seinen Nachkommen hinterlassen. Sie sind mein Eigentum!«

»Und was willst du damit anfangen?«, gab Powwell zornig zurück. »Dann kannst nur du allein sie gebrauchen, und du kannst nicht einmal lesen. Das, was in ihnen steht, braucht die ganze Welt.«

»Die Bücher werden hierbleiben, wo sie in Sicherheit und gut geschützt sind. Nur Menschen, die diese Bücher ehren und sie weder verbieten noch verbrennen, dürfen hierherkommen.« Die Hände in die Hüften gestützt und mit entschlossen geschürzten Lippen hielt Yaala ihm stand.

Rollett starrte sie einen Moment lang an, verblüfft darüber, wie sehr sie sich für die Bücher einsetzte.

»Wer verbietet und verbrennt denn Bücher?«, fragte Rollett.

»Niemand«, antwortete Powwell.

»Narbengesicht hat im Rat der Provinzen darüber gesprochen, dass er gewisse Bücher hinter verschlossenen Türen aufbewahren will, damit das Wissen, das in ihnen enthalten ist, nicht in die falschen Hände fällt«, erklärte Yaala. »Und er wird sie vernichten, erinnert euch an meine Worte. Ich kenne diesen Mann. Er wird alles zerstören, was er nicht kontrollieren kann. Ich werde nie zulassen, dass ihm diese Bücher hier in die Hände fallen.«

»Diese Bücher müssen noch eine Weile verborgen bleiben«, pflichtete Rollett ihr bei. Er würde später mit ihr darüber diskutieren, wem diese Bücher gehörten. Sie musste einsehen, dass Wissen und damit auch die Bücher der Allgemeinheit gehörten. »Ehe wir nicht wissen, wie wir aus Hanassa flüchten sollen, können wir gar nicht so viele Bücher bewegen.« *Falls uns die Flucht gelingt.* »Wir müssen die Stadt besser auskundschaften, um zu wissen, wogegen wir anstehen. Dieses Wissen ist unmittelbar wertvoller für uns als diese ganze Bibliothek voller Gelehrsamkeit.«

Ich muss sowohl diese Bücher als auch meine Leute in der Stadt retten, dachte Rollett bei sich.

Um dieses Schatzes willen wäre ich vielleicht sogar bereit, in Hanassa zu bleiben. Auch mit Yaala an seiner Seite, wenn sie die Herrschaft nicht an ihn abgeben wollte?

Dieser Gedanke ließ ihn innehalten. Er wünschte sich nichts mehr, als diese Stadt zu verlassen, ob mit oder ohne die Tochter der verblichenen und unbetrauerten Yaassima. Aber wenn er die Stadt für die Außenwelt öffnete, würde die Bibliothek für alle Magier, Priester und Heiler offen sein. Er konnte über die Bibliothek regieren – aber er würde zugleich über Hanassa herrschen müssen.

Das Bild von Yaala, wie sie an seiner Seite stand und ihn bei der Regierung unterstützte, schob sich immer wieder vor die Vorstellung davon, wie er die Bibliothek leiten würde. Er schob es beiseite und konzentrierte sich auf das Hier und Jetzt. Er musste den gegenwärtigen Herrscher von Hanassa absetzen und einen Fluchtweg finden – oder einen Zugang öffnen.

»Lasst uns herausfinden, was Piedro treibt.« Er wandte dem wunderbaren Schatz den Rücken und trat wieder auf die Wendeltreppe. Als er den ersten Treppenabsatz erreichte, hörte er Yaalas und Powwells Schritte, die ihm langsam – zögerlich? – folgten.

Im Hauptgang angekommen, wartete Rollett, bis seine Freunde ihn eingeholt hatten. An Powwells Tunika fiel ihm, gleich unter der Tasche, in der Thorny zu sitzen pflegte, eine rechteckige Wölbung von der Größe eines Buchs auf. Rollett beschloss, für den Moment über den Diebstahl hinwegzusehen.

Ein Stück weiter fanden sie den Wandbehang, hinter dem sich der Seiteneingang in die Halle der Gerechtigkeit verbarg. Als Rollett zum letzten Mal durch diese Tür getreten war, hatte er ein Dutzend Männer auf einen Raubzug geführt. Wie viele von ihnen hatten wohl die Falle, die Piedro ihnen gestellt hatte, überlebt?

Er hielt den Wandbehang mit den obszönen Bildern beiseite, während Powwell den Kopf sowie seine magischen Sinne durch die Tür steckte. Der Jüngere erstarrte und stieß einen Würgelaut aus.

»Was ist?« Yaala schob sich an ihm vorbei. Als sie sich wieder zu Rollett umwandte, hatte sie die Augen weit aufgerissen und schluckte krampfhaft. Ihre Haut wirkte bleich und war schweißnass.

Rollett rang seine plötzliche Angst nieder und schaute selbst durch die Tür. Sofort wünschte er, er hätte es nicht getan.

Auf dem hochgefahrenen Steinaltar lagen die abgeschlagenen Köpfe zweier seiner Spitzel, von denen noch Blut tropfte.

25. Kapitel

Früher Morgen, zweiter Tag nach Neumond, im Haus von Myrilandel, Botschafterin des Drachennimbus

Bessel schlich sich in aller Frühe aus Myrilandels Haus. Er wollte ein paar persönliche Gegenstände holen und noch einmal einen Blick in die Bibliothek werfen. Niemand hatte ihm gesagt, er müsse im Haus bleiben; man hatte ihm nur geraten, Narbengesicht aus dem Weg zu bleiben. Außerdem sah der Tag zu warm und sonnig aus, um ihn drinnen zu verbringen.

Nachdem er einen ganzen Tag lang entweder vor dem Rat der Provinzen ausgesagt hatte oder in Nimbulans Arbeitszimmer gesessen hatte, wo dieser seine magische Ausbildung überprüfte, konnten er und Mopsie frische Luft und Bewegung gebrauchen.

Er hatte allein gefrühstückt; gemischtes Getreide, das die ganze Nacht geköchelt hatte und einen herrlichen Brei ergab. Zusammen mit ein paar Trockenfrüchten und dicker Sahne, die er in seine Schale gab, hatte er ihn köstlich gesättigt. Sogar Guillia in der Universität hatte, obwohl sie eine wunderbare Köchin war, nicht so ein Händchen für Getreidebrei wie Myrilandel.

Mopsie hatte von dem Brei nichts gehalten; aber der saftige Knochen, den Myri ihm gestern Abend gegeben hatte, hatte ihm geschmeckt. Heute Morgen hatte er eine Schale Sahne aufgeschleckt, als hätte er seit über einem Monat nichts zu fressen bekommen.

Sie hatten gestern noch lange gesessen und über Bessels

Bericht gesprochen, nach dem Narbengesicht in der Bibliothek Bücher unzugänglich gemacht hatte, über die Untersuchung von Jorghe-Rosses Tod, Narbengesichts zunehmenden Fanatismus und den Umstand, dass sich die Drachen offenbar nicht mehr sehen ließen. Myrilandel hatte erklärt, die Drachen sprächen noch zu ihr; doch sie habe das Gefühl, sie aus großer Ferne zu hören. Sie gaben keine Erklärung dafür ab, warum sie auf ihren Jagdzügen weiter als sonst wanderten. Bessel hatte nicht mehr mitbekommen, ob sie zu irgendwelchen Schlüssen gekommen waren; so lange hatte er nicht wach bleiben können. Er vermutete, dass die beiden jetzt noch schliefen. Er und Mopsie hatten jedenfalls die Küche für sich.

Auf der Straße rannte der Hund ständig ein Stück voran und kehrte dann zu ihm zurück. »Machst du den Kundschafter für mich, Mopsie?« Der Hund wedelte und streckte fröhlich grinsend die rosige Zunge heraus. Aus dem Geist des Tieres empfing Bessel ein Geruchsbild von allen anderen Hunden, die hier entlanggelaufen waren und ihre Duftmarkierungen hinterlassen hatten. Er war verblüfft über die Vielfalt von Informationen, die jede Duftspur verriet. »Du bist ja ein schreckliches Klatschmaul, Mopsie.«

Der Hund stimmte ihm zu und sauste wieder davon.

Sie umgingen die Rossemeyer'sche Botschaft weiträumig. Auf diese Weise würde der Weg zur Universität eine halbe Stunde länger dauern, aber Bessel hatte nicht vor, noch einmal die Aufmerksamkeit der rachsüchtigen Krieger auf sich zu ziehen. Er hoffte, dass Lady Rosselaara das Urteil des Rats, der auf Tod durch Unfall entschieden hatte, akzeptierte.

Die Stadt erwachte zum Leben. Händler traten aus ihren Häusern und bauten an den Hauptstraßen ihre Stände auf. Gerüche nach warmem Essen, frisch gebackenem Brot und gedämpften Früchten verlockten Bessel. Mopsie verstärkte jeden Duft und jedes Geräusch für ihn. Er stellte auch fest, dass seine Sehkraft und sein Tastsinn sich verbessert hatten. Munter marschierte er dahin und genoss das Leben wie seit vielen Jahren nicht mehr.

Mopsie leckte sich die Lefzen und hielt inne, um am Zelt eines Metzgers zu schnüffeln.

»Tut mir leid, Kleiner, ich kann mir heute keinen Knochen für dich leisten. Im Moment hast du doch ganz gut gegessen.« Er kratzte den Hund hinter den Ohren, um ihn für den entgangenen Leckerbissen zu entschädigen. Als Geselle stand ihm ein kleines Taschengeld zu, das jeweils bei Vollmond gezahlt wurde; sein Anteil an den Gebühren, die die Kommune für ihre Dienstleistungen an die Allgemeinheit erhielt. Den größten Teil seiner Ersparnisse hatte er gerade für einen speziellen Kristall für seinen bevorzugten Zauberstab ausgegeben. Ein Student brauchte Geld höchstens für magische Werkzeuge und Heilkräuter; alles andere wurde ihm von der Universität gestellt.

Würde er, wenn der nächste Vollmond und damit der Zahltag kam, überhaupt noch Magier sein?

Mopsie knurrte warnend. Bessel erstarrte und sah sich nach der Quelle der Gefahr um.

Rauch. Er roch frischen, heißen Rauch, der sich unkontrolliert ausbreitete. Wo kam das her?

Direkt vor ihm quoll dicker schwarzer Rauch aus einer Tischlerwerkstatt. Schaulustige hatten sich versammelt, um zu glotzen und zu schreien, und standen den Menschen, die vor dem Feuer zu fliehen versuchten, im Weg.

»Wasser!«, brüllte Bessel. Er packte einen stämmigen Mann bei den Schultern und schüttelte ihn, um ihn aus seiner Erstarrung zu reißen. »Holt Wasser. Bildet eine Eimerkette. Ihr wisst doch, was zu tun ist.«

Der Mann zwinkerte, um seine Panik und Verwirrung zu vertreiben, und nickte dann zum Zeichen, dass er verstanden hatte. Er schnappte sich einen Eimer aus der nahegelegenen Schmiede und rannte zum Fluss. Andere Männer taten es ihm nach. Die Frauen brachten Decken und Heilsalben für den Tischler und seine Familie herbei. Aus ihrer panischen Starre erwacht, bewegten sich alle rasch und koordiniert.

Bevor diese Menschen Quinnault zum König erhoben hatten, hatte er sie in einfachen Methoden ausgebildet, um ihre Häuser vor Angriffen zu schützen. Feuer war während der Großen Kriege der Spaltung eine beliebte Waffe gewesen.

Bessel nahm seinen Platz in der Eimerkette ein. Eine Gruppe am Fluss füllte jeden verfügbaren Behälter mit Wasser, der dann über die Kette bis zum Ort des Brands weitergereicht wurde.

Drei Männer, deren schwarze Kleidung mit leuchtendem Violett und Blau abgesetzt war, standen etwas abseits und beobachteten alles unter zusammengekniffenen Augenlidern. Ihr schwarzes Haar und die dunkle Haut wiesen auf eine exotische Herkunft hin. Rover? Offenbar lässig lehnten sie an der Werkstatt des Webers. Doch ihre Haltung verriet Wachsamkeit.

In einer einzigen Bewegung lösten sie sich von der Mauer und traten auf den Tischler zu.

Argwöhnisch richtete Bessel seine Sinne auf sie. Mopsie schlich sich näher an die Männer heran und unterstützte Bessel durch sein besseres Gehör.

»Denk daran, was Leuten passiert, die nicht bezahlen«, flüsterte einer der Schwarzgekleideten dem Tischler zu.

»Wir werden schon von den Wachen des Königs beschützt«, protestierte der Tischler.

»Was glaubst du, wen wir mit deinem Geld bestechen?«, gaben die Männer lachend zurück. »Erzähl das bei deinen Nachbarn weiter. Zehn Draginen pro Monat, und wir verzichten darauf, eure Häuser niederzubrennen. Weitere fünf an jedem Quartalstag, und wir sorgen dafür, dass der Steuereintreiber nicht über deine Schwelle kommt.«

»Aber die Steuer beträgt doch bloß zwei Draginen an jedem Quartalstag!«, jammerte der Tischler.

Doch die Männer lachten nur und gingen davon.

Bessel lief es kalt über den Rücken. Er musste jemandem von dieser rabiaten Schutzgelderpressung erzählen. Aber wem? Als Magier war eigentlich Narbengesicht sein unmittelbarer Vorgesetzter. Doch der Oberste Magier würde ihn nicht anhören. Zum König konnte Bessel nicht vordringen. Und die Wachen des Königs schienen im Sold der Erpresser zu stehen.

Ja, wem? Nimbulan verfügte über genug Einfluss, um diesem Problem auf den Grund zu gehen. Später. Der alte Mann brauchte seinen wohlverdienten Schlaf.

Was sollte er tun? Einen Wahrzauber über die Verbrecher werfen, um ihnen den Namen ihres Anführers zu entreißen? Und was dann? Er hatte nicht die Möglichkeit, allein gegen die Bande vorzugehen. Um den Wahrzauber zu wirken, hätte er außerdem Zeit und Abgeschiedenheit gebraucht. Doch die bunt gekleideten Männer schlenderten, durch die Menge abgeschirmt, über den Marktplatz.

Verwirrt und müde setzte Bessel seinen Weg zur Bibliothek fort. Die Anwohner hatten das Feuer unter Kontrolle und brauchten ihn jetzt nicht mehr.

Niemand schien zu bemerken, dass er seinen Platz in der Eimerkette verließ; als wäre er gar nicht da gewesen.

»In der Bibliothek musst du leise sein, Mopsie. Wir wollen uns ein paar verbotene Bücher holen. Hoffentlich finde ich darin Antworten auf meine Fragen. Ich muss mehr über Unsichtbarkeitszauber wissen, aber auch über die Navigation in der Großen Bucht und über die Seuche.« Innerlich setzte er noch die Rover auf die Liste der Themen, über die er Nachforschungen anstellen musste. Wenn wirklich das unbeliebte fahrende Volk hinter der Schutzgelderpressung steckte, wie hatten sie überhaupt Coronnans magische Grenze passieren können, und warum hatte man sie nicht schon längst verhaftet?

Hatte nicht auch Nimbulan, und damit auch sein Cousin, Lord Balthazaan, Rover in seiner Ahnenreihe? Aus diesem

Grund war Nimbulan in der Lage gewesen, während des Sommers, den er bei Televarns Clan gelebt hatte, Rover-Magie zu wirken. Gerüchte wollten wissen, dass zu Balthazaans Gefolgsleuten zahlreiche Rover gehörten. Ihre Magie beruhte auf dieser Verbindung durch die gemeinsame Abstammung. War es möglich, dass sich jemand mit Rover-Blut, der sich auf dieser Seite der Grenze befand, mit Rovern auf der anderen Seite des magischen Schutzwalls verbinden und ihn so überwinden konnte? Auch diese Idee schob Bessel zur späteren Überprüfung beiseite, zusammen mit der Möglichkeit, dass verbrecherische Rover die Bevölkerung der Hauptstadt terrorisierten.

Er wandte sich wieder seiner Hauptsorge zu. Raanald, der Lotse des Bootes, hatte dem Tiefenmesser nicht getraut. Entweder sein Misstrauen oder ein Fehler auf Seiten der Maschine hatten zu der Katastrophe geführt. Es musste eine bessere Methode geben, auch bei Sturm oder wenn sich die Fahrrinnen verschoben im Watt des inneren Teils der Bucht zu navigieren.

Mopsie kläffte zustimmend. Wieder übermittelte er Bessel ein geistiges Bild von einem eleganten, geschmeidigen Lotsenhund, der im Bug eines Fischerboots stand.

»Du bist ganz bestimmt eine große Hilfe gewesen, Mopsie.« Bessel unterdrückte ein Kichern. Seine eigene Erinnerung an Mopsies langes, strähniges Fell, das vom Meerwasser durchweicht und verfilzt von seinem kurzbeinigen Körper hing, passte nicht ganz zu dem Bild, das der Hund von sich selbst hatte.

»Du bist wirklich ein Staubwedel«, brummte Bessel, als ihm auffiel, dass Mopsies Fell durch den Straßenschmutz schleifte. »Wir müssen dich heute Abend wieder baden. Jeden Abend.«

Mopsie zog den Schwanz ein und ließ die weichen Ohren hängen. Gestern hatte Bessel den Hund mit in die im Boden versenkte steinerne Badewanne nehmen müssen. Anders war der Hund nicht zu überreden gewesen, sich dem Wasser zu nähern. »Wenn du so ungern badest, wie kommt es dann, dass du glaubst, dein Platz sei im Bug eines Bootes?«

Zur Antwort wedelte Mopsie nicht nur mit dem Stummelschwanz, sondern mit seinem ganzen Hinterteil.

Sie überquerten die erste Brücke. Auf ihrem Scheitelpunkt blieb Mopsie stehen und sah sehnsüchtig in den brodelnden Coronnan-Fluss hinab. »Dieses Mal nicht, Kleiner. Wir haben heute keine Zeit, schwimmen zu gehen. Außerdem ist es nicht warm genug.« Es mochte ja Frühling sein, aber der Fluss wurde von der Schneeschmelze aus den westlichen Bergen gespeist. Bessel schwamm nur im Hochsommer gern, wenn das kalte Wasser bei drückendem Wetter eine erfrischende Abwechslung darstellte.

Als er die Stufe am Ende der Brücke hinabsprang, fühlte Bessel nach dem Achsnagel, der unter dem Geländer verborgen war. Im Fall einer Invasion konnten auf diese Weise alle Brücken, welche die unzähligen Inseln der Hauptstadt verbanden, zum Einsturz gebracht werden, während die Einwohner sich in die Stadtmitte, zum Palast und zur Universität, zurückzogen. Dann würden die Invasoren Boote benutzen müssen, um ihnen zu folgen.

Dieser Achsnagel war frisch geölt. Die Instandhaltung des Auslösemechanismus an den Brücken war Aufgabe der Lotsengilde. Die Kommune pflegte häufig zu überprüfen, ob sie ihr nachkam.

Bei der nächsten Brücke fand er an beiden Enden Rost auf den Achsnägeln. Bessel hielt inne, um festzustellen, wie stark der Mechanismus vernachlässigt war, und achtete nicht auf die Fußgänger, welche die Bogenbrücke in beiden Richtungen überquerten.

Dann kläffte Mopsie warnend. Der Hund zupfte am Saum seiner Hosen und biss ihn leicht in die Wade. »Was ist, Mopsie?«, fragte Bessel und sah von seiner Inspektion auf. Wieder ein Feuer?

Der Hund versuchte weiter, ihn von der Brücke wegzuziehen.

»Meine Pflicht gebietet mir, dich darüber in Kenntnis zu setzen, dass du hier und jetzt sterben wirst, auf dass du weißt, dass ich das Instrument der Gerechtigkeit bin!«

Ein Krieger in einer schwarzen Robe stürzte mit gezücktem Schwert auf ihn zu.

26. Kapitel

Früher Morgen, auf den Straßen der Hauptstadt Coronnan

Bessel rannte. Hakenschlagend arbeitete er sich über den dicht bevölkerten Marktplatz vor. Der Attentäter aus Rossemeyer folgte ihm auf dem Fuß.

Woran lag es bloß, dass, wenn er bemerkt werden wollte, niemand mitzubekommen schien, dass er sich im Raum befand; aber wenn er sich unbedingt verstecken wollte, ein Angreifer ihn inmitten dieser wimmelnden Menge mit Leichtigkeit ausmachte?

Menschen schrien auf und liefen kopflos davon, als der fluchende Attentäter drohend sein Schwert schwang. Bessel nutzte die Verwirrung, um einen menschlichen Schutzschild zwischen sich und den schwarzgekleideten Krieger zu legen. Verzweifelt warf er Kisten mit Knollengemüse um. Die harten Gemüsekugeln sprangen davon, rollten über den Boden und brachten mehrere der rennenden Stadtbewohner zu Fall.

Trotzdem verfolgte ihn der Krieger weiter mit erhobenem Schwert und bereit, zuzuschlagen. »Wie ein sturer Keiler«, brummte Bessel, während er einen Karren umrundete, der hoch mit Kegelwurzeln beladen war. Im Laufen schnappte er sich zwei und steckte sie weg, um sie später zu essen. Er brauchte den Zucker daraus, um die durch das Rennen verausgabte Energie zu ersetzen und seine Kraft zu stärken, falls er einen Zauber wirken musste, um sich zu retten.

Vor der Bude des Kerzenmachers stand ein kleines Mädchen wie erstarrt mitten im Weg und kreischte vor Angst. Bessel wich ihr aus, um sie nicht umzuwerfen, und geriet ins Straucheln.

Ehe er sein Gleichgewicht wiedererlangt hatte, war der Attentäter drei Schritte näher gekommen. Seine Schwertspitze riss den Rücken von Bessels Tunika auf.

Die Angst verlieh ihm frische Kräfte und beschleunigte seine Schritte. Er erreichte die nächste Brücke. Ohne an die Folgen zu denken, zog er in dem Moment, als Mopsie und er an Land gingen, den Achsnagel. Die Brücke brach zusammen und krachte in den Fluss.

Doch der Krieger verfügte über ausgezeichnete Reflexe. Er klammerte sich am Geländer fest und zog sich daran entlang, bis er die Seile erreichte, die noch mit dem Brückenpfosten auf Bessels Seite verbunden waren. Das Schwert zwischen die Zähne geklemmt, hangelte er sich daran nach oben.

»Sternengötter, nicht einmal der Fluss kann ihn aufhalten.« Bessel flüchtete weiter. Er brauchte nur noch zwei weitere Brücken zu überqueren, um die Universitätsinsel zu erreichen. Dort würde er Zuflucht finden. Niemand, nicht einmal ein Attentäter aus Rossemeyer, würde einem Magier in die Enklave der Kommune folgen.

Alles, was Bessel brauchte, war ein weiterer Magier. Sobald sie körperlichen Kontakt aufnahmen, würden beider magische Kräfte verstärkt. Dann konnten sie Verteidigungszauber gegen den Krieger und sein tödliches Schwert errichten.

Wenn er die Universität rechtzeitig erreichte.

Allein hatte er keine Aussicht, genug Magie für einen Schutzzauber zu sammeln.

Ehe Bessel hundert Schritte gerannt war, stand der Krieger wieder auf festem Boden. Wasser troff aus seinen schweren Roben. Mit der freien Hand raffte er sie, damit er nicht über den nassen Stoff stolperte.

Mopsie kläffte ihm aus der Tür einer heruntergekommenen Taverne zu. Ob er dort in Sicherheit wäre? Bessel folgte seinem Gefährten und vertraute ihm sein Leben an.

Um diese Zeit war der schlecht beleuchtete Schankraum fast

leer. Ein Dutzend Tische aus rohem Holz nahmen fast den gesamten Platz ein, sodass man sich zwischen ihnen kaum bewegen konnte.

Mopsie flitzte unter ihnen hindurch in die hintere Ecke. Bessel ließ sich auf alle viere fallen und folgte ihm. Tief in der dunklen Ecke befand sich auf Bodenhöhe eine kleine Metallklappe in der Wand. Die meisten älteren Gebäude auf den Inseln besaßen noch solche primitiven Überlaufklappen. Im Winter und bei Hochwasser waren sie auf beiden Seiten fest verriegelt. Im Sommer ließ man sie offen, sodass Luft zirkulieren konnte. Und nach einer Überschwemmung konnte durch diese Klappe das Wasser aus dem Gebäude ablaufen. Einige fleißige Stadtbewohner benutzten sie auch als Abfluss, nachdem sie die Schiefer- oder Kachelböden geschrubbt hatten.

Der Besitzer der Taverne hatte die Klappe entriegelt, wahrscheinlich, um Abfall auf die Gasse zu kehren, und die Riegel nicht wieder vorgeschoben, die auch so verrostet waren, dass ihm das schwergefallen wäre.

Mopsie hielt gerade inne, bis Bessel die Klappe aufgestoßen hatte. In dem Moment, als der Hund hindurchflitzte, trat der Attentäter in die Taverne. Bessel hielt sich nicht länger auf.

Rostige Riegel kratzten ihm die Arme auf, als er sich durch die kleine Öffnung schlängelte. Seine aufgeschlitzte Tunika hing an Unregelmäßigkeiten im Metallrahmen fest. Er hörte, wie sie weiter aufriss, als er seine Schultern ins Freie hievte.

Sein Hinterteil steckte fest. Einen Fluch über den süßen Yampion-Kuchen und kandierte Kegelwurzeln, mit denen Guillia hungrige Magier überhäufte!

Eine schwere Hand legte sich um Bessels Stiefel. Er hielt sich nicht damit auf festzustellen, wem sie gehörte. Ohne etwas auf seine Kratzer und Prellungen zu geben, quetschte er sich durch die Klappe und ließ den Stiefel zurück.

Hinkend rannte Bessel zur nächsten Brücke, ließ sie einstürzen und lief zu einer anderen, die eine halbe Insel weiter lag.

Er wartete nicht, um festzustellen, ob der Angreifer auf die List hereinfiel.

Sein Umweg führte ihn auf die Palastinsel. In der Hoffnung, dass die Wachen ihn beschützen würden, lief er zum Tor. Doch heute war der Tag, an dem bei Hofe Bittsteller empfangen wurden. Jedermann konnte ohne Voranmeldung in die Große Halle kommen; daher befanden sich alle Wachen im Inneren des Gebäudes. Er hatte keine Zeit, sich durch die Menge zu drängen und König Quinnault um Schutz anzugehen.

Außerdem hatte der König vielleicht beschlossen, dem diplomatischen Druck aus Rossemeyer nachzugeben und ihn für schuldig zu erklären.

Bessel verfluchte sein Pech und lief weiter zum alten Fahrdamm. Die Hochwasser und Winterstürme von Jahrhunderten hatten es beinahe geschafft, die Palastinsel von der Universitätsinsel abzutrennen. Mopsie sprang ohne zu zögern über die ersten Trittsteine. Bessel folgte seinem magischen Gefährten und vertraute erneut auf die Instinkte des Hundes, der wusste, wohin er seine Füße zu setzen hatte. Scharfe Steine schnitten in seinen nackten Fuß, doch er lief weiter, denn er wusste, dass er nur bei der Kommune Zuflucht vor dem Killer finden konnte.

Geschrei und eilige Schritte verrieten ihm, dass der Krieger mit dem blanken Schwert sich nicht lange hatte irreführen lassen.

»Hilfe!«, rief Bessel atemlos keuchend auf den letzten Schritten zur Universitätsinsel. »Helft mir, Meister der Kommune! Kommt einem Magier zu Hilfe!« Er gab ein wenig Magie hinzu, damit sein Schrei auch an die richtigen Ohren drang. Doch seine Gabe reagierte kaum. Er brauchte seine ganze Kraft, um auf die sicheren Gebäude zuzurennen.

Mit finsterer Miene und mit verschränkten Armen trat Narbengesicht aus dem Haupteingang. Seine Augen waren fast geschlossen, um irgendeine sorgfältig beherrschte Emotion zu verbergen. »Was hast du hier zu suchen?«, fragte er.

»Ein Mörder aus Rossemeyer ist hinter mir her. Ich brauche Euren Schutz«, keuchte Bessel, als er schlitternd vor dem Obersten Magier zum Halten kam. Er krümmte sich nach vorn, um wieder zu Atem zukommen.

»Man hat dir befohlen, bei Nimbulan zu bleiben.« Narbengesicht bezog wie ein unüberwindliches Hindernis Stellung vor der Tür, hinter der er sicher wäre.

»Ich habe ein paar Sachen vergessen.« Beunruhigt sah Bessel über die Schulter. Der Attentäter strebte mit großen Schritten über die neue Brücke, die die Universitätsinsel mit dem Palast verband. Er trug seine Waffe lässig in der Hand, und sein Gesicht war zu einem breiten, triumphierenden Grinsen verzogen.

»Ich bin ein Mitglied der Kommune. Ihr müsst mich beschützen, Oberster Magier Aaddler!«

»Du bist nur Geselle und kein Vollmitglied der Kommune. Ich habe dich aus der Kommune verbannt, bis die Frage deines Einsatzes von Außenseiter-Magie geklärt ist. Beschütze dich selbst!« Narbengesicht fuhr herum und knallte Bessel die Tür vor der Nase zu.

*

Hof des Reveta-Tristile-Palasts, früher Morgen

»Darf ich Euch beim Aufsteigen helfen, Euer Gnaden?«, fragte König Quinnault seine Königin, zupfte an seiner Stirnlocke und verneigte sich tief, wie es jeder Stallknecht, der denselben Dienst verrichtete, getan hätte.

»Was glaubst du, was du da tust, Vogelscheuche?«, flüsterte Katie ihm zu. Sie zupfte an seinen zusammengelegten Händen und versuchte ihn dazu zu bewegen, sich aufzurichten.

»Ich helfe meiner Gattin, auf ihr Pferd zu steigen. Und ein

edles Ross ist es wahrhaftig, wenngleich kaum groß genug, um ein Kind zu tragen«, gab er grinsend zurück. In der Nähe stand das Pferd des Königs, dessen Kopf und Schultern das Tier der Königin überragten.

»Aber du trägst Reitkleidung. Und Buan ist gesattelt und brennt offenbar auf einen harten Ritt.« Sie betrachtete die rastlosen Hufe des Tieres, die so groß wie Essteller waren und offenbar völlig gleichgültig gegenüber irgendwelchen menschlichen Fortsätzen, die unter sie geraten könnten.

»Ich reite mit dir, Liebes.«

»Tu mir das nicht an, Vogelscheuche. Du musst bleiben und eine Lösung für Lady Rosselaaras Forderungen finden. Außerdem ... können wir Marilell nicht allein lassen. Ich traue inzwischen niemandem mehr.«

»Ich begleite dich nur bis zu Myrilandels Haus. Dann kehre ich zurück und suche in den Gesetzen und alten Verträgen nach einem Präzedenzfall, um die Witwe zu besänftigen. Und das Kind nehme ich mit.« Er wies auf die Dienstmagd, die bei der Tür stand und die zappelnde Prinzessen fest in den Armen hielt. Neben ihr wartete eine vollständige Eskorte von Gardisten, die ebenfalls reitfertig waren.

»Ich kann diese ganzen Wachen nicht mitnehmen. Das hier muss ich in aller Heimlichkeit tun. Du weißt doch, wie mein Vater ist und welche Technologie er besitzt. Das dürfen diese Männer nicht sehen.«

Quinnaults Miene nahm diesen verschlossenen, emotionslosen Ausdruck an, den sie nur zu gut kannte: sein verstocktes Gesicht. Dann hatte es keinen Sinn, mit ihm zu diskutieren. Nichts würde seine Meinung ändern, außer es traf innerhalb der nächsten zehn Minuten eine ausgewachsene Invasion ein. Und sie konnte ihn nicht einmal umstimmen, wenn sie ihre Telepathie einsetzte.

»Maarie Kaathliin, wenn du ohne eine bewaffnete Eskorte über Land reitest, ist das ein eindeutiges Zeichen dafür, dass etwas Besonderes im Gang ist. Ich lasse dich nicht allein losziehen.«

»Ich unternehme einfach einen Ausritt mit Freunden. Dazu brauche ich keine bewaffnete Eskorte, wenn ich einen Magier bei mir habe. Die Männer würden meine Mission nur stören.«

»Die bewaffnete Eskorte hat Befehl, weit hinter euch zu bleiben. Sie sind auf Geheimhaltung eingeschworen und haben ihre Loyalität wieder und wieder unter Beweis gestellt. Ich würde ihnen mein Leben anvertrauen, und das solltest du ebenfalls.«

Katie biss sich auf die Lippen. Ihr wollte einfach kein Argument mehr einfallen.

»Ich dachte, ich würde mich hier mit Nimbulan, Myri und Bessel treffen.« Im Vorhof befanden sich nur ihre beiden Pferde. Sie hatte damit gerechnet, zu den Stallungen auf dem Festland laufen zu müssen. Doch stattdessen standen sie weniger als eine Stunde nach ihrem Gespräch mit Nimbulan und Narbengesicht bereit.

»Wir treffen sie in ihrem Haus, auf dem Weg aus der Stadt. Nach Süden, sagtest du?« Quinnault bückte sich noch einmal und hielt Katie die zusammengelegten Hände hin, um ihr in den Sattel zu helfen.

Sie setzte den linken Fuß hinein und ergriff den Sattelknauf. Dann hatte sie kaum Zeit, den rechten über den Rücken des Tieres zu schwingen, als sie auf der anderen Seite fast wieder auf das Kopfsteinpflaster gestürzt wäre.

»Sachte, Vogelscheuche!«, keuchte sie und kämpfte um ihre Balance.

»Tut mir leid, Liebes. Dein Pferd ist um einiges kleiner als die, an die ich gewöhnt bin.« Doch sein Grinsen erfasste seine Augen nicht.

»Und ich bin kleiner als ein halbwüchsiges Kind!« Zu Hause, in einer Kultur, die arm an Ressourcen war, bedeuteten eine kleine Statur und ein leistungsfähiger Stoffwechsel einen Vorteil. Hier machte sie genau das zur Zielscheibe vieler Scherze.

Doch das muntere Geplänkel löste die Spannung nicht, die sie bei ihm spürte.

»Ich muss das ohne Aufsehen erledigen, Quinnault. Mein Vater ist gefährlich. Und wenn deine Eskorte auch nur einen Blick auf sein Raumfahrzeug erhascht und errät, was es darstellt, wird sich hier alles ändern ... zum Schlechteren.«

Mit einer einzigen fließenden Bewegung bestieg er Buan, ohne auf ihre Bemerkungen einzugehen. Dann beugte er sich hinunter, um sich Marilell von der Dienstmagd anreichen zu lassen. Als das Baby zufrieden gurrend vor ihm im Sattel saß, sprach er weiter. »Ich habe es mir anders überlegt. Ich begleite dich. Die Kleine lassen wir für den Tag bei Amaranth und ihrer Kinderfrau. Heute ist sie dort, glaube ich, sicherer als im Palast. Und du glaubst, dein Vater hat sein Beförderungsmittel südlich von hier zurückgelassen?«

»Bleib bitte hier, Vogelscheuche!«

Seine sture Miene wurde noch abweisender.

Katie seufzte resigniert. »Dort ist das Land dichter bewaldet und hügelig. Er wird sein Schiff versteckt halten wollen. Nördlich und östlich der Stadt liegen offene Felder und im Westen offene Flussebenen.« Die Form der terranischen Shuttles hatte sich in den letzten siebenhundert Jahren nicht so verändert, dass sich das Raumfahrzeug deutlich von dem auf Gemälden und Wandteppichen der Sternengötter unterschieden hätte, die auf einer Wolke aus Silberflammen vom Himmel herabstiegen.

Wenn irgendjemand Kinnsell und seine Wundermaschinen mit den hochverehrten Sternengöttern in Verbindung brachte, würde niemand seinem Streben nach politischer und wirtschaftlicher Macht durch Mechanisierung einen Riegel vorschieben. Und mit der Mechanisierung würden die Kolonisten aus dem Terranischen Imperium kommen.

Und nicht lange danach würde die Seuche folgen. Wenn sie nicht bereits da war. Die meisten Berichte über die Krankheit stammten aus Bergwerkssiedlungen. Reichten Kohlenstaub und Metallspäne als Verschmutzung bereits aus, um der Mikrobe einen Nährboden zu bieten?

Sie wünschte, sie könnte allein auf diese Mission gehen. Aber diese mittelalterliche Kultur, die nicht auf Technologie beruhte und daher keinen Nährboden für die Seuche bot, verlangte zugleich, dass weder sie noch Quinnault ohne Eskorte keinen einzigen Schritt aus ihrem Schlafzimmer tun konnten.

»Schiff? Müsste es dann nicht draußen auf der Bucht sein?«, fragte Quinnault.

»Es ist eine andere Art von Schiff, als du je gesehen hast, Quinnault. Es segelt durch die Luft, nicht über das Wasser. Und darin befinden sich viele Wunder, die Magie nachahmen und sogar noch mehr können. Ich werde mich ihrer bedienen, um eine Art Rufzauber an meine Brüder zu schicken. Sie sind die Einzigen, die vielleicht in der Lage sind, Kinnsell zu überreden, von hier fortzugehen, bevor er unser Leben und unsere Kultur unwiderruflich verändert.«

Entschlossen trieb Katie ihr Pferd an. Es tat einen Satz und galoppierte durch das Palasttor.

Quinnault folgte ihr dichtauf.

Es gab keine direkte Route durch die Hauptstadt. Aus Gründen der Verteidigung lagen die Brücken selten unmittelbar hintereinander und verbanden niemals drei Inseln zugleich. Auch die am Markttag belebten Straßen boten zahlreiche Hindernisse für den Verkehr zu Fuß und zu Pferde.

»Was ist das?« Katie wies auf die rauchgeschwärzten Überreste einer Werkstatt, über der Wohnräume gelegen hatten. Beide waren vollständig ausgebrannt. Menschen standen davor und wirkten verloren und benommen. Unter ihnen befand sich auch eine in Decken gehüllte fünfköpfige Familie. Dem

Vater waren bei dem Feuer die Augenbrauen weggesengt worden. Die drei Kinder schnieften leise vor sich hin. Ihre Nasen liefen, und sie blinzelten rasch, waren aber zu eingeschüchtert über diese Katastrophe, um laut zu weinen.

Die Mutter kauerte sich unter ihre Decke, starrte ausdruckslos vor sich hin und ignorierte ihren Mann und die Kinder.

»Feuer. Kommt in der Stadt viel zu oft vor. Aus Holz errichtete Gebäude, trockene Strohdächer, und alles steht viel zu eng beieinander. Wir haben noch Glück, dass es sich nicht über die ganze Insel ausgebreitet hat«, antwortete Quinnault.

Katie biss sich auf die Lippen. Am liebsten hätte sie angehalten und die Opfer getröstet. Aber sie hatte keine Zeit. Die Nachbarn schienen sich um sie zu kümmern.

»Erinnere mich daran, ihnen einen Korb mit Nahrung und Kleidung zu schicken, wenn wir zurück sind.« Bedrückt sah sie ihn an.

Er nickte kurz, doch sein Blick war auf etwas gerichtet, das er in den ausgebrannten Ruinen entdeckt hatte.

»Was ist, Quinnault?« Dann sah sie es auch. Ein Symbol, das eine warnende Bedeutung hatte und mit blutroter Farbe auf die Seitenwand des Gebäudes gemalt war. Der Ruß hatte es nicht überdecken können.

Mit einer Handbewegung wies Quinnault eine der Wachen an, der Sache nachzugehen. »Wenn ich zurückkehre, wünsche ich einen vollständigen Bericht. Ich erwarte Antworten und den Namen eines Verdächtigen. So etwas ist schon zu oft vorgekommen«, befahl er. »Und lasst der Familie Essen, Decken, Kleidung und alles bringen, was sie brauchen, bis ihr Haus wieder aufgebaut ist.« Dann wandte er seine Aufmerksamkeit erneut seiner Frau und seiner Tochter zu. »Es ist nicht mehr weit, Liebes. Nimbulan und Myri wohnen nur zwei Inseln weiter.«

»Wer führt solche Anschläge in unserer Stadt durch, Quinnault?« Aber Katie brauchte keine Antwort. Nur Kinnsell konnte so hinterhältig sein. Er wollte die Kontrolle über Coronnan, auch wenn das hieß, dass er dazu seine eigene Tochter und seinen Schwiegersohn absetzen musste. Sie konnte keine Zeit mehr darauf vergeuden, sein Shuttle zu finden und seinen Kreuzzug zu stoppen. Kinnsell hatte den größten Teil des gestrigen Tages und den ganzen Morgen Zeit gehabt, Unheil zu stiften und sein Schiff zu bewegen.

Bis Katie und Quinnault in die schmalen Straßen ritten, war fast eine Stunde vergangen, seit sie den Palast verlassen hatten. Sie zügelten ihre Pferde vor dem schmalen Reihenhaus, in dem Botschafterin Myrilandel vom Drachennimbus und ihr Gatte wohnten.

»Wo ist Bessel?«, fragte Katie, als sie vor dem Haus der Botschafterin hielten.

»Ich habe ihn den ganzen Morgen noch nicht gesehen«, gab Nimbulan zurück. »Zuerst dachte ich, er würde nur seinen Hund ausführen, aber er ist noch nicht zurück.«

»Er und sein magischer Gefährte haben früh gegessen und sind dann fort«, erklärte Myri und beäugte das ziemlich große Pferd, das ihr Mann für sie gemietet hatte. »Ich habe gehört, wie er etwas von der Bibliothek sagte.«

»Wir haben keine Zeit, den ganzen Weg zur Universitätsinsel zurückzureiten«, meinte Katie besorgt. Aber sie brauchte den Magier. Kinnsell würde wissen, wie er jedes nicht magische Kraftfeld durchbrechen konnte, das sie um das Shuttle errichtete, um ihn nicht einzulassen. Sie brauchte Bessel, damit er eine magische Barriere errichtete, bis die O'Hara-Brüder eintrafen und ihren Vater von Kardia Hodos entfernten.

»Wir kommen ohne den Jungen zurecht«, sagte Nimbulan und schob Myri auf ihr Reittier zu. »In der Bibliothek ist er sicher. Selbst Narbengesicht würde ihm den Zutritt zur Bibliothek nicht verwehren.«

»Also, ich würde lieber zu Fuß gehen«, meinte Myri mit einem schiefen Blick zu dem gemieteten Pferd, das ihr Mann für sie hielt. Er zog sie an sich und flüsterte ihr etwas ins Ohr.

»Keine Sorge. Es wird dich schon nicht abwerfen.«

Myrilandels Hand huschte in einer schützenden Geste, die so alt wie die Welt war, zu ihrem Leib.

War es möglich, dass ...?

Nein. Das hätte Nimbulan in ihrem morgendlichen Gespräch erwähnt.

»Wir müssen uns schnell bewegen. Ihr könntet nicht mit uns mithalten«, sagte Katie und suchte im Gesicht und am Körper ihrer Freundin nach unmerklichen Zeichen für eine Veränderung.

»Nicht mithalten?« Myri zog eine Augenbraue hoch. Ihre Augen blitzten schelmisch. »Ich habe hochgestellte Freunde, wisst Ihr noch?« Sie sah zum Himmel auf.

Auch Nimbulan und Quinnault schauten nach oben und hielten Ausschau nach einem Drachen.

»Werden Eure Drachen uns bei der Suche helfen?«, fragte Katie. Immer wieder glitten ihre Gedanken zu ihrem Vater.

Was hatte Kinnsell vor? Wer waren seine Verbündeten? Sie brauchte Bessels Magie, um Kinnsell daran zu hindern, mit seinem Shuttle irgendwohin zu fliegen, wo weder sie noch die Drachen ihn finden konnten.

Sie betete darum, dass ihre Brüder rasch kommen würden. Jeder von ihnen würde in der Lage sein, Kinnsell zurück zum Mutterschiff und nach Hause zu expedieren. Aber am liebsten wäre ihr Sean Michael gewesen. Der mittlere ihrer Brüder legte mehr Verantwortungsgefühl und logisches Denken an den Tag als die beiden anderen zusammen.

»Stellt Euch den Gegenstand Eurer Suche sorgfältig und in allen Einzelheiten vor«, wies Myri sie an. »Rouussin kreist über der Bucht und ist bereit, uns den Gefallen zu tun.« Ihre Mundwinkel zuckten amüsiert. Die Stimmungen der Drachen waren immer unvorhersehbar. Rouussin, der alternde Drache mit den roten Flügelspitzen, neigte dazu, Menschen als Kinder zu betrachten, die er mit Schätzen und Leckerbissen verwöhnte, obwohl er selten die Beweggründe hinter ihren Anliegen verstand.

Katie spürte die federleichte mentale Berührung des Drachen. *(Ich bin hier, Kleine.)*

Gewissenhaft baute Katie vor ihrem inneren Auge das Bild eines schlanken Shuttles auf, wie es sie letztes Jahr nach Coronnan gebracht hatte: so lang wie zwei Drachen, aber nicht höher als einer. Stämmige Flügel und darüber eine spitze Nase mit sechs Fenstern, die dort saßen, wo bei einem Drachen die Augen gewesen wären. Schwanzflossen umgaben die Heckdüsen. Schließlich dachte sie noch daran, eine silbrige Metallhülle hinzuzufügen, die mit durchscheinenden Schuppen aus Keramik überzogen war.

(Das ist wahrhaftig ein seltsamer Drache, Kleine), schmunzelte Rouussin.

Ein Drache, der außer Kontrolle zu geraten droht. Wenn wir ihn nicht bald finden, werden die Drachen auf Kardia Hodos kein Zuhause mehr haben. Dafür wird mein Vater sorgen.

27. Kapitel

Kurz vor Mittag, zwei Tage nach Neumond, im Gasthaus zur Hexe der Bucht, an der Südküste der Hauptstadt Coronnan

Kinnsell stopfte sich die Zipfel des Lakens aus grobem Leinen in die Ohren, um den Lärm zu dämpfen. Ein unausstehlicher Vogel kündigte wiederholt die Morgendämmerung an. Jedes Krähen war lauter als das vorhergehende. Der Vogel fuhr fort, seinen Gruß an die Sonne herauszukreischen, und zeigte keinerlei Anzeichen von Ermüdung.

Ein Dutzend Mal war er schon aufgewacht und wieder eingedöst, nur um auf äußerst grobe Weise von dem Vogel wieder geweckt zu werden.

Auf einer zivilisierten Welt hätte es Wecker gegeben, die sanft piepten oder ruhige Musik spielten, sodass der Schläfer langsam in den Wachzustand hinüberglitt. Hier hätte ein Mann von so großer politischer Macht und immensem Reichtum wie Kinnsell einen Kammerdiener angestellt, der ihn zu einer angemessenen Uhrzeit geweckt hätte.

Die Morgendämmerung war keine solche Uhrzeit.

Allerdings war das Licht, das durch die geschlossenen Fensterläden einfiel, zu hell für eine so frühe Stunde.

Kinnsell wälzte sich auf der klumpigen Matratze herum und weigerte sich, die Augen zu öffnen. Die andere Seite der schmalen Matratze war leer. Das Bett war kaum breiter als eine Schiffskoje, bot aber noch genug Platz, um es mit einer intimen Freundin zu teilen, wenn keiner der beiden auf Privatsphäre bestand und Berührungen erfreulich und nicht störend waren.

Wo steckte Maia nur? Sie hatte versprochen, sich zu ihm zu gesellen, wenn sie mit dem Wirt fertig war.

Er warf den unberührten Decken neben ihm einen wütenden Blick zu. Dann schlug er die Laken zurück und stand auf. Die Erschöpfung und der Druck auf der Brust, die ihn gestern Nacht gequält hatten, waren verschwunden. Was er jetzt brauchte, waren ein gutes Frühstück und eine heiße Dusche mit echtem Wasser statt des Ultraschallsprays, mit denen man sich auf Raumflügen behalf.

Dann würde er sich mit Maia und ihrer Treulosigkeit befassen. Wenn er die Frau nicht als Geisel bräuchte, um sich die Loyalität des Hinterwäldler-Lords zu sichern, hätte er sie einfach hier zurückgelassen, so nahe bei der Hauptstadt, dass die Magier sie leicht wiederfinden würden.

Aber der Hinterwäldler war trickreich und hielt Marilell, Kinnsells Enkeltochter, als Geisel, um sowohl sie als auch seine Loyalität gegen Maia einzutauschen.

Ich hätte das Kind selbst entführen sollen, statt einem Eingeborenen zu trauen. Aber Katies Dienstboten waren auf der Hut vor ihm. Er konnte sich nicht so leicht in den Palast hinein- und wieder herausschleichen, während Lord Balthazaan und seine Frau überall Zugang hatten.

»Ah, Ihr seid endlich aufgestanden, Meister Kinnsell«, sagte Maia und trat mit einem Tablett, das mit einem Tuch abgedeckt war, ins Zimmer. Ihr Gang war federnd, und ihre schwarzen Augen blitzten.

»Ich dachte, ich hätte diese Tür abgeschlossen«, versetzte Kinnsell patzig.

»Das hattet Ihr auch. Aber Ihr habt sie mir geöffnet, als ich wie versprochen um Mitternacht zu Euch gekommen bin.« Verführerisch zog sie die Augen zusammen. »Dann haben wir zusammen gefrühstückt, und Ihr habt weitergeschlafen, während ich mich im Gasthaus umgetan und Fragen gestellt habe. Ich habe viel erfahren.«

»Darauf möchte ich wetten.« Kinnsell schaute auf das Bett. Sie hatte nicht dort geschlafen. Ihr Duft haftete nicht auf den Laken, das auch keine Flecken aufwies, die hätten vorhanden sein müssen, wenn sie Sex gehabt hätten. Er biss sich auf die Zähne und wünschte sich, er könnte sie einfach hier zurücklassen. Noch nicht. Aber bald würde er sich an ihr rächen können.

»Ich habe ein heißes Bad für Euch bereiten lassen, Meister Kinnsell. Das gestrige habt Ihr verschlafen. Es wartet auf Euch, sobald Ihr gefrühstückt habt.« Sie schlug das Tuch über dem Tablett zurück, auf dem sich frisches, noch ofenwarmes Brot, eingesalzener Fisch, Frischkäse und eine Schale mit getrockneten und in einer dicken Sauce, die nach Wein und Gewürznelken roch, gekochten Beeren befand. Ihm lief das Wasser im Mund zusammen.

»Ein Essen für Bauern«, höhnte er dennoch.

Gestern? Hatte er einen ganzen Tag und zwei Nächte verschlafen? Das kam ihm nicht sehr wahrscheinlich vor.

Sein Magen knurrte hungrig; dann krampfte er sich zusammen, und ein saurer Geschmack, der ihm jeden Appetit verdarb, stieg Kinnsell in die Kehle. Wie lange sollte er nicht gegessen haben? Einen Tag und zwei Nächte?

Er durfte nicht ans Essen denken, sondern musste herausfinden, warum er so lange hatte schlafen können. Aber das Frühstück duftete köstlich, und sein Magen begann erneut vor Hunger zu grummeln.

»Die gleiche Mahlzeit hat der Oberste Magier Nimbulan täglich bestellt, und er stammt aus dem Hochadel und ist ein Cousin ersten Grades von Lord Balthazaan«, protestierte Maia. Sie sah auf das Essen hinunter und schaute dann bestürzt zu Kinnsell auf. Ihre Miene wirkte betrübt.

»Isst wirklich jemand auf diesem Planeten – ähem, in diesem Land – so grobes Brot? Könnt ihr euer Getreide nicht feiner mahlen?« Kinnsell wollte, dass sie unter seinem Missfallen litt, obwohl er sich in Wahrheit am liebsten mit großen Bissen von dem Zeug vollgestopft hätte.

»Das Brot ist mit Maische vom Alebrauen gebacken, und sogar der König betrachtet es als Delikatesse!« Eine dicke Träne rollte über ihre Wange, und sie zog einen Schmollmund; eine Einladung an ihn, ihre Trübsal wegzuküssen.

Kinnsell erkannte das Spiel, das Frauen überall spielen – ob mit oder ohne durch Psi-Kräfte unterstützte Anziehungskraft –, und ließ sich darauf ein. Dieses eine Mal würde er sie glauben lassen, dass sie in ihrer Beziehung das Sagen hatte. Er wischte die Träne mit den Fingern weg und küsste ihren Mundwinkel. Dann setzte er einen weiteren Kuss auf das niedliche Muttermal gleich rechts davon und dann noch einen und noch einen...

Hör auf damit!, befahl er sich selbst. »Wenn der König dieses Brot isst, werde ich es auch tun«, erklärte er atemlos. Er wollte mehr von ihr kosten. Doch er musste sie und sich selbst unter Kontrolle bringen. »Seht zu, ob das mit dem Bad schneller gehen kann. Wir müssen so bald wie möglich aufbrechen«, ordnete er weniger freundlich an.

Maia belohnte ihn mit einem strahlenden Lächeln. »Bald werde ich zu Hause sein, bei meinem eigenen Volk, und man wird Euch als Held feiern, weil Ihr mich gerettet habt.« Sie küsste ihn gründlich. »Ich werde Euch den Rücken waschen«, erklärte sie mit einem neuen, heiseren Unterton. »Und Eure Vorderseite auch.«

Kinnsell schluckte sein Begehren herunter. Er hatte keine Zeit, den ganzen Vormittag hier zu verweilen. Schon jetzt hatte er sich viel zu lange aufgehalten. Katie musste in heller Panik über das Verschwinden ihrer Tochter sein.

Er würde Maia nicht zu dem Hinterwäldler-Lord bringen, ehe er das Begehren, das in seinem Leib wühlte, nicht gestillt hatte. Seine Enkelin war in Sicherheit. Selbst die intriganten Mitglieder des Kronrats würden dem Kind, das erst ein Säugling und dazu nur ein Mädchen war, nichts tun. Wenn Katie so vernünftig gewesen wäre, als erstes Kind einen Knaben zur Welt zu bringen, dann wäre es natürlich der Thronerbe und daher eine Bedrohung für die rebellischen Lords gewesen.

Das Brot schmeckte nussig und wunderbar gehaltvoll. Es stillte seinen Hunger, und rasch war das an Übelkeit grenzende Gefühl verflogen, zu hungrig zum Essen zu sein. Den Fisch schob er beiseite. Der Käse musste als Protein reichen. Normalerweise hätte er keine Milchprodukte zu sich genommen, aber die Mahlzeit enthielt keine Hülsenfrüchte, welche die Aminosäuren des Getreides vervollständigt hätten. Der Geschmack explodierte beinahe auf seiner Zunge und verhieß neue Genüsse. Die Beeren in ihrer Weinsauce wären zu Hause eines königlichen Banketts würdig gewesen.

Vielleicht würde er doch noch ein wenig auf dem Planeten verweilen und die Freuden seiner Küche kosten – viel besser als Schiffsrationen oder künstlich erzeugte Nahrung. Frische Nahrungsmittel waren schließlich der Hauptgrund, aus dem er diesen Planeten an sich bringen wollte. Außerdem würde er es sich, solange er wollte, mit Maia gut gehen lassen. Nicht nötig, so eilig nach Terra und zu seiner kalten und lieblosen, aber politisch einflussreichen Frau zurückzukehren, ehe er sich eine Machtbasis auf Kardia Hodos gesichert hatte. Aber er würde sich bald bei seinem Mutterschiff melden müssen, damit von dort aus kein Suchtrupp nach ihm geschickt wurde. Er konnte hier niemanden von seiner Crew – vor allem nicht seine Söhne – gebrauchen, der seine Bestrebungen, diesen Planeten wieder unter terranischen Einfluss zu bringen, hinterfragte oder sabotierte. Sean Michael und Liam Francis konnten jederzeit zurückkehren. Vielleicht würden sie sogar Marilell vor Balthazaan retten, ehe Kinnsell sie holen konnte.

Eilig absolvierte er sein Bad. Das Wasser blieb nicht lange genug heiß, und das drückende Gefühl in seiner Brust drohte zurückzukehren.

Als Kinnsell und Maia aus dem Gasthaus zur Hexe der Bucht traten, stand die Sonne schon hoch am Himmel und ließ Dunst von den feuchten Pflastersteinen aufsteigen. Er ging so beschwingt einher wie seit Jahren nicht. Maia hielt Schritt mit ihm und plapperte von den großen Abenteuern, die sie auf der Straße erlebt hatte. Im Mittelpunkt der meisten Geschichten stand der geheimnisvolle Televarn, der Anführer ihres Clans. Er blendete ihr Geschwätz aus und konzentrierte sich darauf, was er dem Hinterwäldler-Lord erzählen würde und wann.

Nach etwa zwei Kilometern erreichten sie das Ende der großen Straße nach Süden. Eifrig wandte Kinnsell sich gen Westen. »Jetzt ist es nicht mehr weit, meine Liebe«, sagte er lächelnd. In einer halben Stunde würde er zurück in seinem Shuttle sein, einer Insel der Zivilisation auf diesem chaotischen Planeten.

Abrupt blieb Maia stehen und legte ängstlich die Finger an die Schläfen.

»Wir müssen hier entlang.« Zögerlich tat sie zwei Schritte auf der großen Straße nach Süden. »Wir müssen uns beeilen. Sie brauchen uns.« Sie ließ die Hände sinken und starrte leeren Blickes nach Süden. Ihre Augen wirkten glasig, wie in Trance.

Kinnsell hatte so etwas schon als Reaktion auf eine Hypnose gesehen. Was für eine latente Suggestion mochten die Magier ihr eingepflanzt haben?

»Televarns Clan braucht uns«, intonierte sie. »Televarn ist tot. Lang lebe der Clan.« Noch zwei Schritte, und dann sank sie in die Knie.

»Neiiin!«, heulte sie und presste erneut die Hände auf die Schläfen. »Er kann nicht tot sein. Wenn Televarn tot ist, wer ist dann seit über einem Jahr in meinem Kopf? Wer lenkt mich?« Immer noch auf der Straße kniend, raufte sie sich weinend das Haar. »Ich habe den Magiern nicht geglaubt, als sie mir erzählt haben, Televarn sei tot. Ich habe nicht gewagt, ihnen Glauben zu schenken, weil seine Stimme immer noch in meinem Kopf war. Er hat die Kaalipha ermordet. Ich habe es doch gesehen. Ich habe gesehen, wie er das vergiftete Messer in Yaassimas Körper umgedreht hat. Er muss am Leben sein!«

Mit offenem Mund sah Kinnsell zu, wie sie mit den Fäusten auf den Boden trommelte. Sie rappelte sich auf die Füße und rannte los.

»So ist das nicht passiert.« Kinnsell packte sie an den Schultern, um sie wenn nötig zu schütteln, bis sie zur Besinnung kam. Er versuchte sich an die Einzelheiten dessen zu erinnern, was er über die Ereignisse in Hanassa gehört hatte, als er mit Katie vor eineinhalb Jahren hergekommen war. »Yaassima konnte das Messer rechtzeitig umdrehen und hat Televarn getötet. Yaassima ist später gestorben. Und jetzt kommt, hier entlang.« Er versuchte sie hochzuziehen, doch ein bellender Husten zwang ihn, sie loszulassen.

»Kommt mit mir. Wir müssen nach Westen, zu meinem Schiff.« Der Husten ließ nach. Kinnsell fasste Maia um die Taille und zog sie auf die Beine, doch sie trat ihm gegen die Schienbeine, biss in seine Hände, die sie festhielten, und jammerte und klagte derweil ohne Unterlass.

»Televarn kann nicht tot sein! Ich weiß, dass sie mich anlügen!«

»Wohin müssen wir denn so eilig, Maia? Sagt es mir, und ich bringe Euch augenblicklich hin«, beruhigte Kinnsell sie. Er durfte sie nicht entwischen lassen; nicht ausgerechnet jetzt, da er kurz davorstand, sich die ungeteilte Loyalität dieser Hinterwäldler-Lords zu sichern.

»Ihr kennt das Geheimnis des Transportzaubers?« Maia hörte so abrupt auf zu zappeln, dass Kinnsell fast auf sie gefallen wäre.

Er verlagerte sein Gewicht und lockerte seinen Griff ein wenig. Durch die plötzliche Bewegung war ihm die Brust wieder eng geworden. Er hielt einen Moment lang den Atem an, um nicht wieder zu husten. Sobald er das Shuttle erreicht hatte, würde er es wieder angenehm und warm haben. Dann würde auch der Husten verschwinden. Dieses gleichzeitige Schwitzen und Frieren lag nur daran, dass dieser verfluchte Planet so verdammt kalt war und die Eingeborenen nicht die geringste Ahnung von Klimakontrolle hatten.

»Kein Transportzauber«, antwortete er, als er seine Atmung wieder unter Kontrolle hatte. Er suchte nach einer Metapher, die die Frau verstehen würde. »Ich beherrsche einen Drachen. Einen ganz besonderen Drachen, der mir erlaubt, mich in seinem Inneren zu verbergen. Er wird uns hinbringen, wohin Ihr wollt. Aber zuerst müssen wir zu diesem Drachen.«

»Ein Drache!« Maia legte das rechte über das linke Handgelenk und vollführte mit den Händen die flatternde Abwehrgeste gegen das Böse. In ihren aufgerissenen Augen standen Respekt ... und Entsetzen. »Ihr beherrscht den Drachenrenegaten, Hanassa?«

»Was immer Ihr meint. Und nun folgt mir über diesen Pfad. Wir müssen zu meinem Drachen, ehe er ohne uns davonfliegt.« Er bezweifelte, dass Jamie Patrick das Shuttle per Fernkontrolle zum Mutterschiff zurückholen würde, aber bei seinen Söhnen wusste man nie. Irgendwann in näherer Zukunft musste er ihnen etwas Disziplin einprügeln – etwas, das er hätte tun sollen, als sie klein waren, doch damals war er zu beschäftigt damit gewesen, seine politische Stellung zu festigen, als dass er sich mit Kindern abgegeben hätte.

Während sie die paar Schritte zu dem schlecht unterhaltenen Feldweg zurückgingen, ließ er den Arm um Maias Taille liegen. Unter den ausladenden Baumkronen lag der Pfad in tiefen Schatten. Atavistische Furcht vor dem Dunkel und dem Unbekannten ließ Kinnsell erschauern. Um sein Unwohlsein zu kaschieren, redete er in einem stetigen Strom. »Mein Drache wird uns Unterkunft geben und uns mit heißem Essen und Trinken versorgen. Dort können wir auch bis zum Dunkelwerden in bequemen Betten ruhen. Und dann wird er mit uns davonfliegen. Wohin Ihr wollt.« *Solange es zur Burg meines Hinterwäldler-Lords geht. Wenn ich mit dir dort auftauche, kontrolliere ich die Mehrheit von König Quinnaults Rat und die Tochter des Königs. Ich werde darüber entscheiden, wann und wo Technologie eingeführt wird. Und ich werde sowohl Tribute von diesen Hinterwäldlern einstreichen als auch die Belohnung dafür, diese Welt wieder in den Schoß des Terranischen Imperiums zurückgeführt zu haben. Sobald ich diesen Planeten ins Imperium zurückbringe, hat kein anderer meiner Verwandten mehr eine Chance, zum Imperator gewählt zu werden.*

»Ich habe noch nie einen Drachen angefasst. Aber ich habe schon einmal einen gesehen«, sagte Maia und strich ihm sanft über das Gesicht. »Ich habe dem Drachen nicht getraut, denn ich konnte nicht in seine Gedanken eindringen. Aber er hat meinen Geist berührt und Televarns Stimme vertrieben, und ich wusste nicht, was ich ohne ihn anfangen sollte.« Ihre wunderbaren Hände glitten an seinem Rücken hinunter. »Ihr könntet Televarns Platz in meinen Gedanken einnehmen. Eure Gabe ist stark, Meister Kinnsell. Ihr könntet Televarn im Geist aller Rover ersetzen. Dann würdet Ihr nicht nur alle Rover beherrschen, sondern auch jeden, in dessen Adern auch nur ein Tropfen Rover-Blut fließt, zum Beispiel Nimbulan und Lord Balthazaan.«

Überall, wo sie ihn berührte, breitete sich Hitze in Kinnsells Körper aus. Er erkannte die subtile Psi-Kraft dahinter und gestattete sich, sie einen Moment lang auszukosten. Ihre Worte ließen ein Lächeln auf sein Gesicht treten. Seine Familie kannte einen ähnlichen direkten Gedankenkontakt. Aber der O'Hara-Clan hatte diese Begabung besser unter Kontrolle, sodass niemand ohne Erlaubnis in den Geist eines anderen eindringen konnte. Diese Rover brauchten einen Anführer. Wenn sie sich seiner Kontrolle so leicht beugten wie der Rest dieses Planeten, war Kinnsell bereit, ihnen den Gefallen zu tun. Er beschleunigte seine Schritte.

»Ihr werdet nicht in die Gedanken meines Drachen eindringen können. Das vermag nur ich«, sagte er. So langsam gefiel ihm seine eigene Geschichte. Cyber-Kontrollen konnte man durchaus als so etwas wie einen direkten Gedankenkontakt definieren.

Der quälende Husten kehrte zurück.

Mit den Fingern der Rechten berührte Maia seine Schläfe und legte die Linke flach auf seine Brust. Hitze breitete sich von diesen Stellen aus. Ein elektrischer Schlag schoss durch seine Adern, und der Husten ließ nach. Sie verweilte in dieser Haltung einer Heilerin, und sein Blickfeld verengte sich, bis er nur noch Maia sah. Seine Gedanken kreisten um ihre strahlende Schönheit.

Er ließ die Hand von ihrer Taille hinauf zu ihrer schwellenden Brust wandern. Sie zog sich nicht zurück. Er riskierte es, die Hand über ihre Brust zu legen und sie zu umfassen. Unter seinen Fingerspitzen richtete sich ihre Brustwarze auf. Das Herz schlug ihm in einem lauten Stakkato-Rhythmus in den Ohren.

Kinnsell drehte sie in seinen Armen um und küsste sie leidenschaftlich. Vor Lust seufzend, öffnete sie den Mund. Dieser Ausflug entwickelte doch noch angenehme Seiten.

Er schob sie vom Weg in das dichte Unterholz. Hier konnten sie ein Weilchen bleiben. Niemand würde sein Schiff finden. Sie hatten noch viel Zeit, bis sie bei Sonnenuntergang die Lords treffen mussten.

»Hier entlang!«, rief eine Frauenstimme, die das Trommeln vieler Pferdehufe auf der gestampften Erde der Hauptstraße übertönte. Seine Leidenschaft hatte ihn taub gemacht, sodass er die sich nähernden Reiter nicht gehört hatte.

Und nicht irgendeine Frau befehligte diesen kleinen Trupp. Seine Tochter Mary Kathleen O'Hara ritt an der Spitze und führte die Reiter an ihm vorbei und den Pfad entlang, der nirgendwohin außer zu seinem Shuttle führte.

*

Später Vormittag, Universitätsinsel, Hauptstadt Coronnan

Bessel vergeudete einen kostbaren Augenblick damit, auf die Tür zu starren, die Narbengesicht ihm soeben vor der Nase zugeschlagen hatte.

Unter triumphierendem Gebrüll kam der Killer mit erhobenem Schwert von der Brücke gerannt.

»Komm, Mopsie. Mal sehen, ob du wirklich ein Lotsenhund bist.« Bessel rannte zum nächsten Ufer und sprang in den Fluss.

Mopsie lief knurrend auf den Attentäter zu.

Bessel erhaschte einen kurzen Blick auf den kleinen Hund, der nach der Schwerthand des Mannes sprang. Er schlug die Zähne in sein Handgelenk und zwang den Killer, seine Waffe fallen zu lassen.

Dann schlug kaltes, schlammiges Wasser über Bessels Kopf zusammen. Die schnelle Strömung zog ihn herunter, immer tiefer.

Bessel schwamm nach oben und ließ sich von der Strömung des Flusses weitertragen. Er schüttelte sich das Wasser aus den Augen, während er Hände und Füße bewegte. Dann hörte er ein weiteres Platschen und schaute zur Brücke zurück. Mopsie landete in einer gewaltigen Welle, die den Killer auf der Brücke durchnässte, im Wasser.

»Guter Junge, Mopsie«, rief Bessel seinem magischen Gefährten zu. »Du hast mir Zeit für die Flucht erkauft.«

Der klatschnasse Hund paddelte kräftig auf Bessel zu. Er kläffte zur Begrüßung und versuchte, vor seinen Herrn zu schwimmen.

»Du siehst wirklich erbärmlich aus.« Bessel konnte sich eines breiten Grinsens nicht erwehren, als er die triefnasse, mit Schlamm bedeckte Fellmasse erblickte. Kein Wunder, dass der Hund so unglücklich und verloren ausgesehen hatte, als sie einander an der Anlegestelle das erste Mal begegnet waren.

Mopsie war in der Bucht geschwommen, während Bessel versucht hatte, den Botschafter zu retten.

»Vielleicht bist du ja doch ein Lotsenhund, Kleiner.« Mit entschlossenen Schwimmzügen hielt Bessel auf das Festland im Süden der Stadt zu.

Mopsie knurrte warnend. Bessel sah sich nach dem Attentäter um und sah den schwarzgekleideten Krieger, der auf der Brücke zur Universitätsinsel stand und die Faust schwenkte. Dann kletterte der Mann zur nahegelegenen Anlegestelle der Universität hinunter, wo ein paar Boote vertäut lagen.

Mit langen Zügen entfernte sich Bessel von dem Krieger, der immer noch eine Gefahr für ihn darstellte. Am Fluss gab es Hunderte von Verstecken, aber nur wenige Stellen, wo ein Boot anlegen konnte. Solange er im Wasser blieb, war er in der Lage, seinem Verfolger zu entkommen.

Doch das kalte Wasser raubte ihm schon jetzt die Kraft und ließ seine Zähne klappern. Er musste rasch einen Unterschlupf finden und hielt auf eine Reihe kleiner Flussinseln hinter der Universitätsinsel zu. Einige der winzigen, veränderlichen Ansammlungen von Sedimenten hatten dem Fluss und der Witterung so lange widerstanden, dass darauf hohes Gras und zottlige Bäume wuchsen. Es würden vielleicht einige Stunden vergehen, bis er wagen konnte, Feuer zu machen und sich und den Hund zu trocknen. Aber wenigstens kam er dort aus dem Wasser und vielleicht auch dem Wind heraus.

Wieder kläffte Mopsie.

»Was ist?«, fragte er den Hund und trat Wasser. In der starken Strömung fiel es ihm schwer, an einer Stelle zu bleiben, aber er wagte nicht weiterzuschwimmen, ehe er nicht wusste, woher die nächste Gefahr drohte.

Zwei kurze Kläffer. Automatisch sah Bessel nach links und tauchte unter einem schweren Ast weg, bevor er ihn am Kopf treffen konnte.

»Danke, Mopsie«, sagte er, als er neben seinem neuen

Freund wieder an die Oberfläche kam. Er nahm sich einen Moment Zeit, dem Hund die Ohren zu kraulen. »Woher habe ich jetzt gewusst, dass zweimal Bellen links bedeutet? Und ich nehme an, einmal heißt rechts?«

Mopsie kläffte zustimmend.

»Kennst du irgendwelche Fischer, bei denen wir uns verstecken können, bis es ungefährlich ist, zu Meister Nimbulan zurückzukehren?«

Der Hund bellte noch einmal.

28. Kapitel

Später Vormittag, Feldweg neben der Großen Straße nach Süden

Katie grub die Fersen in die Flanken ihres Pferdes. »Wir dürfen nicht zu spät kommen«, murmelte sie in sich hinein. »Hoffentlich ist es noch nicht zu spät.« Ihre Worte fielen in den Rhythmus der Hufe auf der Straße ein.

Sie riss an den Zügeln, damit das Tier nach links auf den Feldweg abbog. Rouussin hatte ihr erzählt, Rover, die auf der Lichtung, wo Kinnsell sein Shuttle gelandet hatte, zu kampieren pflegten, hätten den Weg, der einst ein Wildpfad gewesen sei, erweitert.

Rund um die Trense war das Maul ihres Pferdes von Schaum bedeckt. Aber seine Atmung und seine Bewegungen gingen regelmäßig. Seit Rouussin Myri gezeigt hatte, dass sich der bizarre Drache auf einer kleinen Lichtung südwestlich der Stadt befand, hatte sie das Tier hart angetrieben.

In dieser Wildnis ritt Quinnault voran. Nimbulan und Myri hielten mit Katie und ihm Schritt, obwohl Myris Mundwinkel und die Flügel ihrer spitzen Nase ganz entschieden einen grünlichen Ton angenommen hatten. Auch die Pferde der beiden zeigten Anzeichen von Erschöpfung. Die Wachen folgten in einiger Entfernung, hatten sie jedoch im Blick gehabt, bis sie jetzt von der Hauptstraße abbog.

Sobald sie die Straße verließen und in die Wälder eindrangen, wurde es dunkel um sie. Katie klammerte sich an den Zügeln fest und hoffte nur, dass ihr Pferd den Weg besser spürte, als sie ihn sah.

Sie hätte schon gestern herkommen sollen oder vorgestern, als Kinnsell seine Drohung, Technologie nach Kardia Hodos zu bringen, ausgesprochen hatte; als sie zuerst das Gefühl gehabt hatte, der Ring, an dem Marilell fast erstickt wäre, könnte Kinnsell gehören. Aber dann war Botschafter Jorghe-Rosse umgekommen, was eine diplomatische Krise nach sich zog. Als sie und Quinnault endlich den außerplanmäßig zusammengetretenen Rat entließen, dämmerte schon fast der nächste Morgen.

Dann hatten sie einen ganzen Tag damit zugebracht, sich widersprechende Zeugenaussagen anzuhören und die Beweise abzuwägen.

Sie spürte eine nagende Unruhe. Rouussin hatte gesagt, das Shuttle stehe noch auf der Lichtung. Wo steckte Kinnsell nur, und was heckte er aus?

Katie konnte nicht erkennen, wer oder was hinter dem dichten Blätterdach lauern mochte. Durch das miteinander verflochtene Astwerk über ihr drang gerade so viel Licht, dass das Unterholz gedieh.

Jetzt war nicht die Zeit, ihren Ängsten nachzugeben. Nimbulan und Myrilandel befanden sich hinter ihr. Quinnault ritt voraus und hackte mit seinem Schwert Äste und Ranken, die ihnen im Weg hingen, weg. Die drei würden sie vor den Ungeheuern ihrer Kindheit beschützen, die ihre Fantasie sie zwischen den Bäumen sehen ließ. Nein, das da unter dieser Eiche waren nicht wirklich ein Sasquatch und seine Gefährtin. Das letzte Paar der legendären Bigfoots war kurz nach dem Bau der ersten Atmosphären-Kuppeln gefangen und zu seinem eigenen Schutz in einem Zoo untergebracht worden. Doch die beiden hatten sich in Gefangenschaft nicht fortpflanzen können; daher war es unmöglich, dass sie bei dem ersten Terraforming-Projekt nach Kardia Hodos gebracht worden waren.

Die Schatten waren einfach nur Schatten.

Sie ritten noch einen weiteren Kilometer den Pfad entlang –

nein, sie musste in Meilen denken, rief sie sich ins Gedächtnis. Sie hatten also weniger als eine Meile zurückgelegt, als der dichte Wald sich öffnete. Hier fiel mehr Licht durch das Laubdach, und die Bäume waren jünger und standen weiter auseinander. Dazwischen wuchsen Säbelfarne und Brombeerbüsche. Der üppige Duft des frischen Humus und junger Blattknospen, die kurz davorstanden, nach ihrem Winterschlaf aufzubrechen, stieg Katie in die Nase. Sie ließ ihr Pferd langsamer gehen.

Auch ihre Begleiter verringerten ihr Tempo. Jetzt war es nicht mehr weit. Katie musterte die Bäume nach Anzeichen dafür, ob das Shuttle hier vorbeigeflogen war.

Eine Spur verkohlter Äste wies ihnen deutlicher als der Pfad, dem sie folgten, den Weg. Nur der Düsenstrahl eines Shuttles hätte sich auf dieser Höhe und auf diesem Kurs durch das Astwerk fressen können. Kinnsell hatte bei seiner Landung nicht darauf geachtet, den Wald zu schonen.

Der Bewuchs bestand hier vor allem aus Sumpfpflanzen. Durch unterirdische Quellen war der Boden weich. Das Pferd wurde von allein langsamer und suchte sich vorsichtig einen Weg zwischen den gefährlichen Sumpflöchern.

Ein silbriges Aufblitzen zog Katies Blick auf sich. Zu besorgt, um sich Gedanken über den gefährlichen Untergrund zu machen, trieb sie ihr Reittier an.

Zwei hohe Tambootie-Bäume, deren Blattknospen ausgeschält waren, bildeten einen bogenförmigen Eingang zu einer weitläufigen Lichtung. Ein kleiner Teich mit grünlichem Wasser spiegelte sich auf dem Rumpf des schlanken Shuttles. Die Landestützen waren tief in den weichen Grund eingesunken. So tief in der Tat, dass es Kinnsell doppelt so viel Treibstoff kosten würde wie sonst, von hier wieder zu starten.

Unterhalb des Tastenfelds, das die Tür öffnete, blinkte das sanfte Rot des Warnlichts in regelmäßigen Abständen: Niemand befand sich in dem Shuttle. Kinnsells Fußspuren waren verwischt und mindestens zwei volle Tage alt.

»Also wirklich, bei Kinnsell kann man sich immer darauf verlassen, dass er den praktischsten und nicht den sichersten Landeplatz wählt.« Vor Erleichterung hätte sie beinahe aufgelacht.

»Vorsicht in dem Schlamm, Katie«, warnte Quinnault sie und stieg ab, bevor sie es tun konnte.

»Das ist wirklich ein merkwürdiger Drache«, keuchte Myri. Sie bekreuzigte sich, hielt inne und vollführte dann eine ältere Schutzgeste, zu der sie die Handgelenke überkreuzte und flatternde Bewegungen mit den Händen vollführte.

»Aber dieser Drache atmet nicht und besitzt keinen eigenen Willen«, gab Katie zurück. »Solange nicht ein Mensch ihn besteigt und die Maschinen startet, stellt er keine Gefahr dar. Er ist nur eine Apparatur.«

Mit der Verschmutzung, die ein einziges Shuttle hinterließ, konnten Wind, Regen und die natürliche Reinigungskraft der Umwelt fertig werden. Aber wenn die Bevölkerung von den technologischen Wundern erfuhr, die den Menschen, die diese Shuttles flogen, zur Verfügung standen, wollten sie mehr. Die Menschen entwickelten den Wunsch, durch Technologie die Kräfte der Natur zu beherrschen. Sie wollten diese Kräfte nicht den Magiern überlassen. Die Technologie stellte die normalen Menschen den Magiern gleich. Doch Technologie führte auch zu Umweltverschmutzung. Der menschliche Körper passte sich daran an und lagerte Giftstoffe in seinem Inneren an. Das Seuchenvirus ernährte sich von der Verschmutzung in der Luft, im Wasser und im menschlichen Körper. Wenn ihm die Giftstoffe ausgingen, fraß es sich durch lebendiges Gewebe und verbreitete sich durch den geringsten Kontakt weiter.

Sie musste Kinnsell aufhalten, bevor er den ganzen Planeten vergiftete.

»Ich hoffe nur, er hat die Sicherheitscodes nicht verändert«, meinte sie, während sie auf das Raumfahrzeug zuging. Quinnault erkundete die Umgebung des Shuttles. Myri und Nimbulan gingen hinter ihr und hielten sich wie frisch verliebt an den

Händen gefasst. Myri errötete und legte erneut schützend die Hand auf ihren Leib.

Ehe Katie die Einstiegsluke erreichen konnte, versanken ihre Stiefel in dem weichen Schlamm. Vorsichtig hob sie einen Fuß und fragte sich, wo sie ihn als Nächstes hinsetzen sollte. Das Shuttle war so tief eingesunken, dass sie die Luke mit dem Tastenfeld erreichen konnte, falls sie so weit kam.

»Wir brauchen festen Boden unter den Füßen«, erklärte Katie und sah sich nach etwas um, das ihnen helfen würde.

»Äste«, sagte Nimbulan. »Wir schneiden ein paar dieser immerblauen Büsche ab und legen einen Pfad. Dadurch müsste Katie sicheren Boden unter den Füßen haben. Sie ist am leichtesten von uns. Leider habe ich nur mein Kurzschwert dabei; aber es wird eben reichen müssen.« Er zog die Klinge, die ihm als Waffe und Allzweckwerkzeug diente. Quinnault tat es ihm nach.

»Mein Dolch ist scharf. Ich kann auch mithelfen.« Myri zog ihn aus der Scheide, die sie an der Hüfte trug.

Kurz darauf hatten sie ein Dutzend Zweige auf dem Schlammboden ausgelegt. Nimbulan atmete schwer. Angespannt zog er die Augen zusammen, und seine Haut wirkte nach der kleinen Anstrengung schon wachsbleich.

Katie warf Myrilandel einen Blick zu, um festzustellen, ob sie die ungewöhnliche Erschöpfung des älteren Mannes bemerkt hatte. Ihre Freundin hatte ihrem Mann bereits die Hand auf die Brust gelegt. Ein schwaches blaues Glühen, wie es Heilermagie begleitete, irrlichterte zwischen ihnen.

Doch bald schob Nimbulan ihre Hand weg. Das blaue Licht verweilte und streckte sich aus, bis es ganz schwach war, verband die beiden aber weiter. Beide sahen lange und schweigend auf Myris Hand hinunter. »Das darfst du nicht, Liebste. Nicht jetzt. Zu gefährlich für dich, deine Magie jetzt einzusetzen.«

Mit entschlossen vorgeschobenem Kinn starrte sie ihn an.

Dann nickte Nimbulan zustimmend. Myrilandel hob erneut die Hand, wahrte aber einen Abstand von ein paar Fingerlängen zu seiner Brust. Wieder flammte das Licht auf und verglomm dann langsam. Nimbulans Gesicht war immer noch sehr blass, aber sein Atem ging leichter.

Katie wandte ihre Aufmerksamkeit wieder dem Shuttle zu. Wenn jemand Nimbulan bei guter Gesundheit halten konnte, dann Myrilandel. Sie hatte ihn schon einmal von der Schwelle des Todes zurückgeholt.

Es gab nur einen Grund, aus dem Nimbulan nicht wünschen konnte, dass sie ihrer Heilergabe einsetzte. Sie musste am Beginn einer Schwangerschaft stehen, und er fürchtete, das Kind in seiner Entwicklung zu schädigen.

Die weit verzweigten abgeschlagenen Äste, die sich vor Katie ausbreiteten, bildeten mit ihren blauen Nadeln einen Teppich, der nur wenig blasser als ein klarer Sommerhimmel war. Vorsichtig trat Katie auf die dicksten Stellen der Äste. Sie sanken ein wenig ein, hielten aber und verhinderten, dass ihre Stiefel noch mehr Schaden nahmen.

Sie streckte den Arm nach oben aus und berührte die flache Schalttafel. Sieben, eins, acht, zwei, sieben, zwei, acht, eins. Ein leises Sirren zeigte an, dass sich die Tür auf ihren Befehl öffnete.

Abgestandene Luft schwappte ihr entgegen. Sie rümpfte die Nase, als sie den leicht metallischen, beinahe chemischen Geruch recycelter Luft wahrnahm. Ein heimatlicher Duft.

»Ist das nicht derselbe Geruch, den Shayla uns in ihrem Drachentraum geschickt hat?«, fragte Nimbulan und bedeckte Mund und Nase mit der Hand.

»Ja«, gab Katie verblüfft zurück. Rasch zog sie eine Falte ihres schweren Reitrocks vors Gesicht und schlug auf den »Schließen«-Knopf der Schalttafel. Der Geruch gehörte so sehr zu den Erinnerungen an ihre Heimat, dass er ihr in dem Traum kaum aufgefallen war. Doch jetzt, nachdem sie lange Zeit nichts als die frische Luft von Kardia Hodos geatmet hatte, ging ihr die Wahrheit auf. Die recycelte Luft war mit dem Geruch der Seuche gesättigt.

»Wir müssen sofort aufbrechen. Ich kann es nicht riskieren, mich oder euch anzustecken, indem wir uns dem länger aussetzen.« Tränen der Angst und der Enttäuschung stiegen in ihr auf, doch Katie schluckte sie herunter.

*

Kinnsell sah zu, wie Katie und ihr Gefolge über den Pfad zur Straße zurückritten. Katie schluchzte leise.

Was war geschehen, um Katie so zu bestürzen? Sonst zeigte sie in der Öffentlichkeit nie ihre wahren Gefühle. Und sie fand immer, *immer* einen Anlass, eine schwierige Situation durch ein Lachen zu entschärfen. In ihren fünfundzwanzig Lebensjahren hatte Kinnsell seine Tochter nur einmal weinend angetroffen; an dem Tag, an dem er sich von ihrer Mutter hatte scheiden lassen, um seine schwangere Geliebte zu heiraten.

»Wir werden Brennmaterial holen, für ein Reinigungsritual gegen diese ... diese ...«, meinte der ältere Mann, der zu der Gruppe gehörte. Geschlagen sackten seine Schultern nach vorn. Das war Nimbulan, der hochgeehrte Magier, der sie alle täuschte, indem er behauptete, seine Kräfte verloren zu haben. Psi-Kräfte gingen nicht einfach so verloren; sie verbargen sich höchstens für eine Weile.

Nimbulans Haut wirkte wachsbleich und rund um seine Lippen bläulich überhaucht. Dort, wo er die Zügel fest umfasst hielt, waren seine Finger angeschwollen. Wahrscheinlich nur ein Herzleiden. Es musste einfach das Herz sein und nicht die ersten Anzeichen der Seuche. Ein schlechter Gesundheitszustand konnte Psi-Kräfte blockieren. Der Magier hatte seine Psi-Kräfte vor über einem Jahr verloren. Die Dauer seiner Krankheit wies auf ein Herzleiden hin. Die Seuche brauchte nicht so lange, um sich ein Opfer auszusuchen. Meistens jedenfalls nicht.

Aber die Krankheit und ihre Mutationen waren so unberechenbar, dass sie oft ganze Kuppelstädte verheerte, ehe die erste Diagnose gestellt wurde.

»Ich werde ein Reinigungsritual für uns alle vorbereiten, bevor wir diesen Drachenrenegaten, den du ein Shuttle nennst, zerstören, Katie«, erklärte die große Blonde, die nie von Nimbulans Seite wich. Myrilandel, von der Gerüchte wissen wollten, sie sei zur Hälfte ein Drache. »Trefft mich bei dem Tambootie-Wäldchen auf dem Festland. Südlich der ersten Brücke.« Sie trieb ihr Pferd an und galoppierte vor den anderen her. Ihre Miene war emotionslos; nur ihr trotzig gereckter Rücken ließ vermuten, dass sie überhaupt etwas empfand.

Noch ein paar Sekunden, und die berittene Gruppe war außer Sicht- und Hörweite. Kinnsell stand auf und wischte sich trockenes Laub von seiner Brokattunika und seinen Plüschhosen.

»Kommt, Maia. Wir müssen uns beeilen.« So viel zu seinen Plänen, sich mit der heißblütigen Frau zu vergnügen, ehe sie abflogen. Er hatte nicht die Absicht, noch in der Nähe zu sein, wenn seine verräterische Tochter zurückkehrte, um das Shuttle in Brand zu setzen.

Katies Gruppe und ihre Pferde hatten den schlammigen Pfad zu einem triefenden Sumpf aufgewühlt. Kinnsell kletterte vorsichtig am Rand des Weges entlang, bis er die Lichtung erreichte. Wenn diese dummen Hinterwäldler so vernünftig wären, eine Klimakontrolle einzurichten, hätte er sich nicht ein paar gute Stiefel ruiniert!

Der Schlamm drang in seine Stiefel, durch seine Socken und ließ seine Beine und Füße frieren. Er hielt die Luft an, um einen erneuten Hustenanfall niederzukämpfen.

»Die Sternengötter mögen mich beschützen!«, rief Maia aus. Mit weit aufgerissenen Augen starrte sie etwas an, das sich vor ihr befand. Immer wieder bekreuzigte sie sich und ließ der Geste das merkwürdige Schutzzeichen mit den gekreuzten Handgelenken und flatternden Händen folgen.

Kinnsell folgte ihrem verblüfften Blick. Er sah das Shuttle, das noch da stand, wo er es geparkt hatte und nur etwas tiefer in den Schlamm eingesunken war. Das Sonnenlicht glitzerte auf den silbrigen Kacheln der Außenhülle. Er kniff die Augen zusammen und schlug sie nieder, um das grelle Funkeln abzuwehren.

»Was ist Euer Problem, Frau?« Die Hände in die Hüften gestemmt, drehte er sich zu Maia um. Ärger und Unruhe ließen ihn barsch klingen.

Maia wies auf das Shuttle. Ihre Lippen bildeten das Wort »Drache«, aber kein Ton kam darüber.

»Das ist mein Schiff. Ich habe Euch doch erklärt, dass es eine Art Drache ist.«

»Au... au... auf dem Silberding«, stieß sie erstickt hervor.

Erneut warf Kinnsell einen Blick in die Richtung, in die sie zeigte, und wandte ihn rasch wieder ab. Das Glitzern schmerzte in seinen Augen. »Das Sonnenlicht spiegelt sich auf der silbernen Haut, sodass es heller erscheint; so wie Sonnenschein auf dem Wasser.«

»Nein. Das ist ein echter Drache. Auf dem silbernen sitzt ein richtiger Drache!«

Maia wich zurück, als wolle sie fliehen, doch sie wagte es nicht, den Blick von dem, was sie ängstigte, abzuwenden.

»Unsinn. Drachen gibt es nicht wirklich. Nur meinen mechanischen Drachen.« Wieder versuchte Kinnsell, zu dem Shuttle hinzusehen.

Dieses Mal fiel das grelle Licht ein wenig anders, sodass es leichter war, genauer hinzusehen. In der Tat, etwas Großes hockte auf dem Shuttle; etwas beinahe Transparentes. Doch ein Silberschimmer deutete an, wie gewaltig die Gestalt war. Die ausgebreiteten Schwingen und die Klauen waren leuchtend rot eingefasst.

Dann hievte sich der Drache in eine stehende Haltung hoch, riss den Rachen auf und brüllte. Zwischen den Zähnen, von denen jeder so lang wie ein Dolch war, brachen Flammen hervor.

Kinnsell machte sich beinahe in die Hosen, während er über den Pfad zur Straße zurückrannte.

29. Kapitel

Später Vormittag, Kaaliphenpalast, Hanassa

Powwell ignorierte die Geräusche, die Yaala, die sich draußen auf dem Gang erbrach, verursachte. Er hätte gedacht, sie wäre inzwischen an so etwas gewöhnt.

Aber konnte man sich wirklich an Gewalt und Blutvergießen gewöhnen?

Rollett sah nicht besser aus als Yaala, aber wenigstens hatte er sein Frühstück bei sich behalten. »Das waren meine Männer. Sie haben sich auf mich verlassen, und ich habe versagt.« Rollett schluckte nervös.

»Sie hatten es sich ausgesucht, in Hanassa zu leben, einer Stadt von Mördern, Dieben, Erpressern, Vergewaltigern und allen anderen Kriminellen, die einem nur einfallen wollen. Alle diese Männer sind hergekommen, weil sie sich nicht an die Gesetze der Außenwelt halten konnten oder wollten. Solange sie hier lebten, durften sie nicht darauf hoffen, hochbetagt einen sauberen Tod zu sterben«, erinnerte ihn Powwell.

»Nicht alle. Manche sind auch als Sklaven hergekommen – so wie du einst. Sie hatten keine andere Wahl. Und sie haben sich auf *mich* verlassen!«

»Ich habe keine Zeit, deine Hand zu halten, bis du aufhörst, dich zu bemitleiden, Rollett.« Entschlossen schluckte Powwell seinen Ekel hinunter und trat, alle Sinne angespannt, um jede Gefahr oder Menschen, die sich hier befanden, aufzuspüren, in die Halle der Gerechtigkeit.

Seine Kraftreserven waren wieder geschrumpft. Zu seiner eigenen Sicherheit beanspruchte er seine Magie bis an die Grenze.

Als er sicher war, dass sich weder in dem weitläufigen Raum oder in der Nähe jemand verbarg, glitt Powwell voran. So lange wie möglich hielt er sich in den Schatten. Thorny bibberte in seiner Tasche vor Angst. Der Igel mochte den Geruch von Blut nicht. Sie mussten in die dunklen Tunnel flitzen und sich dort verstecken, bedeutete er seinem Herrn.

Powwell beruhigte seinen magischen Gefährten. Ihm gefiel der Gestank nach Blut und Angst auch nicht. Aber er musste Kalen finden – besser gesagt Kalens Körper. Im Moment war von seiner Schwester nur noch das Gespenstwesen übrig. Er musste seine Magie gebrauchen und Kalen helfen, ihren Körper zurückzuerobern. Allein würde sie das nicht fertigbringen. Das Blut auf dem Altar konnte ihm wertvolle Informationen geben.

Endlich legte er die restlichen vier Schritte zurück, um die Distanz zwischen der Rückwand des Raums und dem aus dem Boden ragenden Altar unterhalb des Podiums zu überbrücken.

»Wie haben sie es geschafft, den Altar ohne Fernbies hochzufahren?«, fragte er. »Auf den Hand- und Fußfesseln befindet sich eine Menge Blut, also muss es ihnen auch gelungen sein, sie zu öffnen und zu schließen.«

Rollett zuckte die Achseln. Auf dem Gang weinte Yaala leise.

Powwell nahm seinen ganzen Mut zusammen und berührte das gerinnende Blut mit seinen empfindsamen Fingerspitzen.

Energie schoss an seiner Hand und seinem Arm hinauf, als hätte er eine Kraftlinie berührt, und er sog sie gierig auf. Und mit der Magie kam das Wissen. Vor seinem inneren Auge liefen die letzten Minuten im Leben des Toten ab.

Schmerz, Demütigung, Angst. Beschleunigter Herzschlag. Zuckende Panik. Dann ein scharfer Schmerz im Nacken. Das klare Bewusstsein, dass dies das Ende war. Fast ein Gefühl von Erleichterung. Ein greller Lichtblitz und plötzliche Erkenntnis ... Schwärze.

Powwell erlebte die zitternden Glieder und den kalten Schweiß des Mannes fast ohne Distanz. Als sein Herz wieder normal schlug, ließ er die Ereignisse noch einmal Revue passieren und hielt Ausschau nach den Menschen, die bei der Hinrichtung zugegen gewesen waren. Er erkannte Piedro, der auf dem Podium stand und die Männer als Verräter zum Tode verurteilte. Der Kaaliph hatte sich nicht sehr verändert, seit er Televarn vor eineinhalb Jahren geholfen hatte, Powwell, Myri und Kalen zu entführen.

Über die Erinnerungen des Toten sah Powwell zu, wie sich ein ganzer Rover-Clan in einem stilisierten Ritualtanz bewegte. Die magische Energie, die sie bei dem Tanz erzeugten, hob den Altarstein an. Grobe Hände packten ihn von hinten und pressten seine Hände in die Fesseln an dem einen Ende. Vom anderen Ende starrte ihn der zweite Mann ebenso verängstigt an und murmelte Gebete an ein Dutzend verschiedene Götter. Dann spürte Powwell den kalten Stein an der Kehle des Gesetzlosen, als man ihn zwang, sich über diesen provisorischen Henkersblock zu beugen.

Aber als er versuchte, sich auf die Gestalt neben dem neuen Kaaliph von Hanassa zu konzentrieren, stellte er fest, dass sein Blick über sie hinwegglitt und nach oben und unten, rechts und links abgelenkt wurde. Er konnte keine Einzelheit an der Gestalt, die einen vagen weiblichen Eindruck erweckte, erkennen. Als wäre Kalen mit einem Drachen verschmolzen!

Ein stechender Schmerz an seinem Brustkorb holte ihn in die Realität zurück, und er befand sich wieder in der verlassenen Halle der Gerechtigkeit. In seiner Tasche zappelte Thorny unbehaglich. Er hatte seine Stacheln, die drohten, Löcher in den stabilen Stoff von Powwells Tunika zu reißen, vollständig ausgefahren. So etwas wie ein kummervoller Seufzer ließ sie beide erbeben.

Powwell riss die Hand vom Altar weg. Immer noch tropfte Blut von seinen Fingerspitzen, und Energie prickelte in ihm. Er hasste den Gedanken, dass er diese Kraft aus dem Entsetzen eines Hingerichteten bezog. In seinem Leben hatte er nur einen Blutmagier gekannt. Die Lust, die es ihm bereitete, Kraft aus Schmerz und Grauen zu ziehen, hatte den Mann schließlich in den Missbrauch seiner Macht und in den Wahnsinn getrieben.

»Danke, Thorny. Erinnere mich nur ruhig immer wieder daran, was der Preis dieser Macht ist.« Durch seine Tasche hindurch liebkoste er seinen Gefährten, bis Thornys Stacheln sich entspannten und Powwell ihn wieder direkt berühren konnte.

»Was hast du erfahren?«, fragte Rollett aus dem dunklen Türrahmen heraus.

Yaala war auf dem Gang geblieben. Dass sie so zart besaitet war, ließ Powwell hoffen, dass sie nie zu den grausamen Methoden ihrer Mutter greifen würde. Beziehungsweise denen von Hanassa, oder wer auch immer den Körper der Kaalipha beherrscht hatte.

»Ich bin mir nicht sicher«, meinte er zu seinem Magierkollegen. »Die Bilder sind komplex und verzerrt. Ich brauche Zeit, um sie zu sortieren. Lass uns durch die Hintertür, die Yaala kennt, die königlichen Gemächer auskundschaften. Ich finde, wir sollten uns auf Piedro und seine Gefährtin konzentrieren. Eine Schwäche müssen sie doch haben.« Er verstummte.

Er konnte ihm nicht alles sagen, was er erfahren hatte – das Geistwesen würde sich dieses Wissens bedienen und versuchen, seinen Körper allein zurückzugewinnen. Doch das vermochte Kalen nicht; sie würde bei dem Versuch sterben. Außerdem konnte er den anderen nicht verraten, dass er jetzt im Vollbesitz seiner magischen Kräfte war. Er war sich ja nicht einmal sicher, ob er sie einsetzen konnte, da diese Magie aus Blut stammte.

Am liebsten wäre er vor dieser Kraft davongelaufen und hätte sich wie Thorny zu einer Kugel zusammengerollt. Doch das wagte er nicht.

»Ich glaube nicht, dass du noch jemanden ausspähen wirst, junger Magier«, knurrte ein Mann vom Hintergrund des Podiums aus. Piedro trat durch den Wandbehang mit dem Wasserfall. »Du bist schon einmal aus meinen Sklavenpferchen entkommen; aber du wirst nicht lange genug leben, um es wieder zu tun.«

Zwei Dutzend Rover-Wachen drängten sich vom Haupteingang aus in den Raum und zielten mit Schwertern, Pfeilen und Fernbie-Stäben auf sein Herz.

Dann erblickte Powwell die Gefährtin, die neben Piedro stand. Feinste schwarze Seidenspitze aus SeLenicca bedeckte sie von Kopf bis Fuß. Durch eine dünne Stelle in dem Spitzenmuster sah er ihre grauen Augen und ihr Frettchen, ihren magischen Gefährten, der sich um ihre linke Schulter schlang.

Das Gespenstwesen heulte und sauste auf die Gefährtin zu. Hanassa, der Kalens Körper bewohnte, hob unter dem Spitzenschleier die rechte Hand und bewegte die Finger, als wolle er das Wesen verscheuchen.

Die Spukerscheinung kreischte schmerzerfüllt auf und huschte durch den Ausgang, zurück in die Grube und in Sicherheit.

Powwell wäre ihr am liebsten nachgerannt, doch er stellte fest, dass er die Füße, die auf magische Weise am Boden hafteten, nicht bewegen konnte.

Angesichts seiner Bedrängnis brach die Gefährtin in hysterisches Gelächter aus.

Jetzt, großer Bruder, sind wir wieder zusammen, drang es in seinen Geist wie Eiswasser. Es war Kalens Stimme, aber tiefer, kehliger.

Du bist nicht meine Schwester!

*

Halle der Gerechtigkeit, Hanassa

»Lauf!«, kreischte Yaala. »Renn, Powwell, renn, *s'murghit!*« Sie drückte auf sämtliche Fernbies, die sie am Körper versteckt hatte, und hoffte, dass eines davon reagieren würde.

Polternd glitt der Altar in den Boden zurück, und Stein kratzte über Stein. Überall im Raum flammten Lichter auf und verloschen wieder. Das Podium ruckte willkürlich vor und zurück. Der Gobelin mit dem Wasserfall flatterte.

Yaala wich rückwärts in den Gang zurück und drückte dabei immer noch auf den verschiedenen Fernbies herum. Sie konnte nichts sehen. Immer noch blitzten die Lichter vor ihren Augen, sogar als die Halle der Gerechtigkeit in Dunkelheit versank, weil sie die richtigen Knöpfe gedrückt hatte. Aber sie musste Platz für Powwell und Rollett machen, damit sie die schmale Hintertür passieren konnten.

Zwei Körper schoben sich an ihr vorbei. Sie betete, dass es ihre beiden Freunde waren.

Eine große Hand packte ihren linken Arm und zog sie nach hinten. Jeder Dracheninstinkt verlangte, gegen den Mann hinter ihr anzukämpfen. Doch auf einer tieferen Ebene sagte ihr ein Gefühl, dass es Rollett war, der sie beschützte, indem er seinen Körper zwischen sie und die anrückenden Rover schob.

Er hätte das Gleiche für jeden seiner Männer getan.

Sie musste auf seine magischen Sinne vertrauen, um sie zurück in die Grube und in Sicherheit zu führen. Ihre Augen hatten sich noch nicht an das Dunkel angepasst.

»Powwell?«, fragte sie atemlos, als sie zwei Mal abgebogen waren und sie den Gang zu erkennen begann.

»Hier«, antwortete der junge Mann rechts neben ihr. »Deine Rufe haben mir geholfen, den Bann zu durchbrechen.« Durch ihre Schritte und das Blut, das ihnen in den Ohren pochte, hindurch hörte sie ein schrilles Zwitschern. Thorny teilte ihr mit, dass er ebenfalls noch da war.

»Wir sind alle zusammen«, beruhigte Rollett sie. Er veränderte seine Position, sodass er sie jetzt hinter sich herzog, statt sie zu schieben. »Mach dich bereit, das Tor schnell zu öffnen. Wir werden nicht viel Zeit haben, es zu passieren und in Sicherheit zu gelangen.«

Yaala zog zwei Fernbies aus ihrer linken Tasche. Mit welchem wurde das Tor bedient? Sie konnte sich nicht erinnern. Vielleicht war es auch eines der drei in ihrer rechten Tasche; oder eins von den beiden, die sie unter ihr Brustband gesteckt hatte. Sie sahen alle gleich aus.

»Fangt!« Sie warf jedem ihrer Freunde einige Fernbies zu. »Drückt so viele Knöpfe, wie ihr könnt, bis das Tor aufgeht.«

Rollett ließ ihren Arm los, um zwei kleine schwarze Kästchen aus der Luft zu fischen. Sofort fühlte sich ihr Arm kalt an, wo ihr seine Berührung fehlte. Diese Erkenntnis jagte ihr fast so viel Angst ein wie der Anblick der Rover-Wachen. Die Männer schwenkten die Stäbe, von denen sie geglaubt hatte, dass nur sie sie kontrollieren könnte.

Als das Tor in Sicht kam, drückte Yaala hektisch auf ihren Knöpfen herum. Ihre Füße glitten auf dem losen Sand des Gangs aus. Sie drückte weiter, während sie versuchte, ihr Gleichgewicht zu halten.

Endlich öffnete das Tor sich knarrend.

Powwell tauchte neben ihr auf. Sein Fernbie zeigte direkt auf das Tor; er musste das richtige gehabt haben.

Keine Zeit zum Nachdenken, nur rasch auf die andere Seite des Tors flüchten.

»Ich werde euch vor dem Gespenst beschützen, Männer«, brüllte Piedro hinter den Flüchtenden. »Lasst euch von dem Tor nicht aufhalten.«

Rollett erreichte das Gitter als Erster. Er fasste nach dem Tor, bereit, es zuzuknallen, sobald Yaala und Powwell es passiert hatten.

Powwell glitt auf dem Sand aus und schlitterte unkontrolliert weiter. Er knallte gegen das Gitter, allerdings auf der vom Tor entfernten Seite. Sein Fernbie fiel zu Boden.

Die Wachen drangen weiter vor und waren kaum noch zehn Schritte entfernt.

Yaala packte Powwells Tunika und zerrte ihn durch das Tor. Ohne zu überlegen, hob sie das schwarze Kästchen auf und richtete es auf das Schloss.

»Sternengötter, ich hoffe, dass es nicht zerbrochen ist«, betete sie.

Rollett knallte das Tor zu und lehnte sich mit seinem ganzen Gewicht dagegen.

Bogenschützen folgten jetzt der ersten Welle der Wächter. Der Rover, der ihnen am nächsten war, hob jetzt das Messer, das er am Gürtel getragen hatte und schickte sich an, es über die letzten drei Fuß, die sie trennten, nach Rolletts Rücken zu werfen.

Sie schaltete alle Lichter aus.

Drei sehr lange Herzschläge später hörte Yaala, wie das Schloss einrastete.

Dann waren sie wieder unterwegs und rannten tief in das Höhlenlabyrinth hinein. Als sie die Wohnhöhle durchquerten, waren ihre Verfolger kaum noch zu hören. Das Tor hatte die Rover zumindest aufgehalten.

»Wir müssen in Bewegung bleiben. Ich traue diesem Schloss nicht«, keuchte Rollett. Er beugte sich nach vorn und umschlang seine Knie, um besser atmen zu können. »Piedro ist ein sehr starker Magier. Ich spüre seine Zauber überall um mich herum. Meine Barrieren sind unter seinem Angriff fast zusammengebrochen.«

»Das Schloss wird halten«, beruhigte ihn Yaala. Trotzdem lief sie zu den Höhlen, in denen ihre Maschinen standen.

»Es ist zu spät. Wir können uns nirgendwo verstecken, und deine verfluchten Maschinen werden uns nichts nützen.« Powwell starrte leeren Blickes in Richtung Tor, wo man jetzt das Klirren der Stäbe hörte, die gegen die Metallstangen schlugen. »Die Gefährtin ist zu stark. Sie hat meine Blutmagie überwunden und mich gelähmt. Sie hat sogar Kalens Frettchen überwältigt, ihren magischen Gefährten. All das kostet mehr Magie, als sich einer von uns erträumen kann. Nichts wird den Drachenrenegaten jetzt noch daran hindern, uns alle zu töten. Keine Trizität, keine Magie, nichts.«

30. Kapitel

Früher Nachmittag, Nordufer des Coronnan-Flusses in der Nähe der Großen Bucht, außerhalb der Hauptstadt Coronnan

Nahe der Stelle, wo der Fluss in die Große Bucht mündete, hievte Bessel sich aus dem Wasser. Hier gab es keine Flussinseln mehr. Das gestohlene Boot seines Verfolgers war auf dem größten Teil des Flusses immer in Sicht geblieben. Wenn es Bessel gelungen war, aus seinem Blickfeld zu verschwinden und aus dem Wasser zu kriechen, waren die Inseln um ihn herum zu flach gewesen, hatten kaum aus dem Wasser geragt und nicht genug Pflanzenwuchs besessen, um ihn zu verstecken.

Die Nordküste der Stadt bot ihm eine bessere Zuflucht als eine der kleinen Flussinseln. Hier konnte er wenigstens unter einem Baum oder hinter einer Sanddüne Zuflucht vor dem auffrischenden Wind finden.

Mopsie schleppte sich neben ihm aus dem Wasser. Müde ließ er einen Moment lang den Kopf hängen und schüttelte sich dann. Bessel war zu erschöpft und ihm war zu kalt, um dem daraus resultierenden Sprühregen auszuweichen. Was machte schon ein bisschen zusätzliches Wasser, wenn der halbe Fluss seine Kleider herunterzog?

Die andere Hälfte des Flusses hing in Mopsies langem, verfilztem Fell.

Bessel folgte dem Beispiel des Hundes und wrang einen Teil des Wassers aus seiner triefenden Tunika. Dann zog er die Socken aus und drückte sie aus, bis sie ein wenig trockener als zuvor waren. Betrübt schaute er auf seine von der Kälte geröteten Zehen hinunter. »Ich sollte die Socken lieber ein wenig trocknen lassen, bevor ich sie wieder anziehe. Und wo mein anderer Stiefel gelandet ist, wissen nur die Sternengötter.«

Vor ihnen erstreckte sich ein schlammiger, felsiger Strand, der die Bucht vom Land trennte. Ein paar sanfte, grasbewachsene Hügel markierten den Übergang zwischen Ackerland und Gezeitenzone.

»Wohin jetzt, Mopsie?«, fragte Bessel, warf einen Blick über die Schulter und hielt Ausschau nach seinem Verfolger – oder Anzeichen für eine menschliche Besiedlung.

Mopsie kläffte einmal und hielt sich nach rechts. Nach einem halben Dutzend Schritten hielt er noch einmal inne, um sich zu schütteln. Die andere Hälfte des Flusses sprühte aus seinem Fell.

»Du siehst immer noch schrecklich aus, Kleiner.« Dieses Mal wich Bessel der Wasserwolke aus. Als der Hund fertig war und weitertrabte, empfand Bessel ein Gefühl von Leichtigkeit und Freiheit, die von dem Tier auf ihn ausstrahlten. »Ist es das, was ein magischer Gefährte tut, Mopsie, alles zu teilen, das Gute und das Schlechte?«

Mopsie grinste zustimmend, wobei seine kleine rosafarbene Zunge einen leuchtenden Farbfleck in seinem schlammig-weißen Fell abgab. Der Hund lief weiter am Strand entlang und schaute erwartungsvoll zurück. Bessel folgte ihm, voller Vertrauen zu seinem Gefährten. So sehr hatte er, abgesehen von Meister Nimbulan, noch nie einem Menschen vertraut.

Bald stellten sich die Ohren des Hundes ein wenig auf, und er hob die Nase, um den Wind einzusaugen. Bessel tat es ihm nach. Holzrauch trieb sanft auf ihn zu; Rauch, in dem der Geruch von Salz schwang und ... und Fisch! Mopsie kläffte fröhlich und sprang davon.

Bessels Magen knurrte, daher folgte er ihm.

Ein Stück weiter den Strand entlang, tief in einer der zahlreichen kleinen Buchten, aus denen die zerklüftete Küste bestand, hockte eine Gruppe von drei Fischern um ein kleines Feuer aus Treibholz. Die Männer hatten ihr kleines Boot über die Flutlinie hinaufgezogen und umgedreht, damit das Innere trocken blieb. Bessel spürte, dass der Wind Regen herantrug, und erschauerte von neuem.

Drei geschmeidige, langbeinige Hunde hoben die Köpfe, die auf ihren Pfoten gelegen hatten; aufmerksamen Blickes und mit gespitzten Ohren, aber nicht bedrohlich.

»Habt Ihr genug Fisch, um ihn mit einem Fremden zu teilen?«, fragte Bessel höflich. Er blieb ein gutes Stück vom Feuer entfernt stehen. Mopsie hielt sich hinter ihm, um die anderen Hunde nicht zu reizen.

»Siehst aus wie eine Mischung aus Treibgut und Mensch«, meinte einer der Männer lachend. Rund um die Augen hatten sich tiefe Falten in sein Gesicht eingegraben; das Resultat eines ganzen Lebens, in dem er bei jedem Wetter über das Wasser hinausgespäht hatte. Wenn er grinste, enthüllte er einen abgebrochenen Zahn. Doch ansonsten wirkte er gesund, einigermaßen gut genährt und nicht zerlumpter als jeder andere Mann in seinem Beruf.

»Ich fühle mich auch wie ein Stück mit Wasser vollgesogenes Treibholz«, gab Bessel zurück.

»Dann setz dich ans Feuer, und wärme dich ein wenig auf. Fisch haben wir genug, wenn es dir nichts ausmacht, die Gräten herauszuziehen«, sagte der Fischer. Er winkte Bessel heran. Die Hunde senkten die Köpfe, behielten Bessel und Mopsie aber aufmerksam im Auge.

»Ja, hallo Kleiner!«, begrüßte ein zweiter Fischer Mopsie und streckte die Hand aus, damit der Hund daran schnüffeln konnte. »Wo hast du dich denn die letzten paar Tage versteckt?«

»Mopsie hat mich vor zwei Tagen adoptiert«, erklärte Bessel. Er ließ sich neben dem zweiten Mann zu Boden plumpsen. »Wisst Ihr, wo mein Gef... Hund herkommt?«

»Die Lotsengilde hat all ihre Hunde abgeschafft, als sie diese schicke Maschine gekriegt haben. Meinten, sie bräuchten keine Hunde mehr, um die Strömungen zu riechen.« Angewidert spie der erste Fischer in den Schlamm. »Leauman mein Name, und das hier sind Aguiir und Waatersoon.« Er wies nach rechts und links auf seine Begleiter.

»Ich bin Bessel, und ich bin sehr interessiert daran, mehr über Eure Hunde zu erfahren.« Wie auf dieses Stichwort hin sprangen die drei großen Hunde auf und kamen heran, um Mopsie zu beschnüffeln.

Sie berochen einander von vorn und von hinten und stellten sich vor. Als die anderen Mopsie akzeptiert hatten, kabbelten sie sich ein wenig, zupften sich an den Ohren oder zwickten einander in die Schwänze. Doch dann legten sie sich, jeder Hund zu Füßen seines Herrn, wieder am Feuer nieder.

»Das verstehe ich nicht. Können denn Hunde etwas wittern, das unter Wasser liegt?«, überlegte Bessel. Er setzte einen Ellbogen aufs Knie und stützte seinen plötzlich schweren Kopf in die Hand.

Mopsie reckte und streckte sich und rückte unmerklich an das Feuer und den Fisch, der darüber an einem Spieß briet, heran. Leauman lächelte zuerst dem Hund und dann Bessel zu. Einer der Hunde knurrte Mopsie mit einem tiefen Grollen an. Der kleine Hund erwiderte seinen Blick unschuldigen Auges und ließ den Kopf auf die Pfoten sinken. Einen Moment später wiederholte er sein Manöver. Dieses Mal fiel das warnende Knurren lauter aus. Mopsie war so taktvoll, schuldbewusst dreinzuschauen, ließ aber seine Beute nicht aus den Augen.

»Was gibt es an Moppelwoggern groß zu verstehen? Die Hunde stehen im Bug des Bootes und bellen einmal für Steuerbord und zweimal für Backbord. Wir folgen den Hunden und laufen niemals auf Grund. Wenn man sie ignoriert, läuft man auf eine Sandbank oder auf Treibgut, so wie dieser Idiot von einem Lotsen, Raanald, vor zwei Tagen. Hätte er seinen Hund behalten und sich nicht mit dieser Maschine abgegeben, dann hätte er seinen Passagier nicht verloren, und dieses Land stünde nicht kurz vor einem Krieg.« Aguiir hustete und spuckte noch einmal aus.

Bessel zuckte leicht zusammen, unsicher, ob er zugeben sollte, dass er vor zwei Tagen zusammen mit Raanald auf diesem Boot gewesen war.

»Mopsie sieht nicht aus wie ein Moppelwogger«, meinte Bessel und kraulte seinem magischen Gefährten die seidenweichen Ohren, um ihn davon abzuhalten, sich weiter an das Feuer und ihr Essen heranzuschleichen.

»Ja, das war allerdings eine Überraschung«, lachte Leauman. »Einer der Lotsenhunde, ein Weibchen, war läufig, als sie freigelassen wurde. Sie muss sich rund um den Hafen mit einem halben Dutzend Straßenhunden gepaart haben, denn jeder Welpe sah unterschiedlich aus.«

»Ist einer Eurer Hunde Mopsies Mutter?« Bessel inspizierte jeden der ausgestreckten Hunde auf Ähnlichkeiten mit seinem Gefährten.

»Neee«, ließ sich Waatersoon zum ersten Mal vernehmen. »Mein Swabby hat sie mit heimgebracht. Jetzt hat sie wieder einen dicken Bauch, aber dieses Mal habe ich aufgepasst, dass sie sich nur mit Swabby gepaart hat.« Besitzergreifend streichelte er mit kräftigen Bewegungen seinen Hund.

»Und was ist nun mit Mopsie?«, fragte Bessel. »Warum rannte er frei am Hafen herum und hat darauf gelauert, irgendjemandem nachzulaufen?«

Nicht irgendjemandem! Die Männer bedachten ihn mit merkwürdigen Blicken, und er vernahm ihre Gedanken so deutlich, als hätten sie sie laut herausgeschrien.

»Wenn du nicht weißt, warum ein Moppelwogger Anspruch auf dich erhebt, dann bist du nicht bereit, sein Partner zu sein«, stellte Leauman fest. Abrupt beendete er dann das Gespräch, um nach einem der Fische zu greifen, die an einem Spieß über dem Feuer hingen. Das zarte Fleisch löste sich fast von den Gräten. Er hielt die Hand darunter, damit es nicht ins Feuer fiel. Vorsichtig blies er darauf, um es abzukühlen, und gab dann seinem Hund ein Stück, bevor er selbst aß.

Die beiden anderen Fischer taten es ihm nach. Erst dann nahm Bessel von dem Fisch. Mopsie setzte sich auf; sein Schwanz peitschte schnell durch den Schlamm. Inzwischen wirkte sein Fell eher schwarz als weiß. So wie die anderen fütterte Bessel zuerst seinen Hund; ein Tribut an die Stellung, die sein magischer Gefährte in seinem Leben einnahm.

Mopsie hatte ihn gefunden, als er am dringendsten einen Freund und Beschützer gebraucht hatte. Ob der Hund in die Zukunft sehen konnte? Aber vielleicht spürte er einfach nur Emotionen und hatte in Bessel ähnliche Bedürfnisse erkannt, wie er selbst sie hatte.

Diese Männer und ihre Hunde hatten ihn freundlich aufgenommen, ihm zu essen gegeben und ihn an der Wärme ihres Feuers teilhaben lassen; das war mehr an Entgegenkommen, als Narbengesicht und die Kommune der Magier einem der ihren erwiesen hatten.

»Wenn Raanald seinen Hund auf dem Boot behalten hätte, dann hätte er sich nicht auf die verwirrenden Angaben seines Tiefenmessers verlassen. Hätte er auf einen Hund gehört, wäre er wahrscheinlich nicht auf die Sandbank aufgelaufen, Jorghe-Rosse wäre nicht in die Bucht gefallen, und ich hätte keine Außenseiter-Magie einzusetzen brauchen, um ihn zu retten. Dann wäre ich immer noch Mitglied der Kommune.« Laut ging Bessel die Verkettung der Ereignisse durch; inzwischen war es ihm egal, wer ihm zuhörte.

»Aber wenn alles anders gekommen wäre, hättest du Mopsie nicht gebraucht, und er hätte dich nicht gefunden«, setzte Leauman hinzu.

»Ich finde, ganz Coronnan muss mehr über die Fischer der

Bucht und ihre Hunde erfahren«, sagte Bessel. Bestimmt wurde ihre spezielle Beziehung in einem der vielen Bücher in der Bibliothek behandelt.

Wahrscheinlich in einem der Bände, die Narbengesicht weggeschlossen hatte.

»Bisher war es nicht nötig, dass außer uns jemand darüber Bescheid wusste«, meinte Aguiir.

»Aber wir mussten uns bis jetzt auch nicht zwischen treuen Hunden und Maschinen entscheiden«, gab Bessel zurück. »Und es ist auch noch nie da gewesen, dass die Kommune ein bestimmtes Wissen für jedermann, auch für Magier, für verboten erklärt.« Ohne dieses Wissen würde womöglich die Seuche nach Coronnan kommen, und sie hätten ihr nichts entgegenzusetzen.

»Ich muss zurückgehen und diese Bücher retten. Wir können es uns nicht erlauben, dass Narbengesicht sie für immer wegschließt.«

»Jemand muss dich und Mopsie in den Fluss gejagt haben, Junge. Vor wem du auch weggelaufen bist, er wartet immer noch in der Stadt auf dich«, meinte Leauman warnend.

»Ich weiß. Dieses Risiko muss ich eingehen. Die Bücher sind wichtiger. Es ist wichtiger, Coronnan vor Männern wie Narbengesicht und Raanald zu schützen. Allerdings wäre diese Sache um vieles einfacher, wenn ich Zeit gehabt hätte, mehr über Unsichtbarkeitszauber herauszufinden.«

*

»Bleibt stehen, Meister Kinnsell, der Drache kann Euch nichts tun«, rief Maia.

Kinnsell verlangsamte seine Schritte, je weiter er sich vom Shuttle entfernte; doch er sah sich genau um, bevor er ganz anhielt.

Seine Lungen brannten nach der plötzlichen Anstrengung.

Mühsam zog er Luft ein und versuchte verzweifelt, nicht zu husten. Kalter Schweiß stand auf seiner Haut, und seine Knie zitterten derart, dass er kaum stehen konnte.

»Er ist nur ein kleiner Drache und wird Euch kein Leid antun«, versicherte Maia ihm erneut.

Sein rationales Denken begann zurückzukehren. »Also, für mich sah er ziemlich groß und gefährlich aus.« Kinnsell betastete seine Stirn. Vielleicht hatten die Hustenanfälle ein leichtes Fieber hervorgerufen. Er musste sich das Tier, das auf seinem Shuttle saß, eingebildet haben. Drachen gab es nicht.

»Gewiss, Drachen sehen gefährlich aus«, gab Maia lachend zurück. »Aber sie sind durch einen Eid verpflichtet, Menschen zu beschützen. Das gehört zu ihrem Pakt mit den Magiern.«

Maia hatte das Wesen also auch gesehen. Hatte einer von Katies Begleitern sie beide mit einer posthypnotischen Suggestion belegt, um sie von dem Shuttle fernzuhalten?

Zufrieden mit der Erklärung, die er für das Erscheinen des silbrig-roten, Feuer speienden Monstrums gefunden hatte, entspannte sich Kinnsell ein wenig. Er wandte sich wieder der Lichtung zu.

»Ihr habt Recht, Maia. Der Drache kann uns nichts anhaben.« Natürlich, denn er existierte nicht. »Aber er könnte meiner Tochter mitteilen, dass wir beide entkommen sind, also treten wir unsere Reise besser rasch an.« Er streckte ihr die Arme entgegen, um sie zurück zum Shuttle zu führen.

Zum Glück war die Drachenillusion verschwunden, als sie wieder auf die Lichtung traten. Entschlossen, innerhalb von Minuten in der Luft zu sein, trat Kinnsell auf die Einstiegsluke zu.

Er ließ die Finger über das Tastenfeld gleiten, doch es reagierte nicht auf seinen üblichen Code. Acht-eins-sieben-zwei-acht-eins. Diesen Code benutzte er seit Jahren. Warum öffnete sich dann die verfluchte Luke nicht? Mit den Fingern trommelte er auf der Metall-Keramik-Legierung der Außenhülle herum. Welche Zahlen würde Katie benutzen, um das Schloss neu zu programmieren? Er probierte es mit ihrem Geburtsdatum, gab seinen eigenen Code rückwärts ein, dann die Koordination der Erde und die von Kardia Hodos – wobei er zweimal probieren musste, ehe er die richtigen Zahlen fand – und dann noch einmal ganz einfach eins, zwei, drei, vier, fünf, sechs. Doch nichts funktionierte.

»Verflucht!« Er trat gegen die Luke.

»Vielleicht kann ich ja ihren Zauberspruch entziffern«, meinte Maia. »Eine Frau versteht, wie eine andere Frau denkt.«

»Versucht es ruhig. Aber Katies Logik ist schwer nachzuvollziehen. Sie hätte unter tausend Kombinationen wählen können.« Er trat beiseite, und die dunkeläugige Frau betrachtete das Zahlenschloss.

Lange stand sie da. Schließlich wandte sie sich ab, rieb sich die Augen und trat auf dem schlammigen Boden von einem Fuß auf den anderen. »Piedro sagt, er kann keine Magie durch mich hindurchleiten, solange kein zweiter Rover bei mir ist. Piedro hat Televarns Stelle an der Spitze des Clans eingenommen. Ich mag ihn nicht so gern wie Televarn, aber er ist ein recht guter Liebhaber, und seine Stimme in meinem Kopf ist stark.« Sie schloss die Augen und schien etwas zu sehen, das vor ihrem inneren Auge stand.

Liebhaber? Hatte diese Maia eigentlich mit jedem Mann auf diesem Planeten geschlafen? Er runzelte die Stirn und hätte sie am liebsten beiseitegeschoben, um es selbst mit dem Schloss zu versuchen. Außerdem hätte er nicht übel Lust gehabt, sie in den Schlamm zu werfen und ihr zu beweisen, dass er ein besserer Liebhaber war als dieser Rover-Abschaum, der in ihren Geist eindrang.

»Heute Nacht werden wir zusammen sein, König Kinnsell.« Maia liebkoste sein Gesicht. Dann wandte sie ihre Aufmerksamkeit schnell wieder dem Schloss zu.

Sie log. Er wusste genau, dass sie, all ihren Versprechungen zum Trotz, nicht die Absicht hatte, freiwillig das Bett mit ihm zu teilen. Kinnsell wurde klar, dass Maia nie die Wahrheit sagen würde, solange eine Lüge besser klang; und wenn sie dazu gezwungen war, würde sie nie die ganze Wahrheit enthüllen.

Sie starrte das Tastenfeld lange und durchdringend an. »Ich kann die Wärme der Königin auf dem Feld nicht erkennen. Eure Körperwärme hat sie überdeckt.«

Kinnsell schlug mit der Faust gegen die Luke. Der erste scharfe Schmerz verklang zu einem dumpfen Pochen. Erneut fühlte sich seine Haut klamm an. Er riss die Hand weg und saugte an seinen angeschlagenen Knöcheln. Sie wirkten erschreckend angeschwollen.

»Es gibt aber noch andere Wege, ein Rätsel zu lösen.« Maia schenkte ihm ein strahlendes Lächeln.

Kinnsell vergaß seine schmerzende Hand, sein wachsendes ungutes Gefühl und den Druck auf seiner Brust. Er dachte nicht mehr an ihre Lügen und Täuschungsmanöver. »Heute Nacht, meine Liebe. Öffnet diese Luke, und wir werden heute Nacht in Sicherheit sein und in einer angenehmen Umgebung feiern.«

»Ja. Heute wird Piedro Euch dafür belohnen, dass Ihr mich zu meinem Clan zurückgebracht habt. Heute Nacht werden wir in Hanassa feiern.«

»Macht einfach die Luke auf, und ich werde diesem Drachen befehlen, uns dorthin zu fliegen, wo wir in Sicherheit sind.« Er konnte sich nicht daran erinnern, ob die Burg dieses Hinterwäldler-Lords Hanassa oder sonstwie hieß. Im Moment entgingen ihm viele solcher Einzelheiten. Hatte er sich richtig an den Code für das Schloss erinnert? Egal. Jedenfalls würde er das Shuttle steuern und sie hinbringen, wohin er wollte. Dabei, wohin sie flogen, hatte Maia nichts mitzureden.

Maia konzentrierte sich noch einmal auf das Tastenfeld. Dieses Mal hielt sie die Handfläche eine Haaresbreite entfernt darüber. Ihre Augen verdrehten sich, und ihre Miene wurde ausdruckslos.

Dann griff sie mit ihrer anderen Hand rasch in ihr Mieder, ließ sie tief zwischen ihre Brüste gleiten und zog sie so schnell wieder hervor, dass Kinnsell es fast nicht gesehen hätte.

Doch er verfolgte ihre raschen Bewegungen genau.

Während sie in ihrem tranceartigen Zustand das Zahlenfeld fixierte, hatte Maia ein kurzes Stück Draht aus ihrem Kleid gezogen und steckte es in den schmalen Spalt, der die Tür markierte. Ein paar Sekunden später klickte die Luke und glitt auf.

Wenn Kinnsell nicht gewarnt gewesen wäre, hätte er nicht mitbekommen, wie sie das Schloss aufbrach. Aber ... »Elektronische Schlösser lassen sich nicht aufbrechen«, keuchte er.

»Ein Schloss ist ein Schloss, und man kann jedes Schloss öffnen.« Maia kicherte triumphierend. »Und nun zeigt mir diesen wundersamen Drachen, Lord Kinnsell. Ich möchte mich gern mit diesem merkwürdigen Wesen anfreunden.«

»Warum nicht?« Kinnsell winkte Maia in das Shuttle und unterdrückte dabei einen weiteren Hustenanfall. Seine Lungen hatten seit Stunden Ruhe gegeben. Warum fing das ausgerechnet jetzt wieder an? Wahrscheinlich hatten die Schimmelpilze und andere garstige Organismen, die in dem Schlamm gediehen, eine allergische Reaktion ausgelöst.

Vertraut schlug ihm die warme, leicht metallisch riechende Luft entgegen und hüllte ihn ein. Sie roch nach Heimat, Komfort und Sicherheit. Tief sog er sie ein, während er durch die Luke in die Passagierkabine trat.

Maia erstarrte, kaum dass sie durch die Tür getreten war. Verblüfft betrachtete sie die bequemen blauen Polsterbänke, die sich zu Betten ausziehen ließen, die sanft blinkenden Lichter der elektronischen Lesegeräte und Spielbretter und den Nahrungs-Synthesizer, der jegliches Pflanzenmaterial in eine schmackhafte Mahlzeit verwandelte.

»Was ist das für eine Magie, die Ihr wirkt, Meister Kinnsell?«, fragte sie so von Ehrfurcht ergriffen, dass sie sich nicht zu rühren vermochte.

»Die Magie der Technologie«, flüsterte er ihr verführerisch ins Ohr. »Setzt Euch auf eine der Bänke, und legt die Gurte an. Wir starten in einer Minute.«

»Lasst mich in diesem seltsamen Ungeheuer nicht allein, Meister Kinnsell.« Maias Augen standen weit offen. Ihre Pupillen hatten sich vor Entsetzen zusammengezogen, sodass ihre Augen, die flehend zu ihm aufsahen, samtbraun wirkten.

»Nun gut, meine Liebe.« Kinnsell tätschelte ihre Hand und zog sie mit sich in die Brücke. »Setzt Euch hierher.« Er wies auf den Sitz Copiloten. Ausgeschlossen, dass sie unabsichtlich etwas an den Kontrollen änderte. Dazu müsste er sie ihr durch einen Befehl an den Computer, der mit seiner eigenen Stimme erfolgte, übergeben. Ansonsten konnte ein Copilot die Kontrollen nur übernehmen, wenn die Biosensoren feststellten, dass der Pilot tot oder bewusstlos war; aber das würde auf diesem kurzen Sprung zur Burg des Hinterwäldler-Lords nicht passieren.

Kinnsell zog den Sicherheitsgurt über Kopf und Schultern und befestigte ihn an dem Clip zwischen seinen Beinen. Maia tat es ihm nach, wobei sie Röcke und Unterröcke hochschob und den größten Teil ihrer straffen Schenkel enthüllte. Wieder einmal musste Kinnsell schlucken, um seine Erregung zu bezähmen. Seine Augen wollten sich gar nicht wieder auf die Kontrolltafel richten.

Schließlich fiel ihm wieder ein, was er zu tun hatte. Er schaltete den Bildschirm ein, sodass sie ihre Umgebung in Echtzeit erkennen konnten. Dann ließ er die Finger über die Touchpads gleiten und leitete die Zündung ein. Automatisch gab er seine Zielkoordinaten in den Autopiloten ein. Nicht nötig, das Headset für die Cyberkontrolle anzulegen. Sie würden nur eine kurze Strecke fliegen und keine suborbitale Höhe erreichen. Fast sofort erwachten die Atmosphären-Düsen röhrend zum Leben.

Maia fuhr verblüfft zurück. Doch als Kinnsell gelassen mit der Startsequenz fortfuhr, entspannte sie sich und betrachtete alles aufmerksam. Er ließ sie, denn er wusste, dass sie den komplexen Vorgang, den es bedeutete, das Shuttle zu fliegen, nie begreifen würde. Sie konnte ja nicht einmal lesen; gar nicht zu reden davon, dass sie die Mathematik der Navigation verstanden hätte.

Liebevoll tätschelte er den Steuerknüppel. Natürlich hätte er das Shuttle auch über die Touchpads fliegen können. Das taten die meisten Piloten, oder sie bedienten sich der höchst empfindsamen Cyberkontrollen. Aber seine Familie hatte schon immer zum Steuerknüppel geneigt und es vorgezogen, die Bewegungen und Vibrationen des Schiffs in der Handfläche zu spüren, sodass sie mehr nach Gefühl und Eingebung flogen, statt sich an dem technischen Aufgebot vor ihren Augen zu orientieren.

Kinnsell überwachte die Instrumentenanzeigen. Als die Motoren genug Energie und Treibstoff hatten, zog er den Steuerknüppel vorsichtig zurück. Die Maschinen brüllten erneut auf und versuchten zu reagieren. Auf dem Bildschirm sah er zu den umgebenen Bäumen. Das Schiff bewegte sich nicht.

»Was ist?«, fragte er den Computer.

Die Anzeigen informierten ihn darüber, dass der schwere Schlamm, der auf den Landestützen lastete, sie festhielt.

Er schob den Steuerknüppel abwechselnd nach rechts und links, sodass das Shuttle ins Schaukeln geriet. Die Bäume vor ihm bewegten sich auf und ab, als säße er auf einer Kinderwippe. Das Shuttle ruckte vor und zurück, hob sich aber immer noch nicht vom Boden. Die Maschinen donnerten weiter.

Kinnsell spürte einen Druck auf der Brust. Sein Kopf schien nichts mehr mit dem Rest seines Körpers zu tun zu haben. Es fiel ihm schwer, geradeaus zu sehen.

Trotzdem fuhr er fort, das Shuttle schwanken zu lassen, um den verfluchten Schlamm zu lösen. Noch ein Grund, auf diesem Planeten die Klimakontrolle einzuführen – oder wenigstens anständige Landefelder.

»Vielleicht ist ja der andere Drache zurückgekehrt«, meinte Maia. »Wenn er auf Eurem Drachen sitzt, behindert uns das zusätzliche Gewicht beim Fliegen.«

»So etwas wie Drachen gibt es nicht«, versicherte ihr Kinnsell mit zusammengebissenen Zähnen. Er versuchte weiterhin, das Schiff freizubekommen. Die Bäume schwankten vor seinen Augen, als sähe er sie von einer Wippe aus.

Hatte das Shuttle sich ein wenig gehoben?

Ja, sie kamen los. Er verschwendete noch mehr Treibstoff darauf, die Schwerkraft des Planeten zu überwinden, und zog das Schiff bis auf die Höhe der Baumkronen hoch. Es flog unruhig und bebte so heftig wie seine Hände. Er ignorierte seine Schwäche, das Bedürfnis zu husten und den Schweiß, der ihm in die Augen rann.

Als er endlich die Bäume hinter sich ließ, hielt er Ausschau nach seinem Kompass und fand ihn nicht. Die Reihen von Anzeigen auf dem Kontrollpult verschwammen, und er sah sie doppelt und dreifach. Er presste die Augen zusammen und blinzelte mehrmals.

»Wacht auf, Meister Kinnsell. Wacht auf. Ihr verliert die Kontrolle über den Drachen!«, schrie ihm Maia ins Ohr.

Kinnsell richtete sich ein wenig auf und schüttelte den Kopf, um ihn klar zu bekommen. Mit einem Mal liefen eisige Schauer über seinen Körper. Sein Blick verschwamm erneut.

»Autopilot. Autopilot einschalten«, sagte er. In seinen Ohren nahm jedes Wort, das er hervorstieß, eine neue Bedeutung an. Hatte er Maia wirklich befohlen, den Autopiloten zu aktivieren; oder hatte er die Farben aufgezählt, die Drachenflügelspitzen haben konnten? Nein, er hatte die Namen seiner Kinder genannt: Eines von seiner ersten Frau, und dann die Halbgeschwister von Ehefrau zwei und drei. Nummer vier, Marjorie, mochte keine Kinder.

»Meister Kinnsell!«, kreischte Maia noch einmal. »Ihr müsst den Drachen unter Kontrolle bringen, sonst stürzen wir ab!«

31. Kapitel

Mittag, die Grube unterhalb der Stadt Hanassa

Rollett sah Powwell nach, der entschlossen in die Höhle trat, in der sich, wie er sagte, das Drachentor befand. Niedergedrückt ließ der Jüngere die Schultern hängen. In dem unnatürlichen Licht wirkte seine Haut wächsern und bleich.

Immer noch hing diese merkwürdige, nebelhafte Aura um Powwells Silhouette. Mit einem Mal wurde Rollett klar, dass Kalen den Platz des Geistwesens eingenommen hatte, während Hanassa in ihrem Körper wohnte. Jetzt hielt sie sich dicht bei ihrem Bruder und verlangte, dass er ihr half.

»Können wir Hanassa irgendwie zwingen, Kalens Körper zu verlassen?«, fragte Rollett, entschlossen, den Jungen aufzurütteln. Es ging nicht an, dass er sich von einem einzigen Rückschlag zum Aufgeben bewegen ließ. Wenn er selbst das getan hätte, dann hätte er schon vor eineinhalb Jahren Selbstmord begehen müssen. Aber jetzt waren ihm die Alternativen ausgegangen. Die Stadt war keine Option mehr. Sie mussten handeln.

Powwell zuckte die Achseln und betrachtete die Blutflecken an seinen Fingern. Vor dem Hintergrund seiner immer blasser werdenden Haut wirkte das getrocknete Blut schwarz. Er wandte Yaala und Rollett den Rücken zu, doch er neigte den Kopf leicht zur Seite, ziemlich genau wie Myrilandel, wenn sie den Drachen lauschte. Flüsterte das Geistwesen Powwell etwas zu?

»Wir haben keine Zeit, über Zaubersprüche oder zwei Geister in einem Körper zu diskutieren«, erinnerte Yaala die beiden und sah sich zu dem Weg um, auf dem sie geflüchtet waren. »Die Nahrungsmittel in der Wohnhöhle werden die Wachen ein wenig aufhalten, aber wenn Hanassa wirklich den Körper der Gefährtin – Kalens Körper – bewohnt, dann wird sie die Rover tiefer und tiefer in die Höhlen hineintreiben, bis sie uns finden. Hanassa kennt diese Gänge besser als ich.«

»Weiß Hanassa denn auch über das Drachentor Bescheid?« Powwell fuhr zu ihnen herum. Hoffnung stand in seinem Blick und seiner geraden Haltung.

»Bestimmt, wenn er ... oder sie seit Jahrhunderten hier unten gelebt hat«, meinte Rollett.

»Aber *versteht* Hanassa, wie das Drachentor funktioniert?« Ein breites Lächeln trat auf Powwells Gesicht – ein Grinsen, das eher Häme als Freude ausdrückte.

»Versteht überhaupt jemand das Drachentor?«, gab Yaala zurück. »Es hat sich verändert und arbeitet nicht mehr so wie früher. Wer weiß schon, wann es sich wieder öffnen oder sich erneut verändern wird?« Sie ging neben Powwell und passte ihren Schritt dem seinen an, während sie auf die große Höhle mit dem defekten Generator, den Yaala die Alte Bertha nannte, zustrebten.

Rollett folgte den anderen. Er hatte das Bedürfnis, mit ihnen zusammen zu sein, damit er sich nicht verirrte und den Rovern zum Opfer fiel, die nach ihnen suchten. Wenn er bei Yaala und Powwell blieb, war die Flucht zum Greifen nahe.

Hoffnung. Er fühlte sie tief in seinen Knochen.

Freiheit. Er konnte sie schon in der Luft schmecken.

Ein gespenstischer Gesang, fast an der Schwelle zum Unhörbaren, zog ihn noch stärker an als die Nähe zu seinen Kameraden in die Höhle.

Powwell stand in der Öffnung eines kleinen Tunnels, der von der weitläufigen Höhle abging. Er stützte sich mit den Armen an den Wänden des bogenförmigen Ausgangs ab und starrte in die Schwärze, die dahinter lag. Ein grelles rotes Aufflackern tief in dem Tunnel sowie die größere Hitze verrieten Rollett, dass sie sich dem Lavakern näherten – und der Stelle, an der einmal das Drachentor gewesen war. Das Lied war deutlicher zu vernehmen. Wenn er sich nur richtig daran erinnern könnte, was das war, würden all seine Fragen beantwortet werden.

»Da geht es nicht zum Drachentor«, rief Yaala Powwell zu. Sie stand neben dem gewaltigen Klotz der defekten Maschine und streichelte sie wie eine Mutter ein eigensinniges Kleinkind.

Rollett schluckte sein plötzlich aufwallendes Begehren hinunter. Das Bild von Yaala, wie sie ein Kind – sein Kind – berührte, erfüllte ihn mit Sehnsucht.

Nein. Sie wollte in Hanassa bleiben und hier herrschen. Er musste nach Hause. Aber er würde zurückkommen und für seine Männer sorgen, sich vergewissern, dass sie die Möglichkeit zur Flucht hatten.

Yaala legte den Kopf an die tote Hülle der Maschine. Am liebsten hätte er ihr die Hand entgegengestreckt, damit sie in seinen Armen trauern konnte. Drei Schritte vor ihr riss er sich zurück und zwang die Hände an seine Seiten. Er kannte Yaala nicht und wagte nicht, ihr seine zarten, verletzlichen Gefühle anzuvertrauen. In dieser ganzen langen Zeit in Hanassa hatte er keine Frau gehabt. Die einzigen Frauen, die es hier gab, waren entweder hartgesottene Gesetzlose oder Prostituierte, die voller Krankheiten waren. Er hätte keine davon berührt, ganz gleich, wie ihn seine körperlichen Bedürfnisse plagten. Und jetzt verlockte ihn Yaala, vielleicht, weil sie sauber, verletzlich und hübsch war.

»Als wir das letzte Mal durch das Drachentor gegangen sind, da sind wir nicht hier herausgekommen.« Powwells Feststellung lenkte Rolletts Aufmerksamkeit von seinen Gefühlen auf das anstehende Problem zurück.

»Wir sind durch diesen Tunnel gekommen.« Yaala wies auf

eine kleinere Öffnung, die neben der lag, in die Powwell hineinstarrte. »Ich weiß noch, dass ich in der Pfütze neben diesem zerbrochenen Rohr gelandet bin.«

»Aber dies ist der Weg, auf dem wir Hanassa im vergangenen Jahr verlassen haben.« Powwell wies in den Tunnel, vor dem er stand. »Ich habe ihn vorher nicht wiedererkannt, weil die Öffnung teilweise zusammengebrochen ist.«

Sichtlich verwirrt sah Yaala zwischen den beiden Tunnelöffnungen hin und her.

Rollett untersuchte beide genau und erkannte, abgesehen von ihrer Position in Bezug auf die Alte Bertha, kaum einen Unterschied.

»Schaut, das Tor öffnet sich!«, rief Powwell und stürzte in den Tunnel.

»Öffnet sich?«, keuchte Rollett. »Das heißt, dass wir jetzt fliehen können?« Noch vor Yaala rannte er hinter Powwell her. »Nach Hause. Ich muss nach Hause.« Wenn diese Öffnung nach Hause führte, konnte er später seine Männer holen. Dann konnte er auch Piedro angreifen, mit frischer Magie und Unterstützung durch die Kommune.

Er roch kühle, feuchte Luft. Die rot glühenden Flammen aus dem Lavakern verwirbelten zu einer Vielzahl von Farben, unter denen ein weiches, beruhigendes Blauweiß und tiefes Grau dominierten. Der Gesang, der ihn anlockte, wurde lauter.

»Noch nicht!« Mit seinem Stab versperrte Powwell ihm den Weg.

In dem verzweifelten Wunsch, aus Hanassa und vor den Männern, die ihn verfolgten, zu fliehen, riss Rollett seinen eigenen Stab hoch und stellte sich Powwell in Kampfposition gegenüber. »Aus dem Weg, Junge!« Zorn stieg wie roter Nebel in ihm auf und machte ihn blind für alles außer seinem Drang zu flüchten.

»Wir werden nicht ohne meine Schwester gehen!«, knurrte Powwell.

»Hört auf, alle beide!«, warnte Yaala sie in einem scharfen Flüsterton. »Hanassa wird euch hören. Außerdem wird das Bild jetzt deutlicher und zeigt... Sternengötter, das ist ja unter Wasser! Seht euch diesen Behemot-Fisch an. Er wird uns bei lebendigem Leibe fressen.« Rückwärts wich sie aus dem Tunnel zurück und hielt die Hände vors Gesicht, um sich vor dem Salzwasser, das aus dem Tor sprühte, zu schützen.

Powwell verlagerte seine Haltung gerade so weit, dass er die blaue Wasserlandschaft hinter sich erkennen und zugleich Rollett daran hindern konnte, an ihm vorbeizustürmen. »Tiefes Wasser«, erklärte er knapp. »Wir müssen auf die richtige Szene warten. Und auf Kalen.«

»Heißt das, dass das Drachentor noch funktioniert?« Yaala schob sich hinter Rollett heran, doch sie wagte nicht, zwischen die beiden Männer zu treten, die immer noch bereitstanden, mit ihren Stäben aufeinander loszuschlagen.

Rollett spürte ihre angenehme Wärme im Rücken, und seine Haltung entspannte sich ein wenig. Ein Teil seines verzweifelten Drangs nach Flucht verließ ihn. Er konnte es noch ein wenig aushalten, denn er musste Yaala helfen, Piedro zu stürzen, damit er seine Männer retten konnte.

»Es bedeutet, dass das Tor sich verändert hat. Seine Bestimmungsorte sind andere als zuvor«, gab Powwell zurück. »Vielleicht ist keiner von ihnen sicher.«

»Hier entlang!«, brüllte eine Stimme mit Rover-Akzent von der anderen Seite der großen Höhle her. »Sie verstecken sich in diesem Tunnel da.«

»Haltet sie von dem Drachentor fern«, rief Piedro zurück.

Rollett fuhr herum und hielt seinen Stab kampfbereit vor sich. Sie saßen in der Falle, gefangen in dem winzigen Tunnel, der kaum breit genug war, um seinen Stab führen zu können. Und Powwell stand einfach nur da und fletschte in einem raubtierhaften Grinsen die Zähne.

Zorn und Enttäuschung brandeten in Rollett auf. Der einzige Ausweg schien durch das geheimnisvolle Drachentor hinter ihnen zu führen. Aber ein falscher Schritt, und sie würden stattdessen im Lavakern landen.

Powwell trat neben ihn und schob Yaala an die Wand, damit sie ihnen nicht im Weg stand. In der Geste, mit der man einen Zauber wirft, hielt er die blutbefleckte rechte Hand hoch. Der Igel stieß ein ohrenbetäubend schrilles Quietschen aus und tauchte mit hochaufgerichteten Stacheln tief in Powwells Tasche.

Der ganze Tunnel stank nach altem Blut und Angst. Powwells Haut wurde noch blasser. Um seine Lippen und an den Nasenflügeln nahm die Haut eine bläuliche Färbung an. Er begann heftig zu schwitzen.

Powwell bezog seine Kraft aus Blutmagie!

Rollett schluckte schwer und krampfhaft, damit seine Galle blieb, wo sie hingehörte. Er hatte mehr als genug mit dem Blutmagier Moncriith erlebt. Der Gedanke, dass jemand Energie aus dem Blut, dem Schmerz und der Angst eines anderen Lebewesens bezog, widerte ihn körperlich und emotional an.

Aber er erkannte, dass sie kaum eine andere Wahl hatten. Wenn Blutmagie Piedro und die Gefährtin auf Abstand halten konnte, bis sie durch das Drachentor in Sicherheit fliehen konnten, dann sollte es eben so sein.

Powwell begann einen leisen Sprechgesang zu intonieren.

Rollett, der auf Musik stets sensibel reagierte, lauschte dem Zauberspruch aufmerksam.

»Was machst du denn, Powwell? Du lockst sie ja hierher!«

32. Kapitel

Nachmittag, die Grube unterhalb der Stadt Hanassa

»Schickt mir die Gefährtin«, schrie Powwell den Rovern zu, die sich in der großen Höhle versammelten. »Mein Tod wird Simurgh nicht besänftigen, wenn mich nicht die Gefährtin selbst tötet. Sie muss mein Blut kosten!«

In seiner Tasche bäumte sich Thorny auf und fuhr seine Stacheln so weit aus, wie er konnte. Die scharfen Spitzen drangen durch Powwells Tunika und stachen in seine Haut. Als er den Schmerz in seinem Herzen und auf seiner empfindlichen Haut spürte, sog Powwell scharf die Luft ein. Aber aus den winzigen Wunden floss kein Blut.

Richtig, Thorny, flüsterte er dem Geist seines magischen Gefährten zu. *Genauso, wie wir es geübt haben.*

»Was machst du da?« Rollett und Yaala fassten ihn an beiden Armen und zogen ihn weg, zurück zum Drachentor.

Powwell lächelte innerlich, als er einen Blick auf das Rot und Schwarz der Wüstenszene erhaschte, die sich in dem Portal bildete – ganz ähnlich der Landschaft, zu der das andere Tor ihn und Yaala gebracht hatte, und doch anders. Dieses Portal führte in dieselbe Zeit, in der er sich jetzt befand. Das andere war durch die Zeit davongetrieben und hatte Powwell und Yaala in ein Hanassa gebracht, das viele Zeitalter zurücklag.

Doch in beiden Wüsten konnten Menschen nicht lange überleben. Und wenn das Drachentor sich an seine vorherigen Muster hielt, würde es in diesem Zyklus in viele unwirtliche

Landschaften führen, bevor es sich an einem grünen Ort öffnete – vielleicht in Coronnan, vielleicht auch anderswo.

Im Tunneleingang trat eine schwarz verschleierte Gestalt in das ungewisse Licht.

»Willst du das wirklich, Powwell?«, fragte die Gefährtin. In dem engen Tunnel klang ihre Stimme rau und schroff. Kalens Stimme und doch wiederum nicht, sondern tiefer, heiserer. »Soll deine Schwester diejenige sein, die dich auf die unangenehmste Art, die man sich denken kann, in deine nächste Existenz schickt?«

Langsam lüftete die Kindfrau den schwarzen Spitzenschleier. Achtlos ließ sie die unermesslich kostbare Seide, die wie ein kühler Wasserfall wogte, zu Boden fallen, wo sich die feinen Fäden in Schotter und Sand verfingen.

Powwell sah in die grauen Augen seiner Schwester, seinen eigenen so ähnlich und doch ...

Wiggles, Kalens frettchengestaltiger magischer Gefährte, blieb reglos auf ihrer linken Schulter liegen. Als Powwell das sah, zog er eine Augenbraue hoch.

»Du hast das Frettchen getötet und ausgestopft, weil es nicht bei Hanassa, dem Drachenrenegaten, bleiben wollte. Du bist nicht so mächtig, wie du andere glauben machen willst. Erscheint dir das Geistwesen? Lässt sie dich nachts nicht schlafen und flüstert von der Leere und dem Schmerz, in die Wiggles' Tod sie gestürzt hat?« Er trat noch einen Schritt nach hinten und schob Yaala und Rollett an die Wand. Jetzt stand nur noch er zwischen der Gefährtin und dem Drachentor.

Heißer Wind kam durch das Tor geschossen, strich über Powwells Haut und lockte ihn zur Flucht.

Innerlich stemmte er sich gegen sein Bedürfnis, sich umzudrehen und durch die Öffnung zu rennen, ganz gleich, wohin sie ihn führen würde. Aber er bemerkte, dass Yaala und Rollett näher an die unwirtliche Szene heranrückten.

»Kalen ist tot und hat mir ihren Körper hinterlassen. Ich bin

Hanassa, und ich bin es immer gewesen!«, verkündete die Gefährtin. Sie hob die Arme und reckte die Handflächen nach außen, als wolle sie den ganzen Vulkan umarmen.

»Dann, Hanassa, wirst du mich holen müssen. Du bist doch nicht zufrieden, ehe du mein Blut auf deinen Händen siehst und auf deinen Lippen kostest!«

Sie machte vier lange Schritte auf Powwell zu. Nicht nahe genug.

Thorny bäumte sich auf und drückte sich an Powwells Brust. Ein winziger Blutstropfen lief über seinem Herzen herunter. Der stechende Schmerz, wenngleich er kurz war, schickte sirrende Macht durch seine Adern und verstärkte die langsam verblassende Energie, die er aus den abgeschlagenen Köpfen gezogen hatte.

»Komm und hole mich, Kalen. Spring mit mir in das Höllenloch!« Powwell stand gefährlich nahe am Rande der Grube. Kochende Lava schoss hinter ihm hoch, und die Hitze versengte ihm fast den Rücken. Schweiß lief über sein Gesicht und ließ seine Handflächen glitschig werden.

»Hör auf damit, Powwell, ich flehe dich an.« Yaala versuchte ihn vom Rand wegzuziehen. »Du bist mein einziger Freund. Ich kann nicht zulassen, dass du das tust.«

Powwell schloss die Augen, um sie nicht ansehen zu müssen. Er wusste, wenn er jetzt Tränen in ihren Augen sah – die Tränen einer Frau, die niemals weinte und unvorstellbare Grausamkeiten überlebt hatte –, dann würde er seinen sorgfältig ausgetüftelten Plan in den Wind schlagen.

»Es ist der einzige Weg, Kalen zu retten, Yaala. Wenn das hier nicht funktioniert, bleib bei Rollett. Ihm kannst du vertrauen.«

»Danke, aber lieber nicht«, gab Rollett zurück und trat neben ihn. »Ich helfe dir, aber ich nehme das nächste Portal, an dem das Drachentor sich öffnet.«

Powwell nahm seine Worte lächelnd zur Kenntnis und öffnete seinen Geist einen Spaltbreit, um Rollett Einblick in seinen Plan zu gewähren.

»Sehnst du dich nach dem Tod, Junge?« Rollett zog die dunklen Augenbrauen hoch.

»Das muss er wohl. Er hat mich gebeten, ihn zu töten«, meinte die Gefährtin aus nur drei Schritten Entfernung. »Gib mir dein Schwert, Piedro. Ich werde diesen Eindringling selbst exekutieren.«

»Willst du mir nicht mit bloßen Händen die Kehle herausreißen? So tötet ein Drache«, höhnte Powwell. »Und du bist im Geist ein Drache, Hanassa. Du besitzt noch die Instinkte eines Drachen mit purpurnen Flügelspitzen. Du hungerst nach frischem Fleisch, geröstet in deinem eigenen Drachenfeuer.«

Hanassa leckte sich die Lippen. Ein Speichelfaden rann aus ihrem Mundwinkel. Sie schluckte heftig, als koste sie köstliches frisches Fleisch. Kalens Züge verzerrten sich zu etwas Fremdartigem, Hässlichem. Hanassas Gelüste hatten jede Spur des kleinen Mädchens getilgt.

»Aber du wirst nie wieder dein eigenes Feuer speien«, fuhr Powwell fort. Er und Rollett rückten ein wenig beiseite, damit Hanassa einen lockenden Blick auf die Szene hinter dem Drachentor erhaschen konnte. »Der echte Drachennimbus wird dir nicht erlauben, wieder einen Drachenkörper anzunehmen. Sie werden nicht zulassen, dass du aus diesem Höllenloch wegfliegst, das dein Gefängnis ist. Fliehen kannst du nur, indem du einen menschlichen Körper stiehlst und von hier fortgehst. Doch die Menschen werden dir nicht gestatten, unter ihnen zu leben, solange du ihr Blut trinkst.«

Hanassa schob sich näher heran. Ihre Nase zuckte, als röche sie die Freiheit in der Wüste auf der anderen Seite des Drachentors.

Der heiße Wind ließ nach. Das Tor begann sich zu schließen.

»Deine Gefangenschaft hier ist noch hoffnungsloser als unsere, Hanassa.«

Auch Rollett begann sie jetzt anzustacheln. »Wir können durch das Drachentor treten, wann immer wir wollen. Bist du auch in der Lage dazu?«

»Es schließt sich!«, heulte Hanassa. Sie stürzte darauf zu, als sich das Rot und Schwarz der Wüste zu einer Unzahl anderer Farben verwirbelte.

»Nicht schon wieder!«, kreischte Kalen, als ihr Körper über den Rand der Grube stürzte.

Ein weißer Nebel umwaberte ihren irdischen Körper.

»Jetzt!«, befahl Powwell und webte ein magisches Netz um seine Schwester. »Halte sie!«

Er spürte, wie Rollett mit seiner nachlassenden Magie nach dem jungen Mädchen griff, bevor sie tausend Fuß tief in die brodelnde Lava stürzte. Energietentakel schlängelten sich durch die Luft und verflochten sich. Auf einer Seite wurde Kalen von Rolletts Magie gehalten, die sich dort, wo sie sich verknotete, in Dunkelrot und einem tiefen Meerblau färbte, und auf der anderen hielt Powwell sie in einem Netz aus Energie fest, das sein Rot mit den schwarzen Funken aufwies.

Powwell musste seinen Geist weiter öffnen, damit er und Rollett zusammenarbeiten konnten. Jeder seiner Instinkte schrie ihm zu, seine Geheimnisse zu bewahren und den anderen nicht wissen zu lassen, wie sehr er es genossen hatte, Blutmagie zu sammeln.

»Hilf mir, Powwell!«, schrie Kalen, die echte Kalen. »Lass mich nicht noch einmal in der Grube sterben.«

Powwell schloss die Augen, biss die Zähne aufeinander und schloss sich fester mit Rollett zusammen. Ihre Gedanken vermischten sich zu einem Ziel. Gemeinsam rangen sie darum, Kalen auf das sichere Felssims zurückzuholen.

Endlich hielt Powwell Kalen in den Armen und schlug die Augen auf. Seine Schwester, die ganze Familie, die er noch hatte. Die Kindfrau, die all seine Gedanken vollständig machte und Sinn in seine verwirrten Gefühle brachte.

Sie wandte sich ihm zu und riss dankbar ihre grauen Augen auf.

Lass nicht zu, dass es wieder Besitz von mir ergreift. Ihre mentale Stimme mischte sich köstlich mit seinen Gedanken und füllte eine Leere aus, die da gewesen war, seit er vor über einem Jahr gezwungen gewesen war, sie in genau diesem Tunnel zurückzulassen.

»Danke«, sagte sie dann mit Hanassas rauer Stimme, die mehrere Töne tiefer lag als Kalens eigene. Der weiße Dunst löste sich wieder von ihrem Körper. Das Geistwesen schluchzte vor Enttäuschung.

Powwell brach vor Kummer fast das Herz.

Ein selbstzufriedenes Grinsen vertrieb Kalens dankbare Miene. »Ich habe deine Gedanken gelesen, Powwell.« Mit langen, klauenähnlichen Fingernägeln, die seine Haut kratzten, aber nicht bluten ließen, strich sie über sein Gesicht. »Von dem Moment an, als du deine Gedanken mit Rollett geteilt hast, wusste ich, was du vorhattest. Ich habe Kalen ihren Körper ein paar Minuten lang überlassen, damit du sie retten konntest. Und dann habe ich ihn mir zurückgeholt. Jetzt bist du wahrhaft mein Gefangener, und ich werde dich hinrichten, wie es sich gehört.«

33. Kapitel

Nachmittag, eine Gruppe Tambootie-Bäume südlich der ersten Brücke auf dem Festland nahe der Hauptstadt Coronnan

Tief sog Katie den duftenden Rauch ein, der von dem mit Tambootie-Holz errichteten Feuer aufstieg. Irgendwo in den Wäldern, die südlich und westlich der Stadt lagen, umstanden die Königin, Nimbulan und Myri ein kleines Lagerfeuer. Ihre Wachen hielten sich von der Tambootie-Baumgruppe fern und hatten ihnen den Rücken zugewandt, damit sie nichts von dem Rauch einatmeten.

Gegenüber von Katie schwankte Nimbulan unter den Halluzinogenen, die in dem Saft der Bäume enthalten waren. Die Flammen befreiten die Stoffe in ungleichmäßigen Dosen, und sie hatten keine Möglichkeit nachzuvollziehen, wie viel davon jeder von ihnen aufnahm. Aber sie brauchten das Tambootie in ihrem Körper, um gegen das Seuchenvirus zu kämpfen, das sie möglicherweise aufgenommen hatten. Katie hatte keine Zeit, richtige und kontrollierte Dosen davon zu destillieren und dann noch zum Shuttle zurückzukehren, ehe Kinnsell damit wegflog.

Nimbulans Gesicht wurde immer blasser, während Myris Züge von der Hitze und ihren verzerrten Wahrnehmungen rot anlief. Quinnault schienen die Halluzinogene in dem Rauch gar nicht zu beeinflussen. Aber andererseits hatte er das schon einmal durchgemacht, als er während seines Priesterstudiums, das auch eine Ausbildung zum Magier umfasste, vom Gesellen zum Meister aufgestiegen war. Vielleicht wusste er auch einfach, wie man sich treiben lässt und den Veränderungen hingibt. Katie hörte auf, gegen die Farbflecken in den unwahrscheinlichsten Schattierungen anzukämpfen, die ihr Blickfeld ausfüllten, und ließ zu, dass der Rauch jede Pore und jedes Blutkörperchen in ihrem Körper durchdrang.

Die Welt drehte sich um sie, und sie spürte ihre Füße nicht mehr. Ihre Arme hoben sich wie von selbst auf Schulterhöhe. Sie drehte die Handflächen, um sie zum Himmel zu erheben. Fast konnte sie die Wolken erreichen. Dann schien sie dichte Luft zu umgeben, und sie wurde in einem Farbwirbel hoch über die anderen weggehoben.

Visionen davon, wie sie über den Wolken von Coronnan dahinglitt, schoben sich vor ihre reale Wahrnehmung dieser profanen Lichtung und des rituellen Feuers. Kühle Luft drang unter ihre Arme – oder waren es Schwingen? Warme Aufwinde führten ihre Füße oder ihren Schwanz. Alles, was sie sah, hatte glitzernde, kristallene Konturen.

Immer höher stieg sie, weiter und weiter auf die helle Sonne und die Schwärze des Weltalls, das dahinterlag, zu. Das Wunder des Fliegens verlockte sie, sich immer weiter von ihren Gefährten zu entfernen, und doch fürchtete sie die Einsamkeit hier oben nicht.

Mit einem Mal umgab sie vollkommene Dunkelheit. Das Gefühl zu fliegen war verschwunden. Sie spürte keine Sinnesempfindungen mehr, und sie schien keinen Körper mehr zu besitzen. Sie fühlte nur noch ihren Geist ... und die Drachen.

Ein Dutzend Drachengedanken drangen in ihren Geist ein und flüsterten ihr Geheimnisse aus Vergangenheit, Gegenwart und Zukunft zu. Der Sinn ihrer Existenz – und der der ganzen Menschheit – schien immer gleich nach dem nächsten Geständnis zu warten.

Sicher, dass sie bald alles verstehen würde, lauschte sie aufmerksam. Ihre Gedanken an ihren fehlgeschlagenen Versuch, Kontakt zu ihren Brüdern aufzunehmen, an ihre Loyalität zu ihrem Mann und ihren Freunden, ihre Pflicht, Coronnan und ganz Kardia Hodos vor der Beschmutzung durch die Technologie zu behüten ... alles verschwand. Da waren nur noch ihr Geist und die Drachen.

(Welche Fragen bringst du mit in die Leere zwischen den Existenzebenen?), fragte eine Stimme. In ihr schienen ein Dutzend vereinter Stimmen zu schwingen, und doch sprach sie so gebieterisch wie ein einziges Wesen.

Ich muss ... ich muss jede Spur der Seuche von dieser Welt tilgen.

(Damit verlangst du den Tod eines Menschen, der dir lieb ist.)

Erinnerungen an ihren Vater, wie er vor dem imperialen Parlament sprach; an Kinnsell, der den Dienstboten Befehle erteilte; Daddy, wie er sie für einen kindlichen Streich schalt, erfüllten sie mit Trauer und Bitterkeit.

Ich habe schon lange aufgehört, meinen Vater zu lieben.

(Er ist dein Vater.)

Er hat mich gezeugt. Aber er war nie lange genug zu Hause, um mir wirklich ein Vater zu sein. Meine Mutter hat uns allein großgezogen, bis Kinnsell sie verstoßen hat, um seine schwangere Geliebte zu heiraten. Und anschließend haben meine Brüder die Vaterrolle besser ausgefüllt, als er es je getan hat.

(Trotzdem ist er dein Vater.)

Ich hätte ihn gern geliebt, aber er hat mich nicht gelassen. Sein Ehrgeiz und seine Gier waren ihm im Weg.

(Aber er ist dein Vater.)

Bei jedem Kontakt zwischen uns ist die Verbitterung noch tiefer geworden.

(Du kannst nicht lieben, solange du die Wahrheit nicht erkennst. Er ist dein Vater.)

Ich kann ihn nicht lieben. Das lässt er gar nicht zu.

(Dann bist du noch nicht bereit, die Wahrheit zu erkennen.)

Mit einem Ruck, der ihr den Magen umdrehte, kehrte Katie in ihren Körper zurück. Sie schwankte; nach dem Flug in die Leere lastete die Gravitation zu schwer auf ihren Gliedmaßen.

»Ich muss mich setzen«, murmelte sie und ließ sich zu Boden fallen. Ihr war furchtbar übel, und sie nahm den Kopf zwischen die Knie und atmete flach, damit nicht noch mehr Tambootie-Rauch in ihre Lungen drang.

»Katie!« Quinnault, dem der Rauch offenbar überhaupt nichts ausmachte, kniete neben ihr. Er umarmte sie fest und bot ihr einen Anker, mit dem sie sich in der Wirklichkeit festhalten konnte.

»Was hast du in dem Rauch gesehen?«, fragte er nach kurzem Schweigen.

»Drachen.«

»Drachen!«, riefen Myrilandel und Nimbulan wie aus einem Munde.

»Was haben wir ihr nur angetan?« Erschrocken sah Myrilandel ihren Gatten an.

»Vielleicht haben wir eine Magierin aus ihr gemacht«, sagte Nimbulan leise, fast unhörbar. Er trat nicht näher heran.

»Genau das fürchtet Narbengesicht, wenn man in seuchenbefallenen Dörfern große Feuer aus Tambootie-Holz anzünden würde«, setzte Quinnault hinzu. »Der Rauch würde bisher unentdeckte Gaben verstärken und Menschen, die über ein geringes Talent verfügen, zu unausgebildeten Magiern machen, die nicht kontrollierbar sind.«

»Wir dürfen nie wieder darüber sprechen«, versetzte Katie heftig. »Frauen können nur individuelle Magie wirken. Der Rat der Kommune würde mich verurteilen, und man würde mich zusammen mit meiner Tochter ins Exil schicken. Das Volk würde verlangen, dass Quinnault eine andere heiratet.« Ihre Tränen drohten sie zu ersticken.

Quinnault umarmte sie stürmisch. »Ich werde dich nie aufgeben, Katie.«

»Solltet wir tatsächlich magische Kräfte in Euch erweckt haben, Katie, dann werde ich Euch so weit ausbilden, dass Ihr in der Lage seid, sie zu verbergen.«

Die Trauer in seiner Stimme berührte Katie, und sie sah auf. Einen Moment lang drehte sich die Welt um sie und kam dann wieder zur Ruhe. Immer noch wies alles, was sie anschaute, kristallene Konturen auf, und ihre Augen sahen schärfer, als sie je für möglich gehalten hätte.

Nimbulan bewegte sich langsam, fast wie unter Schmerzen. Das kristalline Licht an den Rändern seiner Aura flackerte plötzlich orangefarben und schwarz auf. Seine Lippen nahmen eine Blautönung an, die sich auch auf seine Nasenflügel ausbreitete. Die geschwollene Rechte hatte er zur Mitte seiner Brust erhoben, und der rechte Arm hing schlaff an seiner Seite.

»Lan!« Myri, die neben Katie gekauert hatte, sprang auf und fing Nimbulan auf, als er zu Boden sank.

Über ihnen donnerte Kinnsells Shuttle in einem tiefen Zickzackkurs hinweg.

Katie schenkte dem schwankenden Flug des Shuttles kurz ihre Aufmerksamkeit. Das aus Metall und Keramik bestehende Raumfahrzeug flog mit Schlagseite nach links und zog die Schwanzflossen nach.

»Nicht abstürzen, Daddy. Ich bin noch nicht fertig mit dir!«, schrie sie ihm zu.

Dann, ganz plötzlich, schalteten sich statt des Düsenantriebs die Raketen ein, und das Shuttle flog auf neuem Kurs geradewegs nach Süden, um über den Polen in den Orbit zu gehen. Mit dem Shuttle schwand auch ihre letzte Hoffnung, Kontakt zu ihren Brüdern aufzunehmen, ihre letzte Hoffnung darauf, noch eingreifen zu können, bevor ihr Vater die Keime der Seuche auf diesem Planeten losließ.

Sie wandte ihre Aufmerksamkeit erneut den Menschen zu, denen sie helfen konnte. Nimbulan lag reglos am Boden. Myri kniete leise weinend neben ihm und hielt seine schlaffe Hand mit den blau gefärbten Fingernägeln. »Es tut mir so leid, Lan. Ich wage nicht, dir zu helfen. Das Leben in mir hat gerade erst begonnen, und wir waren uns einig, unseren Sohn nicht durch Magie zu schädigen.«

*

Später Nachmittag, Hauptstadt Coronnan

Dicht gefolgt von Mopsie schlich Bessel sich durch die Stadt. Er überquerte eine Brücke nach der anderen und schlängelte sich, um eventuelle Verfolger abzuschütteln, auf einem so gewundenen Weg über die Inseln, dass es ihn beinahe selbst verwirrte.

Die Fischer hatten ihm trockene, fast saubere Kleidung gegeben, aber keine Stiefel, denn sie selbst gingen für gewöhnlich barfuß. Die gelbe Tunika und die weißen Hosen kamen Bessel viel zu hell vor. Aber die Fischer hatten ihm erklärt, dass sie diese Kleidung zu ihrer Sicherheit trugen. Sollte einer von ihnen über Bord gehen, waren die hellen Farben unter Wasser besser zu erkennen. Und sie hatten keine Ähnlichkeit mit dem nüchternen Blau der Kommune. Er würde aussehen wie irgendein Fischer, der zum Markt ging.

Zweimal passierte er die Universität und die Bibliothek. Solange Narbengesicht in dieser Enklave herrschte, würde er nie wieder ohne Hilfe aus diesem Wissensschatz schöpfen können.

Außerdem würde Bessel nie wieder in die Magierkommune zurückkehren, solange Narbengesicht sie leitete; selbst wenn er dazu aufgefordert würde, denn jetzt kannte er die Wahrheit. Er war ein allein arbeitender Magier mit einem magischen Gefährten. Nimbulan mochte vielleicht über sein Verbrechen hinwegsehen, Narbengesicht jedoch nicht.

Als Mopsie und er sich schließlich sicher waren, dass keiner der Attentäter aus Rossemeyer sie entdeckt hatte, schlugen sie den Weg zur Straße der Botschafter ein. Fußlahm und erschöpft humpelte er durch mehrere Seitenstraßen, damit er nicht an der Botschaft von Rossemeyer vorbeimusste.

Myrilandels hohes, schmales Steinhaus wirkte ausdruckslos und kalt. Aus den hohen Kaminen an beiden Enden des Gebäudes stiegen nur ein paar Rauchfetzen auf, als wären alle Feuer mit Asche bedeckt worden. Bessel wusste, dass Myrilandel und Nimbulan die offiziellen Räume auf der Vorderseite des Hauses selten benutzten. Bei ihnen fand das Leben in der Küche statt.

Um diese Zeit hätte Myrilandel eigentlich den Küchenherd schüren müssen, um die einfache Abendmahlzeit zuzubereiten. Aber vielleicht aß die Familie ja bei ihrem Bruder, dem König, im Palast zu Abend.

Bessel und sein Gefährte huschten eine Gasse entlang und näherten sich dem Haus von hinten. Dort erwarteten ihn verriegelte Fensterläden und eine fest abgeschlossene Tür. Zum Glück erinnerte er sich an die Sequenz, mit der das Schloss auf magische Weise geöffnet wurde. Nimbulan hatte sie ihm gestern Abend gegeben, da dies sein Heim sein sollte, bis die Angelegenheit um seinen Gebrauch von Außenseiter-Magie und den Tod von Jorghe-Rosse beigelegt war.

Das alles bedeutete jetzt nichts mehr.

Kälte, Unbehagen und abgestandener Rauch drangen auf Bessels Sinne ein, als er in die Küche hinunterging. Auf der Arbeitsplatte befanden sich eine Rührschüssel und Backzutaten, als hätte sie jemand bereitgestellt; da lag auch ein Berg Knollen und Kegelwurzeln, die nur noch gehackt werden mussten.

Aber niemand begrüßte ihn; und er hörte niemanden bei der Arbeit singen.

»Jemand zu Hause?«, fragte er in den leeren Raum hinein. In der Feuerstelle lag eine Schicht glimmender Kohlen. Das Haus roch leer.

Wo immer Myrilandel und Nimbulan hingegangen waren, sie hatten Amaranth mitgenommen. Das war nicht ungewöhnlich.

»Wenn wir Hunger haben, Mopsie, dann sollte ich besser etwas zurechtmachen.«

»Wuff«, pflichtete Mopsie ihm bei. Er watschelte zur Tür der Speisekammer und schnüffelte begierig.

»Woher habe ich nur gewusst, dass du hungrig sein würdest, Kleiner?« Bessel öffnete die Tür und folgte dem Hund zu der Falltür, die in den kühlen Keller führte. In dem niedrigen Raum müssten noch die Reste des Eintopfs von gestern stehen. Mopsie hüpfte die vier Stufen hinunter und fand den abgedeckten Topf, noch ehe Bessel ein kleines Hexenlicht auf seiner Handfläche erscheinen ließ, um besser zu sehen. Neben den Topf hatte Myri einen Knochen auf das Brett gelegt; gerade so hoch, dass Mopsie ihn nicht erreichen konnte.

»Wenn ich dir den Knochen gebe, versprichst du mir dann, ordentlich damit umzugehen? Es geht nicht an, dass du Myris Küche schmutzig machst.«

Mopsie setzte sich höflich hin und peitschte mit dem Schwanz über den Steinboden.

»Dann geh damit nach oben, in den Windfang.« Bessel reichte Mopsie den Knochen, der länger war als der Kopf des Hundes breit. Eifrig packte er ihn mit den Zähnen und trottete die Stufen hinauf.

Dann blieb er stehen, ließ den Knochen fallen und bleckte warnend die Zähne.

Ganz langsam und ohne einen Laut setzte Bessel den Topf zurück auf das Regalbrett. Dann legte er seinen magischen Schutzpanzer an. Zaubersprüche würden sich auflösen, bevor sie ihn erreichten, und profane Waffen sollten von ihm abprallen – falls er den Schutzwall lange genug halten konnte. Er war es noch nicht gewöhnt, auf Kraftlinien zurückzugreifen, um Energie für seine Zauber zu gewinnen.

Vorsichtig stieg er die erste Stufe hinauf. Der Schutzpanzer schärfte seine Sinne, sodass er die Schwachstelle in dem Holzbrett wahrnahm, die vielleicht knarren und ihn verraten würde.

Er steckte Kopf und Schultern aus der Falltür und musterte die Speisekammer mit allen Sinnen, die ihm zur Verfügung standen. Sobald er sicher war, dass niemand den kleinen Raum betreten hatte und sich nichts zwischen ihm und der Haustür befand, löschte er sein Hexenlicht und stieg die restlichen drei Stufen hinauf.

An der geschlossenen Küchentür hielt er inne und lauschte. Dahinter ging jemand rastlos umher, nahm Gegenstände hoch und stellte sie wieder ab.

Wer untersuchte da die Küche so eingehend?

Dann stieß der Eindringling gegen den Tisch. So leise, dass er für profane Ohren kaum zu hören gewesen wäre, murmelte er einen Fluch. Das Holz knirschte, und ein Messer klapperte zu Boden. Vier dumpfe Aufschläge ließen vermuten, dass einiges von dem Gemüse dem Messer gefolgt war.

Wer auch immer den Raum durchsuchte, kannte sich hier nicht aus.

Mopsie schob sich, den Bauch am Boden und das Nackenfell aufgestellt, auf die Tür zu.

Bessel wischte alle Bedenken, in die Privatsphäre anderer einzudringen, beiseite und öffnete seinen Geist.

»Wo hast du bloß gesteckt, Junge?« Zornig riss Lyman die Tür der Speisekammer auf. »Und wo sind Nimbulan und Myrilandel? Das Haus ist leer und still wie ein Grab. Würdest du mir bitte verraten, warum du und dieser dreckige Straßenköter euch wie Diebe hinter der Tür versteckt?«

Vor Erleichterung sackte Bessel zusammen und lehnte sich gegen den Türpfosten.

»Ich weiß nicht, wo sie sind. Ich hatte gerade nach etwas zum Abendessen gesucht, als mein magischer Gefährte mich vor einem Eindringling gewarnt hat. Was macht Ihr hier? Ich dachte, Ihr würdet die Bibliothek nie verlassen.« Jedenfalls hatte er sich noch nie lange genug aus der Universität entfernt, um sich modisch auf dem Laufenden zu halten. Seine knielange Tunika mit der Seidenschärpe war der Gegenstand vieler Scherze unter den Lehrlingen.

»Dann denkst du eben nicht allzu viel. Ich muss Nimbulan finden. Wohin könnte er gegangen sein?«

»Keine Ahnung. Ich habe heute früh das Haus verlassen und konnte bis jetzt nicht zurückkommen.«

Lyman hielt inne, um Bessel genauer zu betrachten. »Komisches Gewand für einen Magier.«

»Aber genau die richtige Kleidung für einen Fischer. Lady Rosselaaras Agenten suchen nach einem Magiergesellen.«

»Aha, sie hat also beschlossen, die Angelegenheit selbst in die Hand zu nehmen.« Lyman tippte sich mit dem Zeigefinger an die Lippe. »Darauf hätte ich auch kommen können, hätte ich meine Gedanken in dieser Existenzebene gehabt.«

»Dieser Existenzebene?« Erschrocken packte Bessel den alten Mann bei den Schultern. »Ihr dürft noch nicht sterben und in Eure nächste Existenz übergehen. Die Universität braucht Euch. Die Kommune braucht Euch. Wir müssen etwas gegen Narbengesichts Fanatismus unternehmen.«

»Und du brauchst mich, um in der Bibliothek deine Informationen zu finden. Ja, ja, ich lese deine Gedanken. Ich konnte nicht umhin, als du deinen Geist weit geöffnet hast, um meine zu lesen. Tja, du wirst die Bücher einfach selbst finden und lesen müssen.«

»Versprecht mir, dass Ihr nicht sterben werdet«, flehte Bessel. Er hatte schon so viele Veränderungen in zu kurzer Zeit erlebt. Lyman gehörte an der Universität einfach zum Inventar. Er mochte gar nicht daran denken, seinen Mentor und ... Freund zu verlieren.

»Nein, Junge, die Pflicht, die ich zu erfüllen habe, ist furchteinflößender als der bloße Tod. Es ist mir bestimmt, die Lehrlinge noch lange mit Leseaufträgen zu quälen. Aber im Moment habe ich keine Zeit, darüber zu diskutieren. Ich muss ...« Er verstummte und legte den Kopf schräg.

»Was hört Ihr?«, flüsterte Bessel.

»Alles und nichts.« Eine typische Lyman-Antwort.

»Pferde, ein Dutzend oder mehr.« Jetzt hörte Bessel es auch. »Alle mit Metall beschlagen; einige laufen schnell, andere gehen in stetem Schritt ...«

Jeder, der es sich leisten konnte, stellte sein Reittier in einem Stall auf dem Festland ab. In der dicht bevölkerten Inselstadt mit ihren schmalen, gewundenen Straßen war Wohnraum teuer. Außerdem war das Wegschaffen der Abfälle bereits jetzt eine schwierige Angelegenheit; wenn dazu noch Pferdedung kam, würde das Problem noch größer werden.

»Ich fürchte, wir werden gebraucht.« Schroff wandte Lyman sich ab und strebte durch das Haus zur Vordertür. Bessel folgte ihm dicht auf den Fersen. Mopsie begann jämmerlich zu heulen.

Als der ältliche Bibliothekar die Tür aufriss, verstummte das Hufgetrappel abrupt. Bessel erstarrte, als er Nimbulan schwach auf einer Trage liegen sah, die zwischen zwei ruhigen Pferden befestigt war. Die hochgewachsene, imposante Gestalt seines Meisters schien irgendwie geschrumpft zu sein. Er atmete kaum, als laste schon die Anstrengung, am Leben zu bleiben, zu schwer auf seinem abgemagerten Körper.

Neben ihm ging Myrilandel. Ihr Gesicht war tränenüberströmt. Etwas Schreckliches musste geschehen sein, wenn Myrilandel, die beste Heilerin im ganzen Königreich, ihrem Mann nicht helfen konnte.

Königin Katie ritt direkt vor der Trage. Ihre rot geränderten Augen zeigten, dass sie ebenfalls geweint hatte. Da musste eine Katastrophe passiert sein.

Neues Hufgetrappel aus der entgegengesetzten Richtung

kündigte das Eintreffen von König Quinnault an. Scharf zügelte er sein Pferd, sodass die Hufe des Tieres auf den Pflastersteinen ausglitten und es den König beinahe abgeworfen hätte. Aber Quinnault beherrschte sein Pferd und stieg vor der von der Königin angeführten Prozession ab. Dann hob er seine Tochter aus dem Sattel und hielt sie in einer Armbeuge.

»Hol einen Heiler, Bessel. Beeil dich. Wir brauchen sofort die besten Heiler der Kommune.« Myrilandel brach erneut in Tränen aus.

»Ich kann nicht zurück in die Universität. Narbengesicht hat es mir verboten«, flüsterte Bessel.

»Dann muss ich wohl meine Mission noch ein wenig aufschieben«, seufzte Lyman. »Ich werde die Heiler rufen.« Er führte die drei regelmäßigen Atemzüge zur Einleitung einer Trance durch und war verschwunden.

34. Kapitel

Nachmittag, Haus von Myrilandel, Botschafterin des Drachennimbus, Hauptstadt Coronnan

Bessel sog die Luft ein, die Nimbulan umgab. Er roch nach dem bittersüßen Rauch von Tambootie. Tambootie-Rauch!

Das einzige Ritual, das verlangte, das Holz des magischen Baums zu verbrennen, war die Initiation eines Lehrlings. Er erinnerte sich an seine eigene Prüfung durch den Tambootie-Rauch, etwa zwei Monate, nachdem er die Pubertät erreicht hatte. Zwei Tage und drei Nächte hatte er in einem versiegelten Steinraum ausgeharrt, wo ihm nur ein Feuer aus Tambootie-Holz Licht und Wärme gespendet hatte. Der Rauch hatte Visionen herbeigeführt, in denen er ertrank und von einem Behemot-Fisch gefressen wurde; einem der monströsen Fische, die im äußeren Teil der Bucht auf Beute ausgingen. Das einzige Raubtier, das groß und grimmig genug war, um es mit einem Behemot aufzunehmen, war ein Drache.

Bei der bloßen Erinnerung an diese Visionen spürte Bessel stechende Schmerzen in allen Gelenken. Zwei Tage und drei Nächte hatte er vergeblich gegen das Monstrum gekämpft. Dann, als die Kiefer des Ungeheuers ihn endlich freigaben, war von seinem Körper und seiner Seele nichts mehr übrig gewesen; er war in die Schwärze der Leere geflohen, in der es keine Sinnesempfindungen gab.

Nur Augenblicke später hatte Nimbulan die magisch versiegelte Tür geöffnet und ihn liebevoll zurück in den Schutz seiner Enklave von Schlachtenmagiern geführt.

Bessel vermutete, dass diese albtraumhafte Prüfung, die ihn mit der Leere bekannt gemacht hatte, ihm die Erkenntnis über das Ausmaß und die Grenzen seiner Kräfte geschenkt hatte. Diese Grenzen hatten ihn gelehrt, Verantwortung für seine Handlungen zu übernehmen und nie etwas zu versuchen, mit dem er nicht allein fertig werden konnte.

Außerdem hatte er dabei gelernt, wie er jeden magischen Angriff gegen seinen Geist oder seine Person abwehren konnte.

Bei zweien seiner Klassenkameraden hatte die Prüfung Herz und Lungen geschädigt, und sie hatten nie wieder Magie ausgeübt. Ihr Talent war auch vor der Probe schon schwach gewesen. Es war erwiesen, dass Tambootie für Nicht-Magier giftig war. Nimbulan hatte seine Magie vor eineinhalb Jahren verloren …

Die Schlussfolgerung, die er daraus ziehen musste, erschütterte Bessel bis in sein tiefstes Inneres.

Nur eine Art von Katastrophe würde verlangen, dass die Königin und ihre zwei besten Freunde das Risiko eingingen, sich dem Tambootie auszusetzen. Diese Gefahr war auch die einzige Krankheit, von der Bessel mit Sicherheit wusste, dass selbst Myri mit ihrer wunderbaren Gabe sie nicht heilen konnte.

»Hat er die Seuche?«, flüsterte er Myri zu, als die königlichen Wachen mit der Trage an ihnen vorbeigingen.

Bessels Zeitempfinden tat einen Sprung und überdeckte dieses Bild mit dem von Jorghe-Rosses Leiche, der auf einer Bahre vor den König getragen wurde.

Er schob die Erinnerung beiseite; er hatte dringendere Sorgen.

»Hat er die Seuche?«, fragte er noch einmal ein wenig lauter.

Myri schüttelte den Kopf und ließ ihren Mann nicht aus den Augen.

»Warum konntet Ihr ihn dann nicht heilen?«, verlangte er

zu wissen. Ein verzweifelter Unterton schlich sich in seine Stimme. Wenn Nimbulan starb, hatte er nichts mehr. Keine Familie, keine Kommune, nicht einmal mehr seinen Freund, den Bibliothekar ...

Winselnd schmiegte sich Mopsie an Bessels Beine. Die Fischer hatten ihn freundlicher behandelt als die Kommune. Er konnte sich mit den tüchtigen Seeleuten und ihren Hunden eine neue Familie aufbauen.

König Quinnault stürzte zu seiner Schwester. Er drückte Bessel das Baby in die Arme, damit er darauf aufpasste, und umfasste tröstend Myrilandels Schultern. »Er hat eine berechtigte Frage gestellt, Myri«, sagte Quinnault leise. »Das Gesetz, nach dem Frauen keine Magie wirken dürfen, soll verdammt sein. Bitte lasst diesen großen Mann nicht sterben, wenn Ihr etwas tun könnt, um ihm zu helfen.«

»Meint Ihr etwa, ich würde tatenlos zusehen, wie mein Liebster stirbt, wenn ich ihm helfen könnte, Gesetz oder nicht?« Zornig schüttelte Myri die Umarmung des Königs ab. »Ich bin schwanger, ganz früh noch. Ich kann meine Gabe nicht einsetzen, um dem Kind nicht zu schaden. Er hat mir heute schon einmal Einhalt geboten, als ich sein Problem beheben wollte ...« Sie brach in heftiges Schluchzen aus und konnte ihren Satz nicht beenden.

König Quinnault zog sie an seine Brust und strich ihr hilflos über den Rücken.

Bessel tat das Gleiche bei der kleinen Prinzessin. Er hatte Übung darin, da er zu Hause immer seine kleinen Geschwister gehütet hatte.

»Hat er nun die Seuche?«, beharrte Bessel und streichelte das Baby weiter. *Die Seuche tötet zuerst die Alten, die Jungen und schwangere Frauen,* hatte seine Tante gesagt. Er musste Myrilandel und die Prinzessin von hier fortbringen.

»Nein, er hat die Seuche nicht«, erklärte Königin Maarie Kaathliin und trat in den Raum. Sie war mindestens einen Kopf kleiner als alle hier, doch sie strahlte trotzdem Autorität aus, und man zollte ihr Achtung, einfach weil sie da war.

»Bist du dir sicher?«, fragte König Quinnault. Selbst er, der mächtigste Mann im ganzen Land, ordnete sich ihr unter.

»Ja. Wenn er sich in der kurzen Zeit, die wir der Krankheit ausgesetzt waren, angesteckt hätte, müsste der Tambootie-Rauch das Virus vernichtet haben.«

»Seine Haut ist wächsern und bläulich, so wie in dem Drachentraum, den Powwell an mich weitergegeben hat«, wandte Bessel ein. Er sehnte sich verzweifelt danach, dass jemand seine Zweifel zerstreute, und wagte zugleich nicht darauf zu hoffen. »Sein Atem geht so schwer wie bei meiner Mutter, kurz bevor sie gestorben ist.«

»Deine Mutter hatte die Seuche?« König Quinnault riss Bessel herum und schüttelte seine Schultern, als müsse er die Information gewaltsam aus ihm herausholen. »Wo? Wann? Warum weiß ich nichts davon?«

»Meister Narbengesicht sagte, der Grund für die Krankheit in Lord Balthazaans Provinz seien nur die Entbehrungen eines langen Winters und die Folgen des viele Generationen andauernden Krieges. Vor allem in den Bergwerkssiedlungen, die wenig Nahrung selbst erzeugen. Aber ich habe mich an den Geruch erinnert. Powwell hat ihn mir telepathisch übermittelt, als er den Drachentraum mit mir geteilt hat.«

»Sternengötter, dann ist die Seuche wirklich hier und nicht länger eine Sorge, die man zugunsten dringender Angelegenheiten beiseiteschiebt. Wie und wann konnte das geschehen?« Die Hände hinter dem Rücken verschränkt und mit gebeugten Schultern marschierte Quinnault in der Eingangshalle auf und ab. In der Nachmittagssonne, die durch die offene Haustür einfiel, wirkte seine Silhouette, die an die Gestalt eines jungen Drachen erinnerte, wie mit rotgoldenem Licht umflossen.

Bessel trat von ihm weg und schlug verstohlen ein Schutzzeichen gegen unbekannte Übel.

»Nach all diesen Jahren, in denen er einen Krieg geführt hat, der dieses Königreich an den Rand des Bankrotts brachte – nicht nur, was das Geld angeht, sondern vor allem seine Menschen –, ist das Herz meines Mannes schwach. Er hat in einer Schlacht nach der anderen große Magie gewirkt und sein Herz und sich selbst ausgelaugt. Jetzt zahlt er den Preis dafür. Wo bleiben nur die Heiler? Lyman hat versprochen, sie zu rufen.« Myri rannte zur Tür und schaute nervös auf der Straße auf und ab. Dann stürzte sie wieder zu Nimbulan und kniete neben der Trage nieder. Die Wachen hatten den alten Mann vor dem erloschenen Kamin abgesetzt.

Bessel nahm sich zusammen und machte Feuer. Da sich kein anderer Magier im Raum befand, konnte er dazu individuelle Magie einsetzen – viel einfacher, als Drachenmagie zu gebrauchen, die immer schwieriger anzuzapfen war. Sofort sprangen kräftige Flammen auf, die den großen Raum wärmten.

Neben Bessel rauschte verdrängte Luft, die ihn fast gegen die Wand schleuderte. Er fasste das Baby fester, damit er es nicht fallen ließ. Während er um sein Gleichgewicht kämpfte, tauchte Lyman ebenso plötzlich auf, wie er vorhin verschwunden war.

»Die Heiler sind unterwegs«, verkündete der alte Bibliothekar atemlos. »Und jetzt mach dich in der Küche nützlich, Bessel. Kaariin kommt gleich und kümmert sich um das Kind. Halte dich aus dem Weg, und sieh zu, dass dein Köter still ist. Narbengesicht ist den Heilern dicht auf den Fersen. Er ist wütender als ein nasser Lumvogel und auf der Suche nach jemandem, an dem er seinen Zorn auslassen kann.« Lyman drückte der Dienstmagd, die von der Straße aus keuchend die Treppe hinaufkam, die kleine Prinzessin in den Arm.

»Wie habt Ihr das gemacht, Lyman?«, fragte Bessel zu verblüfft, um zu gehorchen. »Drachenmagie lässt nur Levitation zu, aber keine Teleportation. Und niemand könnte ein Lebewesen von einem Ort zum anderen transportieren, selbst wenn individuelle Magie nicht illegal wäre.« Unwillkürlich hatte er seine Gedanken in Worte übersetzt, und er senkte die Stimme. Doch das Königspaar und seine Wachen waren viel zu sehr damit beschäftigt, für Nimbulans Wohlergehen zu sorgen, als dass sie auf seine Worte, die fast eine Anklage darstellten, gehört hätten.

»Pst, Junge. Alles nur eine Frage des richtigen Zeitpunkts. Und wenn du den Trick jemals herausbekommst, hüte ihn mit deinem Leben. Du wirst den Zauber in der Zukunft vielleicht brauchen, aber setze ihn niemals achtlos ein. Und jetzt muss ich fort. Die Drachen rufen mich.«

Wieder ein Rauschen, und die Luft stürzte in das Loch, das Lyman hinterlassen hatte. Es war fast, als wäre er nie da gewesen.

»Vielleicht hat er ja nur eine Illusion geschickt, zusammen mit einem starken Rufzauber«, flüsterte die Königin ihm ins Ohr.

»Gibt es eigentlich etwas, das Ihr nicht hört oder seht, Euer Gnaden?«

»Sehr wenig. Und jetzt tu, was dein Meister dir gesagt hat. Wärme Wein an oder bereite einen Imbiss zu; alles, was dir einfällt. Hauptsache, du bleibst in der Küche und lässt dich nicht blicken.«

Als Bessel über den Flur in den hinteren Teil des Hauses flitzte, vernahm er von der Straße her Narbengesichts Wutgeschrei.

35. Kapitel

Die Grube, unweit des Drachentors, unterhalb der Stadt Hanassa

Yaala riss ihr Messer aus dem Gürtel und setzte es an Hanassas Kehle. Den anderen Arm legte sie fest um den Körper der Gefährtin. Neben ihr zog Rollett seine Klinge und zückte sie kampfbereit. Powwell wirbelte seinen Stab herum, um Angreifer abzuwehren.

»Tötet sie, tötet sie alle!«, schrie Hanassa. Sie spannte sich an, bereit, beim ersten Anzeichen dafür, dass sich Yaalas Griff lockerte, zu flüchten.

»Wenn ich sterbe, dann ist das auch dein Ende, Hanassa. Ich habe lange darauf gewartet, den Tod meines Vaters zu rächen.« Jahre des Zorns, der Frustration und der Einsamkeit flossen in Yaalas Hand zusammen und ließen die Messerklinge, die über der lebenswichtigen Halsschlagader schwebte, unruhig auf- und abfahren.

Rollett warf ihr einen merkwürdigen Blick zu.

Einen Moment lang geriet ihre entschlossene Haltung ins Wanken. Wenn sie Hanassa tötete, verurteilte sie Kalen dazu, als Geist weiterzuexistieren. Das würde Powwell ihr niemals vergeben.

Sie selbst würde sich das nicht verzeihen.

Aber sie konnte Hanassa auch nicht gehen lassen. Die Tyrannei musste ein Ende haben.

Die Rover-Wachen senkten die Schwertspitzen, doch sie legten ihre Waffen nicht ab.

»Sag ihnen, dass sie ihre Schwerter und Keulen in den Teich

neben der Alten Bertha werfen sollen«, befahl Yaala ihrer Gefangenen so laut, dass es auch die Rover hörten.

»Niemals. Ihr müsst sterben!«

Yaala ritzte Kalens Haut. Drei Blutstropfen sickerten auf die Klinge.

Ein schrilles Kreischen voller Angst und Schmerz hallte durch die Höhlen, doch nicht Hanassa hatte geschrien, sondern das Geistwesen.

Bis auf Piedro warfen alle Rover ihre Waffen weg.

Vorsichtig rückte Yaala zum Tunneleingang vor. Sie schob ihre Gefangene vor sich her, das Messer immer noch gefährlich dicht an ihre Haut gesetzt.

Piedro tat einen Schritt nach vorn und hob sein Schwert. »Du hast doch gar nicht den Schneid, jemanden zu töten«, höhnte er.

»Sie vielleicht nicht. Ich schon«, erklärte eine ernste Stimme aus der großen Höhle.

Die Rover verstummten und wichen vor dem schmächtigen alten Mann zurück, der neben der Alten Bertha stand. Er trug eine altmodische Tunika, die ihm fast bis auf die Knie hing und mit einer Seidenschärpe gegürtet war. Tunika und Hosen waren im Blau der Kommune gefärbt. Der lange Magierstab, den er trug, war fast doppelt so groß wie er, und das Holz war nach einem langen Leben, in dem er Magie hindurchgeleitet hatte, so verdreht und knorrig, dass Yaala kein Muster in der Maserung entdecken konnte, die die magische Signatur des Mannes nachahmte.

»Lyman!«, hauchte Powwell erleichtert.

»Ianthe! Du kannst nicht am Leben sein. Ich habe deinen Tod schon vor Jahrzehnten gespürt.« Hanassa zappelte in Yaalas Armen und versuchte sich zu befreien. Ohne auf das Messer an ihrer Kehle zu achten, warf sie hektische Blicke um sich.

»Ianthe, der Drache mit den purpurnen Flügelspitzen, der als dein Zwilling geboren wurde, ist vor mehr als zwanzig Jahren gestorben, Hanassa«, antwortete Lyman. Er schwang seinen Stab in einem weiten Kreis, eine so rasche Bewegung, dass er in dem schwachen Licht verschwamm. Ein herausforderndes Sirren lag in der Luft. »Aber da du dich geweigert hast, dein wahres Schicksal zu vollenden, war ich gezwungen, menschliche Gestalt anzunehmen und es an deiner Stelle zu tun. Nun haben mich die Drachen geschickt, um dafür zu sorgen, dass du das Wissen über die Maschinen und ihre Funktionsweise nicht mitnimmst, wenn du von hier fortgehst.«

»Willst du in diesem klapprigen alten Körper gegen mich kämpfen? Ich war wenigstens so vernünftig, mir einen jungen, starken auszusuchen.« Hanassa befreite sich aus Yaalas Griff, stieß Piedro beiseite und marschierte auf den alten Magier zu, um seine Herausforderung anzunehmen.

Yaala taumelte gegen Rollett. Er legte eine Hand um ihre Taille und stützte sie, wobei er seine wehrhafte Haltung gegenüber den Rovern aufrechterhielt. Die Wärme seiner Hand und der sanfte Druck seiner Finger fühlten sich irgendwie richtig an, als gehörten sie zu ihr.

Du hast Recht daran getan, nicht zu töten. Ungebeten empfing sie seine Gedanken. Ein Leuchten stand tief in seinen Augen. Respekt?

Mit einem Mal war die Anziehung, die sie zuvor für Powwell empfunden hatte, verschwunden. Sollte sie jemals lieben, wirklich lieben, dann einen Mann wie Rollett: reif, entschlossen, erfahren in den Dingen der Welt. Jemand, der eine Herausforderung für ihren Geist und ihren Intellekt war.

»Das Spukwesen ringt mit dir um die Herrschaft über diesen Körper, Hanassa«, erinnerte Lyman seinen einstigen Zwilling. »Mein Körper dagegen gehört mir allein.« Lyman duckte sich in eine kampfbereite Haltung. Sein Stab verharrte plötzlich still. Das künstliche Licht in der Höhle übergoss seinen Körper mit Schleiern aus purpurnem und kristallfarbenem Licht. Die seltsame Aura nahm den Umriss eines Drachen an.

Yaala schüttelte den Kopf, um die sich überlagernden Bilder zu vertreiben. Rollett tat es ihr nach.

»Die Sternengötter mögen uns beschützen!« Piedro bekreuzigte sich mehrmals und ließ sein Schwert fallen. Mit einem unheilverkündenden Klirren traf es auf dem Felsboden auf.

Hanassa schleuderte Lyman Kalens Körper entgegen. Ihre Finger waren zu Krallen ausgefahren, sie bleckte die Zähne und stieß ein Knurren aus.

Lyman parierte ihren Angriff mit seinem Stab. Er zog ihn herunter, drehte ihn und traf mit dem einen Ende Hanassas Schläfe.

Hanassa taumelte zurück und polterte gegen die rostige Hülle der Alten Bertha.

Yaala zuckte zusammen, als bei dem Aufprall Metallstücke absprangen.

»Verlasst die Höhle!«, rief Lyman. Er zielte mit dem Stab auf seine Gegnerin. Mit einer ohrenbetäubenden Detonation fuhr ein blendend greller, purpurweißer Lichtstrahl aus dem Stab. Hanassa wurde nach hinten, gegen eine Wand, geschleudert und schlug mit dem Kopf gegen den rauen Stein.

Yaala hielt sich an den Tunnelwänden fest, um die Balance zu wahren. Die magische Attacke erschütterte das ganze System aus Höhlen und Gängen. Sie verfehlte die Wand, aber Rollett zog sie an seine Seite. Er schlang einen Arm um ihre Schultern und stützte sie, stützte sie beide.

»Wir müssen an die Oberfläche«, erklärte er ruhig, beinahe gelassen. »Der Alte ist aufgeladen mit Drachenmagie und wird vor nichts zurückschrecken, um Hanassa zu töten, ganz gleich, was aus Kalens Geist wird.«

»Kalen braucht diesen Körper. Ich kann nicht zulassen, dass er meine Schwester umbringt«, schrie Powwell und stürzte voran.

Rollett und Yaala hielten ihren Freund fest. Yaala erwischte nur eine Hand voll Stoff nahe dem Halsausschnitt seiner

Tunika. Rollett hatte mehr Glück und grub die Hand in seinen Arm.

»Lyman wird Kalen verschonen, wenn er kann. Falls irgendjemand dazu in der Lage ist«, beruhigte Yaala Powwell. »Er ist ein Magier der Kommune und weiß um den Wert des Lebens.«

Ein weiterer magischer Energiestrahl schleuderte Hanassa mit dem Gesicht voran in den Teich mit heißem Wasser. Der Tunnel bebte. Felsbrocken lösten sich von der Decke.

»Wir müssen uns retten!« Yaala zog Powwell unter den herabstürzenden Felsen weg.

»Kalen!«, schrie Powwell. Tränen strömten über sein Gesicht. Seine Tunika riss, als er sich von Yaala losmachte.

»Nein, Powwell«, sagte Rollett. »Das kann ich nicht zulassen.« Er versetzte dem Jungen einen Kinnhaken.

Yaala stemmte die Füße in den Boden, um Powwell aufzufangen, der rückwärts in ihre Arme fiel.

Die nächste magische Explosion zog ihr den Grund unter den Füßen weg. Sie fielen beide. Dann krachte Rollett auf sie, gefolgt von einem Hagel von Felsbrocken.

Sie bekam keine Luft. Etwas traf ihren Kopf, und sie sah nur noch Sterne. Blut ließ ihren Blick verschwimmen.

Yaala kämpfte darum, bei Bewusstsein zu bleiben, doch erfolglos.

*

Nachmittag, die Grube unterhalb der Stadt Hanassa

Powwell wand sich, um Rollett von seinem Rücken zu schieben. »Geht es dir gut, Yaala?« Er schüttelte seine Freundin, die unter ihm eingeklemmt lag.

Er hörte, wie die Rover in ihrem panischen Versuch, Hanassas Zorn zu entkommen, übereinanderstolperten.

Yaala stöhnte und bewegte den Kopf hin und her, als leide sie Schmerzen. Dann verstummte sie.

»Geh runter von mir, Rollett.« Powwell stieß seinen Ellbogen nach oben.

Rollett ächzte und wälzte sich benommen auf die Seite. »Wir … müssen … hier … weg«, murmelte er und hielt sich den Kopf und die Schulter.

»Ich muss Kalen helfen. Kümmere du dich um Yaala.« Powwell zog die Knie an. Rund um die Alte Bertha tobte der Kampf weiter. Lyman hockte auf der einen Seite des alten Generators. Hanassa benutzte Kalens magische Gabe, um direkt vor dem alten Bibliothekar einen Geysir aus dem Boden schießen zu lassen.

In bester Schlachtenmagier-Manier leitete Lyman den heißen Wasserstrahl in das zerbrochene Rohr, das über dem Lava-Kern verlief. Kochendes Wasser baute innerhalb des verrosteten Metalls Druck auf und brach durch neue Öffnungen. Aus einem Dutzend Rostlöchern schoss Dampf in verschiedene Richtungen.

Kochendes Wasser traf Hanassa, die sich vorwärtsbewegte, ins Gesicht. »Ahhh!«, schrie sie und zog sich wieder hinter die schützende Maschine zurück.

Lautlos kroch Powwell auf sie zu. Als sie die Hände vom Gesicht nahm, zuckte er mitfühlend zusammen. Ein langer roter Streifen verlief von ihrer linken Schläfe bis zum Mundwinkel. Dicke Tränen quollen aus ihren Augen. Sie wischte sie weg, damit sie nicht über die Verbrennung liefen, doch der Schmerz, als sie die Wunde berührte, brachte sie erst recht zum Weinen.

Tut meinem Körper nicht weh! Ich brauche ihn noch! Das Geistwesen fügte dem allgemeinen Tumult noch seine bekümmerten Schreie hinzu.

Powwell musste zu seiner kleinen Schwester, auch wenn er nicht wusste, wie er Hanassa aus ihrem Körper vertreiben und von ihm fernhalten sollte, ohne ihn zu töten. Heiße Tränen brannten in seinen Augen.

»Lass sie, Powwell«, beschwor ihn Lyman heiser flüsternd. Vor Erschöpfung fielen ihm fast die Augen zu, und seine Schultern waren gebeugt. »Du kannst diesen Kampf nicht gewinnen. Ich kann Hanassa nur schlagen, indem ich sie töte – falls mir das gelingt. Aber ich weiß noch nicht, zu welchem Preis das sein wird. Nimm deine Freunde und verschwinde von hier.«

»Das Drachentor. Es wird sich bald öffnen. Wir gehen durch das Drachentor.« Sehnsüchtig sah Powwell zu dem kleinen Tunnel, der zum Lavakern führte.

»Nur über meine Leiche, Junge!« Plötzlich stand Hanassa vor ihm und reckte die Finger. Ihre langen Nägel ähnelten eher Drachenklauen als denen eines Menschen.

Powwell zweifelte nicht daran, dass sie mühelos in der Lage war, ihm das Fleisch in Streifen von den Knochen zu reißen.

Mach, dass es aus meinem Körper verschwindet!, flehte das Gespenstwesen schluchzend.

Powwell griff vorsichtig mit der Hand in die nebelhafte Gestalt, die ihn und Hanassa umkreiste.

»Fühl doch, Powwell, der heiße Wind!«, rief Rollett. »Das Tor öffnet sich wieder. Das Tor öffnet sich.«

»Endlich werde ich frei sein! Ihr könnt mich nicht aufhalten. Ich werde diese Welt ausbluten.« Hanassa drehte sich um und rannte in den kleinen Tunnel.

»Haltet sie auf. Hanassa darf diesen Ort auf keinen Fall verlassen«, keuchte Lyman. Müde wischte er sich mit zitternder Hand über das Gesicht.

Powwell nahm seine Gefährten in Augenschein. Lyman war erschöpft. Rollett versuchte, auf die Füße zu kommen, und ließ sich schwer wieder zu Boden fallen. Von ihnen konnte er keine Hilfe erwarten. Yaala, seine liebe Freundin, lag bewusstlos da. Blut sickerte von ihrer Schläfe.

Am Rand der Grube kam Hanassa schlitternd zum Halten.

Im Inneren des Tors wirbelte ein Kaleidoskop von Farben. Die Szene, die sich bildete, wurde von Grün beherrscht. Das Grün von Coronnan?

»Es tut mir leid, Kalen. Ich muss das Tor für immer verschließen. Thorny und ich müssen es tun.«

Neiiin! Die nebelhafte Gestalt huschte hinter Hanassa her zum Ende des Tunnels.

Thorny machte einen Buckel und sträubte seine Stacheln. Powwell hätte nicht sagen können, ob sein Gefährte aus panischer Angst reagierte oder ob er glaubte, er wolle erneut Blutmagie wirken – die einzige Magie, die ihnen noch zur Verfügung stand.

»Nein, Powwell. Das Tor ist unsere einzige Hoffnung, aus dieser Hölle fliehen zu können«, erinnerte Rollett ihn. Der Ältere kroch auf ihn zu und streckte ihm bittend die Hand entgegen. »Bitte, Powwell, ich flehe dich um der Sternengötter willen an, schließ das Tor nicht. Da draußen liegt unsere Heimat. Wir können innerhalb von zwei Herzschlägen zu Hause sein.«

»Jaaa! Ich bin frei«, schrie Hanassa triumphierend und sah zu dem Geistwesen auf statt in das Tor, das vor ihr lag. Das Bild stabilisierte sich und zeigte tosende Sturmwogen.

Powwell zog einen von Thornys abgeworfenen, getrockneten Stacheln aus seiner Tasche und stieß ihn tief in seine Hand. »Arghhh!« Er bewahrte seinen Schmerzensschrei in seiner Brust und ließ ihn zusammen mit dem Blut, das aus der tiefen Wunde floss, anschwellen.

Mit dem Schmerz wuchs seine Macht. Jeder Blutstropfen vermehrte die Energie, die jubelnd durch seine Adern strömte. Er nahm jedes Sand- und Staubkörnchen in der Höhle wahr. Seine Magie drang in jeden Riss und jeden Winkel. Sein Geist drang nach außen und vermischte sich mit der Höhle, bis er nicht mehr hätte sagen können, wo die Tunnel endeten und sein Körper begann.

»Es tut mir leid, Kalen, wirklich leid, aber dies ist die einzige Möglichkeit, wie ich Hanassa oder andere daran hindern kann, dich und dein Schicksal zu beherrschen.«

Er suchte nach dem schwächsten Punkt des Gangs und riss daran …

Der Tunnel brach über Hanassa und seiner Schwester zusammen und versiegelte den Zugang zum Tor für immer.

Er spürte, wie das Gewicht des ganzen Tunnelsystems auf Hanassas Kopf landete und ihr Schädel zerbarst. Empathischer Schmerz schoss durch seinen eigenen Kopf. Er sank zu Boden und schrie seine körperliche Qual und die Leere in seinem Herzen heraus.

36. Kapitel

Die Grube unterhalb der Stadt Hanassa

»Wach auf. Du musst aufwachen«, flehte Rollett sie an. Sie stöhnte leise, kam aber nicht richtig zu sich.

»Wach auf!« Er ohrfeigte sie; ganz leicht nur, da er fürchtete, ihr wehzutun und die zarten Knochen ihres Gesichts zu zerbrechen.

Yaalas Augenlider flatterten.

Ein dicker Felsbrocken löste sich von der Decke und krachte mitten auf die Alte Bertha. Powwell hatte das empfindliche Gleichgewicht im Inneren des Berges zerstört, das die Höhlen gestützt hatte.

»Wir müssen hier hinaus, Yaala.« Er schlug sie ein wenig fester, und sie stöhnte und wälzte sich weg von ihm.

Rollett riskierte einen Blick auf Powwell. Der Junge hatte den Kopf in den Händen vergraben, sich wie ein Embryo zusammengerollt und schluchzte unkontrollierbar. Der kleine Igel steckte den Kopf aus seiner Tasche und zwitscherte beruhigend.

Lyman schien wieder verschwunden zu sein.

»Sternengötter, ich kann euch nicht beide tragen. Es tut mir leid, Powwell, aber ich muss Yaala retten. Die Stadt braucht sie.« Er mochte nicht zugeben, dass *er* sie brauchte.

Rollett warf sich Yaala über die Schulter und suchte sich einen Weg aus den Tiefen der Höhle. Das Donnern zahlreicher Einbrüche hallte in seinen Ohren. Die Öffnung, die neben dem Drachentor zum Lavakern geführt hatte, brach zusammen, und eine gewaltige Staubwolke rollte heran und erfüllte die heiße Luft.

Er erstickte beinahe und hustete. Mit einem letzten bedauernden Blick zu Powwell beschleunigte er seine Schritte und strebte dem Ausgang zu.

Als der letzte Zugang zum Drachentor zusammenbrach, waren all seine Hoffnungen zerstoben. Heute Nacht würde er über den Kraterrand steigen. Sollten doch die Dämonen Piedro und diese verfluchte Stadt holen. Er hoffte nur, dass Yaala sich so weit erholen würde, dass sie klettern konnte, ansonsten würde er sie tragen müssen.

In einer Nebenhöhle stampfte Liise, der einzige noch funktionierende Generator, gleichmäßig vor sich hin.

Noch einmal flammte ungebeten diese hartnäckige Hoffnung tief in seinem Inneren auf, und sein magisches Talent reagierte auf das Gefühl und rührte sich.

Er setzte Yaala neben Liise auf den Boden. Sie wurde ein wenig munterer und schlug mit den Fäusten um sich.

»Wach auf, Yaala. Es ist alles in Ordnung. Wach auf.« Er schüttelte sie sanft.

Endlich riss sie die Augen auf, atmete tief ein und hustete die staubgeschwängerte Luft gleich wieder aus.

»Es wird heißer. Der Vulkan wird ausbrechen!« Sie sprang auf und taumelte gegen Liise. »Mein Kopf ... was ist geschehen?« Vorsichtig berührte sie ihre Schläfe mit den Fingerspitzen. Als sie sie zurückzog, klebte Blut daran.

»Die tiefergelegenen Höhlen brechen zusammen. Powwell hat das Drachentor zerstört. Ich glaube, er hat dabei Hanassa und Kalen getötet«, erklärte Rollett, während er sich daranmachte, den Generator einer genauen Untersuchung zu unterziehen.

Sollte er die unverarbeitete Energie benutzen, bevor sie von Liise aus durch einen Transformator geleitet wurde, oder die verfeinerte Kraft, wie sie den Transformator verließ?

Er entschied sich für Ersteres. Sein Körper würde der Transformator sein. Genauso funktionierte auch das Sammeln von Drachenmagie.

Welches Kabel sollte er wählen? Vorsichtig streckte er die Rechte – seine dominierende Hand – aus und berührte einen der Drähte. Ein kleiner Funke sprühte auf, und er riss die Hand zurück. Seine Finger kribbelten, als hätte er eine Kraftlinie angezapft, aber diese Energie war stärker, durchdringender.

Das war es, was er brauchte: einen Nachschub an Magie aus der Energie der Erde.

Hätten entweder Lyman oder Hanassa ihre natürliche Drachenform wieder angenommen, hätten Powwell und er diese Energie sammeln können. Yaala hätte Kraft aus einem Drachen mit purpurnen Flügelspitzen ziehen können – jeder, sogar ein Nicht-Magier, konnte die Energien eines Purpurdrachen aufnehmen.

Doch in Ermangelung von Drachen, von welcher Farbe auch immer, musste Rollett eine andere Energiequelle finden, die ihm half, gegen die Rover, die immer noch über die Stadt herrschten, zu kämpfen oder vor ihnen zu fliehen.

Erneut griff er nach dem Draht und damit der Energie, die er brauchte.

»Nein, Rollett«, flehte Yaala, die sich immer noch mit einer Hand den Kopf hielt. Sie versuchte, zwischen ihn und den Generator zu treten, und stolperte.

Rollett fing sie auf. Ihr Körper passte genau in seine Arme. »Bald werden wir frei sein, Yaala, und ich werde dich so lange umarmen können, wie wir beide das brauchen.«

»Das ist zu gefährlich, Rollett. Du darfst die Trizität nicht berühren.«

»Ich muss, sonst habe ich nicht genug Kraft, um Piedro zu besiegen und uns beide hier herauszuholen. Wenn wir frei sind, das verspreche ich dir, werden wir Zeit finden, dieses

Etwas zwischen uns zu erkunden ... diese Trizität, die wir beide ganz allein erzeugen.«

»Bitte, Rollett. Wir wissen nicht genug darüber, wie Trizität funktioniert. Noch nie hat jemand versucht, sie wie Magie zu gebrauchen.«

»Es ist auch noch nicht lange her, dass noch nie jemand Drachenmagie gesammelt hatte.« Entschlossen löste er sich aus ihrer tröstlichen Umarmung. Aus langer Gewohnheit brachte er seinen Körper zur Ruhe, um ihn empfänglich für die Energie zu machen, streckte die Hand aus und ...

Energie raste durch seine Adern. Sein Körper fühlte sich leicht an, die Zähne klapperten heftig, und er zuckte vor und zurück. Vor und zurück. Er roch verbranntes Fleisch. Es war sein eigenes. Schmerz durchfuhr jedes Gelenk und alle Nervenenden in seinem Körper.

»Rollett! Lass los. Du musst damit aufhören. Es tut dir weh«, schrie Yaala.

»Fass mich nicht an. So ... hatte ... ich ... mir ... das nicht vorgestellt!«

Er konnte nicht loslassen, vermochte dem Energiefluss keinen Einhalt zu gebieten.

Er konnte nicht ...

37. Kapitel

Nachmittag, Haus von Myrilandel, der Botschafterin des Drachennimbus, Hauptstadt Coronnan

Katie sah sich in der Eingangshalle von Myrilandels Haus um. Was konnte sie tun, um zu helfen? Bessel und sein Hund waren gut versteckt. Die Heiler strömten soeben durch die Tür. Sie würden den schlimmsten Schaden an Nimbulans Herz reparieren. Quinnault stand seiner Schwester bei.

Skeptisch beäugte sie die lange Reihe der Heiler, die von Weißhand angeführt wurde.

»Ich habe mein ganzes Leben lang gegen Regeln verstoßen. Warum sollte ich ausgerechnet jetzt damit aufhören?« Katie rieb sich die Hände und freute sich schon darauf, etwas zu unternehmen. Sie fühlte sich so nutzlos, weil sie Nimbulan nicht helfen konnte. »Ich brauche Eure Unterstützung«, erklärte sie und zog einen Heiler-Gesellen aus der Prozession der graugekleideten Magier, die das Haus betraten.

Zumindest hoffte sie, dass die graue Tunika und die blauen Hosen bedeuteten, dass er Geselle war.

»Wie kann ich Euch zu Diensten sein, Euer Gnaden?«, erkundigte der junge Mann sich argwöhnisch. Sein Blick folgte den anderen Heilern, die den Salon betraten. Offenbar brannte er darauf, dort zu sein, wo etwas geschah.

»Kennt Ihr eine Pflanze namens Fingerhut?«, fragte Katie.

Er schaute verständnislos drein.

»Breite, bepelzte Blätter, die spitz zulaufen. Ein hoher Blütenstand voll purpurner Blütenglocken«, beschrieb sie die gemeine *Digitalis purpurea*, die von der Erde stammte und der Menschheit auf hundert kolonisierte Planeten gefolgt war.

»Die Feenglocke, manchmal auch Frauenhandschuh genannt«, antwortete der junge Mann, und seine Augen leuchteten auf.

»Genau! Könnt Ihr diese Pflanze erkennen, obwohl es noch früh im Jahr ist, und mir sofort ein Exemplar bringen?«

Er nickte begeistert. »Wisst Ihr, ob diese Pflanze einen medizinischen Nutzen hat? Wir kennen sie nur als Gift – eine sehr schöne Pflanze für den Garten, aber gefährlich, wenn man sie verzehrt.«

»Ja. Sobald die Heiler Meister Nimbulans Zustand stabilisiert haben, kann ein Mittel, das aus dieser Pflanze hergestellt wird, dafür sorgen, dass sein Herz regelmäßig schlägt.«

»Ich bin gleich zurück.« Der junge Mann strahlte, und seine Augen blitzten. Katie konnte förmlich sehen, wie sich die Ideen in seinem Kopf überschlugen.

»Bringt die Pflanze in die Küche, und bittet den jungen Mann, den Ihr dort antrefft, einen … einen Absud aus den Blättern herzustellen.« Sie wagte es nicht, den Gesellen in der Küche mit seinem Namen zu nennen, damit Narbengesicht, der den Heilern folgte, ihn nicht hörte. »Es muss eine sehr leichte Abkochung sein, nicht mehr als eine Hand voll auf ein halbes Pint Wasser. Lasst es etwa eine halbe Stunde sieden, keinesfalls länger. Eine wirksame Dosis ist nicht viel niedriger als eine tödliche, daher müssen wir langsam beginnen und sie dann steigern, um das richtige Maß zu finden. Wir werden noch mehr Blätter brauchen, die wir trocknen und für Teeaufgüsse benutzen werden. Das ist eigentlich das bessere Heilmittel, aber wir haben keine Zeit, die Blätter zu trocknen. Ich komme gleich und helfe Euch.«

Der Geselle rannte schon um die Hausecke und auf die Rückseite des Gebäudes zu, als Narbengesicht die Treppe hinaufstürmte.

»Warum müsst Ihr Euch ständig in Angelegenheiten einmischen, die Euch nichts angehen, Euer Gnaden?«, verlangte Narbengesicht zu wissen. Die Narbe, die quer über sein Gesicht verlief, zog sich zusammen, bis sie weiß wirkte. »Ihr könnt hier nicht helfen.«

Wie stark mussten die Schuldgefühle aus seiner Vergangenheit sein, die ihn belasteten, sodass er keinen Frieden mit sich selbst fand und daher auch andere nicht in Ruhe lassen konnte?

»Ist es Einmischung, wenn man einen lieben Freund, der um sein Leben kämpft, unterstützt?«

»Ja, wenn die Sternengötter beschlossen haben, dass es für den Mann Zeit ist, in seine nächste Existenz überzugehen«, gab Narbengesicht zurück. Wie üblich sah er über ihre Schulter hinweg die Wand an, statt sie direkt anzuschauen.

»Aber wer sind wir, dass wir die Absicht einer Gottheit erkennen könnten? Unsere Pflicht gebietet es uns, die Begabungen und das Wissen, die uns geschenkt worden sind, anzuwenden. Myrilandel braucht ihren Mann. Ihre Kinder brauchen einen Vater, und König Quinnault braucht seinen Freund. Coronnan ist verzweifelt auf Nimbulans Weisheit angewiesen. Ich werde mich in alles einmischen, womit ich ihm helfen kann.«

»Vielleicht wollen die Sternengötter uns auf diese Weise mitteilen, dass Nimbulans Führung nicht länger notwendig oder erwünscht ist.«

»Ist das der Wunsch der Sternengötter oder der des Obersten Magiers, der Nimbulan ersetzt hat, aber nie wirklich seinen Platz einnehmen konnte?«

»Es steht Euch nicht zu, das in Frage zu stellen. Ihr seid bloß eine Frau, eine Ausländerin, die es kaum fertig bringt, ihre illegale magische Gabe zu verbergen!«

»Ich bin Eure Königin.«

»Im Moment noch. Aber ich weiß, dass Ihr auch für unsere Feinde spioniert. Ihr habt den König und ganz Coronnan angelogen, denn Ihr könnt unmöglich die sein, für die Ihr Euch ausgebt.« Jetzt sah er sie direkt an, anklagend und unversöhnlich.

Katie schluckte die Angst herunter, die in ihr aufstieg. Wie viel wusste Narbengesicht?

»Aber ich bin die, die ich zu sein behaupte. Ich lüge nicht«, konterte sie. »Die Drachen haben mich als Gefährtin ihres Königs gesegnet. Quinnault regiert durch die Gnade der Drachen. Wollt Ihr darüber vielleicht mit Shayla und ihrem Nimbus diskutieren?«

»Wenn ich muss.« Narbengesicht sah ihr weiter durchdringend in die Augen. »Drachen haben viele Geheimnisse – geheimes Wissen, von dem sie glauben, dass es für Menschen gefährlich ist. Ihrer Meinung nach gibt es Dinge, die geheim bleiben müssen. Ich glaube allerdings nicht, dass sie Eure Geheimnisse noch lange bewahren werden, außer es ist Euch gelungen, bestimmte Informationen zu verbergen, als sie Euren Geist erforscht haben. Die Seuche, die Ihr tragt, und der Umstand, dass Ihr das Heilmittel geheim haltet, zeugen ganz deutlich von Euren bösen Absichten.«

»Tragt Euren selbstgerechten Zorn anderswo hin, Meister Aaddler. Ich habe nie einen Hehl daraus gemacht, was das Heilmittel für die Seuche ist. Nur das Tambootie kann die Krankheit heilen, die mein Volk dezimiert und sich möglicherweise auch hier ausbreitet.« Es war sinnlos, mit ihm zu diskutieren. Aber er vereinte eine Menge Macht auf sich, politische wie auch magische. Wenn sie ihn einfach stehen ließ, würde er das als Flucht und Eingeständnis von Schuld und Schwäche auslegen und gegen sie benutzen. Sie musste ihm Paroli bieten.

»Terrania, das Land, aus dem Ihr *angeblich* stammt, ist das älteste bekannte Land auf ganz Kardia Hodos. Legenden wollen wissen, dass die ersten Menschen dort entstanden sind. Aber heute ist es eine wüstenhafte Einöde, und zwar schon seit vielen, vielen Jahrhunderten. Woher kommt Ihr wirklich, Gattin meines Königs?«

»Wir nennen es heute Terra.«

»Und wo liegt dieses Terra, dass Ihr und Euer Vater es nur erreichen könnt, indem Ihr im Bauch eines mechanischen Drachen fliegt? Ein mechanisches Tier, das die Seuche verbreitet, gegen die Ihr zu Felde zieht ... oder habt Ihr die Seuche mit Absicht hergebracht, um uns zu töten, damit Ihr die Menschen hier ansiedeln könnt, die nicht mehr im Wüstensand von Terrania leben können?«

»Wie könnt Ihr es wagen!« Katie ohrfeigte ihn. Auf seiner linken Wange prangte ein roter Flecken, der den Umriss ihrer Hand abbildete.

»Wie könnt *Ihr* es wagen?« Narbengesicht hob die zur Faust geballte Rechte, als wolle er ihr einen Kinnhaken versetzen. »Wie könnt Ihr es wagen, alle und jeden mit Euren Lügen zu täuschen, *meine* Autorität an Euch zu reißen, indem Ihr meinen Gesellen auf Eure persönlichen Besorgungen schickt ... Und gleichzeitig bitten weder er ... oder sonst jemand aus der Kommune mich um meine Billigung, sobald sie von der Krankheit *dieses* Mannes erfahren.« Er wies auf die reglose Gestalt, um die die Heiler einen Kreis gebildet hatten. »Er ist nicht einmal mehr ein Magier, und trotzdem schauen sie zu ihm auf. Er stiehlt mir den Respekt, den sie mir schuldig sind.«

»Respekt muss man sich verdienen.« Katie hielt seinem Blick stand und wartete ab, ob er sich erdreisten würde, Gewalt gegen sie anzuwenden. »Nimbulan war Euer Freund. Ihr beide habt einander auf Eurer Flucht aus Hanassa unzählige Male das Leben gerettet. Und nun wollt Ihr ihn tot sehen und seinen Einfluss im Königreich zunichtemachen.«

Sie wusste nicht genau, ob ihre letzte Bemerkung ihre eigene Idee gewesen war oder ob der Gedanke irgendwie aus Narbengesichts Gedanken in ihren Geist gesickert war. Normalerweise schützte er seine Psi-Kräfte hinter starken Barrieren.

»Seid vorsichtig damit, wen Ihr anklagt, Euer Gnaden. Meine Magier mögen sich so sehr um Nimbulans Gesundheit sorgen, dass sie meine Erlaubnis, die Universitätsinsel zu verlassen, nicht abwarten; aber ich kann Euch immer noch stürzen, und Euren König mit Euch.«

»Narbengesicht!« Mit wenigen nervösen Schritten trat Quinnault aus dem Salon in die Eingangshalle. »Warum hat man mir nicht berichtet, dass die Seuche bereits in Lord Balthazaans Provinz wütet?«

»Dieser Lord ist sehr nachlässig und verliert jedes Frühjahr zahlreiche Pächter durch Krankheiten und Entbehrungen«, tat Narbengesicht diese Nachricht ab. Aber er konnte seinen König nicht ansehen.

Er lügt! Er weiß etwas, das gefährlich ist, dachte Katie direkt in Quinnaults Geist hinein.

»Das ist mehr als nur die Nachlässigkeit eines Lords«, wandte Katie ein und versuchte, in Narbengesichts Gedanken einzudringen, um die Wahrheit herauszufinden. »Dies ist eine Krankheit, die die Organe zerfrisst, bis man von innen heraus verblutet. Bessel hat seine Mutter daran sterben sehen, und er hat von Dutzenden Todesfällen durch dieselbe Ursache berichtet. Habt Ihr ihn denn nicht angehört?«

»Bessel ist kein verlässlicher Zeuge.«

Noch mehr Lügen. Was verbarg dieser Mann?

»Warum sollte Bessel nicht zuverlässig sein? Er ist Euer ältester Geselle.« Quinnault trat näher an Narbengesicht heran, den er um etliches überragte. Er sah ebenfalls so aus, als hätte er größte Lust, dem Magier Vernunft einzuprügeln.

»Inzwischen hat Bessel einen magischen Gefährten. Diese Tiere fürchten sich vor Drachen und werden keinen Magier aufsuchen, der Drachenenergien benutzt. Für mich ist daher offensichtlich, dass Bessel regelmäßig illegale individuelle Magie einsetzt. Außerdem ist Bessel niemals *mein* Geselle gewesen. Er gehört zu Nimbulan, und das war schon immer so. Ständig widersetzt er sich mir. Er gehört dieser Verschwörung an, deren Ziel es ist, Nimbulan wieder an die Spitze der Kommune zu setzen, obwohl er kein Magier ist. Ich traue niemandem, der meinem Vorgänger gedient hat. Die Söldner aus Rossemeyer tun uns allen einen Gefallen, wenn sie Bessel töten, da Ihr schon nicht bereit seid, ihn wegen des Mordes an Botschafter Jorghe-Rosse zu verurteilen.«

Katie und Quinnault sahen einander ratsuchend an. Die Gedanken ihres Mannes, die sie nie vollständig ausschließen konnte, schwirrten chaotisch herum, während er irgendeine Logik hinter Narbengesichts letztem Satz suchte.

Und dann war ihr sein Geist mit einem Mal verschlossen, als hätte er Katie eine Tür vor der Nase zugeknallt. Verblüfft fuhr sie zurück. Nicht einmal in den eineinhalb Jahren, die sie jetzt verheiratet waren, hatte er ihr den Zutritt zu seinen intimsten Gedanken verwehrt.

Die Einsamkeit überwältigte sie beinahe, und sie musste sich zwingen, dem Gespräch weiter zu folgen.

»Ich glaube, es wäre das Beste, wenn Ihr Euch in die Abgeschiedenheit und Sicherheit Eurer Gemächer in der Kommune zurückzieht, Meister Aaddler«, erklärte Quinnault gelassen – zu ruhig.

Lass mich in deine Gedanken ein, Vogelscheuche!, flehte Katie ihren Mann an. Sie versuchte, seine Hand zu nehmen, doch er riss sie weg, als er ihre vorsichtige Berührung spürte.

Dieses furchtbare Alleinsein ängstigte sie. Ohne Quinnault, ohne ihre Brüder, weit von ihrer Heimat, in der sie geboren und aufgewachsen war, fühlte sie sich verloren. Sie musste wieder eins mit ihm werden.

Früher, wenn ihre große Familie ihr zu sehr auf den Leib gerückt und zu ungestüm geworden war, hatte sie es genossen, allein zu sein. Aber da hatte sie immer ihre vertraute Umgebung gehabt und gewusst, dass sie, wenn sie wollte, immer einen von ihnen mit ihrem Geist oder mit der Hand berühren konnte.

Ihr Vater hatte ihre Privatsphäre immer respektiert, auch wenn kein anderer es getan hatte. Und nun war ihr Vater der Seuche ausgesetzt gewesen und hatte sie möglicherweise auch auf andere übertragen.

Welche anderen? Lord Balthazaans Provinz litt bereits unter der schrecklichen Krankheit. Lord Balthazaan ... Da war etwas, aber sie kam einfach nicht darauf ...

»Bedeutet das meine Entlassung, Euer Gnaden?« Narbengesicht wich einen Schritt zurück. Seine Verblüffung war so groß, dass sie beinahe den neuen Zorn überdeckte, der in ihm aufstieg und sich in seiner Miene und Haltung ausdrückte.

»Ja.« Quinnault blieb dicht bei Katie stehen. Der gelassene Diplomat, der stets bereit war, einen Kompromiss zu suchen, hatte sich in sein Inneres und hinter seine geballten Fäuste zurückgezogen. »Ich habe das Vertrauen zu Euch als meinem obersten Ratgeber verloren, Meister Aaddler. Ich werde die Kommune bitten, einen neuen Obersten Magier zu wählen, dem ich vertrauen kann.«

»Dann denkt einmal über Folgendes nach, König Quinnault Darville de Draconis, bevor Ihr Euer Vertrauen Nimbulan schenkt, den Ihr Euren Freund nennt: Die Rover-Frau, Maia, ist entkommen. Sie hätte sich nur aus Eurem Gewahrsam befreien können, wenn sie Hilfe hatte – die Hilfe von jemandem, der Rover-Blut hat und dadurch Zugang zu der direkten Gedankenverbindung der Rover-Magie. Nimbulan hat Rover unter seinen Vorfahren. Als er behauptete, seine Magie vollständig verloren zu haben, hat er Euch angelogen. Seine Rover-Magie besitzt er immer noch. Er ist auch Maias Liebhaber gewesen, und sie hat ein Kind von ihm zur Welt gebracht. Wer sonst in Eurem Königreich könnte einen größeren Wunsch hegen, ihr bei der Flucht zu helfen?« Narbengesicht drehte sich auf dem Absatz um und marschierte auf dem Weg, auf dem er gekommen war, davon.

»Lord Balthazaan ist Nimbulans Cousin, nicht wahr?«,

fragte Katie und dachte, wie verwickelt doch die Verwandtschaftsverhältnisse unter dem coronnitischen Adel waren. »Dann müsste er doch ebenfalls Rover unter seinen Vorfahren haben. Könnte ein skrupelloser Rover-Magier ihn manipulieren? Wir haben Piedro nach seiner Flucht nie gefasst. Vogelscheuche! Ein Rover hat ihm geholfen, aus seiner magisch versiegelten Zelle zu entkommen.«

»Lord Balthazaan scheint in letzter Zeit zu großem Wohlstand gelangt zu sein.« Quinnault drückte Katies Hand fest, um die Erinnerung an die Albtraumnacht zu vertreiben, in der Piedro versucht hatte, Katie mit dem Seidengürtel von Quinnaults Morgenmantel zu erdrosseln. »Die Seuche dezimiert seine Bevölkerung, und ihm droht die Schließung seiner Bergwerke, weil er keine Arbeiter mehr hat. Trotzdem reitet Lord Balthazaan neue, teure Pferde, und seine Frau trägt die kostspieligste Spitze aus SeLenicca.«

»Und beide tragen sehr viel Schmuck«, setzte Katie hinzu und dachte wieder an den Rover-Ring, am dem Marilell fast erstickt wäre.

»Vielleicht stammt ja Balthazaans neuer Wohlstand von den Rovern; oder dein Vater hat etwas damit zu tun.«

»Mein Vater trägt die Seuche in sich, die Balthazaans Provinz infiziert hat.«

»Ist der Lord also die Marionette deines Vaters oder die der Rover?« Quinnault zog eine Augenbraue hoch. Die dicke Mauer, die er um seine Gedanken errichtet hatte, bekam Risse.

Sofort schob Katie ihre eigenen Gedanken nach und teilte jede noch so abwegige Idee zu diesem Thema mit ihm.

»Der Vandalismus, der Aufruhr, die Überfälle auf die Lebensmittelkarawanen, der eigenartige Sturm, der Jorghe-Rosse getötet hat ... Balthazaan war immer der Erste, der dir Unfähigkeit oder Tyrannei vorgeworfen hat, Vogelscheuche. Vielleicht hat er die Zwischenfälle inszeniert.«

»Oder er wusste im Voraus davon und konnte seine Argumente vorbereiten«, meinte Quinnault. »Vielleicht haben Kinnsell und Balthazaan einander benutzt, und die Rover ziehen die Fäden dahinter, um ihre eigenen Ziele zu fördern.«

»Und alle möchten uns stürzen, aus verschiedenen Gründen. Ich glaube, wir müssen uns Balthazaan genauer ansehen. Er scheint der Dreh- und Angelpunkt für alle zu sein, die sich dir auf Schritt und Tritt entgegenstellen, Vogelscheuche.«

»Es ist Zeit, die Opposition zu spalten und so ihre Schlagkraft zu schwächen.«

»Aber zuerst müssen wir uns um Nimbulan kümmern. Wir brauchen seine Weisheit jetzt mehr denn je.«

»Ich hoffe nur, es ist nicht zu spät, um ihn zu retten.« Quinnault kehrte wieder an Nimbulans Seite zurück und hielt liebevoll die Hand des Älteren. Ein wenig Farbe war in Nimbulans totenbleiches Gesicht zurückgekehrt.

»Und ich hoffe, dass es nicht zu spät ist, um meinen Vater zu finden, bevor er den ganzen Planeten mit der Seuche infiziert. Es ist ja kaum noch genug Tambootie übrig, um die Drachen zu ernähren. Wie sollen wir ohne Tambootie unser ganzes Volk heilen?«, fragte Katie sich selbst und alle, die sie umstanden.

38. Kapitel

Die Grube unterhalb der Stadt Hanassa, Zeit: unbestimmt

Ohne an die Folgen zu denken, drückte Yaala einen Warnknopf an Liises Schalttafel und legte einen Schalter um, damit der Strom unterbrochen wurde.

Der bizarre blaue Lichtbogen, der Rollett umgab und ihn in einem tödlichen Tanz vor- und zurückzucken ließ, verschwand von einem Moment auf den anderen. Er sank zu Boden, als hätte er keine Knochen mehr.

Das Deckenlicht verlosch, und das gesamte Höhlensystem versank in Finsternis. Yaala hatte kein Gefühl mehr für oben und unten, links und rechts, und stolperte orientierungslos herum. Zögernd streckte sie die Hände vor sich aus, um die Balance zu halten. Funken sprangen von Liise auf ihre Finger über. Der Reststrom versuchte, den Stromkreis zu schließen. Wie ein lebendes Wesen suchte er lieber Kontakt, statt zu sterben.

Yaala riss die Hand weg. Wenigstens wusste sie jetzt, wie weit sie von der Maschine entfernt stand. Rollett müsste eigentlich genau dort...

Sie stieß gegen seinen reglosen Körper und ließ sich auf die Knie fallen. »Wach auf, Rollett!«, flehte sie ihn an und hoffte auf ein Lebenszeichen.

»Wage es bloß nicht, mir einfach wegzusterben!« Sie schüttelte ihn. Schauer überliefen seinen Körper.

»Ich weiß nicht, ob das funktionieren wird, aber Königin Katie hat es so erklärt.« Yaala steckte einen Finger in seinen

Mund, um sich zu vergewissern, dass seine Luftwege nicht blokkiert waren. Dann bog sie seinen Kopf zurück und blies ihren eigenen Atem in seinen Mund.

»Zu zweit geht das besser«, sagte der alte Lyman hinter ihr. Er hielt eine schwach leuchtende Kugel Hexenlicht in der Hand. Powwell, der im Halbdunkel kaum zu erkennen war, stand auf unsicheren Beinen neben ihm.

Um sie herum rumpelte die Erde immer noch. Staub stand in der Luft und ließ das kleine Licht noch trüber wirken.

»Helft mir«, bat Yaala die beiden. Tränen liefen ihr über die Wangen. Sie wischte sie mit dem Ärmel weg. Jetzt war keine Zeit für solche Schwächen.

Sie spürte, dass sich die Höhlen um sie herum in ständiger Bewegung befanden. Viel Zeit blieb ihnen nicht, aber sie wollte Rollett nicht zurücklassen, und tragen konnte sie ihn nicht. Im Moment schien ihr sein Leben wichtiger zu sein als ganz Hanassa.

»Atme auf ›fünf‹ in ihn hinein«, wies Lyman sie an und kniete neben Rollett nieder, der sich immer noch nicht gerührt hatte. Er gab das Hexenlicht an Powwell weiter. Der junge Magier sah aus, als wäre er kaum in der Lage, sich aufrecht zu halten, und erst recht nicht, die trübe glimmende Kugel zu speisen.

Lyman legte auf Rolletts Brust die Hände übereinander und drückte sie herunter. »Eins, zwei, drei, vier, atmen.«

Yaala passte sich seinem Rhythmus an. Einmal, zweimal, dreimal und ein viertes Mal zwangen sie Rolletts Herz zu schlagen, während Yaala an seiner Stelle atmete. Beim siebten Versuch – oder war es schon der elfte? – keuchte Rollett und hustete. Er versuchte sich aufzusetzen, doch Lyman drückte ihn auf den Boden zurück.

»Ruhe dich einen Moment aus, Junge«, sagte Lyman und hielt Rollett mit einem Finger in seiner liegenden Stellung fest. »Wir haben dich soeben von den Toten zurückgeholt. Du solltest es nicht allzu eilig haben, zu ihnen zurückzukehren.«

Unter Yaalas Füßen bebte die Erde. Sie wappnete sich gegen die rollende Bewegung. »Das war stärker als das letzte, und näher«, meinte sie. »Wann war eigentlich das letzte Beben?« Sie erkannte, dass sie so besorgt um Rollett gewesen war, dass sie ganz vergessen hatte, auf welch gefährlichem Weg sie in diese Lage geraten waren.

»Wir müssen hier fort, bevor...« In einer Ecke von Liises Höhle stürzten krachend Felsbrocken von der Decke, und eine Staubwolke erhob sich, was ihrer Feststellung Nachdruck verlieh.

Das Höhlensystem war schon viele Jahre vor ihrer offiziellen Verbannung der Ort gewesen, an den sie sich vor der Tyrannei ihrer Mutter geflüchtet hatte. Die Maschinen waren ihre einzigen richtigen Freunde gewesen. Sie gehörte hierher.

Jetzt nicht mehr.

Traurigkeit und Bedauern schnürten ihr die Kehle zu; doch das Gefühl löste sich auf, als Rollett sich auf die Füße rappelte. Sie legte einen Arm um seinen Rücken, um ihm beim Aufstehen zu helfen.

Ein Gefühl, dass das alles richtig so war, erfüllte sie und trat an die Stelle der Einsamkeit, unter der sie viele Jahre gelitten hatte. Sie musste sich eine neue Familie suchen, ihrem Leben einen neuen Sinn geben. Mit diesen drei Männern würde sie beginnen.

»Das hier wird nie wieder Liises Höhle sein. Sie ist tot, und meine anderen Maschinen ebenfalls«, flüsterte sie. »Kein Grund mehr zu bleiben.«

»Powwell!« Lyman überließ es ihr, Rollett allein zu stützen, während er Powwell auffing, der beinahe aufs Gesicht gefallen wäre.

»Was ist los mit ihm?« Yaala schenkte ihm kaum einen Blick über die Schulter, während sie Rollett, den sie halb ziehen und halb tragen musste, den Anstieg hinaufmanövrierte, der zur Wohnhöhle und zum Ausgang führte.

»Ich glaube, im Moment ist ihm herzlich egal, ob er lebt oder stirbt«, meinte Lyman und schob Powwell hinter ihr her. »Und ich weiß, wie er sich fühlt. Wir haben heute beide unsere Geschwister verloren. Das ist eine schreckliche Leere.« Er legte die flache Hand auf seine Brust und ballte sie dann entschlossen zur Faust, als wolle er bekunden, dass er auch allein weiterleben konnte.

Er und Powwell standen schwankend und gebeugten Hauptes beieinander, verbunden durch den gleichen Kummer.

»Ich habe meinen Zwilling schon vor Jahrhunderten verloren.« Lyman schluckte. Seine Stimme wurde leiser, und sein Kinn zitterte. »Ich habe Hanassa verloren, als er zum Renegaten wurde, aber ich hatte immer noch die schwache Hoffnung, er könne umkehren. Aber jetzt ist Hanassa endgültig von mir gegangen. Nie wieder werden wir beide Teil eines Ganzen sein.« Wieder ließ er den Kopf hängen und wirkte mit einem Mal viel älter als eben in der Höhle.

»Ich habe sie getötet, Yaala«, wisperte Powwell. »Ich bin hergekommen, um Kalen zu retten, aber am Ende habe ich sie umgebracht.« Sein Gesicht war tränenüberströmt. Die kleine Hexenlicht-Kugel flackerte, ein Anzeichen, dass seine Kraft nachließ und seine Konzentration schwand.

»Es tut mir leid, Powwell, wirklich leid. Ich weiß, wie sehr du Kalen geliebt hast. Und ich weiß, wie es ist, jemanden zu verlieren, den man liebt; hilflos zuzusehen, wie er vor deinen Augen stirbt. Aber jetzt müssen wir uns selbst retten.« Yaala führte sie in die Wohnhöhle. Sie stolperten vorwärts. Auf dem ganzen Weg verfolgte sie das Krachen zusammenstürzender Tunnel. Der Staub wurde dichter, bis sie mehr Erde als Luft einatmeten.

Zum ersten Mal wurde sich Yaala der Meilen an Gestein bewusst, die über ihrem Kopf hingen. Jeden Moment konnte das alles ohne Vorwarnung herunterkommen.

Wenigstens lag vor ihnen die große Höhle, in der Tonnen

von Lebensmitteln lagerten. Hier schienen die Wände stabiler und die Luft ein wenig sauberer zu sein.

Yaala setzte Rollett auf einem Haufen Getreidesäcke ab, in der Nähe eines Fasses mit Pökelfleisch und einem Berg Gemüse. Sie reichte ihm und Powwell von jedem eine Hand voll. Halbherzig knabberten sie daran, während Lyman sich ein wenig energischer über die Nahrungsmittel hermachte.

Die Vorräte waren offensichtlich geplündert worden – da waren aufgerissene Säcke und geöffnete Fässer, die auf der Seite lagen –, aber es war mehr als genug übrig, um sie fürs Erste zu sättigen.

»Ich hole Wasser für uns alle«, erbot sich Yaala und nahm sich vier Trinkschläuche.

»Hat Kalen als Geistwesen überlebt?«, fragte Yaala, während sie an dem unterirdischen Wasserlauf kniete und die Behälter in der Strömung volllaufen ließ. Sie hielt den Atem an und fürchtete die Antwort.

»Unwahrscheinlich«, gab Lyman zurück.

»Und ... und ist Hanassa wirklich fort?«

»Ich kann meinen Zwilling in diesem Berg nicht spüren, und ich habe nicht die Kraft, meine Suche weiter auszudehnen.« Lymans Miene verschloss sich.

»Und das Drachentor?«, stieß Rollett im Flüsterton hervor. »Ist dieser Ausgang aus diesem Höllenloch endgültig zerstört?«

»Ja«, antwortete Powwell. Sein Blick wirkte etwas munterer; oder spiegelte sich nur das Hexenlicht in seinen Augen? »Ich fürchte, das falsche Tor, das sich nur einmal im Monat öffnet, ist ebenfalls verschwunden. Jetzt müssen wir uns mit Gewalt einen Weg aus Hanassa erkämpfen.«

»Solange Piedro lebt, kann ich hier nicht fort«, erklärte Rollett mit kräftigerer, entschlossenerer Stimme. »Auch wenn ihn die Gefährtin nicht mehr lenkt, bleibt er doch ein blutrünstiger Tyrann. Meine Männer haben Besseres verdient.«

»Die Bewohner von Hanassa sind Geächtete – Auftragskiller,

Straßenräuber und Mörder«, wandte Yaala ein. »Sie haben die Zustände, die sie hier selbst geschaffen haben, verdient.« Zum ersten Mal erkannte sie die Wahrheit über die Stadt, die sie von ihrer Mutter hätte erben sollen. Sie empfand ein ganz neues Gefühl von Leichtigkeit. Im Geiste hatte sie sich von Hanassa befreit, auch wenn ihr Körper noch hier verweilte.

»Nicht alle sind Verbrecher.« Rollett schüttelte ihren stützenden Arm ab und ging auf schwachen Beinen, aber allein zum Wasserlauf. In tiefen Zügen trank er von dem mit Schwefel gesättigten Wasser und fuhr dann fort. »Einige von ihnen sind politische Flüchtlinge und andere einfach Söldner. Ein paar haben sich tatsächlich noch einen Funken Ehre bewahrt. Sie haben Besseres verdient als Piedro, der nur nach Macht giert, aber nicht den Verstand besitzt, sie auf gerechte Weise zu benutzen.«

»Ohne das Drachentor sitzt Piedro in dieser Stadt fest, und die Stadt wird sich um ihn kümmern. Warum sollten wir uns Gedanken darüber machen, solange wir verschwinden können?«, fragte Lyman. Seine bekümmerte Miene war einem listigen Ausdruck gewichen.

»Weil die Stadt verhungern wird, bevor sie Piedro loswerden kann. Er wird meine Männer, meine Freunde, lieber Hungers sterben lassen, ehe er zulässt, dass sie fliehen.« Mit weichen Knien kehrte Rollett wieder zu den Vorräten zurück.

Erschöpft und von ihrem Leid niedergedrückt, rappelten Lyman und Powwell sich auf die Füße. In dem verglimmenden Hexenlicht wirkte ihre Haut aschgrau und bleicher, als es nur durch den Staub zu erklären war. »Ihr müsst noch ein wenig ausruhen, alle drei«, sagte Yaala. »Trinkt reichlich und esst, so viel ihr könnt.« Sie schien die Einzige zu sein, die kräftig genug war, um eine Entscheidung zu treffen. Doch jeder Gedanke und jede Bewegung bereiteten ihr starke Kopfschmerzen; daher befolgte sie ihren eigenen Rat.

»Keine Zeit«, stieß Powwell mit zusammengebissenen Zähnen hervor.

Der trostlose Ausdruck in seinen Augen tat ihr weh. Auch Thorny in seiner Tasche war merkwürdig ruhig. Sie litten beide unter Kalens Verlust und der durch ihren Einsatz von Blutmagie hervorgerufenen Erschöpfung.

»Piedro gehört mir. Ich beanspruche das Recht, ihm den Kopf abzuschlagen.« Powwells Worte hingen graueneinflößend in der Höhle, in der es plötzlich still geworden war.

»Nicht, wenn ich ihn zuerst erwische«, gab Rollett zurück. Er bewegte sich langsam auf das Eisentor zu.

Wieder ruckte der Boden; ein weiteres, größeres Beben kündigte sich an. In unausgesprochenem Einverständnis rannten sie den aufwärts führenden Gang entlang und aßen unterwegs weiter.

»Ich beanspruche das Recht auf Blutrache.« Powwell blieb stehen. Seine Haltung wirkte trotzig. »Kalen war meine Schwester. Ihr Tod wurde unmittelbar durch das Ränkespiel der Rover verursacht. Kalen wollte nur eines von ihrem Leben, nämlich es selbst bestimmen. Piedro war nur der letzte in einer langen Reihe von Menschen, die sie ausgenutzt haben, um ihre Gier zu befriedigen und ihre eigenen Ziele zu erreichen. Sein Kopf gehört mir.«

»Piedro war ebenso Hanassas Opfer wie Kalen«, beharrte Yaala. »Konzentrieren wir uns lieber darauf, wie wir hier lebend herauskommen.« Sie streckte die Hände in einer Geste aus, die sie alle umfasste.

»Können wir sicher sein, dass Hanassa tot ist?«, fragte Rollett.

»Ja«, antwortete Lyman betrübt. »Während all dieser Jahrhunderte der Trennung habe ich seine Anwesenheit in dieser Existenzebene immer gespürt. Immer, ganz gleich, welche Gestalt ich annahm, ob als Drache, Mensch oder geisterhafter Wächter am Ort des Beginns, ich wusste immer, dass er wartete und grübelte und auf Flucht sann. Und ich hoffte ... Jetzt ist da nichts mehr, nur ein Nachhall von ihm im Blut seiner Nachkommen.«

»Kalen, meine Schwester, stammte auch von Hanassa ab?« Powwell fuhr vor dem Älteren zurück. Er ging ein Stück rückwärts, als spüre er das Bedürfnis, in die tiefergelegenen Höhlen zu flüchten – in den Tod und die Zerstörung, die dort lauerten.

»Über ihre Mutter, glaube ich, nicht über euren gemeinsamen Vater«, sagte Lyman beruhigend zu Powwell.

39. Kapitel

Kaaliphenpalast, Stadt Hanassa

Der Schock über Kalens Abstammung hatte Powwell aus seiner Lethargie gerissen, und er richtete sich ein wenig gerader auf. Und wie hatte er nur daran denken können, noch einmal jemanden zu töten – selbst den abscheulichen Piedro? Immer noch hallten Kalens Todesschreie in seinem Kopf wider.

Seine Schwester hatte einen letzten, verzweifelten Versuch unternommen, ihren Körper zurückzuerobern. Sekundenlang waren Kalen und Hanassa vereint gewesen. Und dann … hatte der zusammenbrechende Tunnel ihnen den Schädel zerschmettert.

Immer noch quälte ihn der empathische Schmerz und blendete ihn beinahe.

Jedes Mal, wenn er versuchte, an etwas anderes zu denken und sich an die glücklichen Zeiten mit seiner Schwester zu erinnern – von denen es herzlich wenige gegeben hatte –, zerrte ihn ihr Todesschrei zurück zu den letzten qualvollen Momenten ihres Lebens. Wenn er jemals wieder töten musste, würde er den Verstand verlieren und in einer endlosen Zeitschleife immer wieder Kalens Tod erleben.

Seine geistige Gesundheit hing an einem seidenen Faden. Thorny zappelte in seiner Tasche, als wolle er ihn daran erinnern, dass er noch am Leben war.

Seine Rachegelüste gegen Piedro verschwanden. Die Erkenntnis, dass ihm diese spezielle Mission erspart blieb, ließ ihn vor Erleichterung zusammensacken.

Yaala wandte sich dem Ausgang zu. »Lasst uns von hier verschwinden. Am Ende wird die Stadt Piedro töten. Wir müssen jetzt einen Weg über die Kraterwände finden. Kann einer Eurer Drachenfreunde uns holen kommen, Lyman?«

»Ich weiß es nicht.«

»Dann müssen wir eben klettern«, meinte Rollett müde.

Powwell gefiel Rolletts Hautfarbe gar nicht. Seine Lippen und die Ränder seiner Nasenflügel schimmerten immer noch bläulich. Er atmete schwer und musste oft stehen bleiben. Seine Hände waren durch die Verbrennungen mit Blasen überzogen und angeschwollen. Die Symptome ähnelten denen der Seuche; allerdings fehlte der typische Geruch.

Die Rover hatten das Eisentor offen gelassen, als sie aus den Höhlen geflüchtet waren. Yaala stieß einen erleichterten Seufzer aus. Ohne die Trizität, die Liise erzeugt hatte, würden die Fernbies nicht funktionieren.

Als Powwell die Grube hinter sich ließ, fiel ihm das Atmen leichter. Noch besser würde er sich fühlen, wenn er nicht mehr in Höhlen und Gebäuden eingesperrt war. Dieser kurze Moment der Einheit mit dem Boden, kurz bevor er den Tunnel über Kalen hatte zusammenstürzen lassen, hatte ihn gelehrt, wie prekär das Gleichgewicht des Höhlensystems war. »Sterngötter, ich hoffe, ich muss mich nie wieder unter die Oberfläche begeben.«

Auch Lymans Schritte wirkten jetzt ein wenig fester. Nur Rollett sackte immer wieder haltsuchend gegen Yaala, deren Arm immer noch um seine Hüfte lag. Sie passten zusammen, als hätten sie schon immer zueinander gehört wie zwei Hälften eines Ganzen.

Powwell wartete darauf, dass seine Eifersucht erwachte. Seit vielen Monaten war Yaala seine beste Freundin und ständige Begleiterin gewesen. Manchmal hatte er sie begehrt – wenn ihn nicht gerade der Gedanke, Kalen zu befreien, in Anspruch genommen hatte.

Seine Schwester war frei und hatte diese Existenzebene hinter sich gelassen.

Jetzt hatte er nur noch Yaala …

Doch nichts regte sich in ihm. Er hoffte, dass sie mit Rollett glücklich werden würde.

»Sieht aus, als wären hier viele Menschen eilig aufgebrochen«, bemerkte Yaala, während sie durch die Gänge des Palasts liefen.

Bruchstücke vergoldeter Möbel und kostbarer Verzierungen und Seidenballen, alles aus den Lagerräumen des Kaaliphen gestohlen, übersäten den Boden.

»Sollen wir versuchen, die Bibliothek zu retten?«, fragte Powwell, an alle gerichtet. »Wenn Yaala die richtigen Bücher hat, könnte sie vielleicht ihre Maschinen wieder aufbauen.«

»Nein«, erklärte Yaala entschlossen. »Königin Katie hatte Recht. In Coronnan hat die Technologie keinen Platz. Wir haben Magie, und wir haben die Kommune. Maschinen bereiten nur Probleme.«

Ohne noch weiter darüber zu sprechen, passierten sie den Gang, in dem die geheime Treppe entsprang.

»Ich frage mich, ob Piedros Gefolgsleute ihn verlassen haben«, überlegte Yaala und wies auf den Schutt.

»Aber sie fürchten immer noch das, wofür der Kaaliph von Hanassa steht.« Powwell wies auf die scheußlichen Abbildungen von Folter und Ausschweifungen auf den Wandteppichen. Als er zum ersten Mal die lebhaften Darstellungen perverser sexueller Praktiken neben den Bildern blutiger Hinrichtungen erblickt hatte, war er vor Verlegenheit errötet. Seitdem hatte er zu viel gesehen, um jetzt etwas anderes als Ekel zu empfinden. Vorsichtig, als wolle er sich nicht von den Bildern beschmutzen lassen, fasste er die Gobelins nur an ihren blutroten Rändern, um sie beiseitezuschieben. Durch die Öffnung hinter den Wandbehängen gelangten sie wieder in die Halle der Gerechtigkeit.

Nur die abgeschlagenen Köpfe von Rolletts Freunden waren noch hier und schienen über die Lebenden zu spotten, die an dem Altar vorbeieilten. Powwell hielt kurz an, um sich respektvoll vor den Geistern der Toten zu verneigen, die ihm beim letzten Mal, als er hier gewesen war, Wissen und neue Energie geschenkt hatten.

Sie hatten die Halle fast durchquert, als ein Donnergrollen das ganze Gebäude erschütterte.

»Das war kein Erdbeben«, meinte Powwell und wappnete sich gegen das Schwanken des Bodens, das nicht eintrat.

»Das kam von draußen, nicht von unten«, bekräftigte Rollett.

Sie mischten sich unter das Menschengewimmel im Hauptkorridor. Niemand schien zu bemerken, dass zu den Hunderten, die hier entlangliefen, vier weitere Personen gekommen waren. Die meisten Dienstboten, Gefolgsleute und Wachen trugen mindestens ein Stück, das sie aus den Räumen des Kaaliphen geplündert hatten.

Powwell sah zu Yaala, um festzustellen, wie sie auf den Verlust ihres Erbes reagierte, der von Generationen angesammelten Reichtümer. Doch sie schien sich viel mehr Gedanken darüber zu machen, Rollett vor den Ellbogen und achtlosen Schritten der fliehenden Bevölkerung zu schützen. Sie hatte die Reichtümer ihrer Mutter nie begehrt und nur ihre Liebe ersehnt. Als Yaassima sie in die Grube verbannt hatte, waren ihre geliebten Maschinen Yaalas Gefährten geworden. Und nun waren sie ebenfalls nicht mehr. Vielleicht hatte sie in Rollett endlich jemanden gefunden, der sie achtete und irgendwann einmal lieben würde.

Als sie sich dem Portal näherten, drängte die Menge Powwell von Lyman und den anderen ab. Die ganze Stadt schien sich auf der freien Fläche vor dem Palast zu versammeln. Alle erstarrten verblüfft, als ein gewaltiger mechanischer Drache zu Boden sank. Statt seines Rachens spien seine Schwanzflossen

Feuer, und seine Schwingen wirkten viel zu kurz, um das Gewicht des Wesens in der Luft zu halten. Seine Nase zeigte nach unten, und es hatte starke Schlagseite nach links.

Ein mächtiges Röhren erschütterte das Untier, dessen Flammen über die Dächer nahe stehender Gebäude leckten.

Schreiend wichen die Menschen vor dem Wesen zurück und machten ihm Platz zum Landen.

Powwell sah sich hektisch nach Lyman um. Vielleicht konnte der ältliche Bibliothekar bei dem Drachen für sie übersetzen. Er erblickte den weißen Haarschopf des Alten zu seiner Linken. Lyman spähte nach oben und hatte offenbar keine Angst vor diesem neuartigen Drachen.

»Ist Hanassa doch noch am Leben?«, fragte Powwell, während er sich auf Lyman zudrängte.

»Das bezweifle ich.« Lyman schüttelte den Kopf und schirmte seine Augen gegen die grelle Wüstensonne ab. »Ich habe noch nie einen so großen und unbeholfenen Drachen gesehen. Und ich habe auch mit menschlichen Augen noch nie einen Drachen so gut erkannt. Eigentlich sollte unser Blick um das Wesen herumgleiten und überall hin entfliehen, damit wir es nicht direkt anschauen können. Ich weiß nicht, was das für ein Tier ist.«

»Das ist gar kein Drache, sondern eine Maschine!«, schrie Yaala aufgeregt. Sie schob die Umstehenden beiseite und bahnte sich einen Weg zu dem Apparat, der auf dem staubigen Boden gelandet war. Rollett hinkte langsam hinter ihr her.

»Zurück, Yaala!«, brüllte Powwell. Er hatte sie gerade erreicht, als an der Seite des Drachens ein Stück der Außenhaut beiseiteglitt.

Maia, das Rover-Mädchen, das die Kommune als Geisel gehalten hatte, trat in die Öffnung. Ihr Gesicht wirkte vor Sorge und Tränen blass und angeschwollen – oder von der Krankheit. Dutzende Rover-Wachen streckten ihr helfend die Hände entgegen.

»Bitte hilf mir, Piedro«, jammerte sie. »Der Vater der Königin ist tot. Das Wesen hat ihn umgebracht.«

Aber der Geruch der Krankheit umschwebte sie. Powwell und Yaala standen neben ihr und atmeten die verseuchte Luft ein.

40. Kapitel

Nachmittag, Stadt Hanassa

Yaalas Herz hüpfte vor Freude. Die Sternengötter hatten ihre Gebete erhört. Sie hatten ihr als Ersatz für die Maschinen, die sie geopfert hatte, dieses wunderbare mechanische Tier geschenkt.

Dann, als ihr die Bedeutung dessen, was die Rover-Frau gesagt hatte, aufging, unterdrückte sie ihre erste freudige Reaktion auf die Maschine. König Kinnsell lag tot im Bauch der Apparatur. Der Vater der Königin war ein politisch mächtiger Mann gewesen. Welche Folgen würde das haben?

Sie war drauf und dran gewesen, in die rechteckige Öffnung zu stürzen, in der Maia immer noch stand, doch jetzt hielt sie inne.

»Geh nicht in ihre Nähe, Yaala. Sie trägt die Seuche an sich!«, schrie Powwell ihr zu.

»Seuche?« Furcht durchfuhr Yaala. Powwell hatte ihr den Drachentraum in allen Einzelheiten erzählt, einschließlich des beißenden chemischen Gestanks, den die Krankheit erzeugte.

Yaala wich zurück und stieß dabei gegen Rolletts Brust. Ansonsten wäre sie einfach davongelaufen.

»Kannst du dieses Ding hier hinausfliegen?«, fragte Rollett. Er klang so hoffnungsvoll, dass es Yaala schwerfiel, ihn zu enttäuschen.

»Ich bin Ingenieur. Wenn ich ein paar Tage Zeit habe, diese Maschine auseinanderzunehmen, kann ich dir möglicherweise sagen, wie sie funktioniert; aber sie zu fliegen ist etwas ganz anderes.«

»Diese Frau hat sie gelandet. Wenn der Pilot tot ist, dann muss sie die Maschine gelenkt haben. Vielleicht, wenn Powwell und ich in ihren Geist eindringen können …«

Powwell schob sich an ihnen vorbei und stieg die zwei Stufen hinauf, die aus dem Portal der Apparatur herausgeklappt waren.

»Powwell!«, protestierte Yaala. »Denk an die Seuche.«

»Keine Sorge, Yaala. Ich dürfte immun dagegen sein. Aus den alten Zeiten muss noch so viel Tambootie in meinem Körper sein, dass es mich vor jeder Krankheit schützt.« Er drehte sich um und grinste ihr zu.

»Wenn die Bücher des alten Lyman die Wahrheit sagen«, murmelte er dann, und seine Selbstsicherheit verflog.

»Natürlich tun meine Bücher das«, gab der alte Mann empört zurück. »Lass uns nachschauen, ob König Kinnsell wirklich tot ist oder ob du ihm helfen kannst. Ich würde gern seine Gedanken lesen, solange er noch bewusstlos ist und sich nicht wehren kann. Der Mann hat sich für so vieles zu verantworten; er hat die Seuche hergebracht, König Quinnaults Autorität untergraben …« Lyman verschwand im Inneren der Maschine und murmelte dabei immer noch die Liste von Kinnsells Verbrechen vor sich hin. Maia stand immer noch in der Tür und rang die Hände.

In der Menge kam Unruhe auf. Piedro und sechs seiner Rover-Wachen drängten sich nach vorn durch und stürzten auf Maia zu. Piedro grinste bösartig.

»Endlich kehrt Ihr zu uns zurück, bezaubernde Dame.« Piedro streckte Maia eine Hand entgegen, um ihr beim Aussteigen zu helfen, ganz so, als wäre sie ein heimkehrendes Mitglied der königlichen Familie und nicht die Geliebte ihres vorherigen Anführers, Piedros Rivalen, der jetzt tot war. »Unsere Gruppenidentität hat dich vermisst, seit du fortgegangen bist. Du hast uns sicher viel zu erzählen.«

»Denk nicht einmal daran, dich zu bewegen«, befahl Yaala

und trat neben Piedro. »Ich werde nicht zulassen, dass ihr diese Krankheit in meiner Stadt verbreitet.«

»Die Kaalipha! Yaassimas Tochter, unsere wahre Kaalipha!«, schrien die Menschen und schoben sich gefährlich nahe an die Maschine – und damit den Seuchenherd – heran.

Piedro ließ Maias Hand fallen und starrte Yaala mit offenem Mund an. Doch seine Verblüffung währte nur einen Moment.

»Ergreift sie; sie gehört zu den Verrätern!«, brüllte er. »Ich dachte, wir hätten euch tot in der Grube zurückgelassen«, zischte er dann, leiser.

»Lang lebe die Kaalipha, die von den Toten zurückgekehrt ist!«, kreischten die Menschen hysterisch. Die am nächsten stehenden drängten und schubsten und versuchten Yaala zu berühren.

»Öffnet die Tore der Stadt, Kaalipha.«

»Rettet uns, Kaalipha.«

»Gebt uns zu essen, Kaalipha.«

Unkontrollierbar drängten sie sich heran und trennten Yaala von den Rovern. Plötzlich gruben sich die Stufen der Maschine schmerzhaft in ihre Beine. Am liebsten wäre sie in die Stille und die Obhut der Grube zurückgerannt.

All diese Menschen, die auf sie zukamen und nach ihrer Aufmerksamkeit heischten ... All diese Menschen, die auf sie einschrien und ihr die Privatsphäre raubten ... Sie konnte nicht denken; sie bekam keine Luft.

Sie taumelte gegen die Stufen und fasste mit beiden Händen nach dem Rahmen des Portals. Die Luft wich ihr aus den Lungen, und der bittere Geschmack der Seuche erfüllte ihren Mund.

*

Nachmittag, Haus von Myrilandel, der Botschafterin des Drachennimbus, Hauptstadt Coronnan

»Hast du den Streit eben zwischen Narbengesicht und dem König mit angehört?«, fragte Luucian, ein Heilergeselle, den Bessel aus den alten Zeiten vor der Drachenmagie noch flüchtig kannte. Er drückte einen Berg Grünzeug an die Brust und keuchte vor Aufregung.

»Ich beteilige mich nicht an Gerüchten«, gab Bessel ruhig zurück, um seine Unruhe zu verbergen. Narbengesicht war von seinem Posten als oberster Ratgeber des Königs entlassen worden. Sein Zorn konnte jeden Moment auf alle möglichen Arten losbrechen und sie alle treffen.

»Aber du hast es doch gehört, du hast am Dienstboteneingang gelauscht!«, bohrte Luucian weiter. Er ließ die Pflanzen auf den langen Tisch in der Mitte der Küche fallen.

»Das Wasser im Kessel kocht gleich; im Keller ist Käse, und Brot findest du in der Speisekammer. Wenn die Heiler mit dem Meister fertig sind, werden sie nach einem Imbiss verlangen. Kommst du damit zurecht?« Bessel verließ seinen Lauschposten und ging zu der Tür, die nach draußen führte.

»Moment mal, Bessel, wohin willst du? Hast du nicht gehört, dass Narbengesicht entlassen ist? Er ist nicht mehr Oberster Magier, und du kannst an die Universität zurückkehren. Willst du nicht lieber bleiben und dafür sorgen, dass *die da*...«, mit einer Kopfbewegung wies er in das Innere des Hauses, wo sich die Meistermagier aufhielten, »... nicht vergessen, dass du der älteste Geselle und bereit bist, in den Status eines Meisters erhoben zu werden? Bei einer Beförderung geht es ebenso um Politik wie um Verdienste. Du musst dein Gesicht bei so vielen Meistern wie möglich zeigen, um auf deine letzte Mission geschickt zu werden, an deren Ende du zum Meister ernannt wirst.«

»Nichts davon wird noch wichtig sein, wenn Narbengesicht beschließt zurückzuschlagen. Halt mir den Rücken frei.«

»Aber ich habe Befehl, Königin Katie bei der Zubereitung von Feenglocken zu einem Heilmittel statt zu einem Gift zu helfen. Ich muss wissen, wie das geht. Mach du das Essen. Ich brauche dieses Wissen, um mir meine Beförderung zu verdienen.«

»Du kommst schon mit beidem zurecht, Luucian. Ich vertraue dir.« Bessel wartete nicht länger. Er musste sich jetzt an Narbengesichts Fersen heften, bevor er alles zerstörte, was der Kommune und Coronnan kostbar war.

Und doch wünschte er, er könnte noch ein einziges Mal das magische Einswerden mit den anderen Magiern teilen – mit oder ohne Narbengesicht.

Die Anwesenheit des königlichen Paares und seines Gefolges hatte eine Menschenmenge angezogen, die sich vor Myrilandels Haus, der Botschaft der Drachen, versammelt hatte. Mit abgewandtem Gesicht schob sich Bessel durch das Gedränge.

Das Beste und Sicherste war jetzt Anonymität.

Bessel erhaschte einen Blick auf Narbengesicht, der sich durch die Menge schob wie ein Schiff, das gegen den Wind durch schwere See pflügt. Die aufgeregten Menschen machten Platz für den Obersten Magier, aber sie nickten ihm nur mechanisch zu. Ihr Respekt galt seinem Rang, aber nicht dem Mann.

Merkwürdig. Letztes Jahr war er in der Stadt als Held empfangen worden. Jetzt tolerierte die Bevölkerung ihn nur noch.

Narbengesicht passierte die Botschaft von Rossemeyer. Immer noch stand ein schwarzgekleideter Söldner auf der Vordertreppe Wache. Über ihm hing schlaff ein blutrotes Banner, das durch die Luft, die vom Fluss aufstieg, mit Feuchtigkeit getränkt war. Mit angehaltenem Atem verfolgte er Narbengesichts Weg. Mit einem Gedanken wies er Mopsie an, sich in der Menge unsichtbar zu machen. Der Attentäter hatte den Hund zusammen mit Bessel gesehen und würde den Mann, den er für den Tod von Botschafter Jorghe-Rosse verantwortlich machte, vielleicht auch in seiner Fischerkleidung erkennen.

Aber der Söldner schaute an Bessel vorbei und hielt den Blick auf Nimbulans und Myrilandels Haus gerichtet. Eine Hand lag auf dem Heft seines Schwertes, mit der anderen betastete er eine weitere Waffe, die er unsichtbar unter seinen weiten Roben trug.

Bessel sah den Söldner direkt an, doch über die Miene des Mannes huschte kein Anzeichen dafür, dass er ihn wiedererkannte. Bessel lächelte in sich hinein. Ausnahmsweise war es ihm einmal gelungen, mit dem Hintergrund zu verschmelzen, wenn er es wirklich brauchte. Hatte seine Flucht über den Fluss diese Gabe in ihm erweckt, so wie die Tambootie-Probe das Talent eines Magiers hervorbrachte?

Sobald er die Straße, in der die Botschaften lagen, hinter sich gelassen hatte, begann Narbengesicht seine Hände in einer komplizierten Geste zu verschlingen. Bessel erkannte die Bewegung, bevor er den Zauber, der ihm folgte, spürte. Der Oberste Magier rief die Kommune zusammen und befahl den Magiern, im Turmzimmer mit ihm zusammenzutreffen. Der Befehl enthielt einen subtilen, aber trotzdem illegalen magischen Druck. Nur Außenseiter-Magie konnte einen solchen Überredungszauber wirken.

In einer plötzlichen Erkenntnis wusste Bessel mit einem Mal, dass Narbengesicht gestern während des Sturms genau diesen Zauber gewirkt hatte. Der Oberste Magier musste Kraftlinien anzapfen, um andere Menschen zum Gehorsam zu zwingen. So hatte er bemerkt, dass Bessel ebenfalls seine Kraft aus der Erde bezogen hatte.

Bessel errichtete seinen magischen Schutzpanzer, bevor Narbengesicht seinen Spruch beendete. Sinnlos, das Risiko einzugehen, dass er seine natürlichen Barrieren überwinden könnte. Er hatte vor, Narbengesicht ungesehen zu folgen und die Pläne des Obersten Magiers mit jeder Magie, die ihm zur Verfügung stand, zu vereiteln.

Sie näherten sich dem offenen Hof vor der Universität. Bessel duckte sich in die Schatten unter der letzten Brücke. Im Geiste stellte er sich vor, wie sich die dunklen Tiefen mit einem Flussnebel vermischten. Mit seinen physischen Augen sah er keinen Unterschied in dem Muster von Licht und Schatten, aber die Lehrlinge und Meister, die Narbengesichts Ruf nachkamen, sahen ihn direkt an, ohne auf ihn zu achten. Sogar die lästigen jungen Lehrlinge, die sonst mehr Neugierde als Verstand hatten, ignorierten ihn.

Nur Windhauch schaute in seine Richtung. Aber er hielt sich nicht auf und machte offenbar auch keinem der anderen Mitteilung über Bessels Anwesenheit.

Kurz trafen sich ihre Blicke, und Bessel erlebte noch einmal die enorme Freude, die ihm die kommunale Magie schenkte. Dann unterbrach er den Kontakt, da er wusste, dass er nicht länger in der Kommune bleiben konnte. Betrübt schüttelte Windhauch den Kopf und folgte wieder dem Rufzauber.

Die Trennung tat Bessel im Herzen weh.

Er rückte die Schatten zurecht, die ihn verbargen. Bessel fragte nicht nach der Quelle der Energie, die seinen Trick speiste. Narbengesicht hatte ihn aus der Kommune verbannt, und damit war sein Eid, nur Drachenmagie einzusetzen, hinfällig geworden. Er diente immer noch der Kommune, Coronnan und König Quinnault, aber er würde das in Zukunft mit allen Mitteln tun, die ihm zur Verfügung standen, um gegen den Mann vorzugehen, der vorhatte, das empfindliche Gleichgewicht zwischen König, Kommune und Coronnan zu zerstören.

Aber wie? Welche Form würde Narbengesichts Vergeltung annehmen?

Hexenlicht schien durch die Buntglasfenster des Turmzimmers. Auf der Brücke zur Universität war niemand mehr unterwegs. Bessel kroch aus seinem Versteck hervor, hüllte sich jedoch weiter in Schatten und Nebel wie in einen Umhang.

Er betrat die Universität durch die Bibliothek. Der leicht modrige Geruch nach alten Büchern, Tinte und Pergament hieß ihn willkommen. Er sog den tröstlichen Duft tief in die Lungen ein und genoss seine Heimkehr an diesen vertrauten Ort des Lernens.

Doch er hatte keine Zeit, länger in dem weitläufigen Raum zu verweilen, den er immer als seine Heimat betrachtet hatte. Leise schlich er sich die Treppe zum Turmzimmer hinauf. Auf den Steinstufen waren seine Schritte kaum zu hören. Durch seinen Unsichtbarkeitszauber wirkten die Stimmen, die aus der privaten Enklave der Meistermagier drangen, gedämpft. Aber nichts hätte das Gebrüll auf der anderen Seite der Tür ganz verstummen lassen.

»Die Seuche ist über uns gekommen, Meister, Lehrlinge und Gesellen«, intonierte Narbengesicht, als predige er zu den Massen. »Das Tambootie ist das einzige Heilmittel gegen diese heimtückische Krankheit. Doch Tambootie ist den Drachen und den Magiern vorbehalten. Wenn wir dem König erlauben, genug von dem magischen Baum zu ernten, um die Keime der Seuche auszurotten, wird nicht mehr genug für die Drachen übrig sein oder für die Kommune, um unsere Lehrlinge, die das Mannesalter erreichen und zum Gesellen aufrücken, der Probe durch den Tambootie-Rauch zu unterziehen.«

Ein Protestgemurmel brach aus; es waren meist junge Stimmen, wahrscheinlich die Lehrlinge, die ihre Laufbahn als Magier bedroht sahen.

»Wenn die Drachen sterben oder Coronnan verlassen, weil wir die Vernichtung des Tambootie gestatten, dann haben wir keine kommunale Magie mehr, um dieses Königreich zusammenzuhalten. Wir werden Zuflucht zu individueller Magie nehmen müssen, und dann folgt das Chaos auf dem Fuße.« Narbengesichts gebieterischer Ton duldete keinen Widerspruch.

Doch einer der Meister meldete sich zu Wort. Bessel vermutete, dass es Säbelzahnkatze war, einer der ehemaligen Schlachtenmagier, der Söldner geworden und im letzten Jahr kurz nach Nimbulan und Narbengesicht aus Hanassa geflohen war. Sein Name rührte von seinen sehr langen Eckzähnen her, die bis über seine Unterlippe vorstanden und ihn der gleichnamigen Raubkatze ähneln ließen. »Meister Aaddler, wenn wir nicht erlauben, dass das Tambootie geerntet und zu dem Heilmittel für diese Seuche destilliert wird, sterben wir ebenfalls.«

»Nein, das werden wir nicht«, konterte Narbengesicht. »Die Probe durch den Tambootie-Rauch macht uns immun dagegen. Wir Magier werden überleben und dann mit unserer kommunalen Magie diejenigen heilen, die wir für würdig befinden, ohne dass wir deswegen den kostbaren magischen Baum verlieren.«

»Und was wird aus den Lehrlingen?«, fragte ein anderer Meister. Bessel konnte nicht erkennen, wer.

»Ich befehle ihnen allen, sich sofort einem verkürzten Tambootie-Ritual zu unterziehen. Morgen in aller Frühe werden sie dann bereit sein, uns bei der wichtigeren Aufgabe, das Tambootie zu bewahren, zu helfen.«

Bessel spürte, wie Narbengesicht erneut seine magische Überredung einsetzte. Instinktiv zog er neue Energie aus einer Kraftlinie, um seinen Schutzpanzer zu verstärken, ehe er dem Obersten Magier am Ende noch seine Argumente abnahm.

»Und wie können wir das Tambootie retten?«, fragten viele Stimmen zugleich.

»Wir müssen das Wissen vernichten, dass Tambootie das einzige Heilmittel ist.«

Ein kalter Schauer lief Bessel das Rückgrat hinunter.

»Welche große Magie plant Ihr, Meister Narbengesicht?«, fragte Säbelzahnkatze ohne Zögern oder Vorbehalte.

»Wartet es ab. Bei Sonnenaufgang werden wir das große Werk beginnen, das uns retten wird.«

Bessel mobilisierte jeden Funken magische Energie, die er besaß, um in Narbengesichts Gedanken einzudringen.

Alle gefährlichen Bücher aus der Bibliothek werden im Innenhof verbrannt werden, direkt oberhalb der Quelle der illegalen Außenseiter-Magie. Ich muss dieses Wissen kontrollieren, um mich selbst und die Kommune vor unseren Feinden zu schützen. Quinnault, Nimbulan, die Rover; alle wollen mich töten, weil ich nicht ihr Werkzeug sein will. Ich muss das Wissen zerstören, das sie in die Lage versetzt, mich umzubringen. Das Wissen um die individuelle Magie, Rover, subversive magische Gefährten und Drachengeheimnisse, all das muss für immer in den reinigenden Flammen sterben. Dann, und erst dann werde ich sicher sein.

41. Kapitel

Nachmittag, Stadt Hanassa

»Wage es bloß nicht, krank zu werden, Yaala. Ich bin bereit, auf dich zu verzichten, damit du mit Rollett zusammen sein kannst; aber ich will verdammt sein, wenn ich dich durch die Seuche verliere«, schimpfte Powwell und zerrte sie von der heranbrandenden Menge und ihren unablässigen Forderungen weg.

»Du kannst nicht beide retten, Yaala und den Vater der Königin«, erinnerte ihn Lyman. »Du hast deine magischen Kräfte bereits völlig verausgabt. Mich wundert, dass du überhaupt noch auf den Beinen stehst.«

»Ich werde es überleben. Aber wir müssen wissen, wie man dieses Ding fliegt, um von hier verschwinden zu können. Sobald wir frei sind, können wir Yaala mit Tambootie behandeln. Da sie von Drachen abstammt, müsste sie eigentlich vor den Giftstoffen in den unbearbeiteten Blättern geschützt sein.« Powwell strich Yaala das Haar aus den Augen. »Du wirst wieder gesund, Liebes. Das verspreche ich dir.«

»Ist Kinnsell am Leben?«, fragte sie und sah auf den kraftlos am Boden Liegenden hinunter.

»So gerade eben. Ich weiß, dass ich sein Leben noch eine Zeitlang erhalten kann, aber ich bin mir nicht sicher, ob es mir gelingt, ihn zu heilen. Die Krankheit ist bei ihm sehr weit fortgeschritten.«

»Ich werde mir die Kontrollen ansehen.« Kurz und voller Zuneigung strich Yaala Powwell über das Gesicht. »Du wirst immer mein bester Freund sein, Powwell. Ich vertraue dir.«

Das waren sehr mutige Worte von einer Frau, die bisher Maschinen mehr als Menschen vertraut hatte.

In diesem Moment stürzte Rollett Hals über Kopf in das Shuttle, stolperte und stürzte zu Boden. »Schließt die Tür! Dieser Mob wird mit jeder Minute zorniger!«

Lyman probierte an einer Reihe von Knöpfen herum, die neben der Tür angebracht waren, bis sie sich zischend schloss. Maia blieb draußen bei ihrem Rover-Clan.

»Sie sind wahnsinnig«, murmelte Rollett, als die zugleitende Tür das Stimmengewirr dämpfte. »Maia erzählt Piedro, sie müssten Tambootie an ihr Essen geben, um die Seuche abzuwehren. Sie plant schon Rezepte mit Timboor – um der Sterngötter willen, das ist der giftigste Teil des ganzen Baumes. Sie wird sie alle umbringen.«

»Die Rover sind Magier«, meinte Powwell. »Sie werden durch ihre eigentümliche Gruppenmagie die Immunität, die das Tambootie verleiht, aufeinander übertragen.«

Immer noch klang, wenn auch leiser, das Geschrei des Mobs in die Maschine, in deren Innerem es viel ruhiger war.

»Was ist mit den anderen Menschen da draußen?«, fragte Yaala. Herausfordernd reckte sie das Kinn und verlangte eine Antwort von ihren Gefährten. »Nicht jeder in Hanassa ist Rover oder Magier. Wenn wir nichts tun, um ihnen zu helfen, werden viele Menschen an der Seuche sterben.«

»Geh mit Yaala nach vorn, Rollett«, sagte Powwell. »Sie soll dort bleiben, während ich dies hier tue.«

»Du gibst Befehle, als rechnetest du damit, dass sie auch befolgt werden. Wirklich, du bist erwachsen geworden, Powwell.«

»Das passiert einem, wenn man gerade seine Schwester umgebracht hat und seine letzte Fluchtmöglichkeit ins Auge fasst, die uns ebenso gut alle umbringen könnte.« Powwell drehte den beiden anderen Magiern den Rücken zu und suchte am Hals des Todkranken nach einem Puls. Ein schwaches Flattern verriet ihm, dass das Herz des Mannes noch schlug, wenngleich unregelmäßig.

Ehe seine Furcht ihm Einhalt gebieten konnte, setzte Powwell sich entschlossen im Schneidersitz neben Kinnsell. Als er eine bequeme Haltung eingenommen hatte, holte er dreimal tief Luft, um eine Trance einzuleiten. Er sah jetzt nur noch Kinnsell und sich selbst. Der Rand seines Blickfelds verdunkelte sich, und sein Kopf fühlte sich leicht an, als er auf die Leere zutrieb.

Er zog ein paar Seiten hervor, die er zu Hause aus einem von Lymans kostbaren Büchern gerissen hatte, und studierte sie kurz. Als er sich das Ritual eingeprägt hatte, nahm er einen von Thornys getrockneten Stacheln aus der Tasche. Der kleine Igel krabbelte aus seinem Versteck, grub die Klauen in Powwells Haut und flehte ihn schnatternd an, damit aufzuhören.

Powwell ignorierte den Rat seines magischen Gefährten, stach tief in seine Handfläche und brachte sich mit dem Stachel einen gezackten Riss bei. Er quetschte die Ränder der Wunde, bis sie stark blutete, und wiederholte den Vorgang dann an Kinnsells schlaffer Hand.

Thorny sprang von Powwells Schoß und flitzte davon.

»Nein, Powwell! Das kannst du nicht tun. Du weißt doch gar nicht sicher, ob das funktionieren wird. Thorny hat Angst. Hör auf deinen magischen Gefährten.« Yaala warf sich von hinten über ihn und zog seine blutige Hand von Kinnsell weg.

»Ich sagte doch, du sollst zusehen, dass sie vorn bleibt und sich nicht einmischt«, brüllte Powwell.

»Ich kann nicht zulassen, dass du dich umbringst, Powwell. Wir werden einen anderen Weg aus Hanassa hinausfinden.« Yaala trat nach Rollett, der sie von Powwell wegzog.

»Ich muss das tun, Yaala. Es ist die einzige Möglichkeit. Beruhige Thorny, er mag dich.«

»Aber ...« Ihr Widerspruch ging in einem Schluchzen unter.

Powwell tat noch drei tiefe Atemzüge, um sich vollständig in Trance zu versetzen. Wieder verengte sich sein Blickfeld. Seine Hand glühte, und das Blut leuchtete wie ein Rubin in der Sonne. Oder ein Drache mit roten Flügelspitzen, der über die Bucht gleitet ... Die Leere verlockte Powwell, im unendlichen Nichts zwischen den Existenzebenen mit den Drachen zu fliegen.

Er widerstand dem Drang, in die Schwärze zu entweichen und damit vor seiner Aufgabe zu fliehen. Ein stechender Schmerz in seiner Hand warnte ihn, dass seine Magie und seine Entschlossenheit wankten.

Die Aura der Macht, die um seine selbst zugefügte Wunde schimmerte, reichte bis auf Kinnsells Hand. Das eigene Blut des Königs dagegen schimmerte nicht und reflektierte auch kein Licht, ein sicheres Anzeichen dafür, dass die Krankheit schon fortgeschritten war.

Entschlossen legte Powwell die Handfläche gegen die von Kinnsell und achtete darauf, dass die beiden Schnitte exakt übereinanderlagen. Da ihm ein Seidenschal fehlte, um die beiden Hände zusammenzubinden, bedeutete er Lyman, seine altmodische Schärpe herumzuwickeln. In dem Moment, als der kühle blaue Stoff seine Haut berührte, erkannte er, dass es Seide war. Lymans antike Garderobe war wirklich für alle Eventualitäten gut!

»Mein Blut ist dein Blut«, rezitierte Powwell die Heil-Litanei, die er aus der Bibliothek gestohlen hatte. Vor seinem inneren Auge »sah« er, wie sich sein Blut mit dem des Patienten vermischte. Er holte die Tambootie-Rückstände in seinem Blut an die Oberfläche und zwang die Essenz des Baumes, in Kinnsell hineinzufließen.

»Meine Haut wird deine Haut.« Sein Pulsschlag geriet ins Stottern und schlug dann in Kinnsells ungleichmäßigem, schwachem Tempo weiter.

Langsam pochte Powwells Herz kräftiger, regelmäßiger, drückte das heilende Blut in Kinnsell hinein, damit es in seinem Körper zirkulierte, und zwang das Herz des Mannes, sich diesem Rhythmus anzupassen.

Powwell beobachtete, wie sein Blut nach den Schäden in Lunge, Herz, Leber und Nieren suchte. In jedem der lebenswichtigen Organe schob er in Auflösung befindliches Gewebe an seinen Platz zurück und band es mit der Kraft des Tambootie und seinem eigenen heilenden Blut an das Organ.

Tropfen für Tropfen zog Powwell das kranke Blut langsam in seinen Körper und ersetzte es durch sein eigenes. Das Tambootie in seinem eigenen Kreislauf legte sich um die Krankheitskeime, inaktivierte sie und legte sie lahm. Er setzte jedes Partikelchen von den Heilkräften des magischen Baumes, die er noch in sich trug, ein, und dennoch floss zwischen seinem und Kinnsells Körper immer noch krankes Blut hin und her.

Die Schwärze der Leere drang auf Powwells inneren Blick ein. Er tauchte tiefer in Kinnsells Lungen und versuchte verzweifelt, sie so weit zu reparieren, dass der Mann allein atmen konnte. Powwells eigener Atem ging schwer und flach, und Blut verklumpte seine Lungen. Sein Herz wurde schwächer.

»Du musst dich zurückziehen, Powwell. Du bist zu weit gegangen«, drängte ihn eine Stimme aus weiter Ferne.

Etwas schüttelte den Körper, den er auf seiner langen Reise in das Innere eines anderen zurückgelassen hatte. Es war ihm gleich. Dieser Körper gehörte zu einer anderen Existenz, einer anderen Person. Er hatte nur noch die Kraft, dem Pulsieren des Blutes durch verstopfte Gefäße zu folgen.

*

Nachmittag, in Kinnsells Shuttle, Stadt Hanassa

Rollett beobachtete Kinnsell genau, um festzustellen, ob er seinen Komazustand verließ. Als seine Augenlider flatterten und zeigten, dass er normal schlief und träumte, erlaubte er Yaala, neben Kinnsell und Powwell, dessen Körper zu zucken begonnen hatte, niederzuknien.

Der jüngere Magier war noch immer bewusstlos. Rollett hoffte nur, dass sie von hier fliehen und ihn mit Tambootie behandeln konnten, bevor die Seuche unumkehrbaren Schaden anrichtete.

»Dein Körper ist jünger als meiner, Rollett, und dein Geist aufnahmefähiger für Veränderungen«, sagte Lyman. »Vielleicht übernimmst du besser das, was jetzt kommt, während ich den Mob im Auge behalte. Hört sich scheußlich an, als würde gleich eine Revolte ausbrechen.«

Rollett nickte zustimmend. Wenn Yaala nicht genug Informationen aufnahm, konnte er vielleicht die Lücken ausfüllen.

»Ich muss eine Hand an dein Gesicht legen.« Er platzierte die Finger seiner Rechten an Yaalas Schläfe. »Meine andere Hand wird mich mit Kinnsells Geist verbinden. Aber du musst meine Schläfe auf dieselbe Weise berühren. Damit schließen sich unsere Gedanken zusammen. Ich bin nur das Gefäß, das dieses Wissen an dich weitergibt. Verstehst du das, Yaala?«

Sie nickte stumm, wandte aber den Blick nicht von Powwell. Immer wieder streckte ihre rechte Hand sich nach ihm aus, um ihm Liebe und Trost zu schenken.

»Konzentriere dich, Yaala.« Rollett ergriff ihre ausgestreckte Hand und legte sie an seinen Kopf. »Wenn wir jemals hier herauskommen und Hilfe für all die Menschen holen wollen, die Maia der Seuche ausgesetzt hat, dann musst du dich darauf konzentrieren, wie man diesen seltsamen Drachen fliegt.«

»Für Powwell, und für meine Stadt.« Verwirrt sah sie zu ihm auf. »Und für uns, für diesc merkwürdige Trizität, die zwischen uns fließt.«

Fäuste donnerten gegen das Portal des mechanischen Drachen. Das Fluggerät schwankte heftig.

»Wir haben nicht mehr viel Zeit«, warnte Lyman sie. Er verließ seinen Posten hinter Powwell, um einen Blick durch eines der kleinen, runden Fenster zu werfen. »Die Menge wird gewalttätig. Die Rover ziehen sich unter einem Hagel von Steinen und Abfall in den Palast zurück.«

»Gib uns zu essen! Gib uns zu essen!«, skandierte der Mob immer wieder. »Rette uns vor den Erdbeben!« Immer lauter drangen die Stimmen durch die Hülle des Fluggeräts.

Der Drache zitterte unter ihren Schlägen, fast so, wie in der Grube der Boden gebebt hatte.

Rollett mobilisierte seine letzten Körperkräfte und versetzte sich in eine tiefe Trance. Ehe die Leere ihn überwältigen konnte, tauchte er in Kinnsells Geist ein. Ein starker Schutzwall hielt seinem ersten Ansturm stand. Ein zweiter und dritter Versuch schwächte die natürlichen Barrieren des Mannes, doch sie widerstanden ihm immer noch.

Langsam. Geh behutsam vor und bitte ihn höflich, sagte Powwell in seinem Geist. Seine mentale Stimme klang schwach und wie von weit her.

Rollett stellte die Anweisung des Jungen nicht in Frage. Powwell war mit Kinnsell durch ein stärkeres Band aus Blut und Magie verbunden, als Rollett es mit einer einzigen Berührung weben konnte.

Bitte, flehte er Kinnsell an. *Bitte lasst Euch von uns helfen. Zeigt uns, wie wir diesen seltsamen Drachen fliegen sollen, damit wir zu Eurer Tochter zurückkehren und Hilfe holen können.*

Die Mauer des Widerstands löste sich auf. Mit großer Geschwindigkeit floss eine Flut verwirrender Bilder an Rolletts innerem Auge vorbei. Er nahm Verbindung zu Yaala auf und stellte fest, dass er sie leichter erreichen konnte als jeden Menschen, den er je kontaktiert hatte; abgesehen von den Gelegenheiten, wenn er im Einklang mit den Magiern der Kommune arbeitete und sich ihre Gedanken und Seelen vermischten und gegenseitig verstärkten. Er versuchte die rasch vorbeihuschenden Eindrücke zu ordnen und scheiterte jämmerlich.

Du brauchst es nicht zu verstehen. Gib es einfach an mich weiter. Yaalas Stimme in seinem Geist jauchzte beinahe. Ihr glücklicher Gedankenfluss zeigte ihm, dass sie das Übermittelte verstand.

Er hörte auf, die Bilder zu betrachten, und öffnete sich ihnen einfach wie ein Kanal.

Durch die Wiederholung nahm er einen Teil der Informationen auf, die durch ihn hindurchflossen. Er erhaschte kurze Blicke auf die Kontrolltafel im vorderen Teil der Maschine. Rote und grüne Lichter, blinkende und beständig glimmende Lichter prägten sich ihm ein. Eine eigentümliche Krone, an der weitere blinkende Lichter saßen, war von einer negativen Aura umgeben. Yaala konnte sie nicht benutzen, weil sie nur auf Kinnsell reagierte. Dann erblickte er Visionen des ganzen Shuttles – irgendwann drang es zu ihm durch, dass so der richtige Name für den Drachen lautete –, wie es ruhig in einhundert Drachenlängen über dem Boden dahinflog. Vor Hitze schimmernde, aber farblose Luft strömte aus den »Düsen« am hinteren Ende des Schiffs. Dann sah er eine Hand, die in einem anderen Muster über die Kontrollen huschte, worauf die Düsen rote Flammen spien und lauter als Donner, lauter als das stärkste Erdbeben in der Grube aufröhrten. Das Shuttle drehte die Nase nach oben und schoss so schnell, das sein Blick ihm kaum folgen konnte, in den Himmel hinauf.

Das Geschrei der Menschenmenge riss Rollett aus seinem Kontakt mit Kinnsell und Yaala, und seine Trance zerstob.

Alle drei sanken zusammen.

»Die Rover haben den Mob gegen uns aufgehetzt.« Lyman

zog Rollett von Yaala herunter, die auf Powwell zusammengebrochen war. Ganz unten lag Kinnsell. »In dem Glauben, wir würden hier drinnen Nahrungsmittel verbergen, schlagen sie mit Schaufeln und Harken, mit Speeren und Piken auf die Außenhaut ein. Maia versucht, die Tür von außen zu öffnen, während ich von hier aus ihre Befehle aufhebe. Aber ich weiß nicht, wie lange ich sie noch fernhalten kann.«

»Hast du genug Informationen bekommen, Yaala?« Rollett schüttelte den Kopf, um die letzten Spuren der Trance zu vertreiben.

»Ich glaube schon.« Ihre Stimme und ihre Hände zitterten. Ängstlich sah sie zu Rollett auf. Ihr Geist war immer noch mit seinem verbunden.

Was er in ihren Gedanken sah, erschreckte ihn. »Yaala, wir müssen das Schiff zurück in die Hauptstadt fliegen. Wir brauchen Hilfe für Powwell und Kinnsell, und zwar rasch. Sie sterben. Wir können doch Nahrung und Heiler hierher schicken, damit sie den anderen helfen.«

»Die Stadt Hanassa stirbt. Ich kann diese Menschen nicht im Stich lassen.«

»Du brennst die Raketen aus, wenn du sie benutzt, um ein Loch durch den Kraterrand zu sprengen.« Das fremdartige Vokabular ging ihm über die Lippen, als hätte er die Worte für diese Technologie schon immer gekannt. »Danach werden wir das Shuttle nicht mehr fliegen können. Und nichts garantiert, dass wir Erfolg haben werden. Womöglich stranden wir hier, zusammen mit diesem sehr zornigen und sehr wütenden Mob.«

»Versuchen muss ich es wenigstens. Ich kann nicht tausend Menschen zu einem langsamen, schmerzhaften Hungertod verurteilen. Vorausgesetzt, der Berg bricht nicht zuerst über ihnen zusammen. Kinnsell glaubt, dass die Seuche sich nicht weiter verbreiten wird. Sie hat sich die Schwachen, Verletzlichen schon geholt, und wer jetzt noch nicht befallen ist, der ist zu gesund, als dass die Keime in ihm leben könnten. Ich muss mein Volk befreien, Rollett. Dies ist meine Hinterlassenschaft als Kaalipha von Hanassa. Ich muss meinem Volk auf die einzige Weise helfen, die mir möglich ist. Ich muss.«

42. Kapitel

Nachmittag, Haus von Myrilandel, der Botschafterin des Drachennimbus, Hauptstadt Coronnan

Verblüfft sah Katie zu, wie die Heiler und die anderen Magier, die Nimbulan umstanden, abrupt die Köpfe hoben. Das bläuliche Glühen, das ihren Heilzauber begleitete, erlosch zuckend. Nimbulan lag wieder allein und verwundbar mit seinem geschädigten Herzen da. Ohne miteinander zu sprechen, erhoben sich die Magier wie ein Mann und gingen durch die Tür.

»Wie könnt Ihr es wagen, Euren Patienten im Stich zu lassen!« Katie rannte ihnen nach und packte den letzten Mann in der Reihe am Ärmel. Er schüttelte sie ab und folgte seinen Gefährten. Keiner von ihnen schaute zurück oder hörte auf ihr Flehen.

»Seid Ihr etwa alle in Trance?«, schrie sie ihren sich entfernenden Rücken nach.

»Kommt zurück, jeder Einzelne von Euch!«, donnerte Quinnault in seinem besten Exerzier-Ton.

»Es tut mir leid, Euer Gnaden, aber dieser Ruf hat Vorrang. Ich wage nicht zu bleiben, wenn die anderen gehen«, sagte Weißhand leise und folgte seinen Kollegen.

Starr vor sich hinblickend marschierten die Magier rasch auf die nächste Brücke zu.

»Narbengesicht hat sie gerufen. Sie folgen einem magischen Zwang«, erklärte Myri. Sie sah aus, als wolle sie den Magiern jeden Moment nachlaufen. Dann zwang sie sich, ihren Blick wieder auf ihren Mann zu richten, sank zurück in ihre Hockstellung und nahm seine schwache Hand.

»Solche Überredungszauber sind illegal und von der Kommune verboten. Narbengesicht hat dieses Gesetz selbst geschrieben.« Quinnault griff nach seinem Kurzschwert, zog es ein paar Daumenbreit weit aus der Scheide und stieß es dann zurück. Dieses Problem ließ sich nicht mit Gewalt lösen.

Katie stürzte zu Myri und kniete neben ihr nieder. »Was sollen wir tun? Wir können ihn doch nicht einfach so liegen lassen.«

»Er kann allein atmen. Sie haben es geschafft, einen Teil des Schadens an seinem Herzen zu beheben«, erklärte Myri teilnahmslos. Das weißblonde Haar hing ihr schlaff über die Schultern. Nervös zupfte sie an Nimbulans Hand. Unter ihren erschöpften Augen lagen violette Schatten.

»Ihr müsst ausruhen, Myri.« Katie schlang die Arme um ihre Freundin und half ihr beim Aufstehen. »Denkt doch an Euer ungeborenes Kind. Die Nachbarn werden Amaranth bald nach Hause bringen.« Katie riskierte einen raschen Blick zu Kaariin, die mit Marilell in einer Ecke saß. »Vergesst Eure Tochter nicht, Myri. Schlimm genug, dass sie ihren Vater so krank sehen muss; aber Ihr dürft sie nicht auch noch erschrecken.«

»Ich kann nicht. Ich muss an seiner Seite sein.«

»Wir werden noch etwas bleiben«, schaltete sich Quinnault ein. Er trat zu seiner Frau und schlang ebenfalls die Arme um seine Schwester. »Geh nach oben und ruhe dich aus. Ich werde einen meiner Männer zur Kommune schicken, um festzustellen, was dort vorgeht. Hoffentlich bedaure ich nicht noch, mich darauf verlassen zu haben, dass Narbengesicht als Mann von Ehre freiwillig als Oberster Magier zurücktritt.« Er umarmte Myri fest, ließ sie dann los und ging zur Vordertür, um die bewaffneten Männer, die dort immer noch Wache standen, anzusprechen.

»Bessel ist in der Küche und bereitet eine Medizin vor, die

Nimbulans Herz dabei helfen soll, regelmäßig zu schlagen«, erklärte Katie. Ihre Mundwinkel zuckten leicht. »Ich glaube nicht, dass Bessel Narbengesichts Rufzauber folgen wird. Der Junge scheint immun gegen Einflüsse von außen zu sein.«

»Als Lehrling ist er mir nie ungehorsam gewesen«, flüsterte Nimbulan. Sein Atem ging schwach, aber regelmäßig. Sein Gesicht hatte wieder ein wenig Farbe angenommen, und die blauen Stellen an seinen Nasenflügeln und Fingernägeln waren einem sehr blassen Rosa gewichen.

Myrilandel legte die Fingerspitzen an seinen Hals, um seinen Puls zu fühlen. »Er schlägt zu schnell«, meinte sie dann. »Aber kräftig genug, solange du dich nicht anstrengst.«

Katie fragte sich, woher sie das wusste, obwohl sie keine Uhr benutzte, um den Puls abzuzählen.

»Ich habe die ernstliche Absicht, lange genug zu leben, um zu sehen, wie unser Sohn geboren wird, Liebste.« Nimbulan fasste Myris Hand und drückte die Lippen auf ihre Handfläche.

»Und ich möchte kein vaterloses Kind großziehen, Lan. Aber du wirst noch lange leben und viele Kinder zeugen. Das hat mir Shayla gesagt, und Drachen lügen nicht. Aber eine Zeitlang hast du mir Angst eingejagt.« Myri presste Nimbulans Hand an ihre Wange und hielt sie dort lange fest.

Katie hüpfte das Herz vor Freude, als sie sah, wie sehr ihre beiden Freunde einander liebten.

Quinnault trat hinter Katie, zog sie an seine Brust und küsste ihren Scheitel. Sie kosteten den Moment der Gemeinsamkeit aus, solange sie konnten.

Dann polterte es im hinteren Teil des Hauses, und Myri und Quinnault hoben den Kopf, um zu lauschen.

»Nimbulan, Euer Gnaden, wir müssen sie aufhalten. Narbengesicht will die Bibliothek verbrennen!« Bessel kam auf den glatten Bodenfliesen kurz vor seinem König schlitternd zum Halten.

»Hat er deswegen die ganze Kommune zu sich gerufen?« Quinnault fasste den atemlosen Jungen an den Schultern. Seine weißen Knöchel zeigten, dass er sich Mühe geben musste, die Antwort nicht aus ihm herauszuschütteln.

»Ja.« Bessel nickte und sog tief die Luft ein. »Wir müssen ihn aufhalten.«

»Warum tut er nur so etwas Schreckliches?« Myri sprach die Frage aus, die sie sich alle stellten.

»Weil Wissen Macht ist«, gab Katie zurück.

»Damit niemand anders erfährt, dass das Tambootie die Seuche heilen kann«, setzte Bessel hinzu. »Magier sind immun dagegen, weil nach der Probe durch den Rauch, der sie sich unterziehen, wenn sie Gesellen werden, das Tambootie in ihrem Körper bleibt. Es gibt nicht genug von den magischen Bäumen, um alle Menschen und Coronnan zu heilen und dann noch die Drachen zu füttern. Er macht sich mehr Sorgen um seinen Nachschub an Magie als um die Menschen.«

»Das kann er nicht tun. Wir müssen das Heilmittel jedem zugänglich machen, der es braucht«, protestierte Myri und stand auf. »So viele Menschen leiden.« Schützend umfasste sie ihren Leib. »Ich muss die Kranken heilen, aber ich kann nicht…«

»Wir müssen uns mit den Drachen beraten«, setzte Quinnault entschlossen hinzu.

»Es gibt noch mehr Probleme, Euer Gnaden.« Bessel rang einen Moment lang nach Luft und reckte dann die Schultern. »Rover sind in der Stadt und erpressen Schutzgelder von den Händlern. Sie behaupten, sie hätten Eure Wachen bestochen, damit sie ihnen helfen. Heute Morgen haben sie den Laden eines Tischlers in Brand gesetzt, weil er ihnen kein Schutzgeld zahlen wollte. Dieses Feuer haben die Nachbarn gelöscht. Dann, gerade eben auf meinem Rückweg, war eine Bande Rover dabei, den Bäcker am nächstgelegenen Marktplatz zu verprügeln. Im Moment habe ich sie verjagt, aber sie werden zurückkommen.«

»Wie hast du denn eine Bande Rover verscheucht, junger Mann?«, fragte Nimbulan und versuchte sich auf den Ellbogen aufzustützen. »So leicht lassen sie sich nicht ängstigen, besonders, wenn sie in Gruppen auftreten.«

»Ich habe dem Anführer einen Funken Hexenfeuer in den Hosenboden gesetzt. Das Letzte, was ich gesehen habe, war, wie Flammen aus seinem Hinterteil schlugen und er zum Fluss gerannt ist. Die anderen wussten ohne ihn nichts mit sich anzufangen, deswegen sind sie ihm bis in den Fluss nachgelaufen.«

*

Nachmittag, Kinnsells Shuttle, Stadt Hanassa

Yaalas Finger glitten über die Touchpads auf der Kontrolltafel, wobei sie sich in ihren Bewegungen von Kinnsells Erinnerungen leiten ließ. Nach ein paar Gesten wussten ihre Muskeln ebenso gut wie ihr Verstand, wie sie diese Maschine zu fliegen hatte. Sie wünschte, sie hätte Zugang zu den Cyberkontrollen gehabt; es wäre einfacher gewesen, nur zu denken, was sie brauchte, statt die Kontrolltafel zu benutzen.

Voller Vorfreude auf den Flug hielt sie den Atem an und startete die Zündungssequenz.

Die Düsen erwachten donnernd zum Leben. Kontrollierte Kraft und unterdrückte Bewegung ließen das Shuttle erbeben. Ein Schauer überlief sie. Hätte man den Ingenieuren von Hanassa während der letzten siebenhundert Jahre erlaubt, zu experimentieren und die Technologie der Generatoren und Transformatoren zu entwickeln, statt sie nur zusammenzuflicken und zu reparieren, hätten sie vielleicht auch den mechanischen Flug entdeckt ... vielleicht ... Bestimmt würden die Bücher in der Bibliothek der Kaalipha Träumern helfen, ihr

Wissen und ihre Technologie zu erweitern. Aber nur wenigen Menschen hier, wenn überhaupt, war es erlaubt gewesen, die geheime Kunst des Lesens zu erlernen.

Sie hatte keine Zeit für müßige Spekulationen. Im Moment gehörten ihr, wie kurz auch immer, die Kontrollen des Shuttles.

Als das Shuttle sich vom Boden erhob, sprang ihr der Magen in die Kehle. Das Geschrei, das von draußen zu ihr drang, drückte nicht mehr Hunger und Zorn aus, sondern Angst.

»Bald«, gelobte sie den Menschen. »Bald werdet ihr frei sein.« Einstweilen verschloss sie die Ohren vor ihrem Flehen und drehte das Shuttle so, dass die Düsen sich direkt vor dem teilweise vollendeten Tunnel befanden, der durch die Kraterwände nach draußen führte. Langsam steuerte sie so weit rückwärts, dass der Strahl der Düsen sich direkt in den Tunnel, den Rollett zu graben begonnen hatte, entladen würde.

»Du hast gute Arbeit geleistet, Rollett. Dein Tunnel passt von der Größe her ganz genau«, erklärte sie ihm. »Und du wärst fast auf der Außenseite durchgebrochen. Es ist nur noch weniger als ein Viertel des Weges übrig.«

»Es ist immer noch genug Zeit, einfach wegzufliegen. Wir können aus der Hauptstadt Essen und Heiler schicken«, erinnerte er sie.

»Sie würden doch nicht kommen. Hanassa ist eine Stadt von Geächteten. Niemand außer dir und mir macht sich etwas aus diesen Menschen. Ich muss das hier tun.«

»Yaala«, rief Kinnsell sie mit schwacher Stimme an. »Das Shuttle muss in einer vertikalen Stellung sein, wenn Ihr die Raketen zündet. Ihr müsst Euch oberhalb der Atmosphäre des Planeten befinden.«

»Ich weiß.« Sie schloss die Augen und legte die Handfläche auf die klare Schaltfläche, mit der sie, wie sie wusste, von Düsen- auf Raketenantrieb umschaltete.

»Warnung, das Manöver, das Sie ausführen wollen, fällt

nicht unter die zulässigen Parameter«, erklärte eine scharfe weibliche Stimme aus den Tiefen der Kontrolltafel heraus.

»Fahr die Flügel ein, Yaala«, sagte Rollett. »Wenn du sie nicht einfährst, brichst du sie ab.«

»Richtig.« Yaala drückte den Schalter für die Flügel. Ein Knirschen lief über die ganze Länge des Shuttles. Sie schaute aus dem Fenster, um sich zu vergewissern, dass das Schiff noch intakt war.

»Flügel sind vollständig weggeklappt«, meldete Lyman, der durch eines der Fenster spähte.

Yaala schloss die Augen. »Bitte, mach, dass das funktioniert«, betete sie. Dann drückte sie auf die Schaltfläche und legte zugleich den Rückwärtsgang des Shuttles ein. Es ruckte zurück und krachte in den schmalen Tunneleingang hinein. Die Hülle erbebte, und überbeanspruchtes Metall kreischte, als das Shuttle an den Wänden des Tunnels entlangschabte. Der Energiestrahl wurde in dem engen Gang an den Seiten des Schiffs entlang zurückgeworfen. Die Temperaturanzeige kroch nach oben.

»Achtung, unzureichende Höhe für den Einsatz des Raketentriebwerks. Vorgang nicht fortsetzen«, befahl die unnatürliche Stimme.

Yaala leitete noch mehr Treibstoff in die röhrenden Triebwerke. Die Temperaturanzeige stieg höher, bis in den roten Bereich.

»Achtung, Temperatur der Außenhülle zwanzig Prozent über normal.« Die durchdringende Stimme wurde schriller, bis sie nur noch ein leises Wimmern war.

Zoll für Zoll kroch das Shuttle rückwärts auf die Außenwelt und die Freiheit zu. Ein winziger Bildschirm an der Kontrolltafel zeigte, wie der Strahl der Raketen das Gestein, das den Tunnel blockierte, wegfraß.

Ein Teil der Flammen suchte sich einen Weg über die Außenhülle.

»Sehr viel mehr halten die Maschinen nicht aus«, schrie Rollett über den Donner hinweg, der drinnen und draußen herrschte.

»Warnung! Temperatur der Außenhülle sechzig Prozent über normal. Achtung! Achtung!«, quietschte die Stimme so hoch, dass sie fast nicht zu hören war.

Die Maschinen röhrten so laut, dass sie jeden Gedanken unmöglich machten, alles, bis auf das Bedürfnis, durch die Felswände zu brechen, die sie einschlossen und Lärm und Hitze gegen das Shuttle zurückwarfen.

Yaala leitete immer mehr Treibstoff in die Maschinen. Die Temperaturanzeige begann rot zu blinken.

»Accchtuuung ...« Die Stimme verklang, als wäre sie durch die Überanstrengung ausgebrannt.

Mit einem gewaltigen Kreischen und Donnern barst das Shuttle durch die Felswand. Durch den eigenen Schwung schoss das Schiff über das schmale Plateau, das den Krater auf der Außenseite umgab.

Mit einem Mal war es ganz still.

»Wir sind frei!«, verkündete Lyman. »Wir haben Hanassa verlassen.«

»Sind die Raketen defekt?« Rollett beugte sich über Yaalas Schultern und betrachtete verwirrt die Kontrolltafel.

»Ich habe sie ausgebrannt und den gesamten Treibstoff verbraucht. Die Düsentriebwerke reagieren nicht«, antwortete Yaala. In ihren Ohren hallte das Donnern immer noch nach.

»Wir fliegen! Genau wie ein Drache«, schrie Lyman. Vor Aufregung hüpfte er richtig auf und ab.

»Nein, wir segeln, aber ohne Flügel, die uns in der Luft halten oder unseren Flug steuern könnten.«

»Klapp die Flügel aus! Sie werden uns in der Luft halten«, rief Lyman.

Yaala legte den Schalter für die Flügel um. Nichts geschah. »Wir brauchen Treibstoff, um die Flügel auszufahren.«

»Manueller Override«, murmelte Kinnsell leise.

»Was?« Yaala schrie beinahe, um das Dröhnen in ihren Ohren zu übertönen.

»Da sind Hebel, auf der Innenseite der Luken, auf beiden Seiten des Shuttles. Mit der Hand bedienen.« Er schloss die Augen und wirkte schon nach den wenigen Worten erschöpft.

Yaala und Rollett stürzten zu der rechteckigen Einkerbung auf der linken Seite des Shuttles. Lyman untersuchte die entsprechende Luke auf der gegenüberliegenden Seite. Beide Magier ließen die Finger über die fast unsichtbaren Ränder gleiten.

»Aha!« Lymans Klappe sprang zuerst auf. »Druckpunkt in der unteren rechten Ecke.«

Rollett tat es ihm nach, und auch bei ihm öffnete sich die Klappe. Hinter dem Türchen lag ein Griff, der aussah wie der Griff eines Spazierstocks mit Einbuchtungen für die Finger. Darüber und darunter lag ein schmaler Kanal.

Mit einem Mal sackte das Shuttle durch, und Yaala hüpfte der Magen in die Kehle. »Rasch, Rollett. Wir verlieren an Höhe.«

»Zieht den Griff heraus und rüttelt daran, bis er einrastet«, flüsterte Kinnsell.

»Geh wieder an die Kontrollen, Yaala«, brummte Rollett, während er Kinnsells Anweisungen folgte. Der Griff schien sich nicht bewegen zu wollen. »Such nach irgendeiner Art Steuerruder, das sich von Hand bedienen lässt. Sobald wir die Flügel ausgefahren haben, müssen wir dieses Ding lenken.«

Yaala kehrte ins Cockpit des Shuttles zurück und musterte die Kontrolltafel auf der Suche nach etwas wie einem Handgriff.

Ein Knirschen mischte sich unangenehm unter das Dröhnen in ihren Ohren. Sie zuckte zusammen und sah über die Schulter. Rollett stemmte sich mit seinem ganzen Gewicht gegen den Hebel. Auch Lyman schien auf seiner Seite nicht viel Glück zu haben.

Das Knarren wiederholte sich. Auf Rolletts Seite fuhr Luft unter das Shuttle, sodass Lymans Seite sich neigte. Yaala stemmte die Füße in den Boden, um nicht abzurutschen.

Kinnsell und Powwell fielen auf der geneigten Seite übereinander.

»Lasst mich.« Rollett schob Lyman, der auf ihn zutorkelte, aus dem Weg und lehnte sich auf den Handgriff. Plötzlich wurde der Sturz des Shuttles gestoppt.

»Ich hoffe, wir finden eine flache Stelle zum Landen«, meinte Yaala.

»Steuerknüppel«, keuchte Kinnsell.

Kurz stand Yaala das Bild eines Knüppels vor Augen; doch dann wusste sie, wo das Instrument zu finden war und wie sie es benutzen musste. Hastig ließ sie sich in den Pilotensitz fallen und griff nach dem abgerundeten Oberteil des Steuerknüppels.

Ein Aufwind fuhr unter den linken Flügel, und sie legte sich hinein und spürte, wie das Shuttle hochgehoben wurde. Doch das würde nicht von Dauer sein. Sobald sich die Luftströmung änderte, würden sie weiter an Höhe verlieren.

»Hier gibt es im Umkreis von Hunderten von Meilen nichts als Berge, Schluchten und Hügelketten«, erklärte Rollett ausdruckslos. »Sogar der Drache, der Nimbulan und mich letztes Jahr hergeflogen hat, konnte nur schwer einen Platz zum Landen finden.«

43. Kapitel

Haus von Myrilandel, der Botschafterin des Drachennimbus, Hauptstadt Coronnan

»Euer Gnaden, mit den Rovern können wir uns später befassen. Aber Narbengesicht müssen wir jetzt aufhalten, heute Nacht!«, beharrte Bessel. Er konnte nicht zulassen, dass ein paar engstirnige Menschen diesen kostbaren Wissensschatz zerstörten. Dass sie eine bestimmte Information jetzt nicht brauchten, hieß noch lange nicht, dass sie sich nicht später als nützlich oder sogar lebenswichtig erweisen würde.

Und dann Narbengesichts Bemerkung über magische Gefährten … Er hatte keine Zeit, darüber nachzudenken. Jede Drohung gegen Mopsie betraf Bessel jetzt ebenfalls.

»Es ist nicht genug, dass wir ein Heilmittel gegen die Seuche kennen«, meinte Nimbulan und versuchte aufzustehen.

»Liegen bleiben«, sagten Katie und Myri wie aus einem Munde und wiesen warnend mit dem Finger auf ihn.

Kleinlaut legte Nimbulan sich wieder hin.

Bessel warf seinem Meister einen langen Blick zu und biss sich in empathisch geteiltem Schmerz auf die Lippen. Nimbulans graue Gesichtsfarbe und sein mühsamer Atem ließen vermuten, dass der Tod nur hinausgeschoben, aber nicht abgewendet war.

Verlasst mich nicht auch noch, Meister. Ich brauche Euch.

»Unsere erste Sorge muss es sein, die Bibliothek zu retten.« Nimbulan dachte laut und hob dabei die linke Hand, richtete sie nach außen aus und krümmte leicht die Finger. Die vertraute Geste beruhigte Bessel ein wenig. »Nach den Gesetzen der Sternengötter dürfen nur Magier, Priester und Heiler lesen lernen. Gewiss kann man doch darauf vertrauen, dass die Magier der Kommune, die keine Geheimnisse voreinander haben, dieses Wissen schützen, damit es nicht verloren geht? Wir haben im Lauf der Generationen so viel verloren. Die kommunale Magie soll doch an die Stelle von Misstrauen und dem absichtlichen Verbergen kostbarer Informationen treten.«

»Narbengesicht traut niemandem, den er nicht kontrollieren kann«, überlegte Königin Katie und tippte sich ans Kinn.

»Er fürchtet auch, jedermann sei darauf aus, ihn zu töten«, brummte Bessel. »Er muss alle Menschen um sich herum beherrschen, damit er sich sicher sein kann, dass sie ihn nicht umbringen. Um sich ihre Loyalität zu bewahren, benutzt er illegale Überredungszauber.«

Nimbulan zuckte zusammen. »Ausnahmsweise bin ich dankbar dafür, dass ich meine Magie nicht mehr besitze. Ich bin mir nicht sicher, ob ich seinem Druck in meinem geschwächten Zustand widerstehen könnte.«

»Alle, die sich hier in diesem Raum befinden, haben ihm immer wieder bewiesen, dass er sie nicht kontrollieren kann«, fuhr Königin Katie fort. »Narbengesicht weiß ebenso gut wie wir, dass das, was wir *nicht* wissen, uns schaden kann. Er benutzt die Bibliothek als Druckmittel, um seine Stellung als Oberster Magier zu behaupten.«

»Es ist Zeit, diesen Mann zu verhaften.« Entschlossen reckte Quinnault die Schultern. Aber Bessel sah, wie seine Hand das Heft seines Schwerts zu fest umklammerte. Dem König gefiel diese Möglichkeit nicht.

»Denkt einen Moment darüber nach, Euer Gnaden«, sagte Bessel vorsichtig. »Wenn Narbengesicht die gesamte Kommune beherrschen kann – Magier von großer Macht, die ihn, wenn sie sich zusammenschließen würden, mit einem einzigen

Gedanken überwältigen könnten –, was wird er dann mit den magisch nicht begabten Wachen anstellen, die Ihr schicken würdet, um ihn festzunehmen? Es gibt keine Gefängniszelle auf der Welt, die ihn festhalten könnte. Kein Schwert kann ihm etwas anhaben.« *Wenn ich mit Mopsie nicht in die Kommune zurückkehren kann, dann werde ich eben draußen bleiben und Coronnan und dem König in aller Heimlichkeit dienen. Aber wenn wir Narbengesicht absetzen können, gibt es noch eine Chance für Mopsie und mich.* Immer wieder musste er an den Moment der Verbundenheit mit Windhauch denken.

»Er hat Recht, Vogelscheuche«, pflichtete Königin Katie ihm bei. »Wenn die Kommune hinter ihm steht, könnte Narbengesicht das ganze Königreich manipulieren, dich zu stürzen.«

»König Kinnsell lenkt die Lords, die in meinem Rat sitzen. Narbengesicht missbraucht die auf Magie beruhende Macht der Kommune. Rover hetzen das Volk auf, mich und meine Leute zu fürchten. Die Provinzen stehen wegen der Seuche kurz vor einem Aufstand. Was ist nur aus dem Gleichgewicht der Kräfte geworden, auf dem wir diese Regierung so sorgfältig aufgebaut haben, Nimbulan? Aus der Ehre, der Moral und der Kontrolle, die Ihr in der Kommune verankert habt?« Quinnault ballte die Fäuste, als spüre er das Bedürfnis, sie in irgendetwas hineinzurammen – vorzugsweise Narbengesichts Kinn.

»Narbengesicht befindet sich in dem Glauben, dass er zum Besten des Königreichs handelt, wenn er die Macht an sich reißt«, meinte Bessel. »Ich bin in seine Gedanken eingedrungen. Er glaubt, dass er sich ehrenhaft und moralisch verhält, wenn er die Kommune und damit das Königreich führt.« Die Erinnerung an die grotesk verwickelten Gedankengänge und dunklen Winkel in Meister Aaddlers Geist ließ ihn erschauern.

Einen kurzen Moment lang spürte Bessel den Zwang, Narbengesichts Logik zu folgen und ihm zuzustimmen. Die Erinnerungen des älteren Magiers an Gräueltaten während der Großen Kriege der Spaltung – sowohl solchen, die er erlitten, als auch denen, die er selbst begangen hatte – speisten seine enormen Schuldgefühle und seine Furcht vor Vergeltung. Heute betrachtete er jeden, der sich seiner Kontrolle entzog, als Feind, der entschlossen war, ihn wegen seiner vergangenen Taten zu ermorden.

»Die Sternengötter mögen uns vor selbstgerechten Tyrannen bewahren!«, murmelte Nimbulan, bekreuzigte sich und verstummte.

»Wir stehen mit dem Rücken zur Wand, Vogelscheuche. Unsere Handlungsmöglichkeiten sind begrenzt. Wir werden Zuflucht zu Tricks nehmen müssen, um Narbengesicht seines Amts zu entheben und die Kommune wieder unter Kontrolle zu bekommen.« Königin Katie griff nach der Hand ihres Mannes und hielt sie fest.

»Ich glaube, Windhauch und Weißhand können wir vertrauen«, überlegte Bessel. »Sie scheinen sich dessen bewusst zu sein, was Narbengesicht tut, und sich ihm auf subtile Weise zu widersetzen; aber sie müssen zu ihrer eigenen Sicherheit so tun, als beugten sie sich ihm.«

»Eine wichtige Information«, gab Nimbulan zurück. »Gut möglich, dass sie uns später noch von Nutzen ist. Aber im Moment können wir nur auf uns selbst vertrauen.«

Ein langes Schweigen trat ein, während dessen alle angestrengt nachdachten.

Schließlich meldete sich Nimbulan zu Wort. »Quinnault, sind die Tunnel, die sich unter dem alten Teil in der Mitte Eures Palasts erstrecken, noch zugänglich?« Unsicher versuchte er, sich auf die Knie aufzurichten.

Besorgt drückte Myrilandel ihn wieder auf seine Pritsche, doch er schüttelte ihre Hände ab. Bessel griff seinem Meister behutsam unter den Ellbogen, und diesen Mal nahm Nimbulan seine wortlose Hilfe an.

»Kann man die Tunnel noch betreten?«, wiederholte er seine Frage, während er mühsam aufstand.

»Ja. Ich habe dort Handwerker eingesetzt, die unter dem Fluss eine direkte Verbindung zwischen dem Palast und der Universität ausheben«, antwortete Quinnault. »Denkt Ihr daran, die Bücher dort unten zu verstecken? Dazu bewegen sich dort momentan zu viele Menschen.«

»Von damals, als Ihr mir den Fluchtweg von den königlichen Gemächern zu einer versteckten Bucht auf einer Nachbarinsel gezeigt habt, erinnere ich mich noch an Nebentunnel und Sackgassen.« Nimbulans Züge nahmen kurz eine graue Färbung an, bevor sie zu einem normalen, wenngleich etwas blassen Hautton zurückkehrten. Er lehnte sich schwer gegen den Kamin, blieb aber stehen.

»Ja. Ein paar dieser Sackgassen haben wir mit Erde und Abraum aus dem Tunnelbau gefüllt, andere dienen zum Aufbewahren von Werkzeugen oder als Pausenraum für die Arbeiter.« Die Hände hinter dem Rücken verschränkt und mit leicht hochgezogenen Schultern begann Quinnault auf und ab zu gehen.

»Eine Sackgasse könnte man zumauern und so in Magie hüllen, dass niemand sie bemerkt.« Königin Katie gesellte sich zu ihrem Mann und nahm an seinem Denkritual teil, indem sie ihn auf einer Seite unterfasste und neben ihm herging.

»Das wird ein sehr stabiler Zauber sein und den Betrachter zugleich unauffällig in die Irre führen müssen. Wir dürfen das Risiko nicht eingehen, dass Narbengesicht über die Bücher stolpert, weil er die Anwesenheit von Magie spürt«, setzte Nimbulan hinzu.

»Wir können die Bücher nicht für immer verstecken, Meister«, widersprach Bessel. »Irgendwann müssen wir sie zurückholen. Sie in alle Ewigkeit zu verbergen wäre genauso schlimm, wie sie zu verbrennen.«

»Das können wir im Moment vernachlässigen. Wir müssen jede mögliche Vorsichtsmaßnahme treffen, da wir nicht wissen, wie lange Narbengesicht und seine konservative Fraktion sich an der Macht halten können«, tat Nimbulan Bessels Einwand ab. »Wann will Narbengesicht die Bücher verbrennen?«

»Bei Sonnenaufgang«, antwortete Bessel verdrossen. Ihm gefiel nicht, wie kurzsichtig sein König und sein Meister diese Sache angingen. »Narbengesicht will die Bücherverbrennung als großes öffentliches Schauspiel inszenieren. Er hat vor, eine Rede zu halten, die alles so darstellt, als täte er jedermann einen Gefallen damit.«

»Aber er kann doch nicht alle Bücher verbrennen«, protestierte Königin Katie. »Ein Leben ohne Bücher will ich mir gar nicht vorstellen.«

Ich ebenfalls nicht, Euer Gnaden, dachte Bessel. *Wenn das Volk in Unwissenheit gehalten wird, leiden die Unschuldigen.* So wie er als Kind gelitten hatte, weil sein Vater nur an die Mythen und Legenden über Magier geglaubt hatte, statt nach der Wahrheit zu suchen.

Mit einem Mal spürte er Trauer und Einsamkeit wie einen Klumpen im Magen. Um Herr seines eigenen Schicksals zu bleiben, musste er eine weitere Familie verlassen, die Familie der Kommune.

Aber er würde es überleben und sich bei den Fischern und ihren Hunden eine neue Familie aufbauen.

»Oh, Narbengesicht wird bestimmt die Bände behalten, die er braucht oder als ›ungefährlich‹ betrachtet«, versicherte Quinnault ihr. »Dieses große Spektakel veranstaltet er nur, um mir zu trotzen, seine Macht zu demonstrieren und sich beim Volk beliebt zu machen.«

»Wir brauchen Hilfe«, meinte Nimbulan. »Alle Bücher können wir vielleicht nicht retten, aber wir können bis zum Morgengrauen eine große Anzahl aus der Bibliothek holen. Ich wünschte, Lyman und Powwell wären hier. Bei ihnen kann ich darauf vertrauen, dass sie Narbengesichts Manipulationen widerstehen.«

»Ich glaube, ich weiß, wie wir Narbengesicht beschäftigen können.« Bessels Miene hellte sich auf.

»Und wie?« Fragend zog Nimbulan eine Augenbraue hoch.

»Mopsie und ich müssen den Tiefenmesser unbrauchbar machen.«

»Da wird die Lotsengilde in ein mächtiges Protestgeheul ausbrechen.« Quinnault grinste verschmitzt. »Sie werden geradewegs zu mir und Narbengesicht gelaufen kommen und verlangen, dass jemand ihn repariert.«

»Sobald der Tiefenmesser nicht mehr funktioniert, müssen sich die Lotsen ihre Hunde zurückholen. Ich kenne einige Männer, die nur zu gern große Rudel Lotsenhunde an der Anlegestelle loslassen würden. Narbengesicht kann Hunde nicht leiden, und sie mögen ihn nicht. Aber die Lotsen können es sich nicht leisten, dass die Magier den Hunden etwas antun. Das wird für eine ganze Weile ein Chaos schaffen.«

»Was haben denn Hunde mit den Lotsen zu tun?«

»Das erkläre ich Euch später.« Bessel grinste breit. »Ich muss das Passagierboot mit dem Tiefenmesser erwischen, bevor es mit der Nachmittags-Ebbe zum Hafen ausläuft.« Bessel flitzte aus der Tür, doch ehe er auf das Straßenpflaster hinuntertreten konnte, blieb er abrupt stehen.

Zwei Dutzend schwarzgekleidete Söldner aus Rossemeyer starrten ihn an. Alle hatten die untere Hälfte des Gesichts mit den Tüchern, die von ihren Turbanen herabhingen, verschleiert und ihre rasiermesserscharfen Schwerter gezogen, als sie ihn erblickten.

Der Mann, der in der Mitte ihres Halbkreises stand, trat einen Schritt vor. »Wir werden diesen Haus belagern, bis Magiergeselle Bessel an uns ausgeliefert wird, damit wir ihn aburteilen können«, verkündete er.

44. Kapitel

Im Inneren von Kinnsells Shuttle, Zeit und Ort unbekannt

Kinnsell schleppte seinen schmerzenden Körper in das Cockpit des Shuttles. »Ahnungslose Hinterwäldler«, knurrte er. Mühsam hievte er sich hoch, bis er den Platz des Copiloten erreicht hatte. Seine zittrigen Knie gaben nach, und er ließ sich dankbar hineinsinken. »Jetzt zeige ich euch, wie man richtig fliegt.« Aus langer Gewohnheit schlug er auf den SOS-Knopf, um ein Notsignal zum Mutterschiff zu senden. Außerdem steckte er einen tragbaren Kommunikator ein – etwas, das der Familienvertrag strengstens untersagte. Dann schaltete er die Kontrolltafel aus und übernahm mit dem Steuerknüppel. Über sein liebstes Instrument drangen jetzt die Vibrationen des Shuttles zu ihm.

Langsam bekam er ein Gefühl für die Luftströmungen und die Eigenbewegung, die das Schiff in der Atmosphäre hielten, obwohl es nach allem, was er wusste, eigentlich längst als Schrotthaufen am Boden einer unwegsamen Schlucht hätte liegen müssen.

Die Landschaft huschte auf dem Bildschirm vorbei. Seine Wahrnehmung verzerrte sich. Er musste das Shuttle drehen, doch das Steuerruder widersetzte sich ihm.

Nach und nach gelang es ihm, das Schiff in den Wind zu manövrieren, und er gewann ein wenig an Höhe und Übersicht.

Neben ihm umklammerte Yaala die Lehnen des gepolsterten Pilotensessels so fest, dass ihre Knöchel weiß wirkten. Leeren Blickes starrte sie in die Berglandschaft, die vor den Fenstern vorbeizog. Der junge Mann hinter ihr lehnte sich an ihren Rücken, hielt ihre Schultern fest und sah ebenfalls nach draußen.

Nutzlos, vollkommen nutzlos, alle beide. Obwohl er zugeben musste, dass sie es ausgezeichnet geschafft hatten, das Shuttle in die Luft zu bekommen und die Tragflächen auszufahren. »Ihr hättet einfach aus dem Vulkankrater hinausfliegen und nicht ein gutes Shuttle darauf vergeuden sollen, für diesen Abschaum einen Ausgang aus dem Krater zu sprengen«, knurrte er. »Kein Tropfen Treibstoff mehr. Die Raketen ausgebrannt und der Düsenantrieb funktionsunfähig. Ihr habt ja kaum noch rechtzeitig die Tragflächen herausgekriegt. Wenigstens habe ich noch ein Steuerruder, mit dem ich etwas anfangen kann.«

»Dieser ›Abschaum‹ ist mein Volk, und es war meine Pflicht, diese Menschen aus ihrem Gefängnis zu befreien, wo sie langsam verhungert wären. Ihr habt ihnen die Seuche gebracht, da konnte ich sie nicht im Stich lassen. Sobald wir sicher gelandet sind, können wir ihnen Hilfe schicken; Nahrungsmittel und Medizin für Hanassa.« Yaala hatte ihre angstvolle Erstarrung ein wenig abgeschüttelt.

»Ihr wäret eine bewunderungswürdige Anführerin, Mädchen. Doch leider sind Ehre und Pflicht nur ein Teil dessen, was einen Herrscher an der Macht hält. Ihr würdet auch die politischen Kräfte ausbalancieren müssen. Ich nehme nicht an, dass es Euch gelungen ist, diesen Rover zu töten, der meine Maia wie eine Marionette gelenkt hat?«

»Wenn Ihr Piedro meint, dann habe ich ihn zuletzt dabei gesehen, wie er den Mob aufgehetzt hat, uns alle zu töten«, antwortete der junge Magier.

Wie war noch sein Name? *Nachdem wir geistig so eng verbunden waren, müsste ich das eigentlich wissen,* dachte Kinnsell. Rollo ... Rufus ... nein, Rollett. Das war es. Rollett ... das klang wie ein

Magenmittel oder ein Schokoladenriegel. Eine gute Gedächtnisstütze, um seinen Namen zu behalten.

Rollett war in seinen Geist eingedrungen und hatte Yaala die Informationen, die sie brauchte, um das Shuttle zu fliegen, übermittelt. Powwell hatte auch an dieser Verbindung teilgehabt. Powwell, der Heiler. Der Junge hatte irgendwie den größten Teil der Krankheit aus Kinnsells Körper gezogen und einen Teil des Schadens behoben, den sie angerichtet hatte. Einen Teil, nicht alles. Aber genug, um ihn noch eine Zeitlang am Leben zu erhalten.

Aber Powwell dachte von sich selbst nicht als Heiler. Er sah sich als Blutmagier – was immer das sein mochte – und hasste sich dafür.

Ich könnte seinen Selbsthass ausnutzen, um ihn dazu zu bewegen, mich nach Terra zu begleiten. Ein Geistheiler von dieser Kraft wäre ein Vermögen wert und würde mir große Macht schenken.

Wenn der Junge es überlebte. Er hatte eine Menge Krankheitskeime in seinen eigenen Körper aufgesogen und nicht alle neutralisieren können. Jetzt lag er bewusstlos in der Kabine und würde vielleicht viel zu früh sterben, weil er Kinnsell gerettet hatte.

»Ich mag ja in meinem Leben allerhand üble Gaunereien begangen haben, aber ich stehe in deiner Schuld und habe vor, das wiedergutzumachen, Powwell.« Er werkte an den Langstreckensensoren herum, um einen Landeplatz zu finden.

»Ich glaube nicht, dass Maia so sehr von Piedro gelenkt wurde. Vielmehr hat sie sich gern dazu hergegeben, Euch zu manipulieren«, versetzte Yaala bitter, indem sie auf ihr Gespräch zurückkam. »Ich kenne sie. Sie benutzt Männer und wirft sie dann weg. Dann gibt sie jedem außer sich selbst die Schuld, wenn diese Männer nicht in ihr Bett zurückkehren, wenn sie ihr Geld, ihre Begabung oder ihren Schutz braucht. So ist sie mit Nimbulan umgesprungen und auch mit Televarn, dem vorherigen Anführer der Rover.«

»Diesen Televarn hat sie oft erwähnt.« Kinnsell hätte gern mehr darüber gehört, aber er brauchte seine ganze Konzentration, um die Sensoren wieder online zu bekommen. »Schöne Frau, aber ich bin froh, sie nicht mehr in meinem Leben zu haben.«

»Meine Mutter hat Televarn getötet; mit demselben vergifteten Messer, mit dem er versucht hat, sie umzubringen«, erklärte Yaala. »Maia hat das mit angesehen, und ich ebenfalls.« Sie verfiel in grüblerisches Schweigen.

»Dann war fast alles, was sie mir erzählt hat, eine Lüge. Oder sie hat die Erinnerung verdrängt.« Kinnsell zuckte die Achseln. »Aber auf der anderen Seite wusste ich genau, dass sie log, und hatte meine Freude an ihren Versuchen, mich zu manipulieren.«

Die Langstreckensensoren blendeten eine Bodenkarte in eine Ecke des Bildschirms ein. »Da. Vor uns liegt eine Hochebene. Ziemlich weit weg ohne Motoren, aber vielleicht haben wir genug Wind, um uns so lange in der Luft zu halten.«

»Wie weit ist es noch?«, ließ sich der alte Mann aus der Kabine vernehmen. »Powwell geht es schlecht. Ich brauche einen Drachen, der ihm hilft.«

»Drachen, pah!« Kinnsell hatte nicht wirklich einen Drachen auf dem Dach dieses Shuttles sitzen gesehen. An diesem Tag war er krank gewesen und hatte Fieber gehabt und halluziniert. »Sobald wir gelandet sind, führe ich Euch die Wunder der modernen Medizin vor. Ich habe Scanner und Knocheneinrichtungs-Geräte und Antibiotika. Wenn wir ihn zusammengeflickt haben, wird er so gut wie neu sein. Und wenn bei dem Jungen gar nichts anderes wirkt, habe ich noch einen Vorrat an Tambootie.«

»Unsere Heiler können mit Drachenmagie, die ihnen Energie verleiht, und weiteren Magiern, die den Zauber verstärken, das Gleiche vollbringen«, wandte Rollett ein.

»Glaubt, was Ihr wollt, aber seid jetzt still. Ich brauche meine ganze Konzentration, um ohne eine anständige Rollbahn auf diesem Untergrund zu landen.«

Kinnsell biss die Zähne zusammen und rief sich die Lage der Hochebene ins Gedächtnis. Dann schloss er die Augen und stellte sich vor, wie er das Shuttle hinunterbrachte. Er ging tiefer und fuhr das Landegestell aus. Das Schiff verlangsamte auf Bremsgeschwindigkeit – das Problem war nur, dass er keine Maschinen zum Bremsen hatte. Die Kontrolltafel quittierte seinen ungewöhnlichen Befehl mit einem Piepen. »Ich nehme an, Ihr habt auch die Stimmkontrolle erledigt?«, fragte er beim dritten Warnton.

»Die Stimme in der Kontrolltafel?«, fragte Yaala, die immer noch krampfhaft ihre Sitzlehnen umklammerte. »Ja, sie war weg, als die Raketen, die Düsentriebwerke und der Treibstoff ausgefallen sind.«

»Kein großer Verlust. Meine zweite Frau hat vor Jahren ihre Stimme einprogrammiert. Es war ohnehin höchste Zeit, sie zu wechseln. Meine jetzige Frau wird jedes Mal eifersüchtig, wenn sie mit mir fliegt.«

Er flog noch tiefer. Die Räder trafen auf dem rauen Boden auf und prallten wieder ab. Immer noch zu hoch. Er drückte die Nase des Shuttles hinunter und spürte, wie das Shuttle unterhalb der Kabine zum ersten Mal den Boden berührte.

»Festhalten. Das wird holprig!«, schrie er und klammerte sich selbst mit dem wenigen an Kraft, das er noch hatte, an seinem Sitz fest.

Das Shuttle schlitterte auf dem schmalen Felssims entlang. Die Legierung aus Keramik und Metall jaulte, als Felsen am Rumpf entlangschrammten und Äste gegen das Dach und die Fenster klatschten.

Instinktiv duckte sich Kinnsell.

Mit lautem Kreischen brach das linke Rad ab. Das schwere Heck des Shuttles schleuderte hin und her, während die Nase weiter vorwärtsrutschte.

»Bremsen, ich brauche die Bremsen«, brüllte er die Kontrollen an. Eine verwirrende Menge von Lichtern blitzte auf und verlosch wieder. Er konnte nicht erkennen, was noch funktionierte und was nicht. »Wie soll ich bloß dieses verdammte Schiff zum Stehen bringen?«, fragte er, an niemanden im Besonderen gerichtet.

(Ihr müsst anhalten!), erklang eine Stimme in seinem Geist. Eine fremdartige Stimme, die er nicht zuordnen konnte.

»Wer bist du?«, fragte er. »Wie sprichst du zu mir?«

Ehe die Worte in seinem Kopf ganz verklungen waren, hallte das Krachen von Metall, das auf Fels trifft, durch das ganze Shuttle.

Yaala und Rollett hielten sich die Ohren zu. Der alte Mann ging zu Boden, stützte sich mit den Beinen an einem Schott ab und schützte den immer noch bewusstlosen Powwell mit seinem Körper.

Dann sank das Jaulen überbeanspruchten Metalls zu einem durchdringenden Wimmern herab. Das Shuttle stieß gegen ein großes Hindernis und sprang kurz in die Luft zurück. Drei Sekunden ohrenbetäubender Stille folgten. Alles, was Kinnsell auf dem vorderen Bildschirm erkennen konnte, war Fels und noch einmal Fels. Die Sensoren lieferten ihre Informationen so schnell, dass er sie nicht aufzunehmen vermochte. Dann sackte das Schiff erneut durch. Kinnsells Magen hüpfte ihm bis in den Hals. Er wurde durchgeschüttelt, als das Shuttle erneut auf dem Boden auftraf. Ein lautes, reißendes Geräusch lief durch die Kabine, und als Nächstes riss das Deck auf. Die Kabine neigte sich scharf nach hinten links und blieb dann leicht schaukelnd liegen.

Kinnsell öffnete seinen verkrampften Kiefer und ließ die Gelenke ein paar Mal kreisen, denn er fürchtete, sich etwas gebrochen zu haben. Als sein Kiefer zu knacken aufgehört hatte, nahm er sich einen Moment Zeit, die Lage zu betrachten.

Seine Sensoren und ein Blick nach draußen verrieten ihm,

dass das Shuttle unsicher auf dem Rand des Felsplateaus hing. Ein Gestrüpp aus Ästen bewahrte das Heck des Schiffs davor, in einen steilen, zerklüfteten Abgrund zu stürzen.

Doch hinter dem Vorderfenster erwartete ihn Schlimmeres.

»Nicht schon wieder«, stöhnte er und schlug die Hände vors Gesicht. Er spreizte die Finger ein wenig, lugte durch das zerbrochene Fenster und kniff die Augen wieder zu. »Bestimmt habe ich Fieber. Das muss eine Halluzination sein.«

Durch das gesplitterte Fenster erwiderte ein gewaltiges Drachenauge seinen Blick.

*

Nachmittag, Haus von Myrilandel, der Botschafterin des Drachennimbus, Hauptstadt Coronnan

Während das Königspaar und ihre Freunde Pläne schmiedeten, huschte Bessel die Treppe hinauf und in sein Zimmer. Aus allem, was er fand, improvisierte er eine Verkleidung und ging dann über die Hintertreppe wieder in die Küche. Luucians Aufmerksamkeit war vollständig auf das Guckloch für die Dienstboten konzentriert. Auf Zehenspitzen schlich Bessel um ihn herum und öffnete vorsichtig die Küchentür von Myrilandels Haus. Ein Dutzend schwarzgekleideter Söldner aus Rossemeyer hatten auf der Gasse Stellung bezogen. Hochgewachsen und furchteinflößend standen sie da; ein Eindruck, der durch ihre weiten schwarzen Roben, in denen sie leicht zwei Dutzend Waffen hätten verstecken können, und ihre kompliziert geschlungenen schwarzen Turbane mit den Gesichtsschleiern noch verstärkt wurde. Sie musterten Bessel aus bedrohlich glitzernden schwarzen Augen.

Er schluckte gegen seine Furcht an und schob die Tür ein

wenig weiter auf. Als er die erste Stufe hinunterstieg, presste er eine Hand ins Kreuz, um das Gewicht des schweren, in eine Decke gehüllten Bündels auszugleichen, das er unter einem von Myrilandels Umstandskleidern trug. Ein breiter Gürtel hielt seinen »Bauch«. Mit seinem Kopftuch konnte er für eine Frau durchgehen, die kurz vor dem Ende einer schwierigen Schwangerschaft stand.

Jedenfalls, solange Mopsie sich ruhig verhielt und unter der Decke nicht allzu sehr herumzappelte.

Zwei der Söldner traten vor, die Hände auf das Heft ihrer Schwerter gelegt.

Bessel watschelte auf sie zu und sah sie offenen Blickes an. Er durfte sich nicht durch das leiseste ängstliche Zucken auf seinem Gesicht verraten.

»Erlaubt mir, Euch zu helfen, Madame.« Der Söldner zu Bessels Linken winkelte den Arm an, bereit, Bessels Gewicht aufzufangen, falls er beschließen würde, seine Hand darauf zu legen.

Bessel unterdrückte ein Grinsen und stützte sich schwer auf den Mann. Die andere Hand, in der er einen Korb hielt, legte er unter das runde Bündel und stöhnte leise.

»Ich will zum Markt und einige spezielle Kräuter holen, um die Geburtsschmerzen zu lindern«, erklärte er mit Falsettstimme. »Ich wäre Euch so dankbar, wenn Ihr mich begleiten könntet. Man weiß ja nie, wie schnell so ein Baby kommen kann.« Wieder umklammerte Bessel seinen Bauch und stöhnte lauter. Dieses Mal schwankte er ein wenig.

»Ähm ... ähm ... solltet Ihr nicht lieber zu Hause bleiben und jemand anderen auf den Markt schicken?« Der Söldner, der seinen Arm hielt, zögerte. Panisch sah er sich nach seinen Kameraden um.

Wenige Männer, nicht einmal Heiler, fühlten sich in Anwesenheit einer gebärenden Frau wohl; das hatte Bessel anlässlich der zahlreichen Schwangerschaften seiner Mutter wieder und wieder erlebt. Beim ersten Anzeichen von Geburtswehen hatten alle Männer in der Siedlung plötzlich anderswo etwas Dringendes zu tun gehabt.

»Es gibt niemand anderen. Man lässt sie ja nicht auf die Straße; hört Ihr den Aufruhr nicht? Ich muss gehen, ich darf mich nicht länger aufhalten.« Wieder seufzte Bessel, während er ein paar gezierte Schritte die Gasse hinunter tat.

»Dann fürchte ich, dass Ihr allein gehen müsst, Madame. Wir dürfen unseren Posten nicht verlassen.« Die Söldner verneigten sich tief.

Bessel machte noch ein paar Schritte; dieses Mal ein wenig längere, als die Männer nicht hinsahen.

»Bitte bleibt in der Nähe. Wenn ich zurückkomme, brauche ich vielleicht jemanden, der heißes Wasser macht und Laken holt.« Bessel entließ die Söldner mit einer Handbewegung. Die Fremden zogen sich von Myrilandels Küchentür zurück, um einen möglichst großen Abstand zwischen sich und Bessel zu legen.

Bessel nahm sich zusammen, um mit kurzen, ungelenken Schritten weiterzugehen, bis er um die Ecke auf eine breitere Straße eingebogen war. Einige Menschen gingen an ihm vorüber, ohne ihm einen zweiten Blick zu schenken. Ihre Aufmerksamkeit galt dem Auflauf auf der Vorderseite des Hauses in der Straße der Botschafter.

In der Menge brodelte es. Zorn herrschte in der Aura vor, die von der Versammlung aufstieg, doch er fand kein Ziel.

Bessel grinste. »Ich habe einen von diesen Rover-Erpressern bei den Fremden gesehen«, brüllte er über das Stimmengewirr hinweg. »Sie stecken mit den Ausländern unter einer Decke.« Die Menge nahm die Worte begierig auf und richtete ihr Unbehagen über ihre Probleme auf die Söldner aus Rossemeyer, nicht auf den König.

Am liebsten hätte Bessel sich zu ihnen gesellt, aber er hatte etwas Wichtiges zu tun.

45. Kapitel

In Kinnsells Shuttle, auf einem Plateau tief in den südlichen Bergen

Vorsichtig kroch Yaala unter einem Berg aus Sitzkissen und zerbrochenen Geräten hervor. Als das Shuttle knirschend zum Stehen gekommen war, war sie gegen ein Schott geschleudert worden. Sie versuchte, auf die Beine zu kommen, und rutschte auf dem scharf geneigten Deck aus.

Wieder bewegte sich das Shuttle, und der Boden kippte weiter ab. Sie erstarrte.

Eine rasche Bestandsaufnahme ergab, dass Rollett sich auf der anderen Seite der Kabine regte und Kinnsell mit weit aufgerissenen Augen und offnem Mund durch das Fenster starrte, wo der kleine Drache hereinschaute. Ein leichter Blauschimmer an den Flügelspitzen und Hörnern betonte das dunklere Bleigrau des Drachens. Nachmittägliches Sonnenlicht glitzerte auf seinen Schuppen. Er musste noch ziemlich jung sein und war ungefähr so groß wie ein kleines Packpferd.

»Nicht bewegen, Rollett«, befahl sie. Er erstarrte, so wie sie eben. »Wir hängen gefährlich in der Schwebe.«

»Ich glaube, alles, was uns noch auf dem Felssims hält, ist der kleine Drache, der auf der Nase des Shuttles sitzt«, gab er im Flüsterton zurück, als fürchte er, seine Stimme könne sie aus dem Gleichgewicht bringen.

»Kannst du Lyman und Powwell sehen?«, fragte sie. Wrackteile verwehrten ihr den Blick in die zentrale Kabine.

»Lymans Beine, aber nicht viel mehr«, antwortete Rollett.

»Ich bin am Leben«, flüsterte Lyman zurück. »Powwell glüht

vor Fieber.« In den Trümmern, dic sie umgaben, machte Yaala den Umriss von Lymans Körper aus. Er zog die Beine an und versuchte, sich auf die Knie aufzurichten.

»Nicht bewegen«, schrien sie und Rollett wie aus einem Munde und viel zu laut.

Wieder ruckte das Shuttle.

»Wenn ... wenn ... dieses Monstrum da draußen real ist«, stotterte Kinnsell, »könntet Ihr es dann dazu bewegen, dass es sich auf die Nase des Schiffs setzt, so wie auf einer Kinderwippe?«

Yaala und Rollett sahen einander an und taten seine unverständliche Bemerkung mit einem Schulterzucken ab.

»Hebel und Hebelpunkt, verflucht! Wir brauchen ein Gegengewicht am vorderen Ende, um das Gewicht der schweren Maschinen am Heck auszugleichen.« Kinnsells Empörung hatte ihn aus seiner Erstarrung gerissen.

»Wo ein kleiner Drache ist, werden noch ein Dutzend andere sein. In diesem Alter entfernen sie sich nicht weit von ihrem Nest«, erklärte Lyman. »Mama Shayla muss hier irgendwo sein. Sie dürfte ein ausreichendes Gegengewicht abgeben.« Er hob den Kopf und neigte ihn zur Seite. Diese Bewegung war so gewohnt bei ihm, dass Yaala bis jetzt nicht erkannt hatte, dass er dabei auf etwas lauschte.

»Sprecht Ihr mit den Drachen, Lyman?«, fragte sie.

»Oft. Sie haben mir gefehlt, während ich in Hanassa war. Aber die Drachen schicken ihre Gedanken nicht in diese Stadt«, antwortete Lyman. »Die kleinen Drachen sind zu jung, um mit Menschen zu kommunizieren. Von ihnen empfange ich nur Babygeschrei, keine Bilder oder Worte.« Er neigte das Haupt in die andere Richtung. »Ah, da ist Shayla, die von der Jagd zurückkehrt. Sie versteht uns.«

Ein dumpfer Aufschlag ließ das ganze Shuttle vibrieren. Metall kreischte, als gewaltige Klauen über die fremdartige Außenhaut kratzten. Dann, langsam, legte das Deck sich gerade.

»Shayla ist auf dem Dach gelandet«, sagte Rollett lächelnd. »Sie möchte, dass wir die Luke öffnen und ganz vorsichtig hinausklettern. Das Shuttle wiegt mehr als sie, daher kann sie es nicht lange halten.«

»Auf keinen Fall gehe ich nach draußen«, protestierte Kinnsell. »Ich habe nicht vor, die nächste Mahlzeit für dieses Ungeheuer abzugeben.« Immer noch starrte er den kleinen Drachen an.

Yaala konnte sich eines Kicherns nicht erwehren. Der junge Drache war doch winzig! Was würde er erst sagen, wenn er Shayla sah?

»Ich ... bekomme ... die Tür ... nicht auf«, stieß Lyman mit zusammengebissenen Zähnen hervor, während er die Knöpfe am Kontrollbrett drückte und auf die Luke eintrat.

»Dort draußen sind Drachen. Könnt Ihr nicht Magie sammeln und sie dann mit Gewalt öffnen?«, fragte Yaala.

»Die Luft hier drinnen ist stärker eingesiegelt als alles, was uns je begegnet ist«, erinnerte Lyman sie. »Die Drachenmagie kann nicht eindringen; und ich habe nicht mehr genug Vorrat an Energie, um den Verschlussmechanismus durch Levitation zu betätigen.«

Ratsuchend sah Yaala zu Rollett.

»Die Maschinen laufen nicht mehr. Bald wird uns die Luft ausgehen«, stellte Kinnsell gelassen fest.

Yaala fragte sich, ob er lieber ersticken als den Drachen gegenübertreten wollte. »Sucht nach einer manuellen Bedienung. Wenn die Tragflächen eine Handbedienung haben, dann gibt es sicher auch eine für die Luke.«

Alle Köpfe fuhren zur Luke herum, als ein lautes, reißendes Geräusch von der metallenen Außenhaut des Shuttles herkam. Tageslicht drang durch die Tür, begleitet von der Spitze einer roten Drachenklaue.

»Ich glaube, Rettung ist unterwegs«, meinte Lyman grinsend.

Sekunden später wehte frische Luft herein und vertrieb den abgestandenen, chemisch verunreinigten Geruch, den sie seit Hanassa eingeatmet hatten. Yaala sog den frischen, süßen Duft grüner, feuchter Bäume ein. Ihre Kehle zog sich durstig zusammen und erinnerte sie daran, dass sie lange nichts getrunken hatte. Waren es Stunden gewesen ... oder sogar Tage?

Rollett und Lyman atmeten in tiefen Zügen und seufzten zufrieden.

»Drachenmagie!« Rollett breitete die Arme aus, als wolle er die ganze Welt umarmen. »Es ist so lange her. Ich hätte nie gedacht, dass ich diese Energie noch einmal aufnehmen könnte oder lange genug leben, um noch einmal einen Drachen zu sehen.«

»Atmen könnt ihr später. Wir müssen aussteigen, ehe das ganze Shuttle in den Abgrund stürzt.« Yaala kroch auf die Luke zu, wo sie durch den Riss hindurch den größten Teil einer dunkelgrauen Drachentatze und ein Stück einer Drachennase mit roter Spitze sah. Der Kleine mit den blauen Flügelspitzen saß immer noch auf der Nase des Schiffes und starrte Kinnsell an.

Mit einem Mal vernahmen sie ein reißendes Geräusch, und das Shuttle begann wieder auf dem Rand des Felssimses zu schaukeln; vor und zurück, auf und ab.

Kinnsell murmelte undeutlich vor sich hin und kicherte fortwährend dabei. Er sah aus und benahm sich, als wäre er betrunken. Oder so verängstigt, dass er fast den Verstand verlor.

»Wir müssen hier sofort alle hinaus«, erklärte Yaala so gebieterisch, wie sie es von ihrer Mutter gelernt hatte.

Die Kontrolltafel der Luke vibrierte und zerbrach. Ein neugieriges Drachengesicht spähte durch die Öffnung. Das noch nicht ausgewachsene Horn mit der roten Spitze kratzte über den oberen Rand der Öffnung und zog sich mit einem empörten Quietschen wieder zurück. Yaala hielt sich die Ohren zu, so schrill war sein Protestschrei.

Wieder erbebte das Shuttle und legte sich auf eine Seite. Alle erstarrten, bis das Schaukeln aufgehört hatte.

(Beeilt euch!), erklang eine panische Stimme in Yaalas Kopf.

Rollett und Lyman ließen sich auf alle viere fallen und packten jeweils einen von Powwells Knöcheln. Vorsichtig zogen sie ihn zu dem klaffenden Loch im Schott, wobei sie sich dicht am Deck hielten. Sie mussten die Stimme ebenfalls gehört haben.

Damit war nur noch Kinnsell übrig. *Wie kann ich ihn dazu bewegen, den zweifelhaften Schutz dieses Shuttles zu verlassen?*, fragte sich Yaala. Er war wieder bleich geworden, und seine Augen glänzten wie im Fieber. Offenbar hatte Powwell ihn doch nicht vollständig heilen können.

»Ich werde nicht zulassen, dass mein bester Freund sein Leben umsonst opfert. Entweder Ihr kommt freiwillig mit mir, oder ich schlage Euch bewusstlos und überlasse es den Drachen, Euch herauszuziehen!« Sie riss ihn aus seinem Stuhl, und er sank auf die Knie.

»D... das ... würdet ... Ihr nicht tun«, protestierte er schwach. Seine Haut war aschgrau. Schwankend kam er auf die Füße.

»Wenn Powwell sein Leben riskiert, um Eures zu retten, ist Überleben das Mindeste, was Ihr tun könnt.« Sie packte ihn am Kragen und am Hosenboden wie einen Hund oder ein kleines Kind und schob ihn auf den Ausgang zu.

Wenigstens hatte Lyman den kleinen Drachen dazu gebracht, sich zurückzuziehen. Er hielt das empfindsame knospende Horn des Wesens umfasst und sah ihm tief in die Augen. Shayla reckte ihren langen Hals und betrachtete die beiden prüfend. Lyman mochte einmal ein Drache gewesen sein; aber offensichtlich würde Shayla ihm nicht gestatten, sich allzu viele Freiheiten bei ihren Jungen zu nehmen.

In der Nähe saß Rollett auf dem Boden und hatte Powwells Kopf in seinen Schoß gebettet.

Wieder kippte das Shuttle. Yaala hörte ein hektisches Kratzen von Drachenklauen auf dem Dach. Das entschied alles. Mit ihrer allerletzten Kraft trat sie Kinnsell in die Rückseite. Er taumelte durch die Luke und landete mit dem Gesicht voran auf dem steinigen Plateau, wo er den Kopf hob und Staub spuckte.

»Das werdet Ihr noch bedauern, junge Dame. Ich bin ein sehr mächtiger Mann«, stieß er verächtlich hervor.

Yaala sprang ebenfalls und schlug nicht weit von ihm entfernt lang hin. »Die einzige Macht, die hier draußen zählt, ist die Freundschaft mit den Drachen, und in dieser Hinsicht seid Ihr vollkommen hilflos«, entgegnete sie.

Hinter ihr kreischte Shayla und schlug heftig mit den Schwingen, um vom Boden abzuheben. Das Shuttle knarrte und schaukelte noch einen Moment auf dem Rand, dann kippte es ab. Es stürzte die hundert Fuß hohe Felswand gerade hinunter, schlug dann auf einem tiefergelegenen Abhang auf und rutschte schnell auf einen tiefen Abgrund zu. Gewaltige Bodenstücke und ganze Bäume wurden mitgerissen und polterten hinterher. Felsbrocken von der Größe eines Drachenjungen krachten mit gewaltigem Getöse zusammen.

Yaala kroch zum Rand der Felswand, um zuzuschauen, wie das Shuttle sich entfernte und immer tiefer stürzte, auf den Wald unter ihnen zu.

Ein paar Herzschläge später schlug es auf. Der Steinschlag setzte sich fort, bis die wunderbare Maschine in einer Wolke von Staub und Trümmern verschwand.

»Sie ist fort«, flüsterte sie. Und mit dem Schiff ging ihre letzte handfeste Verbindung zu ihren Maschinen in Hanassa dahin.

»Aber ich habe es ein einziges Mal gesteuert.« Sie lächelte. »Mehr brauchte ich nicht.« Dann stand sie auf, klopfte sich den Schmutz von den Hosen, machte sich ein Bild von ihrer Lage und begann, Anweisungen zu geben.

*

Später Nachmittag, Haus von Myrilandel, der Botschafterin des Drachennimbus, Hauptstadt Coronnan

»Das ist doch lächerlich!«, erklärten Katie und Quinnault wie aus einem Munde.

Sie grinsten einander verhalten zu. Die vertraute Verschmelzung ihrer Gedanken wärmte Katie wieder das Herz.

»Ich bin König von Coronnan. Ich lasse mich doch nicht von Ausländern, denen mein Rechtssystem nicht gefällt, im Haus meiner besten Freunde gefangen setzen.« Quinnault marschierte aus der Tür, um sich mit seinen Wachen zu beraten. Das Dutzend Uniformierter stand einer doppelt so großen Anzahl Söldnern gegenüber, die für ihre Kampfkraft und Heftigkeit berühmt waren.

»Wenigstens hast du ein Rechtssystem«, flüsterte Katie und schickte diese Bestärkung auch in seine Gedanken. Dann wandte sie sich wieder ihrem anderen Problem zu.

»So, während mein Mann sich draußen mit den Soldaten beschäftigt, werde ich mich um Eure Medizin kümmern, Nimbulan.« Eifrig rieb Katie sich die Hände. Sie hatte etwas zu tun.

»Ihr besitzt eine Gabe, Katie.« Myri lächelte ihr zu. »Die Menschen überschlagen sich, um Eure Befehle zu befolgen, und schätzen sich dabei auch noch glücklich. Wenn ich eine Anordnung erteile, schauen die Dienstboten mich an, als wäre ich Luft. Da ist es einfacher, die Arbeit selbst zu tun.«

Katie quittierte das Kompliment mit einem Schulterzucken. Sie hatte zu arbeiten.

Zu ihrem großen Erstaunen bewachte in der Küche noch immer der Heilergeselle das köchelnde Digitalis.

»Ihr seid Narbengesichts Rufzauber nicht unterlegen!« Sie blieb wie angewurzelt in der Küchentür stehen.

»Eure Befehle schienen mir wichtiger zu sein. Außerdem bin ich nur Geselle. Der Ruf war an die Meister gerichtet.

Einige Lehrlinge sind ihm gefolgt, weil sie es nicht besser wussten. Ich aber schon.« Der junge Mann zuckte die Achseln und wandte sich wieder seiner Aufgabe zu.

»Wie ist Euer Name?«, fragte Katie. Sie trat an das offene Herdfeuer, um sein Gebräu zu begutachten.

»Luucian, Euer Gnaden. Heilergeselle Luucian, Euch zu Diensten.« Er verneigte sich leicht und kehrte dann an seine Medizin zurück.

»Geselle Luucian, Ihr seid soeben zum persönlichen Heiler des Königs ernannt worden. Und ich werde mein Bestes tun, damit Ihr zum Meister erhoben werdet, ehe diese Nacht vorüber ist.«

»Danke, Euer Gnaden, aber nur die Kommune der Magier kann mich zum Meister befördern.« Vor Enttäuschung zog er ein etwas langes Gesicht.

»Gut möglich, dass die Kommune bei Sonnenaufgang eine größere Umstrukturierung erfährt. Im Moment brauchen Seine Gnaden, der König, und Meister Nimbulan Menschen um sich herum, die nicht unter dem Einfluss eines gewissen machtbesessenen Fanatikers stehen.« Katie schöpfte ein wenig von dem einfachen Heiltrank in einen Tonbecher. »Es ist fertig. Bringt das zu Meister Nimbulan und seht zu, dass er es auch austrinkt, und wenn Ihr ihm die Nase zuhalten müsst, damit er schluckt.«

»Ich? Ich soll Meister Nimbulan Befehle erteilen?« Luucian war so überwältigt, dass er fast ins Stottern geriet.

»Ja. Als sein Heiler ist das Eure Aufgabe. Wenn Ihr ihm seine Medizin verabreicht habt, haben wir eine weitere Aufgabe für Euch. Wir werden alle sehr erschöpft sein, wenn diese Nacht vorüber ist. Aber Ihr müsst dafür sorgen, dass Nimbulan nur die Aufsicht führt. Ich möchte nicht, dass er etwas Schweres hebt.«

»Ich werde Lan seine Medizin bringen«, ließ Myri sich von der Tür her vernehmen. »Shayla hat soeben nach einem Heiler verlangt. Powwell und Yaala haben Rollett und König Kinnsell aus Hanassa gerettet. Sie brauchen einen Heiler, und Luucian scheint der Einzige zu sein, der uns zur Verfügung steht.«

»Ich?«, quietschte Luucian noch einmal.

»Was in drei Teufels Namen hatte mein Vater in Hanassa zu suchen?«, fragte Katie verwundert. *Gerettet*, hatte Myri gesagt. Sie verlangten nach einem Heiler. Dann lebte ihr Vater, und sie hatte noch eine Chance ... ja, wozu? Sie wusste nicht genau, was sie mit ihm ... oder für ihn tun wollte. Sie war nur sehr dankbar dafür, dass er am Leben war.

»Rouussin erwartet Euch auf der Heiligen Insel, Luucian«, sagte Myri. »Er wird Euch zu Shaylas Nest und zu Euren Patienten fliegen. Sammelt ein wenig von dem Tambootie, das auf der Insel wächst, und steckt es ein. Ich werde meinem Mann seine Medizin geben und dafür sorgen, dass er alles einnimmt.« Ihre Züge nahmen einen entschlossenen Ausdruck an. Sie sah jetzt ganz ähnlich aus wie Quinnault, wenn er seine sture Miene aufsetzte.

»Wie komme ich an den Söldnern an der Hintertür vorbei?«, fragte Luucian, während er nach seinem schwarzen Ranzen griff.

»Nimbulan hat gesagt, Ihr sollt Euch in Schatten hüllen und ihnen eine Suggestion schicken, die sie ablenkt.« Myri zuckte die Achseln und kehrte mit der kostbaren Dosis Digitalis in den vorderen Teil des Hauses zurück.

»Ich werde mein Bestes tun, Euer Gnaden. Habt Ihr Nachrichten für König Kinnsell und die anderen?«

»Was ich meinem Vater zu sagen habe, das sage ich ihm von Angesicht zu Angesicht. Er hat sich für einiges zu verantworten.«

Von draußen drang Gebrüll herein und zog Katie zurück zu Quinnault und den Söldnern. Ihr Mann hatte sein Kurzschwert gezogen und stand inmitten einer Phalanx von uniformierten Wachen.

46. Kapitel

Später Nachmittag, Shaylas Nest tief in den südlichen Bergen

Powwell schlug die Augen auf und sah in ein unbekanntes Gesicht, das direkt vor seinem schwebte. Er schielte, als er versuchte, sich zu konzentrieren. Sein Blickfeld verschwamm, und der blasse Fleck mit den zwei leuchtend blauen Augen darin verlor die Konturen.

»Wer . . .?«, brachte er über die trockenen, aufgesprungenen Lippen. Außer ihnen konnte er nichts anderes bewegen. Sein ganzer Körper fühlte sich an, als hätte ihn jemand Knochen für Knochen auseinandergenommen und anschließend falsch zusammengesetzt.

»Ich bin Luucian«, sagte der andere. Seine Augen blinzelten kurz und entspannten sich dann, bis sie beinahe glasig wirkten. Der Mann war erschöpft. »Erinnerst du dich an mich, Powwell?«

»Heiler?« Mehr als ein Wort auf einmal bekam Powwell nicht zusammen. Sein Mund schmeckte, als hätte er Sand gegessen. Wo kam hier ein Heiler her? Vor allem einer mit einer so strahlend blauen Heileraura?

»Ja, ich war Heilerlehrling in Nimbulans Enklave von Schlachtenmagiern; etwa ein Jahr, bevor du zu ihm gestoßen bist. Wir sind uns an der Universität ein paar Mal begegnet.«

»Wasser.« Das schien jetzt wichtiger als die Frage, wer der andere war. Powwell schloss die Augen wieder, denn das Licht schmerzte ihn.

Jemand hielt ihm eine Schale an die Lippen und ließ ein paar Tropfen herrlich süßen Wassers auf seine Zunge rinnen.

Keine Spur von Schwefel, der den Geschmack vergällte, also konnten sie nicht mehr in Hanassa sein. Aber andererseits war sein Mund so ausgedörrt, dass sogar faules Wasser köstlich geschmeckt hätte.

»Mehr«, verlangte er.

»Immer nur ein paar Tropfen auf einmal, Powwell. Du hast sehr hohes Fieber, und dein Körper steht dadurch noch unter Schock«, gab Luucian zurück. »Aber sobald du wieder auf den Beinen bist, wirst du dich schnell erholen. Es geht doch nichts über ein wenig Extra-Tambootie, um das innere Gleichgewicht wiederherzustellen.«

Dieses Mal trank Powwell ein wenig mehr; genug, um das Wasser in seinem Mund umherzubewegen, ehe er schluckte. Seine Halsmuskeln schmerzten und wollten ihm nicht gehorchen. Er versuchte es noch einmal und schaffte es, das Wasser hinunterzuwürgen.

»Thorny?«

»Dein magischer Gefährte ist unglücklich, aber er ist noch bei dir.« Jemand führte seine Hand und legte sie auf Thornys schlaffe Stacheln. Der kleine Igel bäumte sich nicht auf, als er ihn berührte. Etwas stimmte nicht mit ihm.

Powwell versuchte die Augen zu öffnen und sich aufzusetzen. Er musste sich um Thorny kümmern.

»Ruh dich aus, Powwell, Thorny geht es gut. Er macht sich nur ebenso viele Sorgen um dich wie wir alle«, sagte Yaala. Ihre kühle Hand berührte seine Wange.

Er entspannte sich ein wenig, ließ aber die Hand auf Thornys Rücken liegen. Von der Stelle aus, an der er in Kontakt mit seinem Gefährten war, breitete sich ein prickelndes Wohlbehagen durch seinen Körper aus.

»Wo?«

»Wir sind in Shaylas Nest«, beruhigte ihn Yaala. »Die Drachen haben dir einen Heiler aus der Hauptstadt geholt. Du wirst wieder gesund.«

»Hanassa?«, stieß er hustend hervor. Yaala hielt ihm erneut die Schale an die Lippen. Er nahm einen großen Schluck, wälzte ihn aber im Mund umher, um das ausgetrocknete Gewebe zu befeuchten, und ließ immer nur ein kleines Rinnsal durch seine Kehle laufen.

»Wir sind entkommen«, erklärte Rollett. Seine Stimme wurde lauter und dann wieder leiser, als gehe er auf und ab.

Powwell wagte es, die Augen wieder aufzuschlagen. So war es, Rollett schritt vor einer Lichtquelle hin und her – einer Höhlenöffnung? Nur seine Silhouette war zu erkennen. War dieses Ding am Eingang, das so groß wie ein Felsbrocken war, wirklich ein Drachenjunges, das Rollett beobachtete?

»Und die Seuche?« Powwells Mund und Kehle waren jetzt so erholt, dass er drei Worte auf einmal aussprechen konnte. Er wollte noch mehr Wasser trinken, doch Luucian hielt ihn zurück.

»Du hast Kinnsell genug Heilkraft und Stärke geschenkt, dass er überlebt hat. Er braucht noch Ruhe und Erholung, aber er wird lange genug leben, um seiner äußerst erzürnten Tochter Rede und Antwort zu stehen«, berichtete Luucian. »Ich habe Yaala mit Tambootie behandelt, denn wir wissen nicht, ob sie durch ihr Drachenerbe immun ist. Lyman und Rollett scheinen nicht betroffen zu sein.«

Als er geendet hatte, setzte er Powwell erneut die Schale an die Lippen. »Nicht zu viel auf einmal; das verträgst du noch nicht.«

Und richtig, der nächste Schluck traf Powwells Magen wie eine Detonation und drohte ihm wieder hochzukommen.

»Hatte ich die Seuche?«

»Ein sehr leichter Fall, den ich heilen konnte«, erklärte Luucian. »Du hast im letzten Winter die Tambootie-Probe überstanden, und du hattest noch ein paar Mal von den rohen Blättern gekostet, ehe Nimbulan die Drachenmagie entdeckte. In deinem Körper muss noch genug von dem magischen Baum gewesen sein, um dich am Leben zu halten und König Kinnsell zu heilen; aber da du erst als Lehrling begonnen hast, nachdem die Magier sich von den hohen Dosen an Tambootie abgewandt hatten, bist du trotzdem krank geworden; wahrscheinlich weil du einen so großen Teil deiner natürlichen Immunität an König Kinnsell weitergegeben hast. Das ist ein scheußlicher Keim und breitet sich rasch aus. Wenn Rouussin mich nicht hierher, in Shaylas Nest, gebracht hätte, wärest du gestorben, Powwell.«

Bei dem Gedanken an Rouussin, den älteren Drachen mit den roten Flügelspitzen, der die Menschen wie eigensinnige Kinder betrachtete und sie verhätschelte, musste Powwell lächeln.

Kurz sah er sich in der weitläufigen Höhle um. Ein Dutzend Drachenjunge hockten auf Steinbrocken und Felsvorsprüngen. Ein gewaltiges Nest aus Schafwolle, Federn und Moos nahm einen etwas höher liegenden Teil im Hintergrund der Höhle ein. Wenn Shayla hier war, konnte er sie nicht sehen.

»Die Seuche in Hanassa? Maia?«

»Wir wissen es noch nicht. Die Drachen werden das Gebiet auskundschaften und Vorräte abwerfen, darunter auch Tambootie-Holz für Feuer und Timboor, um es ans Essen zu geben. Aber wir haben noch anderes zu tun, ehe wir Späher dorthin schicken«, antwortete Rollett, der immer noch auf und ab ging.

»Tatsache ist, dass die Bevölkerung als Ganzes nicht durch die Seuche bedroht ist«, setzte Kinnsell hinzu. Er stand hinter Powwell, wo dieser ihn nicht sehen konnte.

»Könntet Ihr das weiter ausführen?« Luucian sah auf, und die Neugierde verdrängte seine Müdigkeit.

»In meiner Welt verändert ein durch Umweltverschmutzung verursachter Dunstschleier die Struktur des Sonnenlichts.« Kinnsell zögerte, als müsse er nach den richtigen Worten suchen. »Unsere Körper passen sich an dieses andere Licht an.

Die Gifte aus der Verschmutzung reichern sich in unserem Körper an und rufen weitere Veränderungen hervor. Und diese erlauben es dann der Krankheit, zusammen mit den Giftstoffen in unserem Körper, uns zu befallen. Bei Euch fehlt die Verschmutzung, daher stecken sich nur die Schwachen und Verletzlichen – die Alten, die sehr Jungen und schwangere Frauen – mit der Krankheit an. Die Bergleute haben vielleicht durch den Kohlenstaub ein Problem, aber alle anderen dürften keine Schwierigkeiten bekommen. Powwell hat sich durch den direkten Blutkontakt infiziert. Mein Blut ist in seinen Körper gedrungen und hat der Seuche dort Nahrung gegeben.«

»Interessant. Ich werde diese Informationen an die Königin übermitteln«, gab Luucian zurück.

»Warum hat Narbengesicht eigentlich einen Gesellen geschickt?« Etwas nagte an Powwell und ließ nicht zu, dass er ausruhte, obwohl er das dringend gebraucht hätte.

»Nicht Narbengesicht hat mich geschickt, sondern Myrilandel. Die Drachen haben Narbengesicht und seinen Anhängern ihre Unterstützung entzogen.«

Schweigen folgte auf Luucians Worte. Rollett und Yaala starrten ihn verblüfft an; Powwell ebenfalls. Alle warteten auf eine Erklärung für das Unglaubliche.

»Die Drachen halten sich jetzt schon seit Wochen von der Hauptstadt fern. Aber heute haben sie der Kommune ihre Magie vollständig entzogen. Nun, da ich weiß, dass du und König Kinnsell sich erholen werden – er hat so gut auf das Tambootie reagiert wie jeder individuell arbeitende Magier, dem ich je begegnet bin –, muss ich in die Hauptstadt zurückkehren.«

»Was hat Narbengesicht getan, um sich den Zorn der Drachen zuzuziehen?« Rollett packte Luucian am Ärmel und riss den Heiler herum, sodass er ihn ansehen musste.

»Narbengesicht will alle Bücher verbrennen, in denen etwas über individuelle Magie steht.« Luucian hatte die Augen niedergeschlagen. »Er hat die ganze Kommune gezwungen, sich ihm anzuschließen.«

»Wusste ich es doch! Ich wusste, dass er in seinem Drang, alles und jeden um sich herum zu kontrollieren, zu weit gehen würde. Aber das hier geht über jede Vernunft, jede Logik hinaus.« Rollett schüttelte die Faust in die Richtung, in der mutmaßlich die Hauptstadt lag.

»Er kann doch die Bücher nicht verbrennen!«, protestierte Powwell. Er dachte an die kostbare Information über Blutmagie, die er einem uralten Text entnommen hatte. Aus Büchern hatte er auch viel über die Rover gelernt, über ihre direkte Gedankenverbindung und Techniken, wie man vermied, in ihre Fallen zu gehen. Ohne Bücher hätte er nie Zugang zu dem Drachentor gefunden, wäre nie nach Hanassa zurückgekehrt...

Ach, Kalen, ich habe dich wieder einmal im Stich gelassen.

»Nimbulan hat einen Plan, aber er braucht Hilfe«, erklärte Luucian und bückte sich, um seinen Heilerranzen aufzuheben.

»Wenn Narbengesicht sich König Quinnault widersetzt, geht es um mehr als nur diese Bücher«, überlegte Rollett. »Er will Kontrolle. Kontrolle über jeden, mit dem er zu tun hat, nicht nur die Kommune. Ich muss zurück. Wir dürfen nicht zulassen, dass er weiter wie ein Tyrann über die Kommune und alle anderen herrscht.«

»Deine Hilfe können wir gut gebrauchen. Der Plan erfordert einige interessante Magie wie auch körperliche Arbeit. Bessel und ich sind die einzigen Magier, von denen wir genau wissen, dass sie Narbengesichts Überredungszauber widerstanden haben; aber Bessel verhält sich merkwürdig, und ich bin mir nicht ganz sicher, wie nützlich er für uns sein wird. Powwell wird jetzt von allein wieder gesund, wenn Yaala ihn ein paar Tage pflegt«, antwortete Luucian.

»Ohne die beiden gehe ich nicht.« Rollett sah Yaala zärtlich an, und sie erwiderte seinen Blick freiheraus. Man konnte die Energie, die zwischen den beiden schwang, beinahe knistern hören. »Wir haben gemeinsam viel durchgemacht, und wir werden zusammenbleiben, bis wir sicher wieder zu Hause sind.«

»Ich komme allein zurecht«, beharrte Powwell. Er durfte sich nicht zwischen Yaala und einen Mann, der sie vielleicht lieben konnte, stellen. Ein Teil von Powwell würde ihn immer von Yaala trennen, der Teil, der Kalen gehörte. Kalen, die jetzt tot war.

Er kämpfte ein Schluchzen nieder. »Die Drachen werden schon für mich sorgen.«

»Ich lasse dich furchtbar ungern zurück, Powwell, aber wir werden in der Hauptstadt gebraucht.« Yaala war deutlich anzusehen, dass sie zwischen Rollett und ihrer Freundschaft zu Powwell hin- und hergerissen war.

»Ich bleibe bei dem Jungen. Kann nicht behaupten, dass ich mich auf die Strafpredigt freue, die meine Tochter mir halten wird. Obwohl ich schon gern meine Enkelin aus Lord Balthazaans Obhut befreien würde, ehe Katie auf der Suche nach ihr das ganze Königreich auf den Kopf stellt.«

»Prinzessin Marilell ist in Sicherheit«, gab Luucian zurück. Seine Mundwinkel zuckten, als müsse er ein Lachen unterdrücken. »Der Entführungsversuch ist fehlgeschlagen, und Königin Katie und König Quinnault nehmen das Kind jetzt überallhin mit.«

»Ihr Hinterwäldler seid doch nicht so unwissend und hilflos, wie ich zuerst dachte«, meinte Kinnsell schmunzelnd. »Ich bin es dem Jungen schuldig, dass ich mich jetzt um ihn kümmere. Obwohl ich nicht sagen kann, dass ich gern hier bei diesen Ungeheuern bleibe. Seid Ihr Euch sicher, dass sie mich nicht zum Mittagessen verspeisen werden?«

»Was brauche ich anderes als Kraft, um mit euch zu reisen? Ich kann jetzt essen und trinken, und das wird mir viel von meiner Kraft zurückgeben.« Mühsam stützte Powwell sich auf die

Ellbogen hoch. Wenn er hierblieb, würde er sich in seinem Kummer suhlen und nie davon erholen. Nimbulan brauchte ihn, brauchte seine Magie. Kalen konnte er nicht mehr helfen; da konnte er ebenso gut alles für den einzigen Menschen geben, der Kalen je respektiert hatte.

Mit einem Mal hatte sein Leben wieder einen Sinn. Kalen war ihr ganzes Leben lang vor den Menschen davongelaufen, die versucht hatten, sie und ihre wunderbare Gabe zu beherrschen. Er würde ihr Andenken ehren, indem er gegen alle kämpfte, die andere Kinder zu Opfern machten, bevor sie eine Chance gehabt hatten, ihr Schicksal selbst in die Hand zu nehmen.

Er würde mit Narbengesicht beginnen.

*

Später Nachmittag, Hauptstadt Coronnan

Bessel überquerte zwei Brücken und lief einige Straßen entlang, bevor er in eine enge Gasse einbog. Er drehte sich zu der Mauer einer Schmiede um und zog Mopsie und die Decke aus ihrem Versteck.

Der kleine Hund, der das Eingesperrtsein leid gewesen war, jaulte und zappelte dankbar in Bessels Armen. Er leckte ihm das Gesicht, sprang dann zu Boden und rannte dreimal fröhlich um ihn herum.

»Ja, ja, ich weiß, dass du dich freust, Mopsie, aber wir müssen in Bewegung bleiben. Wir müssen die Anlegestelle erreichen, bevor das Boot mit der auslaufenden Flut ablegt. Bis es im Hafen ist, muss Raanald dem Tiefenmesser so sehr misstrauen, dass er ihn selbst zerstört.« Er tätschelte seinen magischen Gefährten und machte sich daran, eine neue Verkleidung zu konstruieren.

Nachdem er Kleid und Kopftuch ausgezogen hatte, rollte er beides der Länge nach in die Decke ein und warf sich das Bündel über die Schulter. Die losen Enden steckte er in seinen Gürtel. Dann schnippte er mit den Fingern und ließ seinen Stab und seine Metallschale, die sich in seinem Zimmer in Myrilandels Haus befanden, erscheinen. Der Zauber war illegal. Drachenmagie erlaubte nur Levitation, aber keine Teleportation. Doch andernfalls hätten die Männer aus Rossemeyer den Stab durch die Luft schweben sehen und wären ihm gefolgt.

König Quinnault hatte ihm befohlen, sich aller ihm zur Verfügung stehenden Mittel zu bedienen, um den Tiefenmesser zu zerstören und für Chaos an der Anlegestelle zu sorgen.

Zum Schluss schmierte er Erde auf seine Wangen und sein Kinn, um den Eindruck eines Zweitagebarts zu erwecken.

Er nahm die Schale in die Hand und streckte sie in der typischen Geste eines Bettlers aus. Schwer auf seinen Stock gestützt, verließ er schlurfend die Gasse; einer von vielen Bettlern, die in den Kriegen alles verloren hatten.

Unbehelligt und um sieben Draginen reicher erreichte er die Anlegestelle.

»Für unser Abendessen«, versprach er Mopsie und steckte die Münzen in seine Gürteltasche. Er verstaute die Schale in seiner improvisierten Schlafrolle und drängte sich durch das verschlungene Gewirr von Docks und im Bau befindlichen Lagerhäusern.

Das elegante Passagierboot, auf dem er – war das erst zwei Tage her? – mitgefahren war, lag an einer blitzblanken Rampe. Niemand machte sich die Mühe, die Anlegestellen, die eher dem Handel dienten, zu fegen und zu schrubben. Aber dieses Fährboot bediente reiche und hochrangige Passagiere. Etliche bunte Baldachine und gepolsterte Bänke waren für die Fahrgäste da, die auf die Ebbe warteten und darauf, dass es dem Lotsen genehm war, in See zu stechen.

In seiner Magierrobe hätte Bessel einfach auf das Boot steigen und freie Überfahrt verlangen können. Doch als gewöhnlicher Fischer, der von einem dreckigen Straßenhund begleitet wurde – Mopsie war auf ihrem Weg durch die Stadt wieder ziemlich schmutzig geworden –, würden die Diener und die Schiffsbesatzung ihn erst gar nicht an den Samtbändern vorbeilassen, die den normalen Hafenverkehr von dem den Passagieren vorbehaltenen Areal trennten.

Er brauchte eine neue Verkleidung.

Wie konnte er an Bord des Schiffes gehen, ohne Fragen beantworten zu müssen und einen enormen Fahrpreis zu entrichten? Als einfacher Hafenarbeiter kam er nicht an Bord; und die Uniformen der Lotsengilde waren für jeden von ihnen maßgeschneidert. Außerdem kannten sich die Mitglieder der Gilde untereinander.

Er musste als Magier auftreten, der in einem nicht näher benannten Auftrag der Kommune unterwegs war und daher freie Fahrt beanspruchen konnte. Inzwischen machte er sich keine Gedanken mehr darüber, individuelle Magie einzusetzen. Er schnippte mit den Fingern, und seine offizielle Robe und seine besten Stiefel wurden aus Myrilandels Haus wegteleportiert und landeten zu seinen Füßen. Er duckte sich hinter einen Haufen von Kisten und Seilrollen, um sich umzuziehen. Die Robe bedeckte seine einfache Fischerkleidung. Aber sein Bündel und Mopsie brauchten eine diskretere Tarnung.

Bessel überprüfte die Taschen seiner Robe darauf, ob sie seine übliche Grundausrüstung enthielten. Alles schien an seinem Platz zu sein.

»Da ich die Erlaubnis habe, Außenseiter-Magie einzusetzen, kann ich mein Bündel hier verstecken und später holen kommen«, flüsterte er, an sich selbst und Mopsie gerichtet. Außerdem musste er seine Erscheinung ein wenig verändern. Er wollte nicht, dass Raanald, der während der gestrigen Katastrophe als Lotse auf diesem Boot gefahren war, oder jemand aus der Mannschaft ihn erkannte. Mit ein wenig Magie sorgte er dafür, dass er größer und schlanker wirkte. Der Schmutz auf seinem Gesicht schien dichter zu werden und ähnelte jetzt einem richtigen Vollbart.

Mopsie quittierte die Veränderung mit einem missfälligen Jaulen. »Keine Sorge, Kleiner, ich lasse dich nicht zurück. Du musst Wache halten, während ich tue, was ich tun muss.«

Der Tiefenmesser befand sich auf seinem Platz; das konnte er von hier aus sehen. Aber er konnte ihn nicht einfach mit einem magischen Energiestrahl zerschmettern. Damit würde er den Zorn der Lotsengilde über die Kommune bringen. Er musste es so aussehen lassen, als sei die Maschine defekt, ja gefährlich, damit die Gilde in Zukunft mit der Kommune zusammenarbeitete, statt Krieg gegen sie zu führen.

Er musste näher herankommen, so nahe, dass er die Maschine berühren konnte. Forsch trat er auf den Diener zu, der hinter dem Samtband stand.

»Guter Mann, ich bin in Angelegenheiten der Magierkommune unterwegs. Ich muss Gespräche mit einigen Passagieren führen, die heute Abend im Hafen eintreffen.« Bessel vollführte ausladende Gesten in Richtung der vier Inseln, die weit draußen in der Bucht lagen, dort, wo das tiefe Wasser begann. Der Diener schaute auf Bessels Hände und seinen Stab und wurde von dem schmutzigen Straßenköter abgelenkt, der sich unter dem Saum seiner Gesellenrobe versteckte.

»Da braucht Ihr einen Passierschein.« Der Diener verlangte nach der Schiefertafel, mit der sich reisende Magier für gewöhnlich auswiesen.

»Was er nicht weiß, macht ihn nicht heiß«, murmelte Bessel vor sich hin. Er steckte die Hand in die Tasche und flüsterte einen weiteren Transportzauber, um sich die Schiefertafel bringen zu lassen, die er bei seinen Büchern aufbewahrte. Der Pass war abgelaufen und stammte von seiner Reise ans Totenbett seiner Mutter. Aber der Mann konnte nicht lesen, denn das Gesetz verbot es ihm, diese geheimnisvolle Kunst zu erlernen.

Der Diener warf kaum einen Blick auf den Passierschein und hakte dann eines der Samtbänder von seiner Stütze los, um ihn ungehindert in das Warteareal einzulassen. »Ihr könnt jetzt schon an Bord gehen, aber setzt Euch an einen Platz, an dem Ihr nicht im Weg seid. Wir segeln mit der Ebbe, selbst wenn diese Bande hochnäsiger Söldner und ihre Lady nicht rechtzeitig auftauchen sollten.«

»Söldner?«, fragte Bessel und zog eine Augenbraue hoch, als interessiere ihn diese Angelegenheit nur mäßig.

»Genau. Die Lady hat eine Nachricht geschickt. Sie bringt die Leiche des Botschafters zurück nach Rossemeyer, um ihn zu bestatten. Nachdem sie diesen Magier hingerichtet hat, den Mörder ihres Gatten.«

47. Kapitel

Nachmittag, Haus von Myrilandel, der Botschafterin des Drachennimbus, Hauptstadt Coronnan

Katie schluckte die Angst hinunter, die sofort in ihr aufstieg. Quinnault wusste, an welchem Ende man ein Schwert anfasste und wie man es gebrauchte.

Diese schwarzgekleideten Söldner allerdings auch. Und sie würden nicht einmal versuchen, einen Kompromiss auszuhandeln, sondern zu Gewalt greifen.

Dann bemerkte sie, woher das Geschrei kam, das sie zu ihrem Mann geführt hatte – sie musste zu ihm auf die Vordertreppe geeilt sein, ohne auf etwas anderes zu achten als ihr Bedürfnis, seine Hand zu berühren und sich zu vergewissern, dass er noch lebte.

Hunderte von Menschen drängten sich um die Söldner. Sie schrien und schwenkten Fackeln, selbst zurechtgehauene Keulen und alle möglichen Alltagsgegenstände, die sich als Waffen einsetzen ließen.

»Sie stecken mit den Rovern unter einer Decke«, brüllte ein Mann. »Sie stehlen unser Geld und terrorisieren unsere Frauen und Kinder!«

»Tötet die Rover und ihre Helfer!« Ein weiterer Mann fiel in die Litanei der Beschimpfungen ein. »Ich werde kein Schutzgeld an Fremde bezahlen!«

»Schlagt alle Fremden tot!«

»Rettet den König vor den dreckigen Ausländern!«

»Die Sternengötter mögen den König segnen!«

Die Söldner schauten nervös über die Schultern und betasteten ihre Waffen, zogen sie aber nicht. Ihr Anführer, dessen Gesicht vollständig hinter schwarzen Schleiern verborgen war, wich zwei Schritte zurück und stieß gegen seine Männer, die eine dichte Mauer bildeten. Immer weiter rückten sie vor, um sich der mordlustigen Menge zu entziehen. Doch je weiter sie sich von dem Mob entfernten, umso näher kamen sie Quinnault und seinen Gefolgsleuten. Noch ein paar Schritte, und der Zusammenstoß war unausweichlich.

»Mein Volk.« Quinnaults Stimme übertönte das Stimmengewirr. Er hob die Hände, um den Menschen Ruhe zu gebieten.

In Quinnaults Nähe verstummten das Geschrei und das Volksgemurmel, und Stille breitete sich in Wellen nach außen aus.

»Hört mich an, Volk von Coronnan! Ihr habt Euch schon einmal zusammengetan, um die Kräfte zu besiegen, die uns durch einen Bürgerkrieg vernichten wollten. Nun bitte ich euch wieder, euch mir anzuschließen, um das Königreich zu retten. Ich brauche eure Hilfe, um die Krone, die Lords, die Magier und das Volk zu vereinen. Nur ihr, das Volk, könnt uns zusammenhalten!«

»Was hast du vor?«, flüsterte Katie, von Liebe und Respekt überwältigt. Dieser Mann aus einer mittelalterlichen Gesellschaft, dessen Weltsicht durch eine aristokratische Machtstruktur beschränkt war, hatte sich soeben das Prinzip einer modernen Demokratie zu eigen gemacht.

Er betrachtete das Volk als Herz und Kernstück seines Königreichs.

Lächelnd schickte er seinen Plan in ihre Gedanken. Das Volk würde im Triumph zur Universität marschieren und die Kommune herausfordern. Angesichts dieser entschlossenen Menge, die hinter ihrem König stand, würde Narbengesicht die Magier aus seinen Klauen lassen müssen.

Ein machtvoller Jubelschrei stieg aus den Kehlen der Menschen auf, die jetzt voranstürzten. Die Söldner sahen sich argwöhnisch um. Das Volk drängte so fest gegen sie, dass sie ihre Waffen weder ziehen noch führen konnten. Die Fremden fanden sich umstellt und von ihren Kameraden getrennt wieder.

»Hört mich an, Männer aus Rossemeyer!« Erneut hob Quinnault die Stimme und die Hände. Seine Worte hallten durch die schmale Straße. »Kehrt in Eure Botschaft zurück, ehrenwerte Krieger. Meldet Lady Rosselaara, dass diese Sache abgeschlossen ist. Ich habe Untersuchungen angestellt und bin zu dem Schluss gekommen, dass der Tod von Botschafter Jorghe-Rosse ein Unfall war. Er ist ehrenhaft im Kampf gegen den Sturm und die Wasser der Bucht gestorben, die würdige Feinde sind. Es darf keine weiteren Toten geben. Bringt Euren Botschafter nach Hause und vollzieht die Begräbnisriten. Ihr seid frei, Coronnan noch heute Abend zu verlassen.«

»Und wenn wir Zweifel an Euren ›Untersuchungen‹ hegen?«, verlangte der Anführer der Söldner zu wissen, der in der herandrängenden Menge um sein Gleichgewicht kämpfte.

»Dann soll mir Euer König einen neuen Botschafter schicken, damit wir verhandeln. Und nun geleitet Botschafter Jorghe-Rosses Körper und Lady Rosselaara nach Hause, damit er ein ordentliches Begräbnis bekommt. Hättet Ihr gern eine Eskorte bis zur Anlegestelle? Das Volk von Coronnan wird gewiss gern dafür sorgen, dass Ihr sicher Eurer Wege geht.«

Die Söldner zogen sich zurück. Die Menschen schlossen ihre Reihen und überschütteten sie mit Spott. Ein paar Stadtbewohner, die mit Steinen und Werkzeugen bewaffnet waren, folgten ihnen auf dem Rückweg zu ihrer Botschaft.

»Und nun, mein Volk, müssen wir das Gleichgewicht in unserer Regierung wiederherstellen. Die Kommune, der Rat und der König müssen wieder eine gleichwertige Machtposition einnehmen. Keine Fraktion darf die andere beherrschen.« Quinnault bahnte sich einen Pfad durch die Menge der begeisterten Stadtbewohner. Sie drängten sich heran, wollten neben ihm gehen, ihn berühren, sich in seinem Ruhm sonnen.

»Verzeihung, Euer Gnaden.« Luucian war neben Katie aufgetaucht.

»Was macht Ihr hier, Luucian? Solltet Ihr nicht in Shaylas Nest sein?« Verblüfft riss Katie die Augen auf.

»Das war ich auch, aber ich bin wieder zurück. Die Drachen kennen da ein paar Abkürzungen ... Die anderen versuchen gerade, sich durch die Menge zu schieben.«

»Wie geht es meinem Vater?«

»Im Moment einigermaßen gut. Er sitzt in der Küche und isst und trinkt, um sich zu stärken. Aber Euer Gnaden, ich habe einen Nachricht von Bessel, die mir die Drachen weitergegeben haben. Er sagt, Ihr sollt dafür sorgen, dass diese Menschen zum Hafen ziehen. Er braucht so viele Leute wie möglich an den Kais.«

Katie starrte den Mob an, der Quinnault umgab. Sie bewegten sich in Richtung Universitätsinsel. Aber zuerst war noch etwas anderes zu tun ...

»Luucian, geht mit Meister Nimbulan und den anderen und beginnt, die Bücher aus der Bibliothek in die Tunnel unterhalb des Palasts zu bringen. Aber Meister Nimbulan soll nur die Aufsicht führen. Er darf kein einziges Buch tragen.« Rasch umriss sie ihm ihren Plan. »Während Ihr das tut, muss ich mit meinem Vater sprechen und herausfinden, wo Lord Balthazaan steckt, damit ich ihn mit falschen Informationen versorgen und aus dem Weg halten kann.«

Luucian nickte und verschmolz wieder mit der Menge.

Katie musste sich bemühen, neben ihrem Mann zu bleiben. Die Menschen rissen sie über die Straßen der Stadt und zur Universitätsinsel mit.

»Vogelscheuche, wir werden am Hafen gebraucht. Bessel hat eine Nachricht gesandt.«

Quinnault zog fragend eine Augenbraue hoch.

»Ich habe Nimbulan an die Arbeit geschickt. Wir haben noch Verstärkung bekommen.«

»Verstärkung?«

»Erkläre ich dir später.«

Quinnault nickte. »Wie soll ich diese Menge zerstreuen?«

»Ich bin mir nicht sicher.« Katie biss sich auf die Lippen und sah sich unter dem launischen Mob um.

»Halt!«, befahlen fünf Meistermagier. Sie hielten sich an den Händen und stellten sich der Volksmasse in den Weg. Eine dunkelgrüne magische Aura – Narbengesichts Signaturfarbe – umgab sie. »Der Oberste Magier Narbengesicht befiehlt diesem Mob, sich aufzulösen. König Quinnault Darville de Draconis steht unter Arrest, wegen Einmischung in die gesetzmäßige Arbeit der Kommune der Magier.«

*

Hafen, Hauptstadt Coronnan

Bessel schluckte seine Befürchtungen, Lady Rosselaara könnte ihn erkennen, hinunter. Er musste einfach auf seine Tarnung vertrauen und seine Mission durchführen. Mit einem Nicken an den Diener erstieg er die Rampe, die auf das Boot führte. Er wählte einen Platz in der hinteren Ecke, unter dem Baldachin, wo tiefer Schatten lag. Hier konnte er seinen Tarnzauber ein wenig lockerer lassen, während er die Tiefenmesser in Augenschein nahm.

Bald kam die Mannschaft an Deck, holte die Leinen ein und führte andere Arbeiten durch, die darauf hinwiesen, dass sie gleich ablegen würden. Eine subtile Veränderung in den Bewegungen des Wassers unter dem Boot verriet Bessel, dass die Flut sich zurückzuziehen begann. Gerade als ein Matrose sich anschickte, vom Kai aus die letzte Leine an Bord zu werfen, tauchte an der Absperrung ein langer Zug schwarzgekleideter Söldner auf.

Inmitten ihrer Reihen stand Lady Rosselaara trockenen Auges und sichtlich zornig neben dem Sarg ihres Mannes.

Der erste Krieger zerschlug das Samtband mit seinem Schwert und trat es weg. Der Wächter stürzte herbei, um die Passierscheine zu verlangen, doch die Männer schleuderten ihn beiseite, als wäre er nichts als ein Stück Hafentreibgut.

Raanald, der Lotse und absolute Herrscher über das Boot, marschierte zum oberen Ende der Rampe. Breitbeinig, die Hände in die Hüften gestützt, stellte er sich ihnen mit finsterer Miene in den Weg.

»Ihr kommt zu spät«, zischte Raanald, ohne zurückzuweichen.

Der Anführer der Söldner zögerte. Sie brauchten den Lotsen, damit er das Boot zum Hafen leitete, daher konnten sie dem Mann nichts tun. Doch anders würden sie nicht an ihm vorbeikommen.

»Jetzt sind wir hier, und Ihr habt noch nicht ohne uns abgelegt«, gab der Krieger hinter seinem Turbanschleier zurück. Das Tuch dämpfte seine Stimme, sodass sie gleichmütig und wie von fern klang. Doch an seiner Schläfe pochte eine Vene. Mit Höflichkeiten gaben sich diese Männer nicht ab.

Und doch hatten sich einige freundlich und fürsorglich gegeben, als sie Bessel für eine Frau in Not gehalten hatten.

»Ihr könnt mit uns fahren, aber nur weil wir Euch dann für immer los sind«, antwortete Raanald. »Beeilt Euch lieber. Jeder, der nicht in fünf Minuten auf seinem Platz ist, kann von mir aus zum Hafen schwimmen oder zu Fuß über das tückische Watt gehen.« Er wandte den Neuankömmlingen den Rücken und bezog neben dem Steuermann auf der erhöhten Plattform am Heck des Bootes Stellung.

Die Gruppe aus Rossemeyer strömte schnellen Schrittes, aber geordnet auf das Boot.

Bessel verließ die schützenden Schatten und trat neben den Tiefenmesser. Die Krieger schienen der Maschine aus dem Weg zu gehen, als könne sie sie mit ihrer geheimnisvollen Magie verseuchen. Lady Rosselaara beanspruchte mit dem Sarg, zwei Zofen und einigen ausgewählten Kriegern den größten Teil des Platzes unter dem Baldachin für sich. Das Boot lag mit so vielen Passagieren ein wenig tiefer im Wasser als sonst.

Die Ruderer stießen das Boot ab. Raanald kehrte zum Tiefenmesser zurück und behielt abwechselnd die Zahlen auf dem Bildschirm und das Wasser vor ihnen im Auge.

Bessel drehte dem Lotsen so weit wie möglich den Rücken zu und hoffte, dass er die Kraft hatte, seine Tarnung während des gesamten Vorgangs aufrechtzuerhalten. Mopsie war unter die nächstgelegene Bank gekrochen und beobachtete alles mit misstrauischem Blick.

Als endlich die Hafeninseln verschwommen am Horizont auftauchten und zugleich die Küste noch gut zu erkennen war, schob Bessel seinen Fuß an den Tiefenmesser heran, bis er den Sockel berührte.

Er drang mit seinem Geist in das Innere der Maschine ein und traf auf einen dicken Wall aus undurchdringlichem Blei. Noch einmal versuchte er es, tastete die Ränder ab und suchte nach einem Riss im Mechanismus, einer Naht, irgendeinem Punkt, an dem er eindringen könnte. Ein scharfer Schmerz schoss den magischen Fühler entlang, den er ausgestreckt hatte, und traf seine Augen. Er zog eine Grimasse und riss den Fuß vom Sockel weg, als hätte er sich verbrannt. Sein ganzer Körper prickelte von dem magischen Rückschlag.

Rasch sah er sich um, um festzustellen, ob einer der vielen Krieger, die ihn umgaben, sein Unwohlsein bemerkt hatte. Doch sie schienen alle damit beschäftigt zu sein, ihren Magen dort zu behalten, wo er hingehörte. Nicht besonders seefest, vermutete Bessel. Wenn er vielleicht …

Den nächsten Fühler streckte er in die Bucht aus. Der

schlammige Boden sog seine Magie auf wie ein Schwamm. Er probierte es noch einmal, etwas weiter links. Dort entsprang eine Quelle im Watt. Bei vollständiger Ebbe würde dort ein kleiner Lauf Süßwasser entspringen. Die Bucht wurde von mehreren solchen Quellen gespeist, um die herum sich gefährliche Schlammlöcher bildeten.

Dieses Mal erzeugte seine Abtastung ein anderes Echo in seinem Geist. Durch den Zustrom des frischen Wassers veränderte sich die Dichte des Meerwassers. Er überprüfte die Zahlen auf dem Tiefenmesser. Sie schwankten ziemlich schnell auf und ab. Die Veränderung der Wassertiefe hatte zu einem falschen Messergebnis geführt.

Über ihm röhrte ein Drache, der zielstrebig auf die Stadt zuflog. Die Zahlen auf der Maschine veränderten sich erneut stark und schlugen noch weiter aus als eben durch das Süßwasser.

Bessel lächelte in sich hinein und trat an die Reling. Er suchte nach der Stelle, wo man die Lücke, durch die Jorghe-Rosse über Bord gegangen war, repariert hatte. Frische Farbe zeigte ihm, wo man die zerbrochenen Teile durch stabiles Holz ersetzt hatte. Doch zwei Schritte weiter blätterte die Farbe von der Reling ab, und das Holz wirkte verwittert und schwach. Er bezog daneben Stellung.

Bessel hier. Bitte, fliegender Drache, könntet Ihr noch einmal deutlich hörbar Eure Anwesenheit kundtun?, rief er das fast unsichtbare Wesen an.

(Rouussin), stellte sich der Drache vor. Die Etikette der Drachen verlangte, dass man sich mit seinem Namen bekannt machte. *(Was wünschst du?)*

Bitte, Meister Rouussin, würdet Ihr noch einmal brüllen? Ich brauche das Geräusch, um eine bösartige Maschine zu zerstören.

(Shayla hat Königin Maarie Kaathliins Drachentraum mit uns geteilt. Wir mögen die Maschinen nicht, die den Keim der Seuche in sich tragen.)

Der Drache stieß ein lautes Röhren aus. Sein Brüllen hallte über die Bucht und wurde von den Klippen im Süden verstärkt zurückgeworfen.

Die Passagiere hielten sich die Ohren zu und sahen einander erschrocken und verwirrt an.

Die Zahlen auf der Maschine gerieten völlig außer Kontrolle. »Hart steuerbord!«, schrie Raanald dem Steuermann zu. Panik stand in seinen weit aufgerissenen Augen.

Der Steuermann lehnte sich mit seinem ganzen Gewicht auf die Ruderpinne.

Das Boot drehte sich. Die Wogen trafen es von der Seite. Der Steuermann mühte sich weiter an seinem Ruder ab. Die Quelle unterhalb des Schiffsbodens und die widerstreitende Bewegung des Wassers schufen einen Sog. Das Boot geriet in eine Strömung, die es herumriss, sodass jetzt die andere Seite den heranrollenden Wellen ausgesetzt war. Dann lief es auf die Sandbank.

»*S'murghin* Maschine!«, brüllte Raanald. Er entriss einem seiner Seeleute ein langes Ruder und schlug damit auf den Tiefenmesser ein. Der Bildschirm zerbarst, und die Zahlen verschwanden.

Immer wieder prügelte Raanald mit dem Ruder auf das schwarze Gehäuse ein. Die synthetische Hülle brach, aber er drang nicht bis in das mit Blei ummantelte Innere vor.

Raanald hob seine improvisierte Keule zu einem letzten Schlag. Dann wurde er sich mit einem Mal der vielen Menschen bewusst, die ihn umstanden und Zeugen seines Wutausbruchs waren. Alle klammerten sich an der Reling oder aneinander fest, um auf dem schwankenden Deck nicht zu stürzen.

Der Blick des Lotsen fiel auf Bessel.

»Du schon wieder!« Raanald starrte ihn wie vor den Kopf geschlagen an. »Welches Spielchen treibt ihr dieses Mal hier, du und deine verdammte Kommune?«

Mit erhobenem Ruder trat er auf Bessel zu.

»Ich habe Eurer Maschine gar nichts getan«, gab Bessel gelassen zurück. Mit einem Mal lag seine ganze Zukunft offen vor ihm, und er wusste, was er zu tun hatte.

»Du hast die Maschine zerstört!«, schrie Raanald.

»Nein, Ihr wart das.« Bessel wusste, dass jeder an Bord ihn hören konnte. Es brauchte nur ein wenig Magie, um die Aufmerksamkeit der Zuschauer zu fesseln und dafür zu sorgen, dass sie verstanden. »Der Tiefenmesser hat Euch ein weiteres Mal durch falsche Zahlen getäuscht. Ihr habt ihn zerschlagen, um die Kontrolle über das Boot zurückzugewinnen. Die Gilde kann sich nicht mehr auf den Tiefenmesser verlassen.«

»Aber wir kennen die Kanäle nicht mehr!« Raanald starrte über die weite Wasserfläche hinaus, die sie noch von den Hafeninseln trennte, und sah die Ruderer an, die in Ermangelung von Anweisungen müßig dastanden und ihre Ruder schwingen ließen.

»Vertraut lieber Euren Moppelwoggern, wie Ihr das seit vielen Generationen getan habt.«

Mopsie stellte sich kläffend auf die Hinterbeine. Dann lief er zum Steuermann und bellte einmal, kurz und durchdringend.

»Das bedeutet steuerbord. Ihr müsst Euch nach steuerbord halten, wenn Ihr die Sandbank verlassen wollt«, rief Bessel Raanald ins Gedächtnis.

»Ich weiß, was der Hund will. Aber das da ist kein Moppelwogger, und du hast meine Maschine zerstört.«

»Mopsie ist ein besserer Moppelwogger, als Ihr Euch überhaupt vorstellen könnt.«

»Belehre mich nicht über mein Handwerk, *Magier.*« Das letzte Wort hatte Raanald wie eine Beschimpfung hervorgestoßen. »Ich bin ein hochrangiges Mitglied der Lotsengilde.« Er rannte die letzten Schritte auf Bessel zu, der an der Reling stand, und schwang sein Ruder mit aller Macht.

Bessel duckte sich weg. Raanalds Schlag traf die Reling, und das alte Holz zersplitterte.

Noch einmal holte Raanald mit dem Ruder aus. Bessel stützte sich an der beschädigten Reling ab. Das Deck neigte sich unter ihm, und er geriet aus dem Gleichgewicht.

Dieser Schlag traf ihn gegen die Schläfe.

Vor seinen Augen explodierten Sterne. Er fiel. Die Reling gab nach.

Einen Moment lang hatte er das Gefühl, gewichtslos dahinzufliegen, und sein Kopf klärte sich.

Dann schlugen die dunklen Wasser der Bucht über ihm zusammen.

Sie werden allen sagen, dass ich tot bin, dachte er, während er unter der Oberfläche die Stiefel und die offizielle Robe abstreifte.

Sollen sie es doch glauben. Es gibt niemanden, der um mich trauern würde.

Über ihm klatschte Mopsie heftig kläffend ins Wasser. Sein Jaulen und Winseln hatte einen verzweifelten Unterton.

Hier unten, Kleiner. Ich verstecke mich. Wir treffen uns an Land. Jetzt sind wir zusammen. Ich kann für dich leben. Von nun an sind wir beide frei; frei von unserer Vergangenheit und von denen, die uns verurteilt haben. Wir können unser Schicksal selbst bestimmen.

48. Kapitel

Später Nachmittag, Straßen der Hauptstadt Coronnan

»Wir müssen Narbengesicht aufhalten, bis Bessel seine Aufgabe erledigt hat«, flüsterte Katie Quinnault zu.

Er nickte kurz zum Zeichen, dass er verstanden hatte. Doch sein Blick ruhte auf den fünf Magiern, die sich vor ihm quer über die Straße aufgebaut hatten.

»Ich spreche nur mit Meister Aaddler«, erklärte er. »Da er meine Autorität herausfordert, soll er mir direkt gegenübertreten.«

Die Magier sahen einander verwirrt an.

Katie fing einen verirrten Gedankenfetzen auf.

Narbengesicht sagte doch, wir würden auf keinerlei Widerstand treffen.

Wie sollen wir den König und seine Truppen bis zum Morgen von der Insel fernhalten?

Die Drachenmagie schwindet. Die Drachen haben uns verlassen! Die Sternengötter mögen mir vergeben. Der jüngste der Magier fiel auf die Knie und bekreuzigte sich wiederholt.

Katie widerstand dem Drang, es ihm nachzutun. Stattdessen sah sie zu, wie der grüne magische Schimmer, der die Männer verband, flackerte und dann verschwand.

»Was hat unsere Verbindung zu Narbengesicht unterbrochen?«, fragte der älteste der Magier laut.

»Nimbulans Leute haben berichtet, sogar als die Drachen Coronnan im letzten Jahr verließen, hätten sie noch eine Zeitlang Zugang zu *etwas* Drachenmagie gehabt«, gab einer seiner Begleiter zurück.

Die Menge spürte die Verwirrung und Schwäche der Magier, drängte voran und schob Katie und Quinnault bis auf ein paar Schritte an ihre Gegner heran.

»Idioten! Wer hat euch erlaubt, den Barrierezauber zurückzuziehen?« Narbengesicht tauchte hinter den Magiern auf. »Schließt euch zusammen, und schützt die Universitätsinsel vor diesem Mob.« Sein Gesicht verzerrte sich vor Zorn. Die Narbe, die über seine Stirn verlief, wurde erst weiß und pochte dann rot.

»Gebt auf, Meister Aaddler«, rief Quinnault. »Ihr habt keinerlei Befugnis, mich oder sonst jemanden festzunehmen, niemals!«

»Ihr könnt mich nicht aufhalten.« Narbengesicht starrte seinen König wütend an.

»Möchtet Ihr vielleicht mit meinen Anhängern darüber diskutieren?«

Narbengesicht betrachtete die nach Dutzenden, vielleicht nach Hunderten zählende Menge, die hinter dem König und der Königin stand. Die Menschen hoben ihre improvisierten Waffen und bedrohten ihn damit.

»Kommt«, rief Narbengesicht seinen fünf Gefährten zu. »Wir wollen jetzt beginnen und nicht bis zum Morgen warten.« Er und seine Magier zogen sich die Straße entlang auf ihre Insel zurück.

Die Menge wurde lauter und verlangte, der Macht der Kommune ein Ende zu bereiten. Katie und Quinnault wurden weitergeschoben.

»Was machen wir jetzt?«, fragte Katie und musste sich bemühen, auf den Beinen zu bleiben. Sie klammerte sich an Quinnaults Arm. Dutzende bewaffneter Wachen taten ihr Bestes, um den Mob zurückzuhalten.

(Wir zünden anderswo ein Feuer an), antwortete eine Drachenstimme aus dem Nichts heraus.

Shayla ging so tief herunter, dass alle sie sehen konnten.

Dann stieg sie über die Stadt auf und zog immer weitere Kreise. Kurz darauf riss sie den Rachen auf und stieß ein Brüllen aus, das von einem ununterbrochenen Flammenstrom gefolgt wurde. Feuer ergoss sich über das Dach auf dem Turm der Universität. Der Teer, mit dem die Dachpfannen gehalten wurden, entzündete sich. Ein zweiter Feuerstoß ließ die Balken darunter explodieren. Schieferpfannen flogen umher und wurden zu tödlichen Geschossen.

*

Später Nachmittag, Hafen, Hauptstadt Coronnan

Bessel näherte sich den Passagierdocks vom Fischerhafen her. Er hatte seine durchnässten Kleider gegen eine neue Fischeruniform ausgetauscht, die die Männer, die ihn als einen der ihren betrachteten, ihm gegeben hatten. Kurz darauf entstiegen Raanald und Lady Rosselaara einem kleinen Ruderboot.

Die königlichen Wachen hatten ein Dutzend Boote ausgeschickt, um die Passagiere von der Fähre zu retten.

»Bringt mir Meister Narbengesicht. Sofort. Holt mir diesen Bastard, der sich in alles einmischen muss, augenblicklich her!«, brüllte Raanald so laut, dass er das Stimmengemurmel der Neugierigen und der Hafenarbeiter übertönte.

Mindestens ein Dutzend Hunde kläfften, und ihr aufgeregtes Gebell war über der Bucht deutlicher zu vernehmen als die Stimmen der Menschen.

Ein recht netter Beginn für ein Chaos, das nur noch eine letzte Zutat brauchte.

Auf dem Damm oberhalb des Passagierdocks tauchte ein neues Kontingent Palastwachen auf. Hinter ihnen drückten sich einige Magier herum, doch von Narbengesicht war nichts zu sehen. Bessel ging näher an das Zentrum des Streits heran.

Lady Rosselaara schaute durch ihn hindurch, ohne ihn zu erkennen, und wandte sich an einen ihrer Söldner. »Sucht mir ein anderes Boot. Wenn es sein muss, rudert es selbst, aber bringt mich sofort aus dieser Stadt weg.«

»Manchmal ist es wirkungsvoller, sich vor aller Augen zu verstecken als im dunkelsten Schlupfwinkel«, sagte Bessel halblaut, als die Lady an ihm vorbeiging. Wenn sie ihn überhaupt gehört hatte, dann würdigte sie ihn keiner Beachtung.

Er sah zu der Reihe von Palastwächtern auf, die heftig mit Raanald und einer Gruppe von Magiern stritten. Hinter ihnen standen Kinnsell und Lord Balthazaan und gaben ihre eigenen Bemerkungen hinzu. Vier weitere gut gekleidete Männer folgten ihnen verschüchtert.

Noch mehr Hunde strömten auf die Docks und kläfften unaufhörlich.

Das Stimmengewirr schwoll zu einer unangenehmen Lautstärke an. Die allgemeine Verwirrung vertiefte bestehende Frustrationen noch und ließ Wut, die ohnehin schon brodelte, überkochen. Aber wo blieb Narbengesicht? Er musste herkommen, damit Nimbulan und die anderen Zeit gewannen, um die Bücher zu verstecken.

Am Himmel über ihnen brüllte ein Drache. Alles verstummte und schaute nach oben. Bessel vermochte gerade eben schimmernde Konturen auszumachen, an denen kaleidoskopartig alle Farben und keine zugleich zusammenflossen.

Zwei Drachen an einem Tag? In dieser Stadt geschah etwas Seltsames und Wunderbares.

Die Menge beruhigte sich. Einer der Magier bezog mit ausgebreiteten Armen Stellung, schloss die Augen und wandte den Kopf nach oben. Nach den wenigen Herzschlägen, die er normalerweise gebraucht hätte, um Drachenmagie zu sammeln, verzog er enttäuscht das Gesicht. Dann rief er seine Begleiter zu sich. Sie plapperten hektisch und duckten sich ängstlich zusammen. Immer wieder glitt ihr Blick zwischen dem Drachen und der Stadt hin und her, wo in der Nähe der Universität eine dicke Rauchsäule aufstieg.

Wenn sie die kostbare Drachenmagie nicht mehr sammeln konnten, war offenbar die Kommune bei den Drachen in Ungnade gefallen.

Hatte der Rauch etwas damit zu tun?

Shayla! Bessel hier, rief er sie an.

(Ich grüße dich), antwortete die Drachin. *(Beeil dich. Du wirst gebraucht. Die Universität brennt. Aber das Feuer wird eure Feinde nicht lange aufhalten.)*

Mopsie stupste ihn an und erinnerte ihn an die nächste Aufgabe, die vor ihm lag. »Richtig, mein Junge. Wir müssen dafür sorgen, dass Nimbulan die Bücher nicht für alle Zeiten versteckt.«

Er stieß einen gellenden Pfiff aus. Ein Dutzend Fischer sahen zu ihm hin und wussten, was sie zu tun hatten. Sie unterbrachen Lady Rosselaaras aufgeregtes Gezeter. Sekunden später saß die ganze diplomatische Delegation in kleinen Fischerbooten und war unterwegs zum Hafen, und im Bug jeden Bootes stand ein aufmerksamer Moppelwogger.

»Coronnan ist dankbar für Eure Abreise, Madame«, brummte Bessel. »Ich jedenfalls bin es.«

Fröhlich vor sich hinpfeifend verließ er den Hafen. Er hatte sich seinen eigenen Weg zu bahnen; ein neues Schicksal, dem er folgte. Er spürte, wie die Freiheit leicht auf seinen Schultern saß; ein angenehmer Reisegefährte.

Die Magier drehten sich um und hasteten zur Universität zurück. Die Wachen rannten ihnen nach, und Raanald, der immer noch wütend mit der Faust drohte, heftete sich an ihre Fersen. Kinnsell lächelte und folgte ihnen langsamer. Immer noch überschüttete er die gut gekleideten Männer, die ihn umgaben, mit einer Flut von Beleidigungen und Klagen. Lord Balthazaan trennte sich von ihm, um Schritt mit den Magiern zu halten. Kinnsell packte den Lord am Ärmel, brüllte ihn an und hob die Fäuste. Breitbeinig standen sie da und versperrten den Söldnern und Hafenarbeitern, die der Gruppe folgen wollten, den Weg.

Das Rudel der Lotsenhunde, die nicht auf die Boote gegangen waren, umkreiste das Hindernis. Ab und zu bissen sie jemanden in die Knöchel, während sie auf dieses neue Kuriosum zuliefen.

»Wir dürfen uns hier nicht länger aufhalten, Mopsie. Narbengesicht ist nicht gekommen. Schätze, wir müssen etwas anderes probieren, um ihm einen Strich durch die Rechnung zu machen.« Leise schlüpfte Bessel in die Menge und wurde zu einem weiteren anonymen Zuschauer, der die Possen der Mächtigen und Reichen beobachtete. Aber sie blieben nur in der Menge, bis sie den Hafen hinter sich gelassen hatten. Sobald sie konnten, schlugen Mopsie und er den Weg zur Palastinsel und den Fluchttunneln unterhalb der Residenz ein. Mopsie erschnüffelte Abkürzungen, auf die kein Mensch gekommen wäre.

»Jetzt sind die Bücher an der Reihe, Kleiner. Wir haben eine Menge Magie zu wirken. Zusammen.«

49. Kapitel

Kurz vor Sonnenuntergang, Straßen der Hauptstadt Coronnan

»Narbengesicht ist nicht unser König. Er hat kein Recht, jemanden festzunehmen!«, brüllte ein Händler mit lauter Stimme über das Volksgemurmel der Menge hinweg.

Katie drückte Quinnaults Hand. Kurz teilten sie ihren Triumph, als die Menge hinter den fliehenden Magiern durch die Straßen wogte.

»Lang lebe König Quinnault!« Hundert Stimmen wiederholten den Schrei. »Die Sternengötter mögen unseren König segnen.«

Sie hörte ein paar ärgerliche Bemerkungen darüber, man solle die Tyrannei der Steuereintreiber beenden. Aber größtenteils schloss sich die Menge fest um sie, um ihren König vor jeder Bedrohung zu schützen.

Sie näherten sich der Palastinsel, der letzten großen Insel, die sie noch von Narbengesichts Zuflucht auf der Universitätsinsel trennte. Rauch hing in der Luft. Vor ihnen brannte der Turm immer noch. Flammen schossen in den Himmel und sprühten Funken wie ein Springbrunnen. Die meisten erloschen, bevor sie den Boden berührten, oder landeten im Fluss.

Nun, da ihr Ziel in Sicht kam, beschleunigte die Menge ihr Tempo.

»Die Drachen segnen uns«, rief eine Frau über den Lärm der Menge hinweg. »Die Drachen segnen uns.« Jedermann sah zu den sechs schimmernden Silhouetten auf, die über der Stadt kreisten.

Zwei Dutzend Wachen gesellten sich zu der Menschenmasse. In ihrer Mitte erkannte Katie ein paar sehr vertraute und sehr schmutzige Gesichter. Alle gingen mit schweren Schritten, als seien sie sehr erschöpft.

»Myri!« Sie winkte ihrer Freundin zu und bedeutete ihr, näher zu kommen.

Der alte Lyman bahnte den Rettern der Bücher einen Pfad durch die Menge. Respektvoll machten die Menschen Platz für die Schwester des Königs und ihr wirklich ziemlich schmutziges Gefolge.

»Yaala? Bist du das wirklich?« Katie zog die junge Frau in eine stürmische Umarmung. »Du hast mir schrecklich gefehlt.« Ein dunkelhaariger junger Mann, dessen dichter Bart von blonden Strähnen durchzogen war, stand dicht hinter Yaala. Er wagte es nicht, sich der Königin zu nähern, mochte aber offenbar auch Yaala nicht aus den Augen lassen.

»Euer Gnaden, darf ich Euch Rollett vorstellen, Nimbulans Geselle, der erst kürzlich aus Hanassa befreit wurde.« Yaala zog den jungen Mann nach vorn und griff gleichzeitig nach seiner Hand.

Katie quittierte die Vorstellung mit einem Nicken und versuchte, nicht die Augenbrauen hochzuziehen, als sie die vertraute Berührung bemerkte.

»Geht es Nimbulan gut? Was ist mit meinem Vater?«, fragte sie unruhig und suchte in der Menge nach einer Spur der anderen. Nimbulan ging neben Myri und hielt ihre Hand. Er wirkte müde, aber nicht, als hätte er Schmerzen. Neben ihnen schritt Powwell dahin. Er sah blass und traurig aus, ging aber stolz neben seinen Zieheltern her. Auch Luucian war da und behielt Nimbulan und Powwell im Auge.

»Wo ist König Kinnsell?«, verlangte Katie zu wissen.

»Mit Lord Balthazaan zusammen«, erklärte Myri. »Er kommt später zu uns.«

In diesem Moment begann in der Nähe ein Rudel Hunde zu

kläffen. Von einer benachbarten Insel aus rannten sie um die Wette auf die Universitätsinsel zu. Eine weitere Menschenmenge, die von Raanald, dem Lotsen, angeführt wurde, kam in Sicht. Die Hunde flitzten zwischen die Menschen und kamen wieder hervor und kläfften immer lauter, sodass man sie durch die zornigen Rufe hörte. Raanald trat einen Hund, um ihn aus dem Weg zu schaffen. Kinnsell zerrte an ihm und brüllte etwas Unverständliches. Lord Balthazaan und ein paar seiner Spießgesellen drückten sich hinter Katies Vater herum und wirkten verwirrt.

»Sinnlos, hier zu reden«, meinte Quinnault kopfschüttelnd, als Katie versuchte, ihren Vater zu rufen. »Wir können uns die ganze Geschichte später anhören. Jetzt müssen wir erst einmal Narbengesicht aufhalten.«

Und dann hatten sie die Universitätsinsel erreicht. Narbengesicht stand mitten im Innenhof und hielt eine Fackel in die Höhe. Vor ihm lag ein Haufen Bücher. Meistermagier warfen weitere Bücher aus den Fenstern der angrenzenden Bibliothek.

Die Hunde schwärmten über die Brücke und kläfften, als sie Narbengesicht erblickten. Knurrend und jaulend kreisten sie ihn ein.

Er schlug mit der Fackel nach ihnen, um sie auf Abstand zu halten.

Immer noch zähnefletschend zogen die Hunde sich zurück.

»Hört mich an, Volk von Coronnan!«, rief Narbengesicht. Er schwenkte die Fackel und versuchte, den Kreis der Hunde zu durchbrechen, um zu den Büchern zu gelangen. Die Hunde wechselten die Position, umkreisten Narbengesicht aber noch immer und trennten ihn von seinem Ziel.

Schließlich stieß einer der Hafenarbeiter einen schrillen Pfiff aus. Die Hunde zogen sich zurück.

»Hört mich an, Volk von Coronnan!«, wiederholte Narbengesicht.

Dieses Mal spürte Katie Magie hinter seinen Worten; keinen Überredungszauber, aber die Macht, bis in den fernsten Winkel der lärmenden Menge gehört und verstanden zu werden.

»Volk von Coronnan, diese Bücher bergen gefährliches Wissen. Wissen über Blutmagie und Rover, das dieses Land in einen drei Generationen langen Krieg geführt hat. Diese Bücher müssen verbrannt werden, damit niemand dieses Wissen je wieder gegen euch einsetzen kann.«

Besorgtes Gemurmel durchlief die Menge. Die Menschen schoben sich näher heran, um mehr zu hören.

Katie fand sich und ihre Freunde am Rande des gepflasterten Hofes wieder, ohne dass sie bemerkt hatte, wie schnell sie nach vorn getragen worden war.

»Sternengötter, er bringt es noch fertig, dass die Leute ihm diesen Wahnsinn glauben«, murrte Quinnault.

Narbengesicht senkte seine Fackel.

»Wer seid Ihr, dass Ihr entscheiden wollt, welches Wissen gefährlich ist und welche Bücher vernichtet werden sollen?«, brüllte Quinnault.

Narbengesicht zögerte.

»Ich verbiete Euch, irgendwelche Bücher zu verbrennen, Meister Aaddler«, fuhr Quinnault ruhiger fort. »Von Eurem Posten als mein Ratgeber habe ich Euch bereits entlassen. Ich halte Euch in dieser Sache nicht für unparteiisch.«

Die Magier, die sich auf dem Hof der Universität versammelt hatten, hielten inne und hörten ihm zu. Die Lords, die hinter den Magiern standen, sahen Quinnault verwirrt an.

»Die Kunst des Lesens ist seit der Ankunft der Sternengötter allen bis auf die Magier verboten«, intonierte Narbengesicht und hob die Fackel über den Kopf. »Wer anderer als der Oberste Magier kann diese Entscheidung treffen?« Die zuckenden Flammen tauchten ihn in einen feuergrünen Schein, ganz ähnlich der Farbe seiner magischen Signatur.

Die Menge aus Magiern und Nicht-Magiern keuchte auf, als er ihrem Geist ein Bild dieses heiligen Augenblicks vorführte.

»Die drei Brüder, die auf einer Wolke aus silbrigen Flammen vom Himmel herabstiegen, haben das verbotene Wissen, das sich in diesen Büchern befindet, einigen wenigen talentierten Menschen anvertraut. Als Magier erweisen wir uns dieses Vertrauens als würdig, denn wir wissen, warum diese Kenntnisse für alle außer uns verboten sind, und verhindern, dass sie zum Bösen eingesetzt werden. Außenseiter-Magier, die ihren persönlichen Ruhm über die Weisheit der Sternengötter stellen, haben sie gegen die einfachen Leute und gegen das Königreich eingesetzt. Wir, die Wächter dieses Wissens, verfügen daher, dass diese Bücher vernichtet werden müssen, bevor diejenigen, die sich nicht durch die Drachenmagie und die Kommune kontrollieren lassen wollen, noch mehr Schaden anrichten.«

Wir können ihn nicht aufhalten, seufzte Katie, an Quinnault gerichtet. *Er braucht keinen Überredungszauber mehr. Diese Menschen würden ihm überallhin folgen.*

»Aber wie viel von unserer Geschichte und Philosophie und von unseren Gesetzen würde mit diesen Büchern untergehen?«, wandte Quinnault ein. »Diese Informationen sind ebenso kostbar wie Magie. Ihr könnt nicht einfach alle Bücher vernichten, weil darin möglicherweise etwas steht, das Ihr für schlecht haltet«, rief Quinnault ebenso laut und eindringlich wie Narbengesicht.

»Ich kann und ich werde es tun.« Narbengesicht senkte die Fackel, um die ersten Bücher in Brand zu setzen.

»Ihr dürft die Kommune nicht ruinieren. Das lasse ich nicht zu.« Eine geisterhafte Gestalt, die in weiße Hosen und ein gelbes Hemd gekleidet war, stürzte sich vom Rand der Menge aus auf Narbengesicht. Die beiden Männer wälzten sich über den Boden. Die Fackel flog aus Narbengesichts Hand und landete auf den Pflastersteinen. Langsam rollte sie auf die Bücher zu.

»Bessel! Die Fackel!«, brüllte Powwell.

»Ich habe ihn vorhin in den Tunneln gesehen. Er hat geholfen, Bücher zu tragen, aber ganz heimlich«, setzte Yaala in ruhigerem Ton hinzu. »Er sagte, er müsse verschwinden, und ...«

Rollett tat einen Satz über den Bücherberg, ergriff die Fackel und ging mit einem dumpfen Aufprall zu Boden. Yaala keuchte auf und umklammerte ihre Kehle, bis Rollett sich aufrichtete und die Fackel weit von den kostbaren Büchern weghielt.

Hinter ihm sprang Bessel auf und verschwand in den Schatten. Narbengesicht lag schwer atmend dort, wo er gestürzt war.

»Bessel sieht mehr wie ein Geist aus als wie ein Mensch«, flüsterte Katie.

»Bessel hat mir gesagt, ich solle Gerüchten über seinen Tod keinen Glauben schenken«, erklärte Powwell. Er lächelte seinen Gefährten verhalten zu. »Hat jemand bemerkt, dass einige der Bücher von dem Haufen verschwunden sind? Er hilft uns immer noch, aber ich bezweifle, dass wir ihn dabei sehen werden. Vielleicht ist er jetzt tatsächlich ein Geist.« Die letzten Worte wisperte er.

»Gebt auf, Narbengesicht«, verlangte Quinnault. »Die Drachen haben Euren Turm in Flammen aufgehen lassen. Wenn Shayla Euren Arbeitsplatz verbrennt, dann hat sie damit den Pakt außer Kraft gesetzt und Euch ihren Segen entzogen.«

»Die Priester stimmen Narbengesicht zu«, schrie Lord Balthazaan über das gedämpfte Murmeln der Menge hinweg. »Er hat den Segen der Sternengötter, diese Bücher zu verbrennen. Mir sind die Sternengötter allemal lieber als ein mörderischer Drache. Drachen sind Ungeheuer, denen wir aus dem Weg gehen sollten. Wir können ihnen nicht vertrauen.« Der Lord ballte die Hand zur Faust und erhob sie zum Himmel, wo eben noch die Drachen geflogen waren. Ohne den schweren Ring, den sowohl er als auch seine Frau für gewöhnlich trugen, wirkten seine Finger nackt.

Mit einem Mal schob sich ein Bild vor Katies inneres Auge. An Balthazaans linker Hand hätte ein Silberring mit einem verschlungenen Knotenmuster sitzen müssen. Seine Frau trug den gleichen; es waren die Eheringe, die in ihrer Familie von einer Generation an die nächste vererbt wurden. Einer der beiden Ringe war der gewesen, den sie in Marilells Bettchen gefunden hatte. Das Kind war an diesem Ring, den der Lord normalerweise trug, fast erstickt.

Ihr Vater mochte hinter der versuchten Entführung ihres Kindes stecken, aber dieser Mann hatte den Befehl ausgeführt oder es wenigstens versucht.

Mit einem kurzen Gedanken schickte sie die Information an Quinnault, der zusammenfuhr, als hätte er einen Schlag erhalten. *Wie können wir das beweisen?*, fragte er sie. Vor Zorn waren seine Wangen rot angelaufen.

Ich weiß nicht, ob wir das können. Balthazaan wird sich auf die Seite jedes Menschen schlagen, der sich dir entgegenstellt. Er wird behaupten, unsere Vorwürfe seien reine Unterstellungen, weil er dein politischer Gegner ist, dachte Katie.

Ich dachte, dein Vater hätte ihn gezähmt.

Mein Vater hat seine eigenen Ziele. Wer weiß, welche Gedanken und Anspielungen er diesem Mann eingeprägt hat. Wir hatten Kinnsell nur gebeten, uns die Lords aus dem Weg zu halten, während Nimbulan und seine Freunde ein paar von den Büchern retten wollten. Aber jetzt ist er wieder verschwunden.

»Balthazaan.« Quinnault nahm sich so weit zusammen, dass er sprechen konnte. »Ohne die Drachen können wir nicht gegen Außenseiter-Magie kämpfen. Wünscht Ihr Euch die Zeiten des Bürgerkriegs zurück, als Schlachtenmagier ihre Kriegsherren zu einer Schlacht nach der anderen verleitet haben, nur um ihre Überlegenheit über einen anderen Schlachtenmagier zu beweisen?«

Balthazaan zuckte zurück, als hätte der König ihn geohrfeigt. »Wenn man Eurem eigenen Argument folgt, König Quinnault, müssen die Bücher verbrannt werden. Sie enthalten Wissen über Außenseiter-Magie. Wenn sie einmal vernichtet sind, wird niemand mehr wissen, wie man andere Magie wirkt als die, die uns von den Drachen verliehen wurde.« Der Oberste Magier kämpfte sich auf die Beine, den Blick auf die Fackel gerichtet, die Rollett immer noch so hielt, dass er sie nicht erreichen konnte.

»Meister Aaddler«, rief Katie laut. »Wenn andere Länder, deren Schlachtenmagier Außenseiter-Magie anwenden, uns offen oder verdeckt angreifen, wie sollen wir uns denn gegen sie wehren, solange wir nicht Zugang zu demselben Wissen haben wie sie?«

»Das wird nicht geschehen!«, schrie Narbengesicht. Mit seiner Narbe, die erneut erbleicht war, und mit seinen zusammengezogenen Augen wirkte sein Gesicht wie eine hässliche Maske. »Es wird keine Außenseiter-Magie mehr geben. Das erlaube ich nicht!« Narbengesicht erhob die Hände zum Himmel und ließ eine gewaltige Hexenfeuer-Kugel erscheinen. So plötzlich, wie das Feuer aufgetaucht war, schleuderte er es in die Mitte der Bücher, die sofort in Flammen aufgingen.

Windhauch und Weißhand stürzten sich auf ihn und drückten ihn erneut auf das Pflaster hinunter. Abwechselnd und immer wieder schlugen die beiden Magier Narbengesicht mit den Fäusten ins Gesicht.

»Wie könnt Ihr es wagen?«, schrien sie.

»Wie könnt Ihr es wagen, unser Erbe zu zerstören?« Windhauchs Gesicht war tränenüberströmt. »Ich habe versucht, Euch zur Vernunft zu bringen, aber Ihr wolltet einfach nicht hören«, schluchzte er.

Ein Dutzend Helfer eilten, angeführt von Rollett und Powwell, heran und bekämpften die Flammen mit Wasser oder Decken. Doch die Hitze, die von dem brennenden Turm ausstrahlte, trieb sie zurück, ehe sie mehr als nur ein paar Funken löschen konnten.

Katie hatte das Gesicht an der Brust ihres Mannes vergraben und biss sich in die Faust, um nicht laut aufzuschreien. Quinnault hielt sie eng umschlungen. Sie spürte, wie sein Kinn, das auf ihrem Kopf lag, vor unterdrückten Emotionen zitterte.

Entweder Jubelgeschrei oder bestürzte Ausrufe stiegen aus den Kehlen fast aller Menschen auf, die auf dem Hof versammelt waren. Die einfachen Stadtbewohner, die aus größerer Entfernung zusahen, fielen ein.

Lasst doch diese paar Bücher und Trugbilder von Büchern brennen. Eure Helfer haben viel mehr gerettet, als ihr ahnt. Eine männliche Stimme, die Katie nicht kannte, erklang in ihrem Kopf.

Wer bist du? Sie sah nach oben, um festzustellen, ob sich ein neuer Drache zu Shayla und ihren Gefährten gesellt hatte, die hoch über dem Feuer schwebten.

Keiner der Drachen antwortete ihr.

»Ich kann Euch nicht länger vertrauen, Meister Aaddler«, erklärte Quinnault gelassen. »Solange Ihr Oberster Magier der Kommune seid, kann ich außer diesen beiden tapferen Seelen keinem Mitglied der Kommune mehr trauen. Euch allen ist der Zutritt zum Ratssaal verwehrt, bis ein anderer, gemäßigterer Mann an Eurer Spitze steht.«

»Und damit wird Eure ausländische Königin Euer einziger Ratgeber sein«, höhnte Narbengesicht.

»Ich schätze den Rat meiner geliebten Frau. Aber ich lege auch großen Wert auf die Weisheit eines Magiers. Mir ist wichtig, dass in meiner Regierung ein Gleichgewicht zwischen den Magiern, den Lords und mir selbst besteht. Ihr würdet in Eurem Bestreben, mich selbst und die Lords unter Eure vollständige Kontrolle zu bringen, diese Balance zerstören. Meister Rollett und Meister Lyman sollen meine obersten Ratgeber sein, und die Meister Windhauch und Weißhand werden sie unterstützen.«

»Rollett ist kein Meister! Nur ich kann entscheiden, ob ein Geselle der Stellung eines Meisters würdig ist!«

»Das ist nicht richtig«, schaltete sich Lyman ein. Unter der Schmutzschicht, die sein Gesicht bedeckte, wirkte er erschöpft. »Jeder Meister kann einen Gesellen befördern, den er für würdig erachtet, und ich bin der älteste Meister der Kommune. Rollett hat die Mission, die ihm von Nimbulan, seinem Mentor und damaligem Obersten Magier aufgetragen wurde, erfüllt und damit Anspruch auf den Titel eines Meisters.«

»Ich war über diese Mission nicht informiert!«

»Aber du warst doch vor einem Jahr in Hanassa dabei, als ich ihm gewisse Aufgaben übertragen habe, um uns bei unserer Flucht zu helfen«, schaltete sich Nimbulan ein. Er und Myrilandel bezogen neben ihrem König Stellung. »Und du hast alles getan, damit ich ihn zurückließ, damit nur ja deine eigenen Fluchtpläne nicht gefährdet wurden. Er ist zurückgekehrt, obwohl du versucht hast, das zu verhindern, Narbengesicht.«

Der alte Mann hielt inne, damit seine Worte auch zu den entferntesten Winkeln der Menge durchdrangen und verstanden wurden. »Rollett hat in der Stadt Hanassa überlebt und bei der Vernichtung Hanassas, des Renegatendrachen, mitgewirkt. Er hat seinen Gefährten das Leben gerettet. Ich erachte ihn für würdig und ernenne ihn zum Meister«, erklärte Lyman. »Auch Powwell ist eigentlich bereit, zum Meister erhoben zu werden, doch er ist noch zu jung, und es fehlt ihm an Bücherwissen. Aber er ist ein würdiger ältester Geselle.«

»Das ändert nichts mehr. Die Bücher brennen.« Narbengesicht setzte seinen Stab auf den Boden und sah Quinnault entschlossen entgegen. Seine Miene und seine Haltung drückten finstere Entschlossenheit aus. »Die Bücher brennen trotzdem.«

»Ich werde nicht zulassen, dass Ihr in Coronnan bleibt und mir auf Schritt und Tritt trotzt«, erklärte Quinnault ebenso streng. »Ich verbanne Euch hiermit in dasselbe Kloster, in das Ihr so viele ältere Meister ins Exil geschickt habt, einfach nur, weil sie Nimbulan gegenüber loyal waren. Innerhalb einer Stunde werdet Ihr die Hauptstadt verlassen haben.«

»Ich befehlige zu viele Meistermagier, als dass Ihr mich zu etwas zwingen könntet«, gab Narbengesicht höhnisch zurück.

»Da scheinen wir ja in einer schönen Zwickmühle zu stecken«, ließ sich Kinnsell weiter hinten aus der Menge vernehmen. Er wurde von Katies drei Brüdern flankiert, die Blaster-Pistolen in den Händen hielten. Und hinter ihnen standen ein Dutzend bewaffnete und gepanzerte Marines aus dem Mutterschiff.

»Oh nein«, stöhnte Katie.

»Der König traut den Magiern nicht, die Magier misstrauen den Lords, und die Lords haben kein Vertrauen zum König. Euer Gleichgewicht ist zerstört. Die einzige Lösung ist, dass eine neue, neutrale Partei auftritt und die Leitung übernimmt. Ich biete Euch allen meine Dienste an.« Kinnsell trat vor und hielt die offenen Hände in einer Geste vor sich hin, die Ruhe und Vernunft ausdrücken sollte. »Ich verfüge über Waffen, mit denen ich Euch alle niederwerfen kann, einschließlich der Magier und Drachen.« Er gab ein Zeichen, und einer der Marines feuerte mit seinem Blaster-Gewehr auf die Brücke zwischen der Palastinsel und der Universität. Donnernd zerstob sie in einem Funkenhagel.

»Oh nein, so geht das nicht, Daddy!« Katie marschierte auf ihn zu. »Du bist hier der Renegat. Du und deine vollkommene Nichtachtung von allem, was nicht deinem Egoismus dient. Flieg sofort nach Terra zurück, solange du noch kannst. Wir in Coronnan werden uns deiner Tyrannei niemals unterwerfen.« Der Knoten, der in ihrer Magengrube saß, drohte vor Zorn, Einsamkeit und Kummer zu explodieren.

»Komm schon, Katie. Du bist doch eine von uns. Bestimmt bist du dieses ganzen magischen Unsinns inzwischen überdrüssig. Ich werde diesem verfluchten rückständigen Planeten Zentralheizung und sanitäre Anlagen verpassen.« Ihr Vater streckte die Hand aus, um ihren Kopf zu tätscheln, als wäre sie nichts weiter als ein quengelndes Kind.

Sie fuhr vor ihm zurück und richtete sich so hoch und stolz auf, wie sie konnte. Würde hatte nicht nur mit Körpergröße zu tun.

»Es gibt viele andere Dinge im Leben, die wichtiger sind als diese Annehmlichkeiten.«

»Und was zum Beispiel?«

»Liebe«, sagte Quinnault.

»Loyalität«, setzte Nimbulan hinzu.

»Ehre.« Windhauch stieß Narbengesicht mit der Schulter beiseite und sprach ebenfalls für seinen König.

»Und Gerechtigkeit«, fiel Lord Balthazaan ein.

Einer nach dem anderen fanden alle, die sich anlässlich der Bücherverbrennung entzweit hatten, im Angesicht dieser neuen Bedrohung zusammen.

Nur Narbengesicht stand außerhalb dieses neuen Zirkels, zu dem sich die Anführer vereint hatten. Noch ein paar Bücher verschwanden von dem Scheiterhaufen, während alle abgelenkt waren.

»Siehst du, Daddy? Du wirst uns schon alle besiegen müssen, um diesen Krieg zu gewinnen. Und was hast du dann? Eine primitive Welt, auf der niemand mehr übrig ist, um das Land zu bestellen oder in den Bergwerken zu arbeiten. Wenn du hier eine neue Kolonie gründest, gehst du daran bankrott.«

Jamie Patrick bedeutete seinen Brüdern, die Pistolen zu senken. Ein süffisantes Glitzern trat in seine Augen. Oder spiegelte sich darin nur das Feuer, das noch immer tobte?

»Sie hat Recht, Pa«, meinte er.

»Ich werde nicht auf Menschen schießen. Du hattest gesagt, das hier würde ohne Blutvergießen ablaufen.« Sean Michael steckte seine Waffe in den Holster.

»Hat Daddy nicht behauptet, er hätte einen Drachen gesehen?«, fragte Liam Francis mit einem schelmischen Grinsen, genau der Art von Grinsen, das Katie zu unterdrücken versuchte. »Als er von seinem illegalen Taschenkommunikator aus beim Mutterschiff anrief, hat er erzählt, er sei auf einem Drachen vom Gebirge in die Hauptstadt geflogen.«

»Klingt ganz, als wärest du ein wenig übergeschnappt, Kinnsell O'Hara«, pflichtete Jamie Patrick ihm bei. »Kommt, wir bringen ihn nach Hause, damit er sich in einem gut bewachten Krankenhaus sehr lange ausruht.« Der älteste der Geschwister umfasste mit harter Hand die Schulter seines Vaters.

»Damit ist er von der Thronfolge ausgeschlossen«, erinnerte Katie ihn. »Das Parlament wird ihn nach Gramps' Tod nie zum Imperator wählen.«

»Einer weniger, der mit uns um den Titel konkurriert.« Die Brüder zuckten einmütig die Achseln. »Zwei eigentlich, da du nicht mit uns zurückkehrst, Katie.«

»Freut euch doch, Jungs. Sie würde euch ganz schön einheizen, wenn sie sich nur entschließen könnte, diesen Hinterwäldler-Planeten zu verlassen«, meinte Kinnsell leise. Seine Mundwinkel zuckten.

»Ihr werdet mir fehlen.« Katie musste mehrmals zwinkern, um die Tränen zurückzuhalten.

»Du kennst uns doch, Katie. Wir kommen wieder, um nach dir zu sehen.«

»Nein, dieses Mal nicht. Das geht nicht.« Sie schluchzte kurz auf. Die nächsten Worte, die sie sagen musste, schnürten ihr die Kehle zu. Quinnault berührte ihre Hand, und sie fand den Mut zum Weitersprechen, obwohl ihr die Tränen über die Wangen liefen. »Coronnan und ganz Kardia Hodos müssen für alle Terraner verboten sein. Wirklich alle. Wir dürfen das Risiko nicht eingehen, dass ihr eine neue Mutation der Seuche einschleppt, die wir dann nicht mehr bekämpfen können. Wir dürfen uns nicht der Gefahr aussetzen, dass ihr Technologie und Umweltverschmutzung mitbringt, die der Seuche einen Nährboden bieten.«

Ihre Brüder ließen die Köpfe hängen. Als Jamie Patrick wieder aufsah, waren seine Augen feucht. »Wie traurig, dass wir nicht zusehen können, wie deine Tochter groß wird. Wir werden dich vermissen, Katie.«

»Wir lieben dich, Schwesterchen«, sagte Sean Michael leise.

Liam Francis schaute einen Moment lang äußerst rebellisch drein, doch dann trat er vor und umarmte Katie fest. »Leb wohl, Katie.«

Jeder von ihnen küsste Katie die Wange. Dann trat Kinnsell heran. »Du hast natürlich Recht. Die Gescheiteste von euch allen, und ausgerechnet sie will hier bleiben. Dabei wäre sie die beste Imperatorin, Jungs. Leb wohl, Maarie Kaathliin O'Hara de Draconis.« Er schluckte krampfhaft und wandte sich dann, eskortiert von seinen drei Söhnen, zum Gehen.

Noch einmal drehte er sich um und schenkte Katie einen letzten Blick. *Irgendwann, Tochter, wirst du dieses Geschenk zu schätzen wissen, das ich dir hinterlasse. Als ihr Coronnan nicht einen konntet und das Gleichgewicht eurer Regierung zu zerfallen drohte, habt ihr euch alle gegen mich zusammengeschlossen. Ihr werdet euch eine Zeitlang zanken, doch ihr werdet eure Differenzen beilegen. Hilf Quinnault, in Weisheit zu regieren, und schenke mir eine Horde gesunder Enkelkinder. Lehre sie Liebe, Loyalität, Ehre und Gerechtigkeit, damit sie dieses Erbe in die nächsten Generationen eurer Dynastie weitertragen.*

Frische Tränen traten Katie in die Augen, als sie nickte und das Geschenk ihres Vaters und sein letztes Lebewohl annahm.

Was ist geschehen, Daddy, dass du dich so anders besonnen hast?

Ich bin ein paar Eingeborenen begegnet, die sich um mich gekümmert haben, obwohl sie mich hätten sterben lassen können. Ich bin ihnen etwas schuldig. Dies ist mein Geschenk an sie, an dich und an meine Enkel. Ich lasse euch euer Schicksal selbst in die Hand nehmen, ohne terranischen Einfluss. Ihr seid endlich frei von den Varn.

Danke. Katie schluckte gegen den Kloß in ihrer Kehle an. Sie würde ihn nie wiedersehen.

Eins noch. Nenn mich einen Renegaten, wenn es sein muss; aber lass bitte diesen Unsinn über Magie und Drachen. Das sind alles Illusionen und Fieberträume, setzte Kinnsell hinzu.

»Ich wünsche dir ein langes und gutes Leben, Daddy.« Trotz ihrer Tränen musste Katie lachen. »Eines Tages wirst du erkennen, dass Drachen real sind und es Magie wirklich gibt. Sogar auf Terra.«

Epilog

Irgendwo in der Hauptstadt Coronnan, Uhrzeit und Datum: unbestimmt

Wie ein Geist bewege ich mich durch die Straßen der Stadt. Es gibt Ungerechtigkeiten, die ich bekämpfen muss. Ich darf meine Magie nur sparsam einsetzen, damit die Kommune mich nicht entdeckt.

Die Kommune erklärt individuelle Magie noch immer für ungesetzlich und erhält die magische Grenze aufrecht, die unser Land vor ungewollten Besuchern schützt. Windhauch und Rollett werden die Gemeinschaft mit milderer Hand führen als Narbengesicht, aber das Gesetz wurde aus einem bestimmten Grund geschrieben und muss durchgesetzt werden.

Meist brauchte ich die Ereignisse nur ein wenig zu manipulieren, um die Missetaten derer, die andere Menschen kontrollieren oder sie zerstören müssen, in Ordnung zu bringen. Wo immer ich kann, werde ich gegen Unwissenheit vorgehen, damit die Unschuldigen wissen, welche Wahl sie haben. Wenn es sein muss, kann ich mir Zugang sowohl zu den versteckten Büchern als auch zu der von den Magiern genehmigten Bibliothek verschaffen, um Wissen in ganz Coronnan zu verbreiten.

Eines Tages werde ich mich bei den Fischern niederlassen und eine eigene Familie gründen. Leauman hat eine wunderschöne Tochter. Und unterdessen habe ich ein neues Leben unter ehrlichen Seeleuten begonnen, die mir keine Fragen nach meiner Vergangenheit stellen. Für sie zählen nur die Kraft meiner Arme beim Einholen der Netze und der feine Instinkt meines Moppelwoggers.

Wie Hanassa bin ich ein Exilierter, ein Renegat, der seine eigene Art verlassen hat. Aber ich habe mich entschieden, mit den Drachen zusam-

menzuwirken und den Idealen der Kommune treu zu bleiben, statt sie zu bekämpfen, nur um zu beweisen, dass ich die Kontrolle über mein Leben ausübe. Ich habe meine Optionen studiert, Informationen gesammelt und mein Los gewählt.

Leb wohl, Nimbulan. Lebt wohl, meine Freunde. Ihr werdet mich dann und wann sehen, und jeder von uns wird wissen, dass es dem anderen gut geht. Aber nie wieder werde ich diese unglaubliche Vertrautheit der kommunalen Magie mit euch teilen. Ich vermisse euch.